日本古典文學大系 1

古事記祝詞

倉野憲司
武田祐吉 校注

岩波書店刊行

監修者

高木市之助

西尾實

久松潜一

麻生磯次

時枝誠記

題字　柳田泰雲

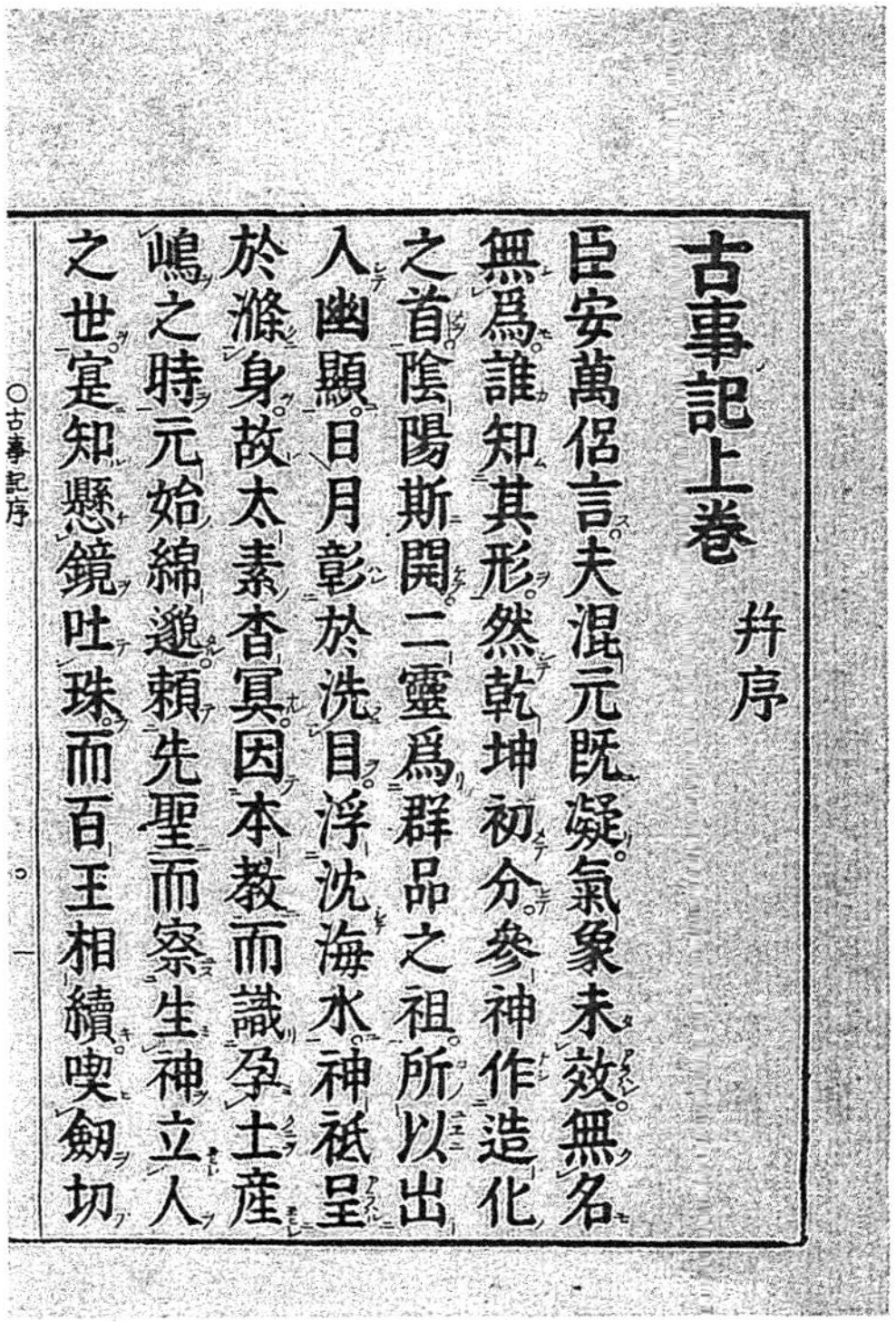

古事記上巻　并序

臣安萬侶言。夫混元既凝。氣象未效。無名無爲。誰知其形。然乾坤初分。參神作造化之首。陰陽斯開。二靈爲群品之祖。所以出入幽顯。日月彰於洗目。浮沈海水。神祇呈於滌身。故太素杳冥。因本教而識孕土産嶋之時。元始綿邈。頼先聖而察生神立人之世。寔知懸鏡吐珠。而百王相續。喫劒切

○古事記序

訂正古訓古事記

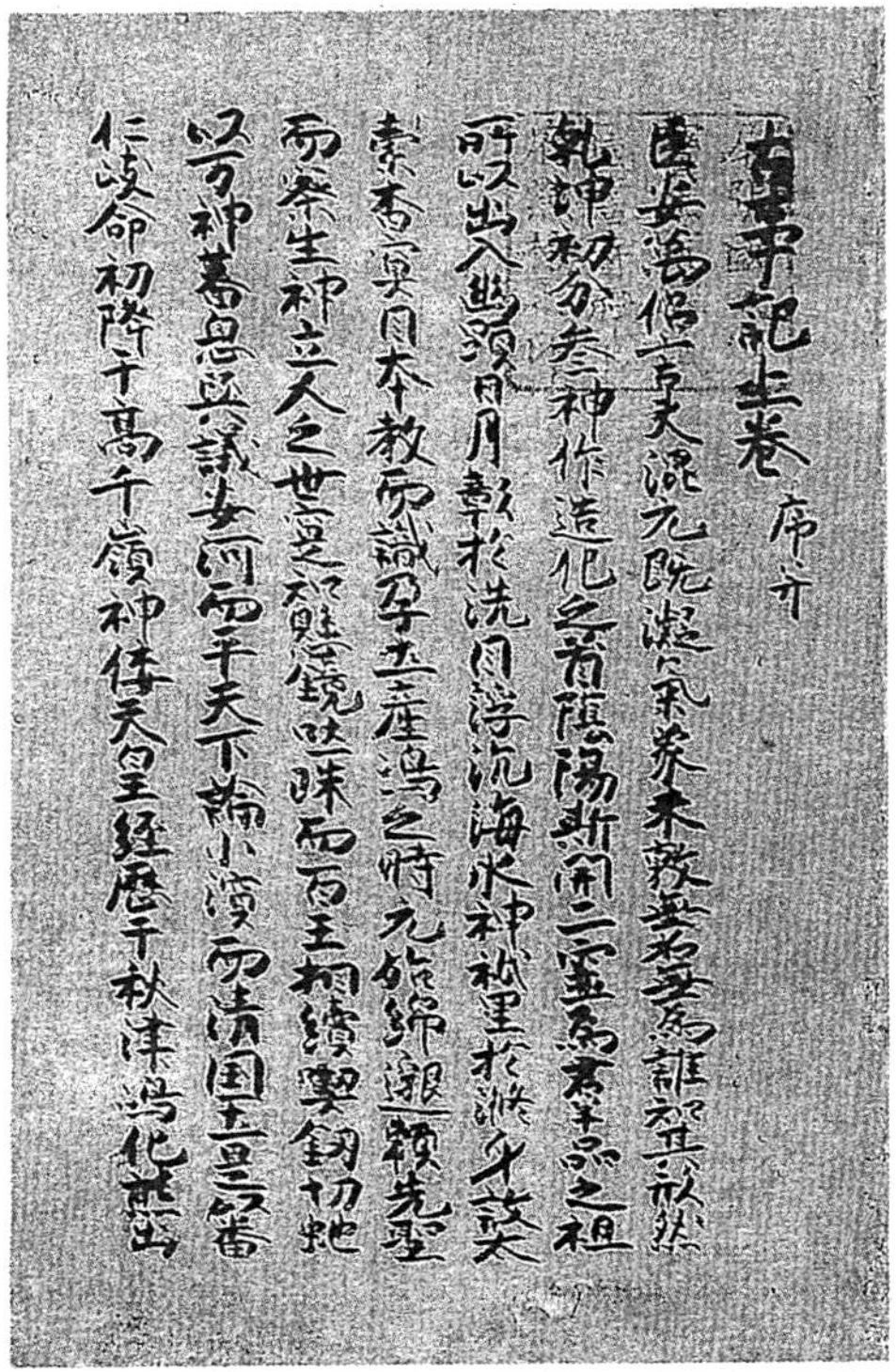

古事記上巻　序并

臣安萬侶言夫混元既凝氣象未效無名無爲誰知其形然
乾坤初分参神作造化之首陰陽斯開二霊爲群品之祖
所以出入幽顯日月彰於洗目浮沈海水神祇呈於滌身故太
素杳冥因本教而識孕土産嶋之時元始綿邈頼先聖
而察生神立人之世寔知懸鏡吐珠而百王相續喫劒切蛇
以万神蕃息與議安河而平天下論小濱而清國土是以番
仁岐命初降于高千嶺神倭天皇經歴于秋津嶋化熊出

眞福寺本古事記

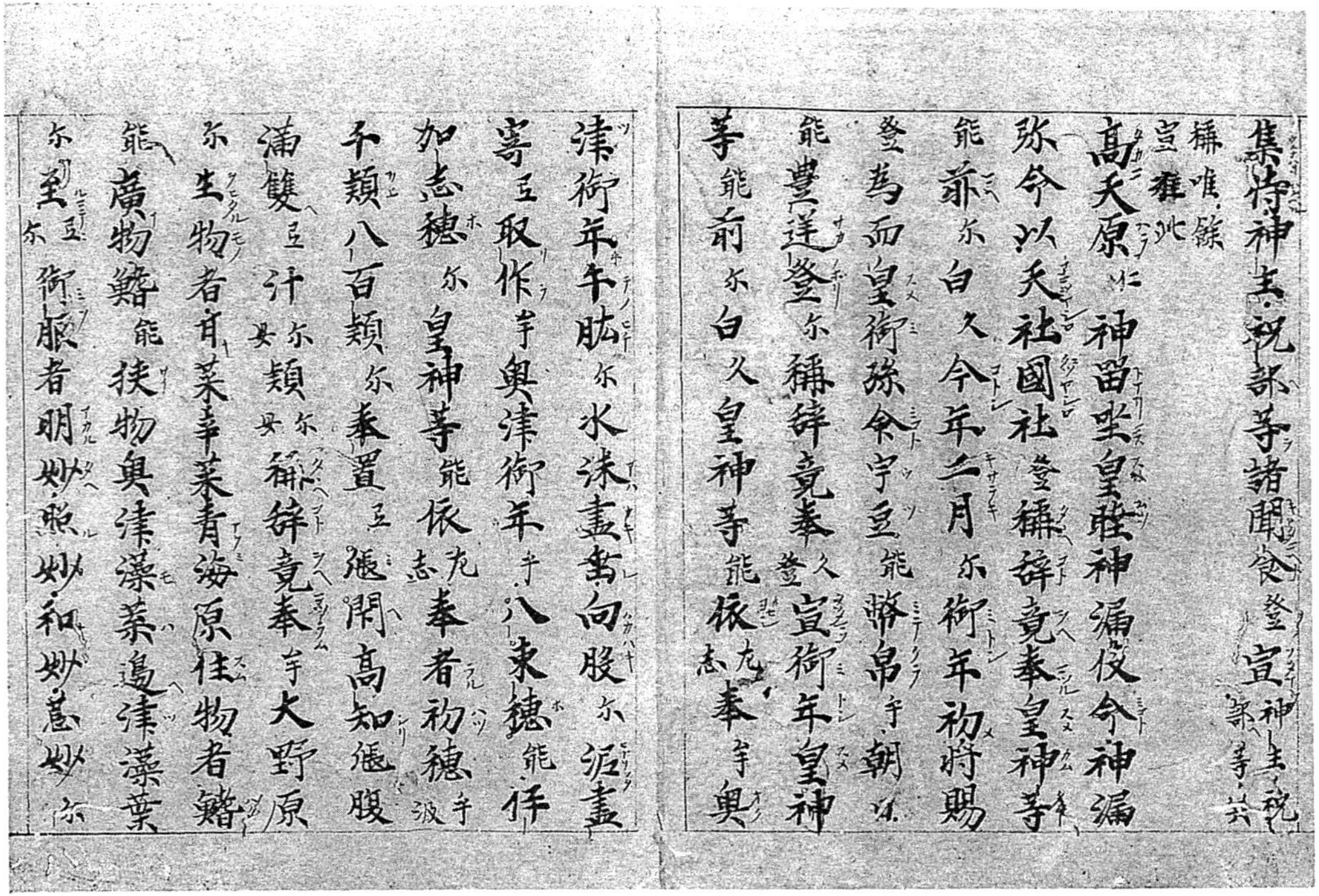
集侍神主祝部等諸聞食登宣 神主祝部等共
称唯 余宣准此
高天原尓神留坐皇睦神漏伎命神漏
弥命以天社國社登称辞竟奉皇神等
能前尓白久今年二月尓御年初将賜
登為而皇御孫命宇豆能幣帛乎朝日
能豊逆登尓称辞竟奉久登宣御年皇神
等能前尓白久皇神等能依志奉牟奥
津御年乎手肱尓水沫畫垂向股尓泥畫
寄豆取作牟奥津御年乎八束穂能伊
加志穂尓皇神等能依志奉者初穂乎
千穎八百穎尓奉置豆甕閇高知甕腹
満雙豆汁尓母穎尓母称辞竟奉牟大野原
尓生物者甘菜辛菜青海原住物者鰭
能廣物鰭能狭物奥津藻菜邊津藻葉
尓至豆御服者明妙照妙和妙荒妙尓

延喜式　巻八　卜部兼永筆

目次

古事記

倉野憲司校注

目次

中　巻

下　巻

解説

一　書名

古事記という書名は、文字通り古くから伝えられた事を記したものという意味で名づけられたもので、古事は故事とほぼ同じ意味である。もちろん日本書紀や旧事紀等に対する固有名であるが、「古事記」という語は、古くは必ずしも一書に固定した名称ではなかったようである。というのは、仙覚の万葉集註釈巻一に引用されている土佐国風土記の中に、「多氏古事記」なるものの文が引かれており、また琴歌譜には、いわゆる古事記と共に「一古事記」なるものの文が引かれていること、更にまた、令集解の職員令の中には、「古事記云」として「旧事紀」の文が引かれているからである。多氏古事記にしても、一古事記にしても、その文辞も内容も、いわゆる古事記とは異なっていて、明らかにそれぞれ独立した古記であることが知られるが、多氏古事記は多(オオノ)氏に関する古事を記したものであり、一古事記は古事を記した或書物(一は或と同じ)の意と思われる。以上の事から推考すると、古事記という語は普通名詞として用いられていたようである。

ところで古事記は今日一般にコジキと音読されているが、そう読む根拠があってのことではない。ただそう読む習慣にいつの間にかなったまでである。古事記という書名の読み方を問題にした最初の人は本居宣長である。宣長は、撰者は音読させる積りであったかも知れないが、フルコトブミと訓んだがよかろうと述べたが、その後の学者の多くは、この宣長の説を祖述している。ただ田中頼庸だけは、「本記は古より音読なりけむ。或はフルコトブミと唱ふる説あれど、旧事紀も亦同轍に帰するより外なければ従ひがたし。」といって、音読を主張し、今日は一般にコジキと読むことが習慣的に通用している。

このように音読説にしても、訓読説にしても、根拠らしい根拠はなく、何れが是かは決定しがたいが、令集解に、旧事紀を古事記と書いていることは、この問題解決の一つの手がかりになるように思われる。即ち、旧事紀が古事記と書かれたのは、当時旧事紀がフルコトブミと呼ばれていたからであって、古事記の三字はそのフルコトブミの語を表わすために用いられたものと思われる。もしこの推測に誤りがないならば、少なくとも平安時代には、古事記の三字はフルコトブミと読まれていたことが知られる。そうしてこれから推すと、多氏古事記はオオノウジノフルコトブミ、一古事記はアルフルコトブミ、更にいわゆる古事記もフルコトブミと読まれていたのではあるまいか。それにしても古事記撰録当初の読み方は依然として不明である。従って今日としては、一般の慣用に従ってコジキと音読して然るべきであろう。

二　成　立

古事記がどのようにして成立したかは、その序によって知ることができる。即ち壬申の乱を経て即位された天武天皇は、「諸氏に属する家々に持っている帝紀と本辞は、正実に違い虚偽を加えているものが甚だ多いと私は聞いているが、今その誤りを改めないと、幾年も経たないうちに、その旨趣は滅びるであろう。帝紀と本辞は邦家の経緯（国家行政の根本組織)であり、王化の鴻基(天皇徳化の基本)であるから、それらを討究し撰録し、偽りを削り実を定めて後の世に伝えようと思う。」と仰せられたと記されているが、これはやがて古事記となって実を結ぶものの種子が蒔かれたことを伝えている。

一体、天武天皇はなぜ帝紀(帝皇日継)と本辞(先代旧辞)の削偽定実の必要性を痛感されて、その仕事に取り掛られたのであろうか。それは天皇が氏姓の尊卑に基づく社会秩序の確立を庶幾されたからである。天皇は大化改新の政治の健全な発展を図ることを施政の根本方針とされたのであるが、この目的を達成するために、改新の制度の長所はこれを助長し、短所はこれを修正されたのである。そうしてその修正の中で最も注目すべきは、氏姓の尊卑を重んじて、これを新政に融合せしめようとされた事であろう。氏姓の尊卑は大化の新制のために無視された重要な社会事象であったが、天皇はこれを尊重し、整理し、これに新しい組織を与えて社会秩序を確立し、諸氏族をして各〻その所を得しめようとされたのである。ところで諸氏の家系や家格の尊卑を知るには、家々の過去の歴史を顧みるより他に途はなく、家々の過去の歴史を証明するものは、帝紀や旧辞の類以外にはなかったのである。そこで氏々家々においては、自氏自家を少しでも有利にしようとして、帝紀や旧辞に潤色や虚偽を加えたのであるが、氏姓の尊卑が問題にされ出すと、自家を優位に導くために、虚偽歪曲を加える傾向が一層著しくなったのである。天武天皇はこの過誤を正して社会秩序を回復し、邦家の経緯と王化の鴻基を確立しようとされたのである。

記序はつづいていう、「時に天皇の側近に奉仕している舎人に稗田阿礼という者があった。年は二十八の盛りで、生まれつき聡明であって、どんな文でも一見しただけで直ちに口に誦むことができ、またどんなことでも一度聞いただけで心に忘れることがなかった。そこで天皇はこの阿礼に御自身直接にお命じになって、帝皇日継(帝紀)と先代旧辞(本辞）を誦み習わせられた。けれども天皇の御代がかわって、帝紀と旧辞の討究・撰録のことは行われなかった。」と。天武天皇が崩御されたのは朱鳥元年（六八六）九月であり、二年後の持統天皇の二年十一月に大葬が行われたのであるが、その際各方面から誄（シノビゴト）を奉ったことが書紀に見える。その中に、

戊午。……諸臣各挙二己先祖等所レ仕状一遞進誄焉。

乙丑。直広肆当麻真人智徳、奉レ誄二皇祖等之騰極次第一。

とあるのは注意すべき記事である。前者は諸家の旧辞に関するものであり、後者は帝皇日継に関するものであって、このような誄が奉られたことと、以上述べたこととを考え合せると、意義深いものが感じられる。

さて天武天皇の帝紀と旧辞の討究・撰録の事業は、稗田阿礼の誦習で止み、天皇はその目的を貫徹されずに崩御されたが、持統・文武の両朝を経て元明朝に入ると、元明天皇によって再び取り上げられたのである。記序はこの間の消息を、「元明天皇は、旧辞と帝紀の誤り違っていることを惜しまれ、これを正そうとのお考えから、和銅四年（七一一）の九月十八日に、太朝臣安万侶に対して、稗田阿礼が誦むところの、天武天皇勅命の帝皇日継と先代旧辞を撰録して献上せよと仰せられた。」と伝えている。元明天皇は天智天皇の皇女で、天武天皇は御叔父で且つ御舅に当られる。今その系譜上の位置を示すと、

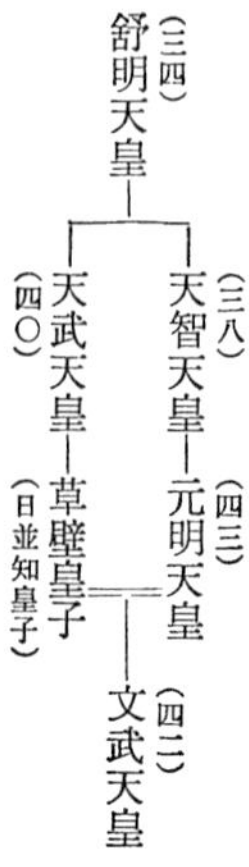

となるが、こうした血族的親近関係から、天武天皇の遺業を継承されたものと思われる。それとともに元明天皇は「無レ改二先軌一、守而不レ違」(天平八年十一月の葛城王等の上表)という御本性であり、この事は天皇の施政において跡づけることができる。言うまでもなく大化改新の精神は、皇威を盛んにして中央集権の実を挙げ、民生を安定させて国力を豊かにすることにあったが、この精神が国家統治の根本法典として最初に成文化されたのは、天智天皇の「近江令」である。そうしてこれを修正し、新たに「律」を加えて施行されたのが、天武天皇の「浄御原律令」であり、更にこれを准正として編纂施行されたのが文武天皇の「大宝律令」である。大化改新の諸制はここにおいて確立し、形式内容共に完成の域に達したといえる。かくて先軌を守られた元明天皇が、大宝律令の遵守とその精神の徹底を図られたことは当然である。天皇が帝紀・旧辞の誤りを惜しみ悲しまれて、これを正そうとされたのも、つまりは帝紀・旧辞が邦家の経緯であり、王化の鴻基であると考えられたからであったと思われるのである。

さて元明天皇の勅命を受けた太安万侶は、阿礼の誦むところに随って、漢字の音借と訓借とを適当に塩梅して古言古意を失わないようにと苦心しつつこれを再文字化すると共に、辞理の通りにくい語には注を施しなどして、帝皇日継と先代旧辞とを統一併合し、これを三巻に筆録して献上したのが、和銅五年(七一二)の正月二十八日のことであった。古事記はこうして八世紀の初頭に成立したわが国最古の典籍である。

三　偽書説

古事記の成立事情がわかる唯一の資料はその序であるが、この序を後人の偽作とした人がある。その一人は賀茂真淵であり、他の一人は中沢見明氏である。真淵は明和五年三月十三日付けの宣長宛書翰の中で、この序は和銅以後に安万侶ならぬ別人によって追って書かれたものであろうと推測し、（これに対して宣長は記伝巻二で、「序は安万侶の作《カケ》るにあらず、後人のしわざなりといふ人もあれど、其は中々にくはしからぬひがこころえなり。すべてのさまをよく考るに、後に他人の偽り書る物にはあらず。決《ウツナ》く安万侶朝臣の作るなり。」と駁している。）中沢氏は、「古事記の序文を精察批判して見ると平安朝初期に仮託された文らしい。」（「古事記論」）と言われた。

しかし古事記の偽書説は、ひとり序文にのみとどまらず、その本文にまで及んでいる。中沢氏は、詳細な考証の結果、古事記は平安朝の初期、天長・承和の頃に、日枝・松尾の社家に関係ある人が偽作して、和銅の勅撰であるかの如く装ったものであると、その著「古事記論」を挙げて主張された。また沼田順義はその著「級長戸風」の端書で、筏勲氏はその著「上代日本文学論集」の中の「古事記・歌経標式偽書論と万葉集」において、それぞれの立場から古事記の偽書説を提唱している。しかしながらこれらの偽書説には、明らかに誤りと認められる点や、根拠が薄弱な点が多く、承服することのできないものであることは、拙著「古事記論攷」所収の「古事記偽書論を駁す」において詳論した通りであって、古事記は、その序も本文も、和銅に正撰されたものと見て誤りはないといえるのである。

四　素　材

古事記の撰録に際して、その直接の資料となったものが、稗田阿礼が誦習した帝皇日継と先代旧辞であったことは、前述の通りであるが、記序にはこの帝皇日継に対して「帝紀」「先紀」、先代旧辞に対して「本辞」「旧辞」の語が見えていて、この二類のものがそれぞれ同類のものであるか、異なるものであるかは、学者によって説を異にしている。異なるものとする説について見ると、帝紀は中国の歴史の本紀または帝紀に相当するもので、歴代天皇の事迹を記したものであり、帝皇日継は皇室の系譜をさすものとし、また本辞は天皇または臣民国土等の本縁を語り伝えたもの、旧辞は広く上古の諸事を伝えたもので、広義に解すれば旧辞は本辞を含むものであるとされている。しかしながら二類それぞれ少しずつ文字をかえて並記されているのは、漢文のいわゆる避板法が用いられたまでであって、文字の相違が実質の相違を意味するものとは思われず、帝皇日継は国語的表現、帝紀は漢語の借用、先紀は先皇の紀、本辞は本系に係る辞、旧辞は古辞の意に用いたものであろうと思われる。

さて帝皇日継(帝紀)がどんな内容のものであったかは、しばらく措くとして、天平十八年書写の古文書(大日本古文書、二十四ノ三七八所収)には、「日本帝記一巻十九枚注」とあり、天平二十年書写の正倉院文書(同上、三ノ八四所収)には、「帝紀二巻日本書」とあって、帝紀が日本で作られた独立の成書であったことが知られる。また書紀欽明天皇二年三月の条の注を見ると、后妃皇子女について二つの異伝を細注した後にすぐ続けて、「帝王本紀、云々」の文を載せており、上宮聖徳法王帝説には、「案二帝記一云、云々」の帝記に拠る引用文が見える。これらによって帝紀の内容の一部を窺知することができるが、古事記の中巻神武天皇以下の記述を見ると、文体・内容共に相異なる二類があることに気づく。一は系譜を主とした漢文体の記録であり、他は事件を主とした国文体の物語(歌謡を含む)である。そこで前者を精査すると、どの天皇の記も、ほぼ次のような形式を備えていることがわかる。(〔 〕は記述のある場合とない場合とがある事項を示す。)

1 〔先帝との続柄〕—天皇の御名—皇居の名称—治天下の事—〔治天下の年数〕
2 后妃皇子女—〔皇子女の総数 男数 女数〕—皇子女に関する重要事項
3 その御代における国家的重要事件

4　天皇の御享年―御陵の所在(又は崩御の年月日―御陵の所在)

もちろん記事に精粗があり、記述の様式にも多少の異同はあるが、大体において天皇の即位から崩御に至る皇室の整然たる漢文体の記録であったようである。従って古事記の素材の一つとなった帝皇日継(帝紀)は、右のように天皇一代毎にまとめられた記録を、皇位継承の順序に随って排列したものであったと見て大過はあるまいと思われる。

帝皇日継(帝紀)が以上のようなものであるとすれば、先代旧辞(本辞)は、古事記から帝皇日継を素材としたと推定される部分を除いた残余ということになるが、それは神話や伝説や歌物語を内容としたものであって、国土の起原、皇室の由来、国家の経営、歴代の天皇及び皇族に関する物語、諸氏族の出自及び本縁譚等である。これを取材の方面から大別すると、皇室の伝承、氏族の伝承、民間伝承の三つとなるが、皇室の伝承が主流となって他の二つを習合している。そうしてそれらの神話、伝説及び歌物語の中には、神祇関係並びに宮廷の謡いものから取材されたものの存することが注意される。

五　構　成

古事記は上中下の三巻から成っていて、上巻のはじめに「序」が添えてある。上巻にはアメノミナカヌシノ神からウガヤフキアエズノ命までの事が、中巻には神武天皇から応神天皇までの事が、下巻には仁徳天皇から推古天皇までの事が記されている。ところでこの巻の分け方であるが、従来本居宣長を除いては、これを問題にした人は殆ど無いといってよい。私見によれば、上巻をウガヤフキアエズノ命までとしたのは、国土がどうして出来、皇室の祖先がどうして始めてこの国に降臨されたかを語るいわゆる神代の物語を、意識的に一巻にまとめたものと思われる。そうして中巻のはじめに神武天皇を置いたのは、もとよりこの天皇が大和朝廷を樹立された第一代の天皇であるという点に、重要な意義を認めたからであろうと思われ、この点書紀と揆を一にしているといえるのである。しかしながら中巻を応神天皇までとし、仁徳天皇からを下巻としたのは、果して宣長のように「おのづからより来つるままにて殊なる意はあるべからず。」と見てよいであろうか。思うに、下巻を仁徳天皇に始めたのは、この天皇が「聖帝」とたたえられた天皇であったからであって、ここから天皇に対する考え方が変化したからであろう。言い換えると、儒教的聖天子の思想が浸潤して来て、固有の「天神御子」(アマツカミノミコ)という天皇観に変化を来たしたために、これを契機として、儒教渡来の応神天皇の御世を以って中巻を結び、儒教的聖天子の思想で濃く彩られた仁徳天皇からを下巻としたものと推測されるのである。そうして下巻が推古天皇で終っていることについて宣長は、推古天皇の次の舒明天皇は、天武天皇の先考であるから、憚ってその御世までは及ぼさなかったのであろうといっているが、周知のように推古朝は、思想上の一転機であって、この時代から仏教は国家の権力を以ってその流通が保障され、且つ奨励されたのである。聖徳太子は特に仏教の興隆に力を尽くされ、仏教精神の宣揚によって、当時における不健全な思想を匡正し、穏やかに国家革新の実を挙げようとされたのである。即ち儒教と仏教の差こそあれ、応神朝における思想的変革とその揆を一にしているのであって、古事記の下巻が推古天皇で終っているのは、中巻が応神天皇で終っているのと、同様な事情によるものではあるまいかと思われるのである。

さて上巻はそれだけで一つのまとまった神話体系を構成しており、その構成は立体的である。それは「建国の由来」という主題に向って、より下位の、または局部的ないろいろの神話や神統や歌謡などを、牽引し、整理し、統一して、比較的に全一の姿を示しているのである。上巻の神話体系が如何に立体的であるかは、次の図式を見れば自ら明らかであろう。

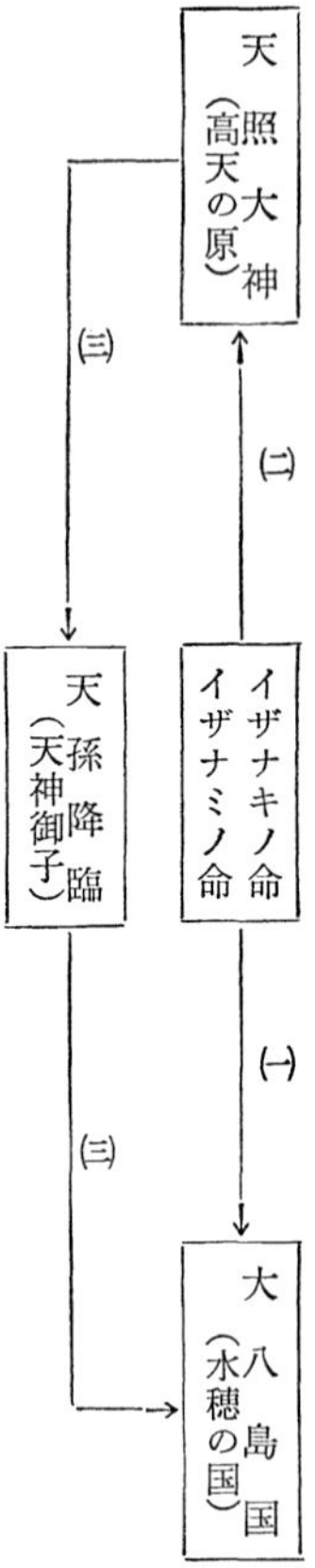

㈠はイザナキ、イザナミの男女両神の結婚による大八島国（豊葦原の水穂の国）の生成を語り、㈡は皇祖天照大神を主宰者とする天上国家（高天の原）の成立を語り、㈢はその天上国家の地上への移行、即ち、天孫（天神御子）の降臨による日本国家の建設が語られ、この㈠㈡㈢が緊密に結びつけられて、「建国の由来」が極めて有機的、立体的に語られている。そうして、より下位の、また局部的な神話や神統や歌謡は、それぞれこの三者に集中せしめられて、これを支えているのであって、その見事な構成美には驚歎せざるを得ないのである。

これに対して中下の両巻は、天皇一代毎に系譜や物語がまとめられて、これを皇位継承の順序に随って排列し、その構成は平面的である。しかしそれを貫くものとして、「皇位を重んずる心」と「広い人間的な愛の精神」とが見られる。そうして中下両巻の物語は、上巻の「神の代」の物語に対して、「人の代」の物語であるが、中巻における「人の代」の物語は、まだ神と人との交渉が極めて深く、人が神々から十分解放されていない、言わば神話的、宗教的な色彩に富んでいる物語が多い。これに対して下巻における「人の代」の物語は、神から解放された人間そのものの物語であって、恋愛もあれば嫉妬もあり、争闘もあれば謀略もある。しかしどの物語を見ても透明であり、朗らかであって、道徳の彼岸にある美しい人間性が端的に、素朴に描き出されているのである。

以上を要約すると次のような図式となる。

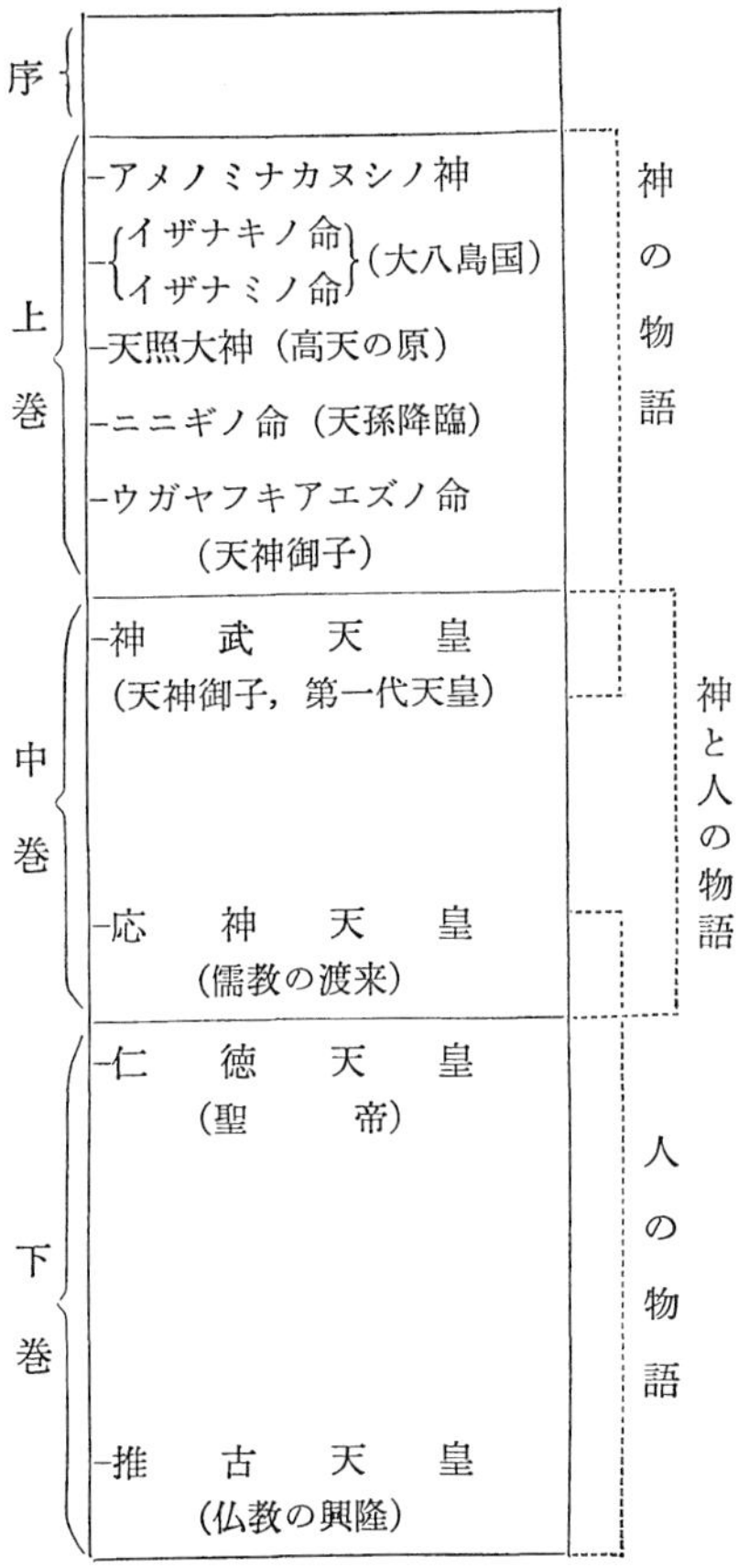

六　文辞

古事記はすべて漢字で表記されているが、同じ漢字で表記されていても、序文と本文と本文中に含まれている歌謡とは、それぞれ表記を異にしている。即ち、序文は純粋の漢文体、本文は変態の漢文体、歌謡は一音節一字の仮名で表記されている。このうち、序文は中国における「表」の形式を襲ったもので、唐の長孫無忌の「進二五経正義一表」を模範とし、部分的には同じ人の「進二律疏議一表」をはじめ、文選や書経等の字句を襲用して作られた気品の高い駢儷体の名文である。（観智院本「作文大体」に拠る序文の文章構造は、拙著「古事記序文註釈」について知られたい。）

次に本文は変態の漢文であるが、これについて宣長は、「大体は漢文のさまなれども、又ひたぶるの漢文にもあらず、種々のかきざま」があるとして、左の三種の表記法を指摘している。（記伝巻一「文体の事」）

1 仮字書―久羅下那洲多陀用幣流《クラゲナスタダヨヘル》の類。
2 宣命書―在祁理《アリケリ》。吐散登許曾《ハキチラストコソ》の類。
3 漢文
 a 古語の格ともはら同じきこと―立㆓天浮橋㆒而指㆓下其沼矛㆒の類。
 b 漢文に引かれて古語のさまにたがへる処―其子名云㆓木俣神㆒。此謂㆓之神語㆒也。更往㆓廻其天之御柱㆒如㆑先の類。
 c ひたぶるの漢文―懐妊臨㆑産。不㆑得㆑成㆑婚。足㆑示㆓後世㆒。不㆑得㆑忍㆓其兄㆒の類。

古事記の本文は、まさにこれら種々の表記法を混えた変態の漢文であるが、宣長は右に関連して、古言の漢字による表記法として、

1 仮字書―一音節一字の表記。
2 正字
 a アメを天、ツチを地と書く類で、字の義と言の意と一致しているもの。
 b 股に俣、橋に椅を用い、蜈蚣を呉公と書く類。
3 借字―字の義を取らず、ただその訓を他の意に借りて書くもの。序文に「因㆑訓述者、詞不㆑逮㆑心」とあるのに当る。
4 右の三種を混用したもの。
5 特殊な表記で、日下《クサカ》、春日《カスガ》、飛鳥《アスカ》の類。

を挙げている。

ところで古事記の本文は、どんな用意の下に記されたかというに、幸いに序文のおわりの方に次のような撰録者の用意が述べてある。（「作文大体」によって文章構造をも併せて示すことにする。）

上古之時　（四字不レ対）漫句
言意並朴　（四字不レ対）漫句
敷レ文構レ句　（四字不レ対）漫句
於レ字即難　（四字不レ対）漫句
已因レ訓述者、詞不レ逮レ心
全以レ音連者、事趣更長　（上五字下四字）雑隔句
是以　（二字）傍字
今　（一字）傍字
或一句之中、交二用音訓一
或一事之内、全以レ訓録　（上五字下四字）雑隔句

即　（一字）傍字
辞理叵レ見、以レ注明
意況易レ解、更非レ注　（上多少下三字）密隔句
亦　（一字）傍字
於レ姓日下、謂二玖沙訶一
於レ名帯字、謂二多羅斯一　（上下四字）平隔句
如レ此之類　（四字不レ対）漫句
随レ本不レ改　（四字不レ対）漫句

これによると、安万侶のとった方法は、

(1)　一句の中に漢字の音と訓とを交用する方法。
(2)　一事の内を全く漢字の訓ばかりで書く方法。
(3)　日下（クサカ）や帯（タラシ）のような、書きあらわし方の因襲化したものは、その因襲に従って書く方法。

の三つであることがわかる。ところで⑶の方法をとったことから考えると、⑴⑵は必ずしも漢字の旧来の使用法に随わずに、或程度自由な方法をとったことになるが、なぜそういう自由な方法をとったかといえば、それは、上古の質朴な言意を、漢字の訓のみに依って書き表わしたものは、文詞が古意にぴったりあてはまらず、また全く漢字の音のみで書き連ねたものは、反対に文面が冗長になるからである。（最近亀井孝氏は、序文の上掲の箇所について、精細な考察を発表された。――「古事記大成3、言語文字篇」所収「古事記はよめるか」。亀井氏は、「詞」を表現素材、「心」を意味内容と解している。）

今、本文の中から⑴の音訓交用の実例をあげると、

宇都志伎（音）青人草（訓）　取（訓）由良迦志（音）　哭（訓）伊佐知流（音）　為レ如レ此（訓）登（音）　宮柱（訓）布斗斯理（音）

などがあり、⑵の全訓の例には、

万物之妖悉発　山川悉動国土皆震　天皇既崩　請二神之命一　都勿二修理一

などがあり、⑶の因襲的表記の例には、

大日下王　息長帯日売命　近飛鳥　長谷朝倉宮　春日之袁杼比売

などがある。ところが古事記の実際について見ると、右の⑴⑵⑶の外に、全く音を以って連ねた箇所が目につく。すべての歌謡がそれである。訓を主とするたてまえを標榜しながら、このように歌謡を一音節一字の音仮名で表記しているのは、一見矛盾のように思われるが、序文にはおよその原則を示したまでで、細かな凡例は示さなかったもののようである。

かくて安万侶は漢字による国語の表記に異常な苦心を払い、漢字の音と訓とを適当に塩梅して古言古意を失わじと努めたのである。その結果、漢文の語序を破ったり、助詞や助動詞や敬譲語をあらわす文字を補ったりして、変則の漢文を作るに至ったのである。しかしながらこの種の変則の漢文は、古事記より前、恐らくは大宝以前のものと思われる法隆寺金堂薬師像光後銘文にも既に見られるところであり、それは、

池辺大宮治二天下一天皇、大御身労賜時、歳次二丙午一年、召二於大王天皇与二太子一而誓願賜、我大御病太平欲坐。故将二造レ寺薬師像作仕奉一詔。然当時崩賜、造不レ堪者、小治田大宮治二天下一大王天皇及東宮聖王、大命受賜而、歳次二丁卯一年仕奉。

というのであるが、これに比べると、古事記の文辞の方が、より国語的であり、よりわかり易い書きあらわし方である。安万侶は古くから試みられた変則の漢文を、一層国語の表現に適するように努力したものということができる。（古事記の文章については、「古事記大成3、言語文字篇」所収の小島憲之氏稿「古事記の文章」を参照されたい。）

七　文学性

今日、古事記は一つのまとまった文学作品として、万葉集や源氏物語などと対等に取り扱われているのが普通である。それにも拘らず、一部の学者は、部分的にはともかく、全体として、よく文学の名に堪え得るかどうかを問題にしている。ありていに言えば、部分的に文学性を肯定し、全体的にはそれを否定しようとしている。つまり延喜式は、全体としては文学作品ではないが、その巻八の祝詞は文学であると見るのと同然である。それならば、延喜式の中から祝詞の部分だけを取り出して、日本文学の列に加える——現にこの日本古典文学大系ではそのように取り扱われている——の

と同様に、古事記の中から、よく文学の名に堪え得る部分のみを取り出して、その部分のみを取り扱えばよさそうであるが、現実は全体を一つのまとまった文学作品として認め且つ取り扱っているのが一般であって、この日本古典文学大系も例外ではない。

然らば何が古事記の部分的非文学性主張の根拠になっているかと言えば、それは主として、(1)古事記撰録の目的が、邦家の経緯・王化の鴻基の確立にあって、文学ではなかったこと、(2)帝皇日継に取材した系譜の部分は文学とは認めがたいこと、の何れかに帰するようである。しかし、信仰の対象として宗教的な目的から作られた仏像にせよ絵画にせよ、一面それに美術的価値が認められるならば、これを一個の美術品として取り扱っても、少しも差支えがないのと同様に、古事記撰録の目的が何であるにせよ、それに文学性が認められるならば、これを一個の文学作品として扱い得るのであるから、(1)の主張は殆ど問題にはならないであろう。また(2)も、現代の人々はその部分に何等の感動も覚えないかも知れないが、古代の人々は、それに言い知れぬ感動を覚えたと思われるので、あながち非文学的部分として棄て去るわけには行かないであろう。（もしこの部分を非文学的とするならば、平家物語の勢揃をはじめ〇〇揃の条における単なる氏名の羅列の部分等も非文学的としなければならない。）殊にこの部分が中下巻構成の中心となって、各天皇記をつないでいるのであるから、そうした作品構成の面からも、文学性を考えて然るべきものと思われる。（もしもこの帝皇日継に取材した部分を除去したならば、古事記の中下両巻は、忽ちその統一性を失ってしまって、収拾のつかないバラバラな破片となってしまうであろう。）

ところで古事記は、従来いろいろに見られて来た。そのうち最も古く且つ長く行われて来たのは「歴史」とする見方である。即ち鎌倉時代から大正時代にかけては、大体において史書と見るのが普通であった。もちろん古事記は歴史的事実をさながらに記録したものではない。しかしながらその全体を通じて「歴史」を要求する心に満ち溢れており、この意味からすれば、古事記はたしかに「歴史的」である。第二は古事記を「神典」とする見方である。この見方は古事記に「道」を求めようとする考えにつながるものである。中世以来、旧事紀、古事記、日本紀は「神典三部の本書」として神道家の間に尊重されたが、このような考えは本居宣長にも流れている。もちろん古事記には古代人の宗教的信仰や儀礼、また道徳的思想などが、部分的、素材的には存在しているが、全体として見れば、神道の経典でもなければ政治や道徳の教えの書でもないのである。第三は古事記を今日の憲法や行政法の如きものであるとする見方である。これは山田孝雄博士の説であるが、古事記にはそのような法制的な記述は見当らず、律令は別に確立していて、既に大宝律令が厳然と施行されていたのであるから、古事記のような内容の書を、憲法や行政法の書と見ることは無理であろう。第四は古事記を神話・伝説の書とする見方である。もちろん古事記には多くの神話や伝説や民譚の類が含まれているが、それらは素材として取られているに過ぎないのである。

　要するに古事記は、これを素材の方面から見るとかなり複雑多岐であって、神話や伝説あり、歌謡あり、また神祇祭祀や儀礼風習に関するものあり、更に歴史的な記録ありといったありさまである。しかし古事記を一つのまとまった作品として見ると、それは歴史的文学、もしくは文学的歴史とするのが最も適切であろうと思われる。つまり文学的なものと歴史的なものとが渾融したものに他ならないのである。

　ところで古事記に文学性を認めた最初の学者は恐らく高木敏雄（「日本神話伝説の研究」）であろう。次いで津田左右吉博士（「文学に現はれたる我が国民思想の研究」第一巻）や和辻哲郎博士（「日本古代文化」）などを経て、私も昭和二年に小著「古事記の新研究」を公にしてそのことを強調した。

さて前にも述べたように、古事記上巻における神話体系の主題は「建国の由来」であるが、もろもろの神話や神統や歌謡は、皇室中心の国家的精神によって、この主題に立体的に集中せしめられて、崇高雄大な国家的影像を見事に描き出しているのである。もとよりその目的は政治的乃至宗教的なものであったが、その構成や表現には文学的意志が強く作用していることを見遁すわけには行かない。恰も仏教的信仰の対象として製作された法隆寺の観音像や広隆寺の弥勒の像が、高い芸術的香気を放っているのと同様である。次いで中下両巻に眼を転ずると、天皇一代毎に系譜を紐帯として個々の物語や歌謡がまとめられ、それが皇位継承の順序に随って排列されて、一種の統一体をなしている。そうしてこれを貫くものは、上巻の精神につながる「皇位を重んずる心」であり、「人間的な愛の精神」である。そこには人間性豊かな天皇や皇族が描かれているが、殊に数多く鏤められた歌物語には、人間の生活感情を豊かな想像力で美しく結晶させている。もし文学における虚構(フィクション)ということを問題にするならば、次に掲げるほんの一例を見ても、古事記と伊勢物語との間における文学的虚構に殆ど逕庭のないことが知られるであろう。

(古事記、履中天皇の条)

本《もと》、難波の宮に坐《ま》しましし時、大嘗《おほにへ》に坐して豊明《とよのあかり》為《し》たまひし時、大御酒にうらげて大御寝《おほみね》したまひき。爾《ここ》に其弟墨江中王《すみのえのなかつみこ》、天皇を取らむと欲《おも》ひて、火を大殿に著けき。是《ここ》に倭の漢直《あやのあたへ》の祖《おや》、阿知《あちの》直盗み出して、御馬に乗せて倭に幸《い》でまさしめき。(中略)波邇《はに》賦《ふ》坂に到りて、難波の宮を望み見たまへば、其の火

(伊勢物語、第十二段)

むかし、男ありけり。人のむすめを盗みて、武蔵野へ率《ゐ》て行くほどに、盗人なりければ、国の守《かみ》にからめられにけり。女をば草むらのなかに置きて逃げにけり。道来る人、この野は盗人あなりとて、火つけむとす。女わびて、

武蔵野は今日はな焼きそ若草のつまもこもれり我

猶柄《なほしる》かりき。爾に天皇亦歌曰《うた》ひたまひしく、

　波邇賦坂我が立ち見ればかぎろひの燃ゆる家群《むら》

　　妻が家のあたり

とうたひたまひき。

もこもれり

とよみけるを聞きて、女をばとりて、共に率ていにけり。

古事記の歌は、火事とは無関係の民謡(夫が妻を慕う歌)であり、伊勢物語の歌は古今集に見える春の野焼の頃のランデヴーの歌(初句「春日野は」を改作したもの)である。共に物語とは本来無関係の歌であるが、それを取って来て物語に結びつけて、面変りさせている手法は全く同一である。

古事記はまさに日本文学史の最初を飾る文学作品ということができるのである。

八　底　本

本書の底本とした「訂正古訓古事記」は、

寛政十一年己未五月十日御免

享和三年癸亥十月発行

勢州松坂　　山口兵助

　　　　　　永田調兵衛

皇都書林　　今井喜兵衛

　　　　　　河南儀兵衛

という刊記のある享和三年版である。藍色表紙、袋綴の上中下三冊、本文は一面七行十五字詰であって、上冊のはじめに本居宣長の「新刻古事記之端文」、下冊のおわりにその門人長瀬真幸の後記が添えてある。この享和版には、皇都書林のうち、今井喜兵衛の名のみを削ったもの、今井・河南の両名を菱屋亦兵衛一人に改めたものなどがあり、明治になってからも種々の改版が引き続き刊行されている。

さて宣長の「端文」を要約すると、「今日世間に流布している古事記の刻本は、寛永の版本と度会延佳のものとの二種であるが、前者は文字の誤脱があり、後者は諸本を以って校合して大体はよいけれども、中にはさかしらも交り、訓も漢籍風の訓み方であるから、古学の徒は善本を得るのに困っている。ところが肥後の国の長瀬真幸はこれを憂えて、古事記伝によって文字も訓も正しく直して、世間に流布させようと思い立って、自分に相談して来たが、ちょうどその時、京の書商河南共利も真幸と同じ考えで、自分の序を加えて刊行したいと懇望して来た。しかし考えてみると、肥後の国は遠くて万事相談するのに不便であるから、真幸の了解を得て河南から刊行させることになったので、この序を与える。時は寛政十一年の春である。」ということになる。また真幸の後記も、宣長とほぼ同じ刊行の由来を述べているが、ただ「さていよいよ河南の板木に彫らせる場合、筆人の書き違えや彫工の彫り違えは、本居大平が懇切に校正した。」ということが記してある。

さて右の宣長の序と真幸の跋とによると、「訂正古訓古事記」(以下「古訓本」という)は、古事記伝によって文字をも訓をも正し、上木の際の校正も厳重に行われて、一見当事者たちの満足すべきものが出来たように思われるけれども、実際は必ずしもそうではなかった。小野田光雄氏の「訂正古訓古事記考—本文について—」(国学院雑誌、第五十八巻第四号)は、その点を明らかにした注目すべき論文である。以下、小野田氏の所説を簡潔に紹介することにする。

まず記伝と古訓本との本文を比較して、明らかに古訓本の誤りと思われる文字を挙げると次の通りである。（上は記伝、下は古訓本）

豫—豫。桃—挑。入—人。拔—枝。字—宇。挾—狹。巣—巢。著—箸。劒—釼。淤—於。（以上、上巻）

土—士。到—引。候—侯。絁—絶。幣—弊。（以上、中巻）

邪—邪。鴈—雁。矢—失。悉—委。（以上、下巻）

これらは、いわゆる筆工の書き違えや彫工の彫り違えと思われるが、厳重に校正した筈であるのに、実際には以上のような記伝との相違が見られ、寛政十二年十月六日付けの衣川舎人（長秋）宛の宣長書翰には、「尚々河南方発起之新刻古事記之儀も、板下筆工甚麁相多、毎度相違之事共有之、扨々こまり入申候。」とあって、宣長自身大きな不満を洩らしているほどである。次に記伝とは相違し、延佳本とは一致している文字を挙げると次の通りである。（上は記伝、下は古訓本）

上巻＝ナシ。

中巻＝韋—韋。雀—雀。玖—久。役—疫。掖—腋。大—太。梔—梔。帷—惟。簀—簀。壯—狀。王—桂（但し延佳本は「柱」）。

下巻＝役—役。堀—掘。大—太。弖—氏。婆—波。麻—摩。袁—表。俣—股。問—問。

以上のような事実から小野田氏は、

1　古訓本の本文は古事記伝の本文より数歩後退している。

2　古訓本の上巻は記伝の字体と一致し、中下巻は通則的に見て延佳本の字体と一致する。

3　古訓本の上巻は、宣長自身選定した改正本に依って松坂で書かれ、それは記伝に極めて近いものである。
4　中下巻は、延佳本を底本とし、記伝の説によって訂正された改正本を藍本として、京都で書かれている。
5　従って古訓本は、上巻と中下巻と成立の過程を異にする合本と見られる。

と推定している。

古訓本にはこのような欠点があると共に、周知のように記伝にならって、みだりに文字を補ったり、また削ったりしていて、首肯しがたい箇所も散見している。しかし真福寺本をはじめ他の諸伝本には、一層多くの誤脱があるから、現状は古事記伝の本文か古訓本の本文を底本とするのが、最も穏やかなように思われるのである。

九　諸本

現存古事記の諸伝本は、これを大別すれば、(1)真福寺本系統の諸本、(2)卜部家本系統の諸本の二つに帰する。本書の校合に用いた

真福寺本　上中下三帖。応安四年・五年の書写。現存最古の写本。但し中巻は上・下巻と系統を異にしている。古典保存会及び京都印書館からそれぞれ複製刊行。

道果本　上巻の前半のみ。永徳元年書写。貴重図書複製会から複製刊行。

道祥本(伊勢本)　上巻一冊のみ。応永三十一年書写。古典保存会から複製刊行。

春瑜本(伊勢一本)　上巻一冊のみ。応永三十三年に道祥本を書写したもの。古典保存会から複製刊行。

などの諸本は何れも真福寺本系統に属するものであり、

前田家本　　上中下三冊。大永二年の奥書及び慶長十二年に勅本で校合した旨の奥書がある。育徳財団から複製刊行。

猪熊本　　上中下三冊。室町時代の書写と言われている。古典保存会から複製刊行。

寛永版本　　上中下三冊。寛永二十一年開板。古事記最初の板本。

などの諸本は何れも卜部家本系統に属するものである。なお度会延佳の「鼇頭古事記」(上中下三冊)は、延佳が別本、印本、一本、異本、古本等(この中に真福寺本、伊勢本、寛永版本が含まれていることはほぼ確かである)を以って校訂し、貞享四年(元禄七年とする説もある)に開板したものであり、田中頼庸の「校訂古事記」(上中下三冊)は、頼庸が真福寺本をはじめ十八本を以って校訂し、明治二十年に開板したものである。因みに古事記伝の本文は、宣長が苦心して入手した古写本、寛永版本、鼇頭古事記、延佳の校本の写し、村井敬義所蔵本、真福寺本の転写本、真淵の書入本を以って校訂したものと思われる。

主要参考文献

一、書目解題

古事記諸本解題　一冊　山田孝雄校閲　昭和十五年刊

「国文学研究書目解題　一冊　麻生磯次編　昭和三十二年刊」中の古事記の条(諸家)

「古事記大成(研究史篇)　一冊　久松潜一編　昭和三十一年刊」所収の「古事記研究書解題」(荻原浅男)

二、諸本

古事記諸本概説　沢瀉久孝・浜田敦(帝国学士院紀事、第四巻第二号・第三号)

古事記諸本の研究　古賀精一(古事記大成、研究史篇に所収)

諸本集成古事記　九冊(上中下各巻それぞれ三分冊)古事記学会編　昭和三十二年〜三十三年謄写印行

三、注　釈

1　全巻注釈

古事記伝　四十八冊　本居宣長撰　寛政二年〜文政五年開板（「増補本居宣長全集」その他）

古事記新講　一冊　次田潤著　大正十三年刊

古事記評釈　一冊　中島悦次著　昭和五年刊

古事記大成（本文篇）一冊　倉野憲司編　昭和三十二年刊

2　序文注釈

古事記序文講義　一冊　山田孝雄述　昭和十年刊

古事記上表文の研究　一冊　藤井信男著　昭和十八年刊（巻末に亀田鶯谷の「古事記序解」を収載）

古事記序文註釈　一冊　倉野憲司著　昭和二十六年謄写印行

3　歌謡注釈

記紀歌謡新解　一冊　相磯貞三著　昭和十四年刊

記紀歌謡集全講　一冊　武田祐吉著　昭和三十一年刊

古事記歌謡集　土橋寛校注（日本古典文学大系「古代歌謡集」に所収　昭和三十二年刊）

4　部分的注釈

古事記上巻講義　一　一冊　山田孝雄述　昭和十五年刊

古事記上巻註釈　倉野憲司（「解釈と鑑賞」第二〇五号から第二四七号までの間に二十二回掲載）

四、現代語訳

現代語訳　日本古典文学全集「古事記」一冊　倉野憲司著　昭和三十年刊

角川文庫「古事記」一冊　武田祐吉訳注　昭和三十一年刊

日本国民文学全集「古事記」一冊　福永武彦訳　昭和三十一年刊

五、研　究

古事記の新研究　一冊　倉野憲司著　昭和二年刊

古事記論　一冊　中沢見明著　昭和四年刊

記紀論究　十四冊　松岡静雄著　昭和六・七年刊

古事記論攷　一冊　倉野憲司著　昭和十九年刊

古事記研究（帝紀攷）一冊　武田祐吉著　昭和十九年刊

古事記説話群の研究　一冊　武田祐吉著　昭和二十九年刊

アテネ文庫「古事記」一冊　倉野憲司著　昭和三十年刊

日本古典の研究　二冊　津田左右吉著　昭和二十三・二十五年刊

古事記大成（研究史篇）一冊　久松潜一編　昭和三十一年刊

古事記大成（歴史考古篇）一冊　坂本太郎編　昭和三十一年刊

古事記大成（文学篇）一冊　高木市之助編　昭和三十二年刊

古事記大成（言語文字篇） 一冊 武田祐吉編 昭和三十二年刊
古事記年報㈠㈡㈢㈣ 四冊 古事記学会編 昭和二十八年〜三十二年刊
日本古典の史的研究 一冊 西田長男著 昭和三十一年刊
上代史籍の研究 一冊 岩橋小弥太著 昭和三十一年刊
古事記・日本書紀 一冊 梅沢伊勢三著 昭和三十二年刊
吉野の鮎 一冊 高木市之助著 昭和十六年刊
古典と上代精神 一冊 倉野憲司著 昭和十七年刊
新稿日本古代文化 一冊 和辻哲郎著 昭和二十六年刊
文学に現はれたる国民思想の研究 第一巻 津田左右吉著 昭和二十六年刊
比較神話学 一冊 高木敏雄著 大正三年刊
日本神話の研究 一冊 松本信広著 昭和六年刊
日本文学教養講座「神話伝説説話文学」 一冊 久松潜一著 昭和二十六年刊
日本文学大系「日本神話」 一冊 倉野憲司著 昭和二十七年刊
日本神話の研究 第一巻〜第三巻 松村武雄著 昭和二十九・三十年刊

凡例

一、原文は享和三年版の「訂正古訓古事記」の本文を底本とし、真福寺本を始め代表的と思われる数種の写本（複製本）刊本を以って校訂したものである。「訂正古訓古事記」の本文については、小野田光雄氏の「訂正古訓古事記考」（国学院雑誌、第五十八巻第四号）と題する精細な研究が公にされているが、それによると、上巻と中下巻とが成立事情を異にしているばかりでなく、全体にわたって疎漏も多く、必ずしも今日一般に定本視されているほどのものではないことが知られる。或いは古事記伝の本文を底本とした方がよかったかも知れないが、既に一般の通念に従って「訂正古訓古事記」の本文を底本として稿を成していたので、それを用いることにした。

一、校訂に用いた諸本とその略号は左の通りである。

訂正古訓古事記（底本）	底	前田家本	前
真福寺本	眞	猪熊本	猪
道祥本（伊勢本）	道	寛永版本	寛
春瑜本（伊勢一本）	春	度会延佳鼇頭古事記	延
道果本	果	田中頼庸校訂古事記	田

校異は、必要なものの最小限度にとどめた。諸本間の異同の詳細は、古事記学会から謄写限定版で印行された「諸本集成

古事記」について見られたい。なお明らかに底本の誤りと認められる文字は、これを改めて、必ずしも一々注記しなかった。

一、校訂に当って判定と処置に苦しんだ問題は、本文と分注との関係である。即ち、当然本文として記さるべきであると思われる箇所が、二行に割った分注として記されている場合や、その逆の場合や、また同一の箇所が一本では本文として記されているのに、他本では分注となっている場合などがあって、これらをどう判定し、どう処置するかは、極めて困難な問題である。ところでこのような本文と分注との関係は、(1)古事記の撰者が本文と意識しながら見易くするために分注の形式をとったか、(2)伝写の際に本文を分注に、或いは分注を本文に写し誤ったか、もしくは故意に改めたか、(3)筆写の際の字詰めの都合からであったか、の何れかに因るものと思われる。今、私見によって本文とすべきか、分注とすべきかを判定したが、詳細は拙著「古事記論攷」所収「古事記の本文と分注との関係についての本文批評的研究」について見られたい。崇神天皇以下に見える天皇崩御の干支年月日(分注または本文)を削り去った延佳や宣長(延佳本、古事記伝、古訓本)の態度は独断の譏りを免れないであろうが、古事記における本文と分注との如上の関係は、今後の究明に俟つべきものが多いのである。

一、下巻内題の下の「起大雀皇帝云々」の十九字は、延佳本、古事記伝、古訓本等においては削除されている。宣長のいうように、或いは後人の加筆かも知れないが、真福寺本以下の諸本に見えるので、しばらくもとのままに残すことにした。また履中記の冒頭、天皇の御名の上には、先帝との御続柄を示す「子」の字が、真福寺本を始め諸本にあるが、延佳本、古事記伝、古訓本等においては削除されている。そうして真福寺本は、以下の各天皇記においても、「弟」「御子」「伊奘本別王御子市辺忍歯王御子」「袁祁王兄」「品太王五世孫」「妹」などのように続柄を記している。

履中記冒頭の「子」に関連して記伝には、「旧印本は此首《ハジメ》に子とあり。〔前御世仁徳天皇の御子のよしなり。〕真福寺本には、此より下終まで、御世々の首、大かた皆弟某命、御子某命などあり。然れば古本には悉く然有けむを、諸本に其字の無きは、後に皆削《ノゾ》きたるものなるべし。〔旧印本に、此にのみ子とあるは、たまたま一ッのこれるなるべし。〕然れば、今も真福寺本に依て、何れも然書くべきが如くなれども、中巻には、一御世も然る例無きに、此巻に至て然らむこと、いかがなれば、今は中巻の例に従ひ、諸本に子字は無きに依つ。次々の御段ども、皆是に效ふべし。」と述べているが、中巻と下巻とは、やや性質を異にしているように思われるので、真福寺本に従って加えることにした。

一、古事記伝及び古訓本に見られる数箇所の補字は、殆どすべて削除することにした。必ずしも妥当とは思われないからである。

一、原文は、見開きの右頁に旧字体をもって掲げたが、異体字・俗字・略字等は、できるだけ通行字体に改め、やむを得ない場合にのみ用いることにした。なお校異は原文の下に記した。

一、訓み下し文は旧仮名遣により、見開きの左頁に掲げた。

一、訓み下し文は、形式上、次のような用意の下に作成した。

1　原文の漢字をできるだけ保存することに努めると共に、原文に無い漢字は用いなかった。

2　従って万葉仮名で書かれているもの（歌謡を除く）も、すべてそのままの漢字を用いた。ただし分注の中の万葉仮名で発音を示したものは、片仮名に改めた。

3　歌謡の万葉仮名は、漢字交りの平仮名に改めた。

4　助詞や助動詞に当る漢字の多くは、平仮名に改めた。

5　漢文における助字類は、それに当る国語を平仮名で示した場合と、省略した場合とがある。
6　分注はすべて平仮名交りに改めて、二行に割って採録した。従来の諸書のように、発音に関する分注を省くというようなことをしなかった。訓み下し文だけを見る人のために、原文のおもかげを忠実に伝えんがためである。(2はそうした用意に出たものである。)

一、古事記のような変態の漢文で記された散文を、どう訓み下すかということは、極めて困難な問題であって、これを成し遂げることは、まことに容易な業ではない。一概には決定しかねることも多く、動かし難い結論を得ることは、将来においても恐らくは不可能であろう。従来それが定訓のように考えている人も多い古訓本(或いは古事記伝)の訓法にそのまま従えば、事は甚だ容易であるが、その訓法には不備欠点も多く、とうていそのままには従い難いことは言うまでもあるまい。そこで私は、貧弱ながら三十数年間古事記に関して積み上げて来た知識と、他の学者たちが種種の方面から挙げられたすぐれた研究成果とに基づいて、従来の諸書の訓法に捉われず、全く独自の新訓を試みた。それがこの訓み下し文である。もとより異見を挾むべき余地も多いであろうし、思わざる粗漏や誤謬もあるであろうが、この訓み下し文が古事記訓法研究の踏み台ともならば望外の喜びである。

一、新訓を試みるに当って留意した主な点は次の通りである。
1　宣長は言葉を重んずる余り、その言葉を書き表わしている文字は存外軽視して訓んでいる傾向がある。記伝巻一「訓法の事」の中で、「凡て古書は、語を厳重にすべき中にも、此記は殊に然あるべき所由あれば、主と古語を委曲に考へて、訓を重くすべきなり。」、「漢のふりの則《マジ》らぬ、清らかなる古語を求めて訓べし。」、「其文字は、後に当《アテ》たる仮の物にしあれば、深くさだして何にかはせむ。」などといっているのがそれである。古語を求めて訓むべしという基本的態度には異論はないが、文字に拘わる必要はないという考には原則として従い難い。何故ならば、古事記はその用字法に相当のきまりがあるからである。そこでできるだけ文字に即して訓むことにした。

2　「訓法の事」の条に、「同言のゝく処にもあるを、一ッは委く書き、一ッは字を略きたるは、委き方と相照して、略ける方をも、辞を添て訓べきなり。」、「凡て御、坐、賜、奉などの字は、多くは略けるに、往々又添ても書る処のあるを以て、余をも准へ訓べし。」とあるが、必ずしもそうとは言えない場合もある。例えば、御子と子、御名と名などは、相当意識的に書き分けてあるので、御子はミコ、子はコと訓みわけるのが穏やかであろう。このような点は注意して訓みわけた。一体、宣長の訓には不必要な敬語が多過ぎる憾みがある。この点も出来るだけ文字に即して是正した積りである。

3　宣長の訓には、相手の身分の高下による語の使いわけが不十分な場合が多い。例えば、「汝」の字についていえば、イマシ(ミマシ)はやや敬意をあらわす語であり、ナ(ナレ)は普通の語であるが、宣長は身分の高下に拘わらず、両者を混用している。補助動詞タマフの濫用の如きはその尤なるものであるが、これらの点も注意して訓みわけた積りである。(なお主として第二人称の代名詞についてであるが、「宣長の古事記訓法の批判」と題する一文を、「古事記年報(二)」に掲げているので参照されたい。)

4　接続詞「そこで」の意をあらわす「爾」の字についても、宣長は多くの場合ココニと訓んでいるが、往々カレ、またはスナハチなどと訓み、中には無訓の場合もあるといった工合に、甚だ不統一である。これもココニに統一して訓んだが、概して宣長の訓はかなり気まぐれであるから、できるだけ統一することに努力した。

5　文中の直接引用文の前に立つ「詔」「告」「曰」「答曰」の類をどう訓むべきかも、むずかしい問題の一つである。

例えば「詔」は、ノリタマハク、ノリタマヒツラク、ノリタマヒケラク、ノリタマヒシクのうちのどれを取るべきかということになると、解決は困難である。本書にはノリタマヒシクと訓んだ場合が多いが、中には他の訓み方を取った場合もある。（総じてこの類は、過去キのク形のシクと訓んだ場合が多い。）不統一の譏りを免れないであろうが、こうした点は一概には定め難いのでやむを得ない処置である。

6 「告者」「詔者」の類の「者」の字は、助字と見てハとは訓まず、「告」や「詔」と同じく、ノリタマヒシクと訓んだ。

7 「詔りたまひしく」「曰はく」の類には、文尾にそれを承ける文字が無い場合でも、必ず文尾を「とのりたまひき」「といふ」というように、敬譲法と時とをできるだけ承応させて補読した。歌謡も直接引用文の一種と見て、「歌曰《うた》ひたまひしく……とうたひたまひき」のように補読した。（記伝「訓法の事」及び春日政治博士著「西大寺本金光明最勝王経古点の国語学的研究 坤」を参照されたい。）

8 「言竟即」の類は、「イヒヲハレバスナハチ」という従来の訓み方に依らず、「イヒヲハルスナハチ」というように訓読した。

9 仮名の清濁には十分注意して訓んだ積りであるが、一概に決めかねる場合もある。例えば「岐」は、大体清音の仮名に用いられているが、稀に濁音の仮名と認められる場合がある。また「曾」は清音の仮名であるが、助詞には「曾」と「叙」とが共に用いられている。本書においては、助詞の「曾」「叙」はすべてゾに統一しておいた。

10 「怒」「努」「野」の類は、従来ヌと訓まれて来たが、本書においては橋本進吉博士の類別の方針に従って、ノと訓むことにした。

一、読者の便宜を慮って、頭注欄に太字で見出しを掲げた。
一、頭注は、引用の外は現代仮名遣に従い、なるべく見開きに収めるように努めたが、どうしても収めきれない部分は、巻末に補注として収めた。
一、頭注は平易と達意とを旨としたが、次のような方針と態度で臨んだ。
1 記伝の説を検討して是非を明らかにした。
2 新しい学説の見るべきものは、できるだけ取り入れたが、必ずしも学者の名を一々挙げなかった。
3 特殊仮名遣に留意して、語の正確な解釈に努めた。
4 書紀をできるだけ引用して、古事記の足らざるを補うと共に、記紀の比較によって、両者の長短を知るよすがとした。地の文はさながらの漢文で引用したが、歌謡は漢字交りの平仮名に改めて引用した。
5 歌謡は神話や伝説に即した解釈を行うと共に、必要に応じて独立歌としての立場からの解釈も加えた。
6 地名の説明は、現在の新しい地名によらず、和名抄等の古いものによった。今日のどこそこと、必ずしも確定的に言えないものが多いからである。
一、訓み下し文、特に歌謡の部分については、亀井孝氏の協力を得る予定で、同氏からの承諾は得ていたのであるが、刊行期日の関係上脱稿を急いだために、遂にその実現を見るに至らなかったことは、かえすがえすも残念である。定めし不備や誤謬があることと思われるが、他日の補正を期する次第である。

古事記

古事記上巻　并序

臣安萬侶言。夫、混元既凝、氣象未レ效。無レ名無レ爲。誰知二其形一。然、乾坤初分、參神作二造化之首一、陰陽斯開、二靈爲二群品之祖一。所以、出二入幽顯一、日月彰二於洗レ目、浮二沈海水一、神祇[1]呈二於滌レ身。故、太素杳冥[2]、因二本敎一而識二孕レ土產レ嶋之時一、元始綿邈、頼二先聖一而察二生レ神立レ人之世一。寔知、懸レ鏡吐レ珠、而百王相續、喫レ劒切レ蛇、以萬神蕃息與[3]。議二安河一而平二天下一、論二小濱一而清二國土一。是以、番仁岐命、初降二于高千嶺一、神倭天皇、經二歷于秋津嶋一。化熊出レ川[4]、天劒獲二於高倉一、生尾遮レ徑、大烏導二於吉野一。列レ儛攘レ賊、聞レ歌伏レ仇。卽、覺レ夢而敬二神祇一。所以稱二賢后一。望レ烟而撫二黎元一。於レ今傳二聖帝一。定レ境開レ邦、制二于近淡海一、正レ姓撰レ氏、勒二于遠飛鳥一。雖二歩驟各異、文質不一レ同、↓

一　混沌(渾沌)の元気。周易正義及び列子の天瑞篇に「渾沌者、言二万物相渾沌而未一レ相離一也。」とある。
二　気と象(形・質)とである。天瑞篇に「太初者、気之始也。太始者、形之始也。太素者、質之始也。気形質具而未二相離一。謂二之渾沌一。」とある。
三　天地万物の元始のありさまを言ったのである。老子に「無名者天地之始」、荘子に「無為者万物之本也」とある。
四　天地。
五　天之御中主神、高御産巣日神、神産巣日神。
六　記伝に「天地陰陽の運行によりて万物の成出るをいへり。」とあるが、淮南子、精神訓の注に「天」とあるのによって、高天の原と解する方がよかろう。
七　伊邪那岐命と伊邪那美命。群品は万物の意。
八　幽は黄泉国、顕は葦原の中つ国。
九　天照大御神(日)と月読命(月)。
一〇　前掲「質之始」であって、次の「元始」と同様、混沌たるこの世のはじめを指している。
一一　くらくてはっきりしないこと。
一二　神代以来の古伝承。
一三　年代がはるかに遠いこと。

1　祇—底「祇」に誤る。今改めた。以下同じ。
2　冥—底「冥」、眞・道・春・前・猪・田「寘」、寛「窅」、延「冥」とあるが、干祿字書には「寘冥」は「上通下正」とあるので冥に改めた。冥はその正字である。
3　與—底・前・猪・寛・延・田「歟」、眞・道・春・果「與」。両字は通用されるが、與の方が古いのでそれを採つた。
4　川—田に「巛」とある以外は諸本すべて「爪」。しかし眞に川を爪、訓を訓・訴と記しているのによつて、爪は川の誤りと認めて改めた。

古事記上巻　幷《あは》せて序

序第一段　稽古照今

臣安萬侶《しんやすまろ》言《まを》す。夫《そ》れ、[一]混元既に凝《こ》りて、[二]氣象未《いま》だ效《あらは》れず。[三]名も無く爲《わざ》も無し。誰れか其の形を知らむ。然れども、[四]乾坤《けんこん》初めて分れて、[五]參神造化の[六]首《はじめ》と作《な》り、陰陽斯《ここ》に開けて、[七]二靈群品の祖《おや》と爲《な》りき。所以《このゆゑ》に、[八]幽顯に出入して、[九]日月目を洗ふに彰《あらは》れ、海水に浮沈して、神祇身を滌《すす》ぐに呈《あらは》れき。故《かれ》、[一〇]太素《たいそ》は[一一]杳冥《えうめい》なれども、[一二]本教に因《よ》りて土《くに》を孕《はら》み島を產みし時を識《し》り、[一三]元始は綿邈《めんばく》なれども、[一四]先聖に頼《よ》りて[一五]神を生み人を立てし世を察《し》りぬ。寔《まこと》に知る、[一六]鏡を懸け[一七]珠《たま》を吐きて、[一八]百王相續し、[一九]劍《つるぎ》を喫《く》ひ蛇《をろち》を切りて、萬神蕃息《ばんそく》せしことを。[二〇]安河《やすのかは》に議《はか》りて天下《あめのした》を平《ことむ》け、[二一]小濱《をばま》に論《あげつら》ひて國土《くに》を清めき。是《ここ》を以《も》ちて、番仁岐命《ほのににぎのみこと》、初めて高千嶺《たかちほのたけ》に降《くだ》り、[二二]神倭天皇《かむやまとのすめらみこと》、[二三]秋津島《あきづしま》に經歷したまひき。[二四]化熊《くわいう》川を出でて、[二五]天劍《てんけん》を[二六]高倉《たかくらじ》に獲《え》、[二七]生尾《せいび》[二八]徑《みち》を遮《さへぎ》りて、[二九]大烏《たいう》吉野に導きき。[三〇]儛《まひ》を列《つら》ねて賊《にしもの》を攘《はら》ひ、歌を聞きて仇《あた》を伏《したが》はしめき。即ち、[三一]夢《いめ》に覺《さと》りて神祇を敬《ゐやま》ひたまひき。所以《このゆゑ》に賢后《けんこう》と稱《まを》す。[三二]烟《けぶり》を望みて黎元《れいげん》を撫《な》でたまひき。今に聖帝と傳ふ。[三三]境《さかひ》を定め邦《くに》を開きて、近淡海《ちかつあふみ》に制《をさ》めたまひき。[三四]姓《かばね》を正《ただ》し氏《うぢ》を撰《えら》びて、遠飛鳥《とほつあすか》に勒《をさ》めたまひき。[三五]步《ほ》驟《しう》各《おのおの》異《こと》に、[三六]文質同じか

一四　神代の事を言い伝えた昔の賢い人。
一五　神は次の「万神」に当り、人は次の「百王」に当る。即ち宗教的な神々と皇統をつぐ人々の意。
一六　天の石屋戸の故事。
一七　次の「剣を喫ひ」と共に、天の安の河における天照大御神と須佐之男命の誓約の故事。
一八　多くの王の意であるが、ここは一系の天皇。
一九　須佐之男命の大蛇退治の故事。
二〇　天の安の河原で大勢の神々が相談して。
二一　出雲の伊那佐の小浜で大国主神と問答して。
二二　神倭伊波礼毘古天皇の略。神武天皇。
二三　畿内の地。経歴は長い期間を過ごすこと。
二四　神の化身の熊。
二五　天から降された剣。
二六　高倉下（人名）の略。
二七　尾のある人。
二八　路いっぱいに出て歓迎して。
二九　八咫烏（やたがらす）のこと。
三〇　みんなが揃って舞を舞い、合図の歌を聞いて一時に賊徒を平定した。
三一　崇神天皇の事蹟。賢后は賢い天皇。
三二　仁徳天皇の事蹟。烟は炊煙、黎元は人民。
三三　成務天皇の事蹟。「邦を開き」は国造や県主を任命すること。天皇は近江の志賀高穴穂の宮で天下を治められた。「制め」は治めの意。
三四　允恭天皇の事蹟。天皇は遠つ飛鳥の宮で天下を治められた。「勒め」も治めの意。
三五　歩は馬の徐行、驟は馬の疾行。つまり政治に緩急のあること。孝経に「三皇歩、五帝驟」とある。
三六　文彩と質朴。

莫レ不下稽レ古以繩二風猷於既頽一、照レ今以補中典教於欲上レ絶。

曁下飛鳥清原大宮御二大八州[1]一天皇御世上、潛龍體レ元、洊雷應レ期。開[2]二夢歌一而相[3]レ纂レ業、投二夜水一而知レ承レ基。然、天時未レ臻、蟬二蛻於南山一、人事共給[4]、虎二歩於東國一。皇輿忽駕、淩二渡山川一、六師雷震、三軍電逝。杖矛擧レ威、猛士烟起、絳旗耀レ兵、凶徒瓦解。未レ移二浹辰一、氣沴[5]自淸。乃、放レ牛息レ馬、愷悌歸二於華夏一、卷レ旌戢レ戈、儛詠停二於都邑一。歳次二大梁一、月踵二夾鐘[6]一、淸原大宮、昇卽二天位一。道軼二軒后一、德跨二周王一。握二乾符一而摠二六合一、得二天統一而包二八荒一。乘二二氣之正一、齊二五行之序一、設二神理一以奬レ俗、敷二英風一以弘レ國。重加、智海浩汗[7]、潭探二上古一、心鏡煒煌、明覩二先代一。

於レ是天皇詔之、朕聞、諸家之所レ賷帝紀及本辭、既違二正實一、

1 州―底「洲」、眞以下の諸本「州」。今諸本に従つて改めた。

2 開―底・眞・果「聞」、道・春・前・猪・寛・延「開」。開は開釋の意で、ことは開の方がよいので改めた。

3 相―底・前・猪・寛・延・田「想」、眞・道・春・果「相」。相は吉凶を占なう意で、前の「開」と關連して考えると、ことも相の方がまさつているので改めた。

4 給―底・前・猪・寛「洽」、眞・道・春・果・延・田「給」。これは共給(供給)の熟字と見て、給に従つた。

5 沴―眞・道・春・果・前・猪「㳀」、寛「弥」、延「弥」、田「沵」。延の頭注に「弥沴之誤乎」とあり、記伝もこれによつて沴に改めている。

6 夾鐘―鐘は底・前・延・田に「鍾」とあるが「鐘」が正しい。夾は眞・前・猪・田に「侠」、道・春・果に「狹」とある。夾鐘は侠鐘と同じ。

7 汗―底「瀚」、延「瀚」とあるが、他の諸本によつて「汗」に改めた。

一 風教道徳。
二 五常(仁義礼智信)の教。正しい人の道。
三 天武天皇の御代。曁りは、至りの意。
四 天子の徳があってまだ位に即かない時を潜竜という。次の「洊雷」も同じ。「元を体し」は人の長たるべき資格を身につけること。
五 活動すべき時機が到来した。
六 夢の中で聞いた歌を解釈して、帝業をうけつぐべきことを占ない。
七 夜半に伊賀の名張の横河に行って、帝業をうけつぐべきことがわかった。
八 天皇の位に即かれる時がまだ来ないで。
九 吉野に蟬のようにこっそりもぬけて行き。
一〇 味方の軍勢も備わって来て。
一一 虎のように威武堂々と行かれた。
一二 皇輿は天皇の乗り物、駕すは行幸する意。

一三　六師は天子の軍(天武天皇の大本営)、三軍は諸侯の軍(高市皇子の軍)。逝くは進む意。
一四　赤い旗は兵器をかがやかして。
一五　悪逆のともがら(近江朝廷の人々)は、瓦のように砕け散った。
一六　浹辰は十二日間。短時日の間にの意。

序第二段　古事記撰録の発端

一七　悪気、または妖気。
一八　尚書、武成篇の「乃偃レ武修レ文、帰二馬于華山之陽一、放二牛于桃林之野一。」という故事によったもので、戦争をやめること。次の「旌を巻き戈を戢め」も同じ。
一九　心楽しく安らかに都に帰り。華夏は次の都邑と同じく帝都の意。
二〇　木星が二十八宿の一の昴星(十二支の酉に当る)の居る西方にやどる年、即ち酉の年のこと。
二一　夾鐘は十二律の一で、これを月に当てると二月である。天武天皇は癸酉の年の二月に即位された。
二二　黄帝。
二三　周の文王。
二四　天つ璽(三種の神器)。
二五　天つ日嗣。
二六　二気は陰陽、五行は水火木金土。
二七　神道を施して良い風俗をすすめ、すぐれた教化を布いて国のひろきに及ぼされた。
二八　海のような御智は広大で。
二九　鏡のような御心は明らかにかがやいて。
三〇　次の帝皇日継・先紀と同じもので、各天皇の即位から崩御に至る皇統譜のような記録。
三一　次の旧辞・先代旧辞と同じもので、神話や伝説や歌物語を内容としたもの。

らずと雖も、古《いにしへ》を稽《かむが》へて[一]風猷《ふういう》を既に頽《すた》れたるに縄《ただ》し、今に照らして[二]典教《てんけう》を絶えむとするに補はずといふこと莫《な》し。

[三]飛鳥《あすか》の清原《きよみはら》の大宮《おほみや》に大八州御《おほやしまぐにしら》しめしし天皇《すめらみこと》の御世に暨《いた》りて、[四]潛龍元《せんりようげん》を體《たい》し、洊《せん》[五]雷期《らいき》に應じき。[六]夢の歌を開《ひら》きて業《わざ》を纂《つ》がむことを相《あは》せ、[七]夜の水《かは》に投《いた》りて基《もとゐ》を承《う》けむことを知りたまひき。然れども、[八]天の時未だ臻《いた》らずして、[九]南山に蟬蛻《せんぜい》し、[一〇]人事共給《そな》はりて、東國に[一一]虎歩《こほ》したまひき。[一二]皇輿《くわうよ》忽ち駕《が》して、山川を淩《こ》え渡《わた》り、[一三]六師《りくし》雷《いかづち》のごとく震《ふる》ひ、三軍電《いなづま》のごとく逝《ゆ》きき。杖矛《ちやうぼう》威《いきほひ》を擧げて、猛士烟《けぶり》のごとく起こり、[一四]絳旗《かうき》兵《つはもの》を耀《かがや》かして、[一五]凶徒瓦《かはら》のごとく解《と》けき。未だ[一六]浹辰《せふしん》を移さずして、[一七]氣沴《きれい》自《おのづか》ら清まりき。乃ち、[一八]牛を放ち馬を息《いこ》へ、[一九]愷悌《がいてい》して華夏に歸り、旌《はた》を巻き戈《ほこ》を戢《をさ》め、儛詠《ぶえい》して都邑《といふ》に停《とど》まりたまひき。[二〇]歳《ほし》大梁《たいりやう》に次《やど》り、月[二一]夾鐘《けふしよう》に踵《あた》り、清原《きよみはら》の大宮にして、昇りて天位《あまつくらゐ》に卽《つ》きたまひき。道は[二二]軒后《けんこう》に軼《す》ぎ、徳は[二三]周王に跨《こ》えたまひき。[二四]乾符《けんぷ》を握《と》りて六合《りくがふ》を摠《す》べ、[二五]天統を得て八荒《はつくわう》を包《か》ねたまひき。[二六]二氣の正しきに乘り、五行の序《ついで》を齊《ととの》へ、[二七]神理を設《ま》けて俗《ならはし》を奬《すす》め、英風を敷きて國を弘めたまひき。重加《しかのみにあらず》、[二八]智海は浩汗《かうかん》として、潭《ふか》く上古を探り、[二九]心鏡は煒煌《ゐくわう》として、明らかに先代を観《み》たまひき。

是《ここ》に天皇詔《の》りたまひしく、「朕《われ》聞く、諸家の賫《もた》る[三〇]帝紀及び[三一]本辭、既に正實に違《たが》ひ、

多加二虚僞一。當二今之時一不レ改二其失一、未レ經二幾年一其旨欲レ滅。斯乃、邦家之經緯、王化之鴻基焉。故惟、撰二錄帝紀一、討二覈舊辭一、削レ僞定レ實、欲レ流二後葉一。時有二舍人一。姓稗田、名阿禮、年是廿八。爲レ人聰明、度レ目誦レ口、拂レ耳勒レ心。卽、勅二語阿禮一、令レ誦二習帝皇日繼及先代舊辭一。然、運移世異、未レ行二其事一矣。

伏惟、皇帝陛下、得レ一光宅、通レ三亭育。御二紫宸一而德被二馬蹄之所一レ極、坐二玄扈一而化照二船頭之所一レ逮。日浮重レ暉、雲散非レ烟。連レ柯幷レ穗之瑞、史不レ絶レ書、列レ烽重レ譯之貢、府無二空月一。可レ謂下名高二文命一、德冠中天乙上矣。

於レ焉、惜二舊辭之誤忤一、正二先紀之謬錯一、以二和銅四年九月十八日一、詔二臣安萬侶一、撰二錄稗田阿禮所レ誦之勅語舊辭一以獻上者、謹隨二詔旨一、子細採摭。然、上古之時、言意並朴、敷レ文構レ句、於レ字卽難。↓

一　国家行政の根本組織、天皇徳化の基本。

二　天皇や皇子等の側近にあって雑事に勤仕した者。和漢共に男子が任ぜられる官であった。

三　一見しただけで、すぐに声に出し節をつけ多く虚偽を加ふと。今の時に當りて、其の失《あやまり》を改めずば、未だ幾年をも經ずして其の旨《むね》滅びなむとす。斯《こ》れ乃ち、[一]邦家の經緯、王化の鴻基《こうき》なり。故惟《かれこ》れ、帝紀を撰錄し、舊辭を討覈《とうかく》して、僞《いつは》りを削り實《まこと》を定めて、後葉《のちのよ》に流《つた》へむと欲《おも》ふ。」とのりたまひき。時に[二]舍人《とねり》有りき。姓《うぢ》は稗田《ひえだ》、名は阿禮《あれ》、年は是れ廿八。人と爲《な》り聰明にして、[三]目に度《わた》れば口に誦《よ》み、耳に拂《ふ》るれば心に勒《しる》しき。卽ち、阿禮に勅語して帝皇日繼《すめらみことのひつぎ》及び先代舊辭《さきつよのふるごと》を誦《よ》み習はしめたまひき。然れども、[四]運《とき》移り世異《かは》りて、未だ其の事を行ひたまはざりき。

伏《ふ》して惟《おも》ふに、[五]皇帝陛下、[六]一を得て光宅し、[七]三に通じて亭育したまふ。[八]紫宸《ししん》に御《ぎょ》して[九]德は馬の蹄《つめ》の極まる所に被《およ》び、玄扈《げんこ》に坐《ざ》して[一〇]化は船の頭《へ》の逮《およ》ぶ所を照らしたまふ。[一一]日浮かびて暉《ひかり》を重ね、雲散りて[一二]烟に非ず。[一三]柯《えだ》を連《つら》ね穗を幷《あは》す瑞《しるし》、[一四]史書《しる》すことを絶《た》たず、[一五]烽《とぶひ》を列《つら》ね譯《をさ》を重ぬる貢《みつぎ》、[一六]府空《ふむな》しき月無し。名は[一七]文命よりも高く、德は[一八]天乙にも冠《まさ》りたまへりと謂ひつ可《べ》し。

焉《ここ》に、舊辭の誤り忤《たが》へるを惜しみ、先紀の謬《あやま》り錯《まじ》れるを正さむとして、和銅四年九月十八日を以《も》ちて、臣安萬侶に詔りして、稗田阿禮《ひえだのあれ》の誦む所の[一九]勅語の舊辭を撰錄して獻上せしむと[二〇]いへれば、謹みて詔旨《おほみこと》の隨《まにま》に、[二一]子《し》細《さい》に採り摭《ひろ》ひぬ。然れども、上古の時、言意《ことばこころ》並びに朴《すなほ》にして、[二二]文を敷き句を構ふること、字《じ》に於《お》

てよみ、一度聞いただけで、心に刻みつけて忘れない。
四 時世が移り変って。天皇の御代がかわって。
五 元明天皇。
六 老子に「王侯得㆑一以為㆓天下貞㆒」とある。帝位に即いての意。光宅は徳が天下に充ち満ちること。
七 天地人の三才に通じることであるが、これも帝位に即く意。亭育は民を化育すること。
八 皇居に居られて。次の玄扈も皇居の意。
九・一〇 祈年祭祝詞に「青海原は…舟の艫の至り留まる極み、…陸より往く道は、…馬の爪の至り留まる限り」とあるのに拠った文。徳化が遠い国々の隅々果てまでも光被する意。
一一 暉を重ねは重光と同じで祥瑞の一つ。
一二 烟に非ずは非烟という祥瑞。

序第三段　古事記の成立

一三 連理木や嘉禾のあらわれる太平の祥瑞。
一四 史官がそのような祥瑞を絶えず記している。
一五 都まで多くの烽を必要とする遠い国々や、度々言葉をかえなければ都に達しない遠国からの朝貢。
一六 朝廷の倉庫が空っぽの月はない。
一七 夏の禹王。
一八 殷の湯王。
一九 天武天皇が勅命された帝皇日継と先代旧辞の意で、文を省いたと見るべきである。
二〇 漢文訓読の訓みくせで、後世は「てへれば」と訓む。
二一 こまかに取り拾った。
二二 漢字で文章詞句を書き表わすことは困難である。

已因㆑訓述者、詞不㆑逮㆑心。全以㆑音連者、事趣更長。是以今、或一句之中、交㆓用音訓㆒、或一事之內、全以㆑訓錄。卽、辭理叵㆑見、以㆑注明、意況易㆑解、更非㆑注。亦、於㆑姓日下、謂㆓玖沙訶㆒、於㆑名帶字、謂㆓多羅斯㆒、如㆑此之類、隨㆑本不㆑改。大抵所㆑記者、自㆓天地開闢㆒始、以訖㆓于小治田御世㆒。故、天御中主神以下、日子[1]波限建鵜草葺不合[2]命以前、爲㆓上卷㆒、神倭伊波禮毘古天皇以下、品陀御世以前、爲㆓中卷㆒、大雀皇帝以下、小治田大宮以前、爲㆓下卷㆒、幷錄㆓三卷㆒、謹以獻上。臣安萬侶、誠惶誠恐、頓首頓首。

和銅五年正月[3]廿八日　　正五位上勳五等太朝臣安萬侶[4]

1　波限―眞・前・猪・寛・延・田・底「波限」、道・春・果「波瀲」。後者は書紀の用字に目慣れた後人の偶然か故意による變改と思われる。

2　命―底はじめ諸本すべて「尊」、ただ眞のみに「命」とある。古事記の本文にはミコトはすべて「命」と書いていて、「尊」と書いた例はない。これに對して書紀は「尊」と「命」とを書き別けている。從つてこの「尊」も前の「波瀲」の場合と同樣、書紀の用字に目慣れた後人の偶然か故意による變改と思われるので、眞によつて「命」に改めた。

3　廿八―底・延・田には「廿」を「二十」、道・春・果には「八」を「五」としている。「年是廿八」の例に照らしても「廿」の方がよいので、諸本に從つて「廿」に改めた。また「八」も底はじめ諸本に從うべきである。*

*4　安萬侶の下に底・延には「謹上」の二字があるが、眞はじめ諸本には無いから、これを削つた。「上㆓文選註㆒表」には最後に「臣李善上表」、「進㆓五經正義㆒表」には「臣無忌等上」などとあつて、「上表」「上」の字があるが、わが國の古い上表文の場合は不明である。「謹上」の二字は多分さかしらに加えたものであろうと思われる。

きて即ち難《かた》し。[一]已《すで》に訓に因《よ》りて述べたるは、詞《ことば》心に逮《およ》ばず、[二]全《また》く音を以ちて連ねたるは、事の趣更に長し。是《ここ》を以ちて今、或《ある》は一句の中に、音訓を交へ用ゐ、或《ある》は一事の内に、全《また》く訓を以ちて錄《しる》しぬ。即ち、[三]辭理の見え叵《がた》きは、注を以ちて明らかにし、[四]意況《いきやう》の解《さと》り易《やす》きは、更に注せず。[五]亦姓《またうぢ》に於きて日下《にちげ》を玖沙訶《くさか》と謂ひ、名に於きて帶《たい》の字を多羅斯《たらし》と謂ふ、此《か》くの如き類《たぐひ》は、本《もと》の隨《まにま》に改めず。大抵《おほかた》記《しる》す所は、天地開闢《あめつちのひらけしとき》より始めて、[六]小治田《をはりだ》の御世に訖《をは》る。故《かれ》、天御中主神《あめのみなかぬしのかみ》以下《よりしも》、日子波限建鵜草葺不合命《ひこなぎさたけうがやふきあへずのみこと》以前《よりさき》を上《つ》卷と爲《な》し、神倭伊波禮毘古天皇《かむやまといはれびこのすめらみこと》以下《よりしも》、[七]品陀御世《ほむだのみよ》以前《よりさき》を中《つ》卷と爲し、[八]大雀皇帝《おほさざきのみかど》以下《よりしも》、小治田[九]大宮《をはりだのおほみや》以前《よりさき》を下《つ》卷と爲し、幷《あは》せて三卷を錄《しる》して、謹みて獻上《たてまつ》る。臣安萬侶、[一〇]誠惶誠恐、頓首頓首。

和銅五年正月廿八日

[一一]正五位上勳五等太朝臣安萬侶《おほのあそみやすまろ》

一 尽く字訓で書き表わしたものは、文辞が古意とぴったりせず。
二 字音ばかりで書き表わしたものは、文章が長たらしくなる。
三 「ことばのすじみち」が通りにくいのは。
四 意味のわかりやすいものは。
五 氏に日下と書いてクサカと読み、名に帯と書いてタラシとよむが、このような類のもの（春日・飛鳥・長谷・三枝など）は、従来の慣用に従って書き改めない。
六 推古天皇の御代。
七 応神天皇。
八 仁徳天皇。
九 大宮、御世、皇帝、天皇は語をかえただけで意味は同じである。
一〇 上表文のおわりに用いられる慣用句。おそれかしこまって敬意を表する意。
一一 正五位上は文位、勲五等は勲位。続日本紀によると安万侶は和銅四年四月に正五位上になっている。そして養老七年七月に民部卿従四位下で死去した。

天地初發之時、於㆓高天原㆒成神名、天之御中主神。訓㆓高下天㆒云㆓阿麻㆒。下效㆑此。次高御産巣日神。次神産巣日神。此三柱神者、並獨神成坐而、隱㆑身也。

次國稚如㆓浮脂㆒而、久羅下那[1]州多陀用[2]弊[3]流之時、流字以上十字以㆑音。如㆓葦牙㆒因㆓萌騰之物㆒而成神名、宇[4]摩志阿斯訶備比古遲神。此神名以㆑音。次天之常立神。訓㆑常云㆓登許㆒、訓㆑立云㆓多知㆒。此二柱神亦、獨神成坐而、隱㆑身也。

上件五柱神者、別天神。

次成神名、國之常立神。訓㆓常立㆒亦如㆑上。次豐雲上野神。此二柱神亦、獨神成坐而、隱㆑身也。

次成神名、宇比地邇上神、次妹須比智邇去神。此二神名以㆑音。次角杙神、次妹活杙神。二柱 次意富斗能地神、次妹大斗乃辨神。此二神名亦以㆑音。次[5]於母陀[6]流神、次妹阿夜上訶志古泥神。此二神名皆以㆑音。次伊邪那岐神、次妹伊邪那美神。此二神名亦以㆑音如㆑上。

1 州―底・前・猪・寛・延・田「洲」、眞・道・春・果「州」。今、古い傳本に從つて改めた。以下同じ。
2 弊―底・前・猪・寛・田「幣」、眞・道・春・果・延「弊」。
3 流―底・猪・寛・延・田「琉」、眞・道・春・果・前「流」。
4 摩―底・前・猪・寛・延・田「麻」、眞・道・春・果「摩」。
5 於―底・前・猪・寛・延・田「淤」、眞・道・春・果「於」。今、古い傳本に從つて改めた。
6 流―猪・寛・延・田・底「琉」、眞・道・春・果・前「流」。

一 天と地が初めて開けた時。序に「乾坤初分」、「天地開闢」、書紀に「開闢之初」、「天地初判」とある。また万葉には「天地の分れし時ゆ」とある。
二 天上界(人間生活の投影された信仰上の世界)。
三 高天の原の中心の主宰神。
四 高の字の下の天の字はアマと訓む。以下「高天原」とある場合は、これに效(なら)って、いつでもアマと訓めという注。
五 書紀に「高皇産霊尊」、祝詞に「高御魂」とある。生成力の神格化。高御は天上界に関連をもつ美称。産巣日の日は清音ヒの仮名。
六 書紀に「神皇産霊尊」とある。同じく生成力の神格化。神(御)は幽冥界に関連をもつ美称。
七 双神(男女対偶の神)に対して単独の神。
八 現し身を隠してあらわされなかった。
九 国土(人間生活の投影された土地)が、まだ十分成りととのわないで。

別天神五柱

天地《あめつち》[一]初めて發《ひら》けし時、高天《たかま》[二]の原に成れる神の名は、天之御中主神《あめのみなかぬしの》[三]。高の下の天を訓みてアマと云ふ。[四]下は此れに效へ。次に高御産巣日神《たかみむすひの》[五]。次に神産巣日神《かみむすひの》[六]。此の三柱《みはしら》の神は、並獨神《みなひとりがみ》[七]と成り坐《ま》して、身《み》[八]を隠《かく》したまひき。

次に國稚《くにわか》[九]く浮きし脂《あぶら》[一〇]の如《ごと》くして、久羅下那州多陀用弊流時《くらげなすただよへるとき》[一一]、流の字以上の十字は音を以ゐよ。葦牙《あしかび》[一二]の如く萌《も》え騰《あが》る物に因《よ》りて成れる神の名は、宇摩志阿斯訶備比古遲神《うましあしかびひこぢの》[一三]。此の神の名は音を以ゐよ。次に天之常立神《あめのとこたちの》[一四]。常を訓みてトコと云ひ、立を訓みてタチと云ふ。此の二柱《ふたはしら》の神も亦《また》、獨神と成り坐《ま》して、身を隠したまひき。

上《かみ》の件《くだり》の五柱《いつはしら》の神は、別天《ことあま》[一五]つ神。

神世七代

次に成れる神の名は、國之常立神《くにのとこたちの》[一六]。常・立を訓むこと亦上の如くせよ。次に豐雲《とよくも》[一七]上野神《のの》[一八]。此の二柱の神も亦、獨神と成り坐《ま》して、身を隠したまひき。

次に成れる神の名は、宇比地邇《うひぢに》上神《の》[一九]、次に妹須比智邇《いもすひぢに》去神《の》[二〇]。此の二神の名は音を以ゐよ。次に角杙神《つのぐひの》[二一]、次に妹活杙神《いもいくぐひの》[二二]。二柱。次に意富斗能地神《おほとのぢの》[二三]、次に妹大斗乃辨神《いもおほとのべの》[二四]。此の二神の名も亦、音を以ゐよ。次に於母陀流神《おもだるの》[二五]、次に妹阿夜上訶志古泥神《いもあやかしこねの》[二六]。此の二神の名は皆音を以ゐよ。次に伊邪那岐神《いざなきの》[二七]、次に妹伊邪那美神《いもいざなみの》[二八]。此の二神の名も亦、音を以ゐること上の如くせよ。

一〇 水上に浮かんだ脂(動物の脂肪)。
一一 海月(くらげ)のように漂っている時。
一二 葦の芽のように芽を吹き出す。
一三 書紀に「可美葦牙彦舅尊」とある。りっぱな葦の芽の男の神の意で、国土の生長力の神格化。
一四 高天の原に恒久にとどまっている神。
一五 天つ神の中の特別な天つ神。
一六 国土に恒久にとどまっている神。国土の根源神。
一七 書紀には「豊斟渟尊」、「豊国主尊」、「豊組野尊」、「豊国野尊」その他種々の名が見える。名義は未詳であるが、原野の神格化であろう。
一八 小字の「上」は次の「去」と共にシナの四声の平上去入を借用して、「上」はその上の字の発音を上げるしるし、「去」は下げるしるしである。去は一例のみ。
一九 書紀に「埿土煮尊」とある。泥の神格化。
二〇 書紀に「沙土煮尊」とある。砂の神格化。妹は対偶の女性神であることをあらわしている。
二一・二二 書紀に「角樴尊、活樴尊」とある。名義は未詳であるが、クイ(杙・樴・橛)の神格化か。
二三・二四 書紀には「大戸之道尊、大苫辺尊」、「大戸摩彦尊、大戸摩姫尊」などとあるが、多分居所の神格化であろう。
二五 書紀に「面足尊」とある。顔かたちの完備したことの神格化。
二六 書紀に「惶根尊」を始め種々の名が見える。人間の意識の発生を神格化したものであろう。
二七・二八 書紀に「伊弉諾尊、伊弉冊尊」とある。互に誘(いざな)い合った男女の神の意であろう。岐は清音キの仮名。

上件自二國之常立神一以下、伊邪那美神以前、幷稱二神世七代一。上二柱獨神、各云二一代一。次雙十神、各合二二神一云二一代一也。

於レ是天神諸命以、詔四伊邪那岐命、伊邪那美命、二柱神、修三理固三成是多陀用弊流之國一、賜二天沼矛一而、言依賜也。故、二柱神立二訓レ立云二多多志一。天浮橋一而、指三下其沼矛一以畫者、鹽許[1]々袁々呂々邇此七字以レ音。畫鳴訓レ鳴云二那志一。而、引上時、自二其矛末一垂落鹽之累積、[2]成レ嶋。是淤能碁呂嶋。自レ淤以下四字以レ音。

於二其嶋一天降坐而、見三立天之御柱一、見三立八尋殿一。於レ是問二其妹伊邪那美命一曰、汝身者如何成。答下白[3]吾身者、成成不二成合一處一處在上。爾伊邪那岐命詔、我身者、成成而成餘處一處在。故以二此吾身成餘處一、刺下塞汝身不二成合一處上而、以[4]三爲生三成國土一。[5]生奈何。訓レ生云二宇牟一。下效レ此。伊邪那美命、答三曰然善一。爾伊邪那岐命詔、然者吾與レ汝行三廻一逢是天之御柱二而、爲二美斗能麻具波比一。此七字以レ音。

1 底・延・田には「許袁呂 許袁呂」とあるが、諸本に従つて古い書き方のままにした。
2 底・田は「垂落之鹽累積」に改めているが、諸本に従つた。但し書紀には「垂落之潮結而」とある。
3 白―底・前・猪・寬・延・田「曰」、眞・道・春・果「白」。今、古い傳本に従つて改めた。
4 以爲―底・前・猪・寬・延「爲」、眞・道・春・果・田「以爲」。今、古い傳本に従つて「以」を補つた。
5 生―底・延・田には無く、眞以下の諸本には有る。(果にも無いが、下の訓注の右肩に「下」と注しているから、奈何の上にも生の字のあつたことがわかる。)今、諸本によつて補つた。

一 双(たぐ)えるとは、男女の対偶をいう。男女対偶の二神を合せて一代に数えるというのである。
二 天つ神一同の。別天神五柱を指す。
三 命は御言、以ちては「で」、御言葉での意。
四 前の「海月なす漂へる国」を承けている。
五 つくろい固めて完成せよの意。
六 書紀に「天之瓊矛」とある意で、玉で飾った矛。「天の」はすべて天上界のものを尊いとする思想から冠せられた美称。
七 依さしは依す(寄す)の敬語。御委任なさったの意。
八 そこで。
九 神が天上界から地上に降る場合に、天空に浮いてかかると信ぜられた橋。具体的には何を指したものか不明。新井白石は「海に連なる戦艦」、田安宗武は「舟」、アストン(Aston)は上《かみ》の件《くだり》の國之常立《の》神以下《よりしも》、伊邪那美《の》神以前《よりさき》を、幷《あは》せて神世七代《かみよななよ》と稱《い》ふ。上の二柱の獨神は、各一代と云ふ。次に雙へる十神は、各二神を合せて一代と云ふ。[一]

伊邪那岐命と伊邪那美命

1 国土の修理固成

是《ここ》に[二]天《あま》つ神諸《もろもろ》の命《みこと》[三]以《も》ちて、伊邪那岐《の》命、伊邪那美《の》命、二柱の神に、「是《こ》[四]の多《た》陀《だ》用《よ》弊《へ》流《る》國を修《をさ》[五]め理《つく》り固《かた》め成《な》せ。」と詔《の》りて、[六]天《あめ》の沼矛《ぬぼこ》を賜《たま》ひて、言依《ことよ》[七]さし賜ひき。[八]故《かれ》、二柱の神、[九]天《あめ》の浮橋《うきはし》に立《た》たし立を訓みてタタシと云ふ。て、其の沼矛を指《さ》し下《お》ろして[一〇]畫《か》きたまへば、[一一]鹽《しほ》[一二]許々袁々呂々邇《こをろこをろに》此の七字は音を以ゐよ。[一三]畫《か》き鳴《な》し鳴を訓みてナシと云ふ。て引き上げたまふ時、其の矛の末《さき》より垂《しただ》り落つる鹽、累《かさ》なり積《つ》もりて島と成りき。是れ[一四]淤能碁呂島《おのごろじま》なり。淤より以下の四字は音を以ゐよ。

2 二神の結婚

其の島に天降《あまくだ》り坐《ま》して、[一五]天《あめ》の御柱《みはしら》を見立《みた》て、[一六]八尋殿《やひろどの》を見立てたまひき。是《ここ》に其の妹《いも》[一七]伊邪那美《の》命に問曰《と》ひたまはく、「汝《な》が身は如何《いかに》か成れる。」ととひたまへば、「吾《あ》が身は、[一八]成り成りて[一九]成り合はざる處一處《ところひとところ》あり。」と答白《こた》へたまひき。爾《ここ》に伊邪那岐《の》命詔《の》りたまはく、「我が身は、成り成りて[二〇]成り餘れる處一處あり。故《かれ》、此の吾が身の成り餘れる處を以《も》ちて、汝《な》が身の成り合はざる處に[二一]刺《さ》し塞《ふた》ぎて、國土《くに》を生み成さむと以爲《おも》ふ。生むこと奈何《いかに》。」とのりたまへば、生を訓みてウムと云ふ。下は此れに效へ。伊邪那美《の》命、[二二]「然善《しかよ》けむ。」と答曰《こた》へたまひき。爾《ここ》に伊邪那岐《の》命詔《の》りたまひ[二三]しく、「然らば吾《あれ》[二四]と汝《いまし》と是《こ》の天の御柱を行き廻《めぐ》り逢ひて、[二五]美斗能麻具波比《みとのまぐはひ》此の七字は音

「虹」と解したが、いずれもにわかに従いがたい。

一〇 画は攪の意で、かきまわされると。

一一 海水。

一二 今いうコロコロの擬声語。

一三 攪き鳴らして。書紀には「画滄海而」とある。

一四 自凝島でひとりでに凝って出来た島の意。この島の所在については諸説があって明らかでない。

一五 柱を見定めて立てる意。書紀に「化作八尋之殿、又化作天柱。」とあるから、多分八尋殿とは別に屋外に立てられたものであろう。

一六 大きな家屋。ここは新婚のための婚舎。

一七 妻。

一八 だんだん出来上って行って結局。

一九 女陰。書紀に「雌元之処」、「陰元」とある。

二〇 男根。書紀に「雄元之処」、「陽元」とある。

二一 さし入れふさいでの意。交接すること。

二二 そうです、それがよいでしょう。

二三 「しく」は過去の助動詞「き」の連体形「し」に副詞ようの「く」語尾を添えたもの。続紀宣命第十三詔に「朕に宣りたまひしく…と宣りたまひし大命を」とある。金光明最勝王経の古点参照。

二四 婚姻の儀礼として柱を廻る習俗があったかどうかは明らかでないが、何かの呪的宗教的儀礼として人々が柱を廻る習俗があったのではあるまいか。

二五 「みと」は御所で、ここでは婚姻の場所、「まぐはひ」は目合から転じた交接の意。

如レ此之期、乃詔、汝者自レ右廻逢、我者自レ左廻逢。約竟廻時、伊邪那美命、先言ニ阿那邇夜志愛上袁登古袁一、此十字以レ音。下效レ此。後伊邪那岐命、言ニ阿那邇夜志愛上袁登賣袁一、各言竟之後、告ニ其妹一曰、女人先言不レ良。雖レ然久美度邇此四字以レ音。興而生子、水蛭子。此子者入ニ葦船一而流去。次生ニ淡嶋一。是亦不レ入ニ子之例一。

於レ是二柱神議云、今吾所レ生之子不レ良。猶宜レ白ニ天神之御所一。即共參上、請ニ天神之命一。爾天神之命以、布斗麻邇爾上此五字以レ音。卜相而詔之、因ニ女先言一而不レ良。亦還降改言。故爾反降、更往ニ廻其天之御柱如レ先。於レ是伊邪那岐命、先言ニ阿那邇夜志愛袁登賣袁一、後妹伊邪那美命、言ニ阿那邇夜志愛袁登古袁一。如レ此言竟而御合、生子、淡道之穗之狹別嶋。訓レ別云ニ和氣一。下效レ此。次生ニ伊豫之二名嶋一。此嶋者、身一而有ニ面四一。毎レ面有レ名。故、伊豫國謂ニ愛上比賣一、此三字以レ音。下效レ此也。讃岐國謂ニ飯↓

一 約束して。書紀には「約束曰」とある。
二・三 ほんにまあ、よい男よ。ほんにまあ、よい女よ。愛の字は仮名で、愛の意があるのではない。最後の「を」は感動の助詞。書紀には「憙哉遇ニ可美少男一焉。」、「憙哉遇ニ可美少女一焉。」「美哉、善少男。美哉、善少女。」などとある。
四 女が先に発言したのは不吉である、
五 夫婦の寝所の意。クミは隠(く)むの連用形であろう。書紀の大蛇退治の条に「奇御戸」の字があててある所から考えると、神秘な場所の意か。
六 起こしてと同じ。事を始めての意。ここは交接をはじめて。
七 手足もない水蛭(ひる)のような形をした不具の子の意か、または手足はあるが骨無しの子の意かの何れかであろうが、多分後者であろう。
八 葦を編んで作った船。現にヴェトナムには細い竹を編んで底にヤシ油を塗ったお椀船があを以ゐよ。為《せ》む。」とのりたまひき。如此《かく》期《ちぎ》[一]りて、乃ち「汝《いまし》は右《みぎ》より廻《めぐ》り逢《あ》へ、我《あれ》は左より廻り逢はむ。」と詔りたまひ、約《ちぎ》り竟《を》へて廻る時、伊邪那美命《の》、先《さき》に「阿《あ》[二]那《な》邇《に》夜《や》志《し》愛《え》上袁《を》登《と》古《こ》袁《を》。此の十字は音を以ゐよ。下は此れに效へ。」と言ひ、後《のち》に伊邪那岐命《の》、「阿《あ》[三]那《な》邇《に》夜《や》志《し》愛《え》上袁《を》登《と》賣《め》袁《を》。」と言ひ、各《おのおの》言ひ竟へし後、其の妹《いも》に告《つ》曰げたまひしく、「[四]女人先《をみなさき》に言へるは良《よ》からず。」とつげたまひき。然れども久《く》[五]美《み》度《ど》邇《に》此の四字は音を以ゐよ。興《おこ》[六]して生める子は、水蛭子《ひるこ》[七]。此の子は葦船《あしぶね》[八]に入れて流し去《う》[九]てき。次に淡島《あはしま》[一〇]を生みき。是《こ》も亦、子の例《たぐひ》[一一]には入れざりき。

是《ここ》に二柱の神、議《はか》りて云ひけらく、「今吾《あ》が生める子良《よ》からず。猶《なほ》[一二]天[一三]つ神の御《み》所《もと》に白《まを》すべし。」といひて、即ち共に參上《まゐのぼ》りて、天つ神の命《みこと》[一四]を請《と》ひき。爾《ここ》に天つ神の命以《みことも》[一五]ちて、布斗麻邇爾《ふとまにに》[一六]上此の五字は音を以ゐよ。卜相《うらな》[一七]ひて、詔《の》りたまひしく、「女《をみな》先《さき》に言へるに因《よ》りて良からず。亦還り降りて改め言へ。」とのりたまひき。故爾《かれここ》に反《かへ》り降りて、更に其の天《あめ》の御柱を先《さき》の如く往き廻《めぐ》りき。是《ここ》に伊邪那岐命《の》、先《さき》に「阿《あ》那《な》邇《に》夜《や》志《し》愛《え》袁《を》登《と》賣《め》袁《を》。」と言ひ、後に妹伊邪那美命《の》、「阿《あ》那《な》邇《に》夜《や》志《し》愛《え》袁《を》登《と》古《こ》袁《を》。」と言ひき。如此《かく》言ひ竟《を》へて御合《みあひ》[一八]して、生める子は、淡道之穂之狭別《あはぢのほのさわけの》[一九]島。別を訓みてワケと云ふ。下は此れに效へ。次に伊豫之二名《いよのふたなの》[二〇]島を生みき。此の島は、身《み》[二一]一つにして面《おも》四つ有り。面毎《おもごと》に名有り。故《かれ》、伊豫國《いよの》は愛《え》[二二]上比賣《ひめ》此の三字は音を以ゐよ。下は此れに效へ。と謂《い》ひ、讃岐國《さぬきの》は飯《いひ》[二三]

九 棄てた。ウツはスツの古言。
一〇 どこの淡島か明らかでない。
一一 例は類、即ちなかまの意。子のなかまには入れなかった。淡島を子のなかまに入れなかったのは、淡き島(たよりない島)の意があるからである。
一二 やはり。
一三 天つ神は別天神五柱。御所はいらっしゃる所の意であるが、ここでは直接言うことを避けてつけた語。
一四 御言葉を求めた。御意見を求めた。
一五 御言葉で。下の「詔りたまひしく」にかかる。
一六 書紀の一書には「時天神以二太占一而卜合之、乃教曰」とあって「太占、此云二布刀磨爾一。」の訓注がある。天の石屋戸の段に鹿の肩の骨を朱桜の皮で焼いて占なう方法が記されているが、これが太占であろう。
一七 卜占によって判断して。天つ神が占なったのである。前項書紀の一書参照。
一八 御結婚をなさって。
一九 淡路島を人体化したもの。「別」は地方に別け封ぜられた者の意。「穂之狭」は「穂の早」の意か。
二〇 四国のこと。「二名」の意は未詳。
二一 体が一つで顔が四つある意で、一島四国を人体化した表現。四国がそれぞれ男女に配されている。
二二 りっぱな女の意、愛媛県の名はこれから来ている。
二三 飯に関する名であろう。比古は男の意。

3 大八島国の生成

一 阿波の国で今の徳島県。
二 大食(ケ)つ姫で、食物を掌る女の意。
三 健々しい人の意であろう。
四 隠岐は島前と島後に分れ、島後は一つの大きい島であるが、島前は三つの島から成っていて、一人の親が三人の子を前にしていると言った地勢であるから、三子の島と言ったものと思われる。
五 天之は美称、忍は多し、許呂は凝で、多くの島々が凝り固まっている所からの名であろうか。
六 九州。
七 筑前と筑後。
八 明るい太陽の意か。
九 豊前と豊後。
一〇 光り豊かな太陽の意か。
一一 肥前と肥後。
一二 名義未詳。
一三 熊本県の南部から鹿児島県へかけての総称。
一四 勇ましい太陽の意か。
一五 壱岐の島。
一六 天一つ柱で孤島の擬人化。注の「天(テン)を訓むこと天(アメ)の如くせよ」というのは、この天はアマと訓まずに、普通にアメと訓めという意。
一七 対馬。
一八 名義未詳。
一九 この島のみ別名がない。
二〇 豊かに穀物の稔る大和の島の意で、大和を中心にした畿内の地域を指す。本州の総名ではない。
二一 天御虚空は美称。根は根底の意。
二二 わが国の呼び名の一つであるが、対内的に用いられた称呼(対外的には日本の文字が使わ

依比古一、粟國謂二大宜都比賣一、此四字以レ音。土左國謂二建依別一。次生二隱伎之三子嶋一。亦名天之忍許呂別。許呂二字以レ音。次生二筑紫嶋一。此嶋亦、身一而有二面四一。毎レ面有レ名。故、筑紫國謂二白日別一、豐國謂二豐日別一、肥國謂二建[1]日向日豐久士比泥別一、自レ久至レ泥以レ音。熊曾國謂二建日別一。曾字以レ音。次生二伊伎嶋一。亦名謂二天比登都柱一。自レ比至レ都以レ音。訓レ天如レ天。次生二津嶋一。亦名謂二天之狹手依比賣一。次生二佐度嶋一。次生二大倭豐秋津嶋一。亦名謂二天御虛空豐秋津根別一。故、因二此八嶋先所一レ生、謂二大八嶋國一。

然後、還坐之時、生二吉備兒嶋一。亦名謂二建日方別一。次生二小豆嶋一。亦名謂二大野手上比賣一。次生二大嶋一。亦名謂二大多麻上流別一。自レ多至レ流以レ音。次生二女嶋一。亦名謂二天一根一。訓レ天如レ天。次生二知訶嶋一。亦名謂二天之忍男一。次生二兩兒嶋一。亦名謂二天兩屋一。自二吉備兒嶋一至二天兩屋嶋一并六嶋。

既生レ國竟、更生レ神。故、生神名、大事忍男神。次生二石土毘古神一、訓レ石云二伊波一、亦毘古二字以レ音。下效レ此也。次生二石巣比賣神一、次生二大戸日別神一、次生二天之吹上男神一、次生二大屋毘古神一、次生二風木↓

1 前・猪に「建」を「逹」と記し、道・春・果には「謂二建日別一日向曰二豐久志比泥別一」とあり、寛・延・田には「謂二速日別一日向國謂二豐久士比泥別一」とある。「逹」は誤寫と思われるが、他の諸本の本文では、日向の國が一つ餘計で面四つ有りというのと矛盾するので、底・眞に從つた。(道・春・果の本文は建日別が熊曾國の別名と重複し、また日向の下に國の字がなく、イフを曰と記しているのもおかしい。寛・延・田は意を以て改めたものではあるまいか。)

依比古《よりひこ》と謂ひ、[一]粟《あはの》國は[二]大宜都比賣《おほげつひめ》此の四字は音を以ゐよ。と謂ひ、土左《とさの》國は[三]建依別《たけよりわけ》と謂ふ。次に[四]隱伎之三子《おきのみつごの》島を生みき。亦《また》の名は[五]天之忍許呂別《あめのおしころわけ》。許呂の二字は音を以ゐよ。次に[六]筑紫《つくしの》島を生みき。此の島も亦、身一つにして面四つ有り。面毎に名有り。故《かれ》、[七]筑紫《つくしの》國は[八]白日別《しらひわけ》と謂ひ、[九]豐《とよ》國は[一〇]豐日別《とよひわけ》と謂ひ、[一一]肥《ひの》國は[一二]建日向日豐久士比泥別《たけひむかひとよくじひねわけ》久より泥までは音を以ゐよ。と謂ひ、[一三]熊曾《くまその》國は[一四]建日別《たけひわけ》と謂ふ。曾の字は音を以ゐよ。次に[一五]伊伎《いきの》島を生みき。亦の名は[一六]天比登都《あめひとつ》柱《ばしら》比より都までは音を以ゐよ。天を訓むこと天の如くせよ。と謂ふ。次に[一七]津《つ》島を生みき。亦の名は[一八]天之狹手依比賣《あめのさでよりひめ》と謂ふ。次に[一九]佐度《さどの》島を生みき。次に[二〇]大倭豐秋津《おほやまととよあきづ》島を生みき。亦の名は[二一]天御虚空豐秋津根別《あまつみそらとよあきづねわけ》と謂ふ。故《かれ》、此の八島《やしま》を先《さき》に生めるに因《よ》りて、[二二]大八島國《おほやしまぐに》と謂ふ。

然《しか》ありて後《のち》、[二三]還《かへ》り坐《ま》す時、[二四]吉備兒島《きびのこじま》を生みき。亦の名は[二五]建日方別《たけひかたわけ》と謂ふ。次に[二六]小豆島《あづきじま》を生みき。亦の名は[二七]大野手《おほので》上比賣《ひめ》と謂ふ。次に[二八]大島を生みき。亦の名は[二九]大多麻《おほたま》上流別《るわけ》多より流までは音を以ゐよ。と謂ふ。次に[三〇]女島《ひめじま》を生みき。亦の名は[三一]天一根《あめひとつね》天を訓むこと天の如くせよ。と謂ふ。次に[三二]知訶《ちかの》島を生みき。亦の名は[三三]天之忍男《あめのおしを》と謂ふ。次に[三四]兩兒《ふたごの》島を生みき。亦の名は[三五]天兩屋《あめふたや》と謂ふ。吉備兒島より天兩屋島まで并せて六島。

4 神々の生成

既に國を生み竟《を》へて、更に神を生みき。故《かれ》、生める神の名は、[三六]大事忍男《おほことおしをの》神。次に[三七]石土毘古《いはつちびこの》神石を訓みてイハと云ひ、亦毘古の二字は音を以ゐよ。下は此れに效へ。を生み、次に[三八]石巣比賣《いはすひめの》神を生み、次に[三九]大《おほ》戸日別《とひわけの》神を生み、次に[四〇]天之吹《あめのふき》上男《をの》神を生み、次に[四一]大屋毘古《おほやびこの》神を生み、次に[四二]風木《かざも》

れた)。
二三 オノゴロ島にお還りになる時。
二四 岡山県の児島半島。吉備は吉備の国であるが、黍の意が含まれている。
二五 名義未詳。
二六 淡路島の西にある小豆(しょうど)島。
二七 名義未詳。
二八 この大島は、山口県柳井の東の大島。
二九 名義未詳。
三〇 この女島は、大分県国東半島の東北にある姫島であろうと思われる。
三一 孤島の意。この名には人体化の跡が見えない。
三二 長崎県の五島列島のこと。奈良時代から外国交通の要所であった。
三三 天之は美称、忍男は多し男で、多くの島々から成っているので、この別名がつけられたと思われる。
三四 貝原益軒の扶桑記勝に「五島の南に女島男島とてちひさき島二あり。是唐船紅毛船のとほる海路なり。五島よりも四十八里、薩摩よりも四十八里ありて五島につけり。」とある女島男島、即ち男女群島のことであろうと思われる。
三五 天は美称。海中に家が二つ並んでいるようだから、この名があるのであろう。これも人体化されていない。
三六 名義未詳。
三七 石や土の神格化か。
三八 石や砂の神格化か。
三九 名義未詳。
四〇 屋根を葺く男の意か。
四一 家屋の神格化か。
四二 名義未詳。記伝にはカザゲツワケと訓んでいる。

一 違例の訓注である。何かの誤りではなかろうか。しかしこれによって仮りに「木」をモと訓んでおく。
二 綿は海（ワタ）のあて字。海を掌る神。
三 河口を掌る神。
四 名義未詳。
五 それぞれ河と海に拠って分担して。

津別之忍男神一、（訓レ風云二加邪一、訓レ木以レ音。）次生二海神、名大綿津見神一、次生二水戸神、名速秋津日子神、次妹速秋津比賣神一。（自二大事忍男神一至二秋津比賣神一、并十神。）

此速秋津日子、速秋津比賣二神、因二河海一持別而、生神名、沫那藝神、（那藝二字以レ音。下效レ此。）次沫那美神、（那美二字以レ音。下效レ此。）次頰那藝神、次頰那美神、次天之水分神、（訓レ分云二久麻理一。下效レ此。）次國之水分神、次天之久比奢母智神、（自レ久以下五字以レ音。下效レ此。）次國之久比奢母智神。（自二沫那藝神一至二國之久比奢母智神一、并八神。）

次生二風神、名志那都比古神一、（此神名以レ音。）次生二木神、名久久能智神一、（此神名以レ音。）次生二山神、名大山上津見神一、次生二野神、名鹿屋野比賣神一。亦名謂二野椎[1]神一。（自二志那都比古神一至二野椎[2]一、并四神。）

此大山津見神、野椎神二神、因二山野一持別而、生神名、天之狹土神、（訓レ土云二豆知一。下效レ此。）次國之狹土神、次天之狹霧神、次國之狹霧神、次天之闇戸神、次國之闇戸神、次大戸惑子神、（訓レ惑云二麻刀比一。下效レ此。）次大戸惑女神。（自二天之狹土神一至二大戸惑女神一、并八神也。）

次生神名、鳥之石楠船神、亦名謂二天鳥船一。次生二大宜都比賣神一。（此神名以レ音。）次生二火之夜藝速男神一。（夜藝二字以レ音也。）亦名謂二火之↓

1・2 椎（二つとも）―道・春に「槌」、果に「桕」とある。

津《つ》別《わけ》之《の》忍《おし》男《を》神《の》 風を訓みてカザと云ひ、木[一]を訓むには音を以ゐよ。 を生み、次に海の神、名は[二]大《おほ》綿《わた》津《つ》見《み》神《の》を生み、次に[三]水《みな》戸《との》神、名は[四]速秋津日子神《はやあきづひこの》、次に妹速秋津比賣神《いもはやあきづひめの》を生みき。 大事忍男神より秋津比賣神まで、幷せて十神。

此の速秋津日子、速秋津比賣の二《ふた》はしらの神、[五]河海《かはうみ》に因《よ》りて持ち別けて、生める神の名は、[六]沫那藝神《あわなぎの》 那藝の二字は音を以ゐよ。下は此れに效へ。 次に[七]沫那美神《あわなみの》 那美の二字は音を以ゐよ。下は此れに效へ。 次に[八]頰《つら》那藝神《なぎの》、次に[九]頰那美神《つらなみの》、次に[一〇]天之水分神《あめのみくまりの》 分を訓みてクマリと云ふ。下は此れに效へ。 次に[一一]國之水分神《くにのみくまりの》、次に[一二]天之久比奢母智神《あめのくひざもちの》 久より以下の五字は音を以ゐよ。下は此れに效へ。 次に[一三]國之久比奢母智神《くにのくひざもちの》。 [一四]沫那藝神より國之久比奢母智神まで、幷せて八神。

次に風の神、名は[一五]志那都比古神《しなつひこの》 此の神の名は音を以ゐよ。 を生み、次に木の神、名は[一六]久久能智神《くくのちの》 此の神の名は音を以ゐよ。 を生み、次に山の神、名は大山《おほやま》上津《つ》見神《みの》を生み、次に野の神、名は[一七]鹿《か》屋野比賣神《やのひめの》を生みき。亦の名は野椎神《のづちの》と謂ふ。 [一八]志那都比古神より野椎まで、幷せて四神。

此の大山津見神《の》、野椎神《の》の二《ふた》はしらの神、山野に因りて持ち別けて、生める神の名は、[一九]天之狹土神《あめのさづちの》 土を訓みてヅチと云ふ。下は此れに效へ。 次に國之狹土神《くにのさづちの》、次に[二〇]天之狹霧神《あめのさぎりの》、次に國之狹霧神《くにのさぎりの》、次に[二一]天之闇戸神《あめのくらどの》、次に國之闇戸神《くにのくらどの》、次に[二二]大戸惑子神《おほとまとひこの》 惑を訓みてマトヒと云ふ。下は此れに效へ。 次に大戸惑女神《おほとまとひめの》。 天之狹土神より大戸惑女神まで、幷せて八神。

次に生める神の名は、[二三]鳥之石楠船神《とりのいはくすぶねの》、亦の名は[二四]天鳥船《あめのとりふね》と謂ふ。次に大宜都比賣神《おほげつひめの》 此の神の名は音を以ゐよ。 を生みき。次に[二五]火之夜藝速男神《ひのやぎはやをの》 夜藝の二字は音を以ゐよ。 を生みき。亦の名は[二六]火之《ひの》

六 書紀の一書には「沫蕩尊」とある。水の沫が平静の意。即ち水面がないでいるのを言う。
七 水面が波立ち騒いでいる意。
八・九 頰は面の意。前と同じく水面がないでいるのと騒いでいるのを言うのであろう。
一〇・一一 分水の神。
一二・一三 記伝に「汲瓠持」の意と説いている。ヒサゴで水を汲んで施すことを掌る神。
一四 以上八神はすべて水に関係のある神である。
一五 志那は息長(シナガ)の意か。人間の気息と風とを連想したものであろう。
一六 久久は茎の意。智は威力あるものの尊称。
一七 書紀に「草祖、草野(カヤ)姫」とある。鹿屋は草の意。野に草が生えるからカヤノヒメとしたのである。
一八 以上四神は、人間生活に関係の深い風、木、山、野の神々である。
一九 記伝に「阪づち」即ち阪路の神と説いているが、書紀の巻頭に国常立尊の次に国狭槌尊を挙げているから、やはり土地の神と見るのが穏やかであろう。
二〇 記伝に「阪限り」即ち境界の神と説いているが、文字通り霧を掌る神と見る方がよかろう。
二一 谿谷を掌る神。
二二 名義未詳。或いは土地に迷う意か。
二三・二四 楠で造った丈夫な船の意。鳥の語がついているのは、鳥は天空をも海上をも通うものであるからである。上代においては船と雷神とが密接に結びつけられている。建御雷神に天鳥船神を副えて下界に遣わしたことが下に見えている。霊異記の道場法師伝参照。
二五 焼くことの速やかな意で、火の威力を表わした名。
二六 火が輝く意で、火光をたたえた神名。

一　迦具はカグワシイこと。物が火に焼けるとにおいを発するからこの名がある。土(ツチ)のツは助詞、チは霊魂または霊威を示す語。
二　御陰で女陰の意。
三　焼かれて。古くは受身の助動詞ルはエ・エ・ユ・ユル・ユレ・エと活用した。
四　嘔吐。筑前では咳のことをタグリという。
五　下の二例は「成」とあるのに、ここだけ「生」とあるのは不審である。
六・七　鉱山を男女二神に配したもので金の神。へどが鉱石を火で熔かした有様に似ている所からの連想であろう。
八・九　埴黏す(ハニネヤス)で、土器の材料のねば土をねばらせる意。書紀には「土神埴山姫」とある。
一〇　水つ走(ハ)、又は水つ早(ハ)の意か。灌漑用の水を走らせる女神の意であろう。書紀には「水神罔象女」とある。罔象は水の精。
一一　書紀には「稚産霊」とある。若々しい力に満ちた生成の神で、農産を掌る神と考えられていた。
一二　豊は美称、宇気は食物の意で、食物を掌る女神。伊勢の外宮の祭神である。
一三　神避りの神は神の行動をあらわす接頭語。黄泉国へ退き去られたの意。
一四　火神に関する神話には中国の五行思想の影響が見られるようである。即ち(1)火(火之迦具土神)、(2)金(金山毘古・金山毘売神)、(3)土(波邇夜須毘古・波邇夜須毘売神)、(4)水(弥都波能売神)、(5)木(和久産巣日神・豊宇気毘売神)となる。また(2)は冶金のための、(3)は土器製作のための、(4)(5)は農産のための、それぞれ火の効用を示したもののようである。
一五・一六　数がまぎれないために、一二三四五六

炫毘古神一、亦名謂二火之迦具土神一。迦具二字以レ音。因レ生二此子一、美蕃登〈此三字以レ音。〉見レ炙而病臥在。多具理邇〈此四字以レ音。〉生神名、金山毘古神、〈訓レ金云二加那一、下效レ此。〉次金山毘賣神。次於レ屎成神名、波邇夜須毘古神、〈此神名以レ音。〉次波邇夜須毘賣神。〈此神名亦以レ音。〉次於レ尿成神名、彌都波能賣神、次和久産巣日神。此神之子、謂二豐宇氣毘賣神一。〈自レ宇以下四字以レ音。〉故、伊邪那美神者、因レ生二火神一、遂神避坐也。[2]〈自二天鳥船一至二豐宇氣毘賣神一、幷八神也。〉

凡伊邪那岐、伊邪那美二神、共所レ生嶋壹拾肆嶋、[3]神參拾伍神。〈是伊邪那美神、未二神避一以前所レ生。唯意能碁呂嶋者、非レ所レ生。亦蛭子與二淡嶋一、不レ入二子之例一也。〉

故爾伊邪那岐命詔之、愛我那邇妹命乎、〈那邇二字以レ音。下效レ此。〉[4]謂下易二子之一木一乎上、乃匍二匐御枕方一、匍二匐御足方一而哭時、於二御涙一所レ成神、坐二香山之畝尾木本一、名二泣澤女神一。故、其所二神避一之伊邪那美神者、葬下出雲國與二伯伎國一堺比婆之山上也。於レ是伊邪那岐命、拔下所二御佩一之十拳劍上、斬二其子迦具土神之頸一。爾著二其御刀前一之血、走二就湯津石村一、所レ成神名、↓

1　生―眞には無い。
2　坐―道・春・果・田には無い。
3　肆の下に眞・道・春・果には「又」の字が有る。
4　邇―果・底・田「邇」。眞・道・春・前・猪・寛・延「爾」。記傳に「今本はみな爾と作り。本文に依て改つ。」とあるが、果には邇とあるからそれに従うべきである。

炫毘古神《かがびこの》と謂ひ、亦の名は[一]火之迦具土神《ひのかぐつちの》 迦具の二字は音を以ゐよ。 と謂ふ。此の子を生みしに因《よ》りて、[二]美蕃登《みほと》 此の三字は音を以ゐよ。 [三]炙《や》かえて病《や》み臥《こや》せり。[四]多具理邇《たぐりに》 此の四字は音を以ゐよ。 [五]生《な》れる神の名は、[六]金山毘古神《かなやまびこの》、金を訓みてカナと云ふ。下は此れに效へ。 次に[七]金山毘賣神《かなやまびめの》。次に屎《くそ》に成れる神の名は、[八]波邇夜須毘古神《はにやすびこの》、此の神の名は音を以ゐよ。 次に[九]波邇夜須毘賣神《はにやすびめの》。此の神の名も亦、音を以ゐよ。 次に尿《ゆまり》に成れる神の名は、[一〇]彌都波能賣神《みつはのめの》、次に[一一]和久產巣日神《わくむすひの》。此の神の子は、[一二]豐宇氣毘賣神《とようけびめの》 宇より以下の四字は、音を以ゐよ。 と謂ふ。故《かれ》、伊邪那美神《いざなみの》は、火の神を生みしに因りて、遂《つひ》に[一三]神避《かむさ》り坐《ま》しき。[一四] 天鳥船より豐宇氣毘賣神まで、并せて八神。

凡《す》べて伊邪那岐、伊邪那美の二はしらの神、共に生める島、[一五]壹拾肆《とをまりよ》島、神、[一六]參拾伍《みそぢまりいつはしら》神。是れ伊邪那美神、未だ神避らざりし以前に生めり。唯、意能碁呂島は、生めるに非ず。亦、蛭子と淡島とは、子の例には入れず。

故爾《かれここ》に伊邪那岐《の》命詔《の》りたまひしく、「[一七]愛《うつく》しき我《あ》が那邇妹《なにも》の命《みこと》を、那邇の二字は音を以ゐよ。下は此れに效へ。 [一八]子の一《ひと》つ木《け》に易《か》へつるかも。」と謂《の》りたまひて、乃ち[一九]御枕方《みまくらへ》に匍匐《はらば》ひ、[二〇]御足方《みあとへ》に匍匐《はらば》ひて哭《な》きし時、御涙《みなみだ》に成れる神は、[二一]香山《かぐやま》の畝尾《うねを》の木《こ》の本《もと》に坐《ま》して、[二二]泣澤《なきさは》女神《めの》と名《な》づく。故《かれ》、其の神避《かむさ》りし伊邪那美神《の》は、出雲國《の》と伯伎國《ははきの》との堺の[二三]比婆《ひば》の山に葬《はふ》りき。

是《ここ》に伊邪那岐命《の》、[二四]御佩《みはか》せる[二五]十拳劒《とつかつるぎ》を抜きて、其の子迦具土神《かぐつちの》の頸《くび》を斬りたまひき。爾《ここ》に其の[二六]御刀《みはかし》の前《さき》に著《つ》ける血、[二七]湯津石村《ゆついはむら》に[二八]走《たばし》り就《つ》きて、成れる神の名は、

七八九十を壱弐参肆伍陸漆捌玖拾と書いたのを「大字」という。大宝令の公式令には「凡是簿帳、科罪、計贓、過所、抄謄之類、有レ数者、為二大字。」と規定されている。さて島は十四島で数は合うが、神の三十五神というのは実は四十神である(天鳥船から豊宇気毘売神まで八神とあるのも実は十神である)。そこで同名の男女対偶の神、速秋津比古・速秋津比売、大戸惑子・大戸惑女、金山毘古・金山毘売、波邇夜須毘古・波邇夜須毘売の四対を各一神に数え、伊邪那美命の子でない豊宇気毘売を除くと三十五神となって数が合う。

一七　いとしい我が妻様の意。ナニモは汝妹で女を親しんでいう語。命は敬避接尾語。上代は男女夫妻共に対等の敬語を使い合っていた。

一八　子ども一人にかえたことであるよ。一つ木は一人の意。書紀には「唯以二一児一替二我愛之妹者一乎」とある。

一九・二〇　書紀には「頭辺」「脚辺」とある。へ(方)は濁音ではなく清音。

5　火神被殺

二一　香山は大和国十市郡の天の香山。畝尾も木の本も共に地名。書紀には「畝丘樹下」とある。

二二　沢は多(サハ)のあて字で、泣くことの多い女神の意か。万葉巻二に「哭沢の神社(もり)に神酒(みわ)すゑ禱祈(いの)れども我がおほきみは高日知らしぬ」(二〇二)とある。

二三　未詳。書紀には「葬二於紀伊国熊野之有馬村一焉」との異伝が見えている。

二四　書紀には「所レ帯」とある。腰に帯びていらっしゃる。普通ミハカセルと訓んでいるが、動詞にミの接頭語はつかないからハカセルと訓んだ。

二五　十つかみほどの長さの剣。つかはつかむ動作から来た物の長さを量る単位。握とも書く。
二六　佩く→佩かす→御佩かし→御刀となる。前は鋒の意。
二七　湯津を「斎(ユ)つ」の意に解く説もあるが、書紀に「五百箇磐石(イホツイハムラ)」とある五百箇に当るから「多くの」の意に解すべきであろう。石村は岩石の群。
二八　「た」は接頭語。ほとばしって行って。

一　岩石を裂くほどの威力のある神(雷神)。
二　木の根を裂くほどの威力のある神(雷神)。
三　名義未詳。
四　刀のつば(鐔)。
五　甕は借字で厳(イカ)の意。厳めしく迅速な太陽神。
六　書紀には「熯(ヒ)速日神」とある。熯は火の盛んな貌。燃えさかる太陽神。古代においては火の根源を天つ日とし、これを地上に運ぶものが雷であるとした。以上の二神は火の根源であ

石拆神。次根拆神。次石筒之男神。三神 次著二御刀本一血亦、走三就湯津石村一、所レ成神名、甕速日神。次樋速日神。次建御雷之男神。亦名建布都神。布都二字以レ音。下效レ此。亦名豊布都神。三神 次集二御刀之手上一血、自二手俣一漏出、所レ成神名、訓レ漏云二久伎一。闇淤加美神。淤以下三字以レ音。下效レ此。次闇御津羽神。

上件自二石拆神一以下、闇御津羽神以前、幷八神者、因二御刀一所レ生之神者也。

所レ殺迦具土神之於レ頭所レ成神名、正鹿山上津見神。次於レ胸所レ成神名、淤縢山津見神。淤縢二字以レ音。次於レ腹所レ成神名、奥山上津見神。次於レ陰所レ成神名、闇山津見神。次於二左手一所レ成神名、志藝山津見神。志藝二字以レ音。次於二右手一所レ成神名、羽山津見神。次於二左足一所レ成神名、原山津見神。次於二右足一所レ成神名、戸山津見神。自二正鹿山津見神一至二戸山津見神一、幷八神。故、所レ斬之刀名、謂二天之尾羽張一、亦名謂二伊都之尾羽張一。伊都二字以レ音。

於レ是欲レ相三見其妹伊邪那美命一、追三往黄泉國一。爾自二殿縢戸[1]一出向之時、伊邪那岐命語詔之、愛我那邇妹命、↓

1 縢―底・前・猪・寛「騰」、眞・延・田「縢」、道・春・果「縢」。記傳に「かにかくに此字は、古より誤來し物と見えたり。」とある。訓みもアゲ(上げ)、アガリ(殯斂)、クマ(隅)などがある。とにかく訓み難く解し難いが、しばらく「縢」に従いトザシと訓むことにして後考を俟つ。

石拆神《いはさくの》[一]。次に根拆神《ねさくの》[二]。次に石筒之男神《いはつつのをの》[三]。三神 次に御刀の本《もと》[四]に著ける血も亦、湯津石村に走《たばし》り就きて、成れる神の名は、甕速日神《みかはやひの》[五]。次に樋速日神《ひはやひの》[六]。次に建御雷之男神《たけみかづちのをの》[七]。亦の名は建布都神《たけふつの》[八]。布都の二字は音を以ゐよ。下は此れに效へ。亦の名は豐布都神《とよふつの》[九]。三神 次に御刀の手上《たがみ》[一〇]に集まれる血、手俣《たなまた》[一一]より漏《く》[一二]き出でて、成れる神の名は、漏を訓みてクキと云ふ。闇淤加美神《くらおかみの》[一三]。淤より以下の三字は音を以ゐよ。下は此れに效へ。次に闇御津羽神《くらみつはの》[一四]。

上の件《くだり》の石拆神《の》以下《よりしも》、闇御津羽神以前《よりさき》、幷《あは》せて八神《やはしら》は、御刀《みはかし》に因りて生《な》れる神なり。

殺さえし迦具土神《の》の頭《かしら》に成れる神の名は、正鹿山《まさかやま》[一五]上津見神《つみの》。次に胸に成れる神の名は、淤縢山津見神《おどやまつみの》[一六]。淤縢の二字は音を以ゐよ。次に腹に成れる神の名は、奥山《おくやま》[一七]上津見神《つみの》。次に陰《ほと》[一八]に成れる神の名は、闇山津見神《くらやまつみの》[一九]。次に左の手に成れる神の名は、志藝山津見神《しぎやまつみの》[二〇]。志藝の二字は音を以ゐよ。次に右《みぎ》の手に成れる神の名は、羽山津見神《はやまつみの》[二一]。次に左の足に成れる神の名は、原山津見神《はらやまつみの》。次に右の足に成れる神の名は、戸山津見神《とやまつみの》[二二]。正鹿山津見神より戸山津見神まで、幷せて八神。故《かれ》、斬りたまひし刀《たち》の名は、天之尾羽張《あめのをはばり》と謂ひ、亦の名は伊都之尾羽張《いつのをはばり》[二三]伊都の二字は音を以ゐよ。と謂ふ。

6 黄泉国

是《ここ》に其の妹《いも》伊邪那美命《の》を相見《あひみ》むと欲《おも》ひて、黄泉國《よみの》[二四]に追ひ往《ゆ》きき。爾《ここ》に殿《との》[二五]の縢戸《とざしど》より出で向《む》かへし時、伊邪那岐命《の》、語らひ[二六]詔《の》りたまひしく、「愛《うつく》しき我《あ》が那邇《なに》

る天つ日を称えたもの。
七 勇猛な雷の男神。
八・九 布都はブッツリとかフッツリというのと同じで、物の断たれる声。剣がよく物を切断する意から称えた名。建は勇猛、豊は豊かで、共に美称。
一〇 柄(つか)。
一一 手の股。
一二 漏れ出て。クキはモレの古言。
一三 書紀には「闇龗」とある。谿谷の水を掌る神。
一四 書紀には「闇罔象」とある。前に同じ。
一五 名義未詳。正鹿は真坂の意か。
一六 名義未詳。淤縢を記伝に下処(おりど)の意かとしている。
一七 文字通り奥山を掌る神である。
一八 陰部。
一九 谷山を掌る神。女陰からの連想であろう。
二〇 木の繁った山を掌る神。
二一 書紀には「麓山祇」と書き、麓にハヤマの訓注が施してある。記伝には「端山」又は「葉山」の意と解いている。
二二 外山を掌る神。奥山に対している。
二三 伊都は稜威で威勢の鋭いこと。尾羽張は意義未詳。
二四 ヨモツクニ、ヨミツクニと訓んでもよい。死者の住む国で、地下にある穢れた所と信じられていた。黄泉の二字は漢語の借用で「地中之泉」の意。
二五 縢は説文に緘也とある。殿舎の鎖した戸の意に解してみた。校異を参照されたい。
二六 しみじみと事をわけておっしゃったことには。

吾與㆑汝所㆑作之國、未㆓作竟㆒。故、可㆑還。爾伊邪那美命答白、悔哉、不㆓速來㆒。吾者爲㆓黃泉戸喫㆒。然愛我那勢命、(那勢二字以㆑音。下效㆑此。)入來坐之事恐。故、欲㆑還、且[1]與㆓黃泉神㆒相論。莫㆑視㆑我。如㆑此白而、還㆓入其殿內㆒之間、甚久難㆑待。故、刺㆓左之御美豆良㆒、(三字以㆑音。下效㆑此。)湯津津間櫛之男柱一箇取闕而、燭㆓一火㆒入見之時、宇士多加禮許[2]呂呂岐弖、(此十字以㆑音。)於㆑頭者大雷居、於㆑胸者火雷居、於㆑腹者黑雷居、於㆑陰者拆雷居、於㆓左手㆒者若雷居、於㆓右手㆒者土雷居、於㆓左足㆒者鳴雷居、於㆓右足㆒者伏雷居、幷八雷神成居。於㆑是伊邪那岐命、見畏而逃還之時、其妹伊邪那美命、言㆑令㆑見㆑辱㆑吾、卽遣㆓豫母都志許賣㆒(此六字以㆑音。)令㆑追。爾伊邪那岐命、取㆓黑御縵[3]㆒投棄、乃生㆓蒲子㆒。是摭食之間、逃行、猶追、亦刺㆓其右御美豆良㆒之湯津津間櫛引闕而投棄、乃生㆑笋。是拔食之間、逃行。且後者、於㆓其八雷神㆒、副㆓千五百之黃泉軍㆒令㆑追。爾拔㆘所㆓御佩㆒之十拳↓

1 且—底「旦具」、寛・延「且具」とあるが、眞・道・春・果・前・猪・田に「且」とあるのによって改めた。

2 許—底・延に「斗」とあるが、眞・道・春・果・前・猪・寛・田に「許」とあるのによって改めた。

3 縵—底・寛・延・田に「鬘」、猪に「漫」、道・春・果・前に「湯」とあるが、眞によって「縵」に改めた。

一 神話の筋から言えば「生める」とあるべきで、矛盾しているが、国作りの観念が不用意に出たもの。

二 書紀には「湌泉之竈」と記してヨモツヘグヒの訓注がある。黄泉国の竈で煮焚きしたものを食べることで、これを食べると黄泉国の者になり切って、再び現し国へは帰れないと信じられていた。

三 親しい男(夫)の意。書紀には「吾夫君」にアガナセの訓注がある。アガナニモの対。

四 黄泉国を支配する神と可否を論じ合おう。

五 非常に時間が長くかかって待ち切れなくなった。

六 ミヅラは髪を左右に分けて耳のところで結いわがねた上代男子の結髪。角髪。

七 湯津は五百箇(イホツ)、津間は爪で、歯の多い爪形の櫛の意であろう。上代の櫛は竹で作られた。

八 櫛の両端にある太い歯。

九 書紀には「今世人、夜忌㆓一片之火㆒、又夜忌㆓擲櫛㆒、此其縁也。」とあるから、一つ火をともすことは忌むべき行為であったようである。

一〇 蛆が集まり声がむせびふさがっての意。集まる意のタカルは四段活用であるから、ここはタカリとあるべきであるが、タカレとなっているのは、古く下二段に活用したのでもあろうか。和名抄に「嘶咽」をコロロクと訓んでいるが、妹《も》の命《みこと》、吾《あれ》と汝《いまし》[一]と作れる國、未《いま》だ作り竟《を》へず。故《かれ》、還るべし。」とのりたまひき。爾に伊邪那美命《の》答へ白《まを》ししく、「悔《くや》しきかも、速《と》く來《こ》ずて。吾《あ》は[二]黄泉戸喫《よもつへぐひ》爲《し》つ。然れども愛《うつく》しき我《あ》が[三]那勢《なせ》の命、那勢の二字は音を以ゐよ。下は此れに效へ。入り來坐《きま》せる事恐《かしこ》し。故《かれ》、還らむと欲《おも》ふを、且《しばら》く[四]黄泉《よもつ》神と相論《あげつら》はむ。我《あ》をな視《み》たまひそ。」とまをしき。如此《かく》白して其の殿の内に還り入りし間《あひだ》、[五]甚《いと》久しくて待ち難《かね》たまひき。故《かれ》、左の[六]御美豆良《みみづら》三字は音を以ゐよ。下は此れに效へ。に刺《さ》せる[七]湯津津間櫛《ゆつつまぐし》の[八]男柱《をばしら》一箇《ひとつ》取り闕《か》きて、[九]一つ火《び》燭《とも》して入り見たまひし時、[一〇]宇士多加禮許呂呂岐弖《うじたかれころろきて》此の十字は音を以ゐよ。頭《かしら》には[一一]大雷《おほいかづち》居り、胸には[一二]火雷《ほのいかづち》居り、腹には[一三]黒《くろ》雷居り、陰《ほと》には[一四]拆《さき》雷居り、左の手には若《わか》雷居り、右の手には[一五]土《つち》雷居り、左の足には[一六]鳴《なり》雷居り、右の足には[一七]伏《ふし》雷居り、并《あは》せて[一八]八《や》はしらの[一九]雷神《いかづちがみ》成り居りき。

是《ここ》に伊邪那岐命《の》、[二〇]見畏《みかしこ》みて逃《に》げ還《かへ》る時、其の妹《いも》伊邪那美命《の》、「吾《あれ》に[二一]辱《はぢ》見せつ。」と言ひて、即ち[二二]豫母都志許賣《よもつしこめ》此の六字は音を以ゐよ。を遣《つか》はして追はしめき。爾に伊邪那岐命《の》、[二三]黒御縵《くろみかづら》を取りて投げ[二四]棄《う》つれば、乃ち[二五]蒲子《えびかづらのみ》生《な》りき。是《こ》を摭ひ食《は》む間に、逃げ行くを、猶《なほ》追ひしかば、亦其の右の御美豆良《みみつら》に刺《さ》せる湯津津間櫛《ゆつつまぐし》を引き闕《か》きて投げ棄《う》つれば、乃ち[二六]筍《たかむな》生《な》りき。是《こ》を抜き食《は》む間に、逃げ行きき。且後《またのち》には、其の八《や》はしらの雷神に、[二七]千五百《ちいほ》の[二八]黄泉軍《よもついくさ》を副《そ》へて追はしめき。爾に御佩《はか》せる十拳《とつか》

嘶は声が嗄れる意、咽は声がむせびふさがる意である。

一一 下の若雷に対するもの。古く「大」と「若」とは相対して用いられた。大年神・若年神の類。今も大旦那・若旦那などと言う。

一二 電光から来た名であろうか。

一三 黒い雷というのであるが、よくわからない。

一四 雷が物を裂く威力をもっている所からの名であろうが、女陰の形とも関連している。

一五 名義未詳。

一六 もちろん雷鳴から来た名。

一七 名義未詳。

一八 書紀には「八色雷公」とある。

一九 化生していた。

二〇 見ておそれをなして。

二一 恥辱を与えた。見るなのタブーを犯したからである。

二二 書紀には「泉津醜女」とある。黄泉国の厭わしい女の意。死の穢れの擬人化。

二三 縵にはカヅラの意はないが、鬘に通わし用いたものと思われる。書紀には「黒鬘」とある。鬘は頭の飾りに髪にかけるもの。

二四 棄てると。ウツはスツの古言。

二五 書紀には「蒲陶」とある。葡萄の実のこと。鬘を投げ棄てると葡萄の実が生ったというのは、すぐ後に櫛を投げ棄てると筍が生えたというのと同じく、類似呪術に基づいた話である。

二六 筍。記伝には竹芽菜(たかなめ)の意とし、また竹苗(たかなへ)或いは竹菜(たかな)の意とする説もあるが、中川芳雄氏は蜷(みな)と竹の子の形状が類似しているので、竹の子を竹蜷(たかみな)と呼ぶようになったという新説を出された。

二七 大勢の。

二八 黄泉国の軍士。悪霊邪鬼の擬人化。

剱上而、於二後手一布伎都都此四字以レ音。逃來、猶追、到二黄泉比良此二字以レ音。坂之坂本一時、取下在二其坂本一桃子三箇上待撃者、悉迯[1]返也。爾伊邪那岐命、告二其桃子一、汝如レ助レ吾、於二葦原中國一所レ有、宇都志伎此四字以レ音。青人草之、落二苦瀬一而患惚[2]時、可レ助告、賜レ名號二意富加牟豆美命一。自レ意至レ美以レ音。最後其妹伊邪那美命、身自追來焉。爾千引石引二塞其黄泉比良坂一、其石置レ中、各對立而、度二事戸一之時、伊邪那美命言、愛我那勢命、爲レ如レ此者、汝國之人草、一日絞二殺千頭一。爾伊邪那岐命詔、愛我那邇妹命、汝爲レ然者、吾一日立二千五百産屋一。是以一日必千人死、一日必千五百人生也。故、號二其伊邪那美[3]命一謂二黄泉津大神一。亦云、以二其追斯伎斯一此三字以レ音。而、號二道敷大神一。亦所レ塞二其黄泉坂一之石者、號二道反之大神一、亦謂二塞坐黄泉戸大神一。故、其所レ謂黄泉比良坂者、今謂二出雲國之伊賦夜坂一也。

1　迯―底・田に「逃」、前・猪・寛に「坂」、眞に「攻」とあるが、道・春・果・延によって「迯」に改めた。

2　惚―底に「惚」、延に「愢」、寛に「愍」、眞・前・猪に「惣」、道・春・果・田に「悩」とある。干祿字書を見ると「惱」は正字で「惚」はその俗字とあるから、諸本の字形から見て「惚」に改めた。

3　命―底・延・果・春・道に「命」とあるが、田「神」、眞・前・猪・寛「神命」とある。

一　うしろ手で振りながら。フクはフルの古言。うしろ手で何かをするのは、相手を困らせる呪術の一つである。

二　書紀には「泉津平坂」、鎮火祭祝詞には「与美津枚坂(ヨミツヒラサカ)」とある。黄泉国と現し国との堺。比良は平ではなく崖であったと思われる。

三　坂のふもと。

四　三という数は中国の数詞観に影響されたもの。中国では古来三・五・七・九を陽数として尊んだ。

五　黄泉国へ逃げかえった。書紀には「是時雷等皆起追来。時道辺有二大桃樹一。故伊弉諾尊、隠二其樹下一、因採二其実一以擲レ雷者、雷等皆退走矣。此用レ桃避レ鬼之縁也。」とある。また左伝の昭公四年には「桃弧棘矢、以除二其災一。」とある。

六　高天の原及び黄泉国に対する一つの世界で、生きとし生けるものの住む現実の国である。

七　居るところのすべての。

八　書紀に「顕見蒼生」とある。ウツシキは現実の、青人草は蒼生の日本語訳と思われる。

九　苦しい目に遭って。

一〇　記伝に「大神之実」の意とあるが不明。

一一　書紀に「千人所レ引磐石」、万葉に「千引乃石」(七四三)とある。千人も掛って引くほどの大きな磐石の意。

一二　引いて来てふさいで。「塞(さ)ふ」は下二段活用。

一三　書紀に「建二絶妻之誓一」とあり、絶妻之誓剱を抜きて、[一]後手《しりへで》に布伎都都《ふきつつ》此の四字は音を以ゐよ。逃げ來《く》るを、猶追ひて、[二]黄泉比良《よもつひら》此の二字は音を以ゐよ。坂の[三]坂本《さかもと》に到りし時、其の坂本に在る桃子《もものみ》[四]三箇《みつ》を取りて、待ち撃《う》てば、悉《ことごと》に[五]迯《に》げ返《かへ》りき。爾に伊邪那岐命《の》、其の桃子《もものみ》に告《の》りたまひしく、「汝《なれ》、吾《あれ》を助けしが如く、[六]葦原中國《あしはらのなかつくに》に[七]有《あ》らゆる[八]宇都志伎《うつしき》此の四字は音を以ゐよ。青人草《あをひとくさ》の、[九]苦しき瀬に落ちて患《うれ》ひ惚《なや》む時、助くべし。」と告《の》りて、名を賜ひて[一〇]意富加牟豆美命《おほかむづみの》意より美までは音を以ゐよ。と號《い》ひき。

最後《いやはて》に其の妹《いも》伊邪那美命《の》、身自《みづか》ら追ひ來りき。爾に[一一]千引《ちびき》の石《いは》を其の黄泉比良《よもつひら》坂《さか》に[一二]引き塞《さ》へて、其の石《いは》を中に置きて、各《おのおの》對《むか》ひ立ちて、[一三]事戸《ことど》を度《わた》す時、伊邪那美命《の》言ひしく、「愛《うつく》しき我《あ》が那勢《なせ》の命《みこと》、如此《かくせ》爲ば、[一四]汝《いまし》の國の人草《ひとくさ》、一日《ひとひ》に[一五]千《ち》頭《がしらくび》絞り殺さむ。」といひき。爾に伊邪那岐命《の》詔《の》りたまひしく、「愛しき我が那邇《なに》妹《も》の命、汝然《いまししかせ》爲ば、吾《あれ》一日《ひとひ》に[一六]千五百《ちいほ》の産屋《うぶや》立てむ。」とのりたまひき。是《こ》を以《も》ちて[一七]一日《ひとひ》に必ず千人《ちたり》死に、一日に必ず千五百人《ちいほたり》生まるるなり。故《かれ》、其の伊邪那美命《の》を號《なづ》けて黄泉津大神《よもつおほかみ》と謂《い》ふ。亦[一八]云《い》はく、其の[一九]追斯伎斯《おひしきし》此の三字は音を以ゐよ。を以《も》ちて、[二〇]道敷大神《ちしきの》と號《なづ》くといふ。亦其の黄泉《よみ》の坂に[二一]塞《さや》りし石《いは》は、[二二]道反之大神《ちがへしの》と號け、亦[二三]塞《さや》り坐《ま》す黄泉戸大神《よみどの》とも謂ふ。故《かれ》、其の謂《い》はゆる黄泉比良坂《よもつひら》は、今、[二四]出雲國《の》の伊賦夜坂《いふや》と謂ふ。

にコトドの訓注がある。絶妻の誓を言い渡すこと。

一四　葦原中国の人民。

一五　千人。

一六　千五百人生もうの意。書紀には「吾則当レ産二日将千五百頭一」とある。産屋は古く産婦を隔離するために別に立てられた小屋のこと。

一七　人の生と死の起原を説明したもので、死ぬ人より生まれる人の方が多いというのは第二義的な説明。

一八　一説に云うことには。別伝をあげたのである。

一九　女神が男神に追いついたので。

二〇　道及(シチ)きの神、即ち道を追いついた大神の意。しかしチシキの本来の意は道を占め居ること。

二一　ふさがった磐石。「塞(さや)る」は四段活用。

二二　道から(伊邪那美命を黄泉国に)追い返した大神の意。古代の人々は磐石が悪霊邪鬼を防ぎ払う呪力を有していると信じていた。

二三　黄泉国の入口(門)に塞がっておられる大神の意。ヨミドニサヤリマスオホカミと訓んでもよい。

二四　伊賦夜坂は今明らかではないが、延喜式神名帳下には出雲国意宇郡四十八座の中に「揖夜(イフヤ)神社」、出雲風土記意宇郡の条にも「伊布夜(イフヤ)社」の名が見えている。また出雲風土記出雲郡宇賀郷の条には、「即北海浜有レ磯。自レ磯西方有二窟戸一。高広各六尺許。窟内在レ穴。人不レ得レ入。不レ知二深浅一也。夢至二此磯窟之辺一者必死。故俗人自レ古至レ今、号二黄泉之坂、黄泉之穴一也。」とある。意宇郡と出雲郡とは隔っているが、黄泉の坂が出雲国に密着していることは注意すべきである。

是以伊邪那伎[1]大神詔、吾者到レ於二伊那志許米上志許米岐 此九字以レ音。穢國一而在祁理。此二字以レ音。故、吾者爲二御身之禊一而、到三坐竺紫日向之橘小門之阿波岐 此三字以レ音。原二而、禊祓也。

故、於二投棄御杖一所レ成神名、衝立船戶神。次於二投棄御帶一所レ成神名、道之長乳齒神。次於二投棄御囊[2]一所レ成神名、時量[3]師神。次於二投棄御衣一所レ成神名、和豆良比能宇斯能神。此神名以レ音。次於二投棄御褌一所レ成神名、道俣神。次於二投棄御冠一所レ成神名、飽咋之宇斯能神。自レ宇以下三字以レ音。次於二投棄左御手之手纒一所レ成神名、奧疎神。訓レ奧云二於伎一。下效レ此。訓レ疎云二奢加留一。下效レ此。次奧津那藝佐毘古神。自レ那以下五字以レ音。下效レ此。次奧津甲斐辨羅神。自レ甲以下四字以レ音。下效レ此。次於二投棄右御手之手纒一所レ成神名、邊疎神。次邊津那藝佐毘古神。次邊津甲斐辨羅神。

右件自二船戶神一以下、邊津甲斐辨羅神以前、十二神者、因レ脱二著レ身之物一、所レ生神也。

於レ是詔之、上瀨者瀨速、下瀨者[4]瀨弱而、↓

一 書紀には「不須也凶目汚穢」とあって、イナシコメキキタナキと訓んでいる。イナは嫌なで、万葉には「不欲」「不聴」「不許」をイナと訓ませている。シコメシコメキは醜目醜目きで、醜目しという形容詞を重ねた語。見る目も醜悪な穢れた国の意。

二 水辺で行うはらい。万葉には「潔身」「身祓」などをミソギと訓ませている。

1 伎—底・田・延に「岐」とあるが、眞・道・春・果・前・猪・寛に「伎」とあるのによって改めた。伎はキの清音。

2 囊—底・延・寛・猪・前に「裳」とあるが、眞・道・春・果・田に「囊」とあるのによって改めた。裳は女のものであるから、この場合不可。

3 量—底・延・寛・果に「置」とあるが、眞・道・春・前・猪・田に「量」とあるのによって改めた。記傳には「置字は直の誤にやあらむ。然ば登伎那富志なり。」と言っている。

4 者瀨—眞に無い。道・春・果「者」、底・田・延・寛・猪・前「者瀨」。今、底その他に従う。

7 禊祓と神々の化生

是《ここ》を以《も》ちて伊邪那伎大神《いざなきのおほかみ》の詔《の》りたまひしく、「吾《あ》は一伊那志許米《いなしこめ》上志許米岐《しこめき》此の九字は音を以ゐよ。穢《きたな》き國に到りて在《あ》り祁理《けり》。此の二字は音を以ゐよ。故《かれ》、吾《あ》は御身《みみ》の二禊《みそぎ》爲《せ》む。」とのりたまひて、三竺紫《つくし》の日向《ひむか》の橘《たちばな》の小門《をど》の阿波岐《あはき》此の三字は音を以ゐよ。原に到り坐《ま》して、禊《みそ》ぎ祓《はら》ひたまひき。

故《かれ》、投げ棄《う》つる御杖《みつゑ》に成れる神の名は、四衝立船戸神《つきたつふなどのかみ》。次に投げ棄つる御帯《みおび》に成れる神の名は、五道之長乳齒神《みちのながちはのかみ》。次に投げ棄つる御囊《みふくろ》に成れる神の名は、六時量師神《ときはかしのかみ》。次に投げ棄つる御衣《みけし》に成れる神の名は、七和豆良比能宇斯能神《わづらひのうしのかみ》。此の神の名は音を以ゐよ。次に投げ棄つる八御褌《みはかま》に成れる神の名は、九道俣神《ちまたのかみ》。次に投げ棄つる一〇御冠《みかがふり》に成れる神の名は、一一飽咋之宇斯能神《あきぐひのうしのかみ》。宇より以下の三字は音を以ゐよ。次に投げ棄つる左の御手《みて》の一二手纏《たまき》に成れる神の名は、一三奥疎神《おきざかるのかみ》。奥を訓みてオキと云ふ。下は此れに效へ。疎を訓みてザカルと云ふ。下は此れに效へ。次に一四奥津那藝佐毘古神《おきつなぎさびこのかみ》。那より以下の五字は音を以ゐよ。下は此れに效へ。次に一五奥津甲斐辨羅神《おきつかひべらのかみ》。甲より以下の四字は音を以ゐよ。下は此れに效へ。次に投げ棄つる右の御手の手纏に成れる神の名は、邊疎神《へざかるのかみ》。次に邊津那藝佐毘古神《へつなぎさびこのかみ》。次に一六邊津甲斐辨羅神《へつかひべらのかみ》。

右の件《くだり》の船戸神《ふなどのかみ》以下《よりしも》、邊津甲斐辨羅神《へつかひべらのかみ》以前《よりさき》の十二神《とをまりふたはしら》は、身に著《つ》ける物を脱《ぬ》くに因《よ》りて生《な》れる神なり。

是《ここ》に詔りたまひしく、「一七上《かみ》つ瀬《せ》は瀬速《せはや》し。一八下《しも》つ瀬は瀬弱し。」とのりたまひて、

三 九州の日向の国の橘という小さい瀬戸のほとりの檍原という所。その所在は今不明。
四 書紀に「因曰二自レ此莫一レ過、即投二其杖一。是謂二岐神一也。」また「乃投二其杖一曰、自レ此以還、雷不二敢来一。是謂二岐神一。」とあって、岐神をフナドノカミと訓ませている。また道饗祭の祭神の一に「久那斗」がある。フナドは来勿所で、ここから来るなの意。フナドは経勿所、クナドは来勿所で、ここから来るなの意。
五 書紀には「長道磐神」とある。道の長道を掌る磐の神の意であろう。帯から連想したもの。
六 名義未詳。
七 書紀には「煩神」とある。煩いの主の意。
八 袴と同じ。腰から下に着るもの。
九 道の分れた所を掌る神。道饗祭の祭神に「八衢比古、八衢比売」がある。衢の神。
一〇 冠とあるは不審、御蘰(ミカゲ)即ち鬘のことか。播磨風土記神前郡蔭山里の条に「品太天皇御蔭堕二於此山一。」とあり、持統紀元年三月の条には「以二華縵一進二于殯宮一。此曰二御蔭一。」とある。これらを参考するとミカゲと訓むべきかも知れない。
一一 書紀には「開囓神」とある。ただし褌に化生した神。名義未詳。
一二 玉などをつけた手にまく装身具。
一三 同神を沖と辺に分けたもの。疎は遠ざかる意。
一四 ナギサは波限(汀)。
一五 カヒは間、べは辺、ラは接尾語。遠い沖と汀の間を掌る神。
一六 前の六神は陸路の神、後の六神は海路の神。
一七 瀬戸の上の瀬は潮流が早い。
一八 瀬戸の下の瀬は潮流が緩やかである。

初於二中瀬一[1]墮迦豆伎而滌時、所二成坐一神名、八十禍津日神。訓レ禍云二摩賀一。下效レ此。次大禍津日神。此二神者、所レ到二其穢繁國一之時、因二汚垢一而所レ成[2]神之者也。次爲レ直二其禍一而所レ成神名、神直毘神。毘字以レ音。下效レ此。次大直毘神。次伊豆能賣神。并三神也。伊以下四字以レ音。次於二水底一滌時、所レ成神名、底津綿上津見神。次底筒之男命。[3]於レ中滌時、所レ成神名、中津綿[4]上津見神。次中筒之男命。於二水上一滌時、所レ成神名、上津綿上津見神。訓レ上云二宇閇一。次上筒之男命。此三柱綿津見神者、阿曇連等之祖神[5]以伊都久神也。伊以下三字以レ音。下效レ此。故、阿曇連等者、其綿津見神之子、宇都志日金拆命之子孫也。宇都志三字以レ音。其底筒之男命、中筒之男命、上筒之男命三柱神者、墨江之三前大神也。於レ是洗二左御目一時、所レ成神名、天照大御神。次洗二右御目一時、所レ成神名、月讀命。次洗二御鼻一時、所レ成神名、建速須佐之男命。須佐二字以レ音。

右件八十禍津日神以下、速須佐之男命以前、十四柱神者、因レ滌二御身一所レ生者也。

此時伊邪那[6]伎命、大歡喜詔、吾者生二生子一而、於二生↓

一　墮りカヅキに係る。
二　下り潜きで、海水の中にもぐっての意。
三　水で洗い清める意。滌、濯、漱などはススグ。濯、灑などはソソク。
四　ここのみ「坐」の敬語が用いられているのは不審である。他はすべて「所成神」と書かれている。
五・六　禍は凶・悪・曲・邪などを意味するよくないこと。津は助詞。人間生活を不幸にするよくないことを掌る神。御門祭の祝詞に「四方四角より疎び荒び来む天の麻我都比(マガツヒ)と云ふ神の言はむ悪事(マガゴト)」とある。
七　記伝にキタナキシキグニと訓み穢醜国の意に解しているが、繁(シキ)は形容詞の語尾シキの借字と考え、ケガラハシキクニと訓む。黄泉国を指す。　八　記伝に「因字は、所到の上にある意に看て、時之汚垢とつづけて心得べし。文のままに看ては、いたくたがへり。」とあるのに従うべきであろう。
九　正・吉・善・福にすること。つまりよくしようとしての意。
一〇・一一　神と大は共に美称。直毘は「直び」で上二段活用の連用形が名詞に転成した語。大殿祭の祝詞に「言寿き鎮め奉る事の漏れ落ちむ事をば、神直日命、大直日命、聞き直し見直して」、御門祭の祝詞に「咎過ちあらむをば、神直備大直備に見直し聞き直し坐して」とある。
一二　記伝には「厳の女」の意に解しているが未詳。
一三　海水の底。次の「中」は海水の中、水の上は海水の上。書紀には「沈二濯於海底一」「潜二濯於潮中一」「浮二濯於潮上一」とある。序文に「浮二沈海水一、神祇呈二於滌レ身。」とあるのはこの条を指す。

1　墮―底・田・延・寛・猪・前に「隨」とあるが、眞・道・春・果に「墮」とあるのによつて改めた。
2　神之―底に「之神」とあるが、諸本に「神之」とあるのに従う。
3　於中―延・田に「於水中」とあるが、底はじめ諸本に「於中」とあるのに従う。
4　上―眞・道・春・果には無い。
5　以―眞・道・春・果には無い。前「也以」。底・田・延・寛・猪「以」。今底その他に従う。
6　伎―底・田・延に「岐」とあるが、眞・道・春・果・前・猪・寛には「伎」とあるので改めた。

[一]初めて中つ瀬に[二]堕《お》り迦豆伎《かづき》て[三]滌《すす》ぎたまふ時、成り[四]坐《ま》せる神の名は、[五]八十禍津日《やそまがつひの》神。禍を訓みてマガと云ふ。下は此れに效へ。次に[六]大禍津日《おほまがつひの》神。此の二神《ふたはしら》は、其の[七]穢繁國《けがらはしきくに》に到りし時の汚垢《けがれ》に[八]因《よ》りて成れる神なり。次に其の禍《まが》を[九]直《なほ》さむと爲《し》て、成れる神の名は、[一〇]神《かむ》直毘《なほびの》神。毘の字は音を以ゐよ。下は此れに效へ。次に[一一]大直毘《おほなほびの》神。次に[一二]伊豆能賣《いづのめの》神。并せて三神なり。伊より以下の四字は音を以ゐよ。次に[一三]水の底に滌《すす》ぐ時に、成れる神の名は、[一四]底津綿上津見《そこつわたつみの》神。次に[一五]底筒之男《そこつつのをの》命。中に滌ぐ時に、成れる神の名は、中津綿上津見《の》神。次に中筒之男《の》命。水の上に滌ぐ時に、成れる神の名は、上《うは》津《つ》綿上津見《の》神。[一六]上を訓みてウへと云ふ。次に上《うは》筒之男《の》命。此の三柱の綿津見《の》神は、[一七]阿曇連《あづみのむらじ》等の[一八]祖神《おやがみ》と[一九]以《も》ち伊都久《いつく》神なり。伊より以下の三字は音を以ゐよ。下は此れに效へ。故《かれ》、阿曇《の》連等は、其の綿津見《の》神の子、[二〇]宇都志日金拆《うつしひがなさくの》命の子孫《うみのこ》なり。宇都志の三字は音を以ゐよ。其の底筒之男《の》命、中筒之男《の》命、上筒之男《の》命の三柱の神は、[二一]墨江《すみのえ》の三前《みまへ》の大神なり。是《ここ》に左の御目《みめ》を洗ひたまふ時に、成れる神の名は、[二二]天照大御神《あまてらすおほみかみ》。次に右の御目を洗ひたまふ時に、成れる神の名は、[二三]月讀《つくよみの》命。次に御鼻《みはな》を洗ひたまふ時に、成れる神の名は、[二四]建速須佐之《たけはやすさの》男《をの》命。須佐の二字は音を以ゐよ。

右の件《くだり》の八十禍津日《の》神以下《よりしも》、速須佐之男《の》命以前《よりさき》の十四柱《とをまりよはしら》の神は、御身《みみ》を滌《すす》ぐに因りて生《な》れるかみなり。

8 三貴子の分治

此の時伊邪那伎《の》命、大《いた》く歡喜《よろこ》びて詔りたまひしく、「吾《あ》は子[二五]生み生みて、[二六]生み

一四 海を掌る神で、これを底・中・上に分けたのである。書紀には「少童命」と記している。

一五 筒は星(つつ)で底中上の三筒之男は、オリオン座の中央にあるカラスキ星(参)で航海の目標としたところから航海を掌る神とも考えられる。また山田孝雄博士は、「底つ津の男」「中つ津の男」「上つ津の男」で、津即ち船舶の碇泊する所を掌る神とされた。

一六 上をカミと訓まないための注であるが、ウハと注せずにウへとしているのは、通常の語、記伝にいわゆる「言の居たる方」を注したのである。

一七 阿曇は氏、連は姓(かばね)。カバネは氏や家の尊卑をあらわす称号。連の姓は主として神別に賜わったようである。 一八 祖先神。

一九 「以ち」は接頭語、イツクは斎くで、心身の穢れを去って神につかえること。

二〇 名義未詳。新撰姓氏録には安曇連は「綿積神命児、穂高見命之後也。」(河内国神別、地祇)とあって伝を異にしている。

二一 摂津の住吉の大神である。ただし延喜式神名帳には住吉坐神社四座、住吉大社神代記にも御神殿四宮としている。これは神功皇后を加えたからである。

二二 天にましまして照り給う神の意で日神。

二三 月神。月読は月を数える意で暦に関係がある語かと思われる。書紀には月弓尊、月夜見尊なども記されている。月神は男性と信じられていた。

二四 勇猛迅速に荒れすさぶ男神の意。嵐神。以上三神の化生と類同した伝が釈史巻一所引の五運歴年記に見える。即ち「啓レ陰感レ陽、布ニ元気一、乃孕ニ中和一。是為レ人也。」

首生二盤古一。垂レ死化レ身。気成二風雲一、声成二雷霆一、左眼為レ日、右眼為レ月。」とある。

二五 次々に生んでの意。行き行きて、ありありての類。

二六 三貴子は両眼と鼻とから化生されたというのと矛盾しているが、恐らく岐美二神の間に生まれたという書紀本文と同伝が取られたための矛盾であろう。

一 首飾りの玉。安閑紀には「瓔珞」にクビタマの旧訓がつけられている。

二 書紀に「瑲瑲」をヌナトモモユラニと訓んでいる。ヌナトは瓊の音の意。また「玲瓏」にモユラニの旧訓がある。瑲瑲は玉の鳴る音、玲瓏は金玉の声。モユラニのモは接頭語。

三 ユラカスはユラクの他動詞。ユラクは鳴る意。 四 お与えになって。

五 あなたの意で、親愛と敬意が含まれている。記伝には続日本紀の宣命に「奈賀御命（ナガミコト）」とあるのによって、ナガミコトと訓んでいるが、同じ宣命に「美麻斯王（ミマシミコ）」「美麻志（ミマシ）大臣」などの例があるから、イマシミコトと訓むことにした。

六 御委任になってお与えになった。

七 倉の棚の上に安置する神の意で、珠に神霊を認めてあがめ祭ったのである。

八 夜、治める国、即ち夜の世界。食国は治める国の意。書紀の一書には滄海原を治むべしとある。 九 嵐神と海原とを結びつけたものであろうが、書紀の本文と二つの一書には「根の国」を治めることになっている。

一〇 銘々、伊邪那岐命が御委任になったお言葉に随って。命は御言（ミコト）の意。

終一得二三貴子一、卽其御頸珠之玉緒母由良邇此四字以レ音。下效レ此。取由良迦志而、賜二天照大御神一而詔之、汝命者、所レ知二高天原一矣、事依而賜也。故、其御頸珠名、謂二御倉板擧之神一。訓二板擧一云二多那一。次詔二月讀命一、汝命者、所レ知二夜之食國一矣、事依也。訓レ食云二袁須一。次詔二建速須佐之男命一、汝命者、所レ知二海原一矣、事依也。

故、各隨二依賜之命一、所レ知看之中、速須佐之男命、不レ治二所レ命之國一而、八拳須至二于心前一、啼伊佐知伎也。自レ伊下四字以レ音。下效レ此。其泣狀者、青山如二枯山一泣枯、河海者悉泣乾。是以惡神之音、如二狹蠅一皆滿、萬物之妖悉發。故、伊邪那岐大御神、詔二速須佐之男命一、何由以、汝不レ治下所二事依一之國上而、哭伊佐知流。爾答白、僕者欲レ罷二妣國根之堅州[1]國一。故哭。爾伊邪那岐大御神大忿怒詔、然者汝不レ可レ住二此國一、乃神夜良比爾夜良比賜也。自レ夜以下七字以レ音。故、其伊邪那岐大神者、坐二淡海[2]之多賀一也。

1 州—底・田・延・寛・猪・前に「洲」とあるが、眞・道・春・果に「州」とあるのによって改めた。
2 海—道・春・果に「路」、田に「道」とあるが従いがたい。

の終《はて》に三はしらの貴き子を得つ。」とのりたまひて、即ち御頸珠《みくびたま》[一]の玉の緒母由《をもゆ》[二]良邇《らに》此の四字は音を以ゐよ。下は此れに效へ。取り由良迦志《ゆらかし》[三]て、天照大御神に賜ひて[四]詔りたまひしく、「汝命《いましみこと》[五]は、高天《たかま》の原を知《し》らせ。」と事依《ことよ》[六]さして賜ひき。故《かれ》、其の御頸珠の名を、御倉板擧《みくらたな》之《の》神[七]板擧を訓みてタナと云ふ。と謂ふ。次に月讀命《つくよみの》に詔りたまひしく、「汝命《いましみこと》は、夜《よる》[八]の食國《をすくに》を知らせ。」と事依《ことよ》さしき。食を訓みてヲスと云ふ。次に建速須佐之男命《たけはやすさのをの》に詔りたまひしく、「汝命《いましみこと》は、海原《うなばら》[九]を知らせ。」と事依さしき。

故《かれ》、各《おのおの》[一〇]依さし賜ひし命《みこと》の隨《まにま》に、知らし看《め》す中《なか》[一一]に、速須佐之男命《はやすさのをの》、命《よ》[一二]させし國を治《し》らずて、八拳須《やつかひげ》[一三]心《むね》の前《さき》に至るまで、啼き伊佐知伎《いさちき》[一四]。伊より下の四字は音を以ゐよ。下は此れに效へ。其の泣く狀《さま》は、青山は枯山《からやま》[一五]の如く泣き枯らし、河海は[一六]悉《ことごと》に泣き乾《ほ》しき。是《ここ》を以《も》ちて惡《あ》しき神の音《こゑ》は、狹蠅《さばへ》[一七]如《な》す皆滿ち[一八]、萬《よろづ》[一九]の物の妖《わざはひ》悉に發《おこ》りき。故《かれ》、伊邪那岐《の》大御神、速須佐之男《の》命に詔りたまひしく、「何由《なにし》かも汝《いまし》は事依させし國を治らずて、哭《な》き伊佐知流《いさちる》。」とのりたまひき。爾に答へ白《まを》ししく、「僕《あ》[二〇]は妣《はは》[二一]の國根《ね》[二二]の堅州國《かたすくに》に罷《まか》らむと欲《おも》ふ。故《かれ》、哭《な》くなり。」とまをしき。爾に伊邪那岐《の》大御神、大《いた》く忿怒《いか》りて詔りたまひしく、「然《しか》らば汝《いまし》は此の國に住むべからず。」とのりたまひて、乃ち神夜良比爾夜良比《かむやらひにやらひ》[二三]賜ひき。夜より以下の七字は音を以ゐよ。故《かれ》、其の伊邪那岐《の》大神は、淡海《あふみ》[二四]の多賀《たが》に坐《ま》すなり。

一一 治めておいでになるその中で。
一二 伊邪那岐命が委任された国(海原)を治めないで。
一三 須は鬚、心は胸、幾握りもの長さのあるあごひげが胸の前に垂れさがるまで。記伝に「ただ齢の長(ｵﾄ)しくなれるを云古語」と説いているが、中巻垂仁記に、本牟智和気命は「八拳鬚心の前に至るまで」物が言えなかったとあり、出雲風土記仁多郡三沢郷の条に、阿遅須伎高日子命は「御須髪八握生ふるまで」昼夜泣かれて物が言えなかったとあることから考えると、雷神に特定の形容のように思われる。
一四 激しく涙を流して泣いた。書紀には哭泣、血泣、涕泣にイサチの旧訓がある。イサチルは上一段活用の動詞。

9 須佐之男命の涕泣

一五 草木の枯死した山。
一六 泣いて河や海の水を浚えつくした。寺田寅彦氏は、噴火のために草木が枯死し河海が降灰のために埋められることを連想させると説かれた(風土と文学)。
一七 田植頃の蝿のように。
一八 記伝には「涌」の誤りとしているが「満」の方がよい。悪神の騒ぐ声が田植頃の蝿のように満ち。
一九 いろんな悪霊邪鬼による禍害。物は霊(もの)の意。
二〇 記中僕の字には一定の用法があって、身分の低い者が高い者に対する場合の自称代名詞。
二一 亡き母。礼記に「生曰レ父曰レ母、死曰レ考曰レ妣。」とある。
二二 記伝に地底の片隅と解している。
二三 神は神の行動を示す接頭語。ヤラヒは遣らひで追い払う意。追放なさった。
二四 近江の多賀神社に鎮座されている意。書紀には「構二幽宮於淡路之洲一、寂然長隠者矣。」とある。

故於レ是速須佐之男命言、然者請ニ天照大御神一將レ罷、乃參ニ上天一時、山川悉動、國土皆震。爾天照大御神聞驚而詔、我那勢命之上來由者、必不ニ善心一。欲レ奪ニ我國一耳。即解ニ御髮一、纏ニ御美豆羅一而、乃於ニ左右御美豆羅一、亦於ニ御縵一、[1]亦於ニ左右御手一、各纏ニ持八尺勾璁之五百津之美須麻流之珠一而、（自レ美至レ流四字以レ音。下效レ此。）曾毘良邇者、負ニ千入之靫一、（訓レ入云ニ能理一。下效レ此。自レ曾至レ邇以レ音。）[2]比良邇者、附ニ五百入之靫一、亦[3]所レ取ニ佩伊都（此二字以レ音。）之竹鞆一而、弓腹振立而、堅庭者、於ニ向股一蹈那豆美、（三字以レ音。）如ニ沫雪一蹶散而、伊都（二字以レ音。）之男建（訓レ建云ニ多祁夫一。）蹈建而待問、何故上來。爾速須佐之男命答白、僕者無ニ邪心一。唯大御神之命以、問ニ賜僕之哭伊佐知流之事一。故、白都良久、（三字以レ音。）僕欲レ往ニ妣國一以哭。爾大御神詔、汝者不レ可レ在ニ此國一而、神夜良比夜良比賜。故、以下爲請中將ニ罷往一之狀上參上耳。無ニ異心一。爾天照大御神詔、然者汝心之淸明、何以知。於レ是速須佐之男命

1 縵―底・田・延・寬に「鬘」とあるが、眞・道・春・果・前・猪に「縵」とあるのによつて改めた。以下同じ。
2 比良邇者―底・延には削除しているが、眞以下の諸本によつて補つた。
3 所取―延に「臂取」、田に「臂」に改めているが眞以下の諸本にはすべて「所取」とある。書紀には「臂著」とある。或いは誤寫かも知れないが、しばらく底及び諸本に從う。

一 告げて。事情をお話して。
二 書紀には「吾弟」とある。
三 書紀にも「善意」とある。下の「邪き心」の反対で、皇室に対する忠誠心。
四 女形の髪を解いて男の髪である角髪に束ねての意。書紀には「結レ髮爲レ髻」とある。男装する意。
五 書紀には「八坂瓊之五百箇御統」とある。八尺(八坂)の意は未詳。勾璁は野獣の牙・ガラス・翡翠・瑯玕などで作られた。ヤサカの勾玉で、その勾玉を数多く一本の緒に貫き統べた玉の意。
六 まとうて。持ちは軽く添えた語。
七 書紀には「背」とある。背中の意。

天照大神と須佐之男命

1 須佐之男命の昇天

故是《かれここ》に速須佐之男《の》命言ひしく、「然らば天照大御神に請《まを》[一]して罷らむ。」といひて、乃ち天《あめ》に參上《まゐのぼ》る時、山川悉《ことごと》に動《とよ》み、國土《くにつち》皆震《ゆ》りき。爾に天照大御神聞き驚きて詔りたまひしく、「我《あ》が那勢《なせ》[二]の命《みこと》の上《のぼ》り來《く》る由《ゆゑ》は、必ず善[三]き心ならじ。我が國を奪《うば》はむと欲《おも》ふにこそあれ。」とのりたまひて、卽ち御髪[四]を解きて、御美豆羅《みみづら》に纒《ま》きて、乃ち左右《ひだりみぎ》の御美豆羅《みみづら》にも、亦御縵《みかづら》にも、亦左右の御手にも、各《おのおの》八尺《やさか》[五]の勾璁《まがたま》の五百津《いほつ》の美須麻流《みすまる》の珠《たま》を纒《ま》[六]き持ちて、美より流までの四字は音を以ゐよ。下は此れに效へ。曾毘良邇《そびらに》[七]は千入《ちのり》[八]の靫《ゆぎ》を負《お》ひ、入を訓みてノリと云ふ。下は此れに效へ。曾より邇までは音を以ゐよ。比良邇《ひらに》[九]は五百入《いほのり》の靫《ゆぎ》を附け、亦伊[一〇]都《いつ》此の二字は音を以ゐよ。の竹鞆《たかとも》を取り佩《お》ばして、弓腹《ゆはら》[一一]振り立てて、堅庭《かたには》[一二]は向股《むかもも》[一三]に蹈《ふ》み那豆美《なづみ》、三字は音を以ゐよ。沫雪《あわゆき》[一四]如《な》す蹶散《くゑはら》[一五]かして、伊都《いつ》[一六]二字は音を以ゐよ。の男建《をたけび》建を訓みてタケブと云ふ。蹈《ふ》み建《たけ》びて待ち問ひたまひしく、「何故上《なにしかものぼ》り來つる。」と、とひたまひき。爾に速須佐之男《の》命、答へ白《まを》ししく、「僕《あ》は邪《きたな》[一七]き心無し。唯《ただ》[一八]大御神の命《みこと》以《も》ちて、僕《あ》が哭《な》き伊佐知流《いさちる》事を問ひ賜へり。故《かれ》、白《まを》し都良久《つらく》、三字は音を以ゐよ。『僕《あ》は妣《はは》の國に往《ゆ》かむと欲《おも》ひて哭《な》くなり。』とまをしつ。爾に大御神詔りたまひしく、『汝《いまし》は此の國に在るべからず。』とのりたまひて、神夜良比夜良比賜《かむやらひやらひたま》へり。故《かれ》、罷《まか》り往《ゆ》かむ狀《さま》[一九]を請《まを》さむと以爲《おも》ひてこそ參上《まゐのぼ》りつれ。異心《ことごころ》[二〇]無し。」とまをしき。爾に天照大御神詔りたまひしく、「然らば汝《いまし》[二一]の心の清く明《あか》きは何《いか》にして知らむ。」とのりたまひき。是《ここ》に速須佐之男《の》命

八 靫は矢入れ。多くの矢竹の入る靫の意で、書紀には「千箭之靫」とある。

九 ヒラの語義は明らかでないが脇の意か。

一〇 書紀には「稜威之高鞆」とある。威勢鋭く高い音を発する鞆。鞆は獣皮で作った巴形のもので、左手の肘につけて弓弦の反動を受けるに用いられた。

一一 弓腹は明らかでないが、弓の末(上部)に腹という部分があったと思われる。書紀には「振二起弓彇一」とある。振りは接頭語、立ては起こしの意。

一二 土の堅い空地。

一三 両方の股(もも)まで踏み入れ。書紀には「踏二堅庭一陥レ股」とある。

一四 軽い柔らかい雪のように。

一五 蹴散らして。クヮ・クヰ・クヱのうちクヰ・クヱはキ・ケとなり、クヮもカとなりつつある。

一六 書紀には「奮二稜威之雄誥一」とある。土地をしっかり踏んで威勢鋭く雄々しい叫びを挙げての意。

一七 書紀には「黒心」とある。朝廷に対する反逆心。

一八 伊邪那岐大御神のお言葉で。

一九 事情を告げ申そうと思って。

二〇 二心。謀叛心。

二一 朝廷に対する忠誠心で、心の邪(穢)(きたな)いことの反対。続紀宣命に「浄き明き心」「清き明き正しき直き心」を以って朝廷に仕え奉れとあり、また和気清麻呂を「穢(きたな)き奴(やっこ)として退け給ふに依りて」、清(きよ)麻呂の名を改めて穢(きたな)麻呂とされたことが見えている。

一 ウケヒは四段活用の連用形。吉凶黒白を判断する場合に、必ずかくあるべしと心に期して或行為をするのをいう。卜占としての性質がいちじるしい。書紀には「誓約」とある。
二 高天の原に流れていると信ぜられた河の名。古語拾遺には「天八湍(アメノヤセノ)河」とある。万葉にも「天の川、安乃(ヤス)川原の」(二〇八九)、「天照らす、神の御代より、夜洲能河波(ヤスノカハ)、中に隔てて、対ひ立ち」(四一二五)とある。名義未詳。
三 書紀には誓約または誓とある。
四 書紀には索取または乞取とある。こちらから所望し、先方からそれを渡す意であろう。

答白、各宇氣比而生レ子。自レ宇以下三字以レ音。下效レ此。故爾各中二置天安河一而、宇氣布時、天照大御神、先乞二度建速須佐之男命所レ佩十拳劔一、打二折三段一而、奴那登母母由良爾、此八字以レ音。下效レ此。振二滌天之眞名井一而、佐賀美邇迦美而、自レ佐下六字以レ音。下效レ此。於二吹棄氣吹之狹霧一所レ成神御名、多紀理毘賣命。此神名以レ音。亦御名、謂二奥津嶋比賣命一。次市寸嶋上比賣命。亦御名、謂二狹依毘賣命一。次多岐都比賣命。三柱。此神名以レ音。速須佐之男命、乞下度天照大御神所レ纒二左御美豆良一八尺勾璁之五百津之美須麻流珠上而、奴那登母母由良邇、振二滌天之眞名井一而、佐賀美邇迦美而、於二吹棄氣吹之狹霧一所レ成神御名、正勝吾勝勝速日天之忍穗耳命。亦乞下度所レ纒二右御美豆良一之珠上而、佐賀美邇迦美而、於二吹棄氣吹之狹霧一所レ成神御名、天之菩卑能命。自レ菩下三字以レ音。亦乞下度所レ纒二御縵[1]一之珠上而、佐賀美邇迦美而、於二吹棄氣吹之狹霧一所レ成神御名、天津日子根命。又乞下度所レ纒二左御手一之珠上而、佐賀美邇迦美而、於二吹棄氣吹之狹霧一所レ成神御名、活津日子根命。亦乞下度所レ纒二右御手一之珠上而、佐賀美邇迦美而、於二吹棄氣吹之狹霧一所レ成神御名、熊野久須毘命。自レ久下三字以レ音。[2]幷五柱。↓

1 御縵—底・田「御鬘」、延「御迦豆良」、寛「右御美豆良」、眞・道・春・果・前・猪「右御手」とある。「右御手」は熊野久須毘命の條と重複しており、「右御美豆良」も天之菩卑能命の條と重複しているので共に誤寫と思われる。さて記傳には「御鬘は、舊印本に右御美豆良とあるを、延佳が御迦豆良と改めつるは宜し。但上文に御美豆良は假字に、御鬘は正字に書り。此も正しく上を承たる所なれば、上文の隨に書べきことなり。故今又改めつ。」とある。この說に從うべきであるが、前例にならつて「鬘」を「縵」に改めた。
2 幷五柱—底・田はこの三字を上の分注の頭に插入しているが、眞以下の諸本すべて、本文として分注の下に記しているので、諸本に從つて改めた。

2 天の安の河の誓約

答へ白しく、「各[一]宇氣比《うけひ》て子生まむ。」とまをしき。宇より以下の三字は音を以ゐよ。下は此れに效へ。故爾《かれここ》に各[二]天安《あめのやすの》河《かは》を中に置きて[三]宇氣布《うけふ》時に、天照大御神、先《ま》づ建速須佐之男命《の》の佩《は》ける[四]十拳劍《とつかつるぎ》を乞《こ》ひ度《わた》して、[五]三段《みきだ》に打ち折りて、[六]奴那登母母由良爾《ぬなとももゆらに》、此の八字は音を以ゐよ。下は此れに效へ。[七]天《あめ》の[八]眞名井《まなゐ》に振り滌《すす》ぎて、[九]佐賀美邇迦美《さがみにかみ》て、佐より下の六字は音を以ゐよ。下は此れに效へ。吹き棄《う》つる[一〇]氣吹《いぶき》の狹霧《さぎり》に成れる神の御名《みな》は、[一一]多紀理毘賣命《たきりびめの》。此の神の名は音を以ゐよ。亦の御名は[一二]奥津《おきつ》島比賣命《しまひめの》と謂ふ。次に[一三]市寸島《いちきしま》上比賣命《ひめの》。亦の御名は[一四]狹依毘賣命《さよりびめの》と謂ふ。次に[一五]多《た》岐都比賣命《きつひめの》。三柱。此の神の名は音を以ゐよ。速須佐之男命《の》、天照大御神の左の御美豆良《みみづら》に纏《ま》かせる八尺《やさか》の勾璁《まがたま》の五百津《いほつ》の美須麻流《みすまる》の珠《たま》を乞《こ》ひ度《わた》して、奴那登母母由良爾《ぬなとももゆらに》、天《あめ》の眞名井《まなゐ》に振り滌《すす》ぎて、佐賀美邇迦美《さがみにかみ》て、吹き棄《う》つる氣吹《いぶき》の狹霧《さぎり》に成れる神の御名は、[一六]正勝吾勝勝速日天之忍穗耳命《まさかつあかつかちはやひあめのおしほみみの》。亦右の御美豆良に纏かせる珠を乞ひ度して、佐賀美邇迦美《さがみにかみ》て、吹き棄つる氣吹の狹霧に成れる神の御名は、[一七]天之菩卑能命《あめのほひの》。菩より下の三字は音を以ゐよ。亦御縵《みかづら》に纏かせる珠を乞ひ度して、佐賀美邇迦美《さがみにかみ》て、吹き棄つる氣吹の狹霧に成れる神の御名は、[一八]天津日子根命《あまつひこねの》。又左の御手に纏かせる珠を乞ひ度して、佐賀美邇迦美《さがみにかみ》て、吹き棄つる氣吹の狹霧に成れる神の御名は、[一九]活《いく》津日子根命《つひこねの》。亦右の御手に纏かせる珠を乞ひ度して、佐賀美邇迦美《さがみにかみ》て、吹き棄つる氣吹の狹霧に成れる神の御名は、[二〇]熊野久須毘命《くまのくすびの》。久より下の三字は音を以ゐよ。并《あは》せて五柱《いつはしら》な

五 三つの小分け(断片)に折って。
六 剣とは無関係な「瓊の音も玲瓏と」という形容があるのは、後の文に引かれた不用意の挿入であろう。
七 書紀には「天渟名(アメノヌナノ)井」、別名「去来之真名(イザノマナノ)井」とある。名義未詳。井は用水を汲む所の意で、この井は安の河の中の井と見るのが穏やかであろう。
八 振りは接頭語、滌ぐは洗い清める意。
九 書紀には「齰然咀嚼」とある。「さ」は接頭語、嚙みに嚙んでと語を重ねて動作を強めた表現。
一〇 吐き出す息吹の霧の意。雄略紀には「呼吸気息(イイブキ)、似ニ於朝霧ー」とある。
一一 書紀には「田霧姫命」とある。霧のキは乙類の仮名であり、紀も乙類であるから、霧に因んだ神名であろう。多(田)は接頭語か。
一二 沖の島に坐す女神の意。
一三 書紀には「市杵(イチキ)島姫」とある。イチキはイツキ(斎き)の転音ではあるまいか。
一四 船の寄る所に坐す女神の意。
一五 書紀には「湍津姫」とある。早瀬の女神。
一六 正勝は正しく勝った、吾勝は私は勝った、勝速は素早く勝ったの意。日は太陽に因んだ名、忍穂は多し穂で豊かに稔った稲穂、耳は尊称であろう。
一七 書紀には「天穂日命」とある。これも稲穂と太陽に因んだ神名であろう。
一八 天つ日、即ち太陽の子の意。根は親愛の意をあらわす接尾語。
一九 生き生きとした日の子の意。
二〇 熊野は地名。久須毘はクシビ(奇霊)と同義。

一　記伝に「こは是(コノ)と、軽く読切べし。是後と連読(ツヅケヨム)べからず。是(コノ)とは五男三女を惣て指(サス)御言なればなり。」とあるのはよい。
二　「所生」と「所成」と文字を使い分けているのでアレシと訓んだ。生まれた・出現したの意。
三　書紀には「物根(モノダネ)」とある。物事のおこるもとの意で、ここでは神々の成るもと。
四　自分の所有物、ここでは珠。
五　あなたの所有物、ここでは剣。
六　云々とおっしゃって、子の所属を区別された。
七　福岡県宗像郡の沖の島にある。
八　宗像郡の大島にある。
九　宗像郡玄海町の田島という所にある。
一〇　新撰姓氏録、河内国神別に「宗形君、大国主命六世孫、吾田片隅命之後也。」とある。
一一　分注の中の「国造(クニノミヤツコ)」「直(アタヘ)」は姓(かばね)である。无邪志(ムザシ)は武蔵、上菟上(カミツウナカミ)は上総国海上(ウナカミ)郡の地、下菟上(シモツウナカミ)は下総国海上郡の地、伊自牟(イジム)は上総国夷灊(いじみ)郡の地、津島県(ツシマノアガタ)は対馬の上県郡・下県郡である。
一二　分注の中の「連(ムラジ)」「造(ミヤツコ)」「県主(アガタヌシ)」「稲寸(イナキ)」は何れも姓(かばね)である。凡川内(オフシカフチ)は河内国、額田部湯坐連(ヌカタベノユエノムラジ)は姓氏録に「天津彦根命子、明立天御影命之後也。」とある。茨木(ウバラキ)は常陸国茨城郡の地、倭田中(ヤマトノタナカ)は大和国の田中の地、山代(ヤマシロ)は山城国、馬来田(ウマクタ)は上総国望多郡の地、道尻岐閇(ミチノシリノキヘ)は未詳、周芳(スハ)は信濃国諏訪郡の地か、一説にスハ

於レ是天照大御神、告二速須佐之男命一、是後所レ生五柱男子者、物實因二我物一所レ成。故、自[1]吾子也。先所レ生之三柱女子者、物實因二汝物一所レ成。故、乃汝子也。如レ此詔別也。

故、其先所レ生之神、多紀理毘賣命者、坐二胸形之奥津宮一。次市寸嶋比賣命者、坐二胸形之中津宮一。次田寸津比賣命者、坐二胸形之邊津宮一。此三柱神者、胸形君等之以伊都久三前大神者也。故、此後所レ生五柱子之中、天菩比命之子、建比良鳥命、此出雲國造、无邪志國造、上菟上國造、下菟上國造、伊自牟國造、津嶋縣直、遠江國造等之祖也。次天津日子根命者、凡川内國造、額田部湯坐連、茨木[2]國造、倭田中直、山代國造、馬來田國造、道尻岐閇國造、周芳國造、倭淹知造、高市縣主、蒲生稻寸、三枝部造等之祖也。

爾速須佐之男命、白二于天照大御神一、我心淸明。故、我所レ生子、得二手弱女一。因レ此言者、自我勝云而、於二勝佐備一、此二字以レ音。離二天照大御神之營田之阿一、此阿字以レ音。埋二其溝一、亦其於下聞二看大嘗一之殿上、屎麻理此二字以レ音。散。故、雖二然爲一、天照大御神者、登賀米受而告、如レ屎、醉而吐散登許曾此三字以レ音。我那勢之命、爲レ如レ此。又離二田之阿一、埋レ溝者、地矣阿多良斯登許曾自レ阿以下七字以レ音。我那勢之命、爲レ如レ此登此一字以レ音。詔雖レ直、↓

1　自―眞・道・春・果には「白」とある。恐らく誤寫であろう。前・猪・寛・延・田・底は「自」。

2　茨木―諸本に「木」とあるが、底に宣長説によって「茨」を補っているのに従う。

り。是《ここ》に天照大御神、速須佐之《の》男命に告《の》りたまひしく、「是《こ》[一]の後《のち》に生《あ》[二]れし五柱の男子《をのこご》は、物[三]實《ものざね》[四]我が物に因《よ》りて成れり。故《かれ》、自《おのづか》ら吾《あ》が子ぞ。先《さき》に生《あ》れし三柱の女子《をみなご》は、物實《ものざね》[五]汝《いまし》が物に因りて成れり。故《かれ》、乃ち汝《いまし》が子ぞ。」如此《かく》[六]詔《の》り別《わ》けたまひき。

故《かれ》、其の先《さき》に生《あ》れし神、多紀理毘賣命《たきりびめの》は、胸形《むなかた》[七]の奥津宮《おきつみや》に坐《ま》す。次に市寸島比賣命《いちきしまひめの》は、胸形[八]の中津宮に坐す。次に田寸津比賣命《たきつひめの》は、胸形[九]の邊津宮《へつ》に坐す。此の三柱の神は、胸形君等《むなかたのきみら》[一〇]の以《も》ち伊都久《いつく》三前《みまへ》の大神なり。故《かれ》、此の後《のち》に生《あ》れし五柱の子の中《なか》に、天菩比命《あめのほひの》の子、建比良鳥命《たけひらとりの》、[一一]此は出雲國造、无邪志國造、上菟上國造、下菟上國造、伊自牟國造、津島縣直、遠江國造等が祖なり。次に天津日子根命《あまつひこねの》は、[一二]凡川内國造、額田部湯坐連、茨木國造、倭田中直、山代國造、馬來田國造、道尻岐閇國造、周芳國造、倭淹知造、高市縣主、蒲生稻寸、三枝部造等が祖なり。

3　須佐之男命の勝さび

爾に速須佐之《の》男命、天照大御神に白《まを》ししく、「我が心淸く[一三]明《あか》し。故《かれ》、我が生める子は手弱女《たわやめ》[一四]を得つ。此れに因《よ》りて言《まを》さば、自《おのづか》ら我《われ》勝ちぬ。」と云《まを》して、勝佐備《かちさび》[一五]此の二字は音を以ゐよ。に、天照大御神の營田《つくだ》[一六]の阿《あ》此の阿の字は音を以ゐよ。を離《はな》ち、其の溝《みぞ》[一七]を埋《う》め、亦其の大嘗《おほにへ》[一八]を聞看《きこしめ》[一九]す殿《との》に屎麻理《くそまり》[二〇]此の二字は音を以ゐよ。散らしき。故《かれ》、然爲《しかす》れども天照大御神は登賀《とが》米《め》受《ず》て告《の》りたまひしく、「屎如《くそな》すは、醉《ゑ》ひて吐き[二一]散らす登許曾《とこそ》此の三字は音を以ゐよ。我《あ》が那勢《なせ》の命《みこと》、如此《かくし》爲つらめ。又田の阿《あ》を離ち、溝を埋むるは、地《ところ》[二二]を阿多良斯登許曾《あたらしとこそ》阿より以下の七字は音を以ゐよ。我《あ》が那勢《なせ》の命、如此《かくし》爲つらめ。」登《と》此の一字は音を以ゐよ。詔《の》[二三]り直《なほ》したまへども、

ウと訓んで周防国とある。倭淹知(ヤマトノアムチ)は大和国の庵治という所、高市(タケチ)は大和国高市郡の地、蒲生(カマフ)は近江国蒲生郡の地、三枝部造(サキクサベノミヤツコ)は姓氏録に「額田部湯坐連同祖、天津彦根命十四世孫、建己呂命之後也。顕宗天皇御世、諸氏賜二饗醼一。于レ時宮庭有二三茎草一献之。因賜二姓三枝部造一。」とある。

一三　忠誠であるの意。

一四　女は手の力が弱いから手弱女といったのである。たおやかな女の意。

一五　勝ちらしい振舞をすること。「さび」は上二段活用動詞の連用形で、資格を示すとも、動作が移り進んで適応するさまを表わす語とも言われている。体言に接する語で、「茂(し)みさび立てり」「神さび坐す」「男さびす」等はその例である。

一六　耕作している田の畔。

一七　灌漑用の溝。

一八　嘗の字はシナで古く秋祭を「嘗」と言ったのを借用したもので、新穀を食べる祭の意。書紀には「新嘗」、続日本紀には「大新嘗」、常陸風土記には「新粟初嘗」とある。書紀の新嘗の訓には、ニハノアヒ、ニハナヒ、ニハナヘ、ニヒナメ、ニヒヘ、ニハヒなどがあり、古事記には爾比那閉の仮名書の例がある。ニヘ、ニハ、ニヒは何れも新稲を意味する語と思われる。

一九　召しあがる。

二〇　屎をし散らかした。「まる」は大小便をする意。

二一　吐き散らそうとて。「こそ」は強意の助詞。

二二　土地が惜しいとて。

二三　悪い事を善い事に言い直されたけれども。

猶其悪態不レ止而轉。天照大御神、坐二忌服屋一而、令レ織二神御衣一之時、穿二其服屋之頂一、逆二剝天斑馬一剝而、所二墮入一時、天[1]服織女見驚而、於レ梭衝二陰上一而死。訓二陰上一云二富登一。故於レ是天照大御神見畏、[2]開二天石屋戸一而、刺許母理此三字以レ音。坐也。爾高天原皆暗、葦原中國悉闇。因レ此而常夜往。於レ是萬神之聲者、狹蠅那須此二字以レ音。[3]滿、萬妖悉發。是以八百萬神、於二天安之河原一、神集集而、訓レ集云二都度比一。高御産巣日神之子、思金神令レ思訓レ金云二加尼一。而、集二常世長鳴鳥一、令レ鳴而、取二天安河之河上之天堅石一、取二天金山之鐵一而、求二鍛人天津麻羅一而、麻羅二字以レ音。科二伊斯許理度賣命一、自レ伊下六字以レ音。令レ作レ鏡。科二玉祖命一、令レ作二八尺勾璁之五百津之御須麻流之珠一而、召二天兒屋命、布刀玉命一布刀二字以レ音。下效レ此。而、内二拔天香山之眞男鹿之肩一拔而、取二天香山之天之波波迦一此三字以レ音。木名。而、令二占合麻迦那波一而、自レ麻下四字以レ音。天香山之五百津眞賢木矣、根許士爾許士而、自レ許下五字以レ音。於二上枝一、取二著八尺勾璁之五百津之御須麻流之玉一、於二中枝一、取二繫八尺鏡一、訓二八尺一云二八阿多一。於二下枝一、取二垂白丹寸手、青丹寸手一而、訓レ垂云二志殿一。此種種物者、布刀玉命、布刀御幣登取持而、天兒屋命、

1 服―底・田・延寛・前には「衣」とあるが、眞・春・果・猪に「服」とあるのに従つて改めた。
2 開―底は「閇」に改めているが諸本に従う。
3 滿―底にはこの上に「皆」の字を補つているが、諸本にないので削つた。

一 悪い行為。 二 ますます甚だしかった。
三 忌み清めた機殿。神聖な機を織る家。
四 神に献る御衣。神衣祭は天皇が伊勢神宮に神衣を献られる大切な神事で、神祇令によると孟夏と孟秋に行われた。ここはそれに基づいた神話。 五 棟に穴をあけて。
六 書紀には「斑駒」とある。和名抄によると、「駁馬。俗云、布知無万。説文云、駁不二純色一馬也。」とある。種々の毛色の入り混っている馬。
七 尾の方から逆に皮を剝ぐこと。延喜式の大祓詞には天津罪として「畔放、溝埋、樋放、頻蒔、串刺、生剝、逆剝、屎戸」を挙げている。
八 機(はた)の緯(よこ)糸を通すに用いる舟形の器具。
九 陰部。
一〇 記伝に「必しも実の岩窟には非じ。石(いは)とはただ堅固を云るにて…ただ尋常の殿をかく云るなるべし。」とあるが、やはり岩窟と見るべきである。
一一 「刺」は接頭語で、お隠(こも)りになったの意。石戸に隠るということは貴人の死を意味していた。万葉巻二に「高照らす、日の皇子は、…天の原、石戸を開き、神上り、上りいましぬ」(一六七)、同巻三に「豊国の鏡の山の石戸たて隠りにけらし待てど来まさず」(四一八)、「石戸破る手力もがも手弱き女にしあれば術の知らなく」(四一九)とある。
一二 常夜は夜ばかりで昼がないのを言い、「往く」は時が経過する意。書紀には「六合之内、常闇而不レ知二昼夜之相代一。」とあり、同神功紀には「昼暗如レ夜、已経二多日一。時人曰、常夜行之。」とある。
一三 大勢の神々。書紀には「八十万神」とある。
一四 集まって。「神」は神の行動を表わす接頭語。大勢の神々が天の安の河原に会合して事を議し

猶《なほ》其の悪しき[一]態《わざ》止まずて転《うた》かりき[二]。天照大御神、忌服屋《いみはたや》[三]に坐《ま》して、神御衣《かむみそ》[四]織らしめたまひし時、其の服屋《はたや》の頂《むね》[五]を穿《うが》ち、天《あめ》の斑馬《ふちこま》[六]を逆剝《さかは》ぎ[七]に剝《は》ぎて堕《おと》し入るる時に、天の服織女《はたおりめ》見驚きて、梭《ひ》[八]に陰上《ほと》[九]陰上を訓みてホトと云ふ。を衝《つ》きて死にき。故是《かれここ》に天照大御神見畏《みかしこ》みて、天《あめ》の石屋戸《いはやと》[一〇]を開きて刺許母理《さしこもり》[一一]此の三字は音を以ゐよ。坐《ま》しき。爾に高天《たかま》の原皆暗《くら》く、葦原中國《あしはらのなかつくに》悉に闇《くら》し。此れに因りて常夜《とこよ》[一二]往《ゆ》きき。是に萬《よろづ》の神の聲《こゑ》は、狹蠅那須《さばへなす》此の二字は音を以ゐよ。滿ち、萬《よろづ》の妖《わざはひ》悉に發《おこ》りき。是《ここ》を以《も》ちて八百萬《やほよろづ》[一三]の神、天安《あめのやす》の河原《かはら》に神集《かむつど》[一四]ひ集《つど》ひて、集を訓みてツドヒと云ふ。高御産巣日《たかみむすひの》神の子、思金神《おもひかねの》[一五]に思は[一六]しめて、金を訓みてカネと云ふ。常世《とこよ》[一七]の長鳴鳥《ながなきどり》を集めて鳴かしめて[一八]、天安河《あゆのやすのかは》の河上《かはかみ》の天《あめ》の堅石《かたしは》[一九]を取り、天の金山《かなやま》[二〇]の鐵《まがね》を取りて、鍛人《かぬち》天津麻羅《あまつまら》[二一]を求《ま》ぎ[二二]て、麻羅の二字は音を以ゐよ。伊斯許《いしこ》[二三]理度賣命《りどめの》伊より下の六字は音を以ゐよ。に科《おほ》せて鏡を作らしめ、玉祖命《たまのやの》[二四]に科せて、八尺《やさか》の勾璁《まがたま》の五《い》百津《ほつ》の御須麻流《みすまる》の珠を作らしめて、天兒屋命《あめのこやねの》[二五]、布刀玉命《ふとだまの》[二六]布刀の二字は音を以ゐよ。下は此れに效へ。を召して、天《あめ》[二七]の香山《かぐやま》の眞男鹿《まをしか》[二八]の肩《かた》を内抜《うつぬ》[二九]きに抜きて、天の香山の天の波波迦《ははか》[三〇]此の三字は音を以ゐよ。木の名。を取りて、占合《うらな》[三一]ひ麻迦那波《まかなは》しめて、麻より下の四字は音を以ゐよ。天の香山の五百津眞賢木《いほつまさかき》[三二]を根《ね》[三三]許士爾許士《こじにこじ》て、許より下の五字は音を以ゐよ。上枝《はつえ》に八尺の勾璁の五百津の御須麻流の玉を取り著け、中枝《なかつえ》に八尺鏡《やたかがみ》[三四]八尺を訓みてヤアタと云ふ。を取り繋《か》け、下枝《しづえ》に白丹寸手《しらにきて》[三五]、青丹寸手《あをにきて》[三六]を取り垂《し》でて、垂を訓みてシデと云ふ。此の種種《くさぐさ》の物は、布刀玉命、布刀御幣《ふとみてぐら》[三七]と取り持ちて、天兒屋命、

行ったとあるのは、わが上代に氏族の代表者が野外に会合して事を議し行うという原始的代議制度の存したことを推測させる(蒙古のクリルタイ参考)。

一五 書紀には「思兼神」とある。多くの思慮を兼ね持つ神の意で、人間の智力の極致を神格化したもの。

一六 思慮の限りをつくさしめて。書紀には「思兼神、深謀遠慮。」とある。

4 天の石屋戸

一七 常世は常夜ではなく常世国の意。鶏は鳴く声を長く引くから長鳴鳥と言ったのであるが、息が長い所からこの鳥を常世国に結びつけたものと思われる。

一八 太陽(日神)の出現を促す呪術。

一九 堅い石の意であるが、鉄を鍛える時の金敷の石(碪)、新撰字鏡に「碪、錬鐵之石也。」とある。 二〇 鉱山の鉄。

二一 名義未詳。旧事本紀巻三に「物部造等祖、天津麻良」「倭鍛師等祖、天津真浦」などとある。

二二 何のために求めたのか明らかでない。記伝には矛を作らせるためにではないかと推測しているが、剣を作らしむというような文が落ちたのではないか。

二三 名義未詳。書紀には「石凝姥」とある。

二四 玉作りの祖先の意。

二五・二六 共に名義未詳。

二七 大和の天の香山が神話に反映したもの。

二八 牡鹿の肩の骨。

二九 内は全の意で、そのまま丸抜きに抜いて。

三〇 朱桜(かにわ さくら)のこと。この木の皮で鹿の肩胛骨を灼いて吉凶を判断した(太占)。

三一 占ないをして神意をおしはからしめて。

三二 枝葉の繁ったサカキ。サカキは栄木、即ち

布刀詔戸言禱白而、天手力男神、隱二立戸掖一而、天宇受賣命、手二次一繫天香山之天之日影一而、爲レ縵二天之眞拆一而、手二草一結天香山之小竹葉一而、訓二小竹一云二佐佐一。於二天之石屋戸一伏二汙氣一此二字以レ音。蹈登杼呂許志、此五字以レ音。爲二神懸一而、掛二出胸乳一、裳緒忍二垂於二番登一也。

爾高天原動而、八百萬神共咲。

於レ是天照大御神、以二爲怪一、細二開天石屋戸一而、內告者、因二吾隱坐一而、以二爲天原自闇、亦葦原中國皆闇矣一、何由以、天宇受賣者爲レ樂、亦八百萬神諸咲。爾天宇受賣白言、益二汝命一而貴神坐。故、歡喜咲樂。如レ此言之間、天兒屋命、布刀玉命、指二出其鏡一、示二奉天照大御神一之時、天照大御神、逾思レ奇而、稍自レ戸出而、臨坐之時、其所二隱立一之天手力男神、取二其御手一引出、卽布刀玉命、以二尻久米此二字以レ音。繩一、控二度其御後方一白言、從レ此以內、不レ得二還入一。故、天照大御神出坐之時、高天原及葦原中國、自得二照明一。

於レ是八百萬神共議而、於二速須佐之男命一、負二千位置戸一、亦切レ鬚↓

常緑樹の意かと説かれているが未詳。榊は後のもの。

三三 根のまま掘り取って。根引きにして。

三四 書紀には「八咫鏡」とある。尺は咫の誤写であろう。咫は八寸であるから八咫は鏡の大きさを表わしたものと見るべきであろう。大きな鏡の意。

三五 楮の木の皮の繊維で織った木綿(ゆう)。

三六 麻の布。麻は白い木綿に比して青味がある。

三七 布刀は太で美称、神に献る品物。

一 祝詞(のりと)のこと。

二 言寿ぎの意にとってホキ(清音)と訓んだ。

三 古語拾遺に「強女」、一説に「臼女」の意に解されているが、名義未詳。書紀には天鈿女命とある。

四 蘿(さがりごけ)。

五 襷。後世では蘿は鬘に用いられた。

六 まさきの葛、即ちツルマサキのこと。

布《ふ》刀《と》詔《のり》戸《と》[一]言禱《ごとほ》[二]き白《まを》して、天手力男《あめのたぢからをの》神、戸の掖《わき》に隱《かく》り立ちて、天宇受賣命《あめのうずめの》[三]、天の香山の天の日影《ひかげ》[四]を手次《たすき》[五]に繫《か》けて、天の眞拆《まさき》[六]を縵《かづら》と爲《し》て、天の香山の小竹葉《ささば》を手草《たぐさ》[七]に結《ゆ》ひて、小竹を訓みてササと云ふ。天の石屋戸《いはやと》に汙氣《うけ》[八]此の二字は音を以ゐよ。伏《ふ》せて蹈《ふ》[九]み登杼呂許志《とどろこし》、此の五字は音を以ゐよ。神懸《かむがか》[一〇]り爲《し》て、胸乳《むなち》[一一]を掛《か》き出《い》で裳《も》[一二]緒《ひも》を番登《ほと》に忍《お》し垂《た》れき。爾に高天の原動《とよ》みて、八百萬の神共《とも》に咲《わら》ひき。

是《ここ》に天照大御神、怪[一三]しと以爲《おも》ほして、天の石屋戸を細めに開きて、内[一四]より告《の》りたまひしく、「吾《わ》が隱《こも》り坐《ま》すに因《よ》りて、天[一五]の原自《おのづか》ら闇《くら》く、亦葦原中國《あしはらのなかつくに》も皆闇けむと以爲《おも》ふを、何由以《なにのゆゑにか》、天宇受賣《あめのうずめ》は樂《あそび》[一六]を爲《し》、亦八百萬《やほよろづ》の神も諸《もろもろ》咲《わら》へる。」とのりたまひき。爾に天《の》宇受賣白言《まを》ししく、「汝命《いましみこと》に益《ま》して貴き神坐《いま》す。故《かれ》、歡喜《よろこ》び咲《わら》ひ樂《あそ》ぶぞ。」とまをしき。如此言《かくまを》す間に、天兒屋《の》命、布刀玉《の》命、其[一七]の鏡を指《さ》し出《いだ》して、天照大御神に示《み》せ奉《まつ》る時、天照大御神、逾奇《いよよあや》[一八]しと思ほして、稍《やや》[一九]戸より出でて臨《のぞ》[二〇]み坐《ま》す時に、其の隱《かく》り立てりし天手力男《の》神、其の御手《みて》を取りて引[二一]き出《いだ》す即ち、布刀玉《の》命、尻久米《しりくめ》[二二]此の二字は音を以ゐよ。繩《なは》を其の御後方《みしりへ》に控《ひ》き度《わた》して白言《まを》ししく、「此《こ》れより内にな還《かへ》[二三]り入りそ。」とまをしき。故《かれ》、天照大御神出で坐《ま》しし時、高天の原も葦原《の》中《つ》國も、自《おのづか》ら照《て》り明《あか》りき。

是《ここ》に八百萬の神共《とも》[二四]に議《はか》りて、速須佐之男《の》命に千位《ちくら》[二五]の置戸《おきど》を負《おほ》せ、亦鬚《ひげ》[二六]を切り、

七 手に持ち加減に結び束ねて。
八 空笥(槽)即ち空っぽの入れ物を覆せて。
九 踏み轟かし。
一〇 神が人に乗り移った時の状態になって。書紀には「顯神明之憑談」とある。
一一 胸の乳をあらわに出し。「掛き」は接頭語。
一二 裳の紐を陰部まで押し下げて垂らした。
一三 不思議なことだとお思いになって。
一四 岩屋の内からおっしゃったことには。
一五 ただ天の原とあって高天の原と言わないのは、天上界での出来事だからである。
一六 ウタマヒと訓んでもよい。歌舞の意。
一七 あの真賢木にかけた鏡。
一八 一層不審に思われて。大御神の御姿がその鏡に映ったので、それを別の神と思われて一層不審を抱かれたと解するのは誤りである。鏡は太陽の象徴(日像)であったので、それを見られた大御神は、別に太陽神がいると思われて一層不審を抱かれたのである。
一九 そろそろと。徐々に。
二〇 お窺いになる時。
二一 引き出すや否や。
二二 今の注連縄のこと。書紀には「端出之縄」にシリクメナハの訓注がある。
二三 還り入ってはいけない。
二四 協議して。皆で相談して。
二五 書紀の一書には「科ニ…千座置戸之解除一(ハラヘ)」とある。千位(千座)は多くの物を置く台、置戸は置く品物の意。即ち多くの台の上に置くおびただしい品物を科する意。罪穢れを祓い贖わせるために科する祓つ具(はらえつもの)である。雄略紀に歯田根命という人が、「以ニ馬八匹、大刀八口一、祓ニ除罪過一。」とあるのが参考となる。
二六 書紀には「使レ抜レ髪」とある。

一　書紀にも「拔二其手足之爪一贖之」とある。させて鬚を切ったり、手足の爪を抜かせたりしたのは、いわゆる呪的転移であって、身に負うている罪穢れを身体の一部である鬚や爪に呪的に転移せしめて、自身の清浄を回復しようとしたものである。
二　「神遣遣」で、追放したの意。
三　物語の接続が「又」では唐突である。これは神話を不用意に接合させたための不手際である。
四　食物を掌る神である。書紀の一書では、月夜見尊と保食神(ウケモチノカミ)との話となっている。即ち「既而天照大神、在二於天上一曰、聞三葦原中国有二保食神一。宜三爾月夜見尊就候之一。月夜見尊受レ勅而降、已到二于保食神許一。保食神…夫品物悉備、貯二之百机一而饗之。是時月夜見尊、忿然作レ色曰、穢矣。鄙矣。寧可下以二口吐之物一、敢養む我乎。廼拔レ剣撃殺。」とある。
五　おいしい食べ物。
六　料理しととのえて。
七　書紀の一書には、保食神の頂に牛馬、顱(ひたい)に粟、眉に蠒(かいこ)、眼に稗、腹に稲、陰に麦と大豆・小豆とが化生したと伝えている。
八　神産巣日の御母神の意。
九　書紀の一書では、天照大神が粟・稗・麦・豆を以て陸田種子とし、稲を以て水田種子とされたとある。
一〇　追放されて。文字通りサケオハエテと訓んでもよい。
一一　島根県の斐伊川の上流、船通山に当る。書紀の一書には、安芸国の可愛の川上に降られたとも、その子五十猛神を連れて新羅の国に降られたとも伝えている。
一二　人間が使う箸が流れ下ったので、川上に人がいるのだなと思って、尋ね求めて川を上って

及手足爪令レ拔[1]而、神夜良比夜良比岐。

又食物乞二大氣津比賣神一。爾大氣都比賣、自二鼻口及尻一、種種味物取出而、種種作具而進時、速須佐之男命、立三伺其態一、爲二穢汚而奉進一、乃殺二其大宜津比賣神一。故、所レ殺神於レ身生物者、於レ頭生レ蠶、於二二目一生二稻種一、於二二耳一生レ粟、於レ鼻生二小豆一、於レ陰生レ麥、於レ尻生二大豆一。故是神產巢日御祖命、令レ取レ茲、成レ種。

故、所二避追一而、降二出雲國之肥上河上、名鳥髮地一。此時箸從二其河一流下。於レ是須佐之男命、以三爲人有二其河上一而、尋覔上往者、老夫與二老女一二人在而、童女置レ中泣。爾問三賜-之汝等者誰一。故、其老夫答言、僕者國神、大山上津見神之子焉。僕名謂二足上名椎一、妻名謂二手上名椎一、女名謂二櫛名田比賣一。亦問二汝哭由者何一、答白言、我之女者、自レ本在二八稚女一。是高志之八俣遠呂智、此三字以レ音。毎レ年來喫。今其可レ來時。故泣。爾問二其形如何一、答白、↓

1　拔―眞・道・春・果に「核」、田に「祓」、底・延・寛・猪・前に「拔」とある。底以下に従う。

行かれたのである。新撰姓氏録、右京皇別下、佐伯直の条に「車駕巡行…于レ時青菜葉、自二岡辺川一流下。天皇詔、応二川上有レ人也。」とあるのが参考となる。

三 高天の原の系統の神を「天つ神」というのに対して、地上の系統の神を「国つ神」という。

一四 山を掌る神。

一五・一六 書紀には「脚摩乳」「手摩乳」と記し、同一書にはこれを一神として「脚摩手摩」としている。椎は野椎神の椎と同じく、威力あるものの尊称。むすめを足撫で手撫でしていつくしむ所からつけられた名であろう。書紀には「中間置二一少女一、撫而哭之。」とある。

一七 書紀には「奇稲田姫」と記している。奇は美称、稲田は恐らく地名であろうが、神話学的に見れば「稲田」の擬人化と考えられる。ただし古事記の「櫛」は単なる借字ではなく、姫が櫛に形を変えるところから、わざわざ櫛の字を用いたものと思われる。

一八 書紀には「八箇少女」とある。八人の童女の意。この神話には八の数が一貫して使われていることに注意すべきで、それは賀茂系神話の特徴である。

一九 記伝に「是」をココニと訓んでいるのはよくない。あの高志のと見るべきである。高志は地名で、出雲風土記神門郡の条に古志郷の名が見えている。ヤマタノヲロチは書紀に「八岐大蛇」とある。

二〇 書紀には「所レ呑」とある。

二一 大蛇が毎年時を定めて来るということに留意すべきである。

5 五穀の起原

6 須佐之男命の大蛇退治

[一]手足の爪も抜かしめて、[二]神夜良比夜良比岐《かむやらひやらひき》。

[三]又食物《をしもの》を[四]大氣津比賣神《おほげつひめのかみ》に乞《こ》ひき。爾に大氣都比賣、鼻口及尻《はなくちまたしり》より、種種《くさぐさ》の[五]味物《ためつもの》を取り出《いだ》して、種種《くさぐさ》[六]作り具《そな》へて進《たてまつ》る時に、速須佐之男命《の》、其の態《しわざ》を立ち伺《うかが》ひて、穢汚《けが》して奉進《たてまつ》ると爲《おも》ひて、乃ち其の大宜津比賣神《の》を殺しき。故《かれ》、[七]殺さえし神の身に生《な》れる物は、頭《かしら》に蠶《かひこ》生《な》り、二つの目に稻種《いなだね》生《な》り、二つの耳に粟《あは》生《な》り、鼻に小豆《あづき》生《な》り、陰《ほと》に麥《むぎ》生《な》り、尻《しり》に大豆《まめ》生《な》りき。故是《かれここ》に[八]神産巣日御祖命《かみむすひのみおやの》、茲《こ》れを取らしめて、[九]種《たね》と成《な》しき。

故《かれ》、[一〇]避追《やら》はえて、出雲國《に》の肥《ひ》上の河上《かはかみ》、名は鳥髮《とりかみ》といふ地《ところ》に降《くだ》りたまひき。此の時[一一]箸《はし》其の河より流れ下《くだ》りき。是《ここ》に須佐之男命《の》、人其の河上に有りと以爲《おも》ほして、尋《たづ》ね覓《もと》めて上《のぼ》り往きたまへば、老夫《おきな》と老女《おみな》と二人在《あ》りて、童女《をとめ》を中に置きて泣けり。爾に「汝等《なれども》は誰ぞ。」と問ひ賜ひき。故《かれ》、其の老夫《おきな》答へ言《まを》ししく、「僕《あれ》は[一二]國つ神、[一四]大山《おほやま》上津見神《つみの》の子ぞ。僕《あ》が名は[一五]足《あし》上名椎《なづち》と謂ひ、妻《め》の名は[一六]手《て》上名椎《なづち》と謂ひ、女《むすめ》の名は[一七]櫛名田比賣《くしなだひめ》と謂ふ。」とまをしき。亦「汝《な》が哭《な》く由《ゆゑ》は何ぞ。」と問ひたまへば、答へ白言《まを》ししく、「我が女《むすめ》は、本《もと》より[一八]八稚女《やをとめ》在《あ》りしを、[一九]是《こ》の高志《こし》の八俣《やまた》の遠呂智《をろち》、此の三字は音を以ゐよ。年毎《としごと》に來て[二〇]喫《くら》へり。今其が[二一]來《く》べき時なり。故《かれ》、泣く。」とまをしき。爾に「其の形は如何《いかに》。」と問ひたまへば、答へ白ししく、

一 下に注がある。赤いホオズキの意。

二 苔や檜や杉。

三 書紀には「蔓二延於八丘八谷之間一」とあるから、八つの谷八つの丘の意に解すべきであろう。

四 記伝にはチアエタダレタリと訓んでいるが、

彼目如二赤加賀智一而、身一有二八頭八尾一。亦其身生二蘿及檜椙一、其長度二谿八谷峽八尾一而、見二其腹一者、悉常血爛也。此謂二赤加賀知一者、今酸醬者也。

爾速須佐之男命、詔二其老夫一、是汝之女者、奉二於吾一哉、答二‐白恐不レ覺二御名一。爾答‐詔、吾者天照大御神之伊呂勢者也。自レ伊下三字以レ音。故今、自レ天降坐也。爾足名椎手名椎神、白二然坐者恐。立奉一。

爾速須佐之男命、乃於二湯津爪櫛一取二‐成其童女一而、刺二御美豆良一、告二其足名椎手名椎神一、汝等、釀二八鹽折之酒一、亦作二‐廻垣一、於二其垣一作二八門一、毎レ門結二八佐受岐一、此三字以レ音。毎二其佐受岐一置二酒船一而、毎レ船盛二其八鹽折酒一而待。故、隨レ告而如レ此設備待之時、其八俣遠呂智、信如レ言來。乃毎レ船垂二‐入己頭一飲二其酒一。於レ是飲醉留[1]伏寢。爾速須佐之男命、拔下其所二御佩一之十拳劒上、切二‐散其蛇一者、肥河變レ血而流。故、切二其中尾一時、御刀之刃毀。爾思レ怪以二御刀之↓

1 留—底・延・寛・猪・前に「死由」とあるが意味をなさない。眞・道・春・果に「畱」の一字になっているのによって改めた。畱は留と同じ。

「彼《そ》の目は赤加賀智《あかかがち》[一]の如くして、身一つに八頭八尾《やかしらやを》有り。亦其の身に蘿《こけ》[二]と檜榲《ひすぎ》と生《お》ひ、其の長《たけ》は谿八谷峡八尾《たにやたにをやを》[三]に度《わた》りて、其の腹を見れば、悉に常に血《ち》[四]爛《ただ》れつ。」とまをしき。此に赤加賀知と謂へるは、今の酸醤なり。

爾に速須佐之男命《の》、其の老夫《おきな》に詔りたまひしく、「是《こ》[五]の汝《な》が女《むすめ》をば吾《あれ》に奉らむや。」とのりたまひしに、「恐《かしこ》[六]けれども御名を覺《し》らず。」と答へ白しき。爾に答へ詔りたまひしく、「吾《あ》は天照大御神の伊呂勢《いろせ》[七]なり。伊より下の三字は音を以ゐよ。故《かれ》今、天《あめ》より降り坐《ま》しつ。」とのりたまひき。爾に足名椎手名椎神《あしなづちてなづちのかみ》、「然《しか》坐《ま》さば恐《かしこ》し。立奉《たてまつ》らむ。」と白しき。爾に速須佐之男命《の》、乃ち湯津爪櫛《ゆつつまぐし》[八]に其の童女《をとめ》を取り成《な》して、御美豆良《みみづら》に刺《き》して、其の足名椎手名椎神《の》に告りたまひしく、「汝等《なれども》[一〇]は、八鹽折《やしほをり》[九]の酒を釀《か》み、亦垣を作り廻《もとほ》し、その垣に八門《やかど》を作り、門毎に八佐受岐《やさずき》此の三字は音を以ゐよ。を結《ゆ》ひ、其の佐受岐毎《ごと》に酒船《さかぶね》[一一]を置きて、船毎に其の八鹽折の酒を盛《も》りて待ちてよ。」とのりたまひき。故《かれ》、告りたまひし隨《まにま》に、如此《かく》設け備へて待ちし時、其の八俣遠呂智《やまたのをろち》、信《まこと》に言ひしが如《ごと》來つ。乃ち船毎に己《おの》[一二]が頭《かしら》を垂《た》入れて、其の酒を飲みき。是《ここ》に飲み醉《ゑ》[一三]ひて留《とど》まり伏し寢き。爾に速須佐之男命《の》、其の御佩《は》かせる十《と》拳劒《つかつるぎ》を拔きて、其の蛇《をろち》を切り散《はふ》[一四]りたまひしかば、肥河《ひの》[一五]血に變《な》りて流れき。故《かれ》、其の中の尾を切りたまひし時、御刀《みはかし》の刃毀《はか》けき。爾に怪しと思ほして、御刀の[一六]

無理な訓み方である。

五　記伝にコレイマシノムスメナラバと訓んでいるが従いがたい。

六　恐れ多いことですが、御名前を存じません(それで諾否を申しかねます)の意。

七　伊呂は同腹の意で、ママ(異腹)の反対。勢(セ)は男性の総称。同腹の兄弟の意。

八　書紀には「立化奇稲田姫為湯津爪櫛、而挿於御髻」とある。歯の多い爪形の櫛にその童女(櫛名田比売)を変ぜしめて、御自身の角髪にお刺しになり。櫛に姿を変じたので櫛名田比売と記されている。

九　八遍も繰り返して醸造した強烈な酒。日本紀私記に「或説、一度醸熟、絞取其汁、弃其糟、更用其酒為汁、亦更醸。如此八度。是為純酷之酒也。謂之塩者、以其汁八度絞返故也。…謂之折者、以其八度折返故也。是古老之説也。」とある。書紀には「八醞酒」とある。

一〇　書紀には「仮庪」とある。後の桟敷と同じ。

一一　酒を入れる器。船は液体を入れる器の意。

一二　銘々の頭。

一三　書紀には「飲酔而睡」とある。さて書紀の第二の一書に「素戔嗚尊勅蛇曰、汝是可畏之神。敢不饗乎。乃以八甕酒、毎口沃入。其蛇飲酒而睡。」とあるのは、比較的古形を伝えたもので、酒は神聖な神の祭に饗するものであった。従って第三の一書に「素戔嗚尊、乃計醸毒酒以飲之。蛇酔而睡。」とあるのは、酒の本義を忘れた後世的解釈にもとづくものである。

一四　書紀には「寸斬」とある。ずたずたに斬る意。

一五　肥河の水が血で真っ赤になって流れた。

一六　刀の鋒で割いて。刺しは接頭語。

前、刺割而見者、在都牟刈[1]之大刀。故、[2]取此大刀、思異物而、白上於天照大御神也。是者草那藝之大刀也。那藝二字以音。故是以其速須佐之男命、宮可造作之地、求出雲國。爾到坐須賀此二字以音。下效此。地而詔之、吾來此地、我御心須賀須賀斯而、其地作宮坐。故、其地者於今云須賀也。茲大神、初作須賀宮之時、自其地雲立騰。爾作御歌。其歌曰、

夜久毛多都　伊豆毛夜幣賀岐　都麻碁微爾　夜幣賀岐都久流　曾能
夜幣賀岐袁

於是喚其足名椎神、告言汝者任我宮之首、且負名號稻田宮主須賀之八耳神。

故、其櫛名田比賣以、久美度邇起而、所生神名、謂八嶋士奴美神。自士下三字以音。下效此。又娶大山津見神之女、名神大市比賣、生子、大年神。次宇迦之御魂神。二柱。宇迦二字以音。兄八嶋士奴美神、娶大山津見神之女、名木花知流此二字以音。比賣、生子、布波能母遲久奴須奴神。此神、娶淤迦美神之女、名日河比賣、生子、深淵之水夜禮

1　刈―底・田・延・寛「刈」、前・猪「川」、眞・道・春・果「羽」。何れが是か明らかでないが、しばらく記傳の説に従つて底本のままとした。
2　故取此大刀―前・猪・寛にはこの五字が無い。

一　語義未詳。記伝にはツムガリとは物を鋭く截り断つさまを言う語で、今の世にヅカリとかスッカリとか言うのがそれであると説いている。
二　普通でない不思議な物と思われて、天照大御神に事情を申して献上された。書紀には「素戔嗚尊曰、是神剣也。吾何敢私以安乎。乃上献於天神也。」とあるのと同じ意。
三　書紀の分注に「一書曰、本名天叢雲剣。蓋大蛇所居之上、常有雲気。故以名歟。至日本武皇子、改名曰草薙剣。」とあるのは後の附会の説で、この剣は最初からクサナギという名であった。
四　新婚のための宮。書紀には「然後行、覓将婚之処。遂到出雲之清地焉。」とある。また出雲風土記神門郡八野郷の条に「大穴持命、将娶給為而、令造屋給。」とあるのも参考となる。
五　出雲国大原郡に須我の名がある。
六　清々し。さわやかである。

前《さき》以《も》ちて刺し割《さ》きて見たまへば、[一]都牟刈《つむがり》の大刀《たち》在《あ》りき。故、此の大刀を取りて、[二]異《あや》しき物と思ほして、天照大御神に白し上げたまひき。是《こ》は[三]草那藝《くさなぎ》の大刀《たち》なり。那藝の二字は音を以ゐよ。

故是《かれここ》を以《も》ちて其の速須佐之男命《の》、[四]宮造《みやつく》るべき地《ところ》を出雲國《の》に求《ま》ぎたまひき。爾に[五]須賀《すが》此の二字は音を以ゐよ。下は此れに效へ。の地に到り坐して詔りたまひしく、「吾此地《あれここ》に來て、我が御心[六]須賀須賀斯《すがすがし》。」とのりたまひて、其地《そこ》に宮を作りて坐《ま》しき。故、其地《そこ》をば今に須賀《すが》と云ふ。茲《こ》の大神、初めて須賀の宮を作りたまひし時、其地より雲立ち騰《のぼ》りき。爾に御歌を作《よ》みたまひき。其の歌は、

[七]八雲《やくも》立つ　[八]出雲八重垣《いづもやへがき》　[九]妻籠《つまご》みに　八重垣作る　[一〇]その八重垣を

ぞ。是《ここ》に其の足名椎神《の》を喚《よ》びて、「汝《な》は我が宮の[一一]首任《おびとた》れ。」と告言《の》りたまひ、且《また》名を負《おほ》せて、[一二]稲田宮主須賀之八耳神《いなだのみやぬしすがのやつみみのかみ》と號《なづ》けたまひき。

故《かれ》、其の櫛名田比賣《くしなだひめ》を以《も》ちて、[一三]久美度邇起《くみどにおこ》して、生める神の名は、[一四]八島士奴美神《やしまじぬみの》士より下の三字は音を以ゐよ。下は此れに效へ。と謂ふ。又大山津見神《の》の女《むすめ》、名は神大市比賣《かむおほいちひめ》を娶《めと》して生める子は、[一五]大年神《おほとしの》。次に[一六]宇迦之御魂神《うかのみたまの》。二柱。宇迦の二字は音を以ゐよ。兄《あに》八島士奴美神《の》、大山津見神《の》の女、名は木花知流《このはなのちる》此の二字は音を以ゐよ。比賣《ひめ》を娶《めと》して生める子は、[一七]布波能母遲久奴須奴《ふはのもぢくぬすぬの》神。此の神、[一八]淤迦美神《おかみの》の女、名は[一九]日河比賣《ひかはひめ》を娶して生める子は、[二〇]深淵之水夜禮《ふかぶちのみづやれ》花

七　普通「出雲」の枕詞として用いられる語であるが、ここは八重の雲が湧き起る意に解すべきであろう。
八　湧き出る雲は八重の垣（を作る）の意。「出雲」を地名と見る説もある。垣は家の周囲にめぐらすかこい。雲が家の周囲に八重の垣を作りなす意。
九　妻を籠らせるために。「ゴミ」のミ(徴)は乙類の仮名であるから、この語は上二段に活用したもので、書紀に「ツマゴメニ」とあるゴメと同意に解すべきである(橋本進吉博士説)。
一〇　その八重の垣よ。「を」は感動の助詞。
一一　大人の意。首長、長官。
一二　稲田宮主は稲田の宮の首長、稲田も須賀も地名、八耳は不明。書紀の本文にはアシナヅチ・テナヅチの二神に稲田宮主神の名を賜うたとあり、第一の一書には稲田媛を稲田宮主簀狭之八箇耳の女子とし、第二の一書にはこれを妻の名としている。
一三　夫婦の寝所で事を始めて、即ち交接を始めて。書紀には「相与遘合而」「於二奇御戸一為レ起而」などとある。
一四　名義未詳。書紀の一書には「清之湯山主三名狭漏彦八島篠」とあって、「篠、小竹也。此云二斯奴一。」と注している。
一五　「大」は「若」に対する語。年は年穀の意。
一六　宇迦はウケと同じく食の意。書紀には「倉稲魂」をウカノミタマと訓んでいる。食物(稲)の御魂の神。
一七　名義未詳。
一八　龗の神で、谷間の水を掌る神の意。
一九　日河は氷川と同じか。水に縁のある神。
二〇　これも水に縁のある神と思われるが、「夜礼花」の意が明らかでない。

花神。夜禮二字以レ音。此神、娶二天之都度閇知泥上神一、自レ都下五字以レ音。生子、淤美豆奴神。此神名以レ音。此神、娶二布怒豆怒神此神名以レ音。之女、名布帝耳上神一、布帝二字以レ音。生子、天之冬衣神。此神、娶二刺國大上神之女、名刺國若比賣一、生子、大國主神。亦名謂二大穴牟遲神一、牟遲二字以レ音。亦名謂二葦原色許男神一、色許二字以レ音。亦名謂二八千矛神一、亦名謂二宇都志國玉神一、宇都志三字以レ音。幷有二五名一。

故、此大國主神之兄弟、八十神坐。然皆國者、避二於大國主神一。所二以避一者、其八十神、各有下欲レ婚二稻羽之八上比賣一之心上、共行二稻羽一時、於二大穴牟遲神一負レ帒、爲二從者一率往。於レ是到二氣多之前一時、裸菟伏也。爾八十神謂二其菟一云、汝將レ爲者、浴二此海鹽一、當二風吹一而、伏二高山尾上一。故、其菟從二八十神之敎一而伏。爾其鹽隨レ乾、其身皮悉風見二吹拆一。故、痛苦泣伏者、最後之來大穴牟遲神、見二其菟一言、何由汝泣伏。菟答言、僕在二淤岐嶋一、雖レ欲レ度二此地一、無二度因一。故、欺二海和邇一此二字以レ音。下效レ此。言、吾與レ汝競、欲レ計二族之多少[1]一。↓

一 名義未詳。
二 名義未詳。出雲風土記意宇郡の条には「八束水臣津野命」が国を引いたことが見えている。
三・四・五・六・七 いずれも名義未詳。
八 大は美称、国を支配する神。政治的立場からの神名。古事記はこの神を須佐之男命の六世の孫としているが、書紀の第二の一書にも同じく六世の孫とあり、第一の一書にも八島篠の神の五世の孫とある。ただ本文にはクシナダヒメとの間に生まれた子としている。
九 書紀には「大己貴」、万葉には「於保奈牟知」「大穴道」「大汝」、出雲風土記には「大穴持」と記している。名義は未詳であるが、少名(すくな)毘古那の少名(すくな)に対する大名(おほな)かも知れない。
一〇 書紀には「葦原醜男」とある。葦原中国の醜い男の意。
一一 多くの矛を持った神の意で、武威をたたえたものであろう。
一二 現し国の御魂、即ち現実の国土の神霊の意。宗教的立場からの神名。
一三 書紀の一書には、大国主神、国作大巳貴命、

1 少—底に「小」とあるが、諸本によつて改めた。

葦原醜男、八千戈神、大国玉神、顕国玉神、大物主神の七名を挙げている。
一四 下には「庶兄弟」とあるから異母兄弟である。
一五 大勢の神々。
一六 大勢の神々は皆、葦原中国をば。
一七 自ら退いて譲った。
一八 因幡の国。
一九 和名抄に因幡国八上(夜加美)郡がある。この地に因んだ名であろう。
二〇 旅の用具を入れた袋をかつがせ。当時袋をかつぐのは賤しい者の仕事であった。
二一 連れて行った。
二二 因幡国気多郡の海辺の崎。
二三 素っ裸の兎。着物も何にも着ていない丸裸の兎の意。
二四 お前がすることは。
二五 海潮、即ち海水。
二六 山の高い所。いただき。
二七 海水。
二八 皮膚。
二九 皹かれた。皮膚が裂かれた。風に吹かれたために皮膚に亀裂(あかぎれ)が出来たのである。
三〇 隠岐の国の意か単に沖の島の意か未詳。
三一 この気多の崎。
三二 つて。てだて。
三三 鰐、海蛇、鰐鮫などの諸説があるが、海のワニとあることと、出雲や隠岐島の方言に鱶や鮫をワニと言っていることを考え合せて、鮫と解するのが穏やかであろう。
三四 僕と君と競って、どちらの同族が多いか少いかを数えよう。

大国主神

1 稲羽の素兎

花神《はなの》。（夜禮の二字は音を以ゐよ。）此の神、[一]天之《あめの》都度閇知泥《つどへちね》上神《の》（都より下の五字は音を以ゐよ。）を娶して生める子は、[二]淤美豆奴神《おみづぬの》。（此の神の名は音を以ゐよ。）此の神、[三]布怒豆怒神《ふのづのの》（此の神の名は音を以ゐよ。）の女、名は[四]布帝耳《ふてみみ》上神《の》（布帝の二字は音を以ゐよ。）を娶して生める子は、[五]天之冬衣神《あめのふゆきぬの》。此の神、[六]刺國大《さしくにおほ》上神《の》の女、名は[七]刺國《さしくに》若比賣《わかひめ》を娶して生める子は、[八]大國主神《の》。亦の名は[九]大穴牟遲神《おほなむちの》（牟遲の二字は音を以ゐよ。）と謂ひ、亦の名は[一〇]葦原色許男神《あしはらしこをの》（色許の二字は音を以ゐよ。）と謂ひ、亦の名は[一一]八千矛神《やちほこの》と謂ひ、亦の名は[一二]宇都志國玉神《うつしくにだまの》（宇都志の三字は音を以ゐよ。）と謂ひ、幷《あは》せて[一三]五つの名有り。

故《かれ》、此の大國主神《の》の[一四]兄弟《あにおと》、[一五]八十神《やそ》坐《ま》しき。然れども[一六]皆國は大國主神《の》に[一七]避《さ》りき。避《さ》りし所以《ゆゑ》は、其の八十神、各《おのおの》[一八]稻羽《いなば》の[一九]八上比賣《やがみひめ》を婚《よば》はむの心有りて、共に稻羽に行きし時、大穴牟遲神《おほなむちの》に[二〇]帒《ふくろ》を負《おほ》せ、從者《ともびと》と爲《し》て[二一]率《ゐ》て往きき。是《ここ》に[二二]氣多《けた》の前《さき》に到りし時、[二三]裸《あかはだ》の菟《うさぎ》伏《ふ》せりき。爾に八十神、其の菟に謂ひしく、「[二四]汝《なれ》爲《せ》むは、此の[二五]海鹽《うしほ》を浴《あ》み、風の吹くに當りて、高山の[二六]尾の上《へ》に伏せれ。」といひき。故《かれ》、其の菟、八十神の敎に從ひて伏しき。爾に其の[二七]鹽乾《かは》く隨《まにま》に、其の身の[二八]皮悉《ことごと》に風に吹き[二九]拆《さ》かえき。故《かれ》、痛み苦しみて泣き伏せれば、最後《いやはて》に來《きた》りし大穴牟遲神《の》、其の菟を見て、「何由《なにしか》も汝《な》は泣き伏せる。」と言ひしに、菟答へ言《まを》ししく、「僕《われ》[三〇]淤岐《おき》の島に在りて、[三一]此の地《ところ》に度《わた》らむとすれども、度らむ[三二]因《よし》無かりき。故《かれ》、[三三]海の和邇《わに》（此の二字は音を以ゐよ。下は此れに效へ。）を欺《あざむ》きて言ひしく、『[三四]吾《あ》と汝《な》と競《くら》べて、族《うがら》の多き少きを計《かぞ》

故、汝者隨二其族在一悉率來、自二此嶋一至二于氣多前一、皆列伏度。爾吾蹈二其上一、走乍讀度。於レ是知下與二吾族一孰多上。如レ此言者、見レ欺而列伏之時、吾蹈二其上一、讀度來、今將レ下レ地時、吾云、汝者我見レ欺言竟、卽伏二最端一和邇、捕レ我悉剝二我衣服一。因レ此泣患者、先行八十神之命以、誨下告浴二海鹽一、當レ風伏上。故、爲レ如レ教者、我身悉傷。於レ是大穴牟遲神、教二告其菟一、今急往二此水門一、以レ水洗二汝身一、卽取二其水門之蒲黃一、敷散而、輾二轉其上一者、汝身如二本膚一必差。故、爲レ如レ教、其身如レ本也。此稻羽之素菟者也。於二今者一謂二菟神一也。故、其菟白二大穴牟遲神一、此八十神者、必不レ得二八上比賣一。雖レ負レ帒、汝命獲之。於レ是八上比賣、答二八十神一言、吾者不レ聞二汝等之言一。將レ嫁二大穴牟遲神一。故爾八十神怒、欲レ殺二大穴牟遲神一、共議而、↓

一　数え。
二　今まさに地上に下りようとした時。
三　衣服を脱がし取った。兎の毛皮を人間の衣服と同様に見たのである。丸裸にしたのである。
四　お言葉で。
五　私のからだは、すっかり傷つけられてしまった。
六　河口。河が海に注ぐあたり。
七　淡水。海潮に対して言う。
八　和名抄巻十に「陶隠居曰、蒲黄〔加万乃波奈〕蒲花上黄者也。」とある。黄は蒲の花の上の黄粉で、治血治痛薬として用いられた。
九　寝返りしてころがれば。

へてむ。故《かれ》、汝《な》は其の族《うがら》の在りの随《まにま》に、悉に率《ゐ》て來て、此の島より氣多《けた》の前《さき》まで、皆列《な》み伏し度《わた》れ。爾に吾《あれ》其の上を蹈みて、走りつつ讀[一]み度らむ。是《ここ》に吾《あ》が族《うがら》と孰《いづ》れか多きを知らむ。』といひき。如此《かく》言ひしかば、欺かえて列《な》み伏せりし時、吾《あれ》其の上を蹈みて、讀み度り來て、今[二]地《つち》に下《お》りむとせし時、吾《あれ》云ひしく、『汝《な》は我に欺かえつ。』と言ひ竟《を》はる卽ち、最端《いやはし》に伏せりし和邇《わに》、我《あ》を捕へて悉に我が[三]衣服《きもの》を剝《は》ぎき。此れに因《よ》りて泣き患《うれ》ひしかば、先《さき》に行きし八十神の[四]命《みこと》以《も》ちて、『海鹽《うしほ》を浴み、風に當りて伏せれ。』と誨《をし》へ告《の》りき。故《かれ》、教の如く爲《せ》しかば、[五]我が身悉に傷《そこな》はえつ。」とまをしき。是《ここ》に大穴牟遲《の》神、其の菟に教へ告りたまひしく、「今急《すみや》かに此の[六]水門《みなと》に往き、[七]水を以ちて汝《な》が身を洗ひて、卽ち其の水門の[八]蒲黄《かまのはな》を取りて、敷き散らして、其の上に[九]輾轉《こいまろ》べば、汝が[一〇]身本《もと》の膚《はだ》の如《ごと》、必ず差《い》えむ。」とのりたまひき。故、教の如《ごと》爲《せ》しに、其の身本《もと》の如くになりき。此れ稻羽の[一一]素菟《しろうさぎ》なり。[一二]今者《いま》に菟神と謂ふ。故、其の菟、大穴牟遲《の》神に白ししく、「此の八十神は、必ず八上比賣を得じ。[一三]帒《ふくろ》を負へども、汝命《いましみこと》獲《え》たまはむ。」とまをしき。[一四]

2 八十神の迫害

[一五]是《ここ》に八上比賣、八十神に答へて言ひしく、「吾は汝等《いましたち》の言《こと》は聞かじ。大穴牟遲《の》神に嫁《あ》はむ。」といひき。故爾に八十神怒りて、大穴牟遲《の》神を殺さむと共に議《はか》

一〇 記伝に「本膚とは、見二吹拆一たるが差合のみならず、皮も毛も本の如くに成を云なり。」とあるのは誤りであって、風に吹き蝉かれた皮膚が癒えるのである。即ち以前の皮膚のように、きっと癒えるであろうの意。書紀の一書に「大巳貴命与二少彦名命一、戮レ力一レ心、経二営天下一。復為二顕見蒼生及畜産一、則定二其療レ病之方一。」とある。

一一 記伝に「此菟の白なりしことは、上文に言ずして、此処にしも俄に素菟と云るは、いささか心得ぬ書ざまなり。故思に、素はもしくは裸の義には非じか。若然もあらば、志呂とは訓まじく、異訓ありなむ。人猶考へてよ。」とある。

一二 者の字は助字で意味はない。「昔者」「頃者」などの「者」と同じ。

一三 袋をかついで賤しい風をしているけれども。

一四 「塵袋」第十に「兎とワニ」の話を載せている。その前半は「因幡記ヲミレバ、カノ国ニ高草ノコヲリアリ。ソノ名ニ二ノ釈アリ。…一ニハ竹草ノ郡ナリ。コノ所ニモト竹林アリケリ。其ノ故ヘニカク云ヘリ。…其ノ竹ノ事ヲアカスニ、昔コノ竹ノ中ニ老タル兎スミケリ。アルトキニハカニ洪水イデキテ、ソノ竹ハラ水ニナリヌ。浪アラヒテ竹ノ根ヲホリケレバ、皆ナクヅレソンジケルニ、ウサギ竹ノ根ニノリテナガレケル程ニ、オキノシマニツキヌ。水カサヲチテ後チ、本所ニカヘラント思ヘドモ、ワタルベキチカラナシ。其ノ時キ水ノ中ニワニト云フ魚アリケリ。コノ兎、ワニニイフヤウ、」となっており、以下は大体古事記と同様である。

一五 前文との接続が少し唐突であるが、八十神や大穴牟遲神の求婚のことを省略したのであろう。

至二伯伎國之手間山本一云、赤猪在二此山一。故、和禮此二字以レ音。共追下者、汝待取。若不二待取一者、必將レ殺レ汝云而、以レ火燒二似レ猪大石一而轉落。爾追下取時、卽於二其石一所二燒著一而死。爾其御祖命、哭患而、參二上于天一、請二神產巢日之命一時、乃遣二𧏛[1]貝比賣與二蛤貝比賣一、令二作活一。爾𧏛貝比賣岐佐宜此三字以レ音。集而、蛤貝比賣待承[2]而、塗二母乳汁一者、成二麗壯夫一訓二壯夫一云二袁等古一。而出遊行。於レ是八十神見、且欺率二入山一而、切二伏大樹一、茹矢打二立其木一、令レ入二其中一、卽打二離其氷目矢一而拷殺也。爾亦其御祖命、哭乍求者、得レ見、卽折[3]二其木一而取出活、告二其子一言、汝[4]有二此間一者、遂爲二八十神一所レ滅、乃違[5]二遣於木國之大屋毘古神之御所一。爾八十神、覓追臻而、矢刺乞[6]時、自二木俣一漏逃而云[7]、可レ參二向須佐能男命所レ坐之根堅州[8]國一、必其大神議也。故、隨二詔命一而、參二到須佐之男命之御所一者、↓

1　𧏛—諸本「𧏛」、道・春「蟹」。
2　待承—底・寛「持水」、田「持來」、前・猪「待水」、眞・道・春・延「待承」とある。今「待承」に從う。
3　折—底に「拆」とあるが、諸本に「折」とあるに從つて改めた。
4　汝—眞・道・春・田には、この下に「者」の字がある。
5　違—底・寛・延・田には「速」とあるが、眞・道・春・前・猪に「違」とあるによつて改めた。
6　乞—底に「乙」とあるが、諸本に「乞」とあるに從つて改めた。
7　云—底・前・猪・寛・延・田に「去」、眞・道・春に「云」とある。そうして底には「御祖命告子云」の六字を「去」の下に補つている。これについて記傳には「旧印本延佳本共に、此六字を脱せり。今は一本に依れり。〔舊事紀にも此言あり。〕とは必有べし。無ては通(キコエ)ず。」＊

＊とある。なるほど舊事本紀にはこの六字がある。また眞淵は「大屋毘古神告曰」、守部は「爾大屋毘古神告云」のような句を挿入して見るべしと言つている。何かの誤脱があるかも知れないが、「云」に從うと、ともかく意が通じるので、「去」を「云」に改め、挿入の六字を削つた。後考を俟つ。
8　州—底に「洲」とあるが諸本に從つて改めた。

一　和名抄に伯耆国会見郡天万郷とある。ここの山の麓。天万郷は出雲との国境附近にある。
二　我。記伝にワレドモと下の共の字に続けて訓んでいるが、ワレ、トモニと訓むべきである。
三　記伝にオヒクダリナバと訓んでいるが、猪を追いおろしたらの意に解すべきであろう。
四　山の下で待ちうけて捕えよの意。
五　記伝にオヒクダリトルと訓み、オヒクダルは八十神が追下るのであり、トルは大穴牟遲神が待ち取るのである。それならばオヒクダルヲとヲを入れて訓むべきかというに、そうではなく、追下るなり、取るなりというような心ばえであると説いている。しかし今は八十神が追いおろすのを待ち捕える意にとって、オヒオロスヲトルと訓んだ。後考を俟つ。
六　御母。ここは刺国若比売を指す。
七　𧏛は字書に見えない字である。記伝には蚶の誤りとしている。蚶は和名抄に「岐佐」とあるようにキサガイ、今の赤貝のことである。これを擬人化してヒメと言ったのである。
八　和名抄には海蛤を「宇无岐乃加比」と訓んでいる。今のハマグリ。

りて、伯伎國《ははきの》[一]の手間《てま》の山本に至りて云ひしく、「赤き猪此の山に在り。故《かれ》、和《わ》[二]禮《れ》此の二字は音を以ゐよ。共に追[三]ひ下《おろ》しなば、汝《なれ》[四]待ち取れ。若《も》し待ち取らずば、必ず汝《なれ》を殺さむ。」と云ひて、火を以ちて猪に似たる大石を焼きて、轉《まろ》ばし落しき。爾に追[五]ひ下《おろ》すを取る時、卽ち其の石に焼き著《つ》かえて死にき。爾に其の御祖《みおや》[六]の命《みこと》、哭《な》き患《うれ》ひて、天《あめ》に參上《まゐのぼ》りて、神產巣日之《かみむすひの》命に請《まを》しし時、乃ち𧏛貝比賣《きさがひひめ》[七]と蛤貝比賣《うむぎひめ》[八]とを遣はして、作[九]り活《い》かさしめたまひき。爾に𧏛貝比賣、岐佐宜《きさげ》[一〇]此の三字は音を以ゐよ。集[一一]めて、蛤貝比賣、待[一二]ち承《う》けて、母《おも》[一三]の乳汁《ちしる》を塗りしかば、麗《うるは》しき壯夫《をとこ》壯夫を訓みてヲトコと云ふ。に成りて、出で遊行《あそ》びき。

3 根国訪問

是《ここ》に八十神見て、且《また》欺きて山に率《ゐ》て入りて、大樹《おほき》を切り伏せ、茹矢《ひめや》[一四]を其の木に打ち立て、其の中に入らしむる卽ち[一五]、其の氷目矢《ひめや》を打ち離ちて、拷《う》[一六]ち殺しき。爾に亦、其の御祖《みおや》の命《みこと》、哭《な》きつつ求《ま》げば、見得《みえ》[一七]て、卽ち其の木を折《を》りて取り出で活《い》かして、其の子に告げて言ひしく、「汝《いまし》此間《ここ》に有らば、遂に八十神の爲に滅ぼさえなむ。」といひて、乃ち木國《きのくに》[一八]の大屋毘古神《おほやびこの》の御所《みもと》に違《たが》[一九]へ遣《や》りき。爾に八十神覓《ま》ぎ追ひ臻《いた》りて、矢刺《やざ》[二〇]し乞《こ》ふ時に、木[二一]の俣《また》より漏《く》き逃《の》がして云《の》りたまひしく、「須佐能男《すさのを》命《の》の坐《ま》します根《ね》の堅州《かたす》國に參向《まゐむか》ふべし。必ず其の大神、議《はか》[二二]りたまひなむ。」とのりたまひき。故《かれ》、詔《の》りたまひし命《みこと》の隨《まにま》に、須佐之男命《の》の御《み》

九　治療して復活させられた。

一〇　こそ(刮)ぐと同じで、けずりおとす意。北九州の方言ではコサグという。

一一　記伝には真淵の説に従って「焦」の誤りとし、「蚶貝の、其殻を研磨けづりて、焼焦してなり。」と説いているが、諸本すべて「集」とあるから、けずりおとした貝殻の粉を集めての意と解すべきである。

一二　「待承」「待水」「持水」など諸本に異同があるが、今「待承」に従って訓んだ。貝殻の粉を集めるのを待って、それを受け取って。

一三　記伝にはオモノチシルトと訓み、「母乳汁を塗如くに塗しなり。」と説いているが、蛤の出す汁が母の乳汁に似ているのでそういったのであって、集めた貝殻の粉を蛤の汁(母の乳汁)でといて塗ったのである。火傷に対する古代民間療法の一。

一四　次の氷目矢と同じ。意義不明であるが、クサビ(楔)のようなものか。

一五　楔を打ちこんだ木と木の間に入らせると同時に。入らせるや否や。

一六　拷は打と同じ。打ち殺した。

一七　見つけることができて。

一八　紀伊の国。

一九　八十神を避けてお遣りになった。

二〇　弓に矢をつがえて(大穴牟遅神を)所望する時。

二一　大屋毘古神が大穴牟遅神を木の股の間からこっそり逃がして、おっしゃったことには。この記伝をはじめ諸説があるが、今このように解してみた。

二二　工夫をして下さるでしょう。

其女須勢理毘賣出見、爲二目合一而、相婚、還入、白二其父一言、甚麗神來。爾其大神出見而、告二此者謂一之葦原色許男一[1]、卽喚入而、令レ寢二其蛇室一。於レ是其妻須勢理毘賣命、以二蛇比禮一〈二字以レ音。〉授二其夫一云、其蛇將レ咋、以二此比禮一三擧打撥。故、如レ教者、蛇自靜。故、平寢出之。亦來日夜者、入二吳公與レ蜂室一、且授二吳公蜂之比禮一、教レ如レ先。故、平出之。亦鳴鏑射二入大野之中一、令レ採二其矢一。故、入二其野一時、卽以レ火廻二燒其野一。於レ是不レ知レ所レ出之間、鼠來云、內者富良富良、〈此四字以レ音。〉外者須夫須夫。〈此四字以レ音。〉如レ此言故、蹈二其處一者、落隱入之間、火者燒過。爾其鼠、咋二持其鳴鏑一出來而奉也。其矢羽者、其鼠子等皆喫也。於レ是其妻須世理毘賣者、持二喪具一而哭來、其父大神者、思二已死訖一、出二立其野一。爾持二其矢一以奉之時、↓

1 男—眞・道・春・田にはこの下に「命」の字がある。

所《もと》に參到《まゐいた》れば、其の女《むすめ》須勢理毘賣《すせりびめ》[一]出で見て、目合《まぐはひ》[二]爲《し》て、相《あ》婚ひたまひて、還り入りて、其の父に白《まを》ししく、「甚《いと》麗しき神來《き》ましつ。」とまをしき。爾に其の大神出で見て、「此《こ》は葦原色許男《あしはらしこを》と謂ふぞ。」と告《の》りたまひて、卽ち喚《よ》び入れて、其の蛇《へみ》の室《むろや》に寢しめたまひき。是《ここ》に其の妻《つま》須勢理毘賣命《の》、蛇の比禮《ひれ》[三]二字は音を以ゐよ。を其の夫《ひこぢ》[四]に授けて云《の》りたまひしく、「其の蛇咋《く》はむとせば、此の比禮を三たび擧《ふ》[五]りて打ち撥《はら》ひたまへ。」とのりたまひき。故《かれ》、教の如《ごと》せしかは、蛇自ら靜まりき。故《かれ》、平《やす》く寢《ね》て出[六]でたまひき。亦來[七]る日の夜は、呉公《むかで》[八]と蜂との室に入れたまひしを、且呉公蜂《またむかではち》の比禮を授けて、先《さき》の如教《ごと》へたまひき。故《かれ》、平《やす》く出でたまひき。故《かれ》、平く出でたまひき。亦鳴鏑《なりかぶら》[九]を大野の中に射入れて、其の矢を採らしめたまひき。故《かれ》、其の野に入りし時、卽ち火を以《も》ちて其の野を廻《もとほ》[一〇]し燒きき。是《ここ》に出[一一]でむ所を知らざる間に、鼠來て云ひけらく、「內[一二]は富良富良《ほらほら》、此の四字は音を以ゐよ。外《と》は須夫須夫《すぶすぶ》。此の四字は音を以ゐよ。」といひき。如此《かく》言へる故に、其處《そこ》を蹈みしかば、落[一三]ちて隱《かく》り入りし間に火は燒け過ぎき。爾《ここ》に其の鼠、其の鳴鏑を咋《く》ひ持ちて、出で來て奉りき。其の矢の羽は、其の鼠の子等《こども》皆喫《く》ひつ。

是《ここ》に其の妻須世理毘賣は、喪具《はふりつもの》[一四]を持ちて、哭きて來《き》、其の父の大神は、已《すで》に死《みまか》りぬと思ひて其の野に出で立ちたまひき。爾に其の矢を持ちて奉りし時、

一　名義未詳。
二　目と目を見合わせて(心を通じる意)。
三　蛇を撥う呪力をもった領巾。領巾は上古女子が頸にかけて左右に垂らしたもので、今のマフラーのようなもの。旧事本紀を見ると、饒速日命の天降の時、天神から授けられた瑞宝十種の中に、「蛇比礼」と「蜂比礼」がある。
四　おっと(夫)の意。ヒコは男、ヂは男性を示す接尾語。
五　振っての意。
六　翌朝、蛇の室からお出になった。
七　翌日。
八　蜈蚣の略字。
九　鏑のついた矢で、空中を飛ぶ時、鏑の穴に風が入って鳴るので鳴鏑という。鳴鏑は漢語(史記)。
一〇　ぐるっと周囲を焼いた。
一一　どこから遁れ出てよいかわからなかった時。
一二　内部はうつろで、外部は窄(すぼ)んでいる。
一三　そのほら穴の中に落ちて、身体が隠れ入った間に、火は穴の外を焼け過ぎた。
一四　夫は死んだと思って、葬式の道具を持って。

率二入家一而、喚二入八田間大室一而、令レ取二其頭之虱一。故爾見二其頭一者、吳公多在。於レ是其妻、取[1]三牟久木實與二赤土一、授二其夫一。故、咋二破其木實一、含二赤土一唾出者、其大神、以下爲咋二破吳公一唾出上而、於レ心思レ愛而寢。爾握二其神[2]之髮一、其室毎レ椽結著而、五百引石、取二塞其室戸一、負二其妻須世理毘賣一、卽取下持其大神之生大刀與二生弓矢一、及其天詔[3]琴上而、逃出之時、其天詔琴、拂レ樹而地動鳴。故、其所レ寢大神、聞驚而、引二仆其室一。然解二結レ椽髮一之間、遠逃。故爾追二至黄泉比良坂一、遙望、呼二謂大穴牟遲神一曰、其汝所レ持之生大刀・生弓矢以而、汝庶兄弟者、追二伏坂之御尾一、亦追二撥河之瀬一而、意禮 二字以レ音。 爲二大國主神一、亦爲二宇都志國玉神一而、其我之女須世理毘賣、爲二嫡[4]妻一而、於二宇迦能山 三字以レ音。 之山本一、於二底津石根一宮柱布刀斯理、此四字以レ音。 於二高天原一氷椽多迦斯理 此四字以レ音。 而居。是奴也。故、持二其大刀・弓一、追二避其八十神一之時、毎二坂御尾一追伏、毎二河瀬一追撥、始作レ國也。

1 取―底・寛・延に「以」とあるが、眞・道・春・前・猪・田に「取」とあるに従って改めた。

2 神―底にはこの上に「大」の字を補っているが、諸本に従って削った。

3 詔―底・前・猪・寛・延には「詔」、眞には「治」、道・春には「沼」とある。

4 嫡―眞・前・猪には「適」とある(以下同じ)。嫡と適とは同意。

一 記伝に「八箇間」といっている。ヤタは八咫の意か。広く大きな室屋の意であろう。

二 椋。和名抄に椋は牟久とある。

三 埴で黏土のこと。色が赤いので赤土と書いているが、万葉には黄土と書いてもハニと訓ませている。

四 椋の実を嚙み砕き、赤土を口に含んで唾と共に吐き出すのは、蜈蚣を退治る方法であったと思われる。

五 和名抄に榱は一名橑、一名椽で、「太流岐」又は「波閇岐」とあり、新撰字鏡には橑に「比佐志乃太利木」の訓が見える。垂木のことで、棟から軒にわたした材。

六 五百人もの人が引くほどの大きな磐石。千引の石の類である。

七 「取り」は接頭語。塞いで。

八 生(い)は、生玉・足玉、生魂・足魂、生島・足島、生国・足国、生日の足日などの「生」と同じで、生き生きとして生命の長いことの頌辞。この大刀と弓矢は武力(政治的支配力)を象徴している。

九 「天の」は美称、「詔琴」は託宣の琴の意で、神懸りの際には琴が用いられた。従ってこの琴は宗教的支配力を象徴したものと解すべきである。記伝に「上代には、夫婦の結びをなすに、必女の親の方より、聟に琴を与へて、其を永く家に率て入りて、[一]八《や》田《た》間《ま》の大室《おほむろや》に喚《よ》び入れて、其の頭《かしら》の虱《しらみ》を取らしめたまひき。故爾《かれここ》に其の頭を見れば、呉公《むかで》多《さは》なりき。是《ここ》に其の妻、[二]牟《む》久《く》の木の實と[三]赤土《はに》とを取りて、其の夫《ひこぢ》に授けつ。故《かれ》、[四]其の木の實を咋《く》ひ破り、赤土《はに》を含《ふふ》みて唾《つば》き出《いだ》したまへば、其の大神、呉公を咋ひ破りて唾き出すと以爲《おも》ほして、心に愛《は》しく思ひて寝ましき。爾に其の神の髪を握《と》りて、其の室の[五]椽《たりき》毎《ごと》に結《ゆ》ひ著《つ》けて、[六]五百引《いほびき》の石《いは》を其の室の戸に[七]取り塞《さ》へて、其の妻須世理毘賣を負ひて、即ち其の大神の[八]生大刀《いくたち》と生弓矢《いくゆみや》と、及《また》其の[九]天《あめ》の詔琴《のりごと》を取り持ちて逃げ出でます時、其の天の詔琴樹《き》に拂《ふ》れて地動《つちとよ》み鳴りき。故《かれ》、其の寝ませる大神、[一〇]聞き驚きて、其の室を引き仆《たふ》したまひき。然れども椽《たりき》に結《ゆ》ひし髪を解かす間に、遠く逃げたまひき。故爾に黄泉比良坂《よもつひらさか》に追ひ至りて、遙《はろばろ》に望《みさ》けて、大穴牟遲《の》神を呼ばひて謂《い》ひしく、「其の汝《いまし》が持てる生大刀・生弓矢を以《も》ちて、汝が[一一]庶兄弟《ままあにおと》をば、[一二]坂の御尾《みを》に追ひ伏せ、亦河の瀬に追ひ撥《はら》ひて、[一三]意禮《おれ》二字は音を以ゐよ。[一四]大國主《の》神と爲《な》り、[一五]亦宇都志國玉《の》神と爲《な》りて、其の我が女《むすめ》須世理毘賣を[一六]嫡妻《むかひめ》と爲《し》て、[一七]宇《う》迦《か》能《の》山[一八]三字は音を以ゐよ。の山本に、[一九]底津《そこつ》石根《いはね》に宮柱《みやばしら》布《ふ》刀《と》斯《し》理《り》、此の四字は音を以ゐよ。高天の原に氷《ひ》椽《ぎ》多《た》迦《か》斯《し》理《り》此の四字は音を以ゐよ。て居れ。是の[二〇]奴《やつこ》。」といひき。故、其の大刀・弓を持ちて、其の八十神を追ひ避《さ》くる時に、坂の御尾毎に追ひ伏せ、河の瀬毎に追ひ撥ひて、始めて國を作りたまひき。

夫婦の中の契とせしことにぞありけむ。」と言っているのは附会の説である。

一〇 大地の鳴動する音を聞いて目を覚して。

一一 腹違いの兄弟。ママはイロに対する語。

一二 坂の裾の長く延びたところ。

一三 お前とか、おぬしとかの意。第二人称の卑称。神武紀に「爾、此云二飫例一。」の訓注がある。

一四・一五 この国の支配者となるべきための数々の試煉に堪えて、武力的(政治的)支配力(生大刀・生弓矢)を身につけて大国主神となり、呪的宗教的支配力(天の詔琴)を身につけて宇都志国玉神となるのである。

一六 正妻。新撰字鏡に嫡は適と同じで、「牟加比女」又は「毛止豆女」とある。

一七 出雲風土記に出雲郡宇賀郷がある。そこの山。

一八 この訓注は「山」の字の上にあるべきであるが、諸本皆、「山」の下に記している。

一九 延喜式祝詞に常套的に用いられている語句。「下都磐根爾宮柱太知立、高天原爾千木高知氐」(祈年祭)、「下津磐根爾宮柱太敷立、高天原爾千木高知氐」(六月晦大祓)、「下津石根爾宮柱広知立、高天原爾千木高知氐」(春日祭)などがそれである。また大殿祭祝詞には「底津磐根」の語がある。地底の磐に宮殿の柱を太く掘り立て、天空に垂木を高く上げて、わが物として領する意。「知り」「敷く」は共に治める、又は領する意。千木・氷椽を記伝には肱木(ひじき)の意としているが、千木は風木(チギ)即ち風を防ぐ木、氷椽は日木(ヒギ)即ち太陽を防ぐ木の意(椽の字を書いているから垂木であろう)と解したら如何であろうか。要するにこの対句はりっぱな宮殿を作る称辞。

二〇 賤しい者の意。

故、其八上比賣者、如㆓先期㆒美刀阿多波志都。此七字以㆑音。故、其八上
比賣者、雖㆓率來㆒、畏㆓其嫡妻須世理毘賣㆒而、其所㆑生子者、刺㆓
[1]挾木俣㆒而返。故、名㆓其子㆒云㆓木俣神㆒、亦名謂㆓御井神㆒也。
此八千矛神、將㆑婚㆓高志國之沼河比賣㆒、幸行之時、到㆓其沼河
比賣之家㆒、歌曰、
夜知富許能　迦微能美許登波　夜斯麻久爾　都麻麻岐迦泥弖　登富
登富斯　故志能久邇邇　佐加志賣遠　阿理登岐加志弖　久波志賣遠
阿理登伎許志弖　佐用婆比爾　阿理多多斯　用婆比邇　阿理加用婆[2]
勢　多知賀遠母　伊麻陀登加受弖　淤須比遠母　伊麻陀登加泥婆[3]
遠登賣能　那須夜伊多斗遠　淤曾夫良比　和何多多勢禮婆　比許豆
良比　和何多多勢禮婆　阿遠夜麻邇　奴延波那佐奴[4]　佐怒都登理
岐藝斯波登與牟　爾波都登理　迦祁波那久　宇禮多久母　那久那留
登理加　許能登理母　宇知夜米許世泥　伊斯多布夜　阿麻波勢豆加
比　許登能　加多理其登母　許遠婆
爾其沼河比賣、未㆑開㆑戸、自㆑內歌曰、
夜知富許能　迦微能美許等　[5]奴延久佐能　賣邇志阿禮婆　和何許許
呂　宇良須能登理叙　伊麻許曾婆[6]　[7]和杼理邇阿良米　能知波　那杼
理爾阿良牟遠　伊能知波　那志勢多麻比曾　伊↓

1　挾—底・田・寛・猪・春・道・眞は何れも「狹」或いはそれに近い字形であるが、前・延に「挾」とあるに従って改めた。

2　婆—諸本同じ。波とあるべき所である。

3　婆—眞に無い。それでも語法上支障はない。

4　奴—底・前・猪・寛・延に無いが、眞・道・春によつて加えた。

5　奴—底その他「怒」、眞・道・春によつて改めた。

6　婆—これも「波」とあるべき所。

7　和—底・延に知とあるが、諸本によつて改めた。

一　以前の約束の通り。

二　御所与はしつ。御所(ミト)は婚姻の場所、従って婚姻の場所をお与えになった、言いかえれば、結婚をなさったの意。アタハスは「与ふ」に敬意をあらわす助動詞の「す」がついて「与はす」となったもの。この「す」は四段活用の動詞につくのが普通であるが、稀に下二段動詞にもこの現象があり、この場合は本来の語尾をア韻にかえるのである。例えば「ぬ(寝)」が「なす」になるのがそれである。

三　因幡の国に帰った。

四　どういう性質の神か不明。大穴牟遅神が木の俣から漏き逃れたということと関係があるのではなかろうか。

五　御井神がなぜ木俣神の別名であるか、両者の必然的関係が明らかでない。

六　大国主神の別名とされている。

七　越の国で、北陸地方の総称。

八　和名抄に越後国頸城郡沼川(奴乃加波)郷がある。この地名に因んだ名か。

九　古事記でイデマスに「幸」の字を使っているのは、天皇・倭建命及び尊貴な神の場合に限られている。

一〇　八千矛の神様は。第三人称的発想である。

一一　一般に大八島国即ち日本の国中でと解されている。しかし出雲の神々に八島士奴美神・八島牟遅能神などのように、八島を名にしている神があることから考えると、八島国は出雲関係のもっと狭い範囲かも知れない。なお考うべきであろう。

一二　妻を娶ることができないで。一般には「麻岐」をマギと濁音に訓み「求ぎ」の意に解されているが、これはマキと清音に訓むべきである。「枕き」は共寝をする、婚する、娶るの意。

故《かれ》、其の八上比賣《やがみひめ》は、先《さき》[一]の期《ちぎり》の如く美刀阿多波志都《みとあたはしつ》[二]。此の七字は音を以ゐよ。故《かれ》、其の八上比
賣をば率《ゐ》て來ましつれども、其の嫡妻《むかひめ》須世理毘賣を畏《かしこ》みて、其の生める子をば、
木の俣《また》に刺《さ》し挾《はさ》みて返りき[三]。故、其の子を名づけて木俣神《きのまたの》[四]と云ひ、亦の名を御《み》[五]
井神《ゐの》と謂ふ。

4　沼河比売求婚

此の八千矛神《やちほこの》[六]、高志國《こしの》[七]の沼河比賣《ぬなかはひめ》[八]を婚《よば》はむとして、幸《い》[九]行でましし時、其の沼河
比賣の家に到りて、歌ひたまひしく、

[一〇]八千矛《やちほこ》の　神の命《みこと》は　八島國《やしまくに》[一一]　妻枕《つまま》[一二]きかねて　遠遠《とほとほ》し　高志《こし》の國に　賢《さか》[一三]し
女《め》を　有りと聞《き》かして　麗《くは》[一四]し女《め》を　有りと聞[一五]こして　さ婚《よば》[一六]ひに　あり[一七]立た
し　婚《よば》ひに　あり[一八]通《かよ》はせ　大刀《たち》[一九]が緒《を》も　いまだ解《と》かずて　襲《おすひ》[二〇]をも　いまだ
解[二一]かねば　孃子《をとめ》の　寢《な》[二二]すや板戸《いたど》を　押《お》[二三]そぶらひ　我《わ》[二四]が立たせれば　引《ひ》[二五]こづ
らひ　我が立たせれば　青山《あをやま》に　鵼《ぬえ》[二六]は鳴きぬ　さ野《の》[二七]つ鳥《とり》　雉《きぎし》[二八]はとよむ　庭《には》[二九]
つ鳥《とり》　鷄《かけ》は鳴く　心痛《うれた》[三〇]くも　鳴くなる鳥か[三一]　この鳥も　打《う》[三二]ち止《や》めこせね
[三三]いしたふや　天馳使《あまはせづかひ》[三四]　事《こと》[三五]の　語言《かたりごと》も　是《こ》をば

とうたひたまひき。爾に其の沼河比賣、未《いま》だ戸を開《ひら》かずて、内《うち》より歌ひけらく、

八千矛《やちほこ》の　神の命《みこと》　ぬえ草《くさ》[三六]の　女《め》にしあれば　我が心　浦渚《うらす》[三七]の鳥ぞ　今こ
そは　我鳥《わどり》[三八]にあらめ　後《のち》は　汝鳥《などり》[三九]にあらむを　命《いのち》は　な殺《し》せたまひそ　い

一三　賢いすぐれた女がいるとお聞きになって。
一四　容姿の妙なる女。
一五　キカシと同じ。敬語の助動詞スが四段活用動詞に接する場合は、ア列の音を受けるのが通例であるが、オ列の音を受ける場合もある(知らす・知ろす)。
一六　「さ」は接頭語。求婚に。
一七　「あり」は動作の継続する意、「立つ」は出立する意。常にお出かけになり。
一八　アリカヨハシ即ち常にお通いになりであれば穏やかであるが、カヨハセと已然条件法(古くは「ば」が無くともそのまま条件法となった)となっているので、お通いになるのでと解するより外に仕方がない。
一九　大刀の下げ緒。
二〇　着衣の上に重ねて着る衣装で、後世の被衣(かづき)のようなもの。男女共に用いた。
二一　解かないのに(旅装のままで)。
二二　寝ている家の板戸を。「や」は感動の助詞。
二三　「押そーぶる」に継続を示す助動詞「ふ」が接続した語。激しく押す意。ブルは荒ブル・道速ブルのブルと同じであろう。
二四　ここから第一人称的発想に変っている。直訳すると、私がお立ちになっているとなるが、この敬語表現は、八千矛神に対する第三者の敬意を示したものと思われる(この歌の冒頭参照)。
二五　何度も引いて。
二六　哀調をおびて鵼が鳴いた。　二七　「さ」は接頭語。雉の枕詞であるが、野の意味を漂わせている。　二八　雉が鳴き叫ぶ。雉は夜明けに鳴く。
二九　鶏の枕詞であるが、庭の意味を漂わせている。やがて夜も明けようとして山では鵼が、野では雉が、家の庭では鶏が鳴く意である。山↓

斯多布夜　阿麻波世豆迦比　許登能　加多理碁登母　許遠婆
阿遠夜麻邇　比賀迦久良婆　奴婆多麻能　用波伊傳那牟　阿佐比能
惠美佐迦延岐弖　多久豆怒能　斯路岐多陀牟岐　阿和由岐能　和加
夜流牟泥遠　曾陀多岐　多多岐麻那賀理　麻多麻傳　多麻傳佐斯麻
岐　毛毛那賀爾　伊波那佐牟遠　阿夜爾　那古斐岐許志　夜知富許
能　迦微能美許登　許登能　迦多理碁登母　許遠婆

故、其夜者、不レ合而、明日夜、爲二御合一也。

又其神之嫡后、須勢理毘賣命、甚爲二嫉妬一。故、其日子遲神和備弖、三字以レ音。自二出雲一將レ上二坐倭國一而、束[1]裝立時、片御手者、繫二御馬之鞍一、片御足、蹈二入其御鐙一而、歌曰、

奴婆多麻能　久路岐美祁斯遠　麻都夫佐爾　登理與曾比　淤岐都登
理　牟那美流登岐　波多多藝母　許禮婆[2]布佐波受　幣[3]都那美　曾邇
奴岐宇弖　蘇邇杼理能　阿遠岐美祁斯遠　麻都夫佐邇　登理與曾比
淤岐都登理　牟那美流登岐　波多多藝母　許母布佐波受　幣都那美
曾邇奴棄宇弖　夜麻賀多爾　麻岐斯　阿多[4]泥都岐　曾米紀賀斯流邇
斯米許呂母遠　麻都夫佐邇　登理與曾比　淤岐都登理　牟那美流登
岐　波多多藝母　許斯與呂志　伊刀古夜能　伊毛能美許等　牟良登
理能　和賀牟禮伊那婆　比氣登理能　和賀比氣伊那婆　那迦士登波
那波伊布登母　夜麻登能　比登母登須須岐　宇那加夫斯　那賀那加

野→庭に注意。　三〇 嘆かわしくも。腹立たしくも。　三一 鳥よ。「か」は感動の助詞。
三二 「打ち」は接頭語、「こせ」は願望を示す助動詞(動詞と見る説もある)コスの未然形、「ね」は希望を示す助詞。鳴くのを止めて欲しいものだ。
三三 以下はハヤシ詞であろう。「いしたふや」は枕詞であろうが、語義には諸説がある。或いは「い慕ふや」ではあるまいか。
三四 空をかける使(鳥)よの意か。記伝に「遙に隔れる道の間をも、言通はす使を、虚空飛鳥に譬ていへるにや。」とある。　三五 これをば事件を伝える語り言としようよの意。
三六 なよなよとした草の意で、次のメの枕詞。
三七 浦渚の鳥のように落ちつきがないの意。
三八 わが思うままに振舞う鳥。
三九 あなたの自由になる鳥。

一 ヌバタマは烏扇という草の実。それが黒いので、「黒」「夜」などの枕詞となる。
二 夜にはお出でになって下さい。
三 朝日のように花やかな笑顔をして来て。
四 カジの木の繊維で作った白い綱。白の枕詞。
五 ソダタキ、タタキは語義未詳。
六 語義不明。普通、交わると解かれているが、或いは目を見合わす意かも知れない。
七 従来「股長」即ち足を伸ばしての意と説かれているが、「百長に」で、いつまでもの意と見る方がよいであろう。　八 正妻。後の皇后に準じて后の字を用いている。
九 ウハナリは後に娶った妻。前に娶った妻はコナミ。コナミがウハナリをねたむ所から、嫉妬をウハナリネタミという。

1 束—眞・前・猪・寛・延に「来」、道・春に「朱」とあるが、底・田に従う。
2 婆—諸本同じ。「波」とあるべき所である。
3 幣—眞・道・春「弊」。以下同じ。
4 多—眞にはこの字の下に「ㄈ」がある。

したふや　天馳使《あまはせづかひ》　事の　語言《かたりごと》も　是《こ》をば

青山《あをやま》に　日《ひ》が隠《かく》らば　一ぬばたまの　二夜《よ》は出でなむ　三朝日の　笑《ゑ》み榮え來て
四栲綱《たくづの》の　白き　腕《ただむき》　沫雪《あわゆき》の　若《わか》やる胸を　五そだたき　たたき六まながり　眞《ま》
玉手《たまて》　玉手《たまて》さし枕《ま》き　七百長《ももなが》に　寢《い》は寢《な》さむを　あやに　な戀《こ》ひ聞《き》こし　八
千矛の　神の命　事の　語言も　是をば

とうたひき。故《かれ》、其の夜は合《あ》はずて、明日《くるひ》の夜、御合《みあひ》爲《し》たまひき。

5 須勢理毘売の嫉妬

又其の神の八嫡后《おほきさき》須勢理毘賣《の》命、甚《いた》く九嫉妬《うはなりねたみ》爲《し》たまひき。故《かれ》、其の一〇日子遲《ひこぢ》の神一一和備弖《わびて》、三字は音を以ゐよ。出雲より倭國《やまとのくに》に上《のぼ》り坐《ま》さむとして、一二束裝《よそひ》し立たす時に、片御手《かたみて》は御馬《みま》の鞍《くら》に繫《か》け、片御足《かたみあし》は其の御鐙《みあぶみ》に蹈み入れて、歌ひたまひしく、

ぬばたまの　黑き御衣《みけし》を　一三まつぶさに　一四取り裝《よそ》ひ　一五沖つ鳥《とり》　胸《むな》見る時　一六は
たたぎも　これは適《ふさ》はず　一七邊《へ》つ波　一八そに一九脱《ぬ》き棄《う》て　二〇鴗鳥《そにどり》の　青き御衣《みけし》を
まつぶさに　取り裝ひ　沖つ鳥　胸《むな》見る時　はたたぎも　此《こ》も適《ふさ》はず　邊
つ波　そに脱き棄《う》て　二一山縣《やまがた》に　蒔《ま》きし　二二あたね舂《つ》き　二三染木《そめき》が汁《しる》に　染《し》め衣《ころも》
を　まつぶさに　取り裝ひ　沖つ鳥　胸《むな》見る時　はたたぎも　此《こ》し宜《よろ》し
二四いとこやの　二五妹《いも》の命《みこと》　二六群鳥《むらとり》の　我《わ》が群《む》れ往《い》なば　二七引《ひ》け鳥《とり》の　我《わ》が引け往《い》
なば　泣かじとは　汝《な》は言ふとも　二八山處《やまと》の　一本薄《ひともとすすき》　二九項傾《うなかぶ》し　三〇汝《な》が泣か

一〇 日子は男、ヂは男性を示す接尾語。夫(をつと)。
一一 困惑して。　一二 支度をしてお出かけになる時に。　一三「マ」は接頭語。十分に、すっかり。　一四 取りは接頭語。着飾り。　一五 沖の鳥即ち水鳥が、長い頸を曲げて胸毛をつくろう時のように、首を曲げてわが姿を見ると。
一六 記伝にハタは袖の端、タギはたぐり揚げること、即ち袖の端をたぐり揚げて、似合うかどうかを見る意とし、一説には鳥が羽ばたく意で、身づくろいをする意とされている。
一七 岸辺に寄する波のように。
一八「そ」は従来磯と解されているが、磯を単独にソということはなく、この「曾」は乙類の仮名で、磯のソは甲類の仮名であるから、磯とは解せない。「そっと」或いは「さっと」の意か、または「そこ」の意ではあるまいか。
一九 従来ヌギと訓まれているが、「岐」は清音と見るべきであるからヌキである。抜き・脱きはもと同じであったろうと思われる。ウテはステの古言。　二〇 翡翠(かわせみ)の羽根が青いので、青の枕詞としている。　二一 山にある領地。ここは山の畑。　二二 アタネはアカネ(茜根)であろうと言われている。或いは別の植物の名かも知れない。茜は緋色に染める染料の植物。
二三 染め草の汁で染めた衣を。
二四 イトコは親しい者の意、ヤは感動の助詞。
二五 妻よの意であるが、命という敬語を使っている。　二六 群鳥のように、皆と一緒に行ったなら。　二七 引かれ鳥のように、皆に引かれて行ったなら。　二八 山のあたりの唯一本の薄のように。　二九 うなだれて。頸を傾けて。
三〇 あなたが泣き歎かれることは。

佐麻久　阿佐阿米能　疑[1]理邇多多牟叙　和加久佐能　都麻能美許登
許登能　加多理碁登母　許遠婆

爾其后、取ニ大御酒坏一、立依指擧而、歌曰、

夜知富許能　加微能美許登夜　阿賀淤富久邇奴斯　那[2]許曾波　遠邇
伊麻世婆　宇知微流　斯麻能佐岐邪岐　加岐微流　伊蘇能佐岐淤知
受　和加久佐能　都麻母多勢良米　阿波母與　賣邇斯阿禮婆　那遠
岐弖　遠波那志　那遠岐弖　都麻波那斯　阿夜加岐能　布波夜賀斯
多爾　牟斯夫須麻　爾古夜賀斯多爾　多久夫須麻　佐夜具賀斯多爾
阿和由岐能　和加夜流牟泥遠　多久豆怒能　斯路岐多陀牟岐　曾陀
多岐　多多岐麻那賀理　麻多麻傳　多麻傳佐斯麻岐　毛毛那賀邇
伊遠斯那世　登與美岐　多弖麻都良世

如レ此歌、卽爲ニ宇伎由比一四字以レ音。而、宇那賀氣理弖、六字以レ音。至レ今
鎭坐也。此謂ニ之神語一也。

故、此大國主神、娶下坐ニ胸形奥津宮一神、多紀理毘賣命上、生子、
阿遲二字以レ音。鉏高日子根神。次妹高比賣命。亦名、下光比賣命。
此之阿遲鉏[3]高日子根[4]神者、今謂ニ迦毛大御神一者也。大國主神、
亦娶ニ神屋楯比賣命一、生子、事代主神。亦娶ニ八嶋牟遲能神自レ牟下三
字以レ音。之女、鳥耳[5]神一、↓

1　疑―底にはこの上に「佐」の字を補つている。疑はギであるから、恐らくこの上に脱字があると思われるが、諸本に無いので「佐」を削つて、假にキと訓んでおくことにする。
2　那―底・延・寛・猪・前にはこの字が無い。眞・春に從つて補つた。
3　鉏―寛に「鋤」とあるが、不可。
4　根―底・延・田にこの字があるが、眞・道・春・前・猪・寛には無い。無くても差支えない。ただし道・春には右傍に「根歟」と注している。
5　耳―底・延・寛・猪「耳」、前「茸」、眞・道・春「取」。何れが是か明らかでない。

一　霧の枕詞。
二　霧のように歎息が立つでしょう。
三　妻の枕詞。
四　「打ち」及び次の「かき」は共に接頭語。見るのミは甲類の仮名であるが、ここには乙類の仮名が使われているから、廻る(ミル)即ちめぐるの意と解すべきである。
五　洩れず(どこでも)。
六　妻をお持ちになっておいででしょう。
七　あなたをおいて。あなたをさしおいて。
八　綾織物の壁代。
九　ふわりとしている下で。
一〇　からむし(苧)で作った寝具。暖かい寝具・絹の寝具等の説があるが採らない。
一一　柔らかな下で。
一二　カジの木の繊維で作った白い寝具。
一三　ざわざわとしている下で。
一四　次句の枕詞。
一五　豊も御も美称。御酒をお差し上げなさい。転じて召上れの意となる。この下に「事の語言も是をば」の句が落ちているのではあるまいか。
一六　盞結で酒杯を交して心の変らないことを結び固める意。
一七　万葉巻十八に「携はり、うながけり居て、思ほしき、ことも語らひ、慰むる、心はあらむを」(四一二五)とある。互に首に手をかけ合っての意であろう。
一八　一定の処に定住されている。二神を祭る神社に関しての記事であろう。
一九　「神語」というのは歌曲の名称であろう。歌の終りに「事の語言も是をば」とあるから、

さまく　[一]朝雨《あさあめ》の　[二]霧《きり》に立たむぞ　[三]若草の　妻の命《みこと》　事の　語言《かたりごと》も　是《こ》を
ば

とうたひたまひき。爾に其の后《きさき》、大御酒坏《おほみさかづき》を取り、立ち依《よ》り指《さ》擧《さ》げて歌ひたま
ひしく、

八千矛の　神の命《みこと》や　吾《あ》が大國主《おほくにぬし》　汝《な》こそは　男《を》に坐《いま》せば　[四]打ち廻《み》る　島
の埼埼《さきざき》　かき廻《み》る　礒《いそ》の[五]埼《さき》落ちず　若草の　[六]妻持たせらめ　吾《あ》はもよ　女《め》
にしあれば　[七]汝《な》を除《き》て　男《を》は無し　汝《な》を除《き》て　夫《つま》は無し　[八]綾垣《あやかき》の　[九]ふはや
が下《した》に　[一〇]苧衾《むしぶすま》　[一一]柔《にこ》やが下《した》に　[一二]栲衾《たくぶすま》　[一三]さやぐが下《した》に　[一四]沫雪《あわゆき》の　若やる胸を
栲綱《たくづの》の　白き　腕《ただむき》　そだたき　たたきまながり　眞玉手《またまで》　玉手さし枕《ま》き
百長《ももなが》に　寢《い》をし寢《な》せ　[一五]豐御酒《とよみき》　奉《たてまつ》らせ

とうたひたまひき。如此《かく》歌ひて、卽ち[一六]宇伎由比《うきゆひ》四字は音を以ゐよ。爲《し》て、[一七]宇那賀氣理弖《うながけりて》六字は音を以ゐよ。今に至るまで[一八]鎭《しづ》まり坐《ま》す。此れを[一九]神語《かむがたり》と謂《い》ふ。

6　大国主の神裔

故《かれ》、此の大國主神《の》、[二〇]胸形《むなかた》の奥津宮《おきつみや》に坐《ま》す神、多紀理毘賣命《たきりびめのみこと》を娶《めと》して生める子は、[二一]阿遲《あぢ》二字は音を以ゐよ。鉏高日子根神《すきたかひこねのかみ》。次に[二二]妹高比賣命《いもたかひめのみこと》。亦の名は[二三]下光比賣命《したてるひめのみこと》。此の阿遲鉏高日子根神《の》は、今、[二四]迦毛大御神《かものおほみかみ》と謂ふぞ。大國主神《の》、亦[二五]神屋楯比賣命《かむやたてひめのみこと》を娶《めと》して生める子は[二六]事代主神《ことしろぬしのかみ》。亦[二七]八島牟遲能神《やしまむぢのかみ》牟より下の三字は音を以ゐよ。の女《むすめ》、[二八]鳥耳神《とりみみのかみ》を娶して

カムゴトよりはカムガタリの方がよいと思う。同じ終句を有する雄略記の歌三首は「天語歌」と名づけられている。「神語」は右の五首の歌全部を指すものと思われる。↓補注一
二〇　天の安の河の誓約の条参照。
二一　書紀には味耜高彦根神とあって「味耜、此云㆓阿膩須岐㆒。」の訓注があり、歌謡には「阿泥素企多伽避顧禰」とある。出雲風土記にも「所㆑造㆓天下㆒大神御子、阿遲須枳高日子命」「大神大穴持命御子、阿遲須伎高日子命」などとある。従って「阿遲鉏」もアヂスキと訓むべきである。然るに記伝には下文及び歌謡に「阿遲志貴高日子根神」「阿治志貴多迦比古泥能迦微」とあるによって、鉏をシキと訓んでいるが、それは誤りである。右に挙げたスキのキは岐・企・枳・伎で何れも甲類の仮名であるがシキのキ(貴)は乙類の仮名である。従ってスキ(鉏・耜)とシキ(志貴)とは語を異にするものと見なければならないであろう。この神は雷神で、鉏(耜)は雷神と密接な関係にあった。
二二　兄の高ヒコに対して妹を高ヒメといった。
二三　書紀には「顯国玉之女子、下照姫〔亦名、高姫、亦名、稚国玉〕」とある。
二四　出雲国造神賀詞に「阿遲須伎高孫根の命の御魂を、葛木の鴨の神奈備に坐せ」、延喜式神名帳、大和国葛上郡十七座の中に「高鴨阿治須岐託彦根命神社四座」とある。大御神という最高の敬語が用いられている。
二五　名義未詳。
二六　下文には八重言代主神とある。名義は明らかでないが、言知り主、即ち託宣を掌る神の意か。
二七・二八　名義何れも未詳。

生子、鳥鳴海神。（訓レ鳴云二那留一。）此神、娶二日名照額田毘道男伊許知邇
神一（田下毘又自レ伊下至レ邇皆以レ音。）生子、國忍富神。此神、娶二葦那陀迦神、（自レ那下三字以レ音。）
亦名、八河江比賣一、生子、速甕之多氣佐波夜遲奴美神。（自レ多下八字以レ音。）此
此神、娶二天之甕主神之女、前玉比賣一、生子、甕主日子神。此
神、娶二淤加美神之女、比那良志毘賣一、（此神名以レ音。）生子、多比理岐志
麻流美神。（此神名以レ音。）此神、娶二比比羅木之其花麻豆美神（木上三字、花下三字以レ音。）之
女、活[1]玉前玉比賣神一、生子、美呂浪神。（美呂二字以レ音。）此神、娶二敷山主
神之女、青沼馬沼押比賣一、生子、布忍富鳥鳴海神。此神、娶二
若盡[2]女神一、生子、天日腹大科度美神。（度美二字以レ音。）此神、娶二天狹霧神
之女、遠津待根神一、生子、遠津山岬多良斯[3]神。
右件自二八嶋士奴美神一以下、遠津山岬帶神以前、稱二十七
世神一。

故、大國主神、坐二出雲之御大之御前一時、自二波穗一、乘二天之羅
摩船一而、内‐剝二鵝[4]皮一剝、爲二衣服一、有二歸來神一。爾雖レ問二其名一
不レ答。且雖レ問二所‐從之諸神一、皆白レ不レ知。爾多邇具[5]久白言、
（自レ多下四字以レ音。）此者久延毘古必知之、即召二久延毘古一問時、答‐白二此者
神産巣日神之御子、少名毘古那神一。↓

一・二　名義何れも未詳。
三　国多し富みの意か。
四・五　名義共に未詳。
六・七・九　何れも甕に関係ある神名か。
八　幸魂か。または幸玉か。
一〇　龗の神、即ち水を掌る神の意。
一一・一二　名義共に未詳。
一三　ヒヒラギノは「柊の」で枕詞的称辞であろうが、以下不明。
一四　生玉・幸玉か。または生魂・幸魂か。
一五　名義未詳。
一六　山を掌る神の意か。
一七・一八　名義共に未詳。
一九　名義未詳。
二〇　名義未詳。科度は風の吹く所の意か。
二一　霧を掌る神。
二二・二三　名義共に未詳。
二四　須佐之男命の子である。その神から以下とあるから、この大国主の子孫の系譜は、本来須佐之男命の子孫の系譜と一つにつながっていたことがわかる。
二五　実数は十五世で二世足りない。或いは阿遅鉏高日子根神を一世、事代主神を一世と数え、この二世を加えて十七世としたのかも知れない

1　活—眞・道・春には「沼」とある。
2　盡—底・延に「晝」とあるが諸本によって改めた。
3　多良斯—序文に「於レ名帶字、謂二多羅斯一、如レ此之類、隨レ本不レ改。」とあるから、「帶」と書くべきところである。現に次のは「帶」と書いている。
4　鵝—延・記傳に「蛾」の誤りであろうとしている。田に「鵠鵝」の二字に改めているのは不可。
5　具—眞・寛「且」、道・春・前・猪・延「且」とあり、底・田「具」に改めている。記傳の說によって「具」を採るべきである。

生める子は、[一]鳥鳴海神《とりなるみの》。鳴を訓みてナルと云ふ。此の神、[二]日名照額田毘道男伊許知邇神《ひなてりぬかたびちをいこちにの》田の下の毘、又伊より下の邇に至るまで、皆音を以ゐよ。を娶して生める子は、[三]國忍富神《くにおしとみの》。此の神、[四]葦那陀迦神《あしなだかの》、那より下の三字は音を以ゐよ。亦の名は[五]八河江比賣《やがはえひめ》を娶して生める子は、[六]速甕之多氣佐波夜遲奴美神《はやみかのたけさはやぢぬみの》。多より下の八字は音を以ゐよ。此の神、[七]天之甕主神《あめのみかぬしの》の女《むすめ》、[八]前玉比賣《さきたまひめ》を娶して生める子は、[九]甕主日子神《みかぬしひこの》。此の神、[一〇]淤加美神《おかみの》の女、[一一]比那良志毘賣《ひならしびめ》此の神の名は音を以ゐよ。を娶して生める子は、[一二]多比理岐志麻流美神《たひりきしまるみの》。此の神の名は音を以ゐよ。此の神、[一三]比比羅木之其花麻豆美神《ひひらぎのそのはなまづみの》木の上の三字、花の下の三字は、音を以ゐよ。の女、[一四]活玉前玉比賣神《いくたまさきたまひめの》を娶して生める子は、[一五]美呂浪神《みろなみの》。美呂の二字は音を以ゐよ。此の神、[一六]敷山主神《しきやまぬしの》の女、[一七]靑沼馬沼押比賣《あをぬまうまぬまおしひめ》を娶して生める子は、[一八]布忍富鳥鳴海神《ぬのおしとみとりなるみの》。此の神、[一九]若盡女神《わかつくしめの》を娶して生める子は、[二〇]天日腹大科度美神《あめのひばらおほしなどみの》。度美の二字は音を以ゐよ。此の神、[二一]天狹霧神《あめのさぎりの》の女、[二二]遠津待根神《とほつまちねの》を娶して生める子は、[二三]遠津山岬多良斯神《とほつやまさきたらしの》。

右の件《くだり》の[二四]八島士奴美神《やしまじぬみの》以下《よりしも》、遠津山岬帶神《とほつやまさきたらしの》以前《よりさき》を、[二五]十七世《とをまりななよ》の神と稱《まを》す。

7 少名毘古那神と国作り

故《かれ》、大國主神《の》、出雲の[二六]御大《みほ》の御前《みさき》に坐《ま》す時、[二七]波の穗《ほ》より[二八]天《あめ》の羅摩船《かかみぶね》に乘りて、[二九]鵝の皮を[三〇]内剝《うつはぎ》に剝《は》ぎて衣服《きもの》に爲《し》て、歸《よ》り來《く》る神有りき。爾に其の名を問はせども答へず、且《また》[三一]所從《みとも》の諸神《かみたち》に問はせども、皆「知らず。」と白《まを》しき。爾に[三二]多邇具久《たにぐく》白言《まを》しつらく、多より下の四字は音を以ゐよ。「此《こ》は[三三]久延毘古《くえびこ》ぞ必ず知りつらむ。」とまをしつれば、即ち久延毘古《くえびこ》を召して問はす時に、「此《こ》は神産巣日神《かみむすひの》の御子、[三四]少名毘古那神《すくなびこなの》ぞ。」

が明らかでない。

二六 出雲風土記島根郡の条に美保埼がある。出雲の国の東北端。「大」はホの仮名。

二七 白く高く立つ波頭。

二八 「天の」は美称。羅摩は和名抄に「本草云、蘿摩子、一名芄蘭」とあって、「加々美」の和訓がある。ガガイモのこと。この実を割ると小舟の形に似ているのでカカミ船といったのである。桃太郎の桃や瓜子姫の瓜と同じ性質のもの。書紀の一書には「以二白蘞皮一為レ舟」とある。白蘞はヤマカミ。

二九 記伝には、ここはその神の小さいことを言っているのだから鵝では大き過ぎる。多分「蛾」の誤りであろうとして、ヒムシと訓んでいる。持統紀六年九月の条に「越前国献二白蛾一。」とある蛾は一本に鵝とあり、これは鵝の誤りらしいから宣長説も捨て難い。また下の仁徳天皇の条に蚕が蛾になることを述べて、「一度為二飛鳥一」とあるから、鵝は蛾が飛ぶ鳥だというところから用いた字か。とにかく本来の鵝では大き過ぎるし、皮というのにも当らない。書紀の一書には「以二鷦鷯羽一為レ衣」とある。鷦鷯はミソサザイ。

三〇 全剝で、丸剝ぎに剝いで。

三一 大国主神のお供の神たち。

三二 谷蟆(タニークク)でヒキガエル(蝦蟆)のこと。ククは蛙の古名であろう。

三三 崩え彦の意。崩ゆは崩るの古言。案山子のことである。

三四 書紀の一書には少彦名命とある。小男の意か、それとも大ナ・少ナと対称したものか。名義未詳。

自レ毘下三字以レ音。故爾白二上於神產巢日御祖命一者、答告、此者實我子也。於二子之中一、自二我手俣一久岐斯子也。自レ久下三字以レ音。故、與二汝葦原色許男命一、爲二兄弟一而、作二堅其國一。故、自レ爾大穴牟遲與二少名毘古那一、二柱神相並、作二堅此國一。然後者、其少名毘古那神者、度二于常世國一也。故、顯二白其少名毘古那神一、所レ謂久延毘古者、於二今者一山田之曾[1]富騰者也。此神者、足雖レ不レ行、盡知二天下之事一神也。

於レ是大國主神、愁而告、吾獨何能得二作此國一。孰神與レ吾能相二作此國一耶。是時有二光レ海依來之神一。其神言、能治二我前一者、吾能共與相作成。若不レ然者、國難レ成。爾大國主神曰、然者治奉之狀奈何。答二言吾者、伊二都一岐一奉于倭之靑垣東山上一。此者坐二御諸山上一神也。

故、其大年神、娶二神活須毘神之女、伊怒比賣一、生子、大國御魂神。↓

1 曾—前・猪・寛に「首」とあるが誤りであろう。

一 カミムスヒの御母神。
二 書紀の一書では高皇産霊尊の児となっている。
三 漏れた子。書紀の一書には「自二指間一漏堕」とある。
四 葦原の中つ国。
五 書紀の一書には、「大巳貴命与二少彦名命一、戮ㇾ力一ㇾ心、経二営天下一。」とある。
六 海のあなた極遠の地にあるとこしえの齢の国。書紀の一書には、熊野の御碕から常世郷に行ったとも、淡島に行って粟茎にのぼったところが、弾かれて常世郷に至ったとも伝えている。
七 記伝に、古今集以下の歌に見える「そほづ」と同じで、案山子のこととしている。
八 カカシに対する古代農民の信仰をあらわしたものであろう。
九 書紀の一書には「其可ㇾ与ㇾ吾共理二天下一者、蓋有之乎。」とある。
一〇 書紀の一書には「于ㇾ時神光照ㇾ海、忽然有二浮来者一。」とある。
一一 前は直接に言うことを避けて添えた語で、我をの意。こうした「前」の用例は神に限られているようである。
一二 処置する意であるが、ここは祭る意。
一三 大和の国の周囲を青々とした垣のようにめぐっている山の東の山。
一四 斎き奉れの意。
一五 御諸山は三輪山。延喜式神名帳に「大和国城上郡、大神(オホミワ)大物主神社」とある。今の大神(おおみわ)神社。書紀の一書には「此大三輪之神也」とある。また出雲国造神賀詞には、この神の鎮座に関して「大穴持命の申し給はく、皇御孫の命の静まり坐さむ大倭の国と申して、己れ命の和魂を八咫鏡に取り託けて、倭の大物主櫛𤭖玉(クシミカタマ)の命と名を称へて、大御和の神奈備に坐せて、云々」と伝えている。
一六 以下の系譜は須佐之男命の神裔の条に直接つながるものである。
一七・一八 名義共に未詳。
一九 大は美称、国の御魂の意。

毘より下の三字は音を以ゐよ。」と答へ白しき。故爾に[一]神産巣日御祖命《のみおやの》に白し上げたまへば、答へ告《の》りたまひしく、「此《こ》[二]は實《まこと》に我が子ぞ。子の中に、我が手俣《たなまた》より久岐斯《くきし》[三]子ぞ。久より下の三字は音を以ゐよ。故《かれ》、汝《いまし》葦原色許男命《の》と兄弟《あにおと》と爲《な》りて、[四]其の國を作り堅《かた》めよ。」とのりたまひき。故、爾《そ》れより、[五]大穴牟遲と少名毘古那と、二柱の神相並《なら》ばして、此の國を作り堅めたまひき。然《さ》て後は、其の少名毘古那神《の》は、[六]常世國《とこよの》に度《わた》りましき。故、其少名毘古那神《の》を顯《あら》はし白せし謂《い》はゆる久延毘古は、今者《いま》に山田の[七]曾富騰《そほど》といふぞ。此の神は、[八]足は行かねども、盡《ことごと》に天の下の事を知れる神なり。

是《ここ》に大國主神《の》、愁《うれ》ひて告《の》りたまひしく、「吾獨《あれひとり》して何《いか》にか能《よ》く此の國を得《え》作らむ。[九]孰《いづ》れの神と吾《あれ》と、能《よ》く此の國を相作らむや。」とのりたまひき。[一〇]是の時に海を光《てら》して依《よ》り來《く》る神ありき。其の神の言《の》りたまひしく、「能く我が[一一]前を[一二]治めば、吾《あれ》能く共與《とも》に相作り成さむ。若《も》し然らずば國成り難《がた》けむ。」とのりたまひき。爾に大國主神《の》曰《まを》ししく、「然らば治め奉る狀《さま》は奈何《いか》にぞ。」とまをしたまへば、「吾《あれ》をば[一三]倭の青垣の東の山の上《へ》に[一四]伊都岐奉《いつきまつ》れ。」と答へ言《の》りたまひき。[一五]此《こ》は御諸《みもろ》山の上《へ》に坐《ま》す神なり。

8 大年神の神裔

[一六]故《かれ》、其の大年神《おほとしの》、[一七]神活須毘神《かむいくすびの》の女《むすめ》、[一八]伊怒比賣《いのひめ》を娶《めと》して生める子は、[一九]大國御魂神《おほくにみたまの》。

一　文字通り韓(朝鮮)の神の意か。延喜式神名帳に宮内省に坐す神三座のうち、韓神社二座とあり、神楽歌に「韓神」があって、本末共に「われ韓神の、韓招(カラ)ぎせむや」とある。
二　名義未詳。書紀天孫降臨の条の一書に「日向襲之高千穂添山峰」とあって、「添山、此云二曾褒里能耶麻一。」の訓注がある。添(ソホリ)の神と解してみてもおかしい。或いは朝鮮の古語に関係があるのではあるまいか。また前掲の韓神社二座の外の一座は園神社とあるが、この園(ソノ)の神と関係ある神か。
三　記伝に「白字は向の誤」で、「其故は、式に、山城国乙訓郡向神社。大歳神社と並載れり。此向神社は、大年神御子向日神を祀ると云、何の説も同じければなり。」とある。或いはそうかも知れない。
四　日知りの神の意で、暦日を掌る神か。
五・六　名義共に未詳。
七　前の大年神、後の若年神と同じく、年穀を掌る神、祈年祭の祭神の一。古語拾遺にこの神に関する神話が採録されている。
八　名義未詳。
九・一〇　沖の彦、沖の姫であるが、何のことかよくわからない。この女神にのみ命とあるは不審。
一一　大竈姫の意。ヘッツイを掌る女神。
一二　和名抄に竈に加万の和訓がある。
一三　山の神であろうが名義未詳。
一四　山の頂を支配する神の意。
一五　近江の国。琵琶湖に因る名。
一六　比叡山に鎮座され。神名帳に近江国滋賀郡日吉(ヒエ)神社とあるのがそれで、後世山王という。
一七　神名帳に山城国葛野(カドノ)郡松尾神社と

次韓神。次曾富理神。次[1]白日神。次聖神。(五神)又娶二香用比賣一、(此神名以レ音。)生子、大香山戸臣神。次御年神。(二柱)又娶二天[2]知迦流美豆比賣一、(訓レ天如レ天。亦自[3]レ知下六字以レ音。)生子、奥津日子神。次奥津比賣命、亦名、大戸比賣神。此者諸人以拜竈神者也。次大山上咋神、亦名、山末之大主神。此神者、坐二近淡海國之日枝山一、亦坐二葛野之松尾一、用二鳴鏑一神者也。次庭津日神。次阿須波神。(此神名以レ音。)次波比岐神。(此神名以レ音。)次香山戸臣神。次羽山戸神。次庭高津日神。次大土神、亦名、土之御祖神。[4]九神。

上件大年神之子、[5]自二大國御魂神一以下、大土神以前、幷十六神。

羽山戸神、娶二大氣都比賣[6](下四字以レ音。)神一、生子、若山咋神。次若年神。次妹若沙那賣神。(自レ沙下三字以レ音。)次彌豆麻岐神。(自レ彌下四字以レ音。)次夏高津日神、亦名、夏之賣神。次秋毘賣神。次久久年神。(久久二字以レ音。)次久久紀若室葛根神。(久久紀三字以レ音。)

上件羽[7]山之子以下、若室葛根[8]以前、幷八神。

天照大御神之命以、豐葦原之千秋長五百秋之水穗國者、我御子正勝吾勝勝速日天忍穗耳命之所レ知國、言因賜而、天降也。↓

1　白―田には「向」に改めている。
2　知―道・春・田には「和」とある。誤りであろう。
3　自知下六字―知以下の音字は七字である。何かの誤りであろう。
4　九神―諸本大書。底・田は分注に改めている。
5　自―眞にはこの字が無い。
6　下四字以音―底・田・延には「自氣下四字以音」として「神」の下に注しているが、諸本に従う。
7　羽山之子―底・田には「羽山戸神之子自若山咋神」と字を補っているが、諸本に従う。
8　根―底・田にはこの下に「神」を補っている。

次に[一]韓神《からのかみ》。次に[二]曾富理神《そほりのかみ》。次に[三]白日神《しらひのかみ》。次に[四]聖神《ひじりのかみ》。五神 又、[五]香用比賣《かよひめ》此の神の名は音を以ゐよ。を娶して生める子は、[六]大香山戸臣神《おほかがやまとおみのかみ》。次に[七]御年神《みとしのかみ》。二柱 又、[八]天知迦流美豆比賣《あめちかるみづひめ》天を訓むこと天の如くせよ。亦知より下の六字は音を以ゐよ。を娶して生める子は、[九]奥津日子神《おきつひこのかみ》。次に[一〇]奥津比賣命《おきつひめのみこと》、亦の名は[一一]大戸比賣神《おほべひめのかみ》。此《こ》は諸人《もろひと》の以《も》ち拜《いつ》く[一二]竈神《かまのかみ》ぞ。次に[一三]大山《おほやま》上咋神《くひのかみ》、亦の名は[一四]山末之《やますゑの》大主神《おほぬしのかみ》。此の神は[一五]近淡海國《ちかつあふみのくに》の[一六]日枝《ひえ》の山に坐《ま》し、亦[一七]葛野《かづの》の松尾に坐して、[一八]鳴鏑《なりかぶら》を用《も》つ神ぞ。次に[一九]庭津日神《にはつひのかみ》。次に[二〇]阿須波神《あすはのかみ》。此の神の名は音を以ゐよ。次に[二一]波比岐神《はひきのかみ》。此の神の名は音を以ゐよ。次に香山戸臣神《かがやまとおみのかみ》。次に[二二]羽山戸神《はやまとのかみ》。次に庭高津日神《にはたかつひのかみ》。次に大土神《おほつちのかみ》、亦の名は[二三]土之御祖神《つちのみおやのかみ》。[二四]九神《ここのはしら》。

上《かみ》の件《くだり》の大年神《の》の子、大國御魂神《の》以下《よりしも》、大土神《の》以前《よりさき》は、并《あは》せて十六神《とをまりむはしら》。

羽山戸神《の》、大氣都比賣《おほけつひめの》下の四字は音を以ゐよ。神を娶して生める子は、若山咋神《わかやまくひのかみ》。次に若年神《わかとしのかみ》。次に[二五]妹若沙那賣神《いもわかさなめのかみ》。沙より下の三字は音を以ゐよ。次に[二六]彌豆麻岐神《みづまきのかみ》。彌より下の四字は音を以ゐよ。次に[二七]夏高津日神《なつたかつひのかみ》、亦の名は[二八]夏之賣神《なつのめのかみ》。次に[二九]秋毘賣神《あきびめのかみ》。次に[三〇]久久年神《くくとしのかみ》。久久の二字は音を以ゐよ。次に[三一]久久紀若室葛根神《くくきわかむろつなねのかみ》。久久紀の三字は音を以ゐよ。

上の件の羽山の子以下《よりしも》、若室葛根以前《よりさき》は、并せて八神《やはしら》。

天照大御神の[三二]命《みこと》以ちて、「[三三]豐葦原之千秋長五百秋之水穗國《とよあしはらのちあきのながいほあきのみづほのくに》は、我が御子、正勝吾勝勝速日天忍穗耳命《まさかつあかつかちはやひあめのおしほみみのみこと》の[三四]知らす國ぞ。」と[三五]言因《ことよ》さし賜ひて、天降《あまくだ》したまひき。

あるのがそれである。
一八　鳴鏑の矢を持つ神の意。本朝月令、四月中酉賀茂祭事の条に、秦氏本系帳を引いて「初秦氏女子、出㆓葛野河㆒、澣㆓濯衣裳㆒。時有㆓一矢㆒、自㆑上流下。女子取㆑之還来、刺㆓置於戸上㆒。…戸上矢者、松尾大明神是也。」とある。
一九　屋敷を照らす日の神の意か。
二〇・二一　名義共に未詳であるが宅神である。祈年祭祝詞の中に、座摩（ヰカスリ）の御巫の祭る皇神等として、生井・栄井・津長井・阿須波・婆比支の名が見える。また万葉巻二十に「庭中の阿須波の神に木柴さし吾は斎はむ帰り来までに」（四三五〇）の歌がある。
二二　名義未詳。山の神であろう。
二三　土の母神。大地母神である。
二四　奥津日子・奥津比売を合せて一神と数えて、九神としたのであろう。実数は十神。
二五　田植をする早乙女の意か。
二六　水引の神。灌漑を掌る神。引・漑にはマカセの古訓がある。マカセはマクに助動詞スを添えた語。
二七・二八・二九　穀物の生育に関係深い夏と秋の季節が捉えられている。
三〇　茎年で、年穀の茎が成長した意。
三一　久久紀は茎木、新室の神。
三二　お言葉で。仰せで。
三三　豊は美称。千秋長五百秋は千年も五百年も長くで、いついつまでもの意。秋は穂の縁語。書紀には「千五百秋之瑞穂国」とある。水穂は水田に作る稲穂。長く久しく稲穂のみのる国の意。
三四　治める国。
三五　次の「事依さし」と同じで、お委任になる意。

葦原中国の平定

1 天菩比神

於レ是天忍穂耳命、於ニ天浮橋一多多志此三字以レ音。而詔之、豐葦原之千秋長五百秋之水穗國者、伊多久佐夜藝弖此七字以レ音。有那理、[1]此二字以レ音。下效レ此。告而、更還上、請ニ于天照大神一。[2]爾高御産巢日神、天照大御神之命以、於ニ天安河之河原一、神ニ集八百萬神一集而、思金神令レ思而詔、此葦原中國者、我御子之所レ知國、言依所レ賜之國也。故、以下爲於ニ此國一道速振荒振國神等之多在上。是使ニ何神一而、將ニ言趣一。爾思金神及八百萬神、議白之、天菩比神、是可レ遣。故、遣ニ天菩比神一者、乃媚ニ附大國主神一、至ニ于三年一、不ニ復奏一。是以高御産巢日神、天照大御神、亦問ニ諸神等一、所レ遣ニ葦原中國一之天菩比神、久不ニ復奏一。亦使ニ何神一之吉。[3]爾思金神答白、可レ遣ニ天津國玉神之子、天若日子一。故爾以ニ天之麻迦古弓、自レ麻下三字以レ音。天之波波此二字以レ音。矢一、賜ニ天若日子一而遣。於レ是天若日子、降ニ到其國一、即娶ニ大國主神之女、下照比賣一、亦慮レ獲ニ其國一、至ニ于八年一、不ニ復奏一。

1　那―底には「郝」としているが、さかしらの改變である。諸本に從う。

2　大―底・田・延にはこの下に「御」の字を補つているが、眞以下の諸本には無いので削つた。

3　吉―底・田・延「吉」。眞・道・春・前・猪・寛「告」。下文に「遣ニ曷神一者吉」とあるのに照らせば、底・延・田に従うべきであろう。ただしこの字の上が「之」と「者」と文字を異にしていて、多少の疑問は残る。

一　立たして。お立ちになって。

二　ひどく騒いでいるということである。この「那理」は終止形についていて、いわゆる伝聞の助動詞と言われている。神武天皇の条には

「佐夜芸帝阿理那理」とあり、書紀には「聞喧擾之響、此云ニ左挪霓利奈離一。（サヤゲリナリ）」とある。
三 逸速ぶるの意で、迅速に荒れすさぶ。
四 説得する、説伏する。景行紀四十一年の条に「巧レ言調ニ暴神一」とあるのが、コトムケの本義である。転じて平定の意に用いる。
五 へつらい従って。書紀には「佞媚」とある。
六 復命をしなかった。
七 天の国魂神の意で、高天の原の神霊。従ってその性質は天照大御神や天之御中主神と同じ。宇都志国玉神に対する神。
八 書紀には「天稚彦」とある。記伝にはアメワカヒコと訓んでいるが、アメノワカヒコと訓むべきであろう。即ち若日子は大日子に対する語で、今の語で言えば大旦那に対する若旦那のような意である。従って天上界の若彦(世子)という普通名詞であったと思われる。だからこの神には、神とか命とかいう敬称がない。(逆神だから神や命を省いたと見るのは誤りである。)それが固有名詞のように考えられるようになったと思われる。
九 書紀には「天鹿児弓」とある。鹿を射る弓の意。天は美称、麻は接頭語。
一〇 書紀には「天羽羽矢」とある。記伝には「羽張矢」の意で、羽の広く大きい矢をいうのであろうと説いているが明らかでない。
一一 降り着くと同時に。
一二 書紀には「顕国玉之女子、下照姫〔亦名高姫、亦名稚国玉〕」とある。
一三 葦原の中つ国を、自分のものにしようと思いめぐらして。書紀には「吾亦欲レ馭ニ葦原中国一」とある。

是《ここ》に天《の》忍穂耳《の》命、天《あめ》の浮橋《うきはし》に一多《た》多《た》志《し》此の三字は音を以ゐよ。て詔《の》りたまひしく、「豐葦原之千秋長五百秋之水穂《の》國は、二伊《い》多《た》久《く》佐《さ》夜《や》藝《ぎ》弖《て》此の七字は音を以ゐよ。有《あり》那《な》理《り》。此の二字は音を以ゐよ。下は此れに效へ。」と告《の》りたまひて、更に還り上《のぼ》りて、天照大神に請《まを》したまひき。爾に高御産巣日神《たかみむすひの》、天照大御神の命以ちて、天安河の河原に、八百萬の神を神集へに集へて、思《おも》金神《かねの》に思はしめて詔りたまひしく、「此の葦原《の》中《つ》國は、我が御子の知らす國と言依《ことよ》さし賜へりし國なり。故《かれ》、此の國に三道速振《ちはやぶ》る荒振《あらぶ》る國つ神等《ども》の多在《さはな》りと以《お》爲《も》ほす。是れ何《いづ》れの神を使《つか》はしてか四言趣《ことむ》けむ。」とのりたまひき。爾に思金神《の》及《また》八百萬の神、議《はか》り白《まを》ししく、「天菩比神《あめのほひの》、是れ遣はすべし。」とまをしき。故、天《の》菩比《の》神を遣はしつれば、乃ち大國主《の》神に媚《こ》五び附きて、三年《みとせ》に至るまで六復奏《かへりごとまを》さざりき。

2 天若日子

是《ここ》を以《も》ちて高御産巣日《の》神、天照大御神、亦諸《もろもろ》の神等《かみたち》に問ひたまひしく、「葦原《の》中《つ》國に遣はせる天菩比神《あめのほひの》、久しく復奏《かへりごとまを》さず。亦何《いづ》れの神を使はさば吉《よ》けむ。」ととひたまひき。爾に思金《の》神、答へ白ししく、「七天津國玉神《あまつくにたまの》の子、八天若日子《あめのわかひこ》を遣はすべし。」とまをしき。故爾《かれここ》に九天之麻迦古弓《あめのまかこゆみ》、麻より下の三字は音を以ゐよ。一〇天之波波《あめのはは》此の二字は音を以ゐよ。矢《や》を天若日子《の》に賜ひて遣はしき。是《ここ》に天若日子、其の國に一一降り到《いた》る卽ち、一二大國主《の》神の女《むすめ》、下照比賣《したてるひめ》を娶《めと》し、一三亦其の國を獲《え》むと慮《おもひはか》りて、八年《やとせ》に至るまで復奏

故爾天照大御神、高御產巢日神、亦問二諸神等一、天若日子、久不二復奏一。又遣二曷神一以問二天若日子之淹留所一由一。於レ是諸神及思金神、答三白可レ遣二雉名鳴女一時、詔之、汝行問二天若日子一狀者、汝所三以使二葦原中國一者、言三趣二和其國之荒振神等一之者也。何至二于八年一、不二復奏一。

故爾鳴女、自レ天降到、居二天若日子之門湯津楓上一而、言三委曲如二天神之詔命一。爾天佐具賣、（此三字以レ音。）聞二此鳥言一而、語二天若日子一言、此鳥者、其鳴音甚惡。故、可二射殺一云進、卽天若日子、持二天神所レ賜天之波士弓、天之加久矢一、射三殺其雉一。爾其矢、自二雉胸一通而、逆射上、逮下坐二天安河之河原一、天照大御神、高木神之御所上。是高木神者、高御產巢日神之別名。故、高木神、取二其矢一見者、血著[1]二其矢羽一。於レ是高木神、告下之此矢者、所レ賜二天若日子一之矢上、卽示二諸神等一詔者、或天↓

1 著―底には「箸」に誤っている。

一 曷は何れと同じ。
二 問いただそうか。訊問しようか。
三 雉で名は鳴女というもの。書紀には「無名雉（ナナシキギシ）」とある所から、記伝には名鳴女（ナナさざりき。

故爾に天照大御神、高御産巣日《の》神、亦諸の神等《たち》に問ひたまひしく、「天《の》若日子久しく復奏さず。又曷《いづ》[一]れの神を遣はしてか、天《の》若日子が淹留《ひさしくとど》まる所由《ゆゑ》を問[二]はむ。」ととひたまひき。是《ここ》に諸の神及《また》思金《の》神、「雉《きぎし》[三]、名は鳴女《なきめ》を遣はすべし。」と答へ白しし時に、詔《の》りたまひしく、「汝《なれ》行きて天《の》若日子に問[四]はむ状《さま》は、『汝《いまし》を葦原《の》中《つ》國に使はせる所以《ゆゑ》は、其の國の荒振《あらぶ》る神等《ども》を、言趣《ことむ》[五]け和《やは》せとなり。何《いか》にか八年《やとせ》に至るまで復奏さざる。』ととへ。」とのりたまひき。

故爾に鳴女《なきめ》、天《あめ》より降り到りて、天《の》若日子の門《かど》[六]なる湯津楓《ゆつかつら》[七]の上に居《ゐ》て、委曲《まつぶさ》[八]に天つ神の詔りたまひし命《みこと》の如《ごと》言ひき。爾に天佐具賣《あめのさぐめ》[九]、此の三字は音を以ゐよ。此の鳥の言ふことを聞きて、天《の》若日子に語りて言ひしく、「此の鳥は、其の鳴く音《こゑ》甚《いと》惡《あ》[一〇]し。故《かれ》、射殺《いころ》すべし。」と云[一一]ひ進むる即ち、天《の》若日子、天つ神の賜へりし天《あめ》之《の》波士《はじ》[一二]弓、天《あめ》[一三]之《の》加久《かく》矢を持ちて、其の雉《きぎし》を射殺しき。爾に其の矢、雉[一四]の胸より通りて、逆《さかしま》に射上《いあ》げらえて、天安《の》河《の》河原に坐《ま》す天照大御神、高木《たかぎの》[一五]神の御所《みもと》に逮《いた》りき。是の高木《の》神は、高御産巣日《の》神の別《また》の名ぞ。故《かれ》、高木《の》神、其の矢を取りて見《み》したまへば、血、其の矢の羽に著《つ》けり。是《ここ》に高木《の》神、「此の矢は、天《の》若日子に賜へりし矢ぞ。」と告《の》りたまひて、即ち諸の神等《たち》に示《み》せて詔りたまひしく、「或《も》し天《の》

キメ)と一つの熟語としているが、それはよくない。

四 訊問する事は。

五 説伏して、その荒ぶる心を和めること。転じて平定する意。

六 家の門のところにある。

七 枝葉の繁っている楓。湯津は五百箇で数の多い意(斎つの意に取る説もある)。下の海神国の条には「湯津香木」とあり、「訓二香木一云二加都良一。」の訓注があり、書紀には「湯津杜木之杪、〔杜木、此云二可豆邏一也。〕」とある。楓は和名抄に「兼名苑云、楓、一名欇〔乎加豆良〕爾雅云、有レ脂而香、謂二之楓一。」とあって桂〔女加都良〕と区別されている。爾雅、釈木の条の郭璞の注には「楓樹、似二白楊一葉円而岐。有レ脂而香、今之楓香是。」とあり、新撰字鏡には香木の二字を合せた「栝」に「加豆良」の訓がある。

八 残らず、すっかり。

九 書紀には「天探女」とある。隠密のものを探り出す力を持った女。ここでは鳥の鳴き声を聞いて吉凶を判断している。

一〇 凶。不祥。不吉。鳥占である。

一一 進言するや否や。

一二 書紀には「天梔弓〔梔、此云二波茸一。〕」とある。梔はクチナシであるが、櫨に通じて用いたものか。櫨(ハジ、ハゼ)の木で作った弓。前には天之麻迦古弓とあって、名称が変っている。

一三 天の鹿児矢の意か。これも前には天之羽羽矢とあって、名称が変っている。

一四 雉の胸を貫いて。

一五 前に弓矢の名称が変っており、ここに高御産巣日神が高木神となっているのは、前後資料を異にし、その異伝を接合したための結果であろう。

若日子、不レ誤レ命、為レ射二悪神一之矢之至者、不レ中二天若日子一。或有二邪心一者、天若日子、於二此矢一麻賀禮。此三字以レ音。云而、取二其矢一、自二其矢穴一衝返下者、中下天若日子寢二朝[1]床一之高胸坂上以死。[2]此還矢之本也。亦其雉不レ還。故於レ今諺曰二雉之頓使一本是也。

故、天若日子之妻、下照比賣之哭聲、與レ風響到レ天。於レ是在レ天、天若日子之父、天津國玉神、及其妻子聞而、降來哭悲、乃於二其處一作二喪屋一而、河鴈為二岐佐理持一、自レ岐下三字以レ音。鷺為二掃持一、翠鳥為二御食人一、雀為二碓女一、雉為二哭女一、如レ此行定而、日八日夜八夜遊也。

此時阿遲志貴高日子根神 自レ阿下四字以レ音。到而、弔二天若日子之喪一時、自レ天降到、天若日子之父、亦其妻、皆哭云、我子者不レ死有祁理。此二字以レ音。下效レ此。我君者不レ死坐祁理云、取二懸手足一而哭悲也。其過所一以者、此二柱神之容姿、甚能相似。故是以過也。於レ是阿遲志貴高日子根神、大怒曰、我者愛[3]友故弔來耳。何吾比二穢死人一云而、↓

1 朝—底・前・寛・延に「胡」とあるが、眞・道・春・猪・田に「朝」とあるに従つて改めた。アグラは古事記にはすべて呉床と書き、胡床と書いた例は無い。

2 還矢—底・田・延にはこの下に「可恐」の二字を補つているが、諸本に無いので削つた。

3 愛—眞・道・春には、この上に「有」の字がある。

一 反逆の心。

二 禍(マガ)れの意で、禍あれ、即ち死んでしまえの意。書紀の一書には、「若以二悪心一射者、則天稚彦、必当レ遭レ害。(マジコレナム)」とある。

三 記伝に「下国より天上へ射徹たる孔なり。」とある。その意。

四 朝寝(あさい)の床の意。万葉巻十九に、「朝床に聞けば遙けし射水河朝漕ぎしつつ歌ふ船人」(四一五〇)とある。記伝に胡床(あぐら)と解しているのは誤り。書紀には「于レ時天稚彦、新嘗休臥之時也。中レ矢立死。」とある。

五 胸のこと。書紀の一書には、「高胸、此云二多歌武娜娑歌一。」とある。

六 書紀には本文、一書共に「此世人所レ謂反矢可レ畏之縁也。」とあるによって、記伝・底・田・延には「此還矢可レ恐之本也」と「可恐」の二字を補っているが、諸本にはこの二字が無い。還矢はカヘシヤではなくカヘリヤと訓むべきであろう。つまり天から還って来た矢の意である。これはいわゆるニムロッドの矢である。聖書に見えるニムロッド(権力ある猟夫)に関するメソポタミヤ地方の民間説話に「ニムロッドは神を目がけて天上に矢を射る。その矢は神の手で地上に投げ返されて、ニムロッドの胸板を貫く。」とある。この型の説話を「ニムロッドの矢」という(金関丈夫博士著「木馬と石牛」参照)。

七 射殺されたので天上へ還らなかったのであるが、書紀の一書には、「此雉飛来、因レ見二粟田豆田一、則留而不レ返。」と伝えている。

八 雉の行ったきりの使の意で、今いう「梨のつぶて」と同意。

九 はじめ。 一〇 風と共に。

一一 天若日子の死んだ処(地上)にの意であるが、書紀には「乃遣二疾風一、挙レ尸致レ天、便造二喪屋一若日子、命《みこと》を誤《あやま》たず、惡しき神を射つる矢の至《きた》りしならば、天《の》若日子に中《あた》らざれ。或《も》し[一]邪《きたな》き心有らば、天《の》若日子此の矢に[二]麻賀禮《まがれ》。此の三字は音を以ゐよ。」と云ひて、其の矢を取りて、其の[三]矢の穴より衝《つ》き返《かへ》し下《くだ》したまへば、天《の》若日子が[四]朝床《あさとこ》に寢《いね》し[五]高《たか》胸坂《むなさか》に中《あた》りて死にき。[六]此れ還矢（カヘリヤ）の本なり。亦[七]其の雉還らざりき。故《かれ》今に諺《ことわざ》に、「[八]雉《きぎし》の頓《ひた》使《づかひ》」と曰《い》ふ[九]本是れなり。

故《かれ》、天《の》若日子の妻《つま》、下照比賣の哭《な》く聲、[一〇]風の與《むた》響きて天《あめ》に到りき。是《ここ》に天在《あめな》る天《の》若日子の父、天津國玉《の》神及《また》其の妻子《めこ》聞きて、降《くだ》り來て哭《な》き悲しみて、乃ち[一一]其《そ》處《こ》に[一二]喪屋《もや》を作りて、[一三]河鴈《かはがり》を岐佐理持《きさりもち》岐より下の三字は音を以ゐよ。と爲《し》、[一四]鷺《さぎ》を掃持《ははきもち》と爲《し》、[一五]翠鳥《そにどり》を御《み》食人《けびと》と爲《し》、[一六]雀《すずめ》を碓女《うすめ》と爲《し》、[一七]雉《きぎし》を哭女《なきめ》と爲《し》、[一八]如此《かく》行ひ定めて、[一九]日《ひ》八日《やか》夜《よ》八夜《やよ》を遊びき。

此の時、[二〇]阿遲志貴高日子根《あぢしきたかひこね》神《の》阿より下の四字は音を以ゐよ。到《き》て、天《の》若日子の[二一]喪《も》を弔《とぶら》ひたまふ時に、天より降り到《き》つる天《の》若日子の父、亦其の妻、皆哭きて云ひしく、「我が子は死なずて有り祁理《けり》。此の二字は音を以ゐよ。下は此れに效へ。[二二]我が君は死なずて坐《ま》し祁理《けり》。」と云ひて、手足に取り懸《かか》りて哭き悲しみき。其の過《あやま》ちし所以《ゆゑ》は、此の二柱の神の容姿《かたち》、甚《いと》能《よ》く相似たり。故是《かれここ》を以《も》ちて過《あやま》ちき。是《ここ》に阿遲志貴高日子根《の》神、大《いた》く怒りて曰《い》ひしく、「我《あ》は[二三]愛《うるは》しき友なれこそ弔ひ來つれ。何《なに》とかも吾《あ》を穢《きたな》き死人《しにびと》に比《くら》ぶる。」と云ひ

而殯之。」とあり、同一書には「将レ柩上ヨ去於天ニ而、作ニ喪屋一殯哭之。」とある。

一二　屍を安置して葬儀を行う家。殯宮と同じ。

一三　ただ雁をいうとも、鳧鴈の類とも説かれているが不明。キサリモチは書紀に「持傾頭者」と記し、その私記に「葬送之時、戴ニ死者食一片行之人也。」と注している。書紀には川鴈を持傾頭者及び持帚者にしたとも、鶏を持傾頭者とし、川鴈を持帚者にしたとも伝えている。鶏はトサカの形状からの連想であろう。

一四　鷺が書紀では川鴈となっている。ハハキモチは葬送の時、帚（ほうき）を持って行く者。

一五　カワセミを死者に供える御饌を掌る人とし。書紀には鴗を尸者（モノマサ）としたとある。

一六　雀を米つき女とし。書紀には「舂女」とある。

一七　雉を泣き女（葬送の時の泣き役の女）とし。書紀には鷦鷯（サザキ）を哭女としたとある。なお以上の外に「以レ鴗為ニ造綿者一、以レ烏為ニ宍人者。」ともある。

一八　このように処置をして、それぞれの役割をきめて。書紀には「凡以ニ衆鳥一任レ事」とある。さてこのように衆鳥を葬送の役に任じたというのは、動物舞の反映であるとか、霊魂の復活を促す呪術であるとか言われている。

一九　八日八夜の間歌舞をした。書紀には「八日八夜、啼哭悲歌。」とある。

二〇　前に見えた阿遅鉏高日子根神と同神であろうが、鉏（スキ）のキは甲類の仮名であるのに、志貴の貴は乙類である。志貴は磯城の意か。かように音韻が異なっているのは、資料が異なるためか、音が変化したものか、なお考うべきであろう。

二一　おくやみを言われる時。　二二　私の夫（おっと）。

二三　親友だからこそ、くやみに来たのだ。

拔下所二御佩一之十掬劍上、切三伏其喪屋一、以レ足蹶離遣。此者在二美濃國藍見河之河上一、喪山之者也。其持所レ切大刀名、謂二大量一、亦名謂二神度劍一。度字以レ音。故、阿治志貴高日子根神者、忿而飛去之時、其伊呂妹高比賣命、思レ顯二其御名一。故、歌曰、

阿米那流夜　淤登多那婆多能　宇那賀世流　多麻能美須麻流　美須麻流邇　阿那陀麻波夜　美多邇　布多和多良須　阿治志貴多迦　比古泥能迦微曾也。[1]

此歌者、夷振也。

於レ是天照大御神詔之、亦遣二曷神一者吉。[2] 爾思金神及諸神白之、坐二天安河河上之天石屋一、名伊都之尾羽張神、是可レ遣。伊都二字以レ音。若亦非二此神一者、其神之子、建御雷之男神、此應レ遣。且其天尾羽張神者、逆塞三上天安河之水一而、塞レ道居故、他神不二得行一。故、別遣二天迦久神一可レ問。故爾使二天迦久神一、問二天尾羽張神一之時、答白、恐之。仕奉。然於二此道一者、僕子、建御雷神可レ遣、乃貢進。爾天鳥船神、副二建御雷神一而遣。

1 也—この也は假名のヤではなく、句末に置く助字である。

2 吉—眞・道・春には「去」とあるが誤りである。

一　蹴放ち遣った。

二　書紀には大葉刈（オホハガリ）とある。名義未詳。

三　名義未詳。

四　同腹の妹。

五　兄の御名をあらわし知らせようと思った。書紀には「時味耜高彦根神、光儀花艶、映二于二丘二谷之間一。故喪会者歌之曰、〔或云、味耜高彦根神之妹下照媛、欲下令二衆人一知中映二丘谷一者、是味耜高日子根神上。故歌之曰〕」とある。

六　天上界にいる。「や」は感動の助詞。

七　うら若い機織女が。タナバタはタナバタツメの略。ただし織女星とは関係は無い。

八　頸にかけていらっしゃる。

九　一本の緒に貫き統べた首飾りの玉。

一〇　一本の緒に貫き統べた穴玉よ、ああ。「は

や」は感動の助詞。穴玉は穴をあけた玉の意であろう。以上は次の譬喩。その穴玉のように。

一一　「み」は接頭語。谷。

一二　二つにお渡りになる。二つに渡って照り輝いていらっしゃる。二つの谷をも同時に照らす電光を讃嘆したもので、阿遅鉏高日子根神は雷神である。

一三　歌曲の名称で、田舎風の歌曲の意。

一四　書紀には「天石窟」とある。その意。

一五　書紀には「稜威雄走神」とある。名義未詳。

一六　雷神であり、同時に刀剣の神である。

一七　河の水を塞きとめて、逆に上の方に水をたたえて、道路をふさいで、行かれないようにして居るのでの意。ダムで水をたたえているような状態。この水は刀剣を焠（にら）ぐのに関係があると思われる。

一八　特別に。

一九　迦久は鹿児で、これは鹿神であろう。鍛冶に使う鞴（ふいご）が鹿の皮で作られたために、鹿神が特別に使することになったのではあるまいか。ともかくこの条は、鍛冶によって刀剣が作られることと、密接な関係があるように思われる。

二〇　恐れ多いことでございます。

二一　この事と同じ。

二二　建御雷神を大御神に献った。

二三　鳥は天空をも海上をも通うものであるから、鳥の語が冠せられている。上代において船は雷と密接な関係があり、雷は船に乗って天空と地上を往来するものと信ぜられていた。建御雷神に天鳥船神を副えて遣わしたというのも、そうした信仰が基盤となっている。さて書紀には経津主（フツヌシノ）神と武甕槌（タケミカヅチノ）神の二神を遣わしたと伝えている。

て、御佩《はか》せる十拳劒《とつかつるぎ》を抜きて、其の喪屋《もや》を切り伏せ、足以ちて[一]蹶《く》ゑ離《はな》ち遣《や》りき。此《こ》は美《み》濃《のの》國の藍見《あゐみ》河の河上の喪山《もやま》ぞ。其の持ちて切れる大刀《たち》の名は、[二]大量《おほはかり》と謂ひ、亦の名は[三]神度劒《かむどのつるぎ》度の字は音を以ゐよ。と謂ふ。故、阿治志貴高日子根神《の》は、忿《いか》りて飛び去りし時、其の[四]伊呂妹《いろも》、高比賣命《の》、[五]其の御名《みな》を顯《あらは》さむと思ひき。故、歌ひしく、

[六]天《あめ》なるや　[七]弟棚機《おとたなばた》の　[八]項《うな》がせる　[九]玉の御統《みすまる》　[一〇]御統に　穴玉はや　[一一]み谷　[一二]二《ふた》

渡らす　阿治志貴高《あぢしきたか》　日子根《ひこね》の神ぞ。

とうたひき。此の歌は[一三]夷振《ひなぶり》なり。

3　建御雷神

是《ここ》に天照大御神、詔りたまひしく、「亦曷《いつ》れの神を遣はさば吉《よ》けむ。」とのりたまひき。爾に思金神《の》及《また》諸の神白《まを》ししく、「天安《の》河《の》の河上の[一四]天《あめ》の石屋《いはや》に坐《ま》す、名は[一五]伊都之尾羽張《いつのをはばりの》神、是れ遣はすべし。伊都の二字は音を以ゐよ。若《も》し亦此の神に非ずば、其の神の子、[一六]建御雷之男《たけみかづちのをの》神、此れ遣はすべし。且《また》其の天《の》尾羽張《の》神は、[一七]逆《さかしま》に天安《の》河《の》の水を塞《せ》き上《あ》げて、道を塞きて居《を》る故《ゆゑ》に、他神《あだしかみ》は得《え》行かじ。故《かれ》、[一八]別《こと》に[一九]天迦久《あめのかくの》神を遣はして問ふべし。」とまをしき。故爾に天迦久《の》神《の》を使はして、天尾羽張《の》神《の》に問はしし時に、答へ白ししく、「[二〇]恐《かしこ》し。仕《つか》へ奉《まつ》らむ。然れども[二一]此の道には、僕《わ》が子、建御雷神《の》を遣はすべし。」とまをして、乃ち[二二]貢進《たてまつ》りき。爾に[二三]天鳥船《の》神《の》を建御雷神《の》に副《そ》へて遣はしたまひき。

是以此二神、降三到出雲國伊那佐之小濱二而、伊那佐三字以レ音。拔二十掬劒一、逆刺三立于浪穗一、趺三坐其劒前一、問二其大國主神一言、天照大御神、高木神之命以、問使之。汝之宇志波祁流此五字以レ音。葦原中國者、我御子之所レ知國、言依賜。故、汝心奈何。爾答白之、僕者不レ得白一。我子八重言代主神、是可レ白。然爲二鳥遊一取レ魚而、往二御大之前一、未二還來一。故爾遣二天鳥船神一、徵三來八重事代主神二而、問賜之時、語二其父大神一言、恐之。此國者、立三奉天神之御子一。即蹈三傾其船二而、天逆手矣、於二靑柴垣一打成而隱也。訓レ柴云二布斯一。故爾問二其大國主神一、今汝子、事代主神、如レ此白訖。亦有二可レ白子一乎。於レ是亦白之、亦我子有二建御名方神一。除レ此者無也。如レ此白之間、其建御名方神、千引石擎二手末一而來、言下誰來二我國一而、忍忍如レ此物言。然欲レ爲二力競一。故、我先欲レ取二其御手一。故、令レ取二其御手一者、即取三成立氷一、亦取三成劒刃一。故爾懼而退↓

一　出雲国出雲郡にある。書紀には「五十田狭之小汀（イタサノヲバマ）」とある。
二　鋒を波頭に突き刺さずに、逆に柄の方を波頭に立てたのである。
三　足を組んで。
四　問いただしに私をお遣わしになったのだ。
五　ウシハクという語の主体は常に神である。宗教的意義において神が治め、また占める意。
六　あなたはどう思うか。
七　書紀には「当問二我子一然後将レ報。」とある。
八　記伝には「野山海川に出て、鳥を狩て遊ぶをいふなり。」とある。或いは鵜などを使って魚を取る意か。書紀には「以レ釣レ魚為レ楽（ワザ）。或曰、遊レ鳥為レ楽。」とある。
九　美保の埼。
一〇　書紀には熊野諸手船（一名、天鳩船）に使者稲背脛をのせて遣わしたとある。
一一　天照大御神の御子の意。水穂の国を治めるべき方を指して言う。従って歴代の天皇は皆天つ神の御子である。
一二　献上しましょう。この所書紀には「我父宜

4　事代主神の服従

是《こ》を以ちて此の二《ふた》はしらの神、出雲國《の》の伊那佐《いなさ》[一]の小濱《をばま》に降り到りて、伊那佐の三字は音を以ゐよ。十掬劍《とつかつるぎ》を拔きて、逆《さかしま》[二]に浪の穗に刺し立て、其の劍の前《さき》に趺《あぐ》[三]み坐《ま》して、其の大國主神《の》に問ひて言《の》りたまひしく、「天照大御神、高木神《の》の命以《みこともち》て、問ひに使はせり。[四]汝《いまし》が宇志波祁流《うしはける》[五]此の五字は音を以ゐよ。葦原中國《のつ》は、我が御子の知らす國ぞと言依《ことよ》さし賜ひき。故《かれ》、汝が心[六]は奈何《いか》に。」とのりたまひき。爾に答へ白ししく、「僕《あ》[七]は得白《えまを》さじ。我が子、八重言代主神《やへことしろぬしの》、是れ白すべし。然るに鳥の遊《あそび》[八]爲《し》、魚取《な》りに、御大《みほ》[九]の前《さき》に往きて、未だ還り來《こ》ず。」とまをしき。故爾に天鳥船神《の》[一〇]《の》を遣はして、八重事代主神《の》を徵《め》し來《き》て、問ひ賜ひし時に、其の父の大神に語りて言ひしく、「恐《かしこ》し。此の國は、天《あま》[一一]つ神の御子《みこ》に立奉《たてまつ》[一二]らむ。」といひて、卽ち其の船を蹈み傾《かたぶ》けて、天《あま》[一三]の逆手《さかて》を青柴垣《あをふしがき》に打ち成して、隱《かく》[一四]りき。柴を訓みてフシと云ふ。

5　建御名方神の服従

故爾に其の大國主神《の》に問ひたまひしく、「今汝《いまし》が子、事代主神《の》、如此《かく》[一五]白しぬ。亦[一六]白すべき子有りや。」ととひたまひき。是《こ》に亦白ししく、「亦我が子、建御名《たけみな》[一七]方神《かたの》有り。此れを除《お》きては無《な》し。」とまをしき。如此《かく》白す間に、其の建御名方神《の》、千引《ちびき》[一八]の石《いは》を手末《たなすゑ》に擎《ささ》げて來て、「誰ぞ我が國に來て、忍《しの》[一九]び忍びに如此《かく》物言ふ。然らば力競《ちからくら》[二〇]べ爲《せ》む。故《かれ》、我先《われさき》に其の御手[二一]を取らむ。」と言ひき。故《かれ》、其の御手を取らしむれば、卽ち[二二]立氷《たちひ》に取り成し、亦劍刃《つるぎば》に取り成しつ。故爾に懼《おそ》りて退《しぞ》[二三]き

当レ奉レ避。吾亦不レ可レ違。」とあって、やや異なる。

一三　記伝に「其船を踏傾けて、天逆手を拍て、其船を青柴垣に成てと云意」と説いている。天の逆手を打つのは呪術の一種、青柴垣は青い柴の垣で神の籠る所、「成し」は化しの意。書紀には「於二海中一、造二八重蒼柴籬一(アヲフシガキ)踏二船枻一(フナヾ)而避之。」とある。避之は身を退く意。

一四　その青柴垣の内に隠れたの意。事代主神の服従と隠退は、出雲の宗教的支配力を天つ神の御子に譲って服従した意である。

一五　かようかように申した。

一六　この外にまた意見を申すべき子があるか。

一七　大国主神の子孫の系譜の中には、見えない神である。旧事本紀には「建御名方神、坐二信濃国諏方郡諏方神社一。」とある。名義は未詳であるが、ミナカタとムナカタ(胸形、宗像)とはもと同語ではあるまいか。

一八　千人もの人が引くほどの大きな岩を、手先に軽々と指し挙げて来て。自分の強力を誇示したのである。

一九　こそこそとそのように物を言っているのは。

二〇　力競べをして、その勝ち負けによって事を決めよう。この力競べは膂力の強弱を競べるのである。

二一　あなた(建御雷神)の御手を摑もう。

二二　摑むと突っ立った氷柱に化し、摑むと剣の刃に化した。建御雷神が刀剣の象徴であることを示す。

二三　引きさがっていた。

一 反対に所望して。
二 若い葦を摑むように摑みつぶして。今昔物語集巻二十三の第十八話と第二十四話に、女の強力譚が載せられているが、前者には「此女ガ強キ事人ニ不レ似ズ。呉竹ヲ取砕ク事、練糸ヲ取ルガ如シ。」とあり、後者には「例ノ女ノ様ニ思ヒテ、質ニ取リ奉リテ候ツルニ、大キナル箭篠ノ節ノ程ヲ、朽木ナドヲ砕ク様ニ手ヲ以テ押砕キ給ツルヲ見給ヘツレバ」とある。
三 信濃国の諏訪湖。
四 御言。父には命、兄には言と書きわけている。
五 建御名方神の服従は、出雲の武力的(政治的)支配力を天つ神の御子に譲って服従した意である。
六 信濃から再び出雲に帰って来て。
七 全くとか尽くの意。万葉巻十七に「天の下すでに覆ひて降る雪の」(三九二三)とある。
八 天照大御神の大御業を受け継ぐことで皇位を指す。書紀持統天皇二年十一月の条に「奉レ誄ニ皇祖等之騰極次第一。礼也。古云ニ日嗣一也。」とある。日嗣は即ち騰極の国訓を注したものと思われる。一説に日嗣は火嗣の意で、家々の聖火を嗣子が継承することから、家督を相続する意となると言われているが、古事記も書紀も万葉もすべて日(継、続、嗣)とあって、火の字を宛てた例は皆無であり、日は甲類、火は乙類の

居。爾欲レ取ニ其建御名方神之手一、乞歸而取者、如レ取ニ若葦一搤[1]批而投離者、卽逃去。故、追往而、迫ニ到科野國之州[2]羽海一、將レ殺時、建御名方神白、恐、莫レ殺レ我。除ニ此地一者、不レ行ニ他處一。亦不レ違ニ我父大國主神之命一。不レ違ニ八重事代主神之言一。此葦原中國者、隨ニ天神御子之命一獻。

故、更且還來、問ニ其大國主神一、汝子等、事代主神、建御名方神二神者、隨ニ天神御子之命一、勿レ違白訖。故、汝心奈何。爾答白之、僕子等二神隨レ白、僕之不レ違。此葦原中國者、隨レ命既獻也。唯僕住所者、如ニ天神御子之天津日繼所レ知之登陀流此三字以レ音。下效レ此。天之御巢一而、於ニ底津石根一宮柱布斗斯理、此四字以レ音。於ニ高天原一氷木多迦斯理多迦斯理四字以レ音。而、治賜者、僕者於ニ百不レ足八十坰[3]手一隱而侍。亦僕子等、百八十神者、卽八重事代主神、爲ニ神之御尾前一而仕奉者、違神者非也。如レ此之白而[4]、於ニ出雲國之多藝志之小濱一、造ニ天之御舍一多藝志三字以レ音。而、水戶神之孫、櫛八玉神、爲ニ膳夫一、獻ニ天御饗一之時、禱白↓

1 批—底・田に「批」、寛に「椛」、前・猪に「批」、眞・春・延に「批」とある。批か批かであろうが、姑く批に従う。字書に批は手擊也、推也、轉也などとあり、批は捽也(手持也)、挙加人也などとある。

2 州—底に「洲」とあるが諸本によって改めた。

3 坰—底・延「坰」、眞「帕」、道・春・猪・寛「垧」、前「均」、田「堣」とある。

4 而—底及び記傳にはこの下に「乃隱也故隨白而」の七字を補っているが、諸本に無いので削った。ただし、この間、何かの誤脱があるかも知れない。

居《を》りき。爾に其の建御名方神《の》の手を取らむと[一]乞ひ歸《かへ》して取りたまへば、[二]若葦《わかあし》を取るが如《ごと》、搤《つか》み批《ひし》ぎて投げ離ちたまへば、卽ち逃げ去《い》にき。故、追ひ往きて、[三]科野《しなのの》國の州羽《すは》の海に迫め到りて、殺さむとしたまひし時、建御名方神《の》白ししく、「恐《かしこ》し。我《あ》をな殺したまひそ。此の地《ところ》を除《お》きては、他處《あだしところ》に行かじ。亦我が父、大國主神《の》の[四]命《みこと》に違《たが》はじ。八重事代主神《の》の言《こと》に違はじ。此の葦原《の》中《つ》國は、天つ神の御子の命の隨《まにま》に獻らむ。」とまをしき。[五]

故《かれ》、[六]更に且《また》還り來て、其の大國主神《の》に問ひたまひしく、「汝《いまし》が子等《こども》、事代主神《の》、建御名方神《の》の二《ふた》はしらの神は、天つ神の御子の命の隨《まにま》に違はじと白しぬ。故、汝が心は奈何《いか》に。」ととひたまひき。爾に答へ白ししく、「僕《あ》が子等《こども》、二はしらの神の白す隨《まにま》に、僕《あ》は違はじ。此の葦原《の》中《つ》國は、命の隨に旣《し》に獻らむ。唯《ただ》僕《あ》が住所《すみか》をば、天つ神の御子の[八]天津日繼《あまつひつぎ》知らしめす[九]登陀流《とだる》此の三字は音を以ゐよ。下は此れに效へ。[一〇]天《あめ》の御巣《みす》如《な》して、底津石根《そこついはね》に宮柱《みやばしら》布斗斯理《ふとしり》、此の四字は音を以ゐよ。高天の原に氷木《ひぎ》多迦斯理《たかしり》多迦斯理の四字は音を以ゐよ。て治《をさ》め賜はば、僕《あ》は[一一]百足《ももた》らず八十坰手《やそくまで》に隱《かく》りて[一二]侍《さもら》ひなむ。亦僕が子等《こども》、[一三]百八十神《ももやそがみ》は、卽ち八重事代主神《の》、[一四]神の御尾前《みをさき》と爲《な》りて仕《つか》へ奉《まつ》らば、違《たが》ふ神は非じ。」とまをしき。如此《かく》白して、出雲國《の》の[一五]多藝志《たぎし》の小濱《をばま》に、[一六]天《あめ》の御舍《みあらか》多藝志の三字は音を以ゐよ。を造りて、[一七]水戸《みなとの》神の孫《ひこ》、[一八]櫛八玉《くしやたまの》神、[一九]膳夫《かしはで》と爲《な》りて、天の御饗《みあへ》を獻りし時に、[二〇]禱《ほ》き白

仮名であるから、火嗣説には従い難い。また記伝の一説に、天津日給で天照大神の給(ツギ)寄さし給う物の意に解しているのも従い難い。

九 記伝には「富足(トダル)の意ならむか」と言い、故安藤正次氏は琉球語のテダ(太陽、日)を活用させたテダルで、太陽の照り輝く意であろうと説かれた。

一〇 記伝には御庖厨の竈所の上の炊煙のたちのぼる処と解しているが、巣は住処の意で、ここは殿舎の意に解すべきであろう。「天の」は美称。

一一 書紀には「百不㆑足之八十隈」とあって、「隈」にクマデの訓注がある。「百足らず」は「八十」の枕詞。八十は数の多いこと。坰手は隈で曲り込んだところ。即ち多くの曲り込んだ所を経て行くかたすみの意で、根の国底の国を指す。

6 大国主神の国譲り

一二 サモラフは伺い待つが本義で、転じて侍す、居るの意となる。

一三 書紀の一書には、大国主神の子は「凡有㆓一百八十一神㆒」とあり、出雲国造神賀詞には、熊野大神、大穴持命の二柱の神を始めて「百八十六社に坐す皇神等」、延喜式神名帳には「出雲国、一百八十七座」とある。

一四 神々の先頭に立ち、殿(しんがり)となって。即ち統率しての意。

一五 今のどこに当るか不明。

一六 「天の」は例の美称。殿舎。

一七 水門の神で河口を掌る神か。

一八 奇八玉で玉の神格化か。

一九 御饌のことを掌る人、料理人。

二〇 言寿ぎ申して。「火を鑽り出でて云ひしく」に係る。

而、櫛八玉神化㆑鵜、入㆓海底㆒、咋㆔出底之波邇㆒、此二字以㆑音。作㆓天八十毘良迦㆒此三字以㆑音。而、鎌㆓海布之柄㆒、作㆓燧臼㆒、以㆓海蕁[1]之柄㆒、作㆓燧杵㆒而、鑚㆔出火㆒云、

是我所㆑燧[2]火者、於[3]㆓高天原㆒者、神產巢日御祖命之、登陀流天之新巢之凝烟訓㆓凝烟㆒云㆓州須㆒。之、八拳垂摩弖燒擧、摩弖二字以㆑音。地下者、於㆓底津石根㆒燒凝而、栲繩之、千尋繩打延、爲㆑釣海人之、口大之尾翼鱸、訓㆑鱸云㆓須受岐㆒。佐和佐和邇、此五字以㆑音。控依騰而、打[4]竹之、登遠遠登遠遠邇、此七字以㆑音。獻㆓天之眞魚咋㆒也。

故、建御雷神、返參上、復㆘奏㆔言向‐和‐平葦原中國㆒之狀㆖。爾天照大御神、高木神之命以、詔㆓太子正勝吾勝勝速日天忍穗耳命㆒、今平㆔訖葦原中國㆒之白。故、隨㆓言依賜㆒降坐而知者[5]。爾其太子正勝吾勝勝速日天忍穗耳命答白、僕者將㆑降裝束之間、子生出。名天邇岐志國邇岐志自㆑邇至㆑志以㆑音。天津日高日子番能邇邇藝命。此子應㆑降也。此御子者、御㆔合高木神之女、萬幡豐秋津師比賣命㆒、↓

1 蕁—道・春には「葦」とある。

2 燧—底・眞・道・春・延「燧」、前・猪・寬・田「燒」。

3 於—前・猪・寬・延にはこの字が無い。

4 打—諸本すべて「打」、ただし道・春には右傍に「折」と注している。また田には「柝」とある。

5 者—底・田・延には「看」とあるが、眞・道・春・前・猪・寬に「者」とあるのに従つて改めた。者は文末の助字。

一 埴、赤土。

二 多くの平瓮。平たい土器。

して、櫛八玉神《の》、鵜《う》に化《な》りて、海《うみ》の底に入り、底の[一]波邇《はに》此の二字は音を以ゐよ。を咋《く》ひ出《い》でて、天の[二]八十毘良迦《やそびらか》此の三字は音を以ゐよ。を作りて、[三]海布《め》の柄《から》を鎌《か》りて、[四]燧臼《ひきりうす》に作り、[五]海蓴《こも》の柄《から》を以《も》ちて[六]燧杵《ひきりぎね》に作りて、火を鑽《き》り出でて云ひしく、

是の我が燧《き》れる火は、高天の原には、神産巣日御祖命《かみむすひのみおやの》の、[七]登陀流《とだる》天《あめ》の新巣《にひす》の凝烟《すす》凝烟を訓みてススと云ふ。の、八拳垂《やつかた》る摩弖《まで》焼き擧《た》げ、摩弖の二字は音を以ゐよ。地《つち》の下《した》は、底津石根《そこついはね》に[八]焼《た》き凝《こ》らして、[九]栲縄《たくなは》の、千尋縄《ちひろなは》打ち延《は》へ、釣《つり》為《せ》し海人《あま》の、[一〇]口大《くちおほ》の、尾《を》翼鱸《はたすずき》、鱸を訓みてスズキと云ふ。[一一]佐和佐和邇《さわさわに》、此の五字は音を以ゐよ。控《ひ》き依《よ》せ騰《あ》げて、[一二]打竹《さきたけ》の、登遠遠登《とををと》遠遠邇《ををに》、此の七字は音を以ゐよ。[一三]天《あめ》の眞魚咋《まなぐひ》、獻る。

といひき。故、建御雷神《の》、返り參上《まゐのぼ》りて、葦原中國《のつ》を言向《ことむ》け和平《やは》しつる状《さま》を、復奏したまひき。

爾に天照大御神、高木神《の》の命以ちて、[一四]太子《ひつぎのみこ》正勝吾勝勝速日天《の》忍穂耳命《の》に詔りたまひしく、「今、葦原中國《のつ》を平《ことむ》け訖《を》へぬと白せり。故、言依《ことよ》さし賜ひし隨《まにま》に、降《くだ》り坐《ま》して知らしめせ。」とのりたまひき。爾に其の太子正勝吾勝勝速日天《の》忍穂耳命《の》、答へ白したまひしく、「僕《あ》は降らむ[一五]装束《よそひ》しつる間に、子生《あ》れ出でつ。名[一六]は天邇岐志國邇岐志《あめにきしくににきし》邇より志までは音を以ゐよ。天津日高日子番能邇邇藝命《あまつひこひこほのににぎの》ぞ。此の子を降すべし。」とまをしたまひき。此の御子は、高木神《の》の女《むすめ》、[一七]萬幡豐秋津師比賣命《よろづはたとよあきづしひめの》に御《み》

三　万葉では海藻をメと訓んでいる。アラメ、ニギメ、ワカメの類。柄は茎、鎌りは刈りの意。

四　錐揉式発火法に用いる小穴のある板。ここは海布(め)の株をそれに見立てたのであろう。

五　和名抄には石蓴(コモ)の一名を海蓴としている。俗に言うアヲサとかホンダハラとか解されているが明らかでない。

六　錐揉式発火法に用いる先の尖った棒。

七　太陽の照り輝く新しい宮殿。

八　火を焼いて凝り固まらしめて。

九　カジの木の皮の繊維で作った白い縄の非常に長い縄を海中に延ばして。延縄(はえなわ)のこと。

一〇　口の大きい、尾や鰭のピンと張ったスズキ。

一一　ざわざわと音をたてて。

一二　記伝に、打竹は拆竹の誤りであろうとしている。破(わ)り竹の簀も撓むほどに。

一三　おさかなの料理。

一四　日嗣の御子の意。

一五　支度。

一六　書紀には「天津彦彦火瓊瓊杵尊」「天津彦火瓊瓊杵尊」「天津彦国光彦火瓊瓊杵尊」「天津彦根火瓊瓊杵根尊」「天国饒石彦火瓊瓊杵尊」「火瓊瓊杵尊」「天饒石国饒石天津彦火瓊瓊杵尊」と種種に伝えられている。天ニキシ国ニキシは未詳。天津日高は天津彦で、虚空津日高(ソラツヒコ)に対する語、前者は言わば天皇に対する尊称であり、後者は皇太子に対する尊称である。日子は彦、番能邇邇芸命は記伝に「穂の丹饒君」で稲穂に因んだ名としているが明らかでない。或いは「穂の饒々(熟々)」で稲穂の熟した意か。

一七　書紀には栲幡千千姫とある。名義未詳。

生子、天火明命。次日子番能邇邇藝命二柱[1]也。是以隨㆓白之㆒、科㆑詔㆓日子番能邇邇藝命㆒、此豐葦原水穗國者、汝將㆑知國、言依賜。故、隨㆑命以可㆓天降㆒。

爾日子番能邇邇藝命、將㆓天降㆒之時、居㆓天之八衢㆒而、上光㆓高天原㆒、下光㆓葦原中國㆒之神、於㆑是有。故爾天照大御神、高木神之命以、詔㆓天宇受賣神㆒、汝者雖㆑有㆓手弱女人㆒、與㆓伊牟迦布神㆒自㆑伊至㆑布以㆑音。面勝神。故、專汝往將㆑問者、吾御子爲㆓天降㆒之道、誰如㆑此而居。故、問賜之時、答白、僕者國神、名猨[2]田毘古神也。所㆓以出居㆒者、聞㆓天神御子天降坐㆒故、仕㆓奉御前㆒而、參向之侍。

爾天兒屋命、布刀玉命、天宇受賣命、伊斯許理度賣命、玉祖命、并五伴緒矣支加而天降也。於㆑是副㆓賜其遠岐斯此三字以㆑音。八尺勾璁、鏡、及草那藝劒、亦常世思金神、手力男神、天石門別神㆒而詔者、此之鏡者、專爲㆓我御魂㆒而、如㆑拜㆓吾前㆒、伊都岐奉。次思金神者、取㆓持前事㆒爲㆑政。此二柱↓

1 二柱―眞・道・春には本文として一行に大字で記している。今、底及び諸本に従って分注とした。

2 猨―眞・道・春には「猿」(猿)とある。

一 記伝には「穗赤熱(ホアカリ)」の意と説いている。

二 天から降る途中にある八道股。ヤチマタは方々へ行く道の分岐点。書紀には「天八達之衢」とある。

三 書紀の一書には「口尻明耀、眼如㆓八咫鏡㆒而、絶然似㆓赤酸醬㆒也。」とある。恐るべき邪眼(evil eye)の光を形容したものであろう。

四 命と言わずに神と言っているのは、この条が宗教的意義の神話だからである。

五 イムカフのイは接頭語、ムカフは敵対する意。敵対する神と相対して。

六 面とむかって気おくれしない神。書紀の一書には「汝是目㆓勝於人㆒者」とある。

七 一筋にとか、ひたすらにとかの意であるが、合《あひ》して、生みませる子、[一]天火明《あめのほあかりの》命。次に日子番能邇邇藝《ひこほのににぎ》命二柱なり。是《ここ》を以ちて白したまひし隨に、日子番能邇邇藝《の》命に詔科《みことおほ》せて、「此の豐葦原《の》水穗《の》國は、汝《いまし》知らさむ國ぞと言依さし賜ふ。故、命の隨に天降るべし。」とのりたまひき。爾に日子番能邇邇藝《の》命、天降りまさむとする時に、[二]天《あめ》の八衢《やちまた》に居《ゐ》て、[三]上《かみ》は高天の原を光《てら》し、下《しも》は葦原中《のつ》國を光《てら》す神、是《ここ》に有り。故爾に天照大御神、高木神《の》の命以ちて、[四]天宇受賣神《の》に詔りたまひしく、「汝《いまし》は手弱女人《たわやめ》にはあれども、[五]伊《い》牟《む》迦《か》布《ふ》神伊より布まで音を以ゐよ。と[六]面勝《おもか》つ神なり。故、[七]專《もは》ら汝往きて問[八]けむは、『吾が御子の天《あ》降《も》り爲《す》る道[九]を、誰ぞ如此《かく》て居る。』とへ。」とのりたまひき。故、問ひ賜ふ時に、答へ白ししく、「僕《あ》は國つ神、名は[一〇]猨田毘古神《さるだびこの》ぞ。出で居る所以《ゆゑ》は、天つ神の御子天降り坐すと聞きつる故《ゆゑ》に、[一一]御前《みさき》に仕《つか》へ奉《まつ》らむとして、[一二]參向《まゐむか》へ侍《さもら》ふぞ。」とまをしき。

爾に天兒屋《あめのこやねの》命、布刀玉《ふとだまの》命、天宇受賣《あめのうずめの》命、伊斯許理度賣《いしとりどめの》命、玉祖《たまのやの》命、并《あは》せて[一三]五伴《いつともの》緒《を》を[一四]支《わか》ち加へて、天降したまひき。是《ここ》に其の[一五]遠岐斯《をきし》此の三字は音を以ゐよ。八尺《やさか》の勾璁《まがたま》、鏡、及《また》草那藝《くさなぎの》劒、亦常世思金《とこよのおもひかねの》神、手力男《たぢからをの》神、[一六]天石門別《あめのいはとわけの》神を副《そ》へ賜ひて、詔りたまひしく、「此れの鏡は、專《もは》ら我が御魂《みたま》として、吾が前《まへ》を拜《いつ》くが如《ごと》伊都岐奉《いつきまつ》れ。[一七]次に思金神《の》は、[一八]前の事を[一九]取り持ちて、政《まつりごと》爲《せ》よ。」とのりたまひき。此の[二〇]二柱

ここは独(ひと)の意。
八 問いただすことは。
九 道なるものをの意。
一〇 サルダは琉球語のサダルがサルダに転じた語で、先導の義。即ち天孫の先導を承ったところからの名であると伊波普猷氏は説かれた。猨(猿)はサの仮名に使われている場合もあるので、猨田はサダで、佐田(佐多)の岬のサダと通じる語であるかも知れない。しかし下の猿女(サルメ)の事と思い合せて、サルダと訓むことにした。なお考うべきであろう。

2 猨田毘古神

一一 御先導をしようと思って。
一二 参り迎えの意。書紀の一書には「奉レ迎相待」とある。
一三 書紀の一書には「五部神」とある。伴または部は同一職業の団体、緒は長の意。
一四 書紀の一書には「使ニ配侍一焉」とある。それぞれの職業を分掌させて天孫に従わしめて。
一五 招きしで、天照大御神を石屋戸から招き出した意。璁と鏡にかかる。
一六 この神は石屋戸の条には見えていない。門を守る岩石の神。別は尊称。
一七 書紀の一書には「吾児視ニ此宝鏡一、当レ猶レ視レ吾。可ニ与同レ床共レ殿、以為ニ斎鏡一。」とあって、護身の鏡として授けられたことになっている。

3 天孫降臨

一八 御魂の御前の事で、天照大御神のし給うまつりごと。神の朝廷(みかど)の政事の意。天皇(すめら)が朝廷の政事に対している。
一九 その事を身に引き受けて執り行って。
二〇 天照大御神の御魂代の鏡と思金神。

神者、拜三祭佐久久斯侶、伊須受能宮一。（自レ佐至レ能以レ音。）次登由宇氣神、此者坐二外宮之度相一神者也。次天石戸別神、亦名謂二櫛石窻神一、亦名謂二豐石窻神一。此神者、御門之神也。次手力男神者、坐二佐那[1]那縣一也。故、其天兒屋命者、（中臣連等之祖。）布刀玉命者、（忌部首等之祖。）天宇受賣命者、（猨女君等之祖。）伊斯許理度賣命者、（作鏡連[2]等之祖。）玉祖命者、（玉祖連等之祖。）

故爾詔二天津日子番能邇邇藝命一而、離二天之石位一、押三分天之八重多那（此二字以レ音。）雲二而、伊都能知和岐知和岐弖、（自レ伊以下十字以レ音。）於二天浮橋一、宇岐士摩理、蘇理多多斯弖、（自レ宇以下十一字亦以レ音。）天三降-坐于竺紫日向之高千穗之久士布流多氣一。（自レ久以下六字以レ音。）故爾天忍日命、天津久米命、二人、取三負天之石靫一、取三佩頭椎之大刀一、取三持天之波士弓一、手三挾天之眞鹿兒矢一、立二御前一而仕奉。故、其天忍日命、（此者大伴連等之祖。）天津久米命、（此者久米直等之祖也。）

於レ是詔之、此地者、向二韓國一、眞三來-通笠沙之御前一而、朝日之直刺國、夕日之日照國也。故、此地甚[3]吉地詔而、於二底津石根一宮柱布斗斯理、於二高天原一氷椽多迦斯理而坐也。

故爾詔二天宇受賣命一、此立二御前一所二仕奉一、猨田毘古大神者、專所二顯申一之汝、送奉。亦其神御名者、汝負仕奉。↓

1 那―底・延には無い。田は「之」、寛は「那」、眞・道・春・前・猪は疊字「ゝ」。
2 作鏡―底・田・延には「鏡作」とあるが、諸本によつて改めた。
3 甚―前・猪・寛には「其」とあるが、諸本に從う。

一 裂釧の意で、五十鈴の枕詞。釧に鈴が多くついていたからであろう。
二 伊勢の皇太神宮である。（内宮）
三 この神も石屋戸の条に見えず、また天孫の陪従の神の中にも見えず、突然にあらわれている。豊受大神（豊は美称、受は食物の意、食物を掌る神）のことである。
四 外宮のある度相（地名）に鎮座されている。
五・六 櫛と豊は美称、石窻は岩真門の意で、門を守る神は岩石と信じられていた。この二神は御門祭の祭神である。
七 御門祭の祝詞に「櫛磐牖、豊磐牖命と御名を申す事は、四方内外の御門に、湯津磐村の如く塞り座して…上より往かば上を護り、下より往かば下を護り…」とある。
八 佐那の県（サナノアガタ）の意。神名帳に伊勢国多気郡、佐那神社とある。
九 書紀に「天磐座、此云二阿麻能以簸矩羅一。」とある。高天の原なる岩石の御座。
一〇 ハナチと訓む説もあるが、ハナレに従う。書紀の一書に「皇孫於レ是脱三離天磐座二」とある。
一一 空に幾重にもたなびいている雲。
一二 書紀には「稜威之道別道別而」とある。威風堂々と道をかきわけかきわけて。
一三 難解の句である。書紀には「自二槵日二上天浮橋一、立二於浮渚在平処一」（立以下にウキジマリタヒラニタタシの訓注がある）とある。ウキジマリは浮渚有りの約言、タタシは立つの敬語立たしであるが、天の浮橋にの「に」が変であり、ソリの意も不明。(其れの転訛の其りとする説もあるが、代名詞ソは乙類の曾の仮名であるのに、ここには甲類の蘇が用いられているから、そう解するわけには行かない。)

一四 クジフルは記伝に霊異(クシ)ぶるの意としているが、クジフルとクシブルは同言であろうか。疑わしい。タケは嶽。南の霧島山とも北の宮崎県臼杵郡高千穂とも言われているが明らかでない。

一五 靫は矢を入れる器、石は堅固な意の美称。

一六 柄頭が塊状をなしている大刀。

一七 書紀には「膂肉之空国(ソジシノムナクニヲ)自㆓頓丘㆒覓㆑国行去(ヒタヲヨリクニマギトホリテ)到㆓於吾田長屋笠狭之碕㆒矣。」とある。これに基づいて記伝には「於㆑是膂肉韓国(ソジシノカラクニヲ)真来通笠沙之御前㆒而(カササノミサキニマギトホリテ)詔之」の誤りとし、韓国は空虚国で即ち書紀の空国の意であると説いている。また田中頼庸は、「是に笠沙の御前に真来通りて詔りたまはく、此の地は韓国に向ひて」と訓んでいる。原文のままでは意が通じない。韓国はやはり朝鮮の意ではあるまいか。真来通りは求ぎ通りで、住むべき地を求めて通る意。

一八 上代人は朝日夕日の照り輝く地を選んで家屋や墓を作った。

一九 天孫が仰せられることには。

二〇 先導をした。

二一 その御名や出て居るわけを問うて明らかにした。

二二 どこへ送るかを明らかにしていない。

二三 名を負うというのは、人名・物名などを取って自分の名とすることの意。

4 猨女の君

の神は、佐《さ》[一]久《く》久《く》斯《し》侶《ろ》、伊《い》[二]須《す》受《ず》能《の》宮 佐より能までは音を以ゐよ。 に拜《いつ》き祭る。次に登《と》[三]由《ゆ》宇《う》氣《けの》神、此《こ》は外宮《とつみや》[四]の度相《わたらひ》に坐す神ぞ。次に天《の》石戸別《の》神、亦の名は櫛石窻《くしいはまどの》[五]神と謂ひ、亦の名は豐石窻《とよいはまどの》[六]神と謂ふ。此の神は御門《みかど》[七]の神なり。次に手力男《の》神は佐那那縣《さななながた》[八]に坐す。故、其の天兒屋《の》命は、中臣連等の祖。布刀玉《の》命は 忌部首等の祖。天宇受賣《の》命は、猨女君等の祖。伊斯許理度賣《の》命は、作鏡連等の祖。玉《の》祖《の》命は、玉祖連等の祖。

故爾に天津日子番能邇邇藝《の》命に詔りたまひて、天《あま》[九]の石位《いはくら》を離《はな》[一〇]れ、天の八重多那《やへたな》[一一] 此の二字は音を以ゐよ。 雲を押し分けて、伊都能知和岐知和岐弖《いつのちわきちわきて》[一二]、伊より以下の十字は音を以ゐよ。 天の浮橋[一三]に宇岐士摩理《うきじまり》、蘇理多多斯弖《そりたたして》、宇より以下の十一字も亦、音を以ゐよ。 竺紫《つくし》[一四]の日向《ひむか》の高千穗《たかちほ》の久士布流多氣《くじふるたけ》 久より以下の六字は音を以ゐよ。 に天降りまさしめき。故爾に天忍日《あめのおしひの》命、天津久米《あまつくめの》命の二人、天の石靫《いはゆぎ》[一五]を取り負ひ、頭椎《くぶつち》[一六]の大刀《たち》を取り佩《は》き、天の波士弓《はじ》を取り持ち、天の眞鹿兒矢《まかこ》を手挾《たばさ》み、御前《みさき》に立ちて仕へ奉りき。故、其の天忍日《の》命、此は大伴連等の祖。 天津久米《の》命 此は久米直等の祖なり。

是《ここ》に詔りたまひしく、「此地《ここ》[一七]は韓國《からくに》に向ひ、笠沙《かささ》の御前《みさき》を眞來通《まきとほ》りて、朝日[一八]の直刺《たださ》す國、夕日の日照る國なり。故、此地《ここ》は甚吉《いとよ》き地《ところ》。」と詔りたまひて、底津石根に宮柱布斗斯理《ふとしり》、高天の原に氷椽多迦斯理《ひぎたかしり》て坐《ま》しき。

故爾に天宇受賣《の》命に詔りたまひしく[一九]、「此の御前《みさき》[二〇]に立ちて仕へ奉りし猨田毘古《の》大神は、專ら顯《あら》[二一]はし申せし汝《いまし》[二二]送り奉れ。亦其の神の御名は、汝負[二三]ひて仕へ奉

是以猨女君等、負二其猨田毘古之男神名一而、女呼二猨女君一之事是也。

故、其猨田毘古神、坐二阿邪訶一此三字以レ音。地名。時、爲レ漁而、於二比良夫貝一自レ比至レ夫以レ音。其手見二咋合一而、沈二溺海鹽一。故、其沈二居底一之時名、謂二底度久御魂一、度久二字以レ音。其海水之都夫多都時名[1]、謂二都夫多都御魂一、自レ都下四字以レ音。其阿和佐久時名、謂二阿和[2]佐久御魂一。自レ阿至レ久以レ音。於レ是送二猨田毘古神一而還到、乃悉追二聚鰭廣物鰭狹物一以問二言汝者天神御子仕奉耶一之時、諸魚皆、仕奉白之中、海鼠不レ白。爾天宇受賣命、謂二海鼠一云、此口乎、不レ答之口而、以二紐小刀一拆二其口一。故、於レ今海鼠口拆也。是以御世[3]、嶋之速贄獻之時、給二猨女君等一也。

於レ是天津日高日子番能邇邇藝能命、於二笠沙御前一、遇二麗美人一。爾問二誰女一、答二白一之、大山津見神之女、名神阿多都比賣、此神名以レ音。亦名謂二木花之佐久夜毘賣一。此五字以レ音。又問下有二汝之兄弟一乎上、答二白[4]我姉石長比賣在一。也↓

1 名―底・田にはこの字があるが諸本には無い。記傳の説に従い、前後の例にならつて補う。

2 阿和―底・田にはこの二字があるが諸本には無い。これも記傳の説に従つて補う。延に「沫」としているのは不可。

3 御世―諸本同じ、ただし田には「御世御世」と下の二字を補つている。また道・春には御世の下に○印を附し、「御世本有之兩書歟」と注している。

4 白―道・春・前・猪・寛・延には「曰」とあるが、底・眞・田に従う。

一 天宇受売命が猨田毘古大神の御名を貰ったので、その子孫の猨女の君どもが、の意。猨女の君は鎮魂祭の歌舞や大嘗祭の前行を奉仕する女性の称。

二 男神の猨という名を貰って、女を猨女の君と呼ぶ事はこれが本(はじめ)である。書紀の一書には「時皇孫、勅二天鈿女命一、汝宜下以二所レ顕神名一為中姓氏上焉。因賜二猿女君之号一。故、猿女君等、男女皆呼為レ君、此其縁也。」とあって伝を異にしている。

三 アザカは伊勢国壱志郡にある地名。

四 今の何貝に当るか未詳。

五 海水。

六 底著く御魂。ドクはヅクと同じ。

七 水粒がぶつぶつとあがる時。

八 水の沫が割れる時。サクは咲く(開く)の意。神名帳に伊勢国壱志郡、阿邪加神社三座とある。

れ。」とのりたまひき。[一]是を以ちて猨女君等《さるめのきみども》、[二]其の猨田毘古の男神《をがみ》の名を負ひて、女《をみな》を猨女《の》君と呼ぶ事是れなり。

故、其の猨田毘古《の》神、[三]阿邪訶《あざか》此の三字は音を以ゐよ。地の名。に坐《ま》す時、漁《いざり》爲《し》て、[四]比良夫貝《ひらぶがひ》比より夫までは音を以ゐよ。に其の手を咋《く》ひ合《あは》さえて、[五]海鹽《うしほ》に沈み溺《おぼ》れたまひき。故、其の底に沈み居《ゐ》たまひし時の名を、[六]底度久《そこどく》御魂《みたま》度久の二字は音を以ゐよ。と謂ひ、其の海水《うしほ》の[七]都夫多都《つぶたつ》時の名を、都夫多都《つぶたつ》御魂都より下の四字は音を以ゐよ。と謂ひ、其の[八]阿和佐久《あわさく》時の名を、阿和佐久《あわさく》御魂阿より久までは音を以ゐよ。と謂ふ。

是《ここ》に猨田毘古《の》神を送りて、[九]還り到りて、乃ち悉《ことごと》に[一〇]鰭《はた》の廣物《ひろもの》、鰭《はた》の狹物《さもの》を追ひ聚《あつ》めて、「汝《な》[一一]は天つ神の御子に仕へ奉らむや。」と問言《と》ひし時に、諸の魚皆「仕へ奉らむ。」と白す中に、海鼠《こ》白さざりき。爾に天宇受賣《の》命、海鼠に云ひしく、「此の口や答へぬ口。」といひて、[一二]紐小刀《ひもかたな》以ちて其の口を拆《さ》きき。故、今に海鼠[一三]の口拆くるなり。是を以ちて御世《みよみよ》、[一四]島の速贄《はやにへ》[一五]獻る時に、[一六]猨女《の》君等《ども》に給ふなり。

5 木花之佐久夜毘売

是《ここ》に天津日高日子番能邇邇藝能《あまつひこひこほのににぎの》命、笠沙《かささ》の御前《みさき》に、麗《うるは》しき美人《をとめ》に遇《あ》ひたまひき。爾に「誰《た》が女《むすめ》ぞ。」と問ひたまへば、答へ白ししく、「大山津見《おほやまつみ》神《の》の女、名は[一七]神《かむ》阿多都比賣《あたつひめ》、[一八]此の神の名は音を以ゐよ。亦の名は[一九]木花之佐久夜毘賣《このはなのさくやびめ》此の五字は音を以ゐよ。と謂ふ。」とまをしき。又「汝《いまし》の兄弟《はらから》有りや。」と問ひたまへば、「我が姉、[二〇]石長比賣《いはながひめ》在《あ》り。」と答

九 文字通りに解すれば、伊勢から笠沙の岬に還りついての意であるが、それではおかしい。記伝には還は罷の誤りとしているが、それも独断である。

一〇 海の大小の魚。

一一 お前たちは皇孫命(すめみまのみこと)に仕えまつるかどうか。即ち御饌の魚となるかどうかの意。

一二 記伝に、紐というのは、懐中におびて下帯に挿す故の名であるとしているが、紐のついた小刀の意ではあるまいか。

一三 動物形態説明説話である。

一四 志摩の国。

一五 贄は諸国から朝廷に貢進するその土地の産物、特に食料品。速贄は初物のニへの意であろう。志摩の国から御贄を貢ることは、内膳式に「諸国貢進御贄、…志摩国御厨、鮮鰒螺、…月別惣五担、雑魚十三担。」とあり、主税式に「凡志摩国供二御贄一潜女卅人。」などと見えている。

一六 この事は他書に見えていない。

一七 神は美称、阿多は薩摩国阿多郡阿多の地に因んだ名。従って阿多の姫の意。書紀には美人の名を鹿葦津姫とし、その別名を神吾田津姫と注している。

一八 神(カム)という訓字があるのに、この神名は音を以ってよめというのはおかしい。

一九 書紀には「木花之開耶姫」とある。サクヤは記伝に咲光映(サキハヤ)の意としているが、ヤは感動の助詞であろう。美人を木の花の咲く美しさに譬えた名。

二〇 磐石が長く変らずにあるに譬えた名。

爾詔、吾欲レ目二合汝一奈何。答下白僕不二得白一。僕父大山津見神将上白。故、乞二遣其父大山津見神一之時、大歡喜而、副二其姉石長比賣一、令レ持二百取机代之物一奉出。故爾其姉者、因二甚凶醜一、見畏而返送、唯留二其弟木花之佐久夜毘賣一以、一宿爲レ婚。爾大山津見神、因レ返二石長比賣一而、大恥、白送言、我之女二並立奉由者、使二石長比賣一者、天神御子之命、雖二雪零風吹一、恒如レ石而、常堅不レ動坐。亦使二木花之佐久夜毘賣一者、如二木花之榮一榮坐、宇氣比弖自レ宇下四字以レ音。貢進。此令[1]レ返二石長比賣一而、獨留二木花之佐久夜毘賣一。故、天神御子之御壽者、木花之阿摩比能微此五字以レ音。坐。故、是以至レ于レ今、天皇命等之御命不レ長也。故、後木花之佐久夜毘賣、參出白、妾妊身、今臨二産時一。是天神之御子、私不レ可レ産。故、請。爾詔、佐久夜毘賣、一宿哉妊。是非二我子一。↓

1 令―田に「今」とあるが、諸本に従う。

へ白しき。爾に詔りたまひしく、「吾汝《あれいまし》に[一]目合《まぐはひ》せむと欲《おも》ふは奈何《いか》に。」とのりたまへば、「僕《あ》は得白《えまを》さじ。僕《あ》が父大山津見神《の》ぞ白さむ。」と答へ白しき。故、其の父大山津見神《の》に、[二]乞ひに遣はしたまひし時、大《いた》く歡喜《よろこ》びて、其の姉石長比賣を副《そ》へ、[三]百取《ももとり》の机代《つくゑしろ》の物を持たしめて、奉《たてまつ》り出《いだ》しき。故爾に其の姉は甚凶醜《いとみにく》きに因《よ》りて、[四]見畏《みかしこ》みて返し送りて、唯其の[五]弟《おと》木花之佐久夜毘賣を留めて、[六]一宿《ひとよ》婚《まぐはひ》爲《し》たまひき。爾に大山津見神《の》、石長比賣を返したまひしに因りて、大《いた》く恥ぢて、白し送りて言ひしく、「我が女二《ふ》たり並《なら》べて立奉《たてまつ》りし由《ゆゑ》は、石長比賣を[七]使はさば、[八]天つ神の御子の命《いのち》は、雪零《ふ》り風吹くとも、恒《つね》に石《いは》の如くに、[九]常《とき》はに堅《かき》はに動かず坐《ま》さむ。亦木花之佐久夜毘賣を使はさば、木《こ》の花の榮ゆるが如《ごと》榮え坐さむと宇氣比弖《うけひて》〈宇より下の四字は音を以ゐよ。〉貢進《たてまつ》りき。此《か》くて石長比賣を返さしめて、獨《ひとり》木花之佐久夜毘賣を留めたまひき。故、天つ神の御子の御壽《みいのち》は、[一〇]木の花の[一一]阿摩比《あまひ》能微《のみ》〈此の五字は音を以ゐよ。〉坐《ま》さむ。」といひき。故、是を以ちて今に至るまで、[一二]天皇命等《すめらみことたち》の御命《みいのち》長くまさざるなり。

故《かれ》、後《のち》に木花之佐久夜毘賣、[一三]參出《まゐで》て白ししく、「妾《あ》は妊身《はら》めるを、今産《う》む時に臨《な》りぬ。是の[一四]天つ神の御子は、[一五]私《わたくし》に産むべからず。故《かれ》、[一六]請《まを》す。」とまをしき。爾に詔りたまひしく、「[一七]佐久夜毘賣、[一八]一宿《ひとよ》にや妊める。是れ我が子には非じ。

一 結婚。書紀の一書には「吾欲ニ以汝為ヒ妻如之何。」とある。
二 所望しに人を遣わされた時。
三 机の上に置く多くの品物の意。聟取りの場合に女の方から男に与えるもの。
四 見て恐れをなして、親元に送り返して。
五 年の若い意で、ここは後世の妹の義。
六 一夜。
七 お側にお使いになるならば。
八 邇邇芸命のみならず、歴代の天皇を指す。
九 常石(イトコ)堅石(イカシ)の意。磐が常に堅く動きなくあるように、いつまでも変らずに。
一〇 木の花のように。
一一 アマヒは明らかではないが、もろくてはかない意か。ノミは助詞でそれだけだの意。ただもろくてはかないだけだ。書紀の一書には「故、磐長姫、大慙而詛之曰、仮使天孫不レ斥レ妾而御者、生児永寿、有レ如ニ磐石之常存一。今既不レ然。唯弟独身御。故、其生児必如ニ木華之移落一。一云、磐長姫、恥恨而唾泣之曰、顕見蒼生者、如ニ木華之俄遷転一、当ニ衰去一矣。此世人短折之縁也。」と伝えている。
一二 天つ神の御子である歴代の天皇は、寿命が長いはずであるのに、長くないのは大山津見神のウケヒに因るの意。
一三 邇邇芸命の所に参り赴いて。
一四 この「天つ神の御子」は、天つ神を父とする御子の意で、天照大神の御子(歴代の天皇)の意ではない。後者は「天神御子」と記し、これは「天神之御子」と記して書き分けている。
一五 公の反対。こっそりひとりで。
一六 事情を申上げる。
一七 佐久夜毘売よ、お前はの意。
一八 ただ一夜の交わりで妊娠したのか。

必國神之子。爾答白、吾妊之子、若國神之子者、産[1]不レ幸。若天神之御子者幸。卽作ニ無レ戸八尋殿一、入ニ其殿內一、以レ土塗塞而、方ニ産時一、以レ火著ニ其殿一而産也。故、其火盛燒時、所レ生之子名、火照命。此者隼人阿多君之祖。次生子名、火須勢理命。須勢理三字以レ音。次生子御名、火遠理命。亦名、天津日高日子穗穗手見命。三柱

故、火照命者、爲ニ海佐知毘古一此四字以レ音。下效レ此。而、取ニ鰭廣物、鰭狹物一、火遠理命者、爲ニ山佐知毘古一而、取ニ毛麤物、毛柔物一。爾火遠理命、謂下其兄火照命、各相ニ易佐知一欲上レ用、三度雖レ乞、不レ許。然遂纔得ニ相易一。爾火遠理命、以ニ海佐知一釣レ魚、都不レ得ニ一魚一、亦其鉤失レ海。於レ是其兄火照命、乞ニ其鉤一曰、山佐知母、己之佐知佐知、海佐知母、己之佐知佐知、今各謂レ返ニ佐知一之時、佐知二字以レ音。其弟火遠理命答曰、汝鉤者、釣レ魚不レ得ニ一魚一、遂失レ海。然其↓

1 産—眞・道・春・延には「産時」とある。

一 無事ではあるまい。

二 出入口の無い大きな家。書紀には「無戸室《ウツムロ》」とある。

三 「火の盛りに焼ゆる時に」は、以下の三柱にすべて係る語であろう。然るに書紀には「始起烟末、生出之児…次避レ熱居、生出之児」、「焰初起時、共生児…次火盛時、生児」、「初火燄明時、生児…次火炎盛時、生児…次避ニ火炎一時、生児」、「其火初明時…次火盛時…次火炎衰時…次避ニ火熱一時」などと、火のありさまを書き分けている。

四 火が燃え初めて明るくなったのに因んだ名。書紀には「火明命」とある。ただし本来は稲穂に因んだ名(穂照命)であろうと思われる。

五 隼人《はやびと》は九州南部にいた異民族。京に上って宮門の守護に任じた(海幸山幸の条参照)。阿多は地名で和名抄に薩摩国阿多郡阿多郷とある。「君」は姓《かばね》。書紀には火蘭降命《ホノスソリノミコト》を「是隼人等始祖也」としてある。

必ず國つ神の子ならむ。」とのりたまひき。爾に答へ白ししく、「吾が妊みし子、若《も》し國つ神の子ならば、產むこと[一]幸《さき》からじ。若し天つ神の御子ならば、幸《さき》からむ。」とまをして、卽ち[二]戶無き八尋殿《やひろどの》を作りて、其の殿の內に入り、土を以ちて塗り塞《ふた》ぎて、產む時に方《あた》りて、火を其の殿に著けて產みき。故、其の[三]火の盛《さか》りに燒《もゆ》る時に生める子の名は、[四]火照命《ほでりのみこと》。[五]此は隼人阿多君の祖。次に生める子の名は、[六]火須勢理命《ほすせりのみこと》。須勢理の三字は音を以ゐよ。次に生める子の御名は、[七]火遠理命《ほをりのみこと》。亦の名は[八]天津日高日子穗穗手見命《あまつひこひこほほでみのみこと》。三柱

火遠理命

1 海幸彦と山幸彦

故、火照命《ほでりのみこと》は[九]海佐知毘古《うみさちびこ》此の四字は音を以ゐよ。下は此れに效へ。と爲《し》て、[一〇]鰭《はた》の廣物《ひろもの》、鰭《はた》の狹物《さもの》を取り、火遠理命《ほをりのみこと》は[一一]山佐知毘古《やまさちびこ》と爲《し》て、[一二]毛《け》の麤物《あらもの》、毛《け》の柔物《にこもの》を取りたまひき。爾に火遠理命、其の兄火照《の》命に、「[一三]各《おのおの》佐知《さち》を相易《あひか》へて用ゐむ。」と謂ひて、三度《みたび》乞ひたまへども、許さざりき。然れども遂に纔《わづ》かに相易《あひか》ふることを得たまひき。爾に火遠理《の》命、[一四]海佐知《うみさち》を以ちて魚釣らすに、[一五]都《かつ》て一つの魚も得たまはず、亦其の鉤《つりばり》を海に失ひたまひき。是《ここ》に其の兄火照《の》命、其の鉤を乞ひて曰ひしく、「[一六]山佐知も、[一七]己《おの》が佐知佐知、海佐知も、己が佐知佐知。今は各佐知《さち》返さむ。」と謂ひし時に、佐知の二字は音を以ゐよ。其の弟《おと》火遠理《の》命、答へて曰《の》りたまひしく、「汝《いまし》の鉤は、魚釣りしに一つの魚も得ずて、遂に海に失ひつ。」とのりたまひき。然れども其

六 火が燃え進むのに因んだ名。書紀の一書に「次火炎盛時生兒、火進命。又曰㆓火酸芹命。㆒」とある。ただし本来はやはり稲穂に因んだ穂進みの意であろう。

七 火が折れくずれて火勢の弱まるのに因んだ名。書紀には火折尊とも火折彦火火出見尊とも記し、火炎(熱)を避ける時に生まれたとある。これも元来は稲穂が折れ撓むほど実るのに因んだ名であろう。

八 天津日高は日の御子の尊称、日子は男性の意、穂穂手見は明らかでないが、多くの稲穂の出るのを見る意か。見は実の意の仮名ではない。

九 書紀に「幸、此云㆓佐知。㆒」とある。幸はここでは獲物の意で、海幸彦は海の獲物を取る男、即ち漁夫(海人)と同じ意である。

一〇 海の大小の魚。

一一 山の獲物を取る男、即ち狩人と同じ意である。

一二 記伝には「諸獣を云る古の雅言」とあるが、鳥や獣の意ではあるまいか。尤も書紀の一書には「持㆓弟之幸弓㆒入㆑山覓㆑獸」とあるから、或いは獣だけを意味する語かも知れない。

一三 このサチは獲物を取る道具の意である。

一四 海の獲物を取る道具の意で、書紀の一書には「幸鉤」、本文には「釣鉤」とある。

一五 全く。

一六 山の獲物を取る道具の意で、書紀の一書には「幸弓」、本文には「弓箭」とある。

一七 各自の、銘々の。ここは「弓矢も釣針も各自の道具であるから、もはやお互にもと通り道具を返そう」の意である。

兄強乞徵。故、其弟破二御佩之十拳劍一、作二五百鉤一、雖レ償不レ取。亦作二一千鉤一、雖レ償不レ受、云二猶欲レ得二其正本鉤一。於レ是其弟、泣患居二海邊　之時、鹽椎神來、問曰、何虛空津日高之泣患所由。答言、我與レ兄易レ鉤而、失二其鉤一。是乞二其鉤一故、雖レ償二多鉤一、不レ受、云二猶欲レ得二其本鉤一。故、泣患之。爾鹽椎神、云下我爲二汝命一、作中善議上、卽造二无間勝間之小船一、載二其船一以教曰、我押二流其船一者、差暫往。將レ有二味御路一。乃乘二其道一往者、如二魚鱗一所レ造之宮室、其綿津見神之宮者也。到二其神御門一者、傍之井上、有二湯津香木一。故、坐二其木上一者、其海神之女、見相議者也。訓二香木一云二加都良一。木。故、隨レ教少[1]行、備如二其言一、卽登二其香木一以坐。爾海神之女、豐玉毘賣之從婢、持二玉器一將レ酌レ水之時、於レ井有レ光。仰見者、有二麗壯夫一。訓二壯夫一云二遠登古一。下效レ此。↓

1 少—底・延・寛・猪・前には「小」とあるが、眞・道・春・田に「少」とあるのに従つて改めた。

一 無理に乞い求めた。書紀には「乞二己釣鉤一」。同一書には「兄還二弟弓矢一、而責二己鉤一。」とある。
二・三 書紀には「以二其横刀一鍛二作新鉤一、盛二一箕一而与之。」とある。
四 やはり正真正銘のもとの釣針を貰いたい。
五 塩は潮の意、椎は野椎神の椎と同じく威力あるものの尊称。潮路を掌る神の意であろう。書紀には「塩土老翁」とある。
六 皇太子に相当する日の御子の尊称。日の御子が泣き悲しんでいらっしゃるわけは、どういうわけですかの意。
七 以下表現が不十分であるが、「私と兄とが弓矢と釣針を取りかえて、私はその釣針をなくしてしまったの意。書紀には単に「対以二事之本末一。」とある。
八 よい工夫をしましょうの意。
九 書紀には「無目籠」、同一書には「老翁即取二嚢中玄櫛一、投レ地則化二成五百箇竹林一。因取二其竹一作二大目麁籠一。」とあり、また「以二無目堅間一為二浮木一、…所謂堅間、是今之竹籠也。」とある。目が堅くつまった竹籠の小舟の意。今もヴェトナムのハイ・ニュイ部落では、細い竹で編んだお椀型の小舟が用いられている。舟底にはヤシの油を塗り、小さい櫂で、すいすい漕ぎまわるそうである(三〇年六月、朝日新聞)。
一〇 すこし。
一一 書紀には「可怜小汀」とある。御路は潮路の意。よい潮路。
一二 乗り入れの意であろう。その潮路に小舟を乗り入れて(潮の流れに随って)。

2 海神の宮訪問

の兄強《あなが》[一]ちに乞ひ徴《はた》りき。故、其の弟、御佩《みはかし》の十拳劒《とつかつるぎ》を破りて、五百鉤《いほはり》[二]を作りて、償《つぐの》ひたまへども取らず。亦一千鉤《ちはり》[三]を作りて、償ひたまへども受けずて、「猶《なほ》[四]其の正本《もと》の鉤を得む。」と云ひき。

是《ここ》に其の弟、泣き患《うれ》ひて海邊《うみべ》に居《ゐ》まし時に、鹽椎神《しほつちの》[五]來て、問ひて曰《い》ひしく、「何《いか》にぞ虚空津日高《そらつひこ》[六]の泣き患ひたまふ所由《ゆゑ》は。」といへば、答へて言《の》りたまひしく、「我[七]と兄と鉤を易へて、其の鉤を失ひつ。是《ここ》に其の鉤を乞ふ故に、多くの鉤を償へども受けずて、『猶其の本《もと》の鉤を得む。』と云ひき。故、泣き患ふぞ。」とのりたまひき。爾に鹽椎神《の》、「我《あれ》、汝命《いましみこと》の爲《ため》に善き議《ことはかり》[八]を作《な》さむ。」と云ひて、即ち无間勝間《まなしかつま》[九]の小船《をぶね》を造り、其の船に載《の》せて、教へて曰ひしく、「我《あれ》其の船を押し流さば、差暫《ややしま》[一〇]し往《い》でませ。味《うま》[一一]し御路《みち》有らむ。乃ち其の道に乘[一二]りて往でまさば、魚鱗《いろこ》[一三]の如《ごと》造れる宮室《みや》、其れ綿津見神《わたつみの》[一四]の宮ぞ。其の神の御門《みかど》に到りましなば、傍《かたへ》の井《ゐ》[一五]の上《へ》に湯津香木《ゆつかつら》[一六]有らむ。故、其の木の上に坐《ま》さば、其の海神《わたの》の女《むすめ》、見て相議《あひはか》[一七]らむぞ。」といひき。香木を訓みてカツラと云ふ。木。

故、教の隨《まにま》に少し行きまししに、備《つぶ》さに其の言《こと》の如くなりしかば、即ち其の香《かつ》木《ら》に登りて坐《ま》しき。爾に海神《わたの》の女、豊玉毘賣《とよたまびめ》[一八]の從婢《まかだち》[一九]、玉器《たまもひ》[二〇]を持ちて水を酌《く》まむとする時に、井に光《かげ》[二一]有りき。仰ぎ見れば、麗しき壯夫《をとこ》壯夫を訓みてヲトコと云ふ。下は此れに效へ。有りき。

一三　記伝に「殿門など数多並立連りて見ゆる状を譬へたるなるべし。」と言い、宇津保物語に「四面四町の殿に、面ごとに御門を建て、いろこの如くに造り重ねたるおとどに云々」とあるのも、物の稠く重なり連なっているさまの譬であると言っている。しかしこれは宣長も疑っているように、楚辞の九歌の河伯篇に「魚鱗屋兮竜堂」とあるのに基づいたものかも知れない。その注に「河伯所レ居、以二魚鱗一蓋レ屋、堂画二蛟竜文一。」とある。書紀には「其宮也、雉堞整頓、台宇玲瓏」、同一書にも「其宮也、城闕崇華、楼台壮麗」とある。

一四　海神。書紀の一書には「海神豊玉彦」とある。

一五　泉のほとり。書紀の一書には「井辺」とある。

一六　枝葉の繁っている楓。

一七　相談するであろう。相談相手になる意。

一八　豊は美称。玉は魂で神霊のよる意。神霊のよりますおとめ(あれおとめ)の意で名づけられたもの。

一九　記伝にマヘコラタチ(前子等等)を略いた語と言っているが明らかでない。下女。

二〇　玉は美称、モヒは飲料水の意にも、それを入れる器の意にも用いられる。書紀には「玉鋺」「玉壺」「玉瓶」などとある。

二一　書紀の一書に「俯視二井中一、則倒二映人笑之顔一。」とか、「正見三人影在二於井中一二」とかあるのによって、記伝には人影の意にとっている。そうも見られるが、ここは日の神の御子として、文字通り光がさしていたと見る方が穏やかではあるまいか。

以‐爲㆓甚異奇㆒。爾火遠理命、見㆓其婢㆒、乞㆑欲㆑得㆑水。婢乃酌㆑水、入㆓玉器㆒貢進。爾不㆑飲㆑水、解㆓御頸之璵㆒、含㆑口唾‐入㆓其玉器㆒。於㆑是其璵著㆑器、婢不㆑得㆑離㆑璵。故、璵任㆑著以進㆓豐玉毘賣命㆒。爾見㆓其璵㆒、問㆑婢曰、若人有㆓門外㆒哉。答曰、有㆑人坐㆓我井上香木之上㆒。甚麗壯夫也。益㆓我王㆒而甚貴。故、其人乞㆑水故、奉㆑水者、不㆑飲㆑水、唾‐入㆓此璵㆒。是不㆑得㆑離。故、任㆑入將來而獻。爾豐玉毘賣命、思㆑奇、出見、乃見感、目合而、白㆓其父㆒曰、吾門有㆓麗人㆒。爾海神自出見、云㆓此人者、天津日高之御子、虛空津日高矣㆒。卽於㆑內率入而、美智皮之疊敷㆓八重㆒、亦絁疊八重敷㆓其上㆒、坐㆓其上㆒而、具㆓百取机代物㆒、爲㆓御饗㆒、卽令㆑婚㆓其女豐玉毘賣㆒。故、至㆓三年㆒、住㆓其國㆒。

於㆑是火遠理命、思㆓其初事㆒而、大一歎。故、豐玉毘賣命、聞㆑其歎㆒以、白㆓其父㆒言、三年雖㆑住、恒↓

甚異奇《いとあや》しと以爲《おも》ひき。爾に火遠理命《の》、其の婢《まかだち》を見て、水を得まく欲《ほ》しと乞ひたまひき。婢乃ち水を酌みて、玉器に入れて貢進《たてまつ》りき。爾に水を飲まさずて、御《み》一頸《くび》の璵《たま》を解きて口に含《ふふ》みて、其の玉器に唾《つば》二き入れたまひき。是《ここ》に其の璵、器《もひ》に著きて、婢璵を得離《えはな》たず。故、璵著ける任《まにま》に豐玉毘賣命《の》に進《たてまつ》りき。爾に其の璵を見て、婢に問ひて曰ひしく、「若《も》三し人、門《かど》の外《と》に有りや。」といへば、答へて曰ひしく、「人有りて、我が井の上《へ》の香木《かつら》の上《うへ》に坐《ま》す。甚《いと》麗しき壯夫《をとこ》ぞ。我が四王《きみ》に益《ま》して甚《いと》貴し。故、其の人水を乞はす故に、水を奉れば、水を飲まさずて、此の璵を唾き入れたまひき。是れ得離《えはな》たず。故、入れし任《まにま》に將《も》ち來て獻りぬ。」といひき。爾に豐玉毘賣命《の》、奇《あや》しと思ひて、出で見て五、乃ち見感《みめ》六でて、目合《まぐはひ》七して、其の父に白ししく、「吾が門《かど》に麗しき人有り。」とまをしき。爾に海神《の》、自ら出で見て、「此の人は、天津日高《あまつひこ》の御子、虚空津日高《そらつひこ》八ぞ。」と云ひて、卽ち内に率《ゐ》て入りて、美智《みち》九の皮の疊八重《やへ》一〇を敷き、亦絁疊《きぬだたみ》一一八重を其の上に敷き、其の上に坐《ま》せて、百取《ももとり》一二の机代《つくゑしろ》の物を具《そな》へ、御饗《みあへ》爲て、卽ち其の女豐玉毘賣を婚《まぐはひ》せしめき。故、三年《みとせ》に至るまで其の國に住み一三たまひき。

是《ここ》に火遠理命《の》、其の初め一四の事を思ほして、大きなる一歎《なげき》一五したまひき。故、豐玉毘賣命《の》、其の歎を聞かして、其の父に白言《まを》ししく、「三年《みとせ》住みたまへども、恒《つね》は

一 首飾りの玉を、緒から外して。
二 唾と共にぱっと吐き入れられた。一種の呪術で、唾液の呪力によって玉を器にくっつけたのである。
三 もしや誰か門の外にいるのではないか。
四 海神を指す。記伝に「王字を書るは、仏書の海竜王を思へるにや。」とある。書紀の一書には「吾謂二我王独能絶麗一、今有二一客一、弥復遠勝。」とある。
五 門の外に出て見て。
六 見てほれぼれして。
七 目くばせして。互に心を通わせ合う意。
八 書紀の一書に「若従レ天降者、当レ有二天垢一。従レ地来者、当レ有二地垢一。実是妙美之虚空彦者歟。」とあるのが参考となる。
九 書紀の一書に「海驢、此云二美知一。」とある。アシカのこと。その毛皮は昔から敷物に用いられている。
一〇 敷物の意。
一一 絹製の敷物。
一二 書紀の一書には「設二饌百机一」とある。
一三 同棲されたの意。
一四 書紀には「猶有レ憶レ郷之情。故時復太息。」、同一書にも「豊玉姫問曰、天孫豈欲レ還二故郷一歟。対曰、然。」とあるのによって、記伝には「ただ本国を恋しく所念看なり。」と言っているが、「初の事」とは、釣鉤をなくしてそれを探しに来たことの意である。
一五 ためいき。「一」は漢文風にそえた文字。

3 火照命の服従

無レ歎、今夜爲二大一歎一。若有二何由一。故、其父大神、問二其聟夫一曰、今旦[1]聞二我女之語一、云三三年雖レ坐、恒無レ歎、今夜爲二大歎一。若有レ由哉。亦到二此間一之由奈何。爾語下其大神、備如中其兄罰二失鉤一之狀上。是以海神、悉召二集海之大小魚一問曰、若有下取二此鉤一魚上乎。故、諸魚白之、頃者、赤海鯽魚、於レ喉鯁、物不レ得レ食愁言。故、必是取。於レ是探二赤海鯽魚之喉一者、有レ鉤。卽取出而淸レ洗、奉二火遠理命一之時、其綿津見大神誨曰之、以二此鉤一給二其兄一時、言狀者、此鉤者、淤煩鉤、須須鉤、貧鉤、宇流鉤、云而、於二後手一賜。淤煩及須須亦宇流六字以レ音。然而其兄、作二高田一者、汝命營二下田一。其兄作二下田一者、汝命營二高田一。爲レ然者、吾掌レ水故、三年之間、必其兄貧窮。若恨二怨其爲レ然之事一而、攻戰者、出二鹽盈珠一而溺。若其[2]愁請者、出二鹽乾珠一而活、如レ此令二惚[3]苦一云、↓

一 実は昨夜の意であるが、その夜が明けて後も、なお今夜といった例が諸書に散見している。

二 もしや何かのわけがあるのではありませんか。 三 海神の宮。書紀では最初殿内に招じた時に、その来意をたずねたことになっている。

四 その兄が、なくなってしまった釣針をもどせと責め立てた事情を、詳細に語られた。

五 記伝にはこの訓みを否定して、ハタノヒロモノハタノサモノと訓んでいるが、橋本進吉博士の「とほしろし」考によって、トホシロクチヒサキウヲと訓むことにした。 六 書紀の一書には「赤女久有二口疾一」とある。コノゴロと言うよりヒサシクとある方が合理的である。

七 鯛である。鯽はフナ、その上に海の字を冠すると、海のフナ、即ちチヌ(黒鯛)となり、更にその上に赤の字を冠すると、黒鯛の形で色の赤いもの、即ち鯛の意となる。下の魚の字はそえ字。赤海鯽魚は万葉の戯書の先駆とも見られるものである。書紀には「赤女」「赤鯛」「口女」「鯛女」などと伝え、「赤女、鯛魚名也。」と注している。

八 和名抄に「唐韻云、鯁、魚刺在レ喉。」とあって「乃岐」の訓があり、説文には「魚骨也」と注している。咽喉に刺さった魚の骨であるが、ここは何かがのどに刺さっているのである。

九 おっしゃる事は。呪詛する意である。

一〇 書紀の一書には「貧窮之本、飢饉之始、困苦之根。」「貧鉤、滅鉤、落薄鉤。」「大鉤、踉蹡鉤、貧鉤、癡騃鉤。」「貧鉤、狭々貧鉤。」などとあるが、本文には「貧鉤」一つだけである。

一一 書紀の一書の「大鉤」に当る。大は大の意ではなく、オホの語を表わした当て字。万葉にはオホホシク(オボホシク)の語に「欝」「欝悒」「不明」「不清」などの字を当て、オホニの語に

1 旦—底・延・寛・猪・前には「且」とあるが、眞・道・春によつて改めた。

2 其—眞・道・春には「甚」とあるが、諸本に從う。

3 惚—底「偬」、田「惱」、延・寛「揔」、眞・前・猪「惣」、道・春「惚」と區々である。前にも述べたように「惚」は「惱」の俗字であるが、字形から見て「惚」に改めた。

歎かすことも無かりしに、今夜《こよひ》[一]大きなる一歎《なげき》為《し》たまひつ。若《も》[二]し何の由《ゆゑ》有りや。」とまをしき。故、其の父の大神、其の聟夫《むこ》に問ひて曰《い》ひしく、「今旦《けさ》我が女の語るを聞けば、『三年坐《ま》せども、恒は歎かすことも無かりしに、今夜《こよひ》大きなる歎為《し》たまひつ。』と云ひき。若し由《ゆゑ》有りや。亦此間《ここ》[三]に到《き》ませる由《ゆゑ》は奈何《いか》に。」といひき。爾に其の大神に、備《つぶさ》[四]に其の兄の失せにし鉤を罰《はた》りし狀《さま》の如く語りたまひき。是を以ちて海神《の》、悉に海の大小魚《とほしろくちひさきうを》[五]どもを召《よ》び集めて、問ひて曰ひしく、「若し此の鉤を取れる魚有りや。」といひき。故、諸の魚ども白ししく、「頃者《このごろ》[六]、赤《た》[七]海鯽魚《ひ》、喉《のみど》に鯁《のぎ》[八]ありて、物得食《えく》はずと愁ひ言へり。故、必ず是れ取りつらむ。」とまをしき。是《ここ》に赤《た》海鯽魚《ひ》の喉《のみど》を探《さぐ》れば、鉤有りき。即ち取り出でて、洗ひ清《す》まして、火遠理命《の》に奉りし時に、其の綿津見大神《の》誨《をし》へて曰《い》ひしく、「此の鉤を、其の兄に給はむ時に、言《の》[九]りたまはむ狀《さま》は、『[一〇]此の鉤は、淤煩鉤《おぼち》[一一]、須須鉤《すすち》[一二]、貧鉤《まぢち》[一三]、宇流鉤《うるち》[一四]。』と云ひて、後手《しりへで》[一五]に賜へ。淤煩及須須亦宇流の六字は音を以ゐよ。然《しか》して其の兄、高田《あげた》[一六]を作らば、汝命《いましみこと》は下田《くぼた》[一七]を營《つく》りたまへ。其の兄、下田を作らば、汝命は高田を營りたまへ。然為《しかし》たまはば、吾《あれ》[一八]水を掌《し》れる故に、三年の間、必ず其[一九]の兄貧窮《よづ》しくあらむ。若し其れ然為《しかし》たまふ事を恨怨《うら》みて攻《せ》め戰《たたか》はば、鹽盈珠《しほみつたま》[二〇]を出して溺らし、若し其れ愁《うれ》ひ請《まを》さば、鹽乾珠《しほふるたま》[二一]を出して活《い》かし、如此《かく》惱《なや》まし苦しめたまへ。」と云ひて、

「欝」「踈」、オボツカナシの語に「欝束無」の字を当てているのを参考すれば、このオホ(オボ)は、不分明、心のふさがる意で、記伝に「愁思ふことの有て、心の晴せぬ意」とあるのはよい。心のふさがる鉤。

一二　書紀の一書の「踉蹡之鉤、此云須須能美膩。」に当る。踉蹡はあわてて行くさま。新撰字鏡には「猖獗」を同じく「須々乃弥」と訓んでいるが、猖獗はたけりくるうさまをいう。従って記伝に「ここの須々も、進みすすろぎて荒ぶる意」とあるのはよい。心のたけり狂う鉤の意。

一三　書紀も同じ。貧乏な鉤。

一四　書紀の一書の「癡騃鉤、此云于楼該膩。」とあるウルケヂに当る。癡も騃も愚かの意。愚かな鉤。以上は、この鉤を持った者は、その鉤のように、心がふさぎ、心がたけり狂い、貧乏になり、愚かになるという呪詛である。

一五　人を呪う行為の一つである。

一六　タカダと訓んでもよい。高い所にあって乾燥している田。

一七　シモダと訓んでもよい。低い所にあって水の多い田。書紀の一書には「洿田」とある。

一八　古く海神が水を自在に支配していたという信仰があった。万葉巻十八、家持の歌に「…あしひきの、山のたをりに、この見ゆる、天の白雲、わたつみの、沖つ宮辺に、立ち渡り、との曇り合ひて、雨も賜はね」(四一二三)と海神に雨を乞うているのも、そうした信仰からである。

一九　兄が高田を作れば、水を与えずに稲を枯死させ、反対に下田を作れば、雨を多く降らせて稲を腐らせ、三年間は収穫がないようにして貧乏にする意。

二〇・二一　書紀には「潮満瓊」「潮涸瓊」とある。海水の干満を自由にする呪力のある玉。

授二鹽盈珠、鹽乾珠、幷兩箇一、卽悉召二集和邇魚一問曰、今、天津日高之御子、虛空津日高、爲レ將レ出二幸上國一。誰者幾日送奉而覆奏。故、各隨二己身之尋長一限レ日而白之中、一尋和邇白、僕者、一日送、卽還來。故爾告下其一尋和邇、然者汝送奉。若渡二海中一時、無上レ令二惶畏一。卽載二其和邇之頸一送出。故、如レ期一日之內送[1]奉也。其和邇將レ返之時、解二所レ佩之紐小刀一、著二其頸一而返。故、其一尋和邇者、於レ今謂二佐比持神一也。

是以備如二海神之敎言一、與二其鉤一。故、自レ爾以後、稍‐兪貧、更起二荒心一迫來。將レ攻之時、出二鹽盈珠一而令レ溺、其愁請者、出二鹽乾珠一而救、如レ此令二惚苦一之時、稽首白、僕者自レ今以後、爲二汝命之晝夜守護人一而仕奉。故至レ今、其溺時之種種之態、不レ絕仕奉也。

於レ是海神之女、豐玉毘賣命、自參出白之、妾已妊身、今↓

1 送奉也―眞・延には「也」の字が無く、道・春には「送之」とあるが、底はじめ諸本に従う。

一 鮫のこと。書紀の一書には「鰐魚」とある。

二 葦原の中つ国を指す。海神の宮は海底(下つ国)にあると信ぜられていたので、葦原の中つ国を上つ国といったのである。

三 銘々自分の身長に随って日を限って申す中に。書紀の一書には「諸鰐魚、各隨二其長短一、定二日数一。」とある。

四 一尋だから一日というのである。この一日は最短時間を意味していて、「一瞬」ともいうべき時間である。浦島子の伝説参照。

五 約束した通りに。

六 書紀では神武の巻に、「海中卒遇二暴風一。皇舟漂蕩。時稲飯命乃歎曰、嗟乎、吾祖則天神、母則海神。如何厄二我於陸一、復厄二我於海一乎。言訖乃抜レ剣入レ海、化二為鋤持神一。」とあって、伝を異にしている。サヒに鋤の字が当てられているが、サヒは刀剣を意味する語であって、紐小刀や剣と関係づけられていることを見ても明らかであろう。書紀に見える推古天皇の歌に「馬ならば、日向の駒、大刀ならば、呉のまさひ」とあるが、馬―駒、大刀―まさひ、の関係を見鹽盈珠、鹽乾珠幷《あは》せて兩箇《ふたつ》を授けて、卽ち悉に和邇《わ》[一]魚《に》どもを召《よ》び集めて、問ひて曰ひしく、「今、天津日高《あまつひこ》の御子、虛空津日高《そらつひこ》、上《うは》[二]つ國に出《い》幸でまさむと爲《し》たまふ。誰は幾日《いくか》に送り奉りて、覆奏《かへりごとまを》すぞ。」といひき。故、各[三]己が身の尋《ひろ》長《たけ》の隨に、日を限りて白す中に、一尋和邇《ひとひろわに》白ししく、「僕《あ》は一日《ひとひ》[四]に送りて、卽ち還り來む。」とまをしき。故爾に其の一尋和邇に、「然らば汝《なれ》送り奉れ。若し海中《わたなか》を渡る時、な惶畏《かしこ》ませまつりそ。」と告《の》りて、卽ち其の和邇の頸に載せて、送り出しき。故、期《ちぎ》[五]りしが如《ごと》、一日《ひとひ》の內に送り奉りき。其の和邇を返さむとせし時、佩《は》かせる紐小刀《ひもかたな》を解きて、其の頸に著けて返したまひき。故、其の一尋和邇は、今に佐《さ》[六]比《ひ》持《もちの》神と謂ふ。

是《ここ》を以《も》ちて備《つぶさ》に海神《の》の教へし言《こと》の如くして、其の鉤を與へたまひき。故、爾《そ》れより以後《のち》は、稍《やや》[七]兪《や》に貧しくなりて、更[八]に荒き心を起して迫め來ぬ。攻めむとする時は、鹽盈珠を出して溺らし、其れ愁ひ請《まを》せば、鹽乾珠を出して救ひ、如此《かく》惚《なや》まし苦しめたまひし時に、稽《の》[九]首《みまを》白ししく、「僕《あ》は今より以後《のち》は、汝命《いましみこと》[一〇]の晝夜《ひるよる》の守護人《まもりびと》と爲《な》りて仕へ奉らむ。」とまをしき。故、今に至るまで、其の溺[一一]れし時の種種《くさぐさ》の態《わざ》、絶えず仕へ奉るなり。

4 鵜葺草葺不合命

是《ここ》に海神《の》の女、豐玉毘賣命《の》、自ら參出《まゐで》[一二]て白ししく、「妾《あ》は已《すで》に妊身《はら》めるを、今

れば、サヒ（マは美称）が刀剣を意味していることが知られよう。一尋わに（鮫）を刀持の神としたのは、漁夫の鮫に対する畏怖の念に基づく神格化ではあるまいか。

七　次第々々に貧しくなって。「貧鉤」と呪詛したことの効験である。

八　鉤を返せと言って責めた時よりも、一層狂暴な心を起して。「須須鉤」と呪詛したことの効験。

九　頓首や叩頭と同じで、「拝頭叩㆑地」の意である。崇神紀に「叩頭、此云㆓廼務㆒。」の訓注がある。

一〇　書紀の一書には「兄知㆔弟有㆓神徳㆒、遂以伏㆓事其弟㆒。是以、火酢芹命苗裔諸隼人等、至㆑今不㆑離㆓天皇宮墻之傍㆒、代㆓吠狗㆒而奉事者也。」とある。後世隼人等が元日、即位、践祚大嘗祭等の宮廷の儀式に、狗吠をして宮門を守護したことの起原を説明したものである（延喜式巻二十八「隼人司」の条参照）。万葉巻十一に「隼人の名に負ふ夜ごゑいちじろく」（二四九七）とあるのも、その狗吠の声をよんだものである。

一一　その子孫の隼人等が、火照命の溺れた時の種々の所作を演じて、今に至るまで引続いて宮廷に奉仕する意。これも隼人の歌舞の起原を説明したものである。書紀の一書には「於㆑是兄著㆓犢鼻㆒、以㆑赭塗㆑掌塗㆑面、告㆓其弟㆒曰、吾汚㆑身如㆑此。永為㆓汝俳優者㆒。乃挙㆑足踏行、学㆓其溺苦之状㆒。初潮漬㆑足時、則為㆓足占㆒、至㆑膝時、則挙㆑足、至㆑股時、則走廻、至㆑腰時、則捫㆑腰、至㆑腋則置㆓手於胸㆒、至㆑頸時、則挙㆑手飄掌。自㆑爾及㆑今、曾無㆓廃絶㆒。」と伝えている。

一二　海神の宮から火遠理命の所にやって来て。

臨二產時一。此念、天神之御子、不レ可レ生二海原一。故、參出到也。爾卽於二其海邊波限一、以二鵜羽一爲二葺草一、造二產殿一。於レ是其產殿、未二葺合一、不レ忍二御腹之急一。故、入二坐產殿一。爾將レ方レ產之時、白二其日子一言、凡佗國人者、臨二產時一、以二本國之形一產生。故、妾今以二本身一爲レ產。願勿レ見レ妾。於レ是思レ奇二其言一、竊二伺其方レ產者、化二八尋和邇一而、匍匐委蛇。卽見驚畏而遁退。爾豐玉毘賣命、知二其伺見之事一、以二爲心恥一、乃生二置其御子一而、白下妾恆通二海道一欲二往來一。然伺二見吾形一、是甚怍之上。卽塞二海坂一而返入。是以名二其所レ產之御子一、謂二天津日高日子波限建鵜葺草葺不合命一。訓二波限一云二那藝佐一、訓二葺草一云二加夜一。

然後者、雖レ恨二其伺情一、不レ忍二戀心一、因下治二養其御子一之緣上、附二其弟玉依毘賣一而、獻レ歌之。其歌曰、

一 子を産むということについて考えてみるに。
二 天つ神(を父とする)御子は の意。
三 波打ち際。汀。
四 元来は屋根に葺く草の意であるが、ここは屋根に葺く材料の意に用いられている。鵜の羽根で屋根を葺いたのは、鵜が魚を容易に呑吐するので、それにあやかって出産の平安を祈るためだという説があるが明らかでない。ウガヤフキアヘズノ命の名から思いついたもののようである。

産む時に臨《な》りぬ。此《こ》[一]を念《おも》ふに、天[二]つ神の御子は、海原に生むべからず。故、參《まゐ》出到《でき》つ。」とまをしき。爾に卽ち其の海邊の波限《なぎさ》[三]に、鵜《う》の羽《は》を葺草《かや》[四]に爲《し》て、産《うぶ》殿《や》を造りき。是《ここ》に其の産殿、未だ葺《ふ》き合《あ》へぬに、御腹《みはら》[五]の急《あわただ》しさに忍《しの》びず。故、産殿に入り坐《ま》しき。爾に産みまさむとする時に、其の日子《ひこぢ》[六]に白したまひしく、「凡《すべ》て佗國《あだしくに》[七]の人は、産む時に臨《な》れば、本[八]つ國の形を以ちて産《う》生むなり。故、妾《あれ》今、本[九]の身を以ちて産まむとす。願はくは、妾《あ》をな見たまひそ。」と言《まを》したまひき。是《ここ》に其の言《こと》を奇《あや》しと思ほして、其の産まむとするを竊伺《かきま》[一〇]みたまへば、八尋[一一]和邇に化《な》りて、匍匐《は》ひ委蛇《もこよ》[一二]ひき。卽ち見驚き畏みて、遁《に》げ退《そ》きたまひき。爾に豐玉毘賣命《の》、其の伺見《かきまみ》たまひし事を知らして、心恥《うらは》づかしと以爲《おも》ほして、乃ち其の御子を生み置きて、「妾恒《あれつね》は、海つ道《ぢ》[一三]を通して往來《かよ》はむと欲《おも》ひき。然れども吾が形を伺見《かきまみ》たまひし、是れ甚怍《いとは》づかし。」と白したまひて、卽ち海坂《うなさか》[一四]を塞《さ》[一五]へて返り入りましき。是を以ちて其の産みましし御子を名づけて、天津《あまつ》日《ひ》高《こ》日《ひ》子《と》[一六]波限《なぎさ》建《たけ》鵜《う》葺草《がや》葺不合《ふきあへず》命《の》と謂ふ。波限を訓みてナギサと云ひ、葺草を訓みてカヤと云ふ。然れども後は、其の伺《かきま》みたまひし情《こころ》を恨みたまへども、戀しき心に忍びずて、[一七]其の御子を治養《ひた》しまつる緣《よし》に因《よ》りて、其の弟《おと》、玉依毘賣《たまよりびめ》に附けて、歌を獻りたまひき。其の歌に曰ひしく、

五　御腹の御子が急に生まれそうになったのにこらえきれないの意。
六　夫(おっと)の意。
七　他の世界、異郷。
八　生まれた世界の姿で。
九　本来の体で。人間の身でない本来のからだ。
一〇　のぞき見をなさると。こっそり見られると。
一一　幾尋(ひろ)もある長い鮫に身を変えて。書紀の本文には「竜」、同一書には「八尋大熊鰐」、「八尋大鰐」とある。
一二　うねりくねって行くさま。
一三　海神の宮からこの国に往来するので「海つ道」と言ったのである。海路と同じ。書紀には「如有レ不レ辱レ我者、則使二海陸相通一、永無二隔絶一。今既辱之。将何以結二親昵之情一乎。」とある。
一四　海神の国とこの国との境界。この国と黄泉国との間に黄泉平坂があると信ぜられていたのと同様に、海神の国とこの国との間には海坂があると信ぜられていた。万葉巻九の浦島子の長歌に「水の江の、浦の島子が…海界を、過ぎてこぎ行くに、わたつみの、神の女に、たまさかに、いこぎ向ひ」(一七四〇)とあるのが参考となる。
一五　ふさいで海神の宮に還り入られた。書紀の一書には「即入レ海去矣。此海陸不二相通一之縁也。」とある。
一六　汀の産屋を鵜の羽でまだ葺いてしまわないうちにお生まれになった勇ましい男の意。
一七　治養は養育すること、縁はたより、弟は年下の意でここは妹、附けては託しての意。ここの文意は「その妹の玉依毘売がその御子を養育するたより(ゆかり)によって、その妹に託して」である。書紀の一書に「故遣二女弟玉依姫一以来養者也。于レ時豊玉姫命二寄玉依姫一、而奉二報歌一曰」とある。

阿加陀麻波　袁佐閇比迦禮杼　斯良多麻能　岐美何余曾比斯　多布斗久阿理祁理

爾其比古遲、（三字以音。）答歌曰、

意岐都登理　加毛度久斯麻邇　和賀韋泥斯　伊毛波和須禮士　余能許登碁登邇

故、日子穗穗手見命者、坐二高千穗宮一、伍佰捌拾歲。御陵者、卽在二其高千穗山之西一也。

是天津日高日子波限建鵜葺草葺不合命、娶二其姨、玉依毘賣命一、生御子名、五瀬命。次稻氷命。次御毛沼命。次若御毛沼命、亦名豐御毛沼命、亦名神倭伊波禮毘古命。（四柱）故、御毛沼命者、跳二波穗一、渡二坐于常世國一、稻氷命者、爲二妣國一而、入二坐海原一也。

古事記[1]上卷

一　玉を貫ぬいている緒までも光り輝いて美しいが。

二　白い玉のような。

三　あなた（君は男性を指す）の御姿は。装は服装であるが、それを姿の意に転用している。「し」は強意の助詞。書紀の一書には「赤玉の光りはありと人は言へど君が装し貴くありけり」とある。

四　夫（をつと）の意。

五　鴨の枕詞。

1　上卷―底・延・寛には「上卷終」、前・猪には「上」とあるが、眞・道・春に従つて「上卷」とした。

赤玉《あかだま》は　緒《を》[一]さへ光れど　白玉《しらたま》[二]の　君[三]が装《よそひ》し　貴くありけり

といひき。爾に其の比《ひ》[四]古《こ》遲《ち》三字は音を以ゐよ。答へて歌ひたまひしく、

沖[五]つ鳥　鴨著《ど》[六]く島に　我[七]が率寝《ゐね》し　妹《いも》は忘れじ　世[八]のことごとに

とうたひたまひき。故、日子穂穂手見命《の》は、高[九]千穂の宮に伍佰捌拾歳《いほちまりやそとせ》[一〇]坐《ま》しき。[一一]御陵《みはか》は即ち其の高千穂の山の西に在り。

是の天津日高日子波限建鵜葺草葺不合命《の》、其の姨《をば》[一二]玉依毘賣命《の》を娶《めと》して、生みませる御子の名は、五瀬命《いつせの》[一三]。次に稲氷命《いなひの》[一四]。次に御毛沼命《みけぬの》[一五]。次に若御毛沼命《わかみけぬの》、亦の名は豐御毛沼命《の》、亦の名は神倭伊波禮毘古命《かむやまといはれびこの》[一六]。四柱　故、御毛沼命《の》は、波の穂を跳《ふ》[一七]みて常世國《とこよの》[一八]に渡り坐《ま》し、稲氷命《の》は、妣《はは》[一九]の國と爲《し》て海原に入り坐しき。

古事記上巻

六　鴨の寄りつく島で、海上はるかに遠い島。「に」は「において」の意。
七　わたしが共寝をした。
八　世の尽に。生涯の極み、一生の間の意。書紀の一書には「沖つ鳥鴨著く島に我が率寝し妹は忘らじ世のことごとも」とある。さて右の二首について、書紀の一書には「凡此贈答二首、号曰二挙歌一。」とある。挙歌（あげうた）は歌曲名。
九　記伝に「此高千穂は霧島山を云なり。書紀に襲之高千穂峰ともある、襲は大隅国なれば、是霧島山をも高千穂と云し証なり。」とあるが、明らかでない。
一〇　五百八十年。
一一　書紀に「彦火火出見尊崩。葬二日向高屋山上陵一。」とある。薩摩国阿多郡にも大隅国肝属郡にも鷹屋郷がある。
一二　新撰字鏡には姨母に「乎波」の訓があり、和名抄には「唐韻云、姨、母之姉妹也。」とある。
一三　書紀には「彦五瀬命」とある。記伝には厳稲（イツシネ）の意としているが従いがたい。未詳。
一四　書紀には「稲飯命」とある。この字義通りであろう。
一五　書紀の本文には「三毛入野命」、同一書には「三毛野命」とある。記伝には御食主（ミケヌシ）の意としているが未詳。
一六　神武天皇。大和に遷られてからの命名である。書紀の一書には「次狭野尊、亦号二神日本磐余彦尊一。所二称狭野一者、是年少時之号也。後撥二平天下一、奄二有八洲一。故復加レ号、曰二神日本磐余彦尊一。」とある。
一七　波頭。
一八　海のあなた極遠の地にあるとこしなえの齢の国。
一九　亡き母の国として。

一 漢風の諡号は神武天皇。日本紀私記に「師説、神武等諡名者、淡海御船奉レ勅撰也。」とある。淡海御船の勅撰かどうかは明らかでないが、平安朝の初めに撰定されたものであろう。
二 同腹の兄。イロはママに対する語。
三 元来は漢語である。この国の意。
四 元来は臣連等が奏上する政事をお聞きになり、ごらんになる意。転じて「シロシメス」と同じ意。
五 記伝には俗言にトカクニというのと同じとあるが、「やはり」の意。「東に行かむ」については書紀に「及二年四十五歳一、謂二諸兄及子等一曰、…抑又聞二於塩土老翁一曰、東有二美地一。青山四周。…余謂、彼地必当レ足下以恢二弘天業一光中宅天下上。」

古事記中巻

神倭伊波禮毘古命、自レ伊下五字以レ音。與二其伊呂兄五瀨命一[1]上伊呂二字以レ音。二柱、坐二高千穗宮一而議云、坐二何地一者、平聞二看天下之政一。猶思二東行一。卽自二日向一發、幸二[2]行筑紫一。故、到二豐國宇沙一之時、其土人、名宇沙都比古、宇沙都比賣此十字以レ音。二人、作二足一騰宮一而、獻二大御饗一。自二其地一遷移而、於二竺紫之岡田宮一一年坐。亦從二其國一上幸而、於二阿岐國之多祁理宮一七年坐。自レ多下三字以レ音。亦從二其國一遷上幸而、於二吉備之高嶋宮一八年坐。故從二其國一上幸之時、乘二龜甲一爲レ釣乍、打羽擧來人、遇二于速吸門一。爾喚歸、問二之汝者誰一也、答二曰僕者國神一[3]。又問下汝者知二海道一乎上、答二曰能知一。又問二從而仕奉乎一、答二[4]曰仕奉一。故爾指二[5]渡槁機一、引二入其御船一、卽賜レ名號二槁根津日子一。此者倭國造等之祖。

1 上―底は衍字として□で圍んでいる。アクセント「上」の注記と見たためであろうが、これは「上の」の意に解すべきであろう。
2 行―底・前・猪・寛・延には「御」、眞には「行」とあつて右に「御本」と注す。眞に從つて改めた。
3 國神―この下に底・田は「名字豆毘古」の五字を補つているが、諸本に從つて削る。
4 曰―猪は「白」とし、眞には「白御本」、前には「白イ」とそれぞれ右に注している。
5 渡―底・延には「度」、眞には「疫」とあつて右に「渡御本」と注し、前・猪・寛にも「投」、田には「投」とあるが、字形を考え合せて眞の傍注に從う。

古事記中巻

[一]神倭伊波禮毘古《かむやまといはれびこの》命、伊より下の五字は音を以ゐよ。其の[二]伊呂兄五瀬《いろせいつせの》命上の伊呂の二字は音を以ゐよ。と二柱、高千穗宮《たかちほのみや》に坐《ま》して議《はか》りて云《の》りたまひけらく、「何地《いづこ》に坐さば、平らけく[三]天《あめ》の下《した》の政《まつりごと》を[四]聞《きこ》し看《め》さむ。[五]猶《なほ》東《ひむがし》に行かむ。」とのりたまひて、卽ち日向《ひむか》より發《た》たして[六]筑紫に幸行《い》でましき。故《かれ》、[七]豐《とよ》國の[八]宇沙《うさ》に到りましし時、其の[九]土人《くにびと》、名は宇沙都比古《うさつひこ》、宇沙都比賣《うさつひめ》此の十字は音を以ゐよ。の二人、[一〇]足一騰宮《あしひとつあがりのみや》を作りて、大御饗《おほみあへ》獻りき。其地《そこ》より遷移《うつ》りまして、竺紫《つくし》の[一一]岡田《をかだの》宮に一年《ひととせ》坐《ま》しき。亦《また》其の國より[一二]上《のぼ》り幸《い》でまして、[一三]阿《あ》岐國《きの》の多祁理《たけりの》宮に七年《ななとせ》坐しき。多より下の三字は音を以ゐよ。亦其の國より遷り上り幸《い》でまして、吉備《きび》の[一四]高島《の》宮に八年《やとせ》坐しき。故、其の國より上り幸でましし時、[一五]龜の甲《せ》に乘りて、釣爲《つりし》乍《つつ》打ち[一六]羽《は》擧《ぶ》き來《く》る人、[一七]速吸門《はやすひのと》に遇《あ》ひき。爾《ここ》に喚《よ》び歸せて、「汝《な》は誰ぞ。」と問ひたまへば、「僕《あ》は國つ神ぞ。」と答へ曰《まを》しき。又、「汝《な》は[一八]海道《うみつぢ》を知れりや。」と問ひたまへば、「能《よ》く知れり。」と答へ曰《まを》しき。又、「從《みとも》に仕《つか》へ奉《まつ》らむや。」と問ひたまへば、「仕へ奉らむ。」と答へ曰しき。故爾《かれここ》に[一九]槁機《さを》を指し渡して、其の御船に引き入れて、卽ち名を賜ひて、[二〇]槁根津日子《さをねつひこ》と號《なづ》けたまひき。[二一]此は倭國造等の祖。

蓋六合之中心乎。…何不㆓就而都㆒㆑之乎。」と伝えている。これは既に倭の国が想定されている。

六 後の筑前筑後の地。

七 後の豊前豊後の地。

八 豊前国宇佐郡宇佐。

九 土着の人。

一〇 書紀には一柱騰宮とあって、アシヒトツアガリノミヤの訓注がある。記伝に「宮の一方は宇沙川の岸なる山へ片かけて構へ、今一方は流の中に大なる柱を唯一つ建て支へたる構なるべし。」とあるが、どんな構造であったか不明。

神武天皇

1 東征

一 筑前国遠賀郡芦屋にあったとされている。書紀には筑紫国崗水門とある。今の芦屋に当る。

一二 「上り」は地方から都へ行くこと。倭を都とする意識に基づいた表現である。

一三 所在不明。書紀には「至㆓安芸国㆒、居㆓于埃宮㆒。」とある。これも所在不明。

一四 所在不明。書紀にも高島宮とある。

一五 書紀には「有㆓一漁人㆒。乗㆑艇而至。」とある。

一六 羽ばたきして来る人。記伝には「鳥の羽振如く、左右袖を挙て打振つつ来るなり。然為る故は、大御舟を慕て招奉るなるべし。」とあるが不明。

一七 豊予海峡。古事記は東征の順路が違っている。書紀が速吸之門を宇佐の前に置いているのがよい。

一八 海路、航路。

一九 棹。

二〇 書紀には椎根津彦(シヒネツヒコ)とある。本名は珍彦(ウツヒコ)。

二一 神武紀二年の条に「以㆓珍彦㆒為㆓倭国造㆒。」とある。

故、從二其國一上行之時、經二浪速之渡一而、泊二青雲之白肩津一。此時、登美能那賀須泥毘古（自レ登下九字以レ音。）興レ軍待向以戰。爾取下所レ入二御船一之楯上而下立。故、號二其地一謂二楯津一。於二今者一云二日下之蓼津一也。於レ是與二登美毘古一戰之時、五瀬命、於二御手一負二登美毘古之痛矢串一。故爾詔、吾者爲二日神之御子一、向レ日而戰不レ良。故、負二賤奴之痛手一。自二今者一行廻而、背負レ日以擊期而、自二南方一廻幸之時、到二血沼海一洗二其御手之血一。故、謂二血沼海一也。從二其地一廻幸、到二紀國男之水門一而詔、負二賤奴之手一乎死、男建而崩。故、號二其水門一謂二男水門一也。陵卽在二紀國之竈山一也。故、神倭伊波禮毘古命、從二其地一廻幸、到二熊野村一之時、大熊[1]髮出入卽失。爾神倭伊波禮毘古命、倏忽爲二遠延一、及御軍皆遠延而伏。（遠延二字以レ音。）此時、熊野之高倉下、（此者人名。）[2]賷二一横刀一、到レ於二天神御子之伏地一而獻之時、天神御子卽寤起、詔二長寢乎一。故、受二取其横刀一↓

1 髮—田には「髣髴」の二字に改めているが諸本に従う。なお前には左傍に「髴」と注している。
2 賷—底・田・延に「齎」、寛に「囊」とあるが、眞・前・猪に従つて改めた。

一 前には速吸門のことがあるだけだから、「其の国」はどこの国かわからない。
二 難波の渡。書紀に「方到二難波之碕一、会下有二奔潮一太急上。因以名為二浪速国一。亦曰二浪華一。今謂二難波一訛。」とある。渡は海でも川でも渡って行く所をいう。
三 記伝に「青雲の」を「白」の枕詞としているが、枕詞的修飾語と見るべきで、「白遠新治之国」「霰零香島之国」「薦枕多珂之国」の白遠、霰零、薦枕の類である。書紀には河内国草香邑青雲白肩之津とある。
四 登美は大和国の地名で鳥見とも書く。書紀には長髄彦とあって、長髄は邑の本号なりとある。
五 登美能那賀須泥毘古の略称。
六 猛烈な矢を蒙られた。書紀には「有二流矢一中二五瀬命肱脛一。」とある。
七 以下は五瀬命の詔であるが、書紀には神武天皇の詔としている。
八 天照大御神のことを、ここではじめて日神と言っている。

故、[一]其の國より上り行《い》でまし時、[二]浪速《なみはや》の渡《わたり》を經《へ》て、[三]青雲の白肩津《しらかたのつ》に泊《は》てたまひき。此の時、[四]登美能那賀須泥毘古《とみのながすねびこ》、登より下の九字は音を以ゐよ。軍《いくさ》を興して待ち向《むか》へて戰ひき。爾に御船に入れたる楯《たて》を取りて下《お》り立ちたまひき。故、其地《そこ》を號《なづ》けて楯津《たてつ》と謂《い》ひき。今者《いま》に日下《くさか》の蓼津《たてつ》と云ふ。是に[五]登美毘古《とみびこ》と戰ひたまひし時、五瀬《の》命、御手に登美毘古が[六]痛矢串《いたやぐし》を負ひたまひき。故爾に詔《の》[七]りたまひしく、「吾《あ》は[八]日神《ひの》の御子と爲《し》て、日に向ひて戰ふこと良《よ》[九]からず。故、[一〇]賤《いや》しき奴《やつこ》が[一一]痛手《いたで》を負ひぬ。今者《いま》より行き廻《めぐ》りて、背《そびら》に日を負ひて擊たむ。」と期《ちぎ》りたまひて、南の方《かた》より廻《めぐ》り幸《い》でまし時、[一二]血沼《ちぬの》海に到りて、其の御手の血を洗ひたまひき。故、血沼《の》海とは謂ふなり。其地《そこ》より廻り幸でまして、紀國《きの》の[一三]男之水門《をのみなと》に到りて詔りたまひしく、「賤しき奴が手を負ひてや死なむ。」と[一四]男建《をたけ》びして[一五]崩《かむあが》りましき。故、其の水門《みなと》を號けて男の水門と謂ふ。[一六]陵《みはか》は即ち紀國《の》の竈山《かまやま》に在《あ》り。

故、神倭伊波禮毘古命《の》、其地《そこ》[一七]より廻り幸でまして、[一八]熊野村《くまのの》に到りましし時、[一九]大《おほ》熊《くま》[二〇]髮《ほの》かに[二一]出で入りて即ち失せき。爾に神倭伊波禮毘古命《の》、[二二]倏忽《には》かに[二三]遠延爲《をえま》し、及御軍《またみいくさ》も皆遠延《をえ》て伏《ふ》しき。遠延の二字は音を以ゐよ。此の時熊野の[二四]高倉下《たかくらじ》、此は人の名。一《ひと》ふりの[二五]横刀《たち》を賚《も》ちて、[二六]天つ神の御子の伏したまへる地《ところ》に到りて獻りし時、天つ神の御子、即ち[二七]寤《さ》め起《お》きて、「長く寢《ね》つるかも。」と詔りたまひき。故、其の横刀《たち》を受け取り

九 不吉である。書紀には「逆㆓天道㆒也」とある。
一〇 良民に対する賤民の意。
一一 重い手きず。重傷。深手。
一二 和泉国和泉郡茅渟海。
一三 和泉国日根郡内にある。古くは紀伊に属していたのであろうか。
一四 雄々しく叫んで。書紀には「雄誥」とあって、ヲタケビの訓注がある。
一五 崩と言い、詔と言い、五瀬命には天皇と同様な特別の文字が用いられていることに注意。
一六 延喜諸陵式に「竈山墓、彦五瀬命。在㆓紀伊国名草郡㆒。兆域東西一町南北二町。」とある。
一七 男の水門。
一八 紀伊国牟婁郡にある。
一九 序文には「化熊」即ち神の化した熊とあり、書紀には単に「神」とある。
二〇 記伝には「従山の二字を髮とは誤れるにや」とあるが、「髮」の誤りではあるまいか。今試みにホノカニと訓んでおくことにする。
二一 姿を現わし姿を引っ込めて、そのまま見えなくなった。
二二 急に。たちまちに。
二三 書紀には「瘁」とある。瘁は病む、疲れるの意。
二四 書紀には「倉下」にクラジの訓注がある。ジは刀自のジと同じで、ここは高い倉を掌る人の意。
二五 記伝に「凡て横刀と書る、皆ただ刀なり。横字に心を著べからず。」とあるが、或種の大刀の名称かも知れない。正倉院御物に横刀というのがある。
二六 ここは神武天皇を指している。
二七 目をさまして起き上って。

之時、其熊野山之荒神、自皆爲二切仆一。爾其惑伏御軍、悉寤起之。
故、天神御子、問下獲二其横刀一之所由上、高倉下答曰、己夢云[1]、天
照大神、高木神、二柱神之命以、召二建御雷神一而詔、葦原中國
者、伊多玖佐夜藝帝阿理那[2]理。此十一字以レ音。我御子等、不平坐良志。
此二字以レ音。其葦原中國者、専汝所二言向一之國。故、汝建御雷神可レ降。
爾答曰[3]、僕雖レ不レ降、専有下平二其國一之横刀上、可レ降二是[4]刀一。此刀名、云二佐士
布都神一、亦名云二甕布都神一、亦名云二布都御魂一。此刀者、坐二石上神宮一也。降二此刀一状者、穿二高倉下之倉頂一、自
レ其墮入。[5]故、阿佐米余玖自レ阿下五字以レ音。汝取持獻二天神御子一。故、如二
夢教一而、旦見二己倉一者、信有二横刀一。故、以二是横刀一而獻耳。
於レ是亦、高木大神之命以覺白之、天神御子、自レ此於二奥方一莫
レ使二入幸一。荒神甚多。今自レ天遣二八咫烏一。故、其八咫烏引道。
從二其立後一應二幸行一。故隨二其教覺一、從二其八咫烏之後一幸行者、
到二吉野河之河尻一時、作レ筌有二取レ魚人一。爾天神御子、問二汝↓

1 云—田に「之」とあるが諸本に従う。

2 那—底・田に「祁」とあるが諸本に従う。

3 曰—眞にはこの右に「白御本」と注している。

4 是刀—底・寛にはこの二字が無い。諸本によつて加えた。

5 入—底にはこの下に「故建御雷神教曰穿汝之倉頂以此刀墮入」を補つているが、諸本に従つて削る。

一 ひとりでにすっかり斬り倒された。

二 ひどく騒いでいるということである。書紀には「聞喧擾之響焉」とあって、サヤゲリナリの訓注がある。ナリは所謂伝聞の助動詞。

三 不平は不予、不例と同じく病の意。病みなやんでいられるらしい。

四 布都(フツ)は書紀に「師」とある。師は広韻に「断声」とあるから、物を断ち切る意で用いたのであろう。フツリ、ブツリと同じ。佐士(サジ)は未詳。甕(ミカ)は厳(イカ)の意であろう。石上神宮(イソノカミノ神ノ宮)は、延喜式神名帳に「大和国山辺郡石上坐布留御魂神社」とある。

五 以下は高倉下へのお言葉で、「降すべし」までを天照大神へのお答の言葉と見るべきであろう。表現が不十分であるが、記伝のように文字を補う必要はない。書紀には「武甕雷神対曰、雖ニ予不一レ行、而下ニ予平国之剣一、則国将自平矣。

たまひし時、其の熊野の山の荒《あら》ぶる神、[一]自《おのづか》ら皆切り仆《たふ》さえき。爾に其の惑《を》え伏せる御軍、悉に寤《さ》め起きき。故、天つ神の御子、其の横刀《たち》を獲《え》し所由《ゆゑ》を問ひたまへば、高倉下《たかくらじ》答へ曰《まを》ししく、「己《おの》が夢《いめ》に、天照大神、高木神《の》、二柱の神の命《みこと》以《も》ちて、建御雷神《の》を召《よ》びて詔りたまひけらく、『葦原中國《のつ》は[二]伊多玖佐夜藝帝阿《いたくさやぎてあ》理那理《りなり》。此の十一字は音を以ゐよ。我が御子等《みこたち》[三]不平《やくさ》み坐《ま》す良志《らし》。此の二字は音を以ゐよ。其の葦原中國《のつ》は、専《もは》ら汝《いまし》が言向《ことむ》けし國なり。故、汝《いまし》建御雷神《の》降るべし。』とのりたまひき。爾に答へ曰《まを》ししく、『僕《あ》は降らずとも、専ら其の國を平《ことむ》けし横刀有れば、是の刀《たち》を降すべし。[四]此の刀の名は、佐士布都神と云ひ、亦の名は甕布都神と云ひ、亦の名は布都御魂と云ふ。此の刀は石上神宮に坐す。[五]此の刀を降さむ狀《さま》は、高倉下が倉の頂《むね》を穿《うか》ちて、其れより墮《おと》し入れむ。故、[六]阿佐米余玖《あさめよく》阿より下の五字は音を以ゐよ。汝《なれ》取り持ちて、天つ神の御子に獻れ。』とまをしたまひき。故、[七]夢の教の如《まにま》に、旦《あした》に己が倉を見れば、信《まこと》に横刀《たち》有りき。故、是の横刀を以ちて獻りしにこそ。」とまをしき。是《ここ》に亦、高木大神《の》の命以ちて覺《さと》し白《まを》しけらく、「天つ神の御子を此れより奥つ方に[八]莫《な》入り幸《い》でまさしめそ。荒ぶる神甚多《いとさは》なり。今、天《あめ》より[九]八咫烏《やたがらす》を遣《つか》はさむ。故、其の八咫烏[一〇]引道《みちび》きてむ。其の[一一]立たむ後《あと》より幸行《い》でますべし。」とまをしたまひき。故、其の教へ覺しの隨《まにま》に、其の八咫烏の後《あと》より幸行《い》でませば、吉野河《よしの》の[一二]河尻に到りましし時、[一三]筌《うへ》を作《ふ》せて魚《うを》を取る人有りき。爾に天つ神の御子、「汝《な》

天照大神曰、諾。時武甕雷神、登謂二高倉一曰、予剣号曰二韴霊一。今当レ置二汝庫裏一。宜取而献二之天孫一。」とある。

六 朝目吉の意。朝目をさまして縁起のよい物を見ること。ここは朝目をさまして縁起のよいこの刀を見つけての意。

七 以下のことは、書紀に「明旦依二夢中教一、開レ庫視之。果有二落剣一。倒立二於庫底板一。即取以進之。」と伝えている。

八 記伝にはナイリマシソと訓み、「使字、幸字にかかはるべからず。使字は若くは便の誤にもあらむか。」といっている。しかし使の字や幸の字を無視するわけには行かないので、ここはお伴の主な人に対する覚し言と解したい。書紀には「時夜夢、天照大神訓二于天皇一曰、朕今遣二頭八咫烏一。宜三以為二郷導者一。果有二頭八咫烏一。自レ空翔降。是時、大伴氏之遠祖日臣命、帥二大来目督将元戎一、踏レ山啓行、乃尋二烏所一レ向、仰視而追之。遂達二于菟田下県一。」とある。

九 記伝に頭の八つある鳥と解しているのは誤り。八咫は大きさを言ったのであって、序文に大鳥とあるのと同じ意である。

一〇 道案内をするであろう。

一一 飛んで行く後から。

一二 記伝に「熊野より山越に幸行て、吉野へ出たまはむ地は、なほ川上といふべきあたりにこそあらむを、河尻としもいへるは、地理を考るに、違へるがごとし。」とある。

一三 和名抄には「筌」にウヘの訓があり、「捕レ魚竹笱也。笱、取レ魚竹器也。」とある。書紀には「有二作レ梁取レ魚者一」とあって、梁にヤナの訓注がある。万葉巻十一に「山河に筌を伏せて」(二八三二)とある。

一 書紀には「苞苴担之子」とあって、苞苴担にニヘモツの訓注がある。その訓注に従った。贄は食用の魚や鳥。
二 阿陀(アダ)は大和国宇智郡阿陀郷。鵜養(ウカヒ)は鵜を使って魚を取る職業の部曲。
三 実際に尾が生えていたとは思われない。尾

者誰也㆒、答㆓‐[1]曰僕者國神、名謂㆓贄持之子㆒。此者阿陀之鵜養之祖。従㆓其地㆒幸行者、生ㇾ尾人、自ㇾ井出來。其井有ㇾ光。爾問㆓汝者誰也㆒、答㆓‐[2]曰僕者國神、名謂㆓井氷鹿㆒。此者吉野首等祖也。卽入㆓其山㆒之、亦遇㆓生ㇾ尾人㆒。此人押㆓‐分巖㆒而出來。爾問㆓汝者誰也㆒、答㆘‐[3]曰僕者國神、名謂[4]㆓石押分之子㆒。今聞㆓天神御子幸行㆒。故、參向耳㆖。此者吉野國巣之祖。自㆓其地㆒蹈穿越幸㆓宇陀㆒。故、曰㆓宇陀之穿[5]㆒也。

故爾於㆓宇陀㆒有㆓兄宇迦斯自ㇾ宇以下三字以ㇾ音。下效ㇾ此也。弟宇迦斯二人㆒。故、先遣㆓八咫烏㆒問㆓二人㆒曰、今天神御子幸行。汝等仕奉乎。於ㇾ是兄宇迦斯、以㆓鳴鏑㆒待㆓‐射‐返其使㆒。故、其鳴鏑所ㇾ落之地、謂㆓訶夫羅前㆒也。將㆓待撃㆒云而聚ㇾ軍。然不ㇾ得㆓‐聚軍㆒者、欺㆓‐陽仕奉㆒而、作㆓大殿㆒、於㆓其殿内㆒作㆓押機㆒待時、弟宇迦斯先參向、拜曰[6]、僕兄兄宇迦斯、射㆓‐返天神御子之使㆒、將ㇾ爲㆓待攻㆒而聚ㇾ軍、不㆓得聚㆒者、作ㇾ殿其内張㆓押機㆒將㆓待取㆒。↓

1 曰—眞には右傍に「白御本」と注している。
2 曰—眞には右傍に「白御」と注している。
3 曰—眞には「白御」、前には「白」とそれぞれ右傍に注し、猪には「白」に作る。
4 謂—前・猪・寛には「曰」とあるが、前・猪は「謂」と傍注。
5 穿也—眞にはこの二字の間に()印を附し、右傍に「御本如此指聲」と注し、前・猪・寛には「穿」の下に本文として「指聲」の二字がある。これは注が本文に紛れたのである。
6 曰—猪・田には「白」、眞には「白御」、前には「白」とそれぞれ右傍に注す。

は誰ぞ。」と問ひたまへば、「僕《あ》は國つ神、名は贄持之子《にへもつのこ》[一]と謂ふ。」と答へ曰《まを》しき。[二]此は阿陀の鵜養の祖。其地《そと》より幸行《い》でませば、尾《を》[三]生《あ》る人、井《ゐ》より出で來りき。其の井に光有りき。爾に「汝は誰ぞ。」と問ひたまへば、「僕は國つ神、名は井氷鹿《ゐひか》[四]と謂ふ。」と答へ曰しき。此は吉野首等の祖なり。卽ち其の山に入りたまへば、亦尾生《あ》る人に遇ひたまひき。此の人巖《いはほ》を押し分けて出で來りき。爾に「汝は誰ぞ。」と問ひたまへば、「僕は國つ神、名は石押分之子《いはおしわくのこ》[五]と謂ふ。今、天つ神の御子幸行《い》でましつと聞けり。故、參向《まゐむか》[六]へつるにこそ。」と答へ曰しき。[七]此は吉野の國巢の祖。其地より蹈み穿《うか》[八]ち越えて、宇陀《うだ》[九]に幸でましき。故、宇陀の穿《うかち》[一〇]と曰《い》ふ。

故爾《かれここ》に宇陀《うだ》に兄宇迦斯《えうかし》[一一]宇より下の三字は音を以ゐよ。下は此れに效へ。弟宇迦斯《おとうかし》[一二]の二人有りき。故、先づ八咫[一三]烏を遣《つか》はして、二人に問ひて曰《い》ひしく、「今、天つ神の御子幸《い》でましつ。汝等《なれども》仕へ奉らむや。」といひき。是《ここ》に兄宇迦斯、鳴鏑《なりかぶら》[一四]を以ちて其の使を待ち射返《いかへ》しき。故、其の鳴鏑の落ちし地《ところ》を、訶夫羅前《かぶらざき》と謂ふ。待ち撃たむと云ひて軍《いくさ》を聚《あつ》めき。然れども軍を得聚《えあつ》めざりしかば、仕へ奉らむと欺陽《いつは》[一五]りて、大殿《おほとの》を作り、其の殿の内に押機《おし》[一六]を作りて待ちし時に、弟宇迦斯、先づ參向《まゐむか》へて、拜《をろが》みて曰《まを》しけらく、「僕《あ》が兄、兄宇迦斯、天つ神の御子の使を射返し、待ち攻めむとして軍を聚むれども、得聚《えあつ》めざりしかば、殿を作り、其の内に押機《おし》を張りて待ち[一七]取らむとす。

があるような恰好に見えたのであろう。書紀にも「有ㇾ人出ㇾ自二井中一。光而有ㇾ尾。」とある。次のヰヒカの名を説明するために案出したものと思われる。

四 書紀には「井光」とある。

五 書紀には「磐排別之子」とあって、排別にオシワクの訓注がある。

六 参り迎えたの意。

七 吉野の国巣(クズ)は、宮廷の節会に参って、贄を献じ、「古風」を奏した。

八 踏み穿ちは、記伝に「道もなき荒山中を行違り坐るをいふ」とある。「踏みさくみて」などと言うべきところを、次の「穿」の地名を説明するために「踏み穿ち越えて」といったのである。

九 大和国宇陀郡。

一〇 書紀には「菟田穿邑」とあって、穿邑にウカチノムラの訓注がある。

一一・一二 書紀には兄猾、弟猾とあって、猾にウカシの訓注があり、「是両人、菟田県之魁帥(ヒトコノカミ)者也。」とある。

一三 烏を神の使とする信仰に基づいている。ミサキ烏。

一四 鏑矢。ニムロッドの矢の変形した話のように思われる。

一五 実はそうでないのに、うわべを装って。

一六 書紀には「施ㇾ機」とある。和名抄には鼠弩(鼠弓)にオシの訓がある。バネ仕掛けの鼠捕りのように、踏めば打たれて圧死する仕掛けのもの。下文に「押に打たえて死にき」とあり、書紀に「踏ㇾ機圧死」とある。記伝に「踏ば覆り墮入て、圧れ死ぬべく構たる物」といっているのは誤りである。

一七 殺そうとしている。

故、參向顯白。爾大伴連等之祖、道臣命、久米直等之祖、大久米命二人、召二兄宇迦斯一罵詈云、伊賀此二字以レ音。所二作仕奉一於二大殿内一者、意禮此二字以レ音。先入、明下白其將レ爲二仕奉一之狀上而、卽握二横刀之手上一、矛由氣此二字以レ音。矢刺而、追入之時、乃己所レ作押見レ打而死。爾卽控出斬散。故、其地謂二宇陀之血原一也。然而其弟宇迦斯之獻大饗者、悉賜二其御軍一。此時歌曰、

宇陀能　多加紀爾　志藝和那波留　和賀麻都夜　志藝波佐夜良受
伊須久波斯　久治良佐夜流　古那美賀　那許波佐婆　多知曾婆能
微能那祁久袁　許紀志斐惠泥　宇波那理賀　那許波佐婆　伊知佐加
紀　微能意富祁久袁　許紀陀斐惠泥　疊疊[1]引音　志夜胡志夜　此者伊能[2]
碁布曾。此五字以レ音。阿阿引音　志夜胡志夜　此者嘲咲者也。

故、其弟宇迦斯、此者宇陀水取等之祖也。

自二其地一幸行、到二忍坂大室一之時、生レ尾土雲訓云二具毛一。八十建、在二其室一待伊那流。此三字以レ音。故爾天神御子之命以、饗賜二八十建一。於レ是宛二八十建一、設二八十膳夫一、毎レ人佩レ刀、誨二其膳夫等一曰、聞レ歌之者、一時共斬。故、↓

一　書紀によると、初め日臣命といったが、天皇の道案内をした功によって、道臣の名を賜うたとある。

二　書紀にはこの人のことは見えていない。

三　お前がの意であろう。書紀には「虜爾」とある。

四　「お前」で、卑称の第二人称。書紀には「爾、此云二飫例一。(オレ)」とある。

五　お仕えしようとする事を明白にせよ。

六　柄。

七　矛を揺り動かしの意ではあるまいか。ユケという語は他に所見がない。

八　弓に矢をつがえて。書紀には「彎弓」とある。

九　↓補注二

一〇　高い城塞の意。必ずしも後世の城(シロ)のようなものとは限らない。簡単なものをも言う。

一一　鴫を取るためのワナをかける。

一二　マツは連体形、ヤは感動の助詞。自分が待っている「鴫」とかかる。

一三　鴫はかからず。サヤルは触れる、懸かるの意。

一四　未詳。↓補注三。

一五　記伝は鯨とし、武田博士は新村博士の説によって「鷹ら」(仁徳紀に「百済俗、号二此鳥一曰二倶知一。」とあって、その下に「是今時鷹也」と分注している)としておられるが、共にしっくりしない。

一六　和名抄には前妻にコナミ、後妻にウハナリの訓がある。前に娶った妻がコナミで、その後に娶った妻がウハナリで、上代は一夫多妻であった。

一七　肴(ナ)はおかずで魚菜の類。コハサは動詞乞フに敬語の助動詞スが接続した語。

一八　和名抄には柧棱にソバノ木の和名がある。ニシキギの古名といわれている。タチは立木の意で冠した語であろう。ソバノ木のようにの意。

一九　無けくは無いこと。ここは身の無い所をの意。

二〇　未詳。↓補注四

二一　記伝に田中道麻呂の説として、近江の彦根

1　疊疊―延・田には「亞亞」、眞には「亞々御本」、前には「亞」とそれぞれ右傍に注す。

2　伊能碁布―眞・前・猪・寛には「伊能基布」、延には「伊基能布」、田には「伊碁能布」とあるが、靈異記に「期尅(二合伊乃古不)」とあるのを參考して、「基」を「碁」の誤りとし、眞以下に從う。

故、参向《まゐむか》へて顕《あら》はし白《まを》しつ。」とまをしき。爾に大伴連《おほとものむらじ》等の祖《おや》、[一]道臣命《みちのおみのみこと》、久米《くめの》直等《あたへら》の祖、[二]大久米命《の》の二人、兄宇迦斯を召《よ》びて、罵詈《の》りて云ひけらく、「[三]伊《い》賀《が》此の二字は音を以ゐよ。作り仕へ奉れる大殿の内には、[四]意禮《おれ》此の二字は音を以ゐよ。先づ入りて、其の[五]仕へ奉らむとする状《さま》を明《あか》し白《まを》せ。」といひて、即ち横刀《たち》の[六]手上《たがみ》を握《とりしば》り、[七]矛由氣《ほこゆけ》此の二字は音を以ゐよ。[八]矢刺《やざ》して、追ひ入るる時、乃ち己が作りし押《おし》に打たえて死にき。爾に即ち控《ひ》き出《いだ》して斬り散《はふ》りき。故、其地《そこ》を宇陀の血原《ちはら》と謂ふ。然《しか》して其の[九]弟宇迦斯が獻りし大饗《おほみあへ》をば、悉に其の御軍に賜ひき。此の時に歌曰《うた》ひけらく、

宇陀《うだ》の　[一〇]高城《たかき》に　[一一]鴫罠《しぎわな》張る　[一二]我《わ》が待つや　[一三]鴫《しぎ》は障《さや》らず　[一四]いすくはし　[一五]くぢら障《さや》る　[一六]前妻《こなみ》が　[一七]肴《な》乞《こ》はさば　[一八]立柧棱《たちそば》の　[一九]實《み》の無《な》けくを　[二〇]こきしひゑね　後妻《うはなり》が　肴《な》乞《こ》はさば　[二一]柃《いちさかき》　實《み》の[二二]多《おほ》けくを　[二三]こきだひゑね　ええ[二四]音引。[二五]しやごしや　此《こ》は[二六]伊《い》能《の》碁《ご》布《ふ》曾《ぞ》。此の五字は音を以ゐよ。ああ音引。しやごしや　此《こ》は嘲咲《あざわら》ふぞ。

とうたひき。故、其の弟宇迦斯、[二七]此は宇陀の水取等の祖なり。[二八]其地《そこ》より幸行《い》でまして、[二九]忍坂《おさか》の[三〇]大室《おほむろ》に到りたまひし時、尾《を》生《あ》る[三一]土雲《つちぐも》訓みてグモと云ふ。[三二]八十《やそ》建《たける》、其の室に在りて待ち[三三]伊那流《いなる》。此の三字は音を以ゐよ。故爾に[三四]天つ神の御子の命《みこと》以《も》ちて、饗《あへ》を八十建に賜ひき。是に八十建に宛《あ》てて、[三五]八十膳夫《やそかしはで》を設《ま》けて、[三六]人毎に刀《たち》佩《は》けて、其の膳夫等《かしはでども》に誨《をし》へて曰《い》ひしく、「歌を聞かば、一時共《もろとも》に斬れ。」といひき。故、

あたりでチサカキ、尾張ではシラシヤケ、美濃ではビシヤカキという黒くて小さい実が沢山なる木があるが、これだろうとしている。その木は和名抄に「柃(漢語抄云、比佐加岐)似レ荊可レ作ニ染灰一者也。」とある木であると言っている。柃のようにの意。　二二　多けくは多いこと。ここは身の多い所をの意。　二三　未詳。コキダ、ヒヱネと切るのであろう。コキダは記伝に幾許の意に解している。　二四　エエと発音せずに、エーと声を引いて発音せよという注意書きである。　二五　はやし詞。シヤゴはシヤアゴ(吾子)の縮約(亀井孝氏説)。
二六　日本霊異記上巻第二話に「彼犬之子毎向ニ家室一而期尅睚眥嗥吠」とあって、期尅の訓釈に「二合、伊乃古不」(興福寺本)とある。期尅以下は「イノゴヒ、ニラミ、イキミ、ホユ」と訓む。期尅については一切経音義巻一、大集月蔵分経第三巻に「必当也」と注している。従ってイノゴフは必ずぶち当るという威勢を示す意ではあるまいか。
二七　宇陀の水取(モヒトリ)で、宇陀に住して宮中の飲料水供給の職に奉仕した者ども。
二八　宇陀。　二九　大和国磯城郡忍坂村の地。
三〇　記伝には土中の室で山腹などを横に掘って岩窟のように構えたものとしている。ここは窨(ムロ)と同義であろう。窨は説文に地室也とある。
三一　→補注五
三二　八十は数の多い意。建は勇猛な人の意。書紀には梟帥にタケルの訓注がある。梟帥は勇猛な頭(カシラ)の意。　三三　未詳。　→補注六
三四　神武天皇の御言葉で。
三五　おおぜいの料理人。新撰字鏡には厮に加志波天(カシハデ)と馬加比(ウマカヒ)の両訓がある。
三六　どの膳夫にもことごとく刀を帯ばせて。

一 クメの枕詞。満つ満つし、御稜威（ミイツ）御稜威しの意などと解かれているが未詳。
二 久米部の者ども。久米は氏族の名。
三 クブはクビ（首）コブ（瘤）カブ（株）などと同根の語で塊状を意味し、ツツはツチ（槌）、イは接尾語。（全光明最勝王経、如来寿量品第二に「寒時」とあるのを、春日政治博士が「寒キい時に」と訓んでおられるのが参考となる。）さてこのクブツツイは頭椎の大刀（カブツチノタチ）即ち柄頭が槌のような形をした大刀と解すべきであろう。
四 記伝には上の頭椎と同一物で、柄頭を石で作ったものと説き、一説には一種の石器で、石を棒で結えた武器とも言われている。
五 撃っておわろう。即ち撃たないでおくものかの意。
六 以下の五句は書紀の歌謡には無い。この五句を独立させると、後の反歌となる。
七 ヨロシと同語であろう。
八 書紀には「時我卒聞レ歌、倶拔ニ其頭椎劒一、一時殺レ虜。」とある。
九 トミノナガスネビコの略称。
一〇 粟畑。書紀神代下には粟田（アハフ）とある。フは蓬生、浅茅生などのフ（生）と同じで、その植物の専ら生えているところをいう。
一一 韮が一本生えている。和名抄には薤をオホミラ（大韮）、韮をコミラ（小韮）としている。ミラは今のニラ。カミラは臭韮（カミラ）の意か。
一二 記伝には其根之茎の意としている。書紀には「曾迺餓毛苫」とあるので、ネはノの転音と見て「其のが茎」と解せられないことはない。

明レ將レ打ニ其土雲一之歌曰、

意佐加能　意富牟盧夜爾　比登佐波爾　岐伊理袁理　比登佐波爾
伊理袁理登母　美都美都斯　久米能古賀　久夫都都伊　伊斯都都伊
母知　宇知弖斯夜麻牟　美都美都斯　久米能古良賀　久夫都都伊
伊斯都都伊母知　伊麻宇多婆余良斯

如レ此歌而、拔レ刀一時打殺也。

然後將レ擊ニ登美毘古一之時、歌曰、

美都美都斯　久米能古良賀　阿波布爾波　賀美良比登母登　曾泥賀
母登　曾泥米都那藝弖　宇知弖志夜麻牟

又歌曰、

美都美都斯　久米能古良賀　加岐母登爾　宇惠志波士加美　久知比
比久　和禮波和須禮志[1]　宇知弖斯夜麻牟

又歌曰、

加牟加是能　伊勢能宇美能　意斐志爾　波比母登富呂布　志多陀美
能　伊波比母登富理　宇知弖志夜麻牟

又擊ニ兄師木、弟師木一之時、御軍暫疲。爾歌曰、

1 志―底には「士」とあるが諸本に従う。前には「志」の右に「士」と傍注。

其の土雲を打たむとすることを明《あか》して、歌曰《うた》ひけらく、

忍坂《おさか》の　大室屋《おほむろや》に　人多《ひとさは》に　來入《きい》り居《を》り　人多《さは》に　入り居りとも　[一]みつみつし　久米《くめ》[二]の子が　[三]頭椎《くぶつつい》　[四]石椎《いしつつい》もち　[五]撃ちてし止《や》まむ　[六]みつみつし　久米の子等《こら》が　頭椎《くぶつつい》　石椎《いしつつい》もち　今撃たば良《よ》[七]らし

とうたひき。如此《かく》[八]歌ひて、刀《たち》を抜きて、一時《もろとも》に打ち殺しき。

然《さ》て後《のち》、[九]登美毘古《とみびこ》を撃たむとしたまひし時、歌曰《うた》ひけらく、

みつみつし　久米の子等《こら》が　[一〇]粟生《あはふ》には　[一一]韮一莖《かみらひともと》　[一二]そねが莖《もと》　[一三]そね芽繋《めつな》ぎて　撃ちてし止《や》まむ

とうたひき。又歌曰《うた》ひけらく、

みつみつし　久米の子等《こら》が　垣下《かきもと》に　植ゑし[一四]椒《はじかみ》　[一五]口《くち》ひひく　[一六]吾《われ》は忘れじ　撃ちてし止まむ

とうたひき。又歌曰《うた》ひけらく、

[一七]神風《かむかぜ》の　伊勢の海の　[一八]大石《おひし》に　[一九]這《は》ひ廻《もとほ》ろふ　[二〇]細螺《しただみ》の　い這ひ廻《もとほ》り　撃ちてし止まむ[二一]

とうたひき。

又、[二二]兄師木《えしき》、弟師木《おとしき》を撃ちたまひし時、御軍《みいくさ》暫《しま》し疲《つか》れき。爾に歌曰《うた》ひけらく、

↓補注七

一三　ソネメを記伝には其根芽と解しているが、ここもネをノの転と見て、其の芽と解してはどうであろうか。即ちその根本にその芽をつないで(根もとと芽とを一緒にして)の意に解してはいけないだろうか。

一四　ハジカミと呼ばれるものに、蜀椒と生薑とがある。和名抄を見ると、蜀椒にナルハジカミ、フサハジカミ、生薑にクレノハジカミ、アナハジカミの訓がある。共に外来の植物であるが、薑の方が後に渡来したと思われるので、ここは蜀椒即ち山椒の意とする。

一五　口が疼く。即ち口がしびれてヒリヒリする意。ヒヒクは清音。

一六　この句、書紀にはワレハワスレズとある。

一七　伊勢の枕詞。

一八　書紀にはこの句を「於費異之珥夜(オホイシニヤ)」に作り、「謡意、以二大石一喩二其国見丘一也。」とある。オホイシニの約言がオヒシニであろう。ただし亀井孝氏は意斐志の斐は乙類の仮名であり、生ふ(上二段活用)の連用形オヒのヒは乙類であるから、これは「生ひ石」の意であろうと考えている。しばらく旧説に従う。

一九　這いまわっている。

二〇　細螺のように。細螺は馬蹄螺科のコシタカガンガラと称する貝であり、そのほかに同科のイシダタミと称する貝をもいう(犬養孝「万葉の風土」参照)。

二一　この歌、書紀には「神風の、伊勢の海の、大石にや、い這ひもとほる、細螺の、細螺の、吾子よ、吾子よ、細螺の、い這ひもとほり、撃ちてしやまむ、撃ちてしやまむ。」とある。

二二　書紀には兄磯城、弟磯城と記している。磯城の地に因んだ豪族兄弟の名。

多多那米弖　伊那佐能夜麻能　許能麻用母　伊由岐麻毛良比　多多加閇婆　和禮波夜惠奴　志麻都登理　宇上加比賀登母　伊麻須氣爾許泥

故爾邇藝速日命參赴、白レ於二天神御子一、聞二天神御子天降坐一。故、追參降來、即獻二天津瑞一以仕奉也。故、邇藝速日命、娶二登美毘古之妹、登美夜毘賣一生子、宇摩[1]志麻遲命。此者物部連、穗積臣、婇臣祖也。故、如レ此言三向平三和荒夫琉神等一、夫琉二字以レ音。退三撥不レ伏人等二而、坐二畝火之白檮原宮一、治二天下一也。

故、坐二日向一時、娶二阿多之小椅君妹、名阿比良比賣一自レ阿以下五字以レ音。生子、多藝志美美命、次岐須美美命、二柱坐也。然更求下爲二大后一之美人上時、大久米命曰[2]、此間有二媛女一。是謂二神御子一。其所三以謂二神御子一者、三嶋湟咋之女、名勢夜陀多良比賣、其容姿麗美。故、美和之大物主神見感而、其美人爲二大便一之時、化二丹塗矢一、自下其爲二大便一之溝上流下、突二其美人之富登一。此二字以レ音。下效レ此。爾其美人驚而、立走伊須須岐伎。此五字以レ音。乃將三來其矢一、置レ於二床邊一、忽成二麗壯夫一、↓

1 摩—眞・前には「麻」とある。

2 曰—眞には「白」とある。

一 楯を並べて射るの意から、次の伊那佐のイに係る枕詞(万葉巻十七「楯並めて、泉の川の」(三九〇八)参照)とも、実際に楯を並べての意とも解かれているが、ここは後者に従う。

二 大和国宇陀郡伊那佐村にある山とも、宇陀の墨坂のことども言われている。

三 ヨは書紀にはユとある。ヨはヨリ、ユはユリの略言。但しヨは歌のみに使われる助詞。モは感動の助詞。

四 イは接頭語、マモラヒはじっと見ての意。ヒは継続の助動詞フの連用形。

五 私はマアひもじくなった。

六 鵜に係る枕詞。

七 鵜を使って魚を捕えることを職として、天皇に奉仕する部民。

八 今すぐに助けに来てくれ。

九 書紀には櫛玉饒速日命と伝え、「饒速日、此云二儞芸波椰臖一。(ニギハヤヒ)」とある。↓補注八

一〇 神武天皇のもとに出掛けて行って。

一一 この天神御子を記伝には邇邇芸命としているが、上の天神御子と共に神武天皇と解すべきであろう。神武天皇の東征を天神御子の天降りと観じたのである。書紀に天皇が八咫烏を遣わして兄磯城・弟磯城を召された時に、兄弟共に「聞二天圧神至一」と言ったとあるのが参考となる。

一二 神武天皇(天神御子)のあとを追って天降って参りましたの意。↓補注九

一三 天神の御子としての徴証の品物。↓補注「一〇

一四 書紀には三炊屋媛(亦名、長髄媛。亦名、鳥見屋媛)とあり、旧事本紀には御炊屋姫とある。

一五 書紀には可美真手命とあって、「可美真手、此云二于臘詩莽耐一。(ウマシマデ)」とある。

一六 物部連(モノノベノムラジ)は武を職として朝廷に奉仕し

一楯《たた》並《な》めて　二伊那佐《いなさ》の山の　樹《こ》の間《ま》三よも　四い行きまもらひ　戰へば　五吾はや
饑《ゑ》ぬ　六島つ鳥《とり》　七鵜《う》上養《かひ》が伴《とも》　八今助《す》けに來《こ》ね

とうたひき。

故爾に九邇藝速日命《にぎはやひの》一〇參赴《まゐおもむ》きて、天つ神の御子に白ししく、「一一天つ神の御子天降《あまくだ》り坐《ま》しつと聞けり。故、一二追ひて參降《まゐくだ》り來つ。」とまをして、即ち一三天津瑞《あまつしるし》を獻りて仕へ奉りき。故、邇藝速日命《の》、登美毘古が妹《いも》、一四登美夜毘賣《とみやびめ》を娶《めと》して生める子、一五宇摩志麻遲命《うましまぢの》。此は物部連、穗積臣、婇臣の祖なり。一六故、如此《かく》荒夫琉神等《あらぶるかみども》夫琉の二字は音を以ゐよ。を言向《ことむ》け平和《やは》し、伏《まつろ》はぬ人等《ひとども》を退《そ》け撥《はら》ひて、一七畝火《うねび》の白檮原《かしはらの》宮に坐しまして、天《あめ》の下治《したし》らしめしき。

故、日向《ひむか》に坐しし時、一八阿多《あた》の小椅君《をばしのきみ》の妹《いも》、名は一九阿比良比賣《あひらひめ》阿より以下の五字は音を以ゐよ。を娶《めと》して生める子は、二〇多藝志美美命《たぎしみみの》、次に二一岐須美美命《きすみみの》、二柱坐しき。然れども更に二二大《おほ》后《きさき》と爲《せ》む美人《をとめ》を求《ま》ぎたまひし時、大久米命《おほくめの》曰《まを》しけらく、「此間《こ》に媛女《をとめ》有り。是《こ》を二三神の御子と謂ふ。其《そ》の神の御子と謂ふ所以《ゆゑ》は、二四三島溝咋《みしまのみぞくひ》の女《むすめ》、名は二五勢夜陀多《せやだた》良比賣《らひめ》、其の容姿《かたち》麗美《うるは》しかりき。故、二六美和《みわ》の大物主神《おほものぬしの》、見感《みめ》でて、其の美人の二七大便《くそ》爲《ま》れる時、二八丹塗矢《にぬり》に化《な》りて、其の大便《くそ》爲《ま》れる溝《みぞ》より流れ下《くだ》りて、其の美人の二九富登《ほと》此の二字は音を以ゐよ。下は此れに效へ。を突《つ》きき。爾に其の美人驚きて、立ち走り三〇伊須須岐伎《いすすきき》。此の五字は音を以ゐよ。乃ち其の矢を將《も》ち來て、床の邊《べ》に置けば、忽ちに麗《うるは》しき壯夫《をとこ》に成りて、

た氏族、連は姓(かばね)。書紀には饒速日命を「此物部氏之遠祖也」としている。穗積臣(ホヅミノオミ)の穗積は、地名による氏族名、臣は姓。婇臣(ウネベノオミ)の婇をどうして氏族名としたかは不明。
一七　→補注一一
一八　阿多は薩摩国の地名、小椅も地名に因るか。君は姓(かばね)。書紀神代下に「火闌降命、即吾田君小橋等之本祖也。」とある。
一九　書紀には「日向国吾田邑、吾平津媛」とある。アヒラ(始羅、阿枚)は大隅国の地名。古くは大隅・薩摩を含めて日向国と言ったものか。
二〇　書紀には手研耳命と記している。
二一　書紀にはこの御子無し。→補注一二
二二　後世の皇后に当る。
二三　人が生んだ子でなく、神様が生ませた御子という意。
二四　書紀には三島溝橛耳神とある。三島は地名、摂津国に三島郡がある。溝咋は名。
二五　セヤは未詳。或いは地名か。ダタラは踏鞴(タタラ)でフイゴに因んだ名。踏鞴は鍛冶に使う道具で、鍛冶は雷神＝蛇神と信仰上密接な関係があった。→補注一三
二六　大和の三輪山に斎き祭る神(大和国城上郡大神神社)。大物主は大霊主の意。書紀は事代主神としている。　二七　記伝にはカハヤニイレルトキと訓んでいるが、クソマレル(大便をしている)トキと訓む方が自然である。厠は溝流の上に作られていた。川屋の意。
二八　赤く塗った矢に姿を変えて。次の「流れ下りて」に係る。丹塗矢は雷神の表徴で、矢は杖や串と共に占有権を表示するものであった。
二九　女陰のこと。
三〇　周章狼狽した。

2　皇后選定

即娶二其美人一生子、名謂二富登多多良伊須須岐比賣命一、亦名謂二比賣多多良伊須氣余理比賣一。是者惡二其富登云事一、後改レ名者也。故、是以謂二神御子一也。

於レ是七媛女、遊二-行於高佐士野一、佐士二字以レ音。伊須氣余理比賣在二其中一。爾大久米命、見二其伊須氣余理比賣一而、以レ歌白レ於二天皇一曰、

夜麻登能　多加佐士怒袁　那那由久　袁登賣杼母　多禮袁志摩加牟

爾伊須氣余理比賣者、立二其媛女等之前一。乃天皇見二其媛女等一而、御心知二伊須氣余理比賣立一レ於二最前一、以レ歌答曰、

加都賀都母　伊夜佐岐陀弖流　延袁斯麻加牟

爾大久米命、以二天皇之命一詔二其伊須氣余理比賣一之時、見二其大久米命黥利目一而、思レ奇歌曰、

阿米都都　知杼理麻斯登登　那杼佐祁流斗米

爾大久米命、答歌曰、

袁登賣爾　多陀爾阿波牟登　和加佐祁流斗米

故、其嬢子[1]、白二之仕奉一也。於レ是其伊須氣余理比↓

一 女陰・踏鞴・狼狽・姫の意。踏鞴は御母の名に因んだのである。
二 ヒメタタラは姫踏鞴であるが、イスケヨリは意味不明。書紀には媛踏鞴五十鈴媛命(ヒメタタライスズヒメノミコト)とある。
三 神が丹塗矢に化して媛女に婚するという神話は他にもある。↓補注一四
四 七人の乙女。万葉巻十六(三七九一の題詞)に、昔、竹取の翁が、季春の月に丘に登って遠く望むに、忽ちに羹を煮る九箇の女子に逢ったとあるのを参照。
五 歌によれば大和にあった野と思われるが所在不明。十市郡にあったという説もある。
六 七人通って行く(連体形)。
七 その中の誰を抱いて寝よう。シは強意の助詞。枕くは共寝をする意。↓補注一五
八 いちばん先。先登。
九 まあまあとか、せめてとかの意。万葉巻四に「玉主に玉は授けてかつがつも枕と吾はいざ二人寝む」(六五二)とあるカツガツモもその意。
一〇 記伝には愛(エ)即ち可愛の意に解しているが、愛の意を表わすエの仮名はア行であるのに、ここは原文にヤ行の「延」が用いられているから、愛の意には解し難い。↓補注一六
一一 黥くは目の周辺に入墨をすること。南方系の習俗と思われる。後には刑罰として強制的に入墨を施すようになった。↓補注一七。利目は鋭い目の意。
一二 不思議に思って。
一三 記伝にはアメツツ、チドリマシトトについて、「此二句甚解り難し。されど例の試に強て云ば、鳥の名四歟。」として、アメは和名抄に胡鷰子は阿万止里とあるのを、単にアメとのみ言っ

1 嬢子—前には「媛女」とある。

即ち其の美人を娶《めと》して生める子、名は[一]富登多多良伊須須岐比賣《ほとたたらいすすきひめ》命《の》と謂ひ、亦の名は[二]比賣多多良伊須氣余理比賣《ひめたたらいすけよりひめ》是は其の富登と云ふ事を悪みて、後に名を改めつるぞ。と謂ふ。故、是《こ》を以ちて神の御子と謂ふなり。」とまをしき。[三]

是《こ》に[四]七媛女《ななをとめ》、[五]高佐士野《たかさじの》に遊《あそ》行べるに、佐士の二字は音を以ゐよ。伊須氣余理比賣《いすけよりひめ》其の中《なか》に在りき。爾に大久米命《の》、其の伊須氣余理比賣を見て、歌を以ちて天皇《すめらみこと》に白しけらく、

倭《やまと》の　高佐士野《たかさじの》を　[六]七行《ななゆ》く　媛女《をとめ》ども　[七]誰《たれ》をし枕《ま》かむ

とまをしき。爾に伊須氣余理比賣は、其の媛女等《をとめども》の前《さき》に立てりき。乃ち天皇、其の媛女等を見したまひて、御心に伊須氣余理比賣の[八]最前《いやさき》に立てるを知らして、歌を以ちて答《こた》曰へたまひしく、

[九]かつがつも　いや先立《さきだ》てる　[一〇]兄《え》をし枕かむ

とこたへたまひき。爾に大久米命《の》、天皇の命《みこと》を以ちて、其の伊須氣余理比賣に詔《の》りし時、其の大久米命《の》の[一一]黥《さ》ける利目《とめ》を見て、[一二]奇《あや》しと思ひて歌《うた》曰ひけらく、

[一三]胡鷰子鶺鴒《あめつつ》　千鳥《ちどり》ま鵐《しとと》　など黥《さ》ける利目《とめ》

とうたひき。爾に大久米命《の》、答へて歌《うた》曰ひけらく、

[一四]媛女《をとめ》に　[一五]直《ただ》に遇《あ》はむと　[一六]我《わ》が黥ける利目

とうたひき。故、其の嬢子《をとめ》、「[一七]仕へ奉らむ。」と白しき。是に其の伊須氣余理比

たものか。ツツは鶺鴒の一名(或いはアメツツは千鳥の枕詞でもあろうか)。チドリは千鳥、マシトトは、天武紀に巫鳥、此云㆓芝苔々㆒、和名抄にも鵐は之止々とある鳥で、真鵐(マシトト)であろうか。このように諸鳥の名を挙げたのは、鳥の目は円くて鋭いから、大久米命の目に譬えたのであると説いている。これに反して橘守部は稜威言別において、アメツツは天地で、天地の間にての意。チドリマシトトは千人勝人(チタリマシト)とで、千人に勝る人とありての意とし、一首の大意を、「天地の間に、千人にも勝る人とありて、など世の並々の軍士のやうに、裂利目は着けたるぞ。然せずとも、其勇威は並ぶ人もなきものをやと也。」と解している。然るに記伝には「汝の目を見れば、胡鷰、鶺鴒、千鳥、真鵐などの目の如くになむある。何如此は裂たる利目なるぞ、と云るにやあらむ。」と説いている。解し難い歌であるが、しばらく記伝の説に従う。

一四　この場合は伊須気余理比売を指す。

一五　真接に(まともに)お目にかかろうと思って。

一六　前の歌の末句と殆ど同じで、ただ「ナド」と「ワガ」とが相違しているのみである。この二首も、もとは謡物としての一首の旋頭歌であったが、それが問答として二つに分けられたものではあるまいか。記紀の旋頭歌は、「須須許理が、醸みし御酒に、われ酔ひにけり。ことなぐし、ゑぐしに、われ酔ひにけり。」のように、第三句と第六句とが全く同じ句から成っているか、または「あたらしき、猪名部の工匠、繋けし墨縄。其が無けば、誰れか繋けむよ、あたら墨縄。」のように、第三句と第六句とは殆ど同じ句であるが、その間に小異があるものに限られていることを思うべきである。

一七　お后になりましょうの意。

賣命之家、在㆓狭井河之上㆒。天皇幸㆓行其伊須氣余理比賣之許㆒、一宿御寢坐也。其河謂㆓佐韋河㆒由者、於㆓其河邊㆒山由理草多在。故、取㆓其山由理草之名㆒、號㆓佐韋河㆒也。山由理草之本名云㆓佐韋㆒也。後其伊須氣余理比賣、參㆓入宮內㆒之時、天皇御歌曰、

阿斯波良能　志祁志[1]岐袁夜邇　須賀多多美　伊夜佐夜斯岐弖　和賀
布多理泥斯

然而阿禮坐之御子名、日子八井命、次神八井耳命、次神沼河耳命、[2]三柱。

故、天皇崩後、其庶兄當藝志美美命、娶㆓其嫡[3]后伊須氣余理比賣㆒之時、將㆑殺㆓其三弟㆒而謀之間、其御祖伊須氣余理比賣患苦而、以㆑歌令㆑知㆓其御子等㆒。歌曰、

佐韋賀波用　久毛多知和多理　宇泥備夜麻　許能波佐夜藝奴　加是
布加牟登須

又歌曰、

宇泥備夜麻　比流波久毛登韋　由布佐禮婆　加是布加牟登曾　許能
波佐夜牙流

於㆑是其御子聞知而驚、乃爲㆑將㆑殺㆓當藝志美美㆒之時、神沼河耳命、曰[4]㆓其兄神八井耳命㆒、那泥此二字以㆑音。汝命、持㆑兵入而、殺㆓當藝志美美㆒。故、↓

1　志—眞・田に「志」とあるによる。諸本「去」に作る。

2　三柱—底・延・田には分注としているが、眞・前・猪・寛によって本文とした。

3　嫡—眞・前・猪には「適」とある。嫡と適とは同義。

4　曰—眞・田には「白」とある。

一　皇后になられた方であるから、「命」の敬称がつけられている。

二　記伝に「神名帳、大和国城上郡に、狭井坐大神荒魂神社あれば、其処にある河なるべし。」とし、「大和志城上郡部に、狭井渓(ハガ)、源自㆓三輪山㆒、遶㆓狭井寺跡㆒、至㆓箸中村㆒、入㆓纏向渓㆒(ハガ)と云り。まことに此川にや。猶よく尋ぬべし。」と分注している。

三　ほとり(辺)の意。

四　一夜。

五　原文は「御寢坐也」とあるが、垂仁記に「為㆓御寢㆒坐也」とあるのによって、ミネシマシキと訓んだ。伊須気余理比売とお寝みになったの意。

六　本文には狭井河とあるのに、注に佐韋河と文字を変えているのは異例である。

七　記伝に百合の一種であろうとしている。その原名をサヰというとあるが、他に所見のない語である。

八　お后として後宮に入られた時。

九　葦がいっぱい生えているところの。

一〇　シケシキは真福寺本の「志祁志岐」によった。諸本には「志祁去岐(シケコキ)」とあり、記伝には醜(シコ)きを延べてシケコキというとしているが、古事記の歌謡には「去」の字を音仮名として使用した例は他に無いから、「志」に従うべきである。さてシケシキは、形容詞シケシの連体形と見るべき語であるが、新撰字鏡を見ると、「蕪」に志介志(シケシ)の訓があって、穢也、荒也などと注している。今これらを参考すれば、このシケシキは、穢ないとか、荒れたとかの意ではあるまいか。

一一　菅を編んで作った敷物。

一二　いよいよ清らかに敷いて。サヤは、さやさ

賣《の》[一]命の家、狹《さ》[二]井《ゐ》河の上《へ》[三]に在りき。天皇、其の伊須氣余理比賣の許《もと》に幸行《い》でまして、一《ひと》[四]宿《よ》御《み》[五]寢《ね》し坐《ま》しき。（其の河を佐韋河と謂ふ由は、其の河の邊に山由理草多に在りき。故、其の山由理草の名を取りて、佐韋河と號けき。山由理草の本の名は佐韋と云ひき。）[六][七] 後に其の伊須氣余理比賣、宮[八]の内に參《ま》ゐ入りし時、天皇御歌よみしたまひけらく、

葦[九]原の　しけしき[一〇]小屋《をや》に　菅疊《すがたたみ》[一一]　いや[一二]清《さや》敷きて　我《わ》[一三]が二人寢し

とよみたまひき。然《しか》して阿《あ》[一四]禮《れ》坐《ま》しし御子の名は、日《ひ》[一五]子《こ》八《や》井《ゐ》命《の》、次に神《かむ》[一六]八《や》井《ゐ》耳《みみ》命《の》、次に神《かむ》[一七]沼《ぬな》河《かは》耳《みみ》命《の》、三柱なり。

3　当芸志美美命の反逆

故、天皇《すめらみこと》崩《かむあが》りまして後、其の庶兄《ままね》當藝志美美命《たぎしみみのみこと》、其の嫡后《おほきさき》伊須氣余理比賣を娶《めと》[一八]せし時、其の三[一九]はしらの弟《おと》を殺さむとして謀《たばか》る間に、其の御祖《みおや》伊須氣余理比賣、患《うれ》ひ苦しみて、歌を以ちて其の御子等《たち》に知らしめたまひき。歌曰《うた》ひたまひけらく、

狹井河《さゐがは》よ　雲立ちわたり　畝火山《うねびやま》　木《こ》[二〇]の葉騷《さや》ぎぬ　風吹かむとす[二一]

とうたひたまひき。又歌曰《うた》ひたまひけらく、

畝火山　晝は雲[二二]とゐ　夕《ゆふ》されば　風吹かむとぞ　木の葉騷《さや》げる

とうたひたまひき。是に其の御子聞き知りて驚きて、乃ち當藝志美美を殺さむと爲《し》たまひし時、神沼河耳命《の》、其の兄《あに》神八井耳命《の》に曰《まを》ししく、「那泥《なね》[二三]、（此の二字は音を以ゐよ。）汝命《いましみこと》、兵《つはもの》を持ちて入[二四]りて、當藝志美美を殺したまへ。」とまをしき。故、

やとの意に解してもよい。さやさやは物が摩れ合って発する音。
一三　私が、そなたと二人で寝たことだ。万葉巻一二に「大船の津守の占に告らむとは正しに知りて我が二人寝し」(一〇九)とある。
一四　アレは出現の意。お生まれになった。
一五　以下三柱の御子は、いずれも井や河に因んだ名である。書紀は二柱としてこの御子は見えない。
一六　書紀には神八井命とある。
一七　書紀には神渟名川耳尊とある。後の綏靖天皇。
一八　記伝に娶をタハクと訓み、不義の交りの意に解し、また強いて犯そうとして求婚したのをタハクと言ったのかも知れないと述べているが、共に誤りである。娶の字の他の用例からすれば、明らかに結婚した意である。従ってこれをヨバヒシと訓むのも不可である。
一九　↓補注一八
二〇　木の葉がさやさやと鳴り騒いでいる。
二一　一首の意は、狭井河の方から雲が一面に湧き起こり、畝火山は木の葉がさやさやと鳴り騒いでいる。風が吹こうとしているのだというのであって、物語から切り離すと珍しい叙景の歌である(次の歌も同じ)。ところが物語に即すると一種の諷刺歌であって、第四句までは当芸志美美が謀叛を企んでいること、第五句は三弟を殺そうとしていることを諷している。
二二　武田博士の説に従って、「雲が流れ動き」の意に解する。↓補注一九
二三　汝ネで、人を親しんで呼ぶ語。
二四　当芸志美美の家に入っての意。↓補注二〇

持レ兵入以將レ殺之時、手足和那那岐弖、此五字以レ音。不ニ得殺一。故爾其弟神沼河耳命、乞ニ取其兄所レ持之兵一、入殺ニ當藝志美美一。故亦稱ニ其御名一、謂ニ建沼河耳命一。

爾神八井耳命、讓ニ弟建沼河耳命一曰、吾者不レ能レ殺レ仇。汝命既得ニ殺仇一。故、吾雖レ兄不レ宜レ爲レ上。是以汝命爲レ上治ニ天下一。僕者扶ニ汝命一、爲ニ忌人一而仕奉也。故、其日子八井命者、茨田連、手嶋連之祖。神八井耳命者、意富臣、小子部連、坂合部連、火君、大分君、阿蘇君、筑紫三家連、雀部臣、雀部造、小長谷造、都祁直、伊余國造、科野國造、道奥石城國造、常道仲國造、長狭國造、伊勢船木直、尾張丹羽臣、嶋田臣等之祖也。神沼河耳命者、治ニ天下一也。

凡此神倭伊波禮毘古天皇御年、壹佰參拾漆歲。御陵在ニ畝火山之北方白檮尾上一也。

神沼河耳命、坐ニ葛城高岡宮一、治ニ天下一也。此天皇、娶ニ師木縣主之祖、河俣毘賣一、生御子、師木津日子玉手見命。一柱 天皇御年、肆拾伍歲。御陵在ニ衝田岡[1]一也。

師木津日子玉手見命、坐ニ片鹽浮穴宮一、治ニ天下一也。此天皇、娶ニ河俣毘賣之兄、縣主波[2]延之女、阿久斗比賣一、生御子、↓

一 ブルブルふるえて。戦慄して。
二 勇ましい沼河耳命の意。
三 以下、綏靖紀には「神八井耳命、懣然自服、讓ニ於神渟名川耳尊一曰、吾是乃兄、而懦弱不レ能レ致レ果。今汝特挺神武。自誅ニ元悪一。宜哉乎。汝之光ニ臨天位一以承ニ皇祖之業一。吾当下為レ汝輔之、奉中典神祇上者。」とある。
四 自分の身を退いて。
五 天皇。
六 斎(イハヒ)人の意で、神祇を祭る人である。神武紀には、顕斎にウツシイハヒ、斎にイハヒの訓注がある。
七 茨田連(マムダノムラジ)の茨田は、河内国の地名で、それを氏族名としたもの。手島連(テシマノムラジ)は摂津国豊島(テシマ)郡豊島の地名に因んだ氏族。
八 意富臣(オホノオミ)は書紀に多臣とある。大和国十市郡飫富(オホ)の地に因んだ氏族名。小子部連(チヒサコベノムラジ)については雄略紀六年の条に、天皇が后妃たちに蚕(コ)を飼わせるために、スガルという人に命じて国内の蚕を聚めさせられた。ところがスガルはコというのを感違いして、嬰児を聚めて献ったので、天皇大いに咲(わら)って小子部連という姓を賜わったと伝えている。坂合部連(サカヒベノムラジ)については、姓氏録摂津国皇別に「同大彦命之後也。允恭天皇御世、造ニ立国境之標一。因賜ニ姓坂合部連一。」とあるが、神八井耳命の後という伝えは見えない。火君(ヒノキミ)は筑紫の肥国に因んだ氏族。大分君(オホキダノキミ)は豊後国大分、古の碩田(オホキダ)に因んだ氏族。阿蘇君(アソノキミ)は肥後国阿蘇、古の阿蘇国に因んだ氏族。筑紫の三家連(ミヤケノムラジ)は筑紫にある屯倉(ミヤケ)のことを掌る所から出た氏族名か。雀部臣(サザキベノオミ)は、孝元記には建内宿禰の子なる許勢小柄宿禰を祖とする由の別伝がある。姓氏録左京皇別上の雀部朝臣の条には「建内宿禰之後也」とあって、「謚応神御世、

1 岡―眞・前・猪には「崗」とある。以下同じ。
2 波―諸本に「殿」とある。眞も「殿」とあるが、右に「波御本」と注している。この注記に據って「波」と改めた。

兵を持ちて入りて殺さむとせし時、手足和《わ》那《な》那《な》岐《き》弖《て》[一]、（此の五字は音を以ゐよ。）得《え》殺したまはざりき。故爾に其の弟《おと》神沼河耳命《の》、其の兄の持てる兵を乞ひ取りて、入りて當藝志美美を殺したまひき。故《かれ》亦其の御名を稱《たた》へて、建沼河耳命《たけぬなかはみみの》[二]と謂ふ。

爾に神八井耳命《の》[三]、弟《おと》建沼河耳命《の》に讓[四]りて曰《まを》しけらく、「吾《あ》は仇《あた》を殺すこと能はず。汝命《いましみこと》既に仇を得《え》殺したまひき。故、吾は兄なれども上《かみ》[五]と爲《な》るべからず。是を以ちて汝命上《かみ》と爲《な》りて、天の下治らしめせ。僕《あ》は汝命を扶《たす》けて、忌人《いはひびと》[六]と爲《な》りて仕へ奉らむ。」とまをしき。故、其の日子八井命《の》は、[七]（茨田連、手島連の祖。）神八井耳命《の》は、[八]（意富臣、小子部連、坂合部連、火君、大分君、阿蘇君、筑紫の三家連、雀部臣、雀部造、小長谷造、都祁直、伊余國造、科野國造、道奥の石城國造、常道の仲國造、長狹國造、伊勢の船木直、尾張の丹羽臣、島田臣等の祖なり。）神沼河耳命《の》は、天の下治らしめしき。

凡《おほよ》そ此の神倭伊波禮毘古《の》天皇の御年《みとし》、壹佰參拾漆歲《ももちまりみそぢまりななとせ》[九]。御陵《みはか》[一〇]は畝火山の北の方の白檮《かし》の尾《を》の上に在り。

綏靖天皇

神沼河耳命《の》、葛城《かづらき》[一一]の高岡宮《の》に坐《ま》しまして、天《あめ》の下《した》治《し》らしめしき。此の天皇、師《し》[一二]木縣主《きのあがたぬし》の祖《おや》、河俣毘賣《かはまたびめ》を娶《めと》して生みませる御子、師《し》[一三]木《き》津《つ》日《ひ》子《こ》玉手《たまで》見命《みの》。（一柱）天皇の御年、肆拾伍歲《よそぢまりいつとせ》[一四]。御陵[一五]は衝田岡《つきだの》に在り。

安寧天皇

師木津日子玉手見命《の》、片鹽《かたしほ》[一六]の浮穴宮《うきあなの》に坐しまして、天の下治らしめしき。此の天皇、河俣毘賣の兄、縣[一七]主波延《はえ》の女《むすめ》、阿《あ》[一八]久《く》斗《と》比《ひ》賣《め》を娶《めと》して生[一九]みませる御子、

代ニ於皇太子大鷦鷯尊一、繫ニ木綿襷一、掌レ監ニ御膳一。因賜レ名曰ニ大雀臣一。日本紀合。」とある。雀部造(サザキベノミヤツコ)は他に所見がない。小長谷造(ヲハツセノミヤツコ)は小長谷若雀命(武烈天皇)の御名に因んだ氏族名。都祁直(ツケノアタヘ)は大和国山辺郡都介に因んだ氏族。伊余国造(イヨノクニノミヤツコ)は四国の伊予の国造。科野国造(シナノノクニノミヤツコ)は信濃の国造。道奥(ミチノク)の石城国造(イハキノクニノミヤツコ)は陸奥の磐城の国造。常道(ヒタチ)の仲国造(ナカノクニノミヤツコ)は常陸の那珂の国造。長狭国造(ナガサノクニノミヤツコ)は安房の長狭の国造。伊勢の船木直(フナキノアタヘ)の船木は未詳。尾張の丹羽臣(ニハノオミ)は尾張国丹羽郡の地に因んだ氏族。島田臣(シマダノオミ)は尾張国海部郡島田の地に因んだ氏族。

九　一百三十七歳。書紀には一百二十七歳とあって、十年の差がある。

一〇　書紀には畝傍山東北陵とある。

一一　葛城は和名抄にいう大和国葛上郡・葛下郡の地。書紀には「都ニ葛城一。是謂ニ高丘宮一。」とある。

一二　師木は大和国城上郡・城下郡の地。↓補注「二一」

一三　書紀には磯城津彦玉手看尊とある。後の安寧天皇。

一四　四十五歳。書紀には八十四とある。

一五　書紀の安寧紀に「葬ニ神渟名川耳天皇於倭桃花鳥田(ツキダノ)丘上陵一。」とある。この御陵は高市郡にある。

一六　書紀には「遷ニ都於片塩一。是謂ニ浮孔宮一。」とある。

一七　県主は師木(磯城)の県主で、師木を略したのである。書紀には磯城県主葉江の女、川津媛とある。

一八　↓補注二二。　一九　↓補注二三

一 書紀の常津彦某兄（トコツヒコイロネ）に当る。
二 大日本彦耜友（オホヤマトヒコスキトモ）天皇で、後の懿徳天皇。
三 書紀の磯城津彦（シキツヒコ）命に当る。
四 単に子の意。名は伝わっていない。
五 伊賀の須知（スチ）の稲置（イナギ）は、伊賀国名張郡周知の地に因んだ氏族名。稲置はカバネ（姓）。那婆理（ナバリ）の稲置は、同国同郡名張の地に因んだ氏族名。三野の稲置は同国伊賀郡身野（ミノ）の地に因んだ氏族名。
六 反正紀に「去来穂別天皇二年、立為皇太子。天皇初生于淡路宮。（中略）於是有井。曰瑞井。則汲而洗太子。時多遅花落在于井中。因為太子名也。」とあるのが参考となる。この御井に因んで淡道の御井宮と呼んだのであろう。
七 孝霊天皇の妃になられた。孝霊紀には「妃倭国香媛〔亦名、絙某姉（ハヘイロネ）〕」とある。
八 この妹も孝霊天皇の妃になられた。孝霊紀には「亦妃、絙某弟（ハヘイロド）」とある。イロネは同腹の姉、イロドは同腹の妹。
九 四十九歳。書紀には五十七とある。
一〇 ミホトは御陰。畝火山を人体に譬え、ちょうど陰部にあたるあたりというのである。懿徳紀には「葬磯城津彦玉手看天皇於畝傍山南御陰（ミホト）井上陵。」とある。
一一 軽は大和国高市郡にある。書紀には「遷都於軽地。是謂曲峡（マガリヲ）宮。」とある。
一二 →補注二四
一三 書紀には観松彦香殖稲天皇と記している。後の孝昭天皇。 一四 →補注二五
一五 血沼（チヌ）の別（ワケ）は、和泉国和泉郡血沼の地に因んだ氏族名。別はカバネ。多遅麻（タヂマ）の竹別（タケノワケ）は但馬国の竹（未詳）の地に因んだ氏族名。葦井（アシヰ）の稲置は未詳。

常根津日子伊呂泥命。自伊下三字以音。次大倭日子鉏友命。次師木津日子命。此天皇之御子等、并三柱之中、大倭日子鉏友命者、治天下。次師木津日子命之子、二王坐。一子孫[1]者、伊賀須知之稲置、那婆理之稲置、三野之稲置之祖。一子、和知都美命者、坐淡道之御井宮。故、此王有二女。兄名蠅伊呂泥。亦名意富夜麻登久邇阿禮比賣命。弟名蠅伊呂杼也。

天皇御年、肆拾玖歳。御陵在畝火山之美富登也。

大倭日子鉏友命、坐軽之境岡宮、治天下也。此天皇、娶師木縣主之祖、賦登麻和訶比賣命、亦名飯日比賣命、生御子、御眞津日子訶惠志泥命。自訶下四字以音。次多藝志比古命。二柱 故、御眞津日子訶惠志泥命者、治天下也。次當藝志比古命者、血沼之別、多遅麻之竹別、葦井之稲置之祖。天皇御年、肆拾伍歳。御陵在畝火山之眞名子谷上也。

御眞津日子訶惠志泥命、坐葛城掖上宮、治天下也。此天皇、娶尾張連之祖、奧津余曾之妹、名余曾多本毘賣命、生御子、天押帯日子命。次大倭帯日子國押人命。二柱 故、弟帯日子國忍人命者、治天下也。兄天押帯日子命者、春日臣、大宅臣、粟田臣、小野臣、柿本臣、壹比韋臣、大坂臣、阿那臣、多紀臣、羽栗臣、知多臣、牟邪臣、都怒山臣、伊勢飯高君、壹師君、近淡海國造之祖也。天皇御年、玖拾參歳。御陵在掖上博多山上也。

1 孫—田にはこの字を衍字として削っている。

[一]常根津日子伊呂泥《とこねつひこいろねの》命。伊より下の三字は音を以ゐよ。次に[二]大倭日子鉏友《おほやまとひこすきともの》命。次に[三]師木津日子《しきつひこの》命。此の天皇の御子等《たち》、并《あは》せて三柱の中《なか》に、大倭日子鉏友命《の》は、天の下治らしめしき。次に師木津日子命《の》の子、二王《ふたみこ》坐しき。一《ひと》りの子[四]孫《と》は、[五]伊賀の須知の稲置、那婆理の稲置、三野の稲置の祖。一《ひと》りの子、和知都美《わちつみの》命は、[六]淡道《あはぢ》の御井宮《みゐの》に坐しき。故、此の王《みこ》、二《ふた》りの女《むすめ》有りき。兄《いろね》の名は[七]蝿伊呂泥《はへいろね》。亦の名は意富夜麻登久邇阿禮比賣《おほやまとくにあれひめの》命。弟《いろと》の名は[八]蝿伊呂杼《はへいろど》なり。天皇の御年、[九]肆拾玖歳《よそぢまりここのとせ》。[一〇]御陵は畝火山の美富登《みほと》に在り。

懿徳天皇

大倭日子鉏友《おほやまとひこすきともの》命、[一一]輕《かる》の境岡宮《さかひをかの》に坐しまして、天の下治らしめしき。此の天皇、[一二]師木縣主《の》の祖《おや》、賦登麻和訶比賣《ふとまわかひめの》命、亦の名は飯日比賣《いひひめの》命を娶《めと》して、生みませる御子、[一三]御眞津日子訶惠志泥《みまつひこかゑしねの》命。訶より下の四字は音を以ゐよ。次に[一四]多藝志比古《たぎしひこの》命。二柱 故、御眞津日子訶惠志泥命《の》は、天の下治らしめしき。次に當藝志比古命《の》は、[一五]血沼の別、多遲麻の竹別、葦井の稲置の祖。天皇の御年、[一六]肆拾伍歳《よそぢまりいつとせ》。[一七]御陵は畝火山の眞名子《まなご》谷の上に在り。

孝昭天皇

御眞津日子訶惠志泥命《の》、[一八]葛城《かづらき》の掖上宮《わきがみの》に坐しまして、天の下治らしめしき。此の天皇、尾張連《のむらじ》の祖《おや》、奥津余曾《おきつよそ》の妹《いも》、名は[一九]余曾多本毘賣《よそたほびめの》命を娶して、生みませる御子、[二〇]天押帯日子《あめおしたらしひこの》命。次に[二一]大倭帯日子國押人《おほやまとたらしひこくにおしびとの》命。二柱 故、弟《いろと》帯日子國忍人命《の》は、天の下治らしめしき。兄《いろせ》天押帯日子命《の》は、[二二]春日臣、大宅臣、粟田臣、小野臣、柿本臣、壹比韋臣、大坂臣、阿那臣、多紀臣、羽栗臣、知多臣、牟邪臣、都怒山臣、伊勢の飯高君、壹師君、近淡海國造の祖なり。天皇の御年、[二三]玖拾參歳《ここのそぢまりみとせ》。[二四]御陵は掖上《わきがみ》の博多山《はかた》の上に在り。

一六　四十五歳。書紀には享年を記していない。

一七　孝昭紀に「葬二大日本彦耜友天皇於畝傍山南纖沙谿(マナゴダニ)上陵一。」とある。

一八　書紀には「遷二都於掖上一。是謂二池心(イケコロ)宮一。」とある。

一九　↓補注二六

二〇　書紀には天足彦国押人命とある。

二一　書紀には日本足彦国押人天皇とある。後の孝安天皇。

二二　春日臣(カスガノオミ)は大和国添上郡春日の地に因んだ氏族名。↓補注二七。大宅臣(オホヤケノオミ)は大和国添上郡大宅の地に因んだ氏族名。粟田臣(アハタノオミ)は山城国愛宕郡粟田の地に因んだ氏族名。小野臣(ヲノノオミ)については↓補注二八。柿本臣(カキノモトノオミ)については↓補注二九。壱比韋臣(イチヒキノオミ)は大和国添上郡櫟井(イチヒヰ)の地に因んだ氏族名。大坂臣(オホサカノオミ)は備後国安那郡大坂の地に因んだ氏族名か。阿那臣(アナノオミ)は備後国安那郡の地に因んだ氏族名。多紀臣(タキノオミ)は丹波国多紀郡の地に因んだ氏族名か。羽栗臣(ハグリノオミ)は尾張国葉栗郡葉栗の地に因んだもの。知多臣(チタノオミ)は尾張国智多郡の地に因んだもの。牟邪臣(ムザノオミ)は上総国武射郡の地に因んだもの。都怒山臣(ツノヤマノオミ)は未詳。石見国角の里に高角山(タカツノヤマ)があるから(万葉巻二、一三二)それに因んだものか。伊勢の飯高君(イヒタカノキミ)は伊勢国飯高郡の地に因んだもの。壱師君(イチシノキミ)は同国壱志郡の地に因んだもの。近淡海国造(チカツアフミノクニノミヤツコ)は近江の国造。さて書紀には「天足彦国押人命、此和珥臣(ワニノオミ)等始祖也。」とあるのみである。

二三　九十三歳。書紀には享年を記さない。

二四　孝安紀に「葬二観松彦香殖稲天皇于掖上博多山上陵一。」とある。

大倭帯日子國押人命、坐ニ葛城室之秋津嶋宮一、治ニ天下一也。此天皇、娶ニ姪忍鹿比賣命一、生御子、大吉備諸進命。次大倭根子日子賦斗邇命。二柱。自レ賦下三字以レ音。故、大倭根子日子賦斗邇命者、治ニ天下一也。天皇御年、壹佰貳拾參歳。御陵在ニ玉手岡上一也。

大倭根子日子賦斗邇命、坐ニ黒田廬戸宮一、治ニ天下一也。此天皇、娶ニ十市縣主之祖、大目之女、名細比賣命一、生御子、大倭根子日子國玖琉命。一柱。玖琉二字以レ音。又娶ニ春日之千千速眞若比賣一、生御子、千千速比賣命。一柱。又娶ニ意富夜麻登玖邇阿禮比賣命一、生御子、夜麻登登母母曾毘賣命。次日子刺肩別命。次比古伊佐勢理毘古命、亦名大吉備津日子命。次倭飛羽矢若屋比賣。四柱。又娶ニ其阿禮比賣命之弟、蠅伊呂杼一、生御子、日子寤間命。次若日子建吉備津日子命。二柱。此天皇之御子等、幷八柱。男王五、女王三。故、大倭根子日子國玖琉命者、治ニ天下一也。大吉備津日子命與ニ若建吉備津日子命一、二柱相副而、於ニ針間氷河之前一、居ニ忌瓮一而、針間爲ニ道口一以言ニ向-和吉備國一也。故、此大吉備津日子命者、吉備上道臣之祖也。次若日子建吉備津日子命者、吉備下道臣、笠臣祖。次日子寤間命者、針間牛鹿臣之祖也。次日子刺肩別命者、高志之利波臣、豐國之國前臣、五百原君、角鹿海直之↓

一 室は大和国葛上郡牟婁の地。書紀に「遷ニ都於室地一。是謂ニ秋津島宮一。」とある。
二 書紀には「立ニ姪押媛一(オシヒメ)為ニ皇后一。〔一云、磯城県主葉江女、長媛。一云、十市県主五十坂彦女、五十坂媛也。〕」とある。
三 この御子は書紀に見えない。
四 書紀には大日本根子彦太瓊天皇と記す。後の孝霊天皇。
五 一百二十三歳。書紀には享年を記さない。
六 孝霊紀に「葬ニ日本足彦国押人天皇于玉手丘上陵一。」とある。
七 黒田は大和国城下郡黒田の地。書紀に「遷ニ都於黒田一。是謂ニ廬戸宮一。」とある。
八 ↓補注三〇
九 書紀には大日本根子彦国牽(オホヤマトネコヒコクニクル)天皇と記す。後の孝元天皇。
一〇 書紀の細媛命の別伝に見える春日千乳早山香媛と同じ人であろう。
一一 書紀にはこの御子は見えない。
一二 蝿伊呂泥の別名であるが、書紀には倭国香媛〔亦名、絙某姉(ハヘイロネ)〕とある。
一三 書紀には倭迹迹日百襲姫(ヤマトトトヒモモソヒメ)命とある。
一四 書紀にはこの御子は見えない。
一五 書紀には彦五十狭芹彦命と記し、亦の名を吉備津彦命としている。
一六 書紀には倭迹迹稚屋姫(ヤマトトトワカヤヒメ)命としている。
一七 書紀には彦狭島(ヒコサシマ)命としている。
一八 書紀には稚武彦命としている。
一九 お二人連れ立って。
二〇 針間は播磨国。氷河の前は未詳。
二一 神を祭るに用いる清浄な甕を、地を掘って据えての意。武田祐吉博士は、万葉にはイハヒベのべに戸の字を当てていること、延喜式に鎮ニ御魂斎戸一祭などのように斎戸の文字が使用

孝安天皇

大倭帯日子國押人命《の》、葛城の[一]室《むろ》の秋津島宮《あきづしまの》に坐しまして、天の下治らしめしき。此の天皇、[二]姪忍鹿比賣命《めひおしかひめの》を娶して、生みませる御子、[三]大吉備諸進命《おほきびのもろすすの》。次に[四]大倭《おほやまと》根子日子賦斗邇命《ねこひこふとにの》。二柱。賦より下の三字は音を以ゐよ。故、大倭根子日子賦斗邇命《の》は、天の下治らしめしき。天皇の御年、[五]壹佰貳拾參歳《ももあまりはたちまりみとせ》。[六]御陵は玉手《たまで》の岡の上に在り。

孝霊天皇

大倭根子日子賦斗邇命《の》、[七]黒田《くろだ》の廬戸宮《いほどの》に坐しまして、天の下治らしめしき。此の天皇、[八]十市縣主《とをちの》の祖、大目《おほめ》の女《むすめ》、名は細比賣命《くはしひめの》を娶して、生みませる御子、[九]大倭根子日子國玖琉命《くにくるの》。一柱。玖琉の二字は音を以ゐよ。又春日《かすが》の[一〇]千千速眞若比賣《ちちはやまわか》を娶して、生みませる御子、[一一]千千速比賣命《の》。一柱。又[一二]意富夜麻登玖邇阿禮比賣命《おほやまとくにあれひめの》を娶して、生みませる御子、[一三]夜麻登登母母曾毘賣命《やまとともももそびめの》。次に[一四]日子刺肩別命《ひこさしかたわけの》。次に[一五]比古伊佐勢理毘古命《ひこいさせりびこの》、亦の名は大吉備津日子命《おほきびつひこの》。次に[一六]倭飛羽矢若屋比賣《やまととびはやわかや》。四柱。又其の阿禮比賣命《あれひめの》の弟《いろと》、蠅伊呂杼《はへいろど》を娶して、生みませる御子、[一七]日子寤間命《ひこさめまの》。次に[一八]若日子建吉備津日子命《わかひこたけきびつひこの》。二柱。此の天皇の御子等《たち》、并《あは》せて八柱なり。男王五、女王三。故、大倭根子日子國玖琉命《の》は、天の下治らしめしき。大吉備津日子命《の》と若建吉備津日子命《の》とは、[一九]二柱相副《あひたぐ》ひて、[二〇]針間《はりま》の氷河《ひかは》の前《さき》に[二一]忌瓮《いはひべ》を居《す》ゑて、針間を[二二]道の口と爲《し》て吉備國《の》を[二三]言向《ことむ》け和《やは》したまひき。故、此の大吉備津日子命《の》は、[二四]吉備の上つ道臣の祖なり。次に若日子建吉備津日子命《の》は、[二五]吉備の下つ道臣、笠臣の祖。次に日子寤間命《の》は、[二六]針間の牛鹿臣の祖なり。次に日子刺肩別命《の》は、[二七]高志の利波臣、豐國の國前臣、五百原君、角鹿の海直

されていることなどから、イハヒベを神聖なる神座の意に解されている(万葉集全註釈巻三)。万葉巻三に「ひさかたの、天の原より、あれ来たる、神の命、(中略)斎戸を、忌ひ穿り居ゑ、(中略)かくだにも、われは祈ひなむ。」(三七九)、同巻に「わが屋戸に、御諸を立て、枕辺に、斎戸を居ゑ」(四二〇)、巻十三に「斎戸を、いはひ穿り居ゑ、(中略)天地の、神をぞわが祈む」(三二八四)などの例がある。

二二　ミチノシリに対する語。その国に入り初めるところを道の口という。

二三　崇神紀十年九月の条に「吉備津彦遣㆓西道㆒。」とある。いわゆる四道将軍派遣の一つが、古事記ではここに伝えられている。

二四　備前国上道(カムツミチ)郡の地に因んだ氏族名。応神紀二十二年九月の条に「天皇於㆑是看㆓御友別謹惶侍奉之状㆒、而有㆓悦情㆒。因以割㆓吉備国㆒、封㆓其子等㆒也。則分㆓川島県㆒、封㆓長子稲速別㆒。是下道臣之始祖也。次以㆓上道県㆒、封㆓中子仲彦㆒。是上道臣、香屋臣之始祖也。(中略)復以㆓波区芸県㆒、封㆓御友別弟鴨別㆒。是笠田(臣カ)之始祖也。」と伝えている。

二五　備中国下道(シモツミチ)郡の地に因んだ氏族名。笠臣(カサノオミ)と共に前掲応神紀参照。孝霊紀には「稚武彦命、是吉備臣之始祖也。」とある。

二六　牛鹿臣(ウジカノオミ)については、姓氏録右京皇別に「宇自可臣。孝霊天皇皇子、彦狭島命之後也。」とある。牛鹿は播磨の地名。

二七　高志(コシ)の利波臣(トナミノオミ)は、越中国礪波(トナミ)郡の地に因んだ氏族名。豊国の国前臣(クニサキノオミ)は、豊後国国埼郡の地に因んだもの。五百原君(イホハラノキミ)は、駿河国廬原(イホハラ)郡の地に因んだもの。角鹿(ツヌガ)の海直(アマノアタヘ)は、越前国敦賀の海部を掌る氏族名。

一　一百六歳。書紀には享年を記さない。
二　孝元紀に「葬二大日本根子彦太瓊天皇于片丘馬坂陵一。」とある。
三　書紀に「遷二都於軽地一。是謂二境原宮一。」とある。
四　書紀に「立二欝色謎（ウツシコメ）命一為二皇后一。后生二二男一女一。」とある。
五　書紀には大彦命とある。
六　書紀には倭迹迹姫〔一云、天皇母弟、少彦男心（スクナヒコタケココロ）命〕とあって、第三子としている。
七　書紀には稚日本根子彦大日日天皇と記し、第二子としている。後の開化天皇。
八　書紀には「妃伊香色謎命」とある。
九　書紀には彦太忍信命とある。
一〇　書紀には「次妃河内青玉繋（カフチノアヲタマカケ）女、埴安媛」とある。
一一　書紀には武埴安彦命とある。
一二　↓補注三一
一三　阿倍は地名であろうが、どこの地名か不明。
一四　膳臣（カシハデノオミ）の膳は膳夫の意。この氏については↓補注三二
一五　この注は不審。那毘売の三字とあるべきところである。
一六　ウマシは可美で美称、内（チウ）は大和国有智郡の地に因んだ名で、建内の内も同じ。宿禰については記伝に、古はただ臣たちを親しんで言った呼び名で、姓のカバネになったのは、天武天皇の御世からであると説いている。
一七　山代の内臣は山城国綴喜郡宇智の地に因んだ氏族名。
一八　紀伊の国造。
一九　孝元紀には「彦太忍信命、是武内宿禰之祖父也。」とある。↓補注三三
二〇　臣下である武内宿禰の系譜を挙げているの

祖也。天皇御年、壹佰陸歳。御陵在二片岡馬坂上一也。

大倭根子日子國玖琉命、坐二輕之堺原宮一、治二天下一也。此天皇、娶二穗積臣等之祖、内色許男命色許二字以レ音。下效レ此。妹、内色許賣命一、生御子、大毘古命。次少名日子建猪心命。次若倭根子日子大毘毘命。三柱又娶二内色許男命之女、伊迦[1]賀色許賣命一、生御子、比古布都押之信命。自レ比至レ都以レ音。又娶二河内青玉之女、名波邇夜須毘賣一、生御子、建波邇夜須毘古命。一柱此天皇之御子等、并五柱。故、若倭根子日子大毘毘命者、治二天下一也。其兄大毘古命之子、建沼河別命者、阿倍臣等之祖。次比古伊那許士[2]別命。自レ比至レ士[3]六字以レ音。此者膳臣之祖也。比古布都押之信命、娶二尾張連等之祖、意富那毘之妹、葛城之高千那毘賣一、那毘[4]二字以レ音。生子、味師内宿禰。此者山代内臣之祖也。又娶二木國造之祖、宇豆比古之妹、山下影日賣一、生子、建内宿禰。此建内宿禰之子、并九。男七、女二。波多八代宿禰者、波多臣、林臣、波美臣、星川臣、淡海臣、長谷部君之祖也。次許勢小柄宿禰者、許勢臣、雀部臣、輕部臣之祖也。次蘇賀石河宿禰者、蘇我臣、川邊臣、田中臣、高向臣、小治田臣、櫻井臣、岸田臣等之祖也。次平群都久宿禰者、平群臣、佐和良臣、馬御樴連等祖也。次木角宿禰者、木臣、都奴臣、坂本臣之祖。次久米能摩伊刀比賣。次怒能伊呂比賣。次葛城長江曾都毘古者、玉手臣、的臣、生江臣、阿藝那臣等之祖也。又若子宿禰、江野財臣之祖。此天皇御年、伍拾漆歳。御↓

1　迦賀―底・延には「賀迦」とあるが、眞・前・猪・寛・田に従う。
2　士―猪・寛・延・底・田には「志」、眞・前には「士」とある。何れが是か明らかでないが、しばらく「士」に従う。
3　士―眞・前・猪には「士」とあるが、寛・延・底・田には「志」とある。
4　毘―眞・前・猪・寛には「比」とある。誤寫であろう。

の祖なり。天皇の御年、一壹佰陸歳《ももあまりむとせ》。二御陵は片岡の馬坂の上に在り。

孝元天皇

大倭根子日子國玖琉命《の》、三輕《かる》の堺原宮《さかひばらの》に坐しまして、天の下治らしめしき。此の天皇、穗積臣《ほづみのおみ》等《ら》の祖、内色許男命《うつしこをの》〔色許の二字は音を以ゐよ。下は此れに效へ。〕の妹《いも》、四内色許賣命《うつしこめの》を娶して、生みませる御子、五大毘古命《おほびこの》。次に六少名日子建猪心命《すくなひこたけゐごころの》。次に七若倭根子日子大毘毘命《わかやまとねこひこおほびびの》。〔柱三〕又内色許男命《の》の女《むすめ》、八伊迦賀色許賣命《いかがしこめの》を娶して、生みませる御子、九比古布都押之信命《ひこふつおしのまことの》。〔比より都までは音を以ゐよ。〕又一〇河内《かふち》の青玉《あをたま》の女、名は波邇夜須毘賣《はにやすびめ》を娶して、生みませる御子、一一建波邇夜須毘古命《たけはにやすびこの》。〔柱一〕此の天皇の御子等《たち》、并せて五柱なり。故、若倭根子日子大毘毘命《の》は、天の下治らしめしき。其の兄《いろせ》一二大毘古命《の》の子、建沼河別命《たけぬなかはわけの》は、〔一三阿部臣等の祖。〕次に比古伊那許士別命《ひこいなこじわけの》。〔比より士までの六字は音を以ゐよ。一四此は膳臣の祖なり。〕比古布都押之信命《の》、尾張連《の》等の祖、意富那毘《おほなび》の妹、葛城之高千那毘賣《かづらきのたかちなびめ》〔一五那毘の二字は音を以ゐよ。〕を娶して、生める子、一六味師内宿禰《うましうちのすくね》。〔此は山代の内一七臣の祖なり。〕又一八木國造《きのくにのみやつこ》の祖、宇豆比古《うづひこ》の妹、山下影日賣《やましたかげひめ》を娶して、生める子、一九建内宿禰《たけうちのすくね》。此の二〇建内宿禰《の》の子、并せて九《ここの》たり。〔男七、女二。〕二一波多八代宿禰《はたのやしろの》は、〔二二波多臣、林臣、波美臣、星川臣、淡海臣、長谷部君の祖なり。〕次に二三許勢小柄宿禰《こせのをからの》は、〔二四許勢臣、雀部臣、輕部臣の祖なり。〕次に二五蘇賀《そがの》石河宿禰《の》は、〔蘇我臣、二六川邊臣、田中臣、高向臣、小治田臣、櫻井臣、岸田臣等の祖なり。〕次に二七平群都久宿禰《へぐりのつくの》は、〔二八平群臣、佐和良臣、馬御織連等の祖なり。〕次に二九木角宿禰《きのつぬの》は、〔三〇木臣、都奴臣、坂本臣の祖。〕次に三一久米能摩伊刀比賣《くめのまいとひめ》。次に怒能伊呂比賣《ののいろひめ》。次に三二葛城の長江曾都毘古《ながえのそつびこ》は、〔三三玉手臣、的臣、生江臣、阿藝那臣等の祖なり。〕又若子宿禰《わくごの》は、〔三四江野財臣の祖。〕此の天皇の御年、三五伍拾漆歳《いそぢまりななとせ》。御三六

は異例である。これはその子孫が後の藤原氏のように、外戚として権勢をほしいままにしていたからであろう。

二一 波多は居住地に因んだ名であるが、ハタという地は諸国に多いので、どこのハタか明らかでない。或いは大和国高市郡波多か。

二二 波多臣(ハタノオミ)の波多は上述のハタ。林臣(ハヤシノオミ)のハヤシも諸国に多い地名であるが、河内国志紀郡拝志か。波美臣(ハミノオミ)のハミは近江国伊香郡か丹後国丹波郡の波弥か。星川臣(ホシカハノオミ)の星川は、大和国山辺郡星川。淡海臣(アフミノオミ)は姓氏録には見えない氏。長谷部君(ハツセベノキミ)も姓氏録には見えない。

二三 許勢は大和国高市郡巨勢による名。

二四 許勢臣(コセノオミ)雀部臣(サザキベノオミ)軽部臣(カルベノオミ)については→補注三四

二五 蘇賀は大和国高市郡宗我による名。→補注「三五

二六 川辺臣(カハベノオミ)田中臣(タナカノオミ)高向臣(タカムコノオミ)の川辺・田中・高向の地いずれも不明。小治田臣(ヲハリダノオミ)の小治田は大和国高市郡小治田。桜井臣の桜井はどこの桜井か不明。岸田臣(キシダノオミ)については、姓氏録右京皇別に「岸田朝臣。武内宿禰五世孫、稲目宿禰之後也。男小祚臣、孫耳高、家二居岸田村一。因負二岸田臣号一。」とあるが、どの国の岸田村か明らかでない。

二七 平群は大和国平群郡による名。→補注三六。ツクは木兎でミミズクのこと。

二八 佐和良臣(サワラノオミ)のサワラはどこの地名か不明。姓氏録河内国皇別に早良臣があって、「平群朝臣同祖。武内宿禰男、平群都久宿禰之後也。」とある。馬御織連(ウマミクヒノムラジ)は未詳。

二九 木は紀伊国か山城国紀伊郡のいずれかであろう。

陵在㆓劒池之中岡上㆒也。

若倭根子日子大毘毘命、坐㆓春日之伊邪河宮㆒、治㆓天下㆒也。此天皇、娶㆓旦[1]波之大縣主、名由碁理之女、竹野比賣㆒、生御子、比古由牟須美命。一柱。此王名以㆑音。 又娶㆓庶[2]母伊迦[3]賀色許賣命㆒、生御子、御眞木入日子印惠命。印惠二字以㆑音。 次御眞津比賣命。二柱 又娶㆓丸邇臣之祖、日子國意祁都命之妹、意祁都比賣命㆒、意祁都三字以㆑音。 生御子、日子坐王。一柱 又娶㆓葛城之垂見宿禰之女、鸇比賣㆒、生御子、建豐波豆羅和[4]氣。一柱。自㆑波下五字以㆑音。 此天皇之御子等、并五柱。男王四、女王一。 故、御眞木入日子印惠命者、治㆓天下㆒也。其兄比古由牟須美王之子、大筒木垂根王。次讚岐垂根王。二王。讚岐二字以㆑音。 此二王之女、五柱坐也。次日子坐王、娶㆓山代之荏名津比賣、亦名苅幡戸辨㆒、此一字以㆑音。 生子、大俣王。次小俣王。次志夫美宿禰王。三柱 又娶㆓春日建國勝戸賣之女、名沙本之大闇見戸賣㆒、生子、沙本毘古王。次袁邪本王。次沙本毘賣命、亦名佐波遲比賣。此沙本毘賣命者、爲㆓伊久米天皇之后㆒。自㆓沙本毘古㆒以下三王名皆以㆑音。 次室毘古王。四柱 又娶㆓近淡海之御上祝以伊都玖㆒、此三字以㆑音。 天之御影神之女、息長水依比賣㆒、生子、丹波比古多多須美知能宇斯王。此王名以㆑音。 次水之穗眞若王。↓

1 旦―底は「且」に誤る。
2 庶―眞・前・猪・寛・田には「鹿」とあるが、底・延によつて「庶」に改めた。
3 迦賀―諸本に「賀迦」とあり、眞には「賀」が無いが、前後の例にならつて「迦賀」に改めた。
4 和氣―底・延・田にはこの下に「王」の字を補つているが、諸本に無いので削つた。

三〇 木臣(キノオミ)は紀伊の臣。都奴臣(ツヌノオミ)については、雄略紀九年五月の条に「小鹿火宿禰、従㆓紀小弓宿禰喪㆒来時、独留㆓角国㆒。（中略）是角臣等初居㆓角国㆒、而名㆓角臣㆒、自㆑此始也。」とある。角国は周防国都濃郡とされている。坂本臣の坂本は、和泉国和泉郡坂本の地に因んだもの。

三一 久米は大和国高市郡の久米であろう。

三二 葛城は地名、長江も地名であろう。

三三 玉手臣(タマデノオミ)の玉手という地名は、大和にも河内にもあるが、いずれか不明。的臣(イクハノオミ)については→補注三七。生江臣(イクエノオミ)の生江、阿芸那臣(アギナノオミ)のアギナ、共にどこの地名か不明。

三四 江野財臣(エヌマノオミ)の野を、記伝には沼に作り、財は間の誤りであろうとしている。エヌマは加賀国江沼郡。

三五 五十七歳。書紀には享年を記さない。

三六 開化紀に「葬㆓大日本根子彦国牽天皇于剣池島上(シマノウヘノ)陵㆒。」とある。

一 伊邪河は大和国添上郡率川。書紀に「遷㆓都于春日之地㆒。是謂㆓率川宮㆒。」とあって、春日にカスガ、率川にイザカハの訓注がある。

二 書紀には「天皇納㆓丹波竹野媛㆒為㆑妃、生㆓彦湯産隅(ヒコユムスミ)命㆒。〔亦名、彦蔣簀(ヒココモス)命。〕」とある。

三 書紀には「立㆓伊香色謎命㆒為㆓皇后㆒。〔是庶母也〕」とある。上代においては、継母や異母妹との結婚は不倫とされなかった。

四 書紀には「后生㆓御間城入彦五十瓊殖天皇㆒。」とある。後の崇神天皇。

五 書紀にはこの御子見えず。

六 書紀には「次妃、和珥(ワニ)臣遠祖、姥津(オケツ)命之妹、姥津媛、生㆓彦坐王㆒。(ヒコイマスノミコ)」とある。

陵は剣池《つるぎのいけ》の中の岡の上に在り。

開化天皇

若倭根子日子大毘毘命《の》、[一]春日《かすが》の伊邪河《いざかはの》宮に坐しまして、天の下治らしめしき。此の天皇、旦波《たには》の大縣主、名は由碁理《ゆごり》の女、[二]竹野《たかの》比賣を娶して、生みませる御子、比古由牟須美命《ひこゆむすみの》。一柱。此の王の名は音を以ゐよ。又[三]庶母《ままはは》伊迦賀色許賣命《いかがしこめの》を娶して、生みませる御子、[四]御眞木入日子印恵命《みまきいりひこいにゑの》。印恵の二字は音を以ゐよ。次に[五]御眞津比賣命《みまつひめの》。二柱 又[六]丸邇臣《わにのおみ》の祖、日子《ひこ》國意祁都命《くにおけつの》の妹、意祁都《おけつ》比賣命《の》意祁都の三字は音を以ゐよ。を娶して、生みませる御子、[七]日子坐王《ひこいますのみこ》。一柱 又[八]葛城の垂見宿禰《たるみのすくね》の女、鸇《わし》比賣を娶して、生みませる御子、建豐波豆羅和氣《たけとよはづらわけ》。一柱。波より下の五字は音を以ゐよ。此の天皇の御子等、幷せて五柱なり。男王四、女王一。故、御眞木入日子印恵命《の》は、天の下治らしめしき。[九]其の兄《せ》比古由牟須美王《のみこ》の子、大筒木垂根王《おほつつきたりねの》。次に讃岐垂根王《さぬきたりねの》。二王。讃岐の二字は音を以ゐよ。此の二王《ふたみこ》の女、五柱坐しき。次に日子坐王《の》、山代《やましろ》の荏名津《えなつ》比賣、亦の名は苅幡戸辨《かりはたとべ》此の一字は音を以ゐよ。を娶して、生める子、大俣王《おほまたの》。次に小俣王《をまたの》。次に志夫美宿禰王《しぶみのすくねの》。三柱 又春日の建國勝戸賣《たけくにかつとめ》の女、名は[一〇]沙本之大闇見戸賣《さほのおほくらみとめ》を娶して、生める子、沙本毘古王《さほびこの》。次に[一一]袁邪本王《をざほの》。次に沙本毘賣命《の》、亦の名は佐波遲《さはぢ》比賣。此の沙本毘賣命は、[一二]伊久米天皇の后と爲りき。沙本毘古より以下の三はしらの王の名は皆音を以ゐよ。次に[一三]室毘古王《むろびこの》。四柱 又[一四]近《ちかつ》淡海《あふみ》の御上《みかみ》の祝《はふり》が以《も》ち伊都玖《いつく》、此の三字は音を以ゐよ。[一五]天之御影神《あめのみかげの》の女、[一六]息長水依《おきながのみづより》比賣を娶して、生める子は、[一七]丹波比古多多須美知能宇斯王《たにはのひこたたすみちのうしの》。此の王の名は音を以ゐよ。次に[一八]水之穗眞若王《みづのほのまわかの》。

七　この御子には記紀共に「王」の字を用いている。これについて記伝には「さて御代々の皇子たちの御名、此より前は、此記にも書紀にも、みな某命とのみあるを、此に始て二記共に、王とあるは、某王と申すは、実に此王より始まれるか。はた某命と申し、某王と申すは、後の伝説のうへの異のみにて、本より此異あるには非るか。慥には定めがたし。さて記中、王字を書るは、何れもみな美古と訓べし。」と述べている。今、記中の用字法を見ると、天皇の皇子(及び大后になられた方)には命、そのほかの皇族には王を用いているようである。(もちろん多少の例外は認められる。)

八　書紀には鸇比売を娶られたことも、建豊波豆羅和気を生まれたことも見えない。

九　以下の系譜は開化紀には見えない。

一〇　沙本は大和国添上郡の地名。

一一　ヲザホは小沙本であろう。

一二　伊久米(イク)天皇は垂仁天皇。

一三　室は大和国葛上郡牟婁に因んだ名。

一四　近江国野洲郡三上の祝が斎き祭るの意。祝(ハフ)は神事にあずかる職であるが、三上の祝は姓であろう。

一五　天の御影神が嬢子に通って生ませた女であろう。大物主神が勢夜陀多良比売を娶って伊須気余理比売を生ませた話参照。

一六　息長は近江国坂田郡の地名。

一七　垂仁紀五年の条に丹波道主王とあり、「道主王者、稚日本根子大日日天皇子孫、彦坐王子也。一云、彦湯隅王之子也。」と分注している。なお崇神紀十年九月の条には「丹波道主命遣二丹波一」とある。　一八　記伝には之穂は穂之を下上に誤ったのであろうとしている。

次神大根王。亦名八瓜入日子王。次水穗五百依比賣。次御井津比賣。五柱。又娶ニ其母弟袁祁都比賣命一、生子、山代之大筒木眞若王。次比古意須王。次伊理泥王。三柱。此二王名以レ音。凡日子坐王之子、并十一王。故、兄大俣王之子、曙立王。次菟上王。二柱。此曙立王者、伊勢之品遲部君、伊勢之佐那造之祖。菟上王者、比賣陀君之祖。次小俣王者、當麻勾君之祖。次志夫美宿禰王者、佐佐君之祖也。次沙本毘古王者、日下部連、甲斐國造之祖。次袁邪本王者、葛野之別、近淡海蚊野之別祖也。次室毘古王者、若狹之耳別之祖。其美知能宇志王、娶ニ丹波之河上之摩須郎女一、生子、比婆須比賣命。次眞砥野比賣命。次弟比賣命。次朝廷別王。四柱。此朝廷別王者、三川之穗別之祖。此美知能宇斯王之弟、水穗眞若王者、近淡海之安直之祖。次神大根王者、三野國之本巣國造、長幡部連之祖。次山代之大筒木眞若王、娶ニ同母弟伊理泥王之女、[1]丹波能阿治佐波毘賣一、生子、迦邇米雷王。迦邇米三字以レ音。此王、娶ニ丹波之遠津臣之女、名高材比賣一、生子、息長宿禰王。此王、娶ニ葛城之高額比賣一、生子、息長帶比賣命。次虛空津比賣命。次息長日子王。三柱。此王者、吉備品遲君、針間阿宗君之祖。又息長宿禰王、娶ニ河俣稻依毘賣一、生子、大多牟坂王。多牟二字以レ音。此者多遲摩國造之祖也。上所レ謂建豐波豆羅和氣王者、道守臣、忍海部造、御名部造、稻羽忍海部、丹波之竹野別、依網之阿毘古等之祖也。天皇御年、陸拾參歲。御陵在ニ伊邪河之坂上一也。

1 丹波—諸本に「母泥」とあるが、眞・田に從つて改めた。

一 八瓜は八釣（矢釣）で大和国高市郡の地名。

次に神大根王《かむおほねの》。亦の名は[一]八瓜入日子王《やつりのいりひこの》。次に水穂五百依比賣《みづほのいほより》。次に御井津比賣《みゐつ》。五柱 又其の母の[二]弟《いろと》袁祁都比賣命《をけつの》を娶して、生める子、山代之大筒木眞若王《やましろのおほつつきまわかの》。次に比古意須王《ひこおすの》。次に伊理泥王《いりねの》。三柱。此の二はしらの王の名は音を以ゐよ。凡そ《おほよ》日子坐王《の》の子、幷せて十一《とをまりひと》王《みこ》なり。故、兄大俣王《の》の子、曙立王《あけたつの》。次に菟上王《うなかみの》。二柱 此の曙立王《の》は、[三]伊勢の品遅部君、伊勢の佐那造の祖。菟上王《の》は、[四]比賣陀君の祖。次に小俣王《の》は、[五]當麻の勾君の祖。次に志夫美宿禰王《のの》は、[六]佐佐君の祖なり。次に沙本毘古王《の》は、[七]日下部連、甲斐國造の祖。次に袁邪本王《の》は、[八]葛野の別、近淡海の蚊野の別の祖なり。次に室毘古王《の》は、[九]若狭の耳別の祖。其の美知能宇志王《の》、丹波《たには》の[一〇]河上の摩須郎女《ますのいらつめ》を娶して、生める子、比婆須比《ひばす》賣命《の》。次に眞砥野比賣命《まとのの》。次に弟比賣命《の》。次に朝廷別王《みかどわけの》。四柱 此の朝廷別王《の》は、[一一]三川の穂別の祖。此の美知能宇斯王《の》の弟、水穂眞若王《のの》は、[一二]近淡海の安直の祖。次に神大根王《の》は、[一三]三野國の本巣國造、長幡部連の祖。次に山代之大筒木眞若王《の》、同母弟《いろと》伊理泥王《の》の女、丹波能阿治佐波毘賣《たにはのあぢさはびめ》を娶して、生める子、迦邇米雷王《かにめいかづちの》。迦邇米の三字は音を以ゐよ。此の王《みこ》、丹波の遠津臣《とほつおみ》の女、名は高材比賣《たかき》を娶して、生める子、息長宿禰王《おきながの》。此の王、葛城の高額比賣《たかぬか》を娶して、生める子、[一四]息長帶比賣命《おきながたらしひめの》。次に虚空津比賣命《そらつの》。次に息長日子王《おきながひこの》。三柱。此の王は、[一五]吉備の品遅君、針間の阿宗君の祖。又息長宿禰王《の》、河俣稲依毘賣《かはまたのいなより》を娶して、生める子、大多牟坂王《おほたむさかの》。多牟の二字は音を以ゐよ。此は[一六]多遅摩國造の祖なり。上《かみ》に謂《い》へる建豐波豆羅和氣王《の》は、[一七]道守臣、忍海部造、御名部造、稲羽の忍海部、丹波の竹野別、依網の阿毘古等の祖なり。

天皇の御年、[一八]陸拾參歲《むそぢまりみとせ》。[一九]御陵は伊邪河《いざ》の坂の上に在り。

二　母の妹の意。母は意祁都比売でオは大の意、妹は袁祁都比売でヲは小の意。

三　品遅部（ホムチベ）は垂仁天皇の皇子、本牟智和気命の御名代（みなしろ）の部民。佐那（サナ）は多気郡佐那。

四　比売陀君（ヒメダノキミ）は未詳。

五　当麻（タギマ）は大和国葛下郡の地名。勾（マガリ）も地名。

六　佐佐君（ササノキミ）は未詳。

七　日下部（クサカベ）は河内国河内郡日下の地。甲斐（カヒ）は甲斐国。

八　葛野（カツノ）は山城国葛野郡の地。近淡海（チカツアフミ）の蚊野（カノ）は、近江国愛智郡蚊野。

九　若狭（ワカサ）の耳（ミミ）は、若狭国三方郡弥美（ミミ）。

一〇　河上（カハカミ）は丹後国熊野郡川上。郎女はイラツメと訓む。景行紀二年に、郎姫にイラツメの訓注がある。郎子（イラツコ）に対する語。

一一　三川（ミカハ）の穂（ホ）は、参河国宝飫（ホノ）郡。

一二　安（ヤス）は近江国野洲郡の地。

一三　三野国（ミノノクニ）の本巣（モトス）は、美濃国本巣郡。記伝には原文「三野国之本巣国造」の「之」は「造」の誤写で、「三野国造」と「本巣国造」の二氏であろうとしている。長幡部（ナガハタベ）は常陸国久慈郡長幡部の地。

一四　神功皇后。

一五　吉備（キビ）の品遅（ホムチ）は、備後国品治郡品治、針間（ハリマ）の阿宗（アソ）は、播磨国揖保郡阿宗。

一六　多遅摩（タヂマ）は但馬。

一七　道守臣（チモリノオミ）は未詳。忍海（オシヌミ）は大和国忍海郡。御名部造（ミナベノミヤツコ）は未詳。稲羽（イナバ）は因幡国。依網（ヨサミ）は河内国丹比郡依羅（ヨサミ）か。阿毘古（アビコ）はカバネであろう。

一八　六十三歳。書紀には百十五と分注している。

一九　書紀には「葬二于春日率川坂本陵一。〔一云、坂上陵。〕」とある。

御眞木入日子印惠命、坐ニ師木水垣宮一、治ニ天下一也。此天皇、娶ニ木國造、名荒河刀辨之女、刀辨二字以レ音。遠津年魚目目微比賣一、生御子、豐木入日子命。次豐鉏入日賣命。二柱 又娶ニ尾張連之祖、意富阿麻比賣一、生御子、大入杵命。次八坂之入日子命。次沼名木之入日賣命。次十市之入日賣命。四柱 又娶ニ大毘古命之女、御眞津比賣命一、生御子、伊玖米入日子伊沙知命。伊久米伊沙知六字以レ音。次伊邪能眞若命。自レ伊至レ能以レ音。次國片比賣命。次千千都久和[1] 此三字以レ音。比賣命。次伊賀比賣命。次倭日子命。六柱 此天皇之御子等、并十二柱。男王七、女王五也。故、伊久米伊理毘古伊佐知命者、治ニ天下一也。次豐木入日子命者、上毛野、下毛野君等之祖也。妹豐鉏比賣命者、拜ニ祭伊勢大神之宮一也。次大入杵命者、能登臣之祖也。次倭日子命。此王之時、始而於レ陵立ニ人垣一。

此天皇之御世、役[2]病多起、人民死爲レ盡。爾天皇愁歎而、坐ニ神牀一之夜、大物主大神、顯レ於ニ御夢一曰、是者我之御心。故、以ニ意富多多泥古一而、令レ祭ニ我御前[3]一者、神氣不レ起、国[4]安平。是以驛使班レ于ニ四方一、求下謂ニ意富多多泥古一人上之時、於ニ河内之美努村一、↓

一 書紀に「遷ニ都於磯城一。是謂ニ瑞籬宮一。」とある。

二 書紀には「又妃、紀伊国荒河戸畔女、遠津年魚眼眼妙媛〔一云、大海宿禰女、八坂振天某辺〕生ニ豊城入彦命、豊鍬入姫命一。」とある。

三 書紀には「次妃、尾張大海(オホアマ)媛。生ニ八坂入彦命、渟名城入姫命、十市瓊入媛命一。」とあって、大入杵命は見えず、また「十市之」が「十市瓊(トヲチニ)」になっている。

四 書紀には「立ニ御間城媛一為ニ皇后一。先レ是后生ニ活目入彦五十狭茅天皇、彦五十狭茅命、国方姫命、千千衝倭姫命、倭彦命、五十日鶴彦命一。」とあって、この記と同じく六柱の御子を生まれたことになっているが、この記の伊邪能真若命と伊賀比売命とが見えず、その代りに彦五十狭茅命と五十日鶴彦命の名が挙げられている。

五 後の垂仁天皇。垂仁紀には「母皇后曰ニ御間城姫一。大彦命之女也。」とある。

六 書紀には千千衝倭比売命とあるところから、記伝にはチチツクヤマトヒメと訓み、「此御名は、書紀と合せて思ふに、もと千々都久〔此二字以音〕倭比売命とありつらむを、倭字をふと和に誤りたるを、又後人さかしらに、註を和字の下に移して、二字をも、三に改めつるなるべし。故、和を夜麻登と訓つ。御弟の御名、倭日子と申す例をも思ふべし。」と述べている。妥当な説のようである。

七 ↓補注三八

八 崇神紀四十八年四月の条に「以ニ豊城命一令レ治レ東。是上毛野君、下毛野君之始祖也。」とある。

九 上(カミ)つ毛野(ケノ)は上野国。記伝には野の下

1 都久和 此三字以音—諸本同じ。ただ田には都久の下に「此二字以音」と注しており、書紀には「千千衝倭姫命」と記している。

2 役—底・田・延・寛には「疫」、眞・前・猪には「役」とある。疫と役は通字。

3 御—眞・田には無い。

4 國—眞・田にはこの下に「亦」の字がある。

崇神天皇

1 后妃皇子女

御眞木入日子印惠命《の》、師木《しき》[一]の水垣宮《みづがきの》に坐しまして、天の下治らしめしき。此の天皇、木國造《きのくにのみやつこ》[二]、名は荒河刀辨《あらかはとべ》の女、刀辨の二字は音を以ゐよ。遠津年魚目目微比賣《とほつあゆめまくはしひめ》を娶して、生みませる御子、豐木入日子命《とよきいりひこの》。次に豐鉏入日賣命《とよすきいりひめの》。二柱 又尾張連[三]の祖《おや》、意富阿《おほあ》麻比賣を娶して、生みませる御子、大入杵命《おほいりきの》。次に八坂之入日子命《やさかのいりひこの》。次に沼名《ぬな》木之入日賣命《きの》。次に十市之入日賣命《とをちの》。四柱 又大毘古命《の》[四]の女、御眞津比賣命《みまつの》を娶して、生みませる御子、伊玖米入日子伊沙知命《いくめいりびこいさちの》[五]。伊久米伊沙知の六字は音を以ゐよ。次に伊邪能眞若命《いざのまわかの》。伊より能までは音を以ゐよ。次に國片比賣命《くにかたの》。次に千千都久和《ちちつくわ》[六]此の三字は音を以ゐよ。比賣命《の》。次に伊賀比賣命《いがの》。次に倭日子命《やまとの》。六柱 此の天皇の御子等《みこたち》、幷《あは》せて十二柱《とをまりふたはしら》なり。男王七、女王五なり。故、伊久米伊理毘古伊佐知命《いくめいりびこいさちの》[七]は、天の下治らしめしき。次に豐木入日子命《の》[八]は、上つ毛野、下つ毛野君等の祖なり。[九] 妹《いも》豐鉏比賣命《の》[一〇]は、伊勢の大神の宮を拜き祭りたまひき。[一一] 次に大入杵命《の》は、能登臣の祖なり。[一二] 次に倭日子命《の》。此の王の時、始めて陵に人垣を立てき。[一三]

2 神々の祭祀

此の天皇の御世《みよ》に、役病《えやみ》[一四]多《さは》[一五]に起りて、人民《たみ》[一六]死にて盡《つ》きむと爲《し》き。爾に天皇愁《うれ》ひ歎《なげ》きたまひて、神牀《かむどこ》[一七]に坐《ま》しし夜、大物主大神《おほものぬしの》[一八]、御夢《みいめ》に顯《あらは》れて曰《の》りたまひしく、「是《こ》は我が御心ぞ。故、意富多多泥古《おほたたねこ》を以ちて、我が御前《みまへ》を祭らしめたまはば、神[一九]の氣《け》起らず、國安らかに平らぎなむ。」とのりたまひき。是《ここ》を以ちて驛使《はゆまづかひ》[二〇]を四方《よも》に班《あか》[二一]ちて、意富多多泥古と謂ふ人を求めたまひし時、河内《かふち》[二二]の美努《みの》村に其

に「君」の字が落ちたとしてこれを補っている。下(モシ)つ毛野は下野国。

一〇 前には豊鉏入比売命とあるが、ここには入の字がない。略して豊鉏比売命と言ったものと思われる。

一一 →補注三九

一二 能登(ト)は能登国能登郡の地。

一三 倭日子命が薨じて、それを葬る時に、始めてその陵に人垣を立てたの意。人垣は多くの人を垣のように立て並べること。→補注四〇

一四 役病は疫疾で流行病。和名抄に「疫」をエヤミ、またトキノケと訓み、「民皆病也」とある。

一五 はやって。流行して。

一六 書紀には「五年。国内多二疾疫一、民有二死亡者一、且大半矣。」とある。

一七 神の託宣を請うために忌み清めた床の意か。或いは単に御床の意かも知れない。書紀には「天皇乃沐浴斎戒、潔二浄殿内一、祈之曰、云々」とある。

一八 書紀には「是夜夢、有二一貴人一、対二立殿戸一、自称二大物主神一曰、天皇勿二復為レ愁、国之不レ治、是吾意也。若以二吾児大田田根子一、令レ祭レ吾者、則立平矣。亦有二海外之国一、自当二帰伏一。」とある。

一九 神の気配の意であるが、ここは神のたたりの意。即ち疫病を指す。

二〇 早馬の使の意で、駅の字は後の定めによって書いているのみであると記伝に説いているが、やはり駅馬を使用して往来する公用の使の意に解すべきである。→補注四一

二一 分ち遣わしての意。

二二 書紀には茅渟県陶邑(チヌノアガタスエノムラ)とある。

見二得其人一貢進。爾天皇問二賜之汝者誰子一也、答曰、僕者大物主大神、娶二陶津耳命之女、活玉依毘賣一、生子、名櫛御方命之子、飯肩巣見命之子、建甕槌命之子、僕意富多多泥古白。於レ是天皇大歡以詔之、天下平、人民榮。卽以二意富多多泥古命一、爲二神主一而、於二御諸山一拜二祭意富美和之大神前一、又仰二伊迦賀色許男命一、作二天之八十毘羅訶一、此三字以レ音也。定二奉天神地祇之社一、又於二宇陀墨坂神一、祭二赤色楯矛一、又於二大坂神一、祭二[1]墨色楯矛一、[2]又於二坂之御尾神及河瀨神一、悉無二遺忘一以奉二幣帛一也。[3]因レ此而[4]役氣悉息、國家安平也。

[5]此謂二意富多多泥古一人、所二以知二神子一者、上所レ云活玉依毘賣、其容姿端正。於レ是有二[6]壯夫一、其形姿威儀、於レ時無レ比、夜半之時、[7]儵忽到來。故、相感、共婚共住之間、未レ經二幾時一、其美人妊身。爾父母[8]恠二其妊身之事一、問二其女一曰、汝者自妊。[9]无レ夫何由妊身乎。答曰、有二麗美壯夫一、不レ知二其姓名一、每レ夕到來、共住↓

1 墨—底・延・田には「黒」に改めている。
2 又於坂之御尾神及河瀨神—前・猪・寛・延には「及河瀨又於坂之御尾神」とある。
3 因—この字以下十二字は寛に無い。
4 役—底「役」、田「疫」、猪「俁」、前「役」、眞「沒」とあるが、前の例を考え合せて「役」に従う。
5 此—この字以下分注まで寛には無い。
6 壯夫—底・延にはこの上に「神」の字があるが、諸本に従つて削る。
7 儵—底には「倐」とある。儵は倐の本字。
8 恠—底には怪に改めている。恠は怪の俗字。
9 无—底には「無」とあるが、諸本に従う。

一 見出すことが出来て。
二 書紀には「父曰二大物主大神一、母曰二活玉依媛一。陶津耳之女。亦云、奇日方天日方武茅渟祇之女也。」とあって、大物主神の子としている。
三 書紀には「朕当二栄楽一。」とある。
四 書紀には「即以二大田田根子一、為下祭二大物主

の人を見得《みえ》[一]て貢進《たてまつ》りき。爾に天皇、「汝《な》は誰《た》が子ぞ。」と問ひ賜へば、答へて曰《まを》ししく、「僕《あ》[二]は大物主大神《の》、陶津耳命《すゑつみみの》の女、活玉依毘賣《いくたまよりびめ》を娶して生める子、名は櫛御方命《くしみかたの》の子、飯肩巣見命《いひかたすみの》の子、建甕槌命《たけみかづちの》の子、僕《あれ》意富多多泥古ぞ。」と白しき。是に天皇大《いた》く歡《よろこ》びて詔りたまひしく、「天の下平らぎ[三]、人民《たみ》榮えなむ。」とのりたまひて、卽ち[四]意富多多泥古命《の》を以ちて神主《かむぬし》と爲《し》て、御諸《みもろ》山に意富美和《おほみわ》の大神の前を拜《いつ》き祭りたまひき。又伊迦賀色許男命《の》[五]に仰《おふ》せて、天《あめ》の八十《やそ》毘羅訶《びらか》[六]此の三字は音を以ゐよ。を作り、天神地祇《あまつかみくにつかみ》[七]の社《やしろ》を定め奉《まつ》りたまひき。又宇陀《うだ》[八]の墨坂神《すみさかの》に赤色の楯矛《たてほこ》を祭り、又大坂神《の》に墨色の楯矛を祭り、又坂の御尾の神及《また》河の瀬の神に、悉に遺《のこ》し忘るること無く幣帛《みてぐら》を奉りたまひき。此れ[九]に因《よ》りて役《えやみ》の氣《け》悉に息《や》みて、國家《あめのした》安らかに平らぎき。

3　三輪山伝説

此の意富多多泥古と謂ふ人を、神の子と知れる所以《ゆゑ》は、上《かみ》に云へる活玉依毘賣[一〇]、其の容姿《かたち》端正《うるは》[一一]しかりき。是に壯夫《をとこ》有りて、其の形姿威儀《すがたよそほひ》[一二]、時《とき》に比《たぐひ》無きが、夜半《よなか》の時に儵忽《たちまち》到來《き》つ。故、相感《あひめ》でて、共婚《まぐは》ひして共住《すめ》る間に、未だ[一三]幾時《いくだ》もあらねば、其の美人《をとめ》妊身《はら》みぬ。爾に父母《ちちはは》其の妊身《はら》みし事を恠《あや》しみて、其の女《むすめ》に問ひて曰《い》ひけらく、「汝《な》は自《おのづか》[一四]ら妊《はら》みぬ。夫《を》无《な》きに何由《いかに》か妊身《はら》める。」といへば、答へて曰ひけらく、「麗美《うるは》しき壯夫《をとこ》有りて、其の姓名《かばねな》も知らぬが、夕毎《よひごと》に到來《き》て共住《す》

大神㆓之主㆖。」とあり、八年十二月の条に「天皇以㆓大田田根子㆒、令㆑祭㆓大神㆒。」とある。神主は神事を主宰する人。意富美和の大神は、大三輪の大神で、大和国城上郡大神神社。

五　書紀には「卜㆘使㆓物部連祖、伊香色雄㆒、為㆗神班物者㆖吉之。」とも「命㆓伊香色雄㆒、而以㆓物部八十手所㆑作祭神之物㆒、」ともある。

六　天の八十平瓮。

七　天神は天上に坐す神、また天から降られた神を言い、地祇はこの国土に出現された神を言う。神祇令の義解に「謂天神者、伊勢、山城鴨、住吉、出雲国造斎神等類是也。地祇者、大神、大倭葛木鴨、出雲大汝神等類是也。」とある。書紀には「便別祭㆓八十万群神㆒。仍定㆓天社、国社、及神地、神戸㆒。」とある(別祭とは、大物主大神と倭大国魂神の祭とは別に祭る意)。

八　崇神紀九年三月の条に「天皇夢、有㆓神人㆒、誨之曰、以㆓赤盾八枚、赤矛八竿㆒、祠㆓墨坂神㆒。亦以㆓黒盾八枚、黒矛八竿㆒、祠㆓大坂神㆒。」とあり、同四月の条に「依㆓夢之教㆒、祭㆓墨坂神、大坂神㆒。」とある。墨坂は大和国宇多郡、大坂は同国葛下郡にある。「祭り」は率って祭る意。

九　崇神紀七年十一月の条に「於㆑是疫病始息、国内漸謐、五穀既成、百姓饒之。」とある。　一〇　活は美称、玉依毘売は霊憑姫で、神霊の憑ります姫の意。神の配偶者としてのアレオトメである。

一一　霊異記中巻第三十一話の訓釈に、端正を岐良支良シと訓んでいる。そう訓んでもよい。

一二　姿や様子。威儀は立ち居ふるまいの意に解してもよい。

一三　まだどれほどの時も経たないのに。

一四　ひとりでに妊娠した。

一 赤土を床のあたりに撒きちらすのは、悪霊邪鬼を祓うためであったと思われる。 二 和名抄には巻子にヘソの訓がある。紡いだ麻糸を環状に幾重にも巻いたもの。 三 裾に同じ。 四 翌朝早く。 五 糸を引いて戸の鉤穴から抜けて外に出ていて。 六 三輪、三縈の意。ワはわがねたものの意である。 七 事情。 八 三輪の神社で行きどまりになっていた。 九 土佐国風土記逸文に「多氏古事記曰、崇神天皇之世、倭迹々媛皇女、為二大三輪大神婦一。毎レ夜有二一壮士一、密来暁去。皇女思レ奇、以二綜麻一貫レ針、及二壮士之暁去一也、以レ針貫レ襴。及レ旦看之、唯有二三輪遺一レ器者。故時人称為二三輪村一。」と類似の伝説を載せている(多氏古事記は多氏―オオノウヂ―の旧事を記したもので、所謂古事記とは別のものである)。また姓氏録大和国神別、大神朝臣の条にも、「初大国主神、娶二三島溝杭耳之女、玉櫛姫一。夜来曙去、未二曾昼到一。於レ是玉櫛姫、続レ苧係レ衣、至レ明随レ苧尋覓、経二茅渟県陶邑一、直指二大和国真穂御諸山一。還視二苧遺一、唯有二三縈一。因レ之号二姓大三縈一。」と類似の話がある。なおこの種の民間説話は各地に数多く伝えられている。詳細は拙著「古事記の新研究」所収「三輪山式伝説」及び「古典と上代精神」所収「賀茂系神話と三輪系神話との関聯」参照。 一〇 神君(ミワノキミ)については前掲大神朝臣の条参照。また書紀には「所謂大田田根子、今三輪君等之始祖也。」とある。鴨君(カモノキミ)は大和国葛上郡鴨の地に因んだ氏族名。 一一 崇神紀十年九月の条に、「以二大彦命一遣二北陸一、武渟川別遣二東海一、吉備津彦遣二西道一、丹波道主命遣二丹波一。因以詔之曰、若有二不レ受レ教者一、乃挙レ兵伐之。既而共授二印綬一為二将軍一。」とある。いわゆる四道将軍の派遣である。 一二 越の国。

之間、自然懷妊。是以其父母、欲レ知二其人一、誨二其女一曰、以二赤土一散二床前一、以二閇蘇此二字以レ音。紡麻一貫レ針、刺二其衣襴一。故、如レ教而旦時見者、所レ著レ針麻者、自二戸之鉤穴一控通而出、唯遺麻者三勾耳。爾卽知下自二鉤穴一出之狀上而、從レ糸尋行者、至二美和山一而留二神社一。故、知二其神子一。故、因二其麻之三勾遺一而、名二其地一謂二美和一也。此意富多多泥古命者、神君、鴨君之祖。

[1]又此之御世、大毘古命者、遣二高志道一、其子建沼河別命者、遣二東方十二道一而、令レ和‐二平其麻都漏波奴自レ麻下五字以レ音。人等一。又日子坐王者、遣二旦波國一、令レ殺二玖賀耳之御笠一。此人名者也。玖賀二字以レ音。故、大毘古命、罷‐二往於二高志國一之時、服二腰裳一少女、立二山代之幣羅坂一而歌曰、

[2]美麻紀伊理毘古波夜　美麻紀伊理毘古波夜　意能賀袁袁　奴須美斯
勢牟登　斯理都斗用　伊由岐多賀比　麻幣都斗用　伊由岐多賀比
宇迦迦波久　斯良爾登　美麻紀伊理毘古波夜

於レ是大毘古命、思レ恠返レ馬、問二其少女一曰、↓

1 又此―以下「此者爲在」まで寛には無い。

2 美―眞・前・猪・底・田にはこの上に「古波夜」の三字がある。但し眞には右に「古波夜三字御本无之」と注し、延にはこの三字が無い。今、眞の傍注及び延に従ってこの三字を削る。

める間に、自然《おのづから》懐妊《はら》みぬ。」といひき。是を以ちて其の父母、其の人を知らむと欲《おも》ひて、其の女に誨《をし》へて曰ひけらく、「赤土《はに》[一]を床の前に散らし、閇蘇《へそ》[二]此の二字は音を以ゐよ。紡麻《を》を針に貫《ぬ》きて、其の衣《きぬ》の襴《すそ》[三]に刺《さ》せ。」といひき。故、教の如くして[四]旦時《あした》に見れば、針著けし麻《を》は、[五]戸の鉤穴《かぎあな》より控《ひ》き通《とほ》りて出でて、唯遺《ただのこ》れる麻《を》は[六]三勾《みわ》のみなりき。爾に即ち鉤穴より出でし状《さま》[七]を知りて、糸の従《まにま》に尋ね行けば、美和《みわ》山に至りて[八]神の社に留《とど》まりき。故、其の神の子とは知りぬ。故、其の麻《を》の[九]三勾《みわ》遺《のこ》りしに因《よ》りて、其地《そこ》を名づけて美和《みわ》と謂ふなり。此の意富多多泥古命[一〇]は、神君、鴨君の祖。

4 建波邇安王の反逆

又此の御世に、[一一]大毘古命《の》をば[一二]高志道《こしのみち》に遣はし、其の子建沼河別命《たけぬなかはわけの》をば、[一三]東の方《ひむがしのかた》十二道《とをまりふたみち》に遣はして、其の[一四]麻都漏波奴《まつろはぬ》麻より下の五字は音を以ゐよ。人等《ひとども》を和平《やは》さしめたまひき。又[一五]日子坐王《の》をば、旦波國《たにはの》に遣はして、玖賀耳之御笠《くがみみのみかさ》此は人の名なり。玖賀の二字は音を以ゐよ。を殺さしめたまひき。故、大毘古命《の》、高志國《の》に罷《まか》り往きし時、[一六]腰裳《こしも》服たる少女《をとめ》、山代《やましろ》の[一七]幣羅《へら》坂に立ちて歌曰《うた》ひけらく、

[一八]御眞木入日子《みまきいりびこ》はや　御眞木入日子はや　[一九]己《おの》が緒《を》を　[二〇]盗《ぬす》み殺《し》せむと　[二一]後《しり》つ戸《と》よ
[二二]い行き違《たが》ひ　前つ戸よ　い行き違ひ　[二三]窺《うかが》はく　[二四]知らにと　御眞木入日
子はや[二五]

とうたひき。是に[二六]大毘古命《の》、恠《あや》しと思ひて馬を返して、其の少女《をとめ》に問ひて曰ひ

道はここでは国の意。書紀の北陸にあたる。 一三 東の方の十二国。書紀の東海にあたる。さてこの十二国は、記伝に「こころみに云ば、伊勢、尾張、参河、遠江、駿河、甲斐、伊豆、相模、武蔵、総、常陸、陸奥なるべきか。」と言っている。 一四 服従しない人たちを平定させられた。 一五 書紀には丹波道主命とあって伝を異にしている。 一六 どんな裳か不明。後世僧侶のまとう腰衣(コシゴロモ)の例から類推すれば、腰のあたりにまとう短い裳の意か。 一七 未詳。書紀には「大彦命到二於和珥(ワニ)坂上一。時有二少女一歌之曰〔一云、大彦命到二山背平坂一。時道側有二童女一歌之曰〕」とある。 一八 崇神天皇の御名。ハヤは感動の助詞。 一九 御自分の生命を。緒は玉の緒の意である。万葉巻十四に「於能我乎遠おほにな思ひそ」(三五三五)とあるオノガヲヲは、己が男(夫)をと解する説もあるが、ここと同じく己が生命の意に解すべきである。 二〇 ひそかに殺そうと。殺せは下二段活用の動詞。 二一 宮殿の後方の入口から。ヨはヨリの略言。「窺はく」に係る。 二二 イは接頭語。ユキタガヒは記伝に「是は皇宮の殿の戸口によりて、出入人目を伺ひて、見つけられじと、彼方へ此方へ避違ひて、竊に入むと窺ひねらふ状を云るなり。」とある。 二三 窺っていること、ねらっていることを。 二四 知らないで。ニは打消の助動詞ヌの連用形。 二五 この歌、書紀には「御間城入彦はや、己が緒を、殺せむと、盗まく知らに、姫遊びすも〔一云、大き戸より、窺ひて、殺さむと、すらくを知らに、姫遊びすも〕」とある。姫遊び(ひめあそび)は、女に戯れる意。 二六 書紀には「大彦命異之、問二童女一曰、汝言

汝所レ謂之言、何言。爾少女答曰、吾勿レ言。唯爲レ詠レ歌耳。卽不レ見二其所如一而忽失。故、大毘古命、更還參上、請レ於二天皇一時、天皇答詔之、此者爲、在二山代國一我之庶兄建波邇安王、起二邪心一之表耳。波邇二字以レ音。伯父、興レ軍宜レ行。卽副二丸邇臣之祖、日子國夫玖命一而遣時、卽於二丸邇坂一居二忌瓮一而罷往。於レ是到二山代之和訶羅河一時、其建波邇安王、興レ軍待遮、各中二挾河一而、對立相挑。故號二其地一謂二伊杼美一。今謂二伊豆美一也。[1] 爾日子國夫玖命乞云、其廂人、先忌矢可レ彈。爾其建波爾安王、雖レ射不レ得レ中。於レ是國夫玖命彈矢者、卽射二建波邇安王一而死。故、其軍悉破而逃散。爾追二迫其逃軍一、到二久須婆之度一時、皆被二迫窘一而、屎出懸レ於レ褌。故、號二其地一謂二屎褌一。今者謂二久須婆一。[2] 又遮二其逃軍一以斬者、如レ鵜浮レ於レ河。故、號二其河一謂二鵜河一也。亦斬二波-布-理其軍士一。故、號二其地一謂二波布理曾能一。自レ波下五字以レ音。如レ此平訖、參上覆奏。

1 分注—底は本文としているが諸本に従う。

2 分注—底は本文としているが諸本に従う。

何辞。対曰、勿レ言也。唯歌耳。乃重詠二先歌一、忽不レ見矣。」とある。神が童女の口をかりて、建波邇安王の反逆を寓した歌を詠わせた趣である。一種の童謡(わざうた)と見るべきである。

一 お前が今言った言葉は、どういう意味の言葉か。

二 私は物を言ったのではない。ただ歌を歌っただけのことです。

三 書紀では倭迹迹日百襲姫命が天皇に申したことになっている。即ち「倭迹迹日百襲姫命、聰明叡智、能識二未然一。乃知二其歌恠一、言二于天皇一」とある。

四 書紀には「是武埴安彦、将レ謀反一之表者也。吾聞、武埴安彦之妻、吾田媛、密来之取二倭香山土一、裹二領巾一祈曰、是倭国之物実(モノシロ)則反之。是以知レ有レ事焉。非二早図一必後之。」とあって、しく、「汝《な》[一]が謂《い》ひし言《こと》は何の言《こと》ぞ。」といひき。爾に少女答へて曰ひしく、「吾《あ》[二]は言《ものい》はず。唯歌を詠《よ》みつるにこそ。」といひて、卽ち其の所如《ゆくへ》も見えず忽ち失せにき。故、大毘古《の》命、更に還り參上《まゐのぼ》りて、[三]天皇に請《まを》す時、天皇答へて詔りたまひしく、「此《こ》[四]は爲《おも》ふに、山代國《の》に在る我が庶兄《まませ》建波邇安《たけはにやすの》王、[五]邪《きたな》き心を起せし表《しるし》にこそあらめ。波邇の二字は音を以ゐよ。伯父《をぢ》、軍《いくさ》を興《おこ》して行でますべし。」とのりたまひて、卽ち[六]丸邇《わにの》臣の祖《おや》、日子國夫玖《ひこくにぶく》命《の》を副へて遣はしし時、卽ち[七]丸邇《わに》坂に[八]忌瓮《いはひべ》を居《す》ゑて罷《まか》り往きき。是に山代の[九]和訶羅《わから》河に到りし時、其の建波邇安王《の》、軍《いくさ》を興して待ち遮《さへぎ》り、各河を中に挾《はさ》みて、對《むか》ひ立ちて[一〇]相挑《あひいど》みき。故、其地《そこ》を號《なづ》けて伊杼美《いどみ》と謂ふ。[一一]今は伊豆美と謂ふなり。[一二]爾に日子國夫玖命《の》、乞ひて云ひしく、「其廂《そなた》の人、先づ[一三]忌矢《いはひや》を彈《はな》つべし。」といひき。爾に其の建波爾安王《の》、射つれども得中《えあ》てざりき。是に國夫玖命《の》の彈《はな》てる矢は、卽ち建波邇安王《の》を射《い》て死にき。故、其の[一四]軍《いくさ》悉に破れて逃げ散《あら》けぬ。爾に[一五]其の逃ぐる軍を追ひ迫《せ》めて、[一六]久須婆《くすば》の度《わたり》に到りし時、皆[一七]迫め窘《たしな》めらえて、屎《くそ》出でて[一八]褌《はかま》に懸《かか》りき。故、其地《そこ》を號《なづ》けて屎褌《くそばかま》と謂ふ。今は久須婆と謂ふ。又其の逃ぐる軍を遮りて斬れば、鵜の如く河に浮きき。故、其の河を號けて[一九]鵜河と謂ふなり。亦[二〇]其の軍士《いくさびと》を[二一]斬り波布理《はふり》き。故、其地を號けて[二二]波布理曾能《はふりその》と謂ふ。波より下の五字は音を以ゐよ。如此《かく》平《ことむ》け訖《を》へて、參上《まゐのぼ》りて覆奏《かへりごとまを》しき。

武埴安彦とその妻の吾田媛の二人が謀反を企てたことになっている。

五　反逆の心。書紀に謀反とあるに同じ。

六　書紀には「復遣㆓大彦与㆓和珥臣遠祖、彦国葺㆒、向㆓山背㆒撃㆓武埴安㆒。爰以㆓忌瓮㆒鎮㆓坐於和珥武鐰(ワニノタケスキ)坂上㆒、則率㆓精兵㆒、進登㆓那羅山㆒而軍之。」とある。

七　大和国添上郡和邇にある坂。

八　孝霊天皇の条参照。

九　泉川(木津川)の旧名。書紀には「更避㆓那羅山㆒、而進到㆓輪韓河㆒。武埴安彦、挾㆑河屯之。各相挑焉。故時人改号㆓其河㆒曰㆓挑河㆒。今謂㆓泉河㆒訛也。」とある。

一〇　互に張合った。互に挑発し合った。

一一　山城国相楽郡水泉(イツミ)の地。

一二　書紀には「於㆑是各争㆓先射㆒。武埴安彦、先射㆓彦国葺㆒、不㆑得㆑中。後彦国葺、射㆓埴安彦㆒、中㆑胸而殺焉。」とある。

一三　戦のはじめに互に射合う神聖な矢で、儀式的なものであろう。

一四　建波邇安王の軍兵。

一五　書紀には「亦其卒怖走、屎漏㆓于褌㆒。(中略)褌屎処曰㆓屎褌㆒。今謂㆓樟葉㆒訛也。」とある。

一六　河内国交野郡葛葉(クス)の渡し場で、淀川を渡るのである。

一七　迫め苦しめられて。

一八　腰から上に着る上衣に対して、腰から下をまとう下衣。

一九　未詳。書紀には見えない。

二〇　書紀には「其軍衆脅退。則追破㆓於河北㆒、而斬㆑首過㆑半、屍骨多溢。故号㆓其処㆒曰㆓羽振苑㆒。」とある。

二一　斬り散らした意で、散々に斬った。

二二　山城国相楽郡祝園の地。

故、大毘古命者、隨二先命一而、罷三行高志國一。爾自二東方一所レ遣建沼河別與二其父大毘古一共、往三遇于二相津一。故、其地謂二相津一也。是以各和三平所レ遣之國政一而覆奏。爾天下太平、人民富榮。於レ是初令レ貢二男弓端之調、女手末之調一。故、稱二其御世一、謂下所レ知二初國一之御眞木天皇上也。又是之御世、作二依網池一、亦作二輕之酒折池一也。天皇御歳、壹佰陸拾捌歳。[1]戊寅年十二月崩。御陵在二山邊道勾之岡上一也。

伊久米伊理毘古伊佐知命、坐二師木玉垣宮一、治二天下一也。此天皇、娶二沙本毘古命之妹、佐波遲比賣命一、生御子、品牟都和氣命。一柱 又娶二旦波比古多多須美知[2]宇斯王之女、氷羽州比賣命一、生御子、印色之入日子命。印色二字以レ音。次大帶日子淤斯呂和氣命。自レ淤至レ氣五字以レ音。次大中津日子命。次倭比賣命。次若木入日子命。五柱 又娶二其氷羽州比賣命之弟、沼羽田之入毘賣命一、生御子、沼帶別命。次伊賀帶日子命。二柱 又娶二其沼羽田之入日賣命之弟、阿邪美能伊理毘賣命一、此女王名以レ音。生御子、伊許婆夜和氣命。次阿邪美都比賣命。二柱。此二王名以レ音。又娶二大筒木垂根王之女、迦具夜比賣命一、生御子、袁邪辨王。一柱 又↓

一 前の勅命に随って。
二 東の方に。このヨリはニの意。
三 陸奥国の会津。→補注四二
四 服従しない者を平定することの意。
五 書紀には「始校二人民一、更科二調役一。此謂二男之弭調、女之手末調一也。是以、天神地祇共和享、而風雨順レ時、百穀用成、家給人足、天下大平矣。故称謂下御二肇国一天皇上也。」とある。
六 弓端は弓彇、弓弭で、弓の末の端にあって、角又は骨で作った物。男が弓矢で獲た鳥獣を御調物として貢ること。調は賦ともいい、公用の諸物を諸国から朝廷に貢ることである。賦役令参照。
七 女が手先で作った絹、糸、綿布などの御調物。
八 ほめたたえて。
九 書紀にも「故称謂下御二肇国一天皇上(ハツクニシラシシスメラミコト)也」とあり、常陸風土記香島郡の条にも「初国所レ知美麻貴天皇(ハツクニシラシシミマキノスメラミコト)」とあって、記紀風土記の三者共に一致している。これは人皇第一代の天皇という意味ではなくして、人の代の国家体制を初めてととのえてお治めになった天皇の意に解すべきである。即ち古事記における人の代の国家意識は崇神朝からと見るべきであろう。→補注四三
一〇 崇神紀六十二年七月の条に「詔曰、農天下

1 底・延にはこの種崩御の干支年月日の分注をすべて削除しているが、諸本に従う。

2 知―諸本「和」に誤る。底・延には、この字の下に「能」を補っている。

故、大毘古命《の》は、[一]先《さき》の命《みこと》の随《まにま》に、高志國《の》に罷り行きき。爾に[二]東の方より遣はさえし建沼河別と、其の父大毘古と共に、[三]相津《あひづ》に往き遇ひき。故、其地《そと》を相津と謂ふなり。是を以ちて各遣はさえし國の[四]政《まつりごと》を和平《やは》して覆奏しき。爾に天の下太《いた》く平らぎ、人民《たみ》富み榮えき。[五]是に初めて[六]男《をとこ》の弓端《ゆはず》の調《みつぎ》、[七]女《をみな》の手末《たなすゑ》の調《みつぎ》を貢らしめたまひき。故、其の御世を[八]稱《たた》へて、[九]初國《はつくに》知《し》らしし御眞木天皇《みまきのすめらみこと》と謂ふ。又[一〇]是の御世に、依網池《よさみの》を作り、亦輕《かる》の酒折池《さかをりの》を作りき。天皇の御歳《みとし》、[一一]壹佰陸拾捌歳《ももあまりむそぢまりやとせ》。[一二]戊寅の年の十二月に崩りましき。[一三]御陵は山邊《やまのべ》の道の勾《まがり》の岡の上に在り。

伊久米伊理毘古伊佐知命《の》、[一四]師木《しき》の玉垣宮《たまがきの》に坐しまして、天の下治らしめしき。

此の天皇、沙本《さほ》毘古命《の》の妹《いろも》、[一五]佐波遲《さはぢ》比賣命《の》を娶して、生みませる御子、品牟都《ほむつ》和氣命《わけの》。一柱 又旦波比古多多須美知宇斯王《たにはのひこたたすみちのうしの》の女、[一六]氷羽州《ひばす》比賣命《の》を娶して、生みませる御子、印色入日子命《いにしきのいりひこの》。印色の二字は音を以ゐよ。次に[一七]大帶日子淤斯呂和氣命《おほたらしひこおしろわけの》。淤より氣までの五字は音を以ゐよ。次に大中津日子命《おほなかつひこの》。次に倭比賣命《やまとひめの》。次に若木入日子命《わかきのいりひこの》。五柱 又其の氷羽州比賣命《の》の弟《いろと》、[一八]沼羽田之《ぬばたの》入毘賣命《の》を娶して、生みませる御子、沼帶別命《ぬたらしわけの》。次に伊賀帶日《いがたらし》子命《の》。二柱 又其の沼羽田之入日賣命《の》の弟《いろと》、[一九]阿邪美能伊理毘賣命《あざみのいりびめの》此の女王の名は音を以ゐよ。を娶して、生みませる御子、伊許婆夜和氣命《いこばやわけの》。次に阿邪美都比賣命《あざみつの》。二柱。此の二王の名は音を以ゐよ。又大筒木垂根王《おほつつきたりねの》の女、[二〇]迦具夜比賣命《かぐやひめの》を娶して、生みませる御子、袁邪辨王《をざべの》。一柱 又

之大本也。民所㆓恃以生㆒也。今河内狭山埴田水少。是以、其百姓怠㆓於農事㆒。其多開㆓池溝㆒、以寛㆓民業㆒。」とあり、同十月の条に「造㆓依網池㆒。」、同十一月の条に「作㆓苅坂池、反折池㆒。」とある。(苅坂は軽坂、反折はサカヲリであろうか)。依網池は河内、軽の酒折池は大和。

一一 一百六十八歳。書紀には百二十歳とある。

一二 戊寅(ツチノエトラ)の年の十二月は、書紀には六十八年冬十二月戊申朔壬子とある。↓補注四四

一三 書紀には「葬㆓于山辺道上陵㆒。」とある。

一四 垂仁紀二年の条に「更都㆓於纒向㆒。是謂㆓珠城(タマキ)宮㆒。」とある。纒向(マキムク)は師木(磯城)の内である。

5 初国知らしし天皇

一五 沙本毘売命のこと。垂仁紀二年の条に、「立㆓狭穂姫㆒為㆓皇后㆒。后生㆓誉津別(ホムツワケ)命㆒。生而天皇愛之。常在㆓左右㆒。及㆑壮而不㆑言。」とある。

垂仁天皇

1 后妃皇子女

一六 垂仁紀十五年の条に、「皇后日葉酢媛命、生㆓三男二女㆒。第一曰㆓五十瓊敷入彦(イニシキイリヒコ)命㆒、第二曰㆓大足彦(オホタラシヒコ)尊㆒、第三曰㆓大中姫命㆒、第四曰㆓倭姫命㆒、第五曰㆓稚城瓊(ワカキニ)入彦命㆒。」とある。

一七 景行紀には大足彦忍代別天皇とある。後の景行天皇。

一八 垂仁紀十五年の条に、「妃渟葉田瓊入媛(ヌバタニイリヒメ)、生㆔鐸石別(ヌテシワケ)命与㆓胆香足(イカタラシ)姫命㆒。」とある。

一九 垂仁紀十五年の条に、「次妃、薊瓊入媛(アザミニイリヒメ)、生㆓池速別(イケハヤワケ)命、稚浅津(ワカアサツ)姫命㆒。」とある。以上古事記にノ(格助詞)とあるところが、書紀ではニとなっていることに注意。

二〇 書紀にはこの妃と皇子のことは見えない。

娶二山代大國之淵之女、苅羽田刀辨一、此二字以レ音。生御子、落別王。次五十日帶日子王。次伊登志別王。伊登志三字以レ音。又娶二其大國之淵之女、弟苅羽田刀辨一、生御子、石衝別王[1]。次石衝毘賣命、亦名布多遲能伊理毘賣命。二柱 凡此天皇之御子等、十六王。男王十三、女王三。故、大帶日子淤斯呂和氣命者、治二天下一也。御身長、一丈二寸、御脛長、四尺一寸也。次印色入日子命者、作二血沼池一、又作二狹山池一、又作二日下之高津池一。又坐二鳥取之河上宮一、令レ作二横刀壹仟口一、是奉レ納二石上神宮一、卽坐二其宮一、定二河上部一也。次大中津日子命者、山邊之別、三枝之別、稻木之別、阿太之別、尾張國之三野別、吉備之石无別、許呂母之別、高巣鹿[2]之別、飛鳥君、牟禮之別等祖也。次倭比賣命者、拜二祭伊勢大神宮一也。次伊許婆夜和氣王者、沙本穴太部之別祖也。次阿邪美都比賣命者、嫁二稻瀬毘古王一。次落別王者、小月[3]之山君、三川[4]之衣君之祖也。次五十日帶日子王者、春日山君、高志池君、春日部君之祖。次伊登志和氣王者、因レ無レ子而、爲二子代一定二伊登部[5]一。次石衝別王者、羽咋君、三尾君之祖。次布多遲能伊理毘賣命者、爲二倭建命之后一。

此天皇、以二沙本毘賣一爲レ后之時、沙本毘賣命之兄、沙本毘古王、問二其伊呂妹一曰、孰二愛夫與レ兄歟。答二曰愛レ兄。爾沙本毘古王謀曰、汝寔思レ愛レ我者、將三吾與レ汝治二天下一而、卽作二八鹽折之紐小刀一、↓

一 垂仁紀三十四年の条に「先レ是娶二山背苅幡戸辺(ヤマシロノカリハタトベ)一生二三男一。第一曰二祖別(オチワケ)命一、第二曰二五十日足(イカタラシ)彦命一、第三曰二胆武別(イタケワケ)命。」とある。

二 垂仁紀三十四年の条に、「天皇幸二山背一。時左右奏言之、此国有二佳人一、曰二綺戸辺(カムハタトベ)一姿形美麗。山背大国不避(ヤマシロノオホクニノフチ)之女也。(中略)仍喚二綺戸辺一納二于後宮一、生二磐衝別(イハツクワケ)命。」とあるが、石衝毘売命のことは見えない。

三 仲哀紀に「母皇后、曰二両道(フタヂノ)入姫命一。活目入彦五十狭茅天皇之女也。」とある。

四 垂仁紀三十五年の条に、「秋九月、遣二五十瓊敷命于河内国一、作二高石池、茅渟池一。冬十月、作二倭狭城池及迹見池一。是歳、令二諸国一多開二池溝一。数八百之。」とある。サヤマノ池は河内国丹比郡。クサカノタカツノ池は和泉国大鳥郡。チヌノ池は同国和泉郡。

五 鳥取は和泉国日根郡鳥取(トトリ)。

六 書紀には茅渟(ヌチ)の菟砥(ドウ)の川上の宮とある。

七 垂仁紀三十九年の条に、「五十瓊敷命、居二於茅渟菟砥川上宮一、作二剣一千口一。因名二其剣一謂二川上部一。(カハカミトモ)亦名曰二裸伴一(アカハダガトモ)蔵二石上神宮一也。」とある。

八 大和国山辺郡石上に坐す布留御魂(フツノミタマ)の神社。

九 鳥取の河上の宮。

一〇 河上宮に属する部曲。

一一 山辺は大和国山辺郡か。三枝(サキクサ)も地名であろうが、所在不明。稲木(イナキ)阿太(アダ)共に未詳。三野(ミノ)は尾張国中島郡の地名。石无(イハナシ)は備前国磐梨(イハナス)郡石生(イハナス)の地。許呂母(コロモ)は未詳。高巣鹿(タカスカ)も未詳。飛鳥(アスカ)も大和のアスカではあるまい。未詳。牟礼(ムレ)は摂津・伊

1 石衝別王—眞・前・猪・寛にはこの四字が無い。底・延・田による。

2 高巣鹿—眞に「高巣庡」、前・猪・寛・延に「高巣庡鹿」とあるが、底・田に従う。

3 小月—諸本に「小目」とあるが、底・田に従う。

4 三川—諸本に「二川」とあるが、底・田に従う。

5 伊登部—眞「伊部」、前・猪・寛「伊都」、延・田「伊都部」、底には「伊登志部」とあって「登志」の二字を補っている。「都」はツの假名でトではないので、今「登」の一字を補って伊登部とする。

山代の大國の淵《ふち》の女、[一]苅《かり》羽《ば》田《た》刀《と》辨《べ》此の二字は音を用ゐよ。を娶して、生みませる御子、落《おち》別《わけ》王《の》。次に五十《い》日《か》帯《たらし》日子王《の》。次に伊《い》登《と》志《し》別王《わけの》。伊登志の三字は音を以ゐよ。又其の大國の淵の女、弟《おと》[二]苅羽田刀辨を娶して、生みませる御子、石衝別王《いはつくわけの》。次に石衝毘賣命《の》、亦の名は布《ふ》[三]多《た》遅《ぢ》能《の》伊《い》理《り》毘《び》賣《め》命《の》。二柱 凡《おほよ》そ此の天皇の御子《みこ》等《たち》、十六王《とをまりむはしら》なり。男王十三、女王三。故、大帯日子淤斯呂和氣命《の》は、天の下治らしめしき。御身の長、一丈二寸、御脛の長さ、四尺一寸ましき。次に[四]印色入日子命《の》は、血沼《ちぬの》池を作り、又狹山《さやまの》池を作り、又日下《くさか》の高津《たかつの》池を作りたまひき。又[五]鳥取《ととり》の[六]河上《の》宮に坐して、[七]横刀《たち》壹仟《ち》口《ふり》を作らしめ、是れを[八]石上《いそのかみの》神《の》宮に納《をさ》め奉《まつ》り、即ち[九]其の宮に坐して、[一〇]河上部を定めたまひき。次に大中津日子命《の》は、[一一]山邊の別、三枝の別、稲木の別、阿太の別、尾張國の三野の別、吉備の石无の別、許呂母の別、高巣鹿の別、飛鳥の君、牟禮の別等の祖なり。次に[一二]倭比賣命《の》は、伊勢の大神の宮を拜き祭りたまひき。次に伊許婆夜和氣王《の》は、[一三]沙本の穴太部の別の祖なり。次に阿邪美都比賣命《の》は、[一四]稲瀬毘古王に嫁ひたまひき。次に落別王《の》は、[一五]小月の山君、三川の衣の君の祖なり。次に五十日帯日子王《の》は、[一六]春日の山君、高志の池君、春日部の君の祖。次に伊登志和氣王《の》は、子無きに因りて、[一七]子代と爲て伊登部を定めき。次に石衝別王《の》は、[一八]羽咋の君、三尾の君の祖。次に布多遅能伊理毘賣命《の》は、倭建命の后と爲りたまひき。

此の天皇、[一九]沙《さ》本《ほ》毘賣を后《きさき》と爲《し》たまひし時、沙本毘賣命《の》の兄《いろせ》、沙本毘古王《の》、其の[二〇]伊《い》呂《ろ》妹《も》に問ひて曰ひけらく、「夫《を》[二一]と兄《いろせ》と孰《いづ》れか愛《は》しき。」といへば、「兄《いろせ》ぞ愛《は》しき。」と答《こ》曰《た》へたまひき。爾に沙本毘古王《の》謀《はか》りて曰ひけらく、「汝《いまし》寔《まこと》に我《あれ》を愛《は》しと思はば、吾と汝と天の下治らさむ。」といひて、即ち[二二]八《や》鹽折《しほをり》の紐《ひも》小刀《がたな》を

勢・周防・讃岐等にムレという地があるが、どの国のか未詳。

一二　補注三九参照。

一三　大和国添上郡佐保の穴太部(アナホベ)で、アナホ部は穴穂(安康)天皇の御名代(みなしろ)として置かれた部民であろう。

一四　稲瀬毘古王(イナセビコノミコ)は、景行天皇の皇子(母は五十河媛)の稲背入彦皇子か。この皇子は播磨別の始祖とある(景行紀四年)。嫁ひはアヒと訓む。

一五　小月(ヲツキ)は近江国栗太郡小槻。山君(ヤマノキミ)は山を守る部民のカバネ。三川(ミカハ)は参河国、衣(コロモ)は賀茂郡挙母(コロモ)。

一六　春日は大和の春日か。高志(コシ)は越国、池は未詳。春日部の地名は諸国にあるが、いずれか不明。

一七　子代はミコシロと訓む。記伝に「此は天皇又后、皇子等など、御子坐ざれば、其御名を後世まで遺さむ為に、其御名を負せて、某部と云物を立置るるなり。故又御名代とも云なり。」とある。伊登部(イトベ)はイトシワケのイトを取ったのである。記伝には伊登志部としている。

一八　羽咋(ハクヒ)は能登国羽咋郡羽咋。三尾(ミヲ)は近江国高島郡三尾。書紀にも「生二磐衝別命一。是三尾君之始祖也。」とある。

一九　後に比婆須比売命を后とされたのに対して、最初沙本毘売を后としておられた時の意。

2　沙本毘古王の反逆

二〇　同母の妹。

二一　夫と兄とはどちらがいとおしいか。どちらに愛情を感ずるか。

二二　何度も繰り返して鍛えた鋭利な紐つきの小刀。書紀には匕首とある。

授二其妹一曰、以二此小刀一刺二殺天皇之寝一。故、天皇不レ知二其之謀一而、枕二其后之御膝一、爲二御寝一坐也。爾其后、以二紐小刀一爲レ刺二其天皇之御頸一、三度擧而、不レ忍二哀情一、不レ能レ刺レ頸而、泣涙落二溢於御面一。乃天皇驚起、問二其后一曰、吾見二異夢一。從二沙本方一暴雨零來、急沾[1]二吾面一。又錦色小蛇纏二繞我頸一。如レ此之夢、是有二何表一也。爾其后以二爲不一レ應レ争、即白二天皇一言、妾兄沙本毘古王、問レ妾曰、孰二愛夫與一レ兄。是不レ勝二面問[2]一故、妾答二曰愛レ兄歟一。爾誂レ妾曰、吾與レ汝共、治二天下一。故、當レ殺二天皇一云而、作二八鹽折之紐小刀一授レ妾。是以欲レ刺二御頸一、雖二三度擧一、哀情忽起、不レ得二刺頸一而、泣涙落二沾[3]於御面一。必有二是表一焉。

爾天皇詔二之吾殆見レ欺乎一、乃興レ軍撃二沙↓

1 沾—底・延・寛「治」、眞・猪「治」、前「濡」とあつて左に「治」と注している。今、田に従つて沾の誤りとする。

2 問—眞にはこの字が無い。

3 沾—眞「治」、前・猪「沾」、寛・延・底「治」。前の例を考え合わせ、前・猪に従う。

一 以上、垂仁紀四年の条にも、ほぼ同様の事を伝えている。「皇后母兄、狭穂彦王、謀レ反欲レ危二社稷一。因伺二皇后之燕居一而語之曰、汝孰二愛兄与一レ夫焉。於レ是皇后、不レ知二所レ問之意趣一、輙対曰、愛レ兄也。則誂二皇后一曰、夫以レ色事レ人、色衰寵緩。今天下多二佳人一。各遞進求レ寵。豈永得レ恃レ色乎。是以冀吾登二鴻祚一、必与レ汝照二臨天下一、則高レ枕而永終二百年一。亦不レ快乎。願為レ我弑二天皇一。仍取二匕首一、授二皇后一曰、是匕首佩二于裀中一、当二天皇之寝一、廼刺レ頸而弑焉。皇后於レ是心裏兢戦、不レ知二所如一。然視二兄王之志一、便不レ可レ得レ諫。故受二其匕首一、独無レ所レ蔵、以著二衣中一。遂有二諫レ兄之情一歟。」とある。

二 目を覚して起き上って。

三 不思議な夢を見た。

作りて、其の妹《いろも》に授けて曰ひけらく、「此の小刀《かたな》を以ちて、天皇《すめらみこと》の寝たまふを刺し殺せ。」といひき。[一] 故、天皇、其の謀《はかりごと》を知らしめさずて、其の后の御膝《みひざ》を枕《ま》きて、御寝《みね》し坐《ま》しき。爾に其の后、紐小刀を以ちて、其の天皇の御頸《みくび》を刺さむと為《し》て、三度《みたび》擧《ふ》りたまひしかども、哀《かな》しき情《こころ》に忍《しの》びずて、頸を刺すこと能はずして、泣く涙御面《みおも》に落ち溢《あふ》れき。乃ち天皇、驚[二]き起きたまひて、其の后に問ひて曰《の》りたまひしく、「吾《あ》は異《け》[三]しき夢《いめ》見つ。沙本の方より暴雨《はやさめ》[四]零《ふ》り來て、急《には》かに吾が面《おも》に沾《そそ》きつ。又錦色《にしきいろ》[五]の小さき蛇《へみ》、我が頸に纏繞《まつは》りつ。如此《かく》の夢は、是れ何の表《しるし》[六]にか有らむ。」とのりたまひき。爾に其の后、争[七]はえじと以為《おも》ほして、即ち天皇に白して言ひしく、「妾《あ》が兄《いろせ》沙本毘古王《の》、妾《あれ》に問ひて曰ひしく、『夫《を》と兄と孰《いづ》れか愛《は》しき。』といひき。是の面《まのあたり》[八]問《と》ふに勝《あ》へざりし故《ゆゑ》に、妾《あれ》、『兄ぞ愛しき。』と答《こた》へき。爾に妾に誂《あとら》[九]へて曰ひけらく、『吾と汝と共に天の下を治らさむ。故、天皇を殺すべし。』と云ひて、八鹽折の紐小刀を作りて妾に授けつ。是を以ちて御頸を刺さむと欲ひて、三度擧《ふ》りしかども、哀《かな》しき情忽《こころたちまち》に起りて、頸を得《え》刺《さ》さずて、泣く涙の御面《みおも》に落ち沾《そそ》きき。必ず是の表《しるし》に有らむ。」とまをしたまひき。[一〇]

爾に天皇、「吾《あ》は殆《ほとほと》[一一]に欺かえつるかも。」と詔りたまひて、乃[一二]ち軍《いくさ》を興して沙

四 新撰字鏡には「涷」に「暴雨也。波夜佐安女」と注している。また和名抄には暴雨(白雨)にムラサメの和訓がある。ムラサメと訓んでもよい。書紀には大雨とある。

五 錦のような模様のある。

六 書紀には「祥」とある。前兆、しらせの意。

七 争はれじで、いさかい(口論)はされない、即ち隠しても駄目の意。書紀には「皇后則知レ不レ得レ匿レ謀」とある。

八 面とむかって問うのに気おくれがしたので の意。

九 さそいこんで。誂は説文に相呼誘也とある。

一〇 以上も、垂仁紀五年の条にほぼ同様の事を伝えている。「天皇幸二来目一(ソ)居二於高宮一。時天皇枕二皇后膝一而昼寝。於レ是皇后、既無レ成レ事而空思之、兄王所レ謀、適是時也。即眼涙流之落二帝面一。天皇則寤之、語二皇后一曰、朕今日夢矣。錦色小蛇、繞二于朕頸一。復大雨従二狭穂一発而来之濡レ面。是何祥也。皇后則知レ不レ得レ匿レ謀、而悚恐伏レ地、曲上二兄王之反状一。因以奏曰、妾不レ能レ違二兄王之志一。亦不レ得レ背二天皇之恩一。告言則亡二兄王一。不レ言則傾二社稷一。是以一則以懼、一則以悲。俯仰喉咽、進退而血泣。日夜懐レ悒、無レ所二訴言一。唯今日也、天皇枕二妾膝一而寝之。於レ是妾一思矣。若有二狂婦一、成二兄志一者、適遇二是時一、不レ労以成レ功乎。茲意未レ竟、眼涕自流。則挙レ袖拭レ涕、従レ袖溢之沾二帝面一。故今日夢也、必是事応焉。錦色小蛇、則授レ妾匕首也。大雨忽発、則妾眼涙也。」とある。書紀はいわゆる義理人情の世界を描き、古事記はなまの人間をさながらに浮き彫りしている。

一一 すんでのことで欺されるところであった。

一二 書紀には「即発二近県卒一、命二上毛野君遠祖、八綱田一、令レ撃二狭穂彦一。」とある。

本毘古王ニ之時、其王作ニ稲城一以待戰。此時沙本毘賣命、不レ得ニ忍其兄一、自ニ後門一逃出而、納ニ其之稲城一。此時其后妊身。於レ是天皇、不レ忍ニ其后懷妊及愛一重至ニ于三年一。故、廻ニ其軍一不ニ急攻迫一。如レ此逗留之間、其所レ妊之御子既產。故、出ニ其御子一、置ニ稲城外一、令レ白ニ天皇一、若此御子矣、天皇之御子所ニ思看一者、可ニ治賜一。於レ是天皇詔、雖レ怨ニ其兄一、猶不ニ得忍レ愛ニ其后一。故卽有ニ得レ后之心一。是以選ニ聚軍士中、力士輕捷一而宣者、取ニ其御子一之時、乃掠ニ取其母王一。或髪或手、當下隨ニ取獲一而、掬以控出上。爾其后、豫知ニ其情一、悉剃ニ其髪一、以レ髪覆ニ其頭一、亦腐ニ玉緒一、三重纒レ手、且以レ酒腐ニ御衣一、如ニ全衣一服。如レ此設備而、抱ニ其御子一、刺ニ出城外一。爾其力士等、取ニ其御子一、卽握ニ其御祖一。爾握ニ其御髪一者、御髪自落、↓

一 書紀には「時狭穂彦、興レ師距之、忽積レ稲作レ城。其堅不レ可レ破。此謂ニ稲城一也。」とある。記伝には「師云く、稲城とは、凡て稲を納置城は、垣をも固くし、溝を掘廻しなどして、盗など入がたく、殊に固く構ふる物なる故に、其稲蔵る城の如くに、固く構へたるを云なり。日本紀に、積レ稲作レ城とあるは、ひがことなり。稲を積たらむは、何の固きことあらむと云れつる、此説の如くなるべし。」と説いている。なお稲城の用例としては、雄略紀十四年の条に「根使主、逃匿至ニ於日根一、造ニ稲城一而待戰。」、崇峻紀元年前紀に「大連親率ニ子弟与ニ奴軍一、築ニ稲城一而戰。」などとある。

二 思うにたえずしての意。記伝にはオモホシカネテと訓んでいる。

三 書紀には「於レ是皇后悲之曰、吾雖ニ皇后一、既亡ニ兄王一、何以ニ面目一涖ニ天下一耶。則抱ニ王子誉津別命一、入ニ之於兄王稲城一。」とある。

四 書紀では皇子は既に生まれていることになっている。

五 記伝には「抑此処の文、漢文の格に書たれば、文のままに訓ては、古語になりがたければ、文には泥まずて、凡ての意をよく得て訓べきなり。」といって、ソノキサキノ、ウツクシミオモミシタマフコトモ、ミトセニナリヌルニ、ハラマシテサヘアルコトヲ、イトカナシトオモホシキと訓んでいる。

六 廻らす意で、ここは取り囲ませること。書紀には「天皇更益ニ軍衆一、悉囲ニ其城一。」とある。

七 戦が停滞している間に。

八 既には全くの意で、ここはたしかにお生まれになったの意。記伝には「既字はよむべからず」といっているが、よんで差支えない。
九　人をして申し上げさせになったことには。
一〇　もしこの子を、あなたの御子とお認めになりますならば、引き取って御養育下さいの意。
一一　治めは処置をする意。記伝に「如此白し給ふ所以は、御母命の此稲城に入坐て、天皇には背き奉賜へるうへは、此御子をも棄て、皇子にはしたまふまじき由もある故なり。然れども、若母の罪をば所思宥めて、御子をばなほ、御子と所念看さばとなり。」と述べているが、如何であろうか。ここは実兄との不倫の恋のゆえに、こうした発言をしたものと解すべきであろう。
一二　その兄は怨んでいるが、やはり后の方はいとしくてたまらないの意。
一三　后を取り返そうとする心がおありになった。書紀には「即勅㆓城中㆒曰、急出㆔皇后与㆓皇子㆒。然不㆑出矣。則将軍八綱田、放㆑火焚㆓其城㆒。於㆑焉皇后、令㆘懐㆓抱皇子㆒、踰㆓城上㆒而出之㆖。因以奉㆑請曰、妾始所㆔以逃㆓入兄城㆒、若有㆘因㆓妾子㆒免㆗兄罪㆖乎。今不㆑得㆑免。乃知㆓妾有㆑罪。云云」とある。
一三　力の強い人で動作の軽快な人。
一四　奪い取れ。
一五　髪であろうが、手であろうが、つかまえ次第、しっかりつかんで（稲城の外に）引き出せ。
一六　天皇のお気持。
一七　その剃り落した髪でもって。
一八　腐っていない完全な着物のように見せかけてお召しになった。
一九　御母をつかまえようとした。はじめに大凡のことを言って、次にこれを細説する手法で、後の伊勢物語などにも多く見受けられる。
二〇　ひとりでに落ち。

本毘古王《の》を撃《う》ちたまひし時、其の王、[一]稲城《いなぎ》を作りて待ち戦ひき。此の時沙本毘賣《の》命、其の兄《いろせ》に[二]得《え》忍《しの》びずて、後《しり》つ門《と》より逃げ出でて、其の稲城に[三]納《い》りましき。此の時、其の后[四]妊《は》身《ら》ませり。是に天皇、[五]其の后の懐《は》妊《ら》ませること、及《また》愛《め》で重《おも》みしたまふこと三年《みとせ》に至《な》りぬるに忍びたまはざりき。故、其の軍を[六]廻《もとほ》して、急《には》かに攻迫《せ》めたまはざりき。如此《かく》[七]逗留《とどこほ》れる間に、其の妊《はら》ませる御子[八]既に産《あ》れましつ。故、其の御子を出して、稲城の外《と》に置きて、天皇に[九]白さしめたまひつらく、「[一〇]若《も》し此の御子を、天皇の御子と思ほし看《め》さば、治め賜ふべし。」とまをさしめたまひき。是に天皇詔りたまひしく、「[一一]其の兄を怨《うら》みつれども、猶《なほ》其の后を愛《うつく》しむに得《え》忍《しの》びず。」とのりたまひき。故、即ち[一二]后を得たまはむ心有りき。是を以ちて軍士《いくさびと》の中《なか》の[一三]力士《ちからびと》の軽《かろ》く捷《はや》きを選《え》り聚《あつ》めて、宣《の》りたまひしく、「其の御子を取らむ時、乃ち其の母王《ははみこ》をも[一四]掠《かそ》ひ取れ。[一五]髪にもあれ手にもあれ、取り獲む随《まにま》に、掬《つか》みて控《ひ》き出《いだ》すべし。」とのりたまひき。爾に其の后、[一六]豫《かね》て其の情《こころ》を知らしめして、悉に其の髪を剃《そ》り、[一七]髪以ちて其の頭を覆《おほ》ひ、亦玉の緒を腐《くた》して、三《み》重《へ》に手に纏《ま》かし、且《また》酒以ちて御衣《みけし》を腐し、[一八]全《また》き衣《みけし》の如《ごと》服《け》しき。如此《かく》設《ま》け備へて、其の御子を抱きて、城《き》の外《と》に刺し出したまひき。爾に其の力士等《ちからびとども》、其の御子を取りて、即ち其の[一九]御祖《みおや》を握《と》りき。爾に其の御髪を握《と》れば、御髪[二〇]自《おのづか》ら落ち、

一 たやすく(容易に)破れ。
二 后に逃げられたことを後悔し、后が帰って来られないことを恨んで。
三 記伝に「后の御手を得取奉らざりしは、玉緒の故にして、其罪は緒にこそあれ、玉には罪なきに、玉作人をしも咎め賜ふは、緒をも共に、玉作人の作りて、貫整へて貢進ることにぞありけむ。」とあるが、髪を剃った人や、着物を作った人が憎まれないで、玉作人だけが憎まれたというのはおかしい。これは次の諺を説明するための矛盾である。
四 私有地をすっかり没収された。
五 記伝に「賞を得むとて為たる事に因て、返りて罰をうくるが如き事の譬にぞ云ならはしつらむ。さるは此玉作が、彼玉緒を腐して作りしは、皇后の殊なる仰事なりしかば、其賞の地を得むとこそ思ひつらむに、返て地を取られたればなり。」と説いている。
六 記伝には命の字は令の誤りであろうとしているが、このままで意は通じる。
七 上代では子の命名権は母にあったのであろう。書紀神代下の一書にも、「天孫就而問曰、児名何称者当レ可乎。」と豊玉姫に問うたと伝えている。
八 古事記には稲城を焼くことは全く見えない。書紀には「将軍八綱田、放レ火焚二其城一。」とある。
九 前には(書紀にも)ホムツワケとあるのに、ここはホムチワケとなっている。火内別の意による転音か。
一〇 養育する意。
一一 乳母のこと。乳母をオモと言った例は、万葉巻十二に、「緑児の、ためこそ乳母(ﾓｵ)は、求むといへ。乳飲めや君が、於毛(ﾓｵ)求むらむ。」(二九二五)と見えている。書紀神代下の一書に、

握二其御手一者、玉緒且絶、握二其御衣一者、御衣便破。是以取二獲其御子一、不レ得二其御祖一。故、其軍士等、還來奏言、御髮自落、御衣易破、亦所レ纒二御手一玉緒便絶。故、不レ獲二御祖一、取二得御子一。爾天皇悔恨而、惡二作レ玉人等一、皆二奪[1]其地一。故、諺曰二不レ得レ地玉作一也。

亦天皇、命二詔其后一言、凡子名、必母名、何稱二是子之御名一。爾答白、今當下火燒二稻城一之時上而、火中所レ生。故、其御名宜レ稱二本牟智和氣御子一。又命詔、何爲日足奉。答白、取二御母一、定二大湯坐、若湯坐一、宜二日足奉一。故、隨二其后白一以日足奉也。又問二其后一曰、汝所レ堅之美豆能小佩者誰解。美豆能三字以レ音也。答白、旦波比古多多須美智[2]宇斯王之女、名兄比賣、弟比賣、茲二女王、淨公民。故、宜レ使也。然遂殺二其沙本比古王一、其伊呂妹↓

1 奪―眞にはこの下に「取」の字がある。

2 智―底・延・田にはこの下に「能」の字を補っているが、諸本に従って削る。

其の御手を握れば、玉の緒且《また》絶え、其の御衣《みけし》を握れば、御衣便《すなは》ち破れつ。是を以ちて其の御子を取り獲て、其の御祖を得ざりき。故、其の軍士等《ども》、還り來て奏言《まを》しけらく、「御髪自ら落ち、御衣一易《やす》く破れ、亦御手に纒かせる玉の緒も便ち絶えき。故、御祖を獲ずて、御子を取り得《え》つ。」とまをしき。爾に天皇二悔い恨みたまひて、三玉作りし人等《ども》を惡《にく》まして、其の四地《ところ》を皆奪ひたまひき。故、諺《ことわざ》に「五地得《ところえ》ぬ玉作《たまつくり》。」と曰《い》ふなり。

亦天皇、其の后に六命詔《みことの》りしたまひしく、「凡《おほよ》そ七子の名は必ず母の名づくるを、何とか是の子の御名をば稱《まを》さむ。」とのりたまひき。爾に答へて白ししく、「今、八火の稲城を燒く時に當りて、火中《ほなか》に生《あ》れましつ。故、其の御名は九本牟智和氣《ほむちわけ》の御子と稱《まを》すべし。」と白しき。又命詔《みことの》りしたまひしく、「何《いか》に爲《し》て一〇日足《ひた》し奉《まつ》らむ。」とのりたまへば、答へて白ししく、「一一御母《みおも》を取り、一二大湯坐《おほゆゑ》、若湯坐《わかゆゑ》を定めて、日足し奉るべし。」とまをしき。故、其の后の白せし隨《まにま》に日足し奉りき。又其の后に問ひて曰《の》りたまひしく、「汝《いまし》の一三堅めし一四美豆能小佩《みづのをひも》は一五誰かも解かむ。美豆能の三字は音を以ゐよ。」とのりたまへば、一六答へて白ししく、「旦波比古多多須美智宇斯王《たにはのひこたたすみちのうしの》の女、名は兄比賣《え》、弟比賣《おと》、茲《こ》の二はしらの女王《ひめみこ》、一七浄《きよ》き公民《たみ》なり。故、使ひたまふべし。」とまをしき。然して遂に其の一八沙本比古王《の》を殺したまひしかば、其の伊呂妹《いろも》

「彦火火出見尊、取二婦人一為二乳母、湯母、及飯嚼、湯坐一。凡諸部備行、以奉レ養焉。于レ時権(カリ)用二他姫婦一、以レ乳養二皇子一焉。此世取二乳母一養レ児之縁也。」とある。

一二 湯坐は嬰児に湯を浴せる婦人であろう。大と若は相対する語で、大旦那・若旦那の大・若である。

一三 結び堅めた。

一四 りっぱな小紐の意か。記伝に「小佩は、師云、下紐なり。袁比母と訓べし。腰にまとふ故に、佩とも書るなり、と云れつる、然もあるべし。〔紐ならむには、佩字はいと物遠く、又紐には、美豆能と云るも、少しめづらしけれども、必紐なるべき処にして、他に訓べき言なし。故思ふに、帯と佩とは相近くして、通ふこともあれば、帯字の心以て、佩とは書るならむか。帯は比母と訓る例もあり。〕」と述べているように、用字に問題があって解し難い。或いは宣長のいうように佩は帯の意かも知れない。↓補注四五

一五 誰が解くであろうか。誰を后としたらよいだろうかの意。

一六 書紀では皇后が自発的に、「願吾所レ掌后宮之事、宜レ授二好仇一。丹波国有二五婦人一。志並貞潔。是丹波道主王之女也。当下納二掖庭一以盈中后宮之数上。」と申し出られたとある。古事記は二人であるが、ここには五人とある。

一七 公民は奴婢に対する良民の意。浄きは書紀に「志並貞潔」とあって、その意にとってもよいが、やはり忠誠の良民と解する方がよい。

一八 書紀には「時火興城崩、軍衆悉走。狭穂彦与レ妹共死二于城中一。」とあって、焼け死んだか自殺したか明らかでない。「従ひき」は兄のあとについて死んだの意であろう。つまり兄は殺され、妹は自殺したのである。

亦從也。

故、率二遊其御子一之狀者、在レ於二尾張之相津一、二俣榲作二二俣小舟一而、持上來以浮二倭之市師池、輕池一、率二遊其御子一。然是御子、八拳鬚至レ于二心前一、眞事登波受。此三字以レ音。故、今聞二高往鵠之音一、始爲二阿藝登比一。自レ阿下四字以レ音。爾遣二山邊之大鶙一此者人名。令レ取二其鳥一。故、是人追二尋其鵠一、自二木國一到二針間國一、亦追越二稻羽國一、卽到二旦波國、多遲麻國一、追二廻東方一、到二近淡海國一、乃越二三野國一、自二尾張國一傳以追二科野國一、遂追二到高志[1]國一而、於二和那美之水門[2]一張レ網、取二其鳥一而、持上獻。故、號二其水門一謂二和那美之水門一也。亦見二其鳥一者、[3]於レ思二物言一而、如レ思爾勿二言事一。於レ是天皇患賜而、御寢之時、覺レ于二御夢一曰、修二理我宮如一天皇之御舍一者、御子必眞事登波牟。自レ登下三字以レ音。如レ此覺時、布斗摩邇占相而、求二何神之心一、爾崇、出雲大神之御心。故、其御子令レ拜二其大神宮一↓

一 本牟智和気王。

二 連れて遊んだありさまは、どういうありさまかというに。下の「其の御子を率て遊びき」がこれに呼応している。

三 尾張国の相津という地は不明。

四 二股に分れている杉の木を、そのまま二股の丸木舟に作って。

五 尾張から大和へ持って来て。大和は都の所在地であるから、そこへ行くのを「上る」と言ったのである。

六 大和国十市郡磐余(イハレ)の市師池。磐余池とも言ったようである。履中紀三年の条に「天皇泛二両枝船(フタマタノフネ)于磐余市磯(イハレノイチシ)池一、与二皇妃一各分乗而遊宴。」とあるのが参考となる。

七 幾握りもある長いアゴヒゲが胸の前に垂れるまで、そんなに長い間(上巻、須佐之男命の涕泣の条参照)。雷神に限って用いられる語である。

八 マは美称、コトトフは物を言う意。ここは物を言わなかったの意。啞であったのである。垂仁紀二年の条に「后生二誉津別命一。(中略)及レ壮而不レ言。」、同二十三年の条に「詔二群卿一曰、誉津別王、是生年既三十。髯鬚八掬、猶泣如レ児、常不レ言何由矣。因有司而議之。」とある。

九 空を高く飛んで行く白鳥。鵠は文字通りの白鳥の意で、鶴ではない。従ってタヅとは訓まない。

一〇 四段活用の動詞アギトフの連用形が名詞に転成したもの。類聚名義抄には、「咴」(咳)にアギトフの訓がある。喚、喁と同じく、魚が水面に出て呼吸する意であるが、本来はアゴを動かす意である(後世アゴのことをアグトというのを参考)。ここは口をパクパクさせて片言めいたものを言ったという意であろう。然るに書紀

1 高志—前・猪・寛・田には「但馬」とあるが、底・延・眞に従う。

2 門—諸本に「河」とあるが、底・田に従つて「門」の誤寫とする。

3 於思物言而如思爾—眞は「如」を「加」に作る。また延・田には「物言如思爾而」とあり、前・猪・寛にはその中の「如」を「加」に作つている。何れも誤寫があるかも知れない。

も亦従ひき。

故、其[一]の御子を率《ゐ》[二]て遊びし状《さま》は、尾張の相津[三]に在る二俣榲《ふたまたすぎ》[四]を二俣小舟《ふたまたをぶね》に作りて、持[五]ち上《のぼ》り來て、倭《やまと》の市師池《いちしの》[六]、輕池《かるの》に浮かべて、其の御子を率《ゐ》て遊びき。然るに是の御子、八拳鬚心《やつかひげむね》[七]の前《さき》に至るまで眞事登波受《まこととはず》[八]。此の三字は音を以ゐよ。故、今高往く鵠《たかゆくくひ》[九]の音《こゑ》を聞きて、始めて阿藝登比《あぎとひ》[一〇]阿より下の四字は音を以ゐよ。爲《し》たまひき。爾に山邊《やまの》[一一]の大鶙《おほたか》此は人の名なり。[一二]を遣はして、其の鳥を取らしめたまひき。故、是の人其の鵠を追ひ尋ねて、木國《きの》[一三]より針間國《はりまの》に到り、亦追ひて稲羽國《いなばの》に越え、卽ち旦波國《たにはの》、多遲麻國《たぢまの》に到り、東の方に追ひ廻《めぐ》りて、近淡海國《ちかつあふみの》に到り、乃ち三野國《みのの》に越え、尾張國《の》より傳ひて科野國《しなのの》に追ひ、遂に高志國《こしの》に追ひ到りて、和那美《わなみ》[一四]の水門《みなと》に網《あみ》を張りて、其の鳥を取りて持ち上《のぼ》りて獻りき[一五]。故、其の水門を號《なづ》けて和那美の水門と謂ふなり。亦[一六]其の鳥を見たまはば、物言はむと思ほせしに、思ほすが如くに言ひたまふ事勿《な》かりき。

是に天皇患《うれ》ひ賜ひて、御寢《みね》しませる時、御夢に覺《さと》して曰《の》りたまひけらく、「我が宮を天皇の御舍《みあらか》[一七]の如修理《ごとをさめつく》りたまはば、御子必ず眞事登波牟《まこととはむ》[一八]。登より下の三字は音を以ゐよ。」とのりたまひき。如此覺《かくさと》したまふ時、布斗摩邇邇占相《ふとまにうらな》[一九]ひて、何れの神の心ぞと求めしに、爾《そ》[二〇]の祟《たたり》は出雲の大神の御心なりき。故、其の御子をして其の大神の宮

には「天皇立二於大殿前一、誉津別皇子侍之。時有二鳴鵠一度二大虚一。皇子仰観レ鵠曰、是何物耶。天皇則知二皇子見レ鵠得一レ言而喜之。」とあって、皇子は鵠を見て、りっぱに物を言ったことになっている。

3 本牟智和気王

一 大和国山辺郡で、姓ではなく地名。

三 大鶙という人の名が、鷹狩の鷹と間違えられないための注記である。しかしここは鷹を擬人化した伝説的物語である。書紀では天湯河板挙(アメノユカハタナ)という人になっている。

三 紀伊国→播磨国→因幡国→丹波国→但馬国→近江国→美濃国→尾張国→信濃国→越国という順序である。

一四 越のうちの何国何郡にあるか不明。ワナミは羂網(ワナアミ)の略。鷹を使い、また網を張って鳥獣を捕えたのである。

一五 書紀には「詔二左右一曰、誰能捕二是鳥一献之。於レ是鳥取造祖、天湯河板挙奏言、臣必捕而献。即天皇勅二湯河板挙一曰、汝献二是鳥一必敦賞矣。時湯河板挙、遠望二鵠飛之方一、追尋詣二出雲一而捕獲。或曰、得二于但馬国一。」とあるが、出雲で捕獲したとあるのは注意すべきである。

一六 天皇は、御子がその鳥を再び見られたならば、物を言われるであろうと予期されていたが、(その鳥をごらんになっても)予期のように物をおっしゃらなかったの意。然るに書紀には「湯河板挙献レ鵠也。誉津別命、弄二是鵠一、遂得二言語一。」とある。この記事も注意すべきである。

一七 宮殿。

一八 物を言うであろう。

一九 鹿の肩の骨をハハカという木の皮で灼いて占う太占。

二〇 御子が唖であること。

將レ遣之時、令レ副二誰人一者吉。爾曙立王食レト。故、科二曙立王一、令二宇氣比白一、宇氣比三字以レ音。因レ拜二此大神一、誠有レ驗者、住二是鷺巣池之樹一鷺乎、宇氣比落。如レ此詔之時、宇氣比其鷺墮レ地死。又詔二之宇氣比活爾[1]者、更活。又在二甜白檮之前一葉廣熊白檮、令二宇氣比枯一、亦[2]令二宇氣比生一。爾名賜二曙立王一、謂二倭者[3]師木登美豐朝倉曙立王一。登美二字以レ音。卽曙立王、菟上王二王、副二其御子一遣時、自二那良戸一遇二跛盲一。自二大坂戸一亦遇二跛盲一。唯木戸是掖[4]月[5]之吉戸ト而、出行之時、毎二到坐地一、定二品遲部一也。故、到レ於二出雲一、拜二訖大神一、還上之時、肥河之中、作二黑巣橋一、仕二奉假宮一而坐。爾出雲國造之祖、名岐比佐都美、餝二青葉山一而、立二其河下一、將レ獻二大御食一之時、其御子詔言、是於二河下一、如二青葉山一者、見レ山非レ山。若坐二出雲之石硐之曾宮一、葦原色許男大神以伊都玖之祝大廷乎問賜也。爾所レ遣二御伴一王等、聞歡見喜而、御子者、坐二檳榔之長穗宮一↓

1　爾—漢文の終詞として用いたものか。ともかくこの用字は疑問である。
2　亦—前・猪・寛・延・田には「忽」とあるが、底・眞に従う。
3　者—田に「老」とある。宣長は「老」の誤りであろうとしている。
4　掖—底・延には「腋」。諸本によって改めた。
5　月—戸の誤りであろうとされている。

一　その卜占に当った。占象(うらかた)に出た。
二　ウケヒは吉凶を判断するために、神に誓約して或行為をなすこと。ここは曙立王に天皇の誓約の言葉を申させたのである。
三　ほんとうに夢の覚しの通りの利目(御子が物を言うようになること)があるならば。
四　大和国高市郡にあった池。
五　誓約のままに落ちよの意であろう。
六　記伝に「如此詔は、曙立王の詔ふなり。此は天皇の勅命を以て宣る宇気比なる故に、かく云り。次なる又詔も同じ。」と述べている。そう解するより外に致し方はないが、この二つの詔の字の用法には疑問がある。
七　記伝には「宇気比三字をば、除きて読べし。此を読ては、語諧はず。」と言っているが、今ウケヒシと訓んでみた。
八　ウケヒのままに活きよの意。
九　アマカシは大和国高市郡甘樫坐神社のある地。アマカシは丘陵地であるから、その岬といったのである。
一〇　葉の広い大白檮の木の意か。白檮は橿であるが、櫟(いちい)を赤檮、橿(かし)を白檮と書いて区別したのである。
一一　記伝には「者字は決く誤写なり。人名にあるべき辞にあらず。若くは老の誤か。故姑く淤由と訓つ。」といってオユと訓んでいる。しかし昔者、王者などの者と同じく、助字と見られないこともない。今この種の助字と見てこの字は訓まないことにする。師木も登美も朝倉(豊は美称)もすべて倭の国の地名である。それらの地名を以って美称としたのである。
一二　曙立王の弟。

を拜《をろが》ましめに遣はさむとせし時、誰人《たれびと》を副へしめば吉《よ》けむとうらなひき。爾に曙立《あけたつの》王[一]ト《うら》に食《あ》ひき。故、曙立《の》王に科《おふ》せて、[二]宇《う》氣《け》比《ひ》白《まを》さしめつらく、宇氣比の三字は音を以ゐよ。「此の大神を拜むに因りて、[三]誠に驗《しるし》有らば、是の[四]鷺《さぎ》巣《すの》池の樹《き》に住む鷺や、[五]宇《う》氣《け》比《ひ》落ちよ。」とまをさしめき。如此《かく》[六]詔りたまひし時、[七]宇《う》氣《け》比《ひ》し其の鷺、地《つち》に墮《お》ちて死にき。又[八]「宇氣比活《い》きよ。」と詔りたまへば、更に活《い》きぬ。又[九]甜白檮《あまかし》の前《さき》に在る[一〇]葉廣熊白檮《はびろくまかし》を、宇氣比枯らし、亦宇氣比生かしき。爾に名を曙立《の》王に賜ひて、[一一]倭者師木登美豐朝倉曙立《やまとしきとみとよあさくらの》王《の》登美の二字は音を以ゐよ。と謂ひき。即ち曙立《の》王、[一二]菟上《うなかみの》王の二王《ふたはしら》を其の御子に副へて遣はしし時、[一三]那良戸《ならと》よりは[一四]跛盲《あしなへめしひ》遇《あ》はむ。[一五]大坂戸よりも亦跛盲遇はむ。唯[一六]木戸ぞ是れ[一七]掖月《わきど》の吉き戸《と》とト《うらな》ひて出で行かしし時、到り坐《ま》す地毎《ところごと》に[一八]品遅部《ほむぢべ》を定めたまひき。

故、出雲に到りて、大神を拜《をろが》み訖《を》へて還り上《のぼ》ります時に、肥《ひの》河の中に[一九]黑き巣橋《すばし》を作り、[二〇]假宮《かりみや》を仕《つか》へ奉《まつ》りて坐《ま》さしめき。爾に出雲國造《のくにのみやつこ》の祖《おや》、名は岐比佐都美《きひさつみ》、[二一]青葉の山を餝《かざ》りて、其の河下《かはしも》に立てて、大御食《おほみけ》獻らむとする時に、其の御子詔《の》言りたまひしく、「是の河下に、[二二]青葉の山の如きは、山と見えて山に非ず。[二三]若《も》し出雲の[二四]石硐《いはくま》の曾《その》宮に坐す[二五]葦原色許男《あしはらしこをの》大神を[二六]以《も》ち伊都玖祝《いつくはふり》の大廷《おほには》か。」と問ひ賜ひき。爾に御伴《みとも》に遣はさえし王等《みこたち》、[二七]聞き歡《よろこ》び見喜びて、御子をば[二八]檳榔《あぢまさ》の長穗《ながほの》宮

一三　奈良山(大和国添上郡)の入口から行けば。奈良山を越えれば山城である。

一四　跛者(いざり)と盲者(めくら)に遇って不吉であるの意。

一五　大坂山(大和国葛上郡)の入口から行けば。大坂山を越えれば河内である。

一六　真土山(大和国宇智郡)の入口。この山を越えれば紀伊である。木戸は紀伊戸。

一七　月の字は戸の誤りであろうと言われている。ワキドは、まともの出入口ではない脇の出入口の意。しかし月を原文のままに活かして解せられないこともない。即ち掖月(ワツキ)は脇机(ワツキ)の意に取れそうである。雄略天皇の条の袁杼比売の歌に「和岐豆紀が下の、板にもが」とあるワキヅキは、脇机即ち脇息の意であるが、ここの掖月(月のキも乙類)もその意に取って、本机ではなく脇机のような、つまり正ではなく脇の意には解せられないであろうか。

一八　本牟智和気王の御名代としての部民。

一九　黒い丸太を簀のように並べて作った橋。

二〇　お作り申して、その仮の宮に居らせた。

二一　青葉の木を切って、青々とした山のように飾って。歓迎の意味で立てたものであろう。

二二　青葉の山のようなものは、山のように見えて、実は山ではない。

二三　もしや…ではないか。

二四　どの社を指したものか不明。

二五　大国主神の別名とされている。

二六　斎き祭る神事にあずかる者の祭場ではないか。

二七　御子が物を言われたのを聞いて喜び、実際に目に見て喜んで。

二八　檳榔は地名か。また「檳榔の」は長穂の枕詞か。不明。

而、貢二上驛使一。爾其御子、一宿婚二肥長比賣一。故、竊伺二其美人一者蛇也。卽見畏遁逃。爾其肥長比賣患、光二海原一自レ船追來。故、益見畏以自二山多和一、此二字以レ音。引二越御船一、逃上行也。於レ是覆奏言、因レ拜二大神一、大御子物詔。故、參上來。故、天皇歡喜、卽返二菟上王一、令レ造二神宮一。於レ是天皇、因二其御子一、定二鳥取部、鳥甘部、品遲部、大湯坐、若湯坐一。

又隨二其后之白一、喚二上美知能宇斯王之女等、比婆須比賣命、次弟比賣命、次歌凝比賣命、次圓野比賣命、幷四柱一。然留二比婆須比賣命、弟比賣命二柱一而、其弟王二柱者、因二甚凶醜一、返二送本土一。於レ是圓野比賣慚言、同兄弟之中、以二姿醜一被レ還之事、聞レ於二隣里一、是甚慚而、到二山代國之相樂一時、取二懸樹枝一而欲レ死。故、號二其地一謂二懸木一、今云二相樂一。又到二弟國一之時、遂墮二峻淵一而死。故、號二其地一謂二墮國一、今云二弟國一也。

一　以上、唖の本牟智和気王が、出雲の大神を拝んだために物が言えるようになったという話と、密接な関係にある話が、出雲風土記仁多郡三沢郷の条に載せられている。→補注四六

二　船で。このヨリは「で」の意。万葉巻十三に「人づまの、馬より行くに、己づまの、徒歩より行けば」(三三一四)とある、馬より、徒歩よりのヨリと同じである。

三　山が低く撓んでいる処、山のくぼみ。万葉

に坐せて、驛使《はゆまづかひ》を貢上《たてまつ》りき。一爾に其の御子、一宿《ひとよ》肥長比賣《ひながひめ》と婚《まぐは》ひしましき。故、竊《ひそ》かに其の美人《をとめ》を伺《み》たまへば、蛇《をろち》なりき。卽ち見畏《みかしこ》みて遁《に》逃げたまひき。爾に其の肥長比賣患《うれ》ひて、海原を光《てら》して船より追ひ來《きた》りき。二故、益《ますます》見畏《みかしこ》みて、三山の多和《たわ》此の二字は音を以ゐよ。より御船を引き越して逃げ上《のぼ》り行《い》でましき。是に覆奏《かへりごとまを》言し四しく、「大神を拜みたまひしに因りて、大御子物詔《ものの》りたまひき。故、參上《まゐのぼ》り來つ。」とまをしき。故、天皇歡喜《よろこ》ばして、卽ち菟上王《の》を返して、五神の宮を造らしめたまひき。是に天皇、其の御子に因りて、鳥取部《ととりべ》、鳥甘部《とりかひべ》、品遲部《ほむぢべ》、大湯坐《おほゆゑ》、若湯坐《わかゆゑ》を定めたまひき。

又其の后の白したまひし隨《まにま》に、六美知能宇斯王《の》の女等《むすめたち》、比婆須比賣《ひばすひめ》命《の》、次に弟比賣《おとひめ》命《の》、次に歌凝比賣《うたごりひめ》命《の》、次に圓野比賣《まとのひめ》命《の》、幷《あは》せて七四柱を喚上《めさ》げたまひき。然るに比婆須比賣命《の》、弟比賣命《の》の二柱を留めて、其の弟王《おとみと》二柱は、甚凶醜《いとみにく》きに因りて、八本《もと》つ土《くに》に返し送りたまひき。是に圓野比賣慚《は》ぢて言ひりらく、「同じ兄弟《はらから》の中《なか》に、姿醜きを以ちて還さえし事、九隣里《ちかきさと》に聞えむ、是れ甚慚《いとはづか》し。」といひて、山代國《の》の相樂《さがらか》に到りし時、樹の枝に取り懸《さが》りて一〇死なむとしき。故、其地《そこ》を號《なづ》けて懸木《さがりき》と謂ひしを、今は相樂《さがらか》と云ふ。一一又弟國《おとくに》に到りし時、遂に峻《ふか》き一二淵《ふち》に墮《お》ちて死にき。故、其地を號けて墮國《おちくに》と謂ひしを、今は弟國《おとくに》と云ふなり。一三

巻十三に「高山の、峰のたをりに、射目立てて」(三二七八)、巻十八に「あしひきの、山のたをりに、この見ゆる、天の白雲」(四一二二)、巻十九に「あしひきの、山のたをりに、立つ雲を」(四一六九)とあるタヲリは、ここのタワと同じ意である。

四 曙立王と菟上王の二王が復命したのである。

五 出雲に引き返させて、出雲の大神の宮(杵築の宮)を造営させられた。

六 沙本毘売命を指す。

七 沙本毘売が推挙されたのは、兄比売・弟比売の二女王であったのに、ここに四柱とあるのは矛盾である。また垂仁紀十五年の条には「喚二丹波五女一、納二於掖庭一。」とあって、これとも一致していない。

八 生まれ故郷。ここでは丹波。

九 近所隣りの評判となるのは。

一〇 懸はサガリと訓む。万葉巻十六に「懸有、反云二佐我礼流一。」(三八三九の分注)とあり、霊異記下巻第三十八話の訓釈には、懸の字に「佐加礼留ソ」の訓が見える。

4 円野比売

一一 山城国相楽郡相楽郷。

一二 峻の字について記伝には「峻は浚を誤れるか。〔浚は深なればなり。峻とは、山などにこそいへ、淵にはいふべきに非ず。(中略)若くは、おそろしき意に云るか。然らば加志古伎と訓べし。されどなほ物遠くおぼゆ。(下略)〕」と述べ、結局フカキと訓んでいるが、峻谷などの漢語の例もあるから、峻は誤字とは言えず、フカキでよいと思う。

一三 山城国乙訓郡乙訓。垂仁紀十五年の条には「唯竹野媛者、因二形姿醜一、返二於本土一。則羞二其見一レ返、到二葛野一自堕レ輿而死之。故号二其地一謂二堕国一。今謂二弟国一訛也。」とある。

一 姓氏録右京諸蕃の新羅の部に「三宅連。新羅国王子、天日桙命之後也。」とある。 二 書紀には田道間守と記し、「是三宅連之始祖也。」とある。天之日矛の玄孫で、その出自は応神天皇の条に詳しく見えている。垂仁紀九十年の条に「天皇命二田道間守一、遣二常世国一、令レ求二非時香果一。今謂レ橘是也。」とある。 三 遠く離れた海のあなたの不老不死の理想郷。記伝には「此は新羅国を指て云るなるべし。」と言っている。済州島あたりではなかろうかという説もある。 四 トキジクは書紀に「非時」の字をあてている。→補注四七。 五 種々の困難を克服して遂にの意。→補注四八 六 記伝には縵(カゲ)は蔭橘子(かげたちばな)というもの、矛は矛橘子というもので、前者は枝ながら折り採って葉もつけたままのもの、後者はやや長く折った枝の葉をば皆取り去って実だけをつけたものであろうといっている。→補注四九 七 書紀には九十九年の七月に天皇が崩御され、その翌年の三月に「田道間守、至レ自二常世国一。則賚来物也、非時香菓、八竿八縵焉。」とある。 八 入口。記伝には前と解している。 九 前に献り置きとあるのに、ここで擎げとあるのは矛盾しているようである。これについて記伝には「上には置と云て、又擎とは違へるが如くなれど、然らず。置は四縵四矛を総て云。擎るは、其内なるを執持て擎るなり。又置は、万葉に、幣置などある置として、ただ献ることと見てもよし。」と述べている。 一〇 大声を挙げて哭いて。記伝には万葉巻九に「叫於良妣(サケビオラビ)」とあるのによって、サケビオラビテと訓んでいる。 一一 書紀には「乃向二天皇之陵一、叫哭而自死之。」とある。

又天皇、以二三宅連等之祖、名多遲摩[1]毛理一、遣二常世國一、令レ求二登岐士玖能迦玖能木實一。自レ登下八字以レ音。故、多遲摩毛理、遂到二其國一、採二其木實一、以二縵[2]八縵、矛八矛一、將來之間、天皇既崩。爾多遲摩毛理、分二縵[3]四縵、矛四矛一、獻レ于二大后一、以二縵四縵、矛四矛[4]一、獻二置天皇之御陵戸一而、擎二其木實一、叫哭以白、常世國之登岐士玖能迦玖能木實、持參上侍、遂叫哭死也。其登岐士玖能迦玖能木實者、是今橘者也。此天皇御年、壹佰伍拾參歲。御陵在二菅原之御立野中一也。又其大后比婆須比賣命之時、定二石祝作一、又定二土師部一。此后者、葬二狹木之寺間陵一也。

大帶日子淤斯呂和氣天皇、坐二纒向之日代宮一、治二天下一也。此天皇、娶二吉備臣等之祖、若建吉備津日子之女、名針間之伊那毘能大郎女一、生御子、櫛角別王。次大碓命。次小碓命、亦名倭男具那命。具那二字以レ音。次倭根子命。次神櫛王。五柱 又娶二八尺入日子命之女、八坂之入日賣命一、生御子、若帶日子命。次五百木之入日子命。次押別命。次五百木之入日賣命。又妾之子、豐戸別王。次沼代郎女。又妾↓

1 摩―諸本に「麻」とあるが、眞に従つて改めた。
2 縵八縵矛八矛―眞には「縵入弟縵八矛」、前には「縵。八竿縵八矛」とあつて、○印の右傍に「八矛」と注し、猪には「縵○八矛」とあつて、○印の左傍に「八竿縵」と注し、寛には「縵八矛」、延には「縵八縵矛八竿」とある。
3 縵四縵矛四矛―前には「縵矛四矛」とあつて、上の「矛」の右に「竿」と注し、猪には「縵弟四矛」とあつて、「弟」の右に「竿」と注し、寛には「縵矛四竿」、延には「縵四縵矛四竿」とあるが、底・眞に従う。
4 矛―前・猪・寛・延に「竿」とあるが、底・眞・田に従う。

5 多遅摩毛理

又天皇、[一]三宅連《みやけのむらじ》等の祖、名は[二]多遲摩毛理《たぢまもり》を[三]常世《とこよ》の國に遣はして、[四]登岐士玖能迦《ときじくのか》玖能木實《くのこのみ》〈登より下の八字は音を以ゐよ。〉を求めしめたまひき。故、多遲摩毛理、[五]遂に其の國に到りて、其の木實《このみ》を採りて[六]縵八縵《かげやかげ》、矛八矛《ほこやほこ》を[七]將《も》ち來《きた》りし間に、天皇既に崩《かむあが》りましき。爾に多遲摩毛理、縵四縵《かげよかげ》、矛四矛《ほこよほこ》を分けて、大后に獻り、縵四縵、矛四矛を天皇の御陵の[八]戸に獻り置きて、其の木實《の》を[九]擎《ささ》げて、[一〇]叫《さけ》び哭《な》きて白ししく、「常世《の》國の登岐士玖能迦玖能木實《の》を持ちて參上りて侍《さもら》ふ。」とまをして、遂に叫び哭きて[一一]死にき。其の登岐士玖能迦玖能木實《の》は、是れ今の橘なり。此の天皇の御年、[一二]壹佰伍拾參歳《ももあまりいそぢまりみとせ》。[一三]御陵は菅原《すがはら》の御立野《みたちの》の中に在り。又其の[一四]大后比婆須比賣《の》命の時、[一五]石祝作《いしきつくり》を定め、又[一六]土師部《はにしべ》を定めたまひき。此の后は、[一七]狹木《さき》の寺間《てらま》の陵《はか》に葬《はふ》りまつりき。

景行天皇

1 后妃皇子女

大帶日子《おほたらしひこ》淤斯呂和氣《おしろわけの》天皇、[一八]纒向《まきむく》の日代宮《ひしろの》に坐しまして、天の下治らしめしき。此の天皇、吉備臣《きびのおみら》等の祖、若建吉備津日子《わかたけきびつひこ》の女、名は[一九]針間之伊那毘能大郎女《はりまのいなびのおほいらつめ》を娶して、生みませる御子、[二〇]櫛角別王《くしつぬわけの》。次に[二一]大碓命《おほうすの》。次に[二二]小碓命《をうすの》、亦の名は倭男具那命《やまとをぐなの》。〈具那の二字は音を以ゐよ。〉次に[二三]倭根子命《やまとねこの》。次に[二四]神櫛王《かむくしの》。〈五柱〉又八尺入日子命《やさかのいりひこの》の女、[二五]八坂之《やさかの》入日賣命《いりひめの》を娶して、生みませる御子、[二六]若帶日子命《わかたらしひこの》。次に[二七]五百木之入日子命《いほきのいりひこの》。次に[二八]押別命《おしわけの》。次に[二九]五百木之入日賣命《の》。又妾《みめ》の子、[三〇]豐戸別王《とよとわけの》。次に[三一]沼代郎女《ぬのしろのいらつめ》。又妾《みめ》

一二 一百五十三歳。書紀には百四十歳とある。
一三 書紀には「葬㆓於菅原伏見陵㆒。」とある。菅原は大和国添下郡。
一四 皇后比婆須比売命が薨ぜられた時。
一五 記伝に祝は棺の誤りであろうとしている。石棺作りの意。↓補注五〇
一六 埴で種々の物を作る部民。↓補注五一
一七 狭木は大和国添下郡佐紀郷。
一八 纒向は大和国城上郡巻向。景行紀四年十一月の条に「乗輿自㆓美濃㆒還。則更都㆓於纒向㆒。是謂㆓日代宮㆒。」とある。
一九 播磨国印南郡の地に因んだ名。↓補注五二
二〇 書紀にはこの御子は見えない。
二一 書紀には「其大碓皇子、小碓尊、一日同胞而双生。天皇異之、則誥㆓於碓㆒。故因号㆓其二王㆒、曰㆓大碓小碓㆒也。」とある。
二二 書紀には「是小碓尊、亦名日本童男。亦曰㆓日本武尊㆒。幼有㆓雄略之気㆒。及㆑壮容貌魁偉。」とあって、「童男」にヲグナの訓注がある。
二三 書紀には八坂入媛の第四子に稚倭根子皇子がある。稚とあるから別人か。
二四 書紀には五十河媛の御子としている。
二五 書紀では天皇が美濃に行幸された時、八坂入彦皇子の女の弟媛を泳宮(クク リノミヤ)で婚されたが、弟媛は交接の道を欲せずと言って、姉の八坂入媛を後宮に推挙したことになっている。天皇はこれをゆるして、「仍喚㆓八坂入媛㆒為㆑妃、生㆓七男六女㆒。」とある。
二六 書紀には「第一曰㆓稚足彦天皇㆒。」とある、後の成務天皇。
二七 書紀には「第二曰㆓五百城入彦皇子㆒。」とある。
二八 書紀には「第三曰㆓忍之別皇子㆒。」とある。

之子、沼名木郎女。次香余理比賣命。次若木之入日子王。次吉備之兄日子王。次高木比賣命。次弟比賣命。又娶二日向之美波迦斯毘賣一、生御子、豐國別王。又娶二伊那毘能大郎女之弟、伊那毘能若郎女一、自レ伊下四字以レ音。生御子、眞若王。次日子人之大兄王。又娶二倭建命之曾孫、名須賣伊呂大中日子王自レ須至レ呂四字以レ音。之女、訶具漏比賣一、生御子、大枝王。凡此大帶日子天皇之御子等、所レ錄廿一王、不二入記一五十九王、并八十王之中、若帶日子命與二倭建命、亦五百木之入日子命一此三王、負二太子之名一。自レ其餘七十七王者、悉別二賜國國之國造、亦和氣、及稻置、縣主一也。故、若帶日子命者、治二天下一也。小碓命者、平二東西之荒神、及不レ伏人等一也。次櫛角別王者、茨田下連等之祖。次大碓命、守君、大田君、嶋田君之祖。次神櫛王者、木國之酒部阿比古、宇陀酒部之祖。次豐國別王者、日向國造之祖。於レ是天皇、聞三看定三野國造之祖、[1]大根王之女、名兄比賣、弟比賣二孃子、其容姿麗美一而、遣二其御子大碓命一以喚上。故、其所レ遣大碓命、勿二召上一而、卽己自婚二其二孃子一、更求二他女人一、詐名二其孃女一而貢上。於レ是天皇、↓

1 大—底・延・田にはこの上に「神」の字を補っているが、諸本に従って削る。

二九 書紀には「第八曰二五百城入姫皇女一。」とある。八坂入媛所生の御子は、書紀は十三人としているが、古事記は以上の四人である。
三〇 書紀では次妃、襲武媛(ソノタケヒメ)所生の子とされ、「豊戸別皇子、是火国別之始祖也。」とある。
三一 以下の七柱は、書紀では八坂入媛所生の子とされている。↓補注五三

一 五十狭城入彦皇子と同人であろう。
二 高城入姫皇女と同人であろう。
三 景行紀十三年五月の条に、「悉平二襲国一、因以居二於高屋宮一。既六年也。於レ是其国有二佳人一。曰二御刀媛一。則召為レ妃、生二豊国別皇子一。是日向国造之始祖也。」とあって、御刀にミハカシの訓注がある。
四・五 この二柱は書紀に見えない。
六 和名抄に「爾雅云、孫之子為二曾孫一。」とあってヒヒコの和名があり、新撰字鏡にもヒヒコの訓がある。この曾孫は訶具漏比売を指す。
七 下の倭建の子孫の条に、その御子若建王に関して、「若建王、娶二飯野真黒比売一、生子、須売伊呂大中日子王。此王、娶二淡海之柴野入杵之女、柴野比売一、生子、迦具漏比売命。故、大帯日子天皇、娶二此迦具漏比売命一、生子、大江王。」とある。景行天皇がその御子倭建命の曾孫を娶

の子、沼名木郎女《ぬなきのいらつめ》。次に香余理比賣命《かごよりひめの》。次に[一]若木之《わかきの》入日子王《の》。次に吉備之兄日《きびのえひ》子王《この》。次に高木[二]比賣命《の》。次に弟比賣命《の》。又日向《ひむか》の[三]美波迦斯毘賣《みはかしびめ》を娶して、生みませる御子、豐國別王《とよくにわけの》。又伊那毘能大郎女の弟《おと》、伊那毘能若郎女《いなびのわかいらつめ》（伊より下の四字は音を以ゐよ。）を娶して、生みませる御子、[四]眞若王《まわかの》。次に[五]日子人之大兄王《ひこひとのおほえの》。又倭建命《やまとたけるの》の[六]曾孫《ひひこ》、名は須賣伊呂大中日子王《すめいろおほなかつひこの》（須より呂までの四字は音を以ゐよ。）の女、[七]訶具漏比賣《かぐろ》を娶して、生みませる御子、大枝王《おほえの》。凡《おほよ》そ此の大帶日子天皇《の》の御子等、錄《しる》せるは廿一王《はたちまりひとはしら》、入れ記さざるは五十九王《いそぢまりここのはしら》、幷せて[八]八十王《やそはしら》の中に、若帶日子命《の》と倭建命《の》、亦五百木之入日子命《の》と此の三王《みはしら》は、[九]太子《ひつぎのみこ》の名を負ひたまひ、其れより餘《ほか》の[一〇]七十七王《ななそぢまりななはしら》は、悉に國國の[一一]國造《くにのみやつこ》、亦和氣《わけ》、及稻置《またいなぎ》、縣主《あがたぬし》[一二]に別け賜ひき。故、若帶日子命《の》は、天の下治らしめしき。小碓命《の》は、東西《ひむがしにし》の荒ぶる神、及伏《またまつろ》はぬ人等《ひとども》を平《ことむ》けたまひき。次に櫛角別王《の》は、（[一三]茨田の下の連等の祖。）次に大碓命《の》は、（[一四]守君、大田君、島田君の祖。）次に神櫛王《の》は、（[一五]木國の酒部の阿比古、宇陀の酒部の祖。）次に豐國別王《の》は、（日向國造の祖なり。）

是に天皇、三野國造《みののの》の祖、[一六]大根王《おほねの》の女、名は[一七]兄比賣《え》、弟比賣《おと》の二《ふた》りの孃子《をとめ》、其の容姿《かたち》麗美《うるは》しと聞し[一八]看《め》し定めて、其の御子大碓命《の》を遣はして[一九]喚上《めさ》げたまひき。故、其の遣はさえし大碓命《の》、召上《めさ》げずて、[二〇]卽ち己《おの》れ自《みづか》ら其の二《ふた》りの孃子《をとめ》と婚《まぐは》ひして、更に他《あだ》し女人《をみな》を求めて、詐《いつは》りて其の孃女《をとめ》と名づけて貢上《たしまつ》りき。是に天皇、

られるということはあり得ないことで、これは何かの理由で系譜が乱れたものと思われる。

八 書紀にも「夫天皇之男女、前後幷八十子。」とある。

九 上代においては、皇太子は必ずしも一人に限られてはいなかった。

一〇 書紀には「除二日本武尊、稚足彦天皇、五百城入彦皇子一之外、七十余子、皆封二国郡一、各如二其国一。故当二今時一、謂二諸国之別一者、即其別王之苗裔焉。」とある。

一一 以下はすべてカバネ（姓）である。細井貞雄「姓序考」参照。和気は別である。

一二 分ち遣わされたの意。

一三 茨田（ダムマ）の下の連は未詳。

一四 守は美濃国の地名か。大田は美濃国大野郡の大田か安八郡の大田かのいずれかであろう。島田は尾張国海部郡の島田か。

一五 酒部（サカベ）は酒を作る部民。阿比古（アビコ）は姓。書紀には「神櫛皇子、是讃岐国造之始祖也。」とある。

一六 書紀には「美濃国造、名神骨（カムホネ）之女」とある。これによって記伝には神大根王と、神の字を補っている。

一七 書紀には「兄名、兄遠子（エトホコ）、弟名、弟遠子。」とある。

一八 聞きたしかめて。「定め」は聞き定む、見定むの「定む」と同じ。お召し上げになった。

2 大碓命

一九 （宮中へ連れて来たのではない。大碓命に召し上げよと命ぜられた意。）書紀には「遣二大碓命一、使レ察二其婦女之容姿一。」とある。

二〇 書紀には「時大碓命、便密通而不二復命一。由レ是恨二大碓命一。」とある。

知二其他女一、恒令レ經二長眼一、亦勿レ婚而惚[1]也。故、其大碓命、娶二兄比賣一、生子、押黑之兄日子王。此者三野之宇泥須和氣之祖。亦娶二弟比賣一、生子、押黑弟日子王。此者牟宜都君等之祖。此之御世、定二田部一、又定二東之淡水門一、又定二膳之大伴部一、又定二倭屯家一。又作二坂手池一、卽竹植二其堤一也。

天皇詔二小碓命一、何汝兄、於二朝夕之大御食一不二參出來一。專汝泥疑教覺。泥疑二字以レ音。下效レ此。如レ此詔以後、至レ于二五日一、猶不二參出一。爾天皇問二賜小碓命一、何汝兄、久不二參出一。若有レ未レ誨乎。答三白既爲二泥疑一也。又詔二如何泥疑之一、答白、朝署[2]入レ廁之時、待[3]捕搤批而、引三闕其枝一、裹レ薦投棄。於レ是天皇、惶二其御子之建荒之情一而詔之、西方有二熊曾建二人一。是不レ伏无レ禮人等。故、取二其人等一而遣。當二此之時一、其御髮結レ額也。爾小碓命、給二其姨倭比賣命之御衣御裳一、以レ劒[4]納レ于二御懷一而幸行。故、到レ于二熊曾↓

一 解し難い句である。記伝には「長眼は、心を著て、久しく視居るを云。此は彼女人を、御前に侍はしめて、婚まほしく所思看すさまに、つらつら視居賜ふを云るにて、天皇の御長目なり。恒令レ経とは、幾度も然る目を、令レ見賜ふを云なり。」と説いている。

二 お苦しめになった。記伝にはモノオモハシメタマヒキと訓んでいるが従い難い。

三 宇泥須和気(ウネスワケ)は未詳。

四 牟宜都(ムゲツ)は美濃国武芸(ムゲ)郡の地。景行紀四十年の条には、大碓命を身毛津(ムゲツ)君、守君の二族の始祖としている。

五 諸国にある朝廷の屯家(ミヤケ)の御料田をつくる部民。

六 四国の阿波に対して東(アヅマ)の安房といったのであって、その水門というのは、安房と相模国御浦郡の御崎との間の海門である。「定め」については記伝に「天皇の渡坐しにつきて、始めて此名を定賜へりとにや。又始めて此海路の開けしを云にもあるべし。」と述べている。

七 ↓補注五四。

八 屯家は屯倉とも書く。垂仁紀二十七年の条には、屯倉にミヤケの訓注が見える。屯家は田部を使役して朝廷の御料田をつくらせ、その収穫を収納する倉及びその官舎をも含めたもので、またその御料田をもかねてもミヤケという。↓補注五五

九 大和国城下郡坂手の地に作られた池。景行紀五十七年の条にも、「造二坂手池一。即竹蒔二其堤上一。」とある。

一〇 記伝に「櫛角別王か、大碓命か、二柱の内決めがたし。」とあるが、ここは大碓命であろう。

一一 記伝に「かく問賜ふを以思ふに、上代天皇の朝夕大御食所聞看す御礼儀、いと厳重にして、然るべき皇子等なども、参出候ひて、供奉賜ひけむ。されば其になほ種々の儀式のありけむこ

1 惚―諸本「惣」、底「惚」、田「悩」とあるが、上巻の例に倣って「惚」に改めた。「惚」は「悩」の俗字。

2 署―眞は「暑」に誤る。延・田には「曙」とあるが、諸本に従う。署は曙の省字。

3 待―諸本に「持」とあるが、眞・田に従う。

4 劒―前・猪・寛・田にはこの上に「小」の字がある。

其の他《あだ》し女なることを知らして、恒《つね》[一]に長眼《ながめ》を經《へ》しめ、亦婚《まぐは》ひしたまはずて、惚《くる》[二]しめたまひき。故、其の大碓命《の》、兄比賣を娶して生める子、押黑《おしぐろ》之《の》兄日子《えひこ》王《の》。此は三野の宇泥須和氣の祖。[三] 亦弟比賣を娶して生める子、押黑《の》弟日子王《の》。此は牟宜都君等の祖。[四] 此の御世に、[五]田部《たべ》を定め、又東《あづま》[六]の淡水門《あはのみなと》を定め、又膳《かしはで》[七]の大伴部《おほともべ》を定め、又倭の屯家《みやけ》[八]を定め、又坂手《さかての》[九]池を作りて、即ち竹を其の堤《つつみ》に植ゑたまひき。

3 小碓命の西征

天皇、小碓命《をうすの》に詔りたまひしく、「何《なに》しかも汝《いまし》[一〇]の兄《いろせ》は、朝夕《あさゆふ》[一一]の大御食《おほみけ》に參出來《まゐでこ》ざる。專《もは》[一二]ら汝泥疑《ねぎ》[一三]教へ覺《さと》せ。」とのりたまひき。泥疑の二字は音を以ゐよ。下は此れに效へ。 如此《かく》詔りたまひて以後《よりのち》、五日《いつか》に至りて、猶參出《なほまゐで》ざりき。爾に天皇、小碓命《の》に問ひ賜ひしく、「何《なに》しかも汝の兄は、久しく參出ざる。若《も》[一四]し未《いま》だ誨《をし》へず有りや。」ととひたまへば、「既[一五]に泥疑爲《ねぎつ》。」と答へ白しき。又「如何《いか》にか泥疑つる。」と詔りたまへば、答へて白しけらく、「朝署《あさけ》[一六]に厠《かはや》[一七]に入りし時、待ち捕へて搤《つか》[一八]み批《ひし》ぎて、其の枝《えだ》[一九]を引き闕《か》きて、薦《こも》[二〇]に裹《つつ》みて投げ棄《う》てつ。[二一]」とまをしき。

是に天皇、其[二二]の御子の建《たけ》く荒き情《こころ》を惶《かしこ》みて詔りたまひしく、「西の方に熊曾建《くまそたける》[二三]二人有り。是れ伏《まつろ》はず禮《ゐや》[二四]无《な》き人等《ひとども》なり。故、其の人等を取れ。[二五]」とのりたまひて遣はしき。此の時に當りて、其の御髮[二六]を額《ぬか》に結《ゆ》ひたまひき。爾に小碓命《の》、其の姨《をば》[二七]倭比賣命《の》の御衣《みそ》[二八]御裳《みも》を給はり、劒《つるぎ》を御懷《みふところ》に納《い》れて幸行《い》でましき。故、熊曾

と知られたり。」と述べているが、礼儀が厳重であったのではなく、宮廷における朝夕の会食に皇子たちが出席したのは、天皇に対して逆心のないことを示すためであったと思われ、そうした意味でこの会食は重要な意義をもっていた。大碓命が出席されなかったのは、美濃の兄比売・弟比売のことで、うしろ暗いところがあったからである。

一二 お前がひとりで。

一三 慰撫して会食に出席するように教えさとせの意。→補注五六

一四 もしやまだ教えさとしていないのではないか。

一五 十分に慰撫しました。

一六 署は曙の略字。あけがた。

一七 兄が便所に入った時。

一八 つかみつぶして。

一九 手足を引きもいで。和名抄には肢に四体也と注し、エダの訓がある。

二〇 席(むしろ)の意。和名抄に薦は席也とあって、コモの訓がある。

二一 書紀に小碓尊は「身長一丈。力能扛レ鼎焉。」とあるのが参考となる。

二二 その御子小碓命の強暴な心に恐れをなして。記伝に「其御心の荒きほどを所知看て、今以後も、なほ如何なる荒き行をか為賜はむと、恐れ惶み賜ふなり。」とある意である。

二三 熊曾の国の勇猛な人の意で、固有名詞ではない。熊曾はクマの国、ソの国を総称したもので、九州の中部以南の地をいったもののようである。景行紀二十七年十二月の条に、「到二於熊襲国一。(中略) 時熊襲有二魁帥者一。名取石鹿文。亦曰二川上梟帥一。(タケル)」とある。

二四 無礼の意であるが、ここは不敬反逆の意と解すべきである。

二五 殺せ。

二六 年の頃十五六であったの意。書紀には「遣二日本武尊一、

建之家一見者、於二其家邊一軍圍二三重一、作レ室以居。於レ是言二動爲御室樂一、設二備食物一。故、遊二行其傍一、待二其樂日一。爾臨二其樂日一、如二童女之髮一、梳二垂其結御髮一、服二其姨之御衣御裳一、既成二童女之姿一、交二立[1]女人之中一、入二坐其室內一。爾熊曾建兄弟二人、見二感其孃子一、坐レ於二己中一而盛樂。故、臨二其酣時一、自レ懷出レ劒、取二熊曾之衣衿一、以レ劒自二其胸一刺通之時、其弟建、見畏逃出。乃追至二其室之椅本一、取二其背皮一、劒自レ尻刺通。爾其熊曾建白言、莫レ動二其刀一。僕有二白言一。爾暫許押伏。於レ是白二言汝命者誰一。爾詔、吾者坐二纏向之日代宮一、所レ知二大八嶋國一、大帶日子淤斯呂和氣天皇之御子、名倭男具那王者也。意禮熊曾建二人、不レ伏無レ禮聞看而、取二殺意禮一詔而遣。爾其熊曾建白、信然也。於二西方一除二吾二人一、無二建強人一。然於二大倭國一、益二吾二人一而、建男者坐祁理。是以吾↓

1 立女—前・猪・寛・延には「姿」の一字としている。

令レ撃二熊襲一。時年十六。」とある。↓補注五七

二七 叔母。新撰字鏡には姨母にヲバの訓がある。

二八 叔母の御衣裳を頂いて。さて記伝に「此比売命の御衣御裳をしも、請し賜はり賜ふ所以は、倭比売命は、伊勢大御神の御杖代(ミツエシロ)に坐ませば、其御威御霊を仮賜はむの御心なりけむかし。」とあるのは卓見である。

一 その家の周囲を兵士どもが三重に取り囲んで護りをかため。

二 室(むろ)を新しく作っていた。

三 新築落成の祝宴をしようと言い騒いで。書紀には単に「悉集二親族一而欲レ宴。」とある。

四 その室のあたりをブラブラ歩いて。

五 少女の垂髪(うなゐ)のように、その額に結っておられた少年の髪をけずり垂れ。

六 全く少女の姿になって(変装して)。書紀にも「日本武尊、解レ髮作二童女姿一。」とある。

七 熊曾建の家の女どもの中にまぎれこんで。

書紀にも「居二女人之中一」とある。

八　書紀では川上梟帥一人となっている。

九　小碓命の変装した姿を見て、ほんとうの孃子と思ったので、「其の孃子」といったのである。

一〇　銘々の間に居らせて。兄弟二人の間に坐らせたのである。書紀には「川上梟帥、感二其童女容姿一、則携レ手同レ席、挙レ坏令レ飲而戯弄。」とある。

一一　酒宴の最中に。記伝には酣をタゲナハと訓み、ウタゲナカバの略としているが如何であろうか。書紀には「于レ時也、更深人闌(ヨフケテ、ヒトウスラギヌ)」とある。

一二　兄の熊曾建の着物の襟を捕えて。和名抄には衿は頸也と注し、コロモノクビの和名があり、新撰字鏡にも同じ訓がある。

一三　階段の下。

一四　背中の意。ここは着物の背。記伝には「皮字は写誤なり。〔衣服あれば、皮は取ふべきに非ず。たとひ衣服はなくとも、背の皮は取へらるる処にあらず。〕師の以の誤として、以レ剣〔タチモテ〕と訓れたるに従ふべし。」とある。

一五　暫く刀を動かさないことを聞き入れて。許すは聴(ゆるす)の意。

一六　大八島国は対内的称呼であり、日本(やまと)は対外的称呼である。

一七　景行天皇の御名。

一八　書紀にも「吾是大足彦天皇之子也。名日本童男也。」とあって、記紀共に小碓命と言わず、ヤマトヲグナとしているのは、この物語が小子説話の系統を引く少年英雄譚であることを物語っている。

一九　お前。第二人称の卑称。

二〇　大和国をほめて言ったのである。

二一　勇猛な男がいらっしゃったのであるよ。

建の家に到りて見たまへば、其の家の邊《ほとり》に軍《いくさ》三重に圍《かく》み、室《むろ》を作りて居《を》りき。是に[三]御室樂《みむろうたげ》爲《せ》むと言ひ動《とよ》みて、食物《をしもの》を設《ま》け備へき。故、[四]其の傍《かたはら》を遊び行《ある》きて、其の樂《うたげ》の日を待ちたまひき。爾に其の樂の日に臨《な》りて、[五]童女《をとめ》の髮の如《ごと》其の結はせる御髮を梳《けづ》り垂れ、其の姨《をば》の御衣御裳を服《け》して、[六]既に童女の姿に成りて、[七]女人《をみな》の中に交《まじ》り立ちて、其の室《むろ》の內《うち》に入り坐しき。爾に熊曾建[八]兄弟《あにおと》二人、[九]其の孃子《をとめ》を見感《みめ》でて、[一〇]己《おの》が中に坐《ま》せて盛《さか》りに樂《うた》げしつ。故、其の[一一]酣《たけなは》なる時に臨《な》りて、懷《ふところ》より劒を出《いだ》し、[一二]熊曾の衣《ころも》の衿《くび》を取りて、劒以ちて其の胸より刺《さ》し通《とほ》したまひし時、其の弟建《おとたける》、見畏みて逃げ出でき。乃ち追ひて其の室の[一三]椅《はし》の本《もと》に至りて、其の[一四]背皮《そびら》を取りて、劒を尻《しり》より刺し通したまひき。爾に其の熊曾建白言《まを》しつらく、「其の刀《たち》をな動かしたまひそ。僕《われ》白言《まを》すこと有り。」とまをしき。爾に[一五]暫《しま》し許《ゆる》して押し伏せたまひき。是に「汝命《いましみこと》は誰ぞ。」と白言《まを》しき。爾に詔りたまひつらく、「吾は纒向《まきむく》の日代宮《ひしろの》に坐しまして、[一六]大八島國知らしめす、[一七]大帶日子淤斯呂和氣天皇《の》の御子、名は[一八]倭男具那《やまとをぐなの》王ぞ。[一九]意禮《おれ》熊曾建二人、伏《まつろ》はず禮《ゐや》無しと聞し看《め》して、意禮《おれ》を取殺《と》れと詔りたまひて遣はせり。」とのりたまひき。爾に其の熊曾建白しつらく、「信《まこと》に然《しか》ならむ。西の方に吾《われ》二人を除《お》きて、建《たけ》く強き人無し。然るに[二〇]大倭國《おほやまとの》に、吾二人に益《まさ》りて[二一]建き男《を》は坐しけり。是を以ちて吾《われ》

獻二御名一。自レ今以後、應レ稱二倭建御子一。是事白訖、卽如二熟苽一振折[1]而殺也。故、自二其時一稱二御名一、謂二倭建命一。然而還上之時、山神、河神、及穴戸神、皆言一向一和而參上。

卽入二坐出雲國一、欲レ殺二其出雲建一而到、卽結レ友。故、竊以二赤檮一、作二詐刀一、爲二御佩一共沐二肥河一。爾倭建命、自レ河先上、取二佩出雲建之解置横刀一而詔レ易レ刀。故、後出雲建自レ河上而、佩二倭建命之詐刀一。於レ是倭建命、誂[2]二云伊奢合一レ刀。爾各拔二其刀一之時、出雲建不三得二拔詐刀一。卽倭建命、拔二其刀一而打二殺出雲建一。爾御歌曰、

夜都米佐須　伊豆毛多祁流賀　波祁流多知　都豆良佐波麻岐　佐味那志爾阿波禮

故、如レ此撥治、參上覆奏。

爾天皇、亦頻詔二倭建命一、言二向一和一平東方十二道之荒夫琉神、及摩都樓波奴人等一而、副二吉備臣等之祖、名御鉏友耳建日子一而遣之時、給二比比羅木之八尋矛一。比比羅三字以レ音。故、↓

1 折—諸本同じ。或いは「拆」の誤字かも知れない。田には「拆」に改めている。

2 誂—諸本に「誹」とあるが、底に従ってしばらく「誂」に改める。

一 大和国の勇猛な御子の意。日本国の勇者の意ではない。書紀は倭を日本と書くのが普通であるので(対外的意識から)、日本武尊と記しているのである。↓補注五八

二 和名抄に熟瓜を「保曾知」と訓み、「或説、極熟蔕落之義也。」と注している。熟れた瓜。

三 記伝に「師の、折字は拆(サク)の誤とせられたるぞ宜き。」とあるが、原字を活かしてタチと訓み、たちきる意に取った。

四 書紀には「故至二于今一、称曰二日本武尊一。是其縁也。」とある。

五 海峡の神。特定の海峡ではない。記伝に関門海峡としているのはよくない。書紀には「既而従二海路一還レ倭。到二吉備一以渡二穴海一。其処有二悪神一。則殺之。」とある。

六 出雲の勇猛な人の意で、固有名詞ではない。

七 記伝には原文の「結友」をウルハシミシタマヒキと訓んでいる。友達としての誼みを結ばれたの意。

八 用明紀には赤檮にイチヒの訓注がある。また新撰字鏡には杙、櫟、枸などにイチヒノキの訓があり、和名抄には櫟子をイチヒと訓んでいる。カシを白檮と書くのに対して、イチヒを赤檮と書いたのである。

九 偽刀の意であるが、真刀に対する木刀の意でコダチと訓んだ。

一〇 沐は説文に濯レ髪也とあるが、記伝にはカハアミと訓んで、「沐字は(中略)浴の義はなき

御名を献らむ。今より後は、[一]倭建《やまとたけるの》御子《みこ》と稱《たた》ふべし。」とまをしき。是の事白し訖へつれば、即ち[二]熟苽《ほぞち》の如《ごと》振り[三]折《た》ちて殺したまひき。故、[四]其の時より御名を稱《たた》へて、倭建《の》命と謂ふ。然《しか》して還り上《のぼ》ります時、山の神、河の神、[五]及《また》穴戸《あなど》の神を、皆言向け和《やは》して參上《まゐのぼ》りたまひき。

即ち出雲國《の》に入り坐して、其の[六]出雲建《いづもたける》を殺さむと欲《おも》ひて到りまして、即ち[七]友と結《な》りたまひき。故、竊《ひそ》かに[八]赤檮《いちひ》以ちて、[九]詐刀《こだち》に作り、御佩《みはかし》と爲て、共に肥河《ひの》に[一〇]沐《かはあみ》したまひき。爾に倭建《の》命、河より先《さき》に上《あが》りまして、出雲建が解き置ける横刀《た》を取《ち》り佩《は》きて、[一一]「刀《たち》を易《か》へむ。」と詔りたまひき。故、後《のち》に出雲建河より上りて、倭建《の》命の詐刀《こだち》を佩《は》きき。是に倭建《の》命、[一二]「伊奢刀合《いざたち》はさむ。」と[一三]誂《あとら》へて云《の》りたまひき。爾に各其の刀を抜きし時、出雲建詐刀《こだち》を得《え》抜かざりき。即ち倭建《の》命、其の刀を抜きて出雲建を打ち殺したまひき。爾に御歌よみしたまひしく、

[一四]やつめさす　出雲建が　佩《は》ける刀《たち》　[一五]黒葛多纒《つづらさはま》き　[一六]さ身《み》無しにあはれ[一七]

とうたひたまひき。故、如此《かく》撥《はら》ひ治《をさ》めて、參上《まゐのぼ》りて覆奏《かへりごとまを》したまひき。

爾に天皇、亦[一八]頻《し》きて倭建《の》命に詔りたまひしく、「[一九]東の方十二道《とをまりふたみち》の荒夫琉《あらぶる》神、及《また》摩都樓波奴人等《まつろはぬひとども》を言向け和平《やは》せ。」とのりたまひて、吉備臣等《の》の祖、名は[二〇]御鉏《みすき》友耳建日子《ともみみたけひこ》を副へて遣はしし時、[二一]比比羅木《ひひらぎ》の八尋矛《やひろほこ》比比羅の三字は音を以ゐよ。を給ひき。[二二]故、

を、此記にも、書紀にも、浴に此字を用ひたるは、常に沐浴と連ね云からまぎれつるにや。」とある。
二　刀を交換しよう。
三　イザはさあで、誘う意。さあ試合をしよう。
三　さそいこんで。誂は「相呼誘」の意。
四　語義未詳。「やくもたつ」「やくもさす」と同様に、出雲に係る枕詞。書紀の歌にはヤクモタツとある。
一五　黒葛をたくさん巻いて。
一六　記伝には「真身無しに鳴呼なり。真を佐と云例多し。…身は刀の身なり。」とある。↓補注五九
一七　この歌は書紀にも見えているが、所伝を異にしている。↓補注六〇
一八　重ねて。
一九　東方十二国の荒ぶる神及び服従しない人々を平定せよ。
二〇　書紀には「天皇則命三吉備武彦与二大伴武日連一、令レ従二日本武尊一。亦以二七掬脛一為二膳夫一。」とある。
二一　和名抄、新撰字鏡共に杠谷樹にヒヒラギの訓がある。杠谷樹(柊)で作った長い桙。続日本紀大宝二年正月の条に「造宮職、献二杠谷樹長八尋一。〔俗曰、比比良木〕」とあり、同四月の条に「秦忌寸広庭、献二杠谷樹八尋桙根一。遣二使者一奉二于伊勢太神宮一。」とある。記伝に「古は将軍などは、凡て矛を杖(ツケ)りしことなり。今此に此比々羅木矛を賜へるも此故なり。」と説いている。書紀には斧鉞を授けられたことになっている。

4　小碓命の東伐

二二　以上、書紀の所伝は著しく趣を異にしている。↓補注六一

一 神の朝廷(ミカド)は天皇(スメラ)が朝廷(ミカド)に対する語である。ミカドは御門の意であるが、ここは神のまします所をいう。
二 全く私が死んだらよいと思っていらっしゃる所為(せい)か。
三 どれほどの時日も経たないのに。
四 多くの兵士ども。　五 重ねて。
六 やはり私が全く死んでしまったらよいと思っていらっしゃるのです。生の人間の心がさながらに表わされている。書紀との逕庭の甚だしきを思うべきである。記伝には「さばかり武勇く坐皇子の、如此申し給へる御心のほどを思度り奉るに、いといと悲哀しとも悲哀き御語にざりける。」と述べている。
七 草那芸剣も御鏡と共に、伊勢に奉遷されていたものと思われる。その剣を倭建命に与えられたのは、御衣裳の場合と同様、天照大神の御加護を意味するものである。記伝には「然ばかり重き御宝を、今倭比売命の御心として、私に倭建命に授渡し奉賜へること、後世の心を以て思ふには、いといと心得がたき事なれども、然もあるべき所以あることとなるべし。凡人心もてみだりには測りがたし。」と、例の神秘主義的発言をしている。これが記伝の欠点である。書紀には「冬十月壬子朔癸丑、日本武尊発レ路之。戊午、抂レ道拜ニ伊勢神宮一。仍辞ニ于倭姫命一曰、今被ニ天皇之命一、而東征将レ誅ニ諸叛者一。故辞之。於レ是倭姫命、取ニ草薙剣一、授ニ日本武尊一曰、慎之莫レ怠也。」とある。
八 御袋。　九 火急の事。
一〇 書紀には「尾張氏之女、宮簀媛」とある。また熱田大神宮縁起には、日本武尊のお伴をした建稲種公(尾張国愛智郡氷上邑の出身)の妹、宮酢媛とあり、また熱田大神宮御鎮座次第本紀

受レ命罷行之時、參ニ入伊勢大御神宮一、拜ニ神朝廷一、即白ニ其姨倭比賣命一者、天皇既所ニ以思ニ吾死一乎、何擊ニ遣西方之惡人等一而、返參上來之間、未レ經ニ幾時一、不レ賜ニ軍衆一、今更平ニ遣東方十二道之惡人等一。因レ此思惟、猶所レ思ニ看吾既死一焉。患泣罷時、倭比賣命、賜ニ草那藝劒一、那藝二字以レ音。亦賜ニ御囊一而、詔下若有ニ急事一解ニ茲囊口上。

故、到ニ尾張國一、入ニ坐尾張國造之祖、美夜受比賣之家一。乃雖レ思レ將レ婚、亦思ニ還上之時將上レ婚、期定而幸ニ于東國一、悉言ニ向-和-平山河荒神、及不レ伏人等一。故爾到ニ相武國一之時、其國造詐白、於ニ此野中一有ニ大沼一。住ニ是沼中一之神、甚道速振神也。於レ是看ニ行其神一、入ニ坐其野一。爾其國造、火著ニ其野一。故、知レ見レ欺而、解ニ開其姨倭比賣命之所レ給囊口一而見者、火打有ニ其裏一。於レ是先以ニ其御刀一苅ニ撥草一、以ニ其火打一而↓

命《みこと》を受けて罷《まか》り行《い》でましし時、伊勢の大御神《の》宮に參入《まゐい》りて、[一]神の朝廷《みかど》を拜《をろが》みて、卽ち其の姨《をば》倭比賣《の》命に白したまひけらくは、「天皇[二]既に吾《あれ》死ねと思ほす所以《ゆゑ》か、何《なに》しかも西の方の惡《あ》しき人等《ひとども》を撃ちに遣はして、返り參上り來《こ》し間、未だ[三]幾時《いくだ》も經《あ》らねば、[四]軍衆《いくさびとども》を賜はずて、[五]今更に東の方十二道の惡しき人等を平《ことむ》けに遣はすらむ。此れに因りて思惟《おも》へば、[六]猶吾《なほあれ》既に死ねと思ほし看《め》すなり。」とまをしたまひて、患《うれ》ひ泣きて罷ります時に、倭比賣《の》命、[七]草那藝劍《くさなぎのたち》那藝の二字は音を以ゐよ。を賜ひ、亦[八]御囊《みふくろ》を賜ひて、「若《も》し[九]急《とみ》の事有らば、茲《こ》の囊の口を解きたまへ。」と詔りたまひき。

故、尾張國《の》に到りて、尾張國造《のの》の祖、[一〇]美夜受《みやず》比賣の家に入り坐しき。乃ち婚《まぐは》ひせむと思ほししかども、亦還り上《のぼ》らむ時に婚ひせむと思ほして、[一一]期《ちぎ》り定めて東《あづま》の國に幸《い》でまして、[一二]悉に山河の荒ぶる神、及伏《またまつろ》はぬ人等を言向け和平《やは》したまひき。

故爾に[一三]相武《さがむ》國《の》に到りましし時、其の[一四]國造《の》詐《いつは》りて白ししく、「[一五]此の野の中に大沼有り。是の沼の中に住める神、[一六]甚道速振《いとちはやぶ》る神なり。」とまをしき。[一七]是に其の神を看行《みそな》はしに、其の野に入り坐しき。爾に其の國造《の》、火を其の野に著けき。故、欺かえぬと知らして、其の姨倭比賣命《の》の給ひし[一八]囊《ふくろ》の口を解き開《あ》けて見たまへば、[一九]火打《ひうち》其の裏《うち》に有りき。是に先づ其の御刀《みはかし》以ちて[二〇]草を苅り撥《はら》ひ、其の火打以ちて

という写本には「王到㆓尾張国㆒時、在㆓於川辺㆒布曝一女㆒。令㆑問㆓其名㆒、稲種臣答白、名宮簀媛。」とある。 二 結婚の約束をして置いて。

三 記伝に「次なる事等を約めて、先言おくなり。」とある。大体のことを先に言って、更にこれを詳説するのである。 一三 相模国。書紀では駿河での出来事としている。

一四 書紀には其処の賊とある。

一五 書紀には「是野也、麋鹿甚多。気如㆓朝霧㆒、足如㆓茂林㆒。臨而応㆑狩。」とある。

一六 ひどく荒れすさぶ神。

一七 書紀には「日本武尊、信㆓其言㆒、入㆓野中㆒而覓㆑獣。賊有㆓殺㆑王之情㆒、放㆑火焼㆓其野㆒。」とある。 一八 「若し急の事有らば、茲の囊の口を解きたまへ。」と言われたことを思い出して、解き開けられたのである。

一九 燧で、火打石と火打金である。発火の用具。当時一般には火鑽臼と火鑽杵で火を鑽り出していて、火打はここに初めて見える発火の用具である。非常に珍しい物とされていたことがわかる。裏は内の意。 二〇 刀で自分の周囲の草を刈り払って、安全地帯を作ったのである。

一 向うから焼けて来る火に対して、こちらからつけた火。こうすれば火が外側に向って焼けて行き、自分の安全地帯が広くなって行く。和名抄に「野火。字統云、⿰火爾。〔又作㆑燹。野人説云、保曾介。〕防㆓野火㆒也。孫愐切韻云、燹、逆焼(ムカヘヤク)也。」とある。ホソケは火退けの意か。→補注六二

二 草をだんだん向うの方に焼き退けて。

1 故—底にはとの下に「其地者」の三字を補っているが、諸本に従って削る。
2 遣—眞・前・猪は「遺」に誤り、延・田は「津」に作る。
3 中—眞には無い。

打二出火一、著二向火一而焼退、還出皆切二滅其國造等一、卽著レ火燒。故[1]、於レ今謂二燒遣[2]一也。

自レ其入幸、渡二走水海一之時、其渡神興レ浪、廻レ船不レ得二進渡一。爾其后、名弟橘比賣命白之、妾易二御子一而入二海中[3]一。御子者、所レ遣之政遂應二覆奏一。將レ入レ海時、以二菅疊八重、皮疊八重、絁疊八重一、敷二于波上一而、下二坐其上一。於レ是其暴浪自伏、御船得進。爾其后歌曰、

佐泥佐斯　佐賀牟能袁怒邇　毛由流肥能　本那迦邇多知弖　斗比斯
岐美波母

故、七日之後、其后御櫛依二于海邊一。乃取二其櫛一、作二御陵一而治置也。

自レ其入幸、悉言二向荒夫琉蝦夷等一、亦平二和山河荒神等一而、還上幸時、到二足柄之坂本一、於下食二御粮一處上、其坂神化二白鹿一而來立。爾卽以二其咋遺之蒜片端一、待打者、中二其目一乃打殺也。故、登二立其坂一、三歎詔二云阿豆麻波夜一。自レ阿下五字以レ音也。↓

三 野から還り出て。
四 その屍に火をつけて焼かれた。
五 遣の字の用法には疑問がある。今書紀によってヅと訓んだ。駿河国益頭郡焼津。書紀には「王曰、殆被レ欺。則悉焚二其賊衆一而滅之。故号二其処一曰二焼津一。」とある。
六 浦賀水道。↓補注六三
七 海峡(水道)の神。渡りは渡って行くところの意。
八 船をグルグル廻して、御子は進み渡ることがおできにならなかった。記伝にはミフネタユタヒテと訓んでいるが、従い難い。
九 倭建命に関しては、すべて天皇に准じた文字が用いられている。この「后」もその一つである。記伝に「万を天皇に准へ奉れる例なり。書紀にも、御名に尊字を書き、崩と記し、陵と記し、仲哀紀に、母皇后〔倭建命の御妻なり〕などあるが如し。」とある通りである。
一〇 派遣された仕事を成し遂げて。使命を遂行して。
一一 菅で編んだ敷物。皮で作った敷物、絹で作った敷物。これらは元来、海神の国で賓客を迎える時に用いられるもののようであるが、ここはその変形である。
一二 語義未詳。相模の枕詞であろう。
一三 小は愛称の接頭語。
一四 物語に即して解すれば、国造がつけて燃え盛る火であるが、物語を離れて見れば、春野を焼く火である。万葉巻二に「冬ごもり、春野焼く火の」(一九九)、「立ち向ふ、高円山に、春野焼く、野火と見るまで」(二三〇)、などとある春の野火である。
一五 記伝に「此は二に心得らる。一には吾が問し君なり。二には吾を問し君なり。初の意は、問は妻問など云問にて、夫婦の間の交ひを云て、さばかりの艱難の中まで離れず相携りて交ひし

火を打ち出でて、[一]向火《むかひび》を著けて燒き[二]退《そ》けて、[三]還り出でて皆其の國《の》造等《ども》を切り滅して、即ち[四]火を著けて燒きたまひき。故、今に[五]燒遣《やきづ》と謂ふ。

其れより入り幸《い》でまして、[六]走水《はしりみづ》の海を渡りたまひし時、其の[七]渡《わたり》の神浪を興して、[八]船を廻《めぐ》らして得《え》進み渡りたまはざりき。爾に其の[九]后《きさき》、名は弟橘比賣命《おとたちばなひめの》白したまひしく、「妾《あれ》、御子に易《かは》りて海の中に入らむ。御子は[一〇]遣はさえし政《まつりごと》を遂《と》げて覆奏したまふべし。」とまをして、海に入りたまはむとする時に、[一一]菅疊《すがだたみ》八重《やへ》、皮疊八重、絁《きぬ》疊八重を波の上に敷きて、其の上に下《お》り坐しき。是に其の暴浪《あらなみ》自《おのづか》ら伏《な》ぎて、御船得《え》進みき。爾に其の后歌ひたまひしく、

[一二]さねさし　相武《さがむ》の[一三]小野《をの》に　[一四]燃《も》ゆる火の　火中《ほなか》に立ちて　[一五]問ひし君はも

とうたひたまひき。故、七日《なぬか》の後《のち》、其の后の御櫛《みくし》海邊《うみべ》に依りき。乃ち其の[一六]櫛を取りて、御陵を作りて治《をさ》め置きき。

其れより入り幸《い》でまして、悉に荒夫琉《あらぶる》[一七]蝦夷等《えみしども》を言向《ことむ》け、[一八]亦山河の荒ぶる神等《ども》を平和《やは》して、還り上《のぼ》り幸《い》でます時、[一九]足柄《あしがら》の坂本《さかもと》に到りて、[二〇]御粮《みかれひ》食《を》す處に、其の坂の神、白き鹿《か》に化《な》りて來立《きた》ちき。爾に即ち其の咋《く》ひ遺《のこ》したまひし[二一]蒜《ひる》の片端《かたはし》を以ちて、待ち打ちたまへば、其の目に中《あた》りて乃ち打ち殺したまひき。[二二]故、其の坂に登り立ちて、[二三]三《み》たび歎《なげ》かして、「[二四]阿豆麻波夜《あづまはや》。（阿より下の五字は音を以ゐよ。）」と詔云《の》りたまひき。

君となり。後の意は、彼難の時に、王の此比売の上を、心もとなく所念て、如何と問給ひし事なりけむ。さばかり急の事の中にても、忘れず問賜ひし御情を深くあはれと、思ひしめて、如此詠給へるなり。」とある。後説の方がよい。即ち一首の意は、物語に即すると、相模の野に燃え盛る火の中に立って、(私の安否を)尋ねて下さった君よの意。物語から離して独立の歌として見ると、相模の野に燃える春の野火の中に立って、私に言い寄られた君よの意で、農村における若い女性の恋の歌と解せられる。ハモは感動の助詞。　一六 これと似た話が、播磨風土記賀古郡褶墓(ヒレハカ)の条に見える。↓補注六四

一七 今のアイヌ人の祖先とされている。↓補注六五。　一八 景行紀四十年の条に、「亦山有ニ邪神一。郊有ニ姦鬼一。遮レ衢塞レ径、多令レ苦レ人。」とある。　一九 相模国足柄山の坂の麓。書紀には碓日坂とある。

二〇 カレヒは乾飯の義で、旅に持って行くホシヒ。後には必ずしも乾したものではなくても、旅で食う飯をカレヒまたはカリテという。万葉巻五に「常知らぬ道の長手をくれくれといかにか行かむ可利弖(カリテ)は無しに〔一云、可例比(カレヒ)は無しに〕」(八八八)とあるのが参考となる。

二一 百合科の食用植物で、同じ科のニンニクやラッキョウに似ている。

二二 書紀には「進ニ入信濃一。(中略)遥径ニ大山一、既逮ニ于峰一而飢之。食ニ於山中一。山神令レ苦レ王、以化ニ白鹿一、立ニ於王前一。王異之、以ニ一箇蒜一弾ニ白鹿一、則中レ眼而殺之。」とある。

二三 しみじみと溜息をおつきになって。記伝にはネモコロニナゲカシテと訓んでいる。

二四 わが妻よの意。書紀には「吾嬬者耶」とあって、嬬にツマの訓注がある。

故、號二其國一謂二阿豆麻一也。

卽自二其國一越出二甲斐一、坐二酒折宮一之時、歌曰、

　邇比婆理　都久波袁須疑弖　伊久用加泥都流

爾其御火燒之老人、續二御歌一以歌曰、

　迦賀那倍弖　用邇波許許能用　比邇波登袁加袁

是以譽二其老人一、卽給二東國造一也。

自二其國一越二科野國一、乃言二向科野之坂神一而、還二來尾張國一、入二坐先日所レ期美夜受比賣之許一。於レ是獻二大御食一之時、其美夜受比賣、捧二大御酒盞一以獻。爾美夜受比賣、其於二意須比之襴一、意須比三字以レ音。著二月經一。故、見二其月經一、御歌曰、

　比佐迦多能　阿米能迦具夜麻　斗迦麻邇　佐和多流久毘　比波煩曾多和夜賀比那袁　麻迦牟登波　阿禮波須禮杼　佐泥牟登波　阿禮波意母閇杼　那賀祁勢流　意須比能須蘇爾　都紀多知邇祁理

爾美夜受比賣、答二御歌一曰、

　多迦比迦流　比能美古　夜須美斯志　和賀意富岐美　阿良多麻能登斯賀岐布禮婆↓

一 書紀には「歷二武藏、上野一、西逮二于碓日坂一。時日本武尊、毎レ有下顧二弟橘媛一之情上。故登二碓日嶺一、而東南望之、三歎曰、吾嬬者耶。故因号二山東諸国一、曰二吾嬬国一也。」とある。ここは東国の意である。常陸風土記の巻頭に「古者自二相模国足柄岳坂一以東諸県、摠称二吾姫（アヅ）国一。」とある。 二 書紀には「西南歷二常陸一、至二甲斐国一、居二于酒折宮一。」とあって、次の歌とよく合っている。 三 甲府の東方にある酒折神社がその跡であると言い伝えられている。 四 常陸国新治郡新治郷と筑波郡筑波郷で、常陸の新治や筑波の地を通り過ぎて、（ここまで）幾晩寝た（幾日経った）ことであろうか。常陸風土記の総説に、「倭武天皇、巡二狩東夷之国一、幸二過新治之県一。」とある。 五 夜のともしびのために火をたく役の老人。書紀には秉燭者とある。 六 続ぐは、切れたものをつづけ、また連ねつづける意。倭建命の歌に自分の歌を連ねつづけてで、二つの歌を連ね合せて始めて完全な歌となるのである。↓補注六六。 七 日々並べてで、日をいくつも並べて、日数を重ねての意。 八 夜では九夜、日(昼)では十日よ。「を」は感動の助詞。九泊十日ですよ。 九 ↓補注六七。 一〇 書紀には「即美二秉燭人之聰一而敦賞」とある。 一一 書紀には、信濃の坂の神を殺して、「更還二於尾張国一、即娶二尾張氏之女、宮簀媛一、而淹留踰レ月。」とある。 一二 襲。着衣の上に重ねて着る衣裳。男女共に用いた。熱田大神宮縁起には「衣裙、此云二意須比一。」とある。 一三 和名抄には月水にサハリの訓がある。風雅集(神祇)には「もとよりも塵に交はる神なれば月の障りも何か苦しき」の歌がある。記伝にはサハリノモノ（サハリノチ）と訓んでいる。 一四 ↓補注六八

故、其の國を號けて阿豆麻《あづま》[一]と謂ふ。
即ち其の國より越えて、甲斐《かひ》[二]に出でまして、酒折宮《さかをりのみや》[三]に坐しし時、歌曰《うた》ひたまひしく、

新治《にひばり》[四]　筑波《つくは》を過ぎて　幾夜《いくよ》か寢《ね》つる

とうたひたまひき。爾に其の御[五]火燒《みひたき》の老人《おきな》、御歌[六]に續《つ》ぎて歌曰《うた》ひしく、

かがなべて[七]　夜《よ》[八]には九夜《ここのよ》　日《ひ》には十日《とをか》を

とうたひき[九]。是を以ちて其の老人[一〇]を譽《は》めて、即ち東《あづま》の國造《くにのみやつこ》を給ひき。

其の國より科野國《しなののくに》[一一]に越えて、乃ち科野の坂の神を言向《ことむ》けて、尾張國《をはりのくに》に還り來て、先《さき》の日に期《ちぎ》りたまひし美夜受比賣《みやずひめ》の許《もと》に入り坐しき。是に大御食《おほみけ》獻りし時、其の美夜受比賣、大御酒盞《さかづき》を捧げて獻りき。爾に美夜受比賣、其れ意須比《おすひ》[一二]の襴《すそ》（意須比の三字は音を以ゐよ。）に、月經《つきのさはり》[一三]著きたりき。故、其の月經を見て御歌《みうた》[一四]曰《よ》みしたまひしく、

ひさかたの[一五]　天《あめ》[一六]の香具山《かぐやま》　利鎌《とかま》[一七]に　さ渡る[一八]鵠《くび》　弱細《ひはぼそ》[一九]　手弱腕《たわやがひな》[二〇]を　枕《ま》[二一]かむと
は　我《あれ》はすれど　さ寢《ね》むとは　我《あれ》は思へど　汝《な》[二二]が著《け》せる　襲《おすひ》の裾《すそ》に　月立[二三]
ちにけり

とうたひたまひき。爾に美夜受比賣、御歌に答へて曰《い》ひしく、

高光《たかひか》[二四]る　日の御子[二五]　やすみしし[二六]　我《わ》が大君　あらたまの[二七]　年《とし》[二八]が來經《きふ》れば

一五　アメ（天）の枕詞。万葉には久方、久堅などの訓字が用いられている。
一六　大和の天の香具山を指す。
一七　記伝の説によって「利鎌に」の意とした。鋭い鎌のように。鋭く喧びすしくの意と解する説もある。　一八　サは接頭語。飛んで行く白鳥。クビはクヒの略と思われる。記伝に杙の意としているのはよくない。以上は序。熱田大神宮縁起の歌には「等美和多流、〔久〕毘何波乃」とある。これは「飛み渡る、鵠が羽の」の意であろう。　一九　ひわやかに細い。かよわくて細い。大神宮縁起には「波富曾」とある。羽細の意か。
二〇　たおやかな腕を、しなやかな腕を。
二一　枕としようとは。
二二　あなたがお召しになっている。
二三　月立つは新月の現われる意。万葉巻七に「朝づく日向ひの山に月立てり見ゆ遠妻を持ちたる人は見つつ偲はむ」（一二九四）とある。ここは月経の血がついているのを、新月が現われたのに譬えたのである。↓補注六九
二四　日の枕詞。
二五　太陽のように輝く皇子の意。記伝には「日神の御末と申すことなり」とある。ここは次の「我が大君」と共に倭建命を指す。
二六　我が大君の枕詞。語義未詳。万葉には、八隅知之、安見知之などの訓字が用いられている。
二七　年や月に係る枕詞。語義未詳。万葉には、荒玉、荒珠、麁玉、璞之、未玉之などの訓字が用いられている。未成の玉をトグ（磨）意からトシ（年）に係けられたものか。一説に新魂の意ともされている。
二八　年が経過すると。万葉巻五に「万世に年は岐布とも梅の花絶ゆることなく咲きわたるべし」（八三〇）とある。

阿良多麻能　都紀波岐閇由久　宇[1]倍那宇倍那宇倍那　岐美麻知賀多
爾　和賀祁勢流　意須比能須蘇爾　都紀多多那牟余

故爾御合而、以ニ其御刀之草那藝劒一、置ニ其美夜受比賣之許一而、取ニ伊服岐能山之神一幸行。

於レ是詔、茲山神者、徒手直取而、騰ニ其山一之時、白猪逢レ于ニ山邊一。其大如レ牛。爾爲ニ言擧一而詔、是化ニ白猪一者、其神之使者。雖ニ今不レ殺、還時將レ殺而騰坐。於レ是零ニ大氷雨一、打三惑倭建命一。此化ニ白猪一者、非ニ其神之使者一、當ニ其神之正身一、因ニ言擧一見レ惑也。故、還下坐之、到ニ玉倉部之清泉一以息坐之時、御心稍寤。故、號ニ其清泉一、謂ニ居[2]寤清泉一也。

自ニ其地一發、到ニ當藝野上一之時、詔者、吾心恒念ニ自レ虚翔行一。然今吾足不ニ得歩一。成ニ[3]當藝當藝斯玖一。自レ當下六字以レ音。[4]故、號ニ其地一謂ニ當藝一也。自ニ其地一差少幸行、[5]因ニ甚疲一衝ニ御杖一稍歩。故、號ニ其地一謂ニ杖衝坂一也。到三坐尾津前一松之許二、先↓

1　宇倍那—底・延・田にはこの三字を二回しか繰り返していないが、眞・前・猪・寛は三回繰り返している。三回に従う。
2　居寤—寛・延には「寤居」とある。
3　當藝當藝斯玖—前・猪・寛・延・底・田には「當藝斯形」とあり、眞には「當藝當藝斯朷」とある。「朷」を「玖」の誤字と見て眞に従う。常陸風土記行方郡當麻郷の條に「車所レ經之道、狹地深淺、取ニ惡路之義一。謂ニ之當麻一。(俗曰、多支多支斯)」とあるのが參考となる。
4　六—底・田・延には「三」、前・猪・寛には「二」とあるが、眞の「六」に従う。
5　因—諸本に「固」とあるが、底・田に従つて「因」の誤字とする。

一　年が経過するにつれて、月も経過する意。万葉巻五に「かくのみや息づき居らむあらたまの吉倍由久年の限り知らずて」(八八一)とある。
二　ほんにほんにの意。ナは接尾語、朝な夕なのナと同じ。万葉巻十三に「諾諾名(ウベナ)母は知らじ、諾諾名(ウベナ)父は知らじ」(三二九五)とある。
三　あなたを待つことができないで。あなたを待ちきれないで。ニは打消の助動詞。
四　新月が出るでありましょうよ(月経の血もつきましょうよ)。さてこの歌は、大神宮縁起には「やすみしし、わご大君、高光る、日の御子、あらたまの、来経往く年を、年久に、御子待ちがたに、月累ね、君待ちがたに、諾な諾なしもや、我が著せる、襲の上に、朝月の如く、月立ちにける。」とある。
五　御結婚をなさって。
六　伊吹山で近江国と美濃国との堺にある。西は近江国坂田郡、東は美濃国不破郡・池田郡である。取りは殺しの意。書紀には「於レ是聞ニ近江胆吹(イブキ)山有ニ荒神一、則解レ剣置ニ於宮簀媛家一、而徒行之。」とある。
七　素手、手に武器も何も持たない意。
八　真正面から殺そう。
九　書紀には大蛇とある。
一〇　自己の意志を言い立てること。書紀には、高言、興言、揚言などにコトアゲの旧訓がある。言挙はタブー(禁戒)であった。
一一　氷雨は元来、雹または霰の意であるが、転じて大雨の意にも用いられた。和名抄に「霈。文字集略云、霈、大雨也。日本紀私記云、大雨〔比佐女〕、雨氷〔上レ同、今案、俗云ニ比布留一〕」とある。

5 倭建命の薨去

あらたまの　月[一]は來經《きへ》往《ゆ》く　諾《うべ》[二]な諾《うべ》な諾《うべ》な　君[三]待ち難《がた》に　我《わ》が著《け》せる　襲《おすひ》

の裾に　[四]月立たなむよ

といひき。故爾に[五]御《み》合《あひ》したまひて、其の御刀《みはかし》の草那藝《の》劒を、其の美夜受比賣の許に置きて、[六]伊《い》服《ぶ》岐《き》能《の》山の神を取りに幸行《い》でましき。

是に詔りたまひしく、「茲《こ》の山の神は、[七]徒手《むなで》に[八]直《ただ》に取りてむ。」とのりたまひて、其の山に騰《のぼ》りましし時、[九]白猪《しろゐ》山の邊に逢《あ》へり。其の大きさ牛の如くなりき。爾に[一〇]言擧《ことあげ》爲《し》て詔りたまひしく、「是の白猪に化《な》れるは、其の神の使者《つかひ》ぞ。今殺さずとも、還らむ時に殺さむ。」とのりたまひて騰《のぼ》り坐しき。是に[一一]大氷雨《おほひさめ》を零《ふ》らして、倭建命《の》を打ち[一二]惑《まど》はしき。此の白猪に化れるは、其の神の使者に非ずて、其の神の正身に當りしを、言擧に因りて惑はさえつるなり。故、還り下《くだ》り坐して、[一三]玉倉部《たまくらべ》の清泉《しみづ》に到りて息《いこ》ひ坐しし時、御心[一四]稍《やや》に寤《さ》めましき。故、其の清泉《しみづ》を號けて、[一五]居寤《ゐさめ》の清泉《しみづ》と謂ふ。

其地《そこ》より發たして、[一六]當藝野《たぎの》の上に到りましし時、詔りたまひしく、「[一七]吾が心、恒《つね》に虚《そら》より翔《かけ》り行かむと念《おも》ひつ。[一八]然るに今吾が足得歩《えあゆ》まず、[一九]當藝當藝斯玖《たぎたぎしく》當より下の六字は音を以ゐよ。成《な》りぬ。」とのりたまひき。故、其地を號《なづ》けて當藝《たぎ》と謂ふ。其地より[二〇]差《やや》少《すこ》し幸行《い》でますに、甚疲《いとつか》れませるに因りて、御杖を衝《つ》きて[二一]稍《やや》に歩みたまひき。故、其地を號けて[二二]杖衝《つゑつき》坂と謂ふ。[二三]尾津《をつ》の前《さき》の[二四]一つ松の許《もと》に到り坐ししに、先《さき》に

一二　正気を失わしめた。書紀には「失レ意如レ酔」とある。

一三　美濃国不破郡の地名か。

一四　徐々に正気づかれた。意識を回復された。

一五　そこに居て意識を回復した意。↓補注七〇

一六　美濃国多芸郡の野のあたり。万葉巻六に「田跡(タド)河の滝を清みかいにしへゆ宮仕へけむ多芸の野の上に」(一〇三五)とある。

一七　私は平素、心のうちで、(歩くのはもどかしいから)空を飛んで行こうと思っていた。

一八　ところが今は、その足すら歩けなくなって。

一九　足もとがトボトボしてはかどらなくなった。タギタギシは形容詞。記伝には「成ニ当芸斯形一」とあって、タギシを船の舵と解し、「さて舵の形に為れりとは、如何なる形にか、此物の形詳ならざれば、此御足のさまも知がたけれど、和名抄に、毛詩注云、腫足曰レ尰(コヒ)…とある、今此王も、山神の毒気に中り坐て、此疾を得たまへるにやあらむ。古の舵は、此尰の状に似てやありけむ。なほよく考ふべし。」と述べているが、従い難い。

二〇　差は少しの意。ここはほんの少し。

二一　この稍は、徐々に。ここはそろそろと。

二二　伊勢国三重郡にある。このあたりの文、順路が狂っているようである。即ち伊勢の桑名郡から入る時は、尾津↓三重↓杖衝坂↓能煩野というのが今の順路だからである。

二三　伊勢国桑名郡尾津郷の岬。書紀には「便移ニ伊勢一而到ニ尾津一。昔日本武尊、向レ東之歳、停ニ尾津浜一而進食。是時解ニ一剣一置ニ於松下一、遂忘而去。今至ニ於此一剣猶存。故歌曰」とある。

二四　一本松。

御食之時、所レ忘二其地一御刀、不レ失猶有。爾御歌曰、

袁波理邇　多陀邇牟迦幣流　袁都能佐岐那流　比登都麻都　阿勢袁
比登都麻都　比登邇阿理勢婆　多知波氣麻斯袁　岐奴岐勢麻斯袁
比登都麻都　阿勢袁

自二其地一幸、到二三重村一之時、亦詔之、吾足如二三重勾一而甚疲。故、號二其地一謂二三重一。自レ其幸行而、到二能煩野一之時、思レ國以歌曰、

夜麻登波　久爾能麻本呂婆　多多那豆久　阿袁加岐　夜麻碁母禮流
夜麻登志宇流波斯

又歌曰、

伊能知能　麻多祁牟比登波　多多美許母　幣具理能夜麻能　久麻加
志賀波袁　宇受爾佐勢　曾能古

此歌者、思レ國歌也。又歌曰、

波斯祁夜斯　和岐幣能迦多用　久毛韋多知久母

此者片歌也。此時御病甚急。爾御歌曰、

一 尾張にまともに向かっている。伝説に即すれば、美夜受比売を偲んでいることになる。 二 囃詞。本来は「吾兄を」(私の親しいお方よ)の意であろう。 三 人であったならば。セは過去の助動詞の未然形。 四 大刀を帯ばせようものを。着物を着せようものを(人ではないので、大刀は帯ばせられない。着物も着せられない)。↓補注七一。 五 この歌、書紀には「尾張に、直に向へる、一つ松、あはれ、一つ松、人にありせば、衣着せましを、大刀佩けましを」とある。↓補注七二。 六 難解の語句である。↓補注七三。 七 伊勢国鈴鹿郡。 八 倭の国をお偲びになって(故郷を偲ばれて)。シノヒのヒは清音である。記伝に「志怒布に思字を書るは、万葉に例あり。(中略)又布をも後には濁れども、此も古は清て呼しにや。万葉に皆清音の波比布の字をのみ書て、濁る仮字を用ひたる所は無し。」と指摘している。 九 まほろばの国の意。書紀にはクニノマホラマとある。マホラは、万葉巻五に「聞こしをす国の麻保良ぞ」(八〇〇)、巻十八に「聞こしをす国の麻保良に」(四〇八九)などとある。マは接頭語、ホは秀ですぐれたもの、ラは接尾語。すぐれたところの意。ホラマのマも接尾語で、ラマと続く接尾語は、続日本紀宣命に「大命ラマ」の例が頻出しており、確実性を示す語である。古事記のロバはこのラマの転音である。 一〇 タタナヅクはタタネヅクの転音。タタネは「畳ね」で、下二段活用の動詞「畳ぬ」の連用形。万葉巻十五に「君が行く道の長手を繰り多多禰」(三七二四)とある。ヅクは付くの意。畳み重ねたようにくっついている。万集巻十二に「田立名付(タタナヅク)青垣山の」(三一八七)、巻六に「立名付(タタナヅク)青墻隠(アヲカキゴモ)り」(九

御食《みをし》したまひし時、其地に忘れたまひし御刀《みはかし》、失《う》せずて猶《なほ》有りき。爾に御歌《みうた》曰《よ》みしたまひしく、

尾張《をはり》に[一]　直《ただ》に向へる　尾津《をつ》の崎なる　一つ松　あせを[二]　一つ松　人[三]にありせば　大刀《たち》[四]佩《は》けましを　衣《きぬ》著《き》せましを　一つ松　あせを[五]

とうたひたまひき。其地より幸《い》でまして、三重村《の》に到りまし時、亦詔りたまひしく、「吾が足は三重《みへ》[六]の勾《まがり》の如くして甚《いと》疲れたり。」とのりたまひき。故、其地を號けて三重と謂ふ。其れより幸《い》行でまして、能煩野《のぼの》[七]に到りまし時、國を思《しの》ひて歌《うた》曰ひたまひしく、

倭《やまと》は[八]　國のまほろば[九]　たたなづく[一〇]　靑垣《あをかき》[一一]　山隱《やまごも》[一二]れる　倭しうるはし[一三]

とうたひたまひき。又歌《うた》曰ひたまひしく、

命《いのち》の　全《また》[一四]けむ人は　疊薦《たたみこも》[一五]　平群《へぐり》[一六]の山の　熊白檮《くまかし》[一七]が葉を　髻華《うず》[一八]に插せ　その[一九]子

とうたひたまひき。此の歌は國思《くにしの》[二〇]ひ歌なり。又歌《うた》曰ひたまひしく、

愛《は》[二一]しけやし　吾家《わぎへ》[二二]の方《かた》よ　雲居《くもゐ》[二三]起《た》ち來《く》も

とうたひたまひき。此《と》は片歌《かたうた》[二四]なり。此の時御病甚急《みやまひいとには》[二五]かになりぬ。爾に御歌曰《よ》みしたまひしく、

三)とあるのが参考となる。　二　国の周囲をめぐっている青々とした垣のような。　三　山の内に隠っている。ヤマゴモルは熟語である。ヤマを上の青垣に続けてアヲカキヤマと訓むのはよくない。碁は濁音の仮名である。　三　シは強意の助詞。ウルハシは「愛はし」で、ここはなつかしいの意。美しい意にもとれる。↓補注七四。　一四　完全な人。無事な人。万葉巻十五に「命をし麻多久しあらば」(三七四一)、巻四に「吾が命の将全牟(マタケム)限り」(五九五)などとある。　一五　畳んだ席(むしろ)の意で、へ(重)に係る枕詞。　一六　大和国平群郡の山。　一七　熊は大きい意。大きい樫の葉を。　一八　推古紀十一年十二月の条に、髻華にウズの訓注がある。挿頭(かざし)と同じ。生命の樹と信ぜられていた樫の葉を髪に挿すのは長寿をねがう類似呪術である。　一九　その人々よ。命の無事な人々よ。この歌も伝説に即すれば、命の無事な部下に対して、帰郷後の生の悦楽を希望した歌となるが、独立した歌として見ると、長寿を祈る民謡と解することができる。　二〇　書紀には思邦歌とある。歌曲上の名称。　二一　万葉巻十五に「波之家也思いへを離れて」(三六九一)、「波之家也思つまも子どもも」(三六九二)とある。ハシケは愛しけ、ヤシは感動の助詞。書紀の歌にはハシキヨシとあり、万葉にもハシキヨシと共にハシキヤシが多く見える。三者同語。ここではなつかしいの意。　三　自分の家の方から。　三　雲居はただ雲の意。ヰは接尾語。万葉巻七に「由槻が嶽に雲居立てるらし」(一〇八七)、巻十一に「香山に雲ゐたなびき」(二四四九)とある。　二四　思国歌の片歌の意。片歌はそれだけでは独立性を持たない歌。↓補注七五。　二五　危篤になった。万葉巻十六に「死なむ命、爾波可爾成奴」(三八一一)とある。

袁登賣能　登許能辨爾　和賀泌岐斯　都流岐能多知　曾能多知波夜

歌竟、卽崩。爾貢二上驛使一。

於レ是坐レ倭后等及御子等、諸下到而、作二御陵一、卽匍二匐-廻其地之那豆岐田一（自レ那下三字以レ音。）而、哭爲歌曰、

那豆岐能多能　伊那賀良邇　伊那賀良爾　波比母登富呂布　登許呂豆良

於レ是化二八尋白智鳥一、翔レ天而向レ濱飛行。（智字以レ音。）爾其后及御子等、於二其小竹之苅杙一、雖二足跳破一、忘二其痛一以哭追。此時歌曰、

阿佐士怒波良　許斯那豆牟　蘇良波由賀受　阿斯用由久那

又入二其海鹽一而、那豆美（此三字以レ音。）行時歌曰、

宇美賀由氣婆　許斯那豆牟　意富迦波良能　宇惠具佐　宇美賀波伊佐用布

又飛居二其礒一之時歌曰、

波麻都知登理　波麻用波由迦受[1]　伊蘇豆多布

是四歌者、皆歌二其御葬一也。故、至レ今其歌者、歌二天皇之大御葬一也。故、自二其國一飛翔行、留二河内國之→

一　伝説に即すれば美夜受比売を指す。
二　この場合の大刀は刀剣の総称と思われる。従ってここは剣の意であろう。琵琶の御琴、箏の御琴の語が参考となる。
三　歌い終えるや否や。
四　記伝に「后等は、倭建命のなり。此命は万を天皇に准へ奉る故に、御妻をも后と申せること、上に云るが如し。」とある通りである。
五　一同の方々が大和から伊勢に下って来て。
六　諸陵式に「能褒野墓、日本武尊。在二伊勢国鈴鹿郡一。」とある。
七　語義未詳。→補注七六
八　稲の茎に。粟の茎をアワガラ、黍の茎をキビガラという。
九　ヤマノイモの蔓。トコロは薢、野老、苳などと書く。→補注七七
一〇　倭建命は大きい白チ鳥に身を変じて。白チ鳥は、白い千鳥の意か。チは格助詞ツの転音で白ツ鳥即ち白鳥の意か明らかでない（ナカチコ＝仲子、ナカチスメラミコト＝中皇命などを参照）。書紀には白鳥とある。
一一　死者が天に帰るという信仰の現われである。即ちカムアガリの信仰であるが、これに対して死者は地下の黄泉国に去るという信仰もあった。カムサリがそれである。→補注七八
一二　神功紀に、小竹にシノの訓注がある。
一三　切り株。小竹の尖った切株を北九州の方言ではソンクイという。　一四　足に負傷するけれども。　一五　丈の低い篠の生えている原。
一六　腰になずむで、ナヅムはまつわりつく意から転じて難渋する意にも用いられる。ここは、小竹が腰にまつわりついて行き悩む意である。万葉巻十三に「夏草を腰に莫積（ナヅミ）」（三三九五）、巻十九に「ふる雪を腰に奈都美（ナヅミ）て参り来し」

1　用波由—眞には「波」無く、前・猪・寛には「由」無く、延には「用」が無い。今、底・田に従う。

[一]嬢子《をとめ》の　床《とこ》の邊《べ》に　我《わ》が置きし　[二]つるぎの大刀《たち》　その大刀はや

と[三]歌ひ竟《を》ふる即ち崩《かむあが》りましき。爾に驛使《はゆまづかひ》を貢上《たてまつ》りき。是に倭に坐す[四]后等《きさきたち》及《また》御子等《みこたち》、[五]諸《もろもろ》下《くだ》り到りて、[六]御陵を作り、即ち其地《そこ》の[七]那《な》豆《づ》岐《き》田《だ》那より下の三字は音を以ゐよ。に匍匐《は》ひ廻《もとほ》りて、哭爲《なきま》して歌曰《うた》ひたまひしく、

なづきの田の　[八]稲幹《いながら》に　稲幹に　匍《は》ひ廻《もとほ》ろふ　[九]野老蔓《ところづら》

とうたひたまひき。是に[一〇]八尋白智鳥《やひろしろちどり》に化《な》りて、[一一]天《あめ》に翔《かけ》りて濱に向きて飛び行《い》でましき。智の字は音を以ゐよ。爾に其の后及《また》御子等、其の[一二]小竹《しの》の[一三]苅杙《かりくひ》に、[一四]足跳《き》り破れども、其の痛《いた》きを忘れて哭《な》きて追ひたまひき。此の時に歌曰《うた》ひたまひしく、

[一五]浅小竹原《あさじのはら》　[一六]腰なづむ　[一七]空は行かず　[一八]足よ行くな

とうたひたまひき。又其の[一九]海鹽《うしほ》に入りて、[二〇]那《な》豆《づ》美《み》此の三字は音を以ゐよ。行きましし時に、歌曰《うた》ひたまひしく、

[二一]海處《うみが》行けば　[二二]腰なづむ　[二三]大河原《おほかはら》の　植《う》ゑ草《ぐさ》　[二四]海處《うみが》はいさよふ

とうたひたまひき。又飛びて其の[二五]礒《いそ》に居《ゐ》たまひし時に、歌曰《うた》ひたまひしく、

濱つ千鳥《ちどり》　[二六]濱よは行かず　[二七]礒傳《いそづた》ふ

とうたひたまひき。是の四歌《ようた》は、皆其の[二八]御葬《みはふり》に歌ひき。故、今に至るまで其の歌は、[二九]天皇の大御葬《おほみはふり》に歌ふなり。故、其の國より飛び翔り行きて、[三〇]河内國《かふちの》の

(四三〇)、巻十に「天の河道を名積(ナヅ)てぞ来し」(二〇〇一)などとある。

一七　鳥のように空は飛んで行かずに。

一八　足で歩いて行くよ。ヨはヨリで、ここはニヨッテの意。ナは感動の助詞。↓補注七九

一九　海水。白鳥が海上へ飛んで行ったので、后や御子たちがその後を追って海の中に入って行かれたのである。　二〇　難渋して行かれた時。

二一　ウミガは海の意で、クヌガ(陸)に対する語。このガはアリカ(在所)、スミカ(住所)、ヲカ(岡)などのカと同じく、所の意の接尾語。

二二　海水が腰にまつわりついて難渋する。

二三　広い河の(水面に)生え繁っている草のようにで、イサヨフに係る。ここの河原は広々とした河の意で、海原と同様の使い方である。

二四　イサヨフはためらう意。海は進みもならずためらうことだ。これも本来は民謡か。

二五　岩や石の多いところ。

二六　浜は砂浜。ヨはヨリであるが、ここは「を」の意。浜をば行かないで。

二七　一首の意は、浜の千鳥は、歩き易い砂浜をば飛んで行かずに、歩きにくい磯を伝って行くことよで、鳥に追いつき得ない悲しみを歌ったものである。しかし独立させて見ると、浜の千鳥は、なぜ浜を行かずに磯を行くのだろう。浜千鳥なら浜を行きそうなものにという意味の民謡であるかも知れない。

二八　葬はハフリと訓む。新撰字鏡に帄に「死覆レ棺也。皮不利(ハフ)帷也。」、また幃に「皮不利加太比良」と注しているのが参考となる。

二九　後世天皇の大葬に歌われた歌詞の起原を物語っている(大正天皇の大葬の時には、この歌は廃せられ、新しい歌曲が演奏された)。

三〇　和名抄に河内国志紀郡志紀郷がある。

志幾一。故、於二其地一作二御陵一鎮坐也。卽號二其御陵一、謂二白鳥御陵一也。然亦自二其地一更翔レ天以飛行。凡此倭建命、平レ國廻行之時、久米直之祖、名七拳脛、恒爲二膳夫一以從仕奉也。

此倭建命、娶二伊玖米天皇之女、布多遲能伊理毘賣命一、自レ布下八字以レ音。生御子、帶中津日子命。柱一 又娶二其入レ海弟橘比賣命一、生御子、若建王。柱一 又娶二近淡海之安國造之祖、意富多牟和氣之女、布多遲比賣一、生御子、稻依別王。柱一 又娶二吉備臣建日子之妹、大吉備建比賣一、生御子、建貝兒王。柱一 又娶二山代之玖玖麻毛理比賣一、生御子、足鏡別王。柱一 又一妻之子、息長田別王。凡是倭建命之御子等、幷六柱。故、帶中津日子命者、治二天下一也。次稻依別王者、犬上君、建部君等之祖。次建貝兒王者、讃岐綾君、伊勢之別、登袁之別、麻佐首、宮首之別等之祖。足鏡別王者、鎌倉之別、小津、石代之別、漁田之別祖也。次息長田別王之子、杙俣長日子王。此王之子、飯野眞黑比賣命。次息長眞若中比賣。次弟比賣。柱三 故、上云若建王、娶二飯野眞黑比賣一、生子、須賣伊呂大中日子王。自レ須至レ呂以レ音。此王、娶二淡海之柴野入杵之女、柴野比賣一、生子、迦具漏比賣命。故、大帶日子↓

一 記伝に「生て坐ス白鳥なる故に、葬奉れるには非るが故に、かく云るなり。さるは神社に、其御霊を祀る如くに、其地に鎮祭りしなるべし。」と説いている。　二 書紀には「於レ是遣二使者一、追二尋白鳥一、則停二於倭琴弾原一。仍於二其処一造レ陵焉。白鳥更飛至二河内一、留二旧市邑一。亦其処作レ陵。故時人号二是三陵一、曰二白鳥陵一。然遂高翔上レ天、徒葬二衣冠一。因欲レ録二功名一、即定二武部一也。」とある。　三 垂仁天皇。

四 後の仲哀天皇。仲哀紀にも「足仲彦天皇、日本武尊第二子也。母皇后曰二両道入姫命一。活目入彦五十狭茅天皇之女也。」とある。また景行紀五十一年の条には、「初日本武尊、娶二両道入姫皇女一為レ妃、生二稲依別王、次足仲彦天皇、次布忍入姫命、次稚武王一。」とあって、仲哀天皇の外に三子を生まれたことになっている。

五 景行紀五十一年の条には「次妃、穂積氏忍山宿禰之女、弟橘媛、生二稚武彦王一。」とある。

六 書紀には右に引いたように両道入姫の御子としている。　七 景行紀五十一年の条には「又妃、吉備武彦之女、吉備穴戸武媛、生三武卵(タケカヒコ)王与二十城別王一。」とある。

八・九 書紀にはこの妃とこの御子は見えない。

一〇 この御子も書紀には見えない。

一一 書紀にも「稲依別王、是犬上君、武部君、凡二族之始祖也。」とある。犬上は和名抄に近江国犬上郡とある。建部(タケルベ)は倭建命の御名代の部民。書紀には前に引いたように「因欲レ録二功名一、即定二武部一也。」とあり、出雲国風土記出雲郡健部郷の条下には、「所三以号二健部一者、纒向檜代宮御宇天皇、勅レ不レ忘二朕御子、倭健命之御名一、健部定給。(中略)故云二健部一。」とある。

一二 書紀には「武卵王、是讃岐綾君之始祖也。」とある。

志幾《しき》に留まりましき。故、其地に御陵を作りて一鎭《しづ》まり坐さしめき。即ち其の御陵を號けて、二白鳥《しらとり》の御陵と謂ふ。然るに亦其地より更に天《あめ》に翔りて飛び行《い》でましき。凡そ此の倭建命《の》、國を平《ことむ》けに廻《めぐ》り行《い》でまし時、久米直《くめのあたへ》の祖、名は七拳脛《ななつかはぎ》、恒《つね》に膳夫《かしはで》と爲《し》て、從《したが》ひ仕へ奉りき。

6 倭建命の子孫

此の倭建命《の》、三伊玖米《いくめの》天皇の女、布多遲能伊理毘賣命《ふたぢのいりびめの》〔布より下の八字は音を以ゐよ。〕を娶して、生みませる御子、四帶中津日子命《たらしなかつひこの》。一柱 又其の海に入りたまひし五弟橘比賣命《の》を娶して、生みませる御子、若建王《わかたけるの》。一柱 又近淡海《ちかつあふみ》の安國造《やすの》の祖、意富多牟和氣《おほたむわけ》の女、布多遲比賣を娶して、生みませる御子、六稻依別王《いなよりわけの》。一柱 又七吉備臣《の》建日子《たけひこ》の妹《いも》、大吉備建比賣を娶して、生みませる御子、建貝兒王《たけかひこの》。一柱 又八山代の玖玖麻毛理比賣《くくまもりひめ》を娶して、生みませる御子、九足鏡別王《あしかがみわけの》。一柱 又一妻《あるみめ》の子、一〇息長田別王《おきながたわけの》。凡そ是の倭建命《の》の御子等、幷せて六柱なり。故、帶中津日子命《の》は、天の下治らしめしき。次に一一稻依別王《の》は、〔犬上君、建部君等の祖。〕次に一二建貝兒王《の》は、〔一三讃岐の綾君、伊勢の別、登袁の別、麻佐の首、宮首の別等の祖。〕足鏡別王《の》は、〔一四鎌倉の別、小津、石代の別、漁田の別の祖なり。〕次に息長田別王《の》の子、杙俣長日子王《くひまたながの》。此の王の子、飯野《いひのの》眞黑比賣命《まぐろの》。次に息長眞若中比賣《おきながまわかなかつひめ》。次に弟比賣。三柱 故、上《かみ》に云へる若建王《の》、飯野《の》眞黑比賣を娶して、生める子、須賣伊呂大中日子王《すめいろおほなかつひこの》。〔須より呂までは音を以ゐよ。〕此の王、淡海《あふみ》の柴野入杵《しばのいりき》の女、柴野比賣を娶して、生める子、迦具漏比賣命《かぐろ》《の》。故、一五大帶日子《の》

一三 讃岐の綾(アヤ)は和名抄に讃岐国阿野郡がある。伊勢の別については記伝に、「こはもと伊予之別君なりけむを、予を勢に誤り、君を脱せるなるべし。その故は、和名抄に伊予国に和気郡あり。」と述べている(書紀には「十城別王、是伊予別君之始祖也。」とある)。登袁(トホ)の別についても記伝に、「此地名未物に見あたらず。思ふに、書紀に武卵王の同母弟に、十城別(トヲキワケ)王ありて、是伊予別君之始祖也とあるは、此記と伝の異なるにて、其は此記に依て云ば、武卵王、登袁之別、伊予別君之祖とありしを、書紀は誤て、登袁之別を別に一柱の御子の名〔十城別王〕として、伊予別君を其末とせるなり。若又書紀に依て云ば、十城別王を此記には誤りて、登袁之別と云姓として、伊予別君をも、共に建貝児王の末とせるなり。此は何れか正しからむ決め難けれど、何れにまれ、彼十(ト)と此登袁(トホ)と元一ことゝぞ思はるゝ。」と述べている。麻佐(アサ)の首(オビト)は未詳。宮首(ミチ)の首の字は、道の略字か誤写か。ミヤヂは和名抄に参河国宝飫郡宮道郷がある。一四 鎌倉は和名抄に相模国鎌倉郡鎌倉がある。小津(ヲツ)石代(イハシロ)の別については、記伝に「かくの如く地名を二ツ重ねたる姓は、記中に例なければ、小津の下に君字脱たるか。はた石字君の誤にて、代字の上に字脱たるか。(中略)さて小津てふ地名は、彼此にある中に、此は神名帳に、近江国野洲郡小津神社ある、此地などにやあらむ。詳ならず。姓も他に考なし。石代は、紀伊国日高郡の磐代か。此も詳ならず。姓も考無し。」と述べている。漁田の漁の字も誤写であろう。何と訓んでよいかわからない。一五 景行天皇。

天皇、娶二此迦具漏比賣命一、生子、大江王。一柱 此王、娶二庶妹銀王一、生子、大名方王。次大中比賣命。二柱 故、此之大中比賣命者、香坂王、忍熊王之御祖也。

此大帶日子天皇之御年、壹佰參拾漆歳。御陵在二山邊之道上一也。

若帶日子天皇、坐二近淡海之志賀高穴穗宮一、治二天下一也。此天皇、娶二穗積臣等之祖、建忍山垂根之女、名弟財郎女一、生御子、和訶奴氣王。一柱 故、建内宿禰爲二大臣一、定二賜大國小國之國造一、亦定二賜國國之堺、及大縣小縣之縣主一也。天皇御年、玖拾伍歳。[1]乙卯年三月十五日崩也。 御陵在二沙紀之多他那美一也。

帶中日子天皇、坐二穴門之豐浦宮、及筑紫訶志比宮一、治二天下一也。此天皇、娶二大江王之女、大中津比賣命一、生御子、香坂王。忍熊王。二柱 又娶二息長帶比賣命一、[2]是大后。 生御子、品夜和氣命。次大鞆和氣命。二柱 此太子之御名、所三以負二大鞆和氣命一者、初所レ生時、如レ鞆宍生二御腕一。故、著二其御名一。是以知二坐レ腹中[3]一國也。此之御世、定二淡道之屯家一也。

一 この御子は、記紀共に景行天皇の御子の中にその名が見えない。 **二** 仲哀紀二年の条には、「娶二叔父彦人大兄之女、大中姫一為レ妃、生二麛坂(カゴサカ)皇子、忍熊皇子一。」とある。

三 一百三十七歳。書紀には一百六歳とある。

四 成務紀二年の条に「葬二大足彦天皇於倭国山辺道上陵一。」とある。諸陵式には「山辺道上陵、纒向日代宮御宇景行天皇。在二大和国城上郡一。」とある。 **五** 志賀は和名抄に近江国滋賀郡がある。高穴穂宮については、景行紀五十八年の条に、「幸二近江国一、居二志賀一三歳。是謂二高穴穂宮一。」とあり、六十年の条には「天皇崩二於高穴穂宮一。」とあるから、父天皇の宮にそのまま居られたものと思われる。

六 記伝に「大臣と云号は、師も云れたる如く、後世の如き官名には非ず。ただ臣(オミ)と云に、大てふ美称を加へて、尊み賜へるにて、連姓の人に、大連と云号を賜へると同じ。」と説いている。書紀にも三年の条に「以二武内宿禰一為二大臣一也。」とある。 **七** 書紀には四年の条に、「詔之曰、(中略)自レ今以後、国郡立レ長、県邑置レ首。即取下当二国之幹了一者上、任二其国郡之首長一、是為二中区之蕃屏一也。」とあり、五年の条には、「令二諸国一、以国郡立二造長一、県邑置二稲置一、並賜二楯矛一以為レ表。則隔二山河一而分二国県一、随二阡陌一以定二邑里一。因以二東西一為二日縦一(ヒノタテ)南北為二日横一(ヒノヨコ)山陽曰二影面一(カゲトモ)山陰曰二背面一。(ソトモ)」とある。 **八** 九十五歳。書紀には一百七歳とある。 **九** 書紀には「六十年夏六月己巳朔己卯、天皇崩。」とある。

一〇 仲哀紀元年前紀に「葬二于倭国狭城盾列陵一。〔盾列、此云二多多那美一。〕」とあり、諸陵式に「狭城盾列池後(イケジリ)陵、志賀高穴穂宮御宇成務天皇。在二大和国添下郡一。」とある。

1 崩御の年月日―底・延は削っている。

2 是大后―諸本には本文として記されているが、恐らく分注であったと思われるので、今、分注に改めた。

3 中―底にはこの下に「定」の字を補い、延には「知」の字を補っている。しかし前には「中レ國」にミクニヲサメ玉ムコト、猪にはミクニサメ玉ムコト、寛にはミクニサタメ玉ンコトの附訓がある。今アタル(當る)の義と解して「定」又は「知」の補字を削る。

天皇、此の迦具漏比賣命《の》を娶して、生みませる子、大江王《の》。[柱一]此の王、庶妹《ままいも》[一]銀《しろがねの》王を娶して、生める子、大名方王《おほながたの》。次に[二]大中《おほなかつ》比賣命《の》。[柱二]故、此の大中《つ》比賣《の》命は、香坂王《かごさかの》、忍熊王《おしくまの》の御祖《みおや》なり。

此の大帶日子天皇《の》の御年、[三]壹佰參拾漆歲《ももあまりみそぢまりななとせ》。[四]御陵は山邊《の》の道の上に在り。

成務天皇

若帶日子天皇《の》、近淡《つ》海の[五]志《し》賀《が》の高穴穗《たかあなほの》宮に坐しまして、天の下治らしめしき。此の天皇、穗積臣《の》等の祖、建忍山垂根《たけおしやまたりね》の女、名は弟財郎女《おとたからのいらつめ》を娶して、生みませる御子、和訶奴氣王《わかぬけの》。[柱一]故、建内宿禰《の》を[六]大臣《おほおみ》と爲《し》て、[七]大國小國《おほくにをくに》の國造《くにのみやつこ》を定め賜ひ、亦國國の堺《さかひ》、及大縣《またおほあがた》小縣の縣主《あがたぬし》を定め賜ひき。天皇の御年、[八]玖拾《ここのそぢまり》伍歲《いつとせ》。[九]乙卯の年の三月十五日に崩りましき。[一〇]御陵は沙紀《さき》の多他那美《たたなみ》に在り。

仲哀天皇

1 后妃皇子女

帶中日子天皇《たらしなかつひこの》、[一一]穴門《あなど》の豐浦《とよらの》宮、及《また》[一二]筑紫《つくし》の訶志比《かしひの》宮に坐しまして、天の下治らしめしき。此の天皇、大江王《の》の女、大中津比賣命《の》を娶して、生みませる御子、香坂王《かごさかの》。忍熊王《おしくまの》。[柱二]又[一三]息長帶比賣命《おきながたらしひめの》是は大后なり。を娶して、生みませる御子、[一四]品夜和《ほむやわ》氣命《けの》。次に大鞆和氣命《おほともわけの》。亦の名は[一五]品陀和氣命《ほむだわけの》。[柱二]此の[一六]太子《ひつぎのみこ》の御名、大鞆和氣《の》命と負はせる所以《ゆゑ》は、初めて生《あ》れまし時、[一七]鞆《とも》の如き[一八]宍《しし》、[一九]御腕《みただむき》に生《あ》りき。故、其の[二〇]御名に著けき。是を以ちて[二一]腹に坐して國に中《あた》りたまひしを知りぬ。此の御世に、[二二]淡道《あはぢ》の屯家《みやけ》を定めたまひき。

一一 和名抄に長門国豊浦(トヨ)郡がある。この地である。長門国は古くは穴門といった。↓補注八〇

一二 和名抄に、筑前国糟屋郡香椎(カスヒ)郷とある。この地である。今の福岡市香椎。仲哀紀八年の条に「幸㆓筑紫㆒。(中略)到㆓儺県㆒。因以居㆓橿日宮㆒。」とあり、神功紀の初めに「足仲彦天皇、崩㆓於筑紫橿日宮㆒。」とある。

一三 神功皇后。仲哀紀に「立㆓気長足姫尊㆒為㆓皇后㆒。」とある。

一四 仲哀紀には「次娶㆓来熊田造祖、大酒主之女、弟媛㆒、生㆓誉屋別皇子㆒。」とあって所伝を異にしている。

一五 応神紀の初めに「誉田天皇、足仲彦天皇第四子也。母曰㆓気長足姫尊㆒。天皇、以㆘皇后討㆓新羅㆒之年、歳次㆓庚辰㆒冬十二月㆖、生㆓於筑紫之蚊田㆒。」とある。

一六 応神紀の初めに「皇太后摂政之三年、立為㆓皇太子㆒。〔時年三〕」とある。

一七 弓を射る時、左の手につける革製の巴形の具。

一八 肉。和名抄に、肉にシシの訓がある。

一九 和名抄に、腕にタダムキの訓がある。

二〇 鞆をその名につけた。↓補注八一

二一 この私訓は必ずしもよいとは思わないが、強いて文字に即して訓んでみた。↓補注八二

二二 仲哀紀二年二月の条に「即月定㆓淡路屯倉㆒。」とある。

一 神を招き寄せられたの意。裏返せば、神が皇后に乗り移られたとなるが、ここは皇后を主体としていったのである。記伝にはカミヨリタマヘリキと訓んでいるが、それならば「息長帯

其大后息長帶日賣命者、當時歸レ神。故、天皇坐二筑紫之訶志比宮一、將レ擊二熊曾國一之時、天皇控二御琴一而、建內宿禰大臣居レ於二沙庭一、請二神之命一。於レ是大后歸レ神、言教覺詔者、西方有レ國。金銀爲レ本、目之炎耀、種種珍寶、多在二其國一、吾今歸二賜其國一。爾天皇答白、登二高地一見二西方一者、不レ見二國土一、唯有二大海一。謂二爲レ詐神一而、押二退御琴一不レ控、默坐。爾其神大忿詔、凡茲天下者、汝非二應レ知國一。汝者向二一道一。於レ是建內宿禰大臣白、恐我天皇、猶阿二蘇一婆一勢其大御琴一。自レ阿至レ勢以レ音。爾稍取二依其御琴一而、那摩那摩邇此五字以レ音。控坐。故、未二幾久一而、不レ聞二御琴之音一。卽擧レ火見者、既崩訖。爾驚懼而、坐二殯宮一、更取二國之大奴佐一而、奴佐二字以レ音。種二種一求生剝、逆剝、阿離、溝埋、屎戶、上通下通婚[1]、馬婚、牛婚、鷄婚之罪類一、爲二國之大祓一而、亦建內宿禰居レ於二沙庭一、請二神之命一。於レ是教覺之狀、具如二先日一、↓

日売命に」とあるべきである。然るに原文には「息長帯日売命者」とあり、且つは「神帰」とは記さず「帰神」と記しているから、カミヲヨセタマヒキと訓んだ。ここは例のまず初めに事のあらましを述べたのであって、以下この事を詳説するのである。 二 仲哀紀八年九月の条には「詔二群臣一以議レ討二熊襲一。時有レ神託二皇后一而誨曰」とある。 三 神の託宣を請う時には、琴が降神の楽器として用いられた。↓補注八三

四 記伝には、神の託宣を請う場で、清場（サニハ）の切まった語であり、神功紀に「為二審神者一（サニハ）」とあるのは、その清庭に候う人の意であると説いている。審神者は霊媒者である。

五 記伝には「ただに居るのみを云には非ず。清庭に居て神の命を請奉り、其命を受賜はり、又推復して問奉るべき事あれば問奉りなど、凡て神に対ひ奉て物するを云。」とある。

六 神の御言を乞い求めた。即ち託宣を乞うたのである。↓補注八四。 七 書紀には梼衾（タクブスマ）新羅国となっている。 八 金銀を始めとして。金はコガネと訓んでもよい。↓補注八五

九 帰服させて与えよう。↓補注八六

一〇 仲哀紀八年の条には「天皇聞二神言一、有レ疑之情一。便登二高岳一遙望之、大海曠遠而不レ見レ国。於レ是天皇対レ神曰、朕遙望之、有レ海無レ国。豈於二大虚一有レ国乎。誰神徒誘（アドハス）レ朕。復我皇祖諸天皇等、尽祭二神祇一。豈有二遺神一耶。」とある。

一一 記伝に「黄泉国に罷坐せとの謂なり。其は天下は諸道あり。黄泉国はただ一道なり、と師の云れたる如く」であると述べている。しかし一道というのは、この世の人の行くべき唯一つの道、即ち死の国の意と解すべきではあるまいか。↓補注八七。 一二 恐れ多いことでございます。 一三 やはりその御琴をお弾きなさい

1 上通下通婚—前・猪・寛には「上通婚」とあり、眞には「下通」の「通」の右に「御本无之」と注している。或いは「上通下婚」が正しいかも知れないが、しばらく底・眞・延・田に従う。

2　神功皇后の新羅征討

其の大后息長帯日賣命《の》は、當時《そのかみ》[一]神を歸《よ》せたまひき。故、天皇筑紫の訶志比《かしひの》宮に坐しまして、熊曾國《くまその》[二]を撃たむとしたまひし時、天皇御琴[三]を控《ひ》かして、建内《の》宿禰《の》大臣沙庭《さには》[四]に居《ゐ》[五]て、神の命《みこと》[六]を請《こ》ひき。是に大后神を歸《よ》せたまひて、言《こと》教へ覺《さと》し詔りたまひしく、「西の方に國有り[七]。金《くがね》銀《しろがね》[八]を本《はじめ》と爲《し》て、目の炎耀《かがや》く種種《くさぐさ》の珍《めづら》しき寶、多《さは》に其の國に在り。吾《われ》今其の國を歸《よ》[九]せ賜はむ。」とのりたまひき。爾に天皇[一〇]答へて白したまひしく、「高き地《ところ》に登りて西の方を見れば、國土《くに》は見えず。唯大海のみ有り。」とのりたまひて、詐《いつはり》を爲《な》す神と謂《い》ひて、御琴を押し退《そ》けて控《ひ》きたまはず、默《もだ》して坐しき。爾に其の神、大《いた》く忿《いか》りて詔りたまひしく、「凡そ茲《こ》の天の下は、汝《いまし》の知らすべき國に非ず。汝は一道《ひとみち》[一一]に向ひたまへ。」とのりたまひき。是に建内《の》宿禰《の》大臣白しけらく、「恐《かしこ》[一二]し、我が天皇《すめらみこと》、猶《なほ》[一三]其の大御琴阿《あ》蘇婆勢《そばせ》。阿より勢までは音を以ゐよ。」とまをしき。爾に稍《やや》[一四]に其の御琴を取り依《よ》せて、那麻那摩邇《なまなまに》[一五]此の五字は音を以ゐよ。控《ひ》き坐しき。故、幾久《いくだ》[一六]もあらずて、御琴の音《おと》聞えざりき。卽ち火[一七]を擧げて見れば、既に崩《かむあが》[一八]りたまひぬ。爾に驚き懼《お》ぢて、殯宮《あらきのみや》[一九]に坐《ま》せて、更に[二〇]國[二一]の大奴佐《おほぬさ》を取りて、奴佐の二字は音を以ゐよ。生剝《いきはぎ》[二二]、逆剝《さかはぎ》、阿離《あはなち》[二三]、溝埋《みぞうめ》、屎戸《くそへ》[二四]、上通下通婚《おやこたはけ》[二五]、馬婚《うまたはけ》[二六]、牛婚《うしたはけ》、鷄婚《とりたはけ》の罪の類《たぐひ》を種種《くさぐさ》求ぎて、國の大祓《おほはらへ》[二七]を爲《し》て、亦建内《の》宿禰沙庭《さには》に居《ゐ》て、神の命《みこと》を請ひき。是に教[二八]へ覺したまふ狀《さま》、具《つぶ》さに先《さき》の日の如くにして、

ませ。アソブは歌舞をし音楽を奏する意。
一四　そろそろとその御琴を引き寄せて。
一五　しぶしぶと。不精不精に。
一六　どれほどの時間も経たないで、御琴の音が聞えなくなった。
一七　火をともして見ると。神託を乞う沙庭は、すべての灯火を消していたことが知られる。
一八　→補注八八。
一九　アラキは荒城の意で、屍を葬るまでの間、暫らく安置する所。殯宮は書紀・万葉に用例が多い。→補注八九。ここは天皇の屍を殯宮に安置しての意。
二〇　記伝には、またあらためての意で、下の「神の命を請ひき」に係るとしている。
二一　国は国々の意であるが、ここは筑紫の国々の意であろう。ヌサは神に手向ける物の意であるが、ここは罪穢を祓うために出す贖物である。取るは徴収する意。→補注九〇
二二　生剝は生きながら獣の皮を剝ぐこと、逆剝は尾の方から逆に生きた獣の皮を剝ぐこと。
二三　田の畔をこわすこと。灌漑用の溝を埋めてること。
二四　屎を放(ヒ)ること。へはヒルこと、或いはヒルものの意(屁参照)。ここは屎を放って神聖な場所を穢すこと。
二五　親子間の不倫な結婚。タハケは道ならぬ結婚で、新撰字鏡に「奸、犯淫也。多波久」と注している。大祓詞に「己が母犯せる罪、己が子犯せる罪、母と子と犯せる罪、子と母と犯せる罪」とあるのに当る。
二六　馬・牛・鶏などの家畜・家禽を奸淫すること。大祓詞の「畜犯せる罪」に当る。
二七　人々の犯した罪穢を祓う神事。後には六月と十二月の晦日に行われることになった。
二八　神が教え覚し給う有様は、すっかり先日の通りであって(即ち皇后に神がかりがあって)。

凡此國者、坐二汝命御腹一之御子、所レ知國者也。爾建内宿禰、白下恐我大神、坐二其神腹一之御子、何子歟上。答二詔男子一也。爾具請之、今如レ此言教之大神者、欲レ知二其御名一、卽答詔、是天照大神之御心者。亦底筒男、中筒男、上筒男、三柱大神者也。此時其三柱大神之御名者顯也。今寔思レ求二其國一者、於二天神地祇、亦山神及河海之諸神一、悉奉二幣帛一、我之御魂、坐レ于二船上一而、眞木灰納レ瓠、亦箸及比羅傳此三字以レ音。多作、皆皆散二浮大海一以可レ度。故、備如二教覺一、整レ軍雙レ船、度幸之時、海原之魚、不レ問二大小一、悉負二御船一而渡。爾順風大起、御船從レ浪。故、其御船之波瀾、押二騰新羅之國一、既到二半國一。於レ是其國王[1]畏惶奏言、自レ今以後、隨二天皇命一而、爲二御馬甘一、每レ年雙レ船、不レ乾二船腹一、不レ乾二柂[2]檝一、共二與天地一、無レ退仕奉。故是以新羅國者、定二御馬甘一、百濟國者、定二渡屯家一。爾以二其御杖一、衝二立新羅國主之

1 王—底に「主」とあるが、諸本に従って改めた。

2 柂—底に「䑨」、延に「舵」、寛に「施」、前・猪に「施」とあるが、眞・田に従う。

一 神功皇后を指す。神が憑っている身であるから、神といったのである。

二 男か女かどちらの御子でしょうか。

三 住吉の三神。→補注九一

四 住吉の三神の神霊である。神功紀には「既而神有レ誨曰、和魂(ニギミタマ)服二玉身一而守二寿命一、荒魂(アラミタマ)為二先鋒一而導二師船一。即得二神教一而拝礼之。(中略)既而則撝二荒魂一為二軍先鋒一、請二和魂一為二王船鎮一。」とある。

五 和名抄に柀、新撰字鏡に檞、槇、楉にそれぞれマキの訓がある。またマキは檜とする説もある。どの木か不明。この木の灰を瓠に入れて海に浮かべるというのは、何かの呪術であろうが、これも不明である。播磨風土記逸文には、赤土で海水を攪き濁して渡ったとある。

六 神武紀に「作二葉盤八枚一、盛レ食饗之。」とあって、葉盤にヒラデの訓注がある。柏の葉を刺し合せて作った平たい食器で、葉椀(クボテ)に対するもの。何のために箸や葉盤を海に散らし浮かべたかも不明。海神に饗する意ででもあろうか。

七 軍士を整頓し。記伝には、万葉巻二に「御軍士(ミイクサ)を、率(アトモ)ひたまひ、斉ふる、鼓の音は」(一九九)、巻三に「網引きすと網子(アゴ)調ふる海人の呼び声」(二三八)、巻十に「さ男鹿の妻整ふと鳴くこゑの」(二一四二)などとあるのによって、トトノフは「呼び立つる意なり」としているが、それは言い過ぎで、やはり文字通りに自己を中心として整頓し行動させる意と解すべきである。

八 船を並べて。　九 浪が寄せるのに任せて。

一〇 船を寄せた浪。　一一 完全に国の半分に達して水浸しにした。さて以上の奇瑞は、神功紀に「時飛廉(カゼノカミ)起レ風、陽侯(ウミノカミ)挙レ浪、海中書紀に「随レ波不レ労二櫓楫一」とある意。

大魚、悉浮挟レ船。則大風順吹、帆船随レ波、不レ労二梻楫一、便到二新羅一。時随レ船潮浪、遠逮二国中一。即知、天神地祇悉助歟。」とあり、播磨風土記逸文には「如レ此教賜、於レ此出二賜赤土一。其土塗二天之逆桙一、建二神舟之艫舶一、又染二御舟裳及御軍之著衣一、又攪二濁海水一渡賜之時、底潜魚及高飛鳥等、不二往来一、不レ遮レ前。」とある。

一二 コキシと訓んでもよい。北史に「百済王号二於羅瑕一(カオラ)百姓呼為二鞬吉支一(コムキシ)夏言並王也。」とあるのによる。

一三 恐れをなして。書紀には「新羅王於レ是戦々栗々」とある。

一四 御料馬を飼育する部曲。雄略紀八年の条には、典馬にウマカヒの訓注がある。

一五 船腹は船体の水に沈む部分。柂も檝も船を操る道具。それらを乾かさずにというのは、常に船を浮かべ操っての意。祈年祭祝詞に「青海原は、棹柁(サカヂ)干さず、舟の艫(ヘ)の至り留まる極み、大海に舟満てつづけて」とあるのが参考となる。貢物を献る船である。

一六 停止することなく。記伝には原文の無退をトコトハニと訓んで、「字には拘りがたし」と言っている。

一七 記伝には「凡て此新羅王が祈白せる詞を読見るに、麗く華やかに調をととのへたる文なれば、其意を得て、祝詞などの如く訓べきなり。」と言っている。↓補注九二

一八 海を渡った向うにある屯家の意。

一九 杖は上代においては占有権を表わすもので、従って皇后がその杖を新羅王の門に突き立てられたのは、新羅の国を我が領有とする意である。書紀に「即以二皇后所レ杖矛一、樹二於新羅王門一、為二後葉之印一。故其矛、今猶樹二于新羅王之門一也。」とあるのは、古意ではない。

「凡そ此の國は、汝命《いましみこと》の御腹に坐す御子の知らさむ國なり。」とさとしたまひき。爾に建内《の》宿禰、「恐《かしこ》し、我が大神、其の[一]神の腹に坐す御子は、[二]何《いづ》れの御子ぞや。」と白せば、「男子《をのこ》ぞ。」と答へて詔りたまひき。爾に具《つぶ》さに請ひけらく、「今如此言《かくこと》教へたまふ大神は、其の御名を知らまく欲《ほ》し。」とこへば、即ち答へて詔りたまひしく、「是《こ》は天照大神の御心ぞ。亦[三]底筒男《そこつつのを》、中筒《の》男、上筒《の》男の三柱の大神ぞ。此の時に其の三柱の大神の御名は顕れき。今寔《まこと》に其の國を求めむと思ほさば、天神地祇《あまつかみくにつかみ》、亦山《の》神及《また》河海の諸《もろもろ》の神に、悉に幣帛《みてぐら》を奉り、[四]我が御魂《みたま》を船の上に坐《ま》せて、[五]眞木《まき》の灰を瓠《ひさご》に納《い》れ、亦箸《はし》及《また》[六]比羅傳《ひらで》此の三字は音を以ゐよ。を多《さは》に作りて、皆皆大海に散らし浮かべて度《わた》りますべし。」とのりたまひき。

故、備《つぶ》さに教へ覺したまひし如くにして、[七]軍《いくさ》を整へ[八]船雙《な》めて度《わた》り幸《い》でましし時、海原の魚、大き小さきを問はず、悉に御船を負ひて渡りき。爾に順風《おひかぜ》大《いた》く起りて、御船[九]浪の從《まにま》にゆきき。故、其の[一〇]御船の波瀾《なみ》、新羅《しらぎ》の國に押し騰《あが》りて、[一一]既に國半《なから》に到りき。是に其の[一二]國王《こにきし》、[一三]畏惶《かしこ》みて奏言《まを》しけらく、「今より以後《のち》は、天皇の命《みこと》の隨《まにま》に、[一四]御馬甘《みまかひ》と爲《し》て、年毎に船雙《な》めて、[一五]船腹《ふなばら》乾《ほ》さず、柂檝《さをかぢ》乾《ほ》さず、天地《あめつち》の共與《むた》、[一六]退《や》むこと無く仕へ奉らむ。[一七]」とまをしき。故《かれ》是を以ちて新羅《の》國は御馬甘と定め、百濟國《くだらの》は[一八]渡《わたり》の屯家《みやけ》と定めたまひき。爾に其の[一九]御杖を、新羅の國主《こにきし》の

門一、即以二墨江大神之荒御魂一、爲二國守神一而祭鎭、還渡也。故、其政未レ竟之間、其懷妊臨レ產。卽爲レ鎭二御腹一、取レ石以纒二御裳之腰一而、渡二筑紫國一、其御子者阿禮坐。阿禮二字以レ音。故、號二其御子生地一謂二宇美一也。亦所レ纒二其御裳一之石者、在二筑紫國之伊斗村一也。亦到二坐筑紫末羅縣之玉嶋里一而、御二食其河邊一之時、當二四月之上旬一。爾坐二其河中之礒一、拔二取御裳之糸一、以二飯粒一爲レ餌、釣二其河之年魚一。其河名謂二小河一、亦其礒名謂二勝門比賣一也。故、四月上旬之時、女人拔二裳糸一、以レ粒爲レ餌、釣二年魚一、至レ于レ今不レ絕也。於レ是息長帶日賣命。於レ倭還上之時、因レ疑二人心一、一二具喪船一、御子載二其喪船一、先令レ言三漏二之御子既崩一。如レ此上幸之時、香坂王、忍熊王聞而、思レ將二待取一、進二出於斗賀野一、爲二宇氣比獦一也。爾香坂王、騰二坐歷木一而是[1]、大怒猪出、堀二其歷木一、卽咋二食其香坂王一。其弟忍熊王、不レ畏二其態一、興レ軍待向之時、赴二喪船一↓

一 新羅国を守護する神として祭り、鎮座せしめて、海を渡って日本へお還りになった。書紀には伝を異にし、「皇后従二新羅一還之。(中略)於レ是従レ軍神、表筒男、中筒男、底筒男三神、誨二皇后一曰、我荒魂、令レ祭二於穴門山田邑一也。(中略)仍祠立二於穴門山田邑一。」とある。

二 新羅征討の御仕事を、まだ成し遂げられないうちに。

三 その孕んでおられた御子がお生まれになろうとした。新羅へ渡られる以前の事である。

四 子供が生まれないように、御腹を静めおちつかせようとして。

五 新羅にお渡りになり、新羅から筑紫の国にお渡りになって。

六 お生まれになった。アレは出現の意。

七 筑前国糟屋郡宇美。書紀にも「生二誉田天皇於筑紫一。故時人号二其産処一、曰二宇瀰一(ミ)」とある。

八 和名抄に筑前国怡土郡がある。この地である。↓補注九三

九 記伝に「末羅は、肥前国なるに、肥国と云ずして、筑紫と云る、此筑紫は、西海九国の総名と見れば、事もなけれど、なほ然には非じ。肥前の域は、もとは筑紫国の内にて、肥前に属たるは、やや後かとおぼしきことあるなり。和名抄に、肥前国松浦〔万豆良〕郡とあり。」と述べている。

一〇 万葉巻五に「余以暫往二松浦之県一逍遥、聊臨二玉島之潭一遊覧。」(八五三の題詞)、「多麻之末のこの河上に家はあれど」(八五四)、「麻都良なる多麻之麻河に年魚釣ると立たせる子らが家路知らずも」(八五六)とある。

一一 岩石のごつごつした所。書紀には石上とある。

一二 鮎。和名抄に「鮎。本草云、鮧魚。(中略)楊氏漢語抄云、銀口魚。又云、細鱗魚。崔禹錫

1 是—諸本同じ。記傳には「見」の誤りであろうとしている。或いはこの上に脱字があるかも知れない。

門《かど》に衝《つ》き立てて、卽ち墨江《すみのえの》大神の荒御魂《あらみたま》を、[一]國守ります神と爲《し》て祭り鎭めて還り渡りたまひき。

故、[二]其の政《まつりごと》未だ竟《を》へざりし間に、[三]其の懷妊《はら》みたまふが産《あ》れまさむとしき。卽ち[四]御腹を鎭《しづ》めたまはむと爲《し》て、石を取りて御裳の腰に纒《ま》かして、[五]筑紫《の》國に渡りまして、其の御子は[六]阿禮《あれ》坐《ま》しつ。阿禮の二字は音を以ゐよ。故、其の御子の生《あ》れまし地《ところ》を號《なづ》けて[七]宇美《うみ》と謂ふ。亦其の御裳に纒きたまひし石は、筑紫《の》國の[八]伊《い》斗《との》村に在り。亦[九]筑紫の末羅縣《まつらのあがた》の[一〇]玉《の》島里に到り坐して、其の河の邊に御食《みをし》したまひし時、四月《うづき》の上旬《はじめ》に當りき。爾に其の河中の[一一]礒《いそ》に坐《ま》して、御裳の糸を抜き取り、飯粒《いひぼ》を餌《ゑ》に爲《し》て、其の河の[一二]年魚《あゆ》其の河の名を小河と謂ふ。亦其の礒の名を勝門比賣と謂ふ。を釣りたまひき。故、四月の上旬《はじめ》の時、女人《をみな》、裳の糸を抜き、粒《いひぼ》を餌に爲て、年魚を釣ること、今に至るまで絶えず。[一三]

3 忍熊王の反逆

是に息長帶日賣《の》命、倭に還り上《のぼ》ります時、[一四]人の心疑はしきに因りて、[一五]喪船《もふね》を一つ具《そな》へて、御子を其の喪船に載《の》せて、先づ「御子は既に崩りましぬ。」と[一六]言ひ漏さしめたまひき。如此《かく》上《のぼ》り幸《い》でます時、香坂王《かごさかの》、忍熊王《おしくまの》[一七]聞きて、[一八]待ち取らむと思ひて、[一九]斗賀野《とがの》に進み出でて、[二〇]宇氣比獦《うけひがり》を爲《し》き。爾に香坂《の》王、[二一]歴木《くぬぎ》に騰《のぼ》り坐《ゐ》て是《み》るに、大きなる怒猪《いかりゐ》出でて、其の[二二]歴木《くぬぎ》を堀《ほ》りて、卽ち其の香坂《の》王を[二三]咋《く》ひ食《は》みき。其の弟《いろと》忍熊《の》王、其の[二四]態《わざ》を畏《かしこ》まずて、軍《いくさ》を興《いくさ》して待ち向へし時、[二五]喪船《もふね》に赴《おもむ》

食経云、貌似㆑鰣而小、有㆓白皮㆒無㆑鱗。春生、夏長、秋衰、冬死。故名㆓年魚㆒也。」とある。
一三 ↓補注九四
一四 人々の心が果して皇后や新皇子に忠誠であるかどうかが疑わしいので。
一五 柩を載せた船。神功紀には「皇后領㆓群卿及百寮㆒、移㆓于穴門豊浦宮㆒。即収㆓天皇之喪㆒、従㆓海路㆒以向㆑京。」とある。 一六 秘密にして置くべき事を言いふらさせになった。
一七 皇后が大和へ還り上られることを聞いて。
一八 皇后と新皇子を待ち受けて殺そうと思って。
一九 摂津国風土記逸文に雄伴郡刀我野とある。
二〇 書紀には祈狩にウケヒガリの訓注がある。狩をして事の吉凶成否を占なうこと。↓補注九五
二一 新撰字鏡には櫪、櫟にクヌギの訓がある。歴木は櫪を二字に記したものであろう。ただし万葉には歴木にヒサギの訓がある(巻十二、三〇二七)。 二二 歴木の根を掘って、その木を倒して。堀は掘に通じて用いられた。
二三 書紀には「二王各居㆓仮庪㆒(サズキ)赤猪忽出之登㆓仮庪㆒、咋㆓麛坂王㆒而殺焉。」とある。
二四 怒猪の行為を恐れないで。怒猪が香坂王を食い殺したのは、祈狩では大凶の兆であるのに、その卜兆を物ともせずにの意。書紀では「忍熊王、謂㆓倉見別㆒曰、是事大恠也。於㆑此不㆑可㆑待㆑敵、則引㆑軍。」とあって、凶の卜兆を恐れて軍を引いたことになっている。
二五 ここでは喪船は即ち空船である。空船は誰も乗っていない船。意は、からっぽの喪船に向かって行って攻めようとしたというのである。喪船には柩だけを載せているのが普通である。

將レ攻二空船一。爾自二其喪船一下レ軍相戰。此時忍熊王、以二難波吉師部之祖、伊佐比宿禰一爲二將軍一、太子御方者、以二丸邇臣之祖、難波根子建振熊命一爲二將軍一。故、追退到二山代一之時、還立、各不レ退相戰。爾建振熊命、權而令レ云、息長帶日賣命者既崩。故、無レ可二更戰一。卽絕二弓絃一、欺陽歸服。於レ是其將軍既信レ詐、弭レ弓藏レ兵。爾自二頂髮中一、採二出設弦一、一名云二宇佐由豆留一。更張追擊。故、逃二退逢坂一、對立亦戰。爾追迫敗レ於[1]二沙沙那美一、悉斬二其軍一。於レ是其忍熊王與二伊佐比宿禰一、共被二追迫一、乘レ船浮レ海歌曰、

伊奢阿藝　布流玖麻賀　伊多弖淤波受波　邇本杼理能　阿布美能宇
美邇　迦豆岐勢那和

卽入レ海共死也。

故、建內宿禰命、率二其太子一、爲レ將レ禊而、經二歷淡海及若狹國一之時、於二高志前之角鹿一、造二假宮一而坐。爾坐二其地一伊奢沙和氣大神之命、見レ於二夜夢一云、以二吾名一欲レ易二御子之御名一。爾言禱白之、恐、隨レ命易奉、↓

一　書紀には「於レ是犬上君祖、倉見別、与二吉師祖、五十狭茅宿禰一、共隷二于麛坂王一。因以為二将軍一、令レ興二東国兵一。」とあって、二人を将軍としたことになっている。　二　書紀には「命二武内宿禰、和珥臣祖、武振熊一、率二数万衆一、令レ撃二忍熊王一。」とあって、やはり二人となっている。　三　忍熊王の軍勢を撃退して、山城まで行った時、敵軍は陣容を立て直して、どちらも一歩も退かずに相戦った。書紀には「爰武内宿禰等、選二精兵一、従二山背一出之、至二菟道一(チウ)以屯二河北一。忍熊王、出レ営欲レ戦。」とある。

四　臨機応変のはかりごとをめぐらして。

五　記伝に「さきに太子は、既崩と云たり。今は又、大后も崩坐ぬれば、王〔忍熊〕を除て他に君は坐まさねば、戦ふべきこと無しと云しめて、忍熊王に帰服ふまねするなり。」とある意である。　六　↓補注九六。　七　伊佐比宿禰である。

八　弓の弦を外し、武器(刀剣)をしまいこんだ。

九　揚げて束ねた髪。モトドリ(髻)。

一〇　予め用意して置いた弦。

一一　宇佐由豆留(ウサユヅル)は、儲弦、替弦、副弦の意。

一二　再び弦を張って追撃した。書紀には「忍熊王、信二其誘言一、悉令二軍衆一、解レ兵投二河水一、而断レ弦。爰武内宿禰、令二三軍一、出二儲弦一更張、以佩二真刀一、度レ河進之。」とある。

一三　山城と近江の境の逢坂山。書紀には「忍熊王、知レ被レ欺(中略)曳レ兵稍退。武内宿禰、出二精兵一而追之、適遇二于逢坂一以破。故号二其処一曰二逢坂一也。」とある。　一四　近江国の地名。書紀には「軍衆走之、及二于狭狭浪栗林一(ササナミノクルス)而多斬。」とある。　一五　琵琶湖に浮かんで。

一六　イザは誘う意の語で、さあ。アギは男を親しんで呼びかける語で、お前の意。↓補注九七

一七　建振熊命の。独立した歌として見れば、動

1　於—底・眞には「出」とあるが諸本に従う。

きて空船《むなふね》を攻めむとしき。爾に其の喪船より軍を下《お》ろして相戰ひき。此の時忍熊王《の》、難波《なには》の吉師部《きしべ》の祖、伊佐比《いさひの》宿禰[一]を將軍《いくさのきみ》と爲《し》、太子《ひつぎのみこ》の御方《みかた》は、丸邇《わにの》臣の祖、難波根子建振熊命《なにはねこたけふるくまの》[二]を將軍《いくさのきみ》と爲《し》き。故、追[三]ひ退けて山代に到りし時、還り立ちて、各退かずて相戰ひき。爾に建振熊命《の》、權《たばか》[四]りて云けしめけらく、「息長帶日賣命《の》は既に崩りましぬ。故、更[五]に戰ふべきこと無し。」といはしめて、即ち弓絃《ゆづる》を絶《た》ちて、欺陽《いつは》りて歸服《まつろ》[六]ひぬ。是に其[七]の將軍、既に詐《いつはり》を信《う》けて、弓[八]を弭《はつ》し兵《つはもの》を藏《をさ》めき。爾に頂髮《たぎふさ》[九]の中より、設《ま》[一〇]けし弦《つる》一の名を宇佐由豆留と云ふ。[一一]を採り出《いだ》して、更[一二]に張りて追ひ撃ちき。故、逢坂《あふ》[一三]に逃げ退きて、對《むか》ひ立ちて亦戰ひき。爾に追ひ迫《せ》めて沙沙那美《ささなみ》[一四]に敗り、悉に其の軍《いくさ》を斬りき。是に其忍熊王《の》と伊佐比宿禰《の》と、共に追ひ迫めらえて、船に乘りて海に浮[一五]かびて歌曰《うた》ひけらく、

いざ[一六]吾君《あぎ》　振熊《ふるくま》[一七]が　痛手負《いたてお》[一八]はずは　鳰鳥《にほどり》[一九]の　淡海《あふみ》[二〇]の湖《うみ》に　潛《かづ》[二一]きせなわ

とうたひて、即ち海に入りて共に死にき。

4 気比の大神と酒楽の歌

故、建内宿禰《の》命《の》、其の太子を率《ゐ》[二二]て、禊《みそぎ》[二三]せむと爲《し》て、淡海及若狹國《あふみまたわかさの》を經歴《へ》し時、高志《こし》[二四]の前《みちのくち》の角鹿《つぬが》に假宮《かりみや》を造りて坐さしめき。爾に其地《そこ》に坐す伊奢沙和氣《いざさわけの》大神の命《みこと》[二五]、夜の夢《いめ》に見えて云《の》りたまひしく、「吾[二六]が名を御子の御名に易《か》へまく欲《ほ》し。」とのりたまひき。爾に言禱《ことほ》[二七]きて白ししく、「恐《かしこ》[二八]し、命《みこと》の隨《まにま》に易《か》へ奉らむ。」とま

物の古熊の意とも解せられる。

一八　重い手傷を受けないで。ズハは記伝に「よりは」の意に解しているが、ズシテと解すべきである（橋本進吉博士著作集第五冊「上代語の研究」所収「奈良朝語法研究の中から」参照）。

一九　カイツブリのように。これを一句隔てた「潛き」の枕詞と見るのは無理で、比喩と解すべきである。　二〇　琵琶湖の水の中に。

二一　もぐりたいなあ。ナは願望の助詞、ワは感動の助詞。万葉巻十三に「うるはしき、十羽の松原、少子（ワラハ）ども、いざわ出で見む」（三三四六）とあるイザワのワに同じ。琵琶湖に入水して死のうの意である。↓補注九八。　二二　連れて。

二三　忍熊王の乱があって、罪穢れに触れたので、それを祓うために禊をしに行くのである。

二四　越前国敦賀。神功紀摂政十三年の条に、「命二武内宿禰一、従二太子一、令レ拝二角鹿笥飯（ヒケ）大神一。」とある。

二五　記伝に「さて何となく神御名を挙るに、之命と云る例は無きことなるを思へば、此命は御名に附たるには非で、夢に見えて詔へる御言を謂るにもやあらむ。」と述べている。ただし上巻の歌に「八千矛の神の命や、吾が大国主」とあるから、〇〇神の命と言わないこともない。

二六　記伝には「吾名を更て、御子の御名を賜はりて、吾名にせまほしとなり。」と述べているが、神が太子の名を貰うということはおかしなことで、ここは「私の名をあなたに差上げて、あなたの名としたい。」の意に解すべきではあるまいか。

二七　祝福して。

二八　恐れ多いことです。御言葉に随って私の名をあなたの御名にかえましょう。↓補注九九

亦其神詔、明日之旦、應レ幸レ於レ濱。獻二易レ名之幣一。故、其旦幸二行于レ濱之時、毀レ鼻入鹿魚、既依二一浦一。於レ是御子、令レ白レ于レ神云、於レ我給二御食之魚一。故、亦稱二其御名一、號二御食津大神一。故、於レ今謂二氣比大神一也。亦其入鹿魚之鼻血臰。故、號二其浦一謂二血浦一。今謂二都奴賀一也。

於レ是還上坐時、其御祖息長帶日賣命、釀二待酒一以獻。爾其御祖御歌曰、

許能美岐波　和賀美岐那良受　久志能加美　登許余邇伊麻須　伊波多多須　須久那美迦微能　加牟菩岐　本岐玖流本斯　登余本岐　本岐母登本斯　麻都理許斯美岐叙　阿佐受袁勢　佐佐

如レ此歌而、獻二大御酒一。爾建內宿禰命、爲二御子一答歌曰、

許能美岐袁　迦美祁牟比登波　曾能都豆美　宇須邇多弖弖　宇多比都都　迦美祁禮加母　麻比都都　迦美祁禮加母　許能美岐能　美岐能　阿夜邇宇多陀怒斯　佐佐

一 贈物。↓補注一〇〇

二 鼻を突き傷つけた海豚。海豚を取るには鼻を傷つけて捕えるので、ここは捕獲した海豚の意。入鹿魚の魚の字は表意的に添えた文字。ただし入鹿は魚類ではなく海獣である。

三 完全に浦一面に寄せられていた。

四 大神の御食料の魚。

五 垂仁紀二年の条の細注には「一云、御間城天皇之世、額有レ角人、乘二一船一泊二于越国笥飯浦一。故号二其処一曰二角鹿一也。」の異伝が見える。

六 御母の神功皇后。

七 来る人を待って作る酒。無事に待つ人が来ることを祈るためのもの。万葉巻四に「君がため醸みし待酒安の野に独りや飲まむ友無しにして」(五五五)、巻十六に「味飯(ウマイヒ)を水に醸み成し吾が待ちしかひは曾て無し直にしあらねば」(三八一〇)とある。

八 神功紀十三年の条には「太子至レ自二角鹿一。是日、皇太后宴二太子於大殿一。皇太后挙レ觴以寿二于太子一。因以歌曰」とある。

九 この御酒は、私が造った御酒ではない。↓補注一〇一

一〇 クシは酒の意。カミを神と解する説もあるが、記伝に「酒之上なり。(中略)加美は、上(ミカ)なり。長子を子上(コノカミ)と云、書紀に、長首、魁帥、尊長などを、ヒトコノカミ、座長を、クラカミ、氏上を、コノカミ、氏長をウヂコノカミなど訓、又諸司に各其長官を加美と云。これらの加美と同くて、酒の首長と云意なり。〔此の加美を、人皆神と心得たる、それもこともなく穏に聞ゆれども、吾大人の考の如く、記中、神の仮字はみな、迦微と書て、美字を用ひたることなければ、此は神には非ず。」と説いているのが正しい(所謂甲乙両類の仮字の相違を、宣長以前に真淵が多少気づいていたことは注意すべきである)。なお亀井孝氏は「奇しの醸み」の意に

をせば、亦其の神詔りたまひしく、「明日《あす》の旦《あした》、濱に幸《い》でますべし。名を易《か》へ
し[一]幣《まひ》献らむ。」とのりたまひき。故、其の旦《あした》濱に幸《い》行でましし時、[二]鼻毀《やぶ》りし入《い》
鹿《る》魚《か》、[三]既に一浦《ひとうら》に依れり。是に御子、神に白さしめて云《の》りたまひしく、「我《あれ》に
[四]御《み》食《け》の魚《な》給へり。」とのりたまひき。故、亦其の御名を稱《たた》へて、御《み》食《け》津《つ》大神と
號《なづ》けき。故、今に氣《け》比《ひの》大神と謂ふ。亦其の入《い》鹿《る》魚《か》の鼻の血臰《くさ》かりき。故、其の
浦を號けて血《ち》浦《うら》と謂ひき。今は[五]都《つ》奴《ぬ》賀《が》と謂ふ。
是に還り上り坐しし時、其の[六]御《み》祖《おや》息長帶日賣《の》命、[七]待酒《まちざけ》を釀《か》みて獻らしき。爾に
其の[八]御祖、御歌《みうた》曰《よ》みしたまひしく、

[九]この御酒《みき》は　我《わ》が御酒ならず　[一〇]酒《くし》の司《かみ》　[一一]常世《とこよ》に坐《いま》す　[一二]石《いは》立《た》たす　[一三]少名《すくな》御神《みかみ》
の　[一四]神《かむ》壽《ほ》き　壽《ほ》き狂《くる》ほし　豐壽《とよほ》き　壽《ほ》き廻《もとほ》し　獻《まつ》り來《こ》し御酒《みき》ぞ　[一五]乾《あ》さず食《を》[一六]
せ　[一七]ささ

とうたひたまひき。如此《かく》歌ひて大御酒を獻りたまひき。爾に建内《の》宿禰《の》命、[一八]御子
の爲《ため》に答へて歌《う》曰《た》ひけらく、

この御酒《みき》を　釀《か》みけむ人は　[一九]その鼓《つづみ》　臼《うす》に立てて　[二〇]歌ひつつ　[二一]釀《か》みけれか
も　舞ひつつ　釀みけれかも　この御酒の　御酒の　[二二]あやにうた樂《だの》し　さ
さ

解している。一説として掲げて置く。
一一　常世の国にいらっしゃる。
一二　岩石としてお立ちになっている。これはこの国では石像としてお立ちになっているという意であろう。延喜式神名帳、能登国羽咋郡に「大穴持像石(カタイシ)神社」、能登郡に「宿那彦(スクナヒコ)神像石神社」があるのが参考となる。
一三　少名毘古那神。大物主神(大穴持神の和魂)と共に、酒造りの神とされていたようである。
一四　神は神の行動を表わす接頭語、下の豊は豊かなという意の接頭語。「寿き狂ほし」は寿き狂わせ、モトホシは廻わしで、滅茶苦茶に祝福し、祝福し尽くしての意。この四句は書紀には「豊寿き、寿きもとほし、神寿き、寿き狂ほし」となっている。
一五　記伝には「御盃を乾涸(カワ)さず」、稜威言別には「不レ余」で「余(ノコ)ず」、武田博士は「酒盃を浅くせず、なみなみと注いで」(記紀歌謡集全講)、土橋寛氏は「残さず」(本大系3)と解している。しばらく酒杯を乾かさずにの意とする。
一六　召し上れで、ここはお飲みなさい。
一七　囃詞である。　一八　御子に代っての意。
一九　その鼓を酒を造る臼の側に置いて。臼にを臼のようにと解する説もあるが従い難い。古くは臼に酒を造ったようで、応神記に「又吉野の白檮上に横臼を作りて、其の横臼に大御酒を醸みて」とある。立ては置きの意。　二〇　その鼓の音に合せて歌いながら。　二一　造ったからか。後世ならば「醸みければか」というところ。
二二　アヤニは無暗に、ウタはウタタ(転た)で甚だしくの意。無暗に愉快千万だ。この歌、書紀には「この御酒を、醸みけむ人は、その鼓、臼に立てて、歌ひつつ、醸みけめかも、この御酒の、あやにうた楽し、ささ」とある。

此者酒樂之歌也。

凡帶中津日子天皇之御年、伍拾貳歲。[1]壬戌年六月十一日崩也。御陵在二河内惠賀之長江一也。[2]皇后御年一百歲崩。葬レ于二狭城楯列陵一也。

品陀和氣命、坐二輕嶋之明宮一、治二天下一也。此天皇、娶二品陀眞若王品陀二字以レ音。之女、三柱女王一。一名高木之入日賣命。次中日賣命。次弟日賣命。此女王等之父、品陀眞若王者、五百木之入日子命、娶二尾張連之祖、建伊那陀宿禰之女、志理都紀斗賣一生子者也。故、高木之入日賣[3]之子[4]、額田大中日子命。次大山守命。次伊奢之眞若命。伊奢二字以レ音。次妹大原郎女。次高目郎女。五柱 中日賣命之御子、木之荒田郎女。次大雀命。次根鳥命。三柱 弟日賣命之御子、阿倍郎女。次阿具[5]知能此四字以レ音。三腹郎女。次木之菟野郎女。次三野郎女。五柱 又娶二丸邇之比布禮能意富美之女、自レ比至レ美以レ音。名宮主矢河枝比賣一、生御子、宇遲能和紀郎子。次妹八田若郎女。次女鳥王。三柱 又娶二其矢河枝比賣之弟、袁那辨郎女一、生御子、宇遲之若郎女。一柱 又娶二咋俣長日子王之女、息長眞若中比賣一、生御子、若沼毛二俣王。一柱 又娶二櫻井田部連之祖、嶋垂根之女、糸井比賣一、生御子、速總別命。一柱 又娶二日向之泉長比賣一、生御子、大羽江王。次小羽江王。次幡日

1 分注—底・延は削除している。

2 分注—底は削除している。

3 賣—底・田にはこの下に「命」の字を補っている。

4 子—底・延・田にはこの上に「御」の字を補っている。

5 具—恐らく「波」の誤りであろう。

一 記伝にはサカホカヒノウタと訓んでいるが、琴歌譜に「酒坐歌」としてこの二首を載せているのによると、サカクラノウタと訓むべきもののようである。サカクラは酒の座の意。これは歌曲上の名称である。

二 五十二歳。書紀も同じ。

三 神功紀二年の条に「葬二天皇於河内国長野陵一。」とあり、諸陵式にも「恵我(ヱガ)長野西陵、穴門豊浦宮御宇、仲哀天皇。在二河内国志紀郡一。」とある。

四 神功紀には「六十九年夏四月辛酉朔丁丑、皇太后崩二於稚桜宮一。〔時年一百歳〕冬十月戊午朔壬申、葬二狭城盾列(サキノタタナミ)陵一。」とあり、諸陵式には「狭城盾列池上陵、磐余稚桜宮御宇、神功皇后。在二大和国添下郡一。」とある。

五 軽島は大和国高市郡の軽。書紀にはこの宮にお遷りになったことは見えず、四十一年の条に「天皇崩二于明宮一」とあるのみである。なお摂津風土記逸文には「軽島豊阿岐羅宮御宇天皇」とある。

六 応神紀二年の条に「天皇以二皇后姉、高城

とうたひき。此は[一]酒樂《さかくら》の歌なり。

凡そ帶中津日子《の》天皇の御年、[二]伍拾貳歲《いそぢまりふたとせ》。壬戌の年の六月十一日に崩りましき。[三]御陵は河内《かふち》の惠賀《ゑが》の長江《ながえ》に在り。[四]皇后は御年一百歲にして崩りましき。狹城の楯列の陵に葬りまつりき。

品陀《ほむだ》和《わ》氣《けの》命、[五]輕島《かるしま》の明宮《あきらの》に坐しまして、天の下治らしめしき。此の天皇、品陀《ほむだ》眞若王《まわかの》品陀の二字は音を以ゐよ。の女、三柱の女王《ひめみこ》を娶《めと》したまひき。一《ひと》はしらの名は高木之入日賣《の》命。次に中日賣《つ》命《の》。次に弟日賣《の》命。此の女王等の父、品陀眞若王は、五百木之入日子命、尾張連の祖、建伊那陀宿禰の女、志理都紀斗賣を娶して、生める子なり。故、[六]高木之入日賣の子、額田大中日子《ぬかたのおほなかつひこの》命。次に大山守《おほやまもりの》命。次に伊奢《いざ》之《の》眞若《の》命。伊奢の二字は音を以ゐよ。次に妹《いも》大原《の》郎女。次に[七]高目《こむくの》郎女。五柱 [八]中《つ》日賣《の》命の御子、木《き》之《の》荒田《の》郎女。次に[九]大雀《おほさざきの》命。次に根鳥《ねとりの》命。三柱 [一〇]弟日賣《の》命の御子、阿倍《あべの》郎女。次に阿《あ》具《は》知《ち》能《の》此の四字は音を以ゐよ。三腹《の》郎女。次に木《き》之《の》菟《う》野《のの》郎女。次に三野《みのの》郎女。五柱 [一一]又[一二]丸《わ》邇《に》之《の》比《ひ》布《ふ》禮《れ》能《の》意富美《おほみ》の女、比より美までは音を以ゐよ。名は宮主矢河枝比賣《みやぬしやかはえ》を娶して、生みませる御子、宇《う》遲《ち》能和紀郎子《のわきいらつこ》。次に妹《いも》八田若郎女《やたのわきいらつめ》。次に女鳥《めどりの》王。三柱 [一三]又其の矢河枝比賣の弟《いろと》、袁那《をな》辨《べの》郎女を娶して、生みませる御子、宇遲之若《うぢのわき》郎女。一柱 [一四]又咋俣長日子《くひまたながひこの》王の女、息《おき》長眞若中《ながまわかつ》比賣を娶して、生みませる御子、若沼毛二俣《わかぬけふたまたの》王。一柱 [一五]又櫻井の田部連《の》の祖、島垂根《しまたりね》の女、糸井《いとゐ》比賣を娶して、生みませる御子、速總別《はやぶさわけの》命。一柱 [一六]又日向の泉長《いづみのなが》比賣を娶して、生みませる御子、大羽江《おほばえの》王。次に小羽江《をばえの》王。次に幡日《はたひ》

入姫一為レ妃、生二額田大中彦皇子、大山守皇子、去来(イザ)真稚皇子、大原皇女、澇来田皇女一。」とあって、古事記と一致している。

七 右の澇来田(コムクタ)皇女と同人であろうと思われるので、コムクと訓んだ。

八 応神紀二年の条に「立二仲姫一為二皇后一。后生二荒田皇女、鷦鷯天皇、根鳥皇子一。」とある。

応神天皇
1 后妃皇子女

九 後の仁徳天皇。仁徳紀元年の条に「初天皇生日、木菟(ツク)入二于産殿一。明旦誉田天皇、喚二大臣武内宿禰一語之曰、是何瑞也。大臣対曰、吉祥也。復当二昨日臣妻産時一、鷦鷯(サザキ)入二于産屋一。是亦異焉。爰天皇曰、今朕之子与二大臣之子一同日共産、兼有レ瑞。是天之表焉。以為取二其鳥名一、各相易名レ子、為二後葉之契一也。則取二鷦鷯名一、以名二太子一、曰二大鷦鷯皇子一、取二木菟名一、号二大臣之子一、曰二木菟宿禰一。」とある。

一〇 応神紀二年の条に「又妃、皇后弟、弟姫、生二阿倍皇女、淡路御原皇女、紀之菟野皇女一。」とあって、三野郎女は無い。

一一 実数は四柱である。五は四の誤りか。

一二 応神紀二年の条に「次妃、和珥臣祖、日触使主(ヒフレノオミ)之女、宮主宅媛(ミヤヌシヤカヒメ)生二菟道稚郎子、矢田皇女、雌鳥皇女一。」とある。

一三 同じ条に「次妃、宅媛之弟、小甂(ヲナベ)媛、生二菟道稚郎姫皇女一。」とある。

一四 同じ条に「次妃、河泒(マタ)仲彦女、弟姫、生二稚野毛二泒皇子一。」とある。

一五 同じ条に「次妃、桜井田部連、男鉏(ヲサヒ)之妹、糸媛、生二隼総(ハヤブサ)別皇子一。」とある。

一六 同じ条に「次妃、日向泉長姫、生二大葉枝皇子、小葉枝皇子一。」とあって、幡日之若郎女は無い。

之若郎女。注三又娶㆓迦具漏比賣㆒、生御子、川原田郎女。次玉郎女。次忍坂大中比賣。次登富志郎女。次迦多遲王。注五又娶㆓葛城之野伊呂賣㆒、此三字以㆑音。生御子、伊奢能麻和迦王。注一此天皇之御子等、并廿六王。男王十一、女王十五。此中、大雀命者、治㆓天下㆒也。

於㆑是天皇、問㆔大山守命與㆓大雀命㆒詔、汝等者、孰㆔愛兄子與㆓弟子㆒。天皇所㆔以發㆓是問㆒者、宇遲能和紀郎子有㆘令㆑治㆓天下㆒之心㆖也。爾大山守命白㆑愛㆓兄子㆒。次大雀命、知㆘天皇所㆓問賜㆒之大御情㆖而白、兄子者、既成㆑人、是無㆑悒。弟子者、未㆑成㆑人、是愛。爾天皇詔、佐邪岐、阿藝之言、自㆑佐至㆑藝五字以㆑音。如㆓我所㆒㆑思。卽詔別者、大山守命爲㆓山海之政㆒。大雀命執㆓食國之政㆒以白賜。宇遲能和紀郎子所㆑知㆓天津日繼㆒也。故、大雀命者、勿㆑違㆓天皇之命㆒也。

一時、天皇越㆔幸近淡海國㆒之時、御㆔立宇遲野上㆒、望㆓葛野㆒歌曰、

一　以下書紀には見えない。誤り紛れたものであろう。
二　実数は二十七（男十二、女十五）で、男の数が合わない。
三　年上の子と年下の子の意。書紀には「長与㆑少」とある。

之《の》若郎女。三柱 又一迦具漏《かぐろ》比賣を娶して、生みませる御子、川原田《かはらだの》郎女。次に玉郎《の》女。次に忍坂《おさかの》大中《つ》比賣。次に登富志《とほしの》郎女。次に迦多遲《かたちの》王。五柱 又葛城《かづらき》の野伊呂賣《ののいろめ》此の三字は音を以ゐよ。を娶して、生みませる御子、伊奢能麻和迦《いざのまわかの》王。一柱 此の天皇の御子等、并せて二廿六王《はたちまりむはしら》なり。男王十一、女王十五。此の中《なか》に、大雀命《おほさざきの》は、天の下治らしめしき。

2 大山守命と大雀命

是に天皇、大山守命《の》と大雀命《の》とに問ひて詔りたまひしく、「汝等《いましたち》は、三兄《え》の子と弟《おと》の子と孰《いづ》れか愛《は》しき。」とのりたまひき。天皇是の問を發したまひし所以は、宇遲能和紀郎子に天の下治らさしめむ心有りつればなり。爾に大山守命《の》は、「兄《え》の子ぞ愛《は》しき。」と白したまひき。次に大雀命《の》は、天皇の問ひ賜ひし大御情を知らして白したまひしく、「兄《え》の子は既に人と成りて、是れ四悒《いぶせ》きこと無きを、弟《おと》の子は未だ人と成らねば、是れぞ愛《は》しき。」とまをしたまひき。爾に天皇詔りたまひしく、「五佐邪岐《さざき》、阿藝《あぎ》の言《こと》ぞ、佐より藝までの五字は音を以ゐよ。我が思ふが如くなる。」とのりたまひて、六即ち詔り別けたまひしく、「大山守命《の》は七山海の政《まつりごと》を爲《せ》よ。八大雀命《の》は食國《をすくに》の政を執《と》りて白し賜へ。宇遲能和紀郎子は天津日繼《あまつひつぎ》を知らしめせ。」とのりわけたまひき。九故、一〇大雀命《の》は天皇の命《みこと》に違《たが》ひたまふこと勿《な》かりき。

3 矢河枝比売

一時《あるとき》、天皇近《つ》淡海國《の》に越え幸《い》でましし時、一一宇遲野《うぢの》の上に御立《みた》ちしたまひて、一二葛《かづ》野《の》を望《みさ》けて歌《う》曰《た》ひたまひしく、

四 心にかかることは無いが。心配はないが。
五 雀よ(大雀命に呼びかけたことば)お前の言うことが。アギは吾君。
六 それぞれ区別して仰せられたことには。
七 海部、山部、山守部などの部曲を統轄する仕事。書紀には「令レ掌二山川林野一」とあって、海のことは見えない。
八 食国は天皇の治め給う国即ち天下と同じ。書紀には「為二太子一輔之、令レ知二国事一。」とある(太子は菟道稚郎子)。
九 応神紀四十年の条には「天皇召二大山守命大鷦鷯尊一、問之曰、汝等者愛レ子耶。対言、甚愛也。亦問之、長与レ少孰尤焉。大山守命対言、不レ逮二于長子一。於レ是天皇、有二不レ悦之色一。時大鷦鷯尊、預察二天皇之色一、以対言、長者経二寒暑一、既為二成人一。更無レ悒矣。唯少子者、未レ知二其成不一。是以少子甚憐之。天皇大悦曰、汝言、寔合二朕之心一。是時天皇常有下立二菟道稚郎子一為二太子一之情上。然欲レ和二二皇子之意一。故発二是問一。是以不レ悦二大山守命之対言一也。甲子、立二菟道稚郎子一為レ嗣、即日任二大山守命一令レ掌二山川林野一、以二大鷦鷯尊一、為二太子一輔之、令レ知二国事一。」とある。
一〇 大雀命は勅命に背くことはなかった。(しかし大山守命は勅命に背いて謀反をおこしたという後の物語の伏線である。)
一一 山城国宇治のあたりの野にお立ちになって。
一二 宇治の西方一帯の葛野を遠くまでごらんになって。国見である。応神紀六年の条には「天皇幸二近江国一。至二菟道野上一而歌之曰」とあって、同じ歌が載せられている。

知婆能　加豆怒袁美禮婆　毛毛知陀流　夜邇波母美由　久爾能富母
美由

故、到[1]二坐木幡村一之時、麗美孃子、遇二其道衢一。爾天皇問二其孃子一曰、汝者誰子、答白、丸邇之比布禮能意富美之女、名宮主矢河枝比賣。天皇卽詔二其孃子一、吾明日還幸之時、入二坐汝家一。故、矢河枝比賣、委曲語二其父一。於レ是父答曰、是者天皇坐那理。此二字以レ音。恐之、我子仕奉云而、嚴二餝其家一候待者、明日入坐。故、獻二大御饗一之時、其女矢河枝比賣命、令レ取二大御酒盞一而獻。於レ是天皇、任レ令レ取二其大御酒盞一而御歌曰、

許能迦邇夜　伊豆久能迦邇　毛毛豆多布　都奴賀能迦邇　余許佐良布　伊豆久邇伊多流　伊知遲志麻　美志麻邇斗岐　美本杼理能　迦豆伎伊岐豆岐　志那陀由布　佐佐那美遲袁　須久須久登　和賀伊麻勢婆夜　許波多能美知邇　阿波志斯袁登賣　宇斯呂傳波　袁陀弖呂迦母　波那美波　志比比[2]斯那須　伊知比韋能　和邇佐能邇袁　波都邇波　波陀阿可良氣美　志波邇波　邇具漏岐由惠　美都具理能　曾能那迦都爾袁　加夫都久　麻肥邇波阿弖受　麻用賀岐　許邇加岐多禮　阿波志斯袁美那　迦母賀登　和賀美斯古良　迦久母↓

一 多くの葉の意で、次の「葛」に係る枕詞。
二 たくさん満ち満ちている。　三 人家の庭。人家の建っている屋敷。　四 国のすぐれたところ。国讃めの歌である。万葉巻一、(三)参照。
五 山城国宇治郡の木幡で、大和から近江へ行く順路に当っている。　六 道の分れたところ。分れ道。　七 それは天皇でいらっしゃるんだ。この「坐す」は連体形、ナリは指定の助動詞と見るべきであろう。　八 おごそかにうるわしく装飾して、控えて待っていると。　九 持たせたままで(御自身は盃をおとりにならずに)。
一〇 この蟹は、何処の蟹だ。問い。　一一 遠い遠い敦賀の蟹です。答え。「百伝ふ」は多くの地を伝って行く意であるから、「遠い遠い」と解したが、枕詞と見てもよい。　一二 横に歩いて行くのは、いったいどこが目あてなんだ。問い。横去ラフは横去ルに継続の助動詞フがついた形。
一三 イチヂ島もミ島も地名(必ずしも島とは限らない)であろうが、所在不明。トキは着きの転音。　一四 ミホドリはニホドリと同じで、カイツブリのこと。カイツブリのように(次の「潜き」の枕詞と見てもよい)。　一五 水にもぐり、浮かび出ては息をつきの意であるが、潜きは軽く添えた語であって、息をつくのが主意。
一六 難解の語である。記伝には、シナは坂路、ダユフは高く低く上り下りつつ行く坂路のさまで、タユタフと同言であるとして、武田博士は「シナは級。段のある、高低のある意。ダは田。

1 到—底・眞・前・寛には「引」に誤る。ただし眞には右に「到御本」、前には同じく「到」と注している。猪・延・田及び眞・前の注に従う。

2 比—底・延にはこの字が無い。諸本に従う。

[一]千葉《ちば》の　葛野《かづの》を見れば　[二]百千足《ももちだ》る　[三]家庭《やには》も見ゆ　[四]國の秀《ほ》も見ゆ

とうたひたまひき。故、[五]木幡村《こはたの》に到り坐しし時、麗美《うるは》しき孃子《をとめ》、其の[六]道衢《ちまた》に遇《あ》ひき。爾に天皇其の孃子に問ひて曰《の》りたまひしく、「汝《な》は誰が子ぞ。」とのりたまへば、答へて白ししく、「丸邇之比布禮能意富美《わにのひふれのおほみ》の女、名は宮主矢河枝比賣《みやぬしやかはえ》ぞ。」とまをしき。天皇即ち其の孃子に詔りたまひしく、「吾明日《あれあす》還り幸《い》でまさむ時、汝《な》が家に入り坐さむ。」とのりたまひき。故、矢河枝比賣、委曲《まつぶさ》に其の父に語りき。是に父答へて曰ひけらく、「是《こ》は[七]天皇に坐す那理《なり》。此の二字は音を以ゐよ。恐《かしこ》し、我が子仕へ奉れ。」と云ひて、其の家を[八]嚴餝《よそほひかざ》りて候《さもら》ひ待てば、明日《またのひ》入り坐しき。故、大御饗《おほみあへ》を獻りし時、其の女矢河枝比賣命《の》に、大御酒盞《さかづき》を取らしめて獻りき。是に天皇、其の大御酒盞を[九]取らしめ任《なが》ら御歌曰《みうたよ》みしたまひしく、

[一〇]この蟹《かに》や　何處《いづく》の蟹　[一一]百傳《ももづた》ふ　角鹿《つぬが》の蟹　[一二]横去《よこさ》らふ　何處《いづく》に到る　[一三]伊知遲《いちぢ》
島　美《み》島に著《と》き　[一四]鳰鳥《みほどり》の　[一五]潛《かづ》き息《いき》づき　[一六]しなだゆふ　[一七]佐佐那美路《ささなみち》を　[一八]すく
すくと　[一九]我《わ》が行《い》ませばや　[二〇]木幡《こはた》の道に　遇《あ》はしし孃子《をとめ》　[二一]後姿《うしろで》は　[二二]小楯《をだて》ろか
も　[二三]齒並《はな》みは　[二四]椎菱《しひひし》如《な》す　[二五]櫟井《いちひゐ》の　丸邇坂《わにさ》の土《に》を　[二六]初土《はつに》は　膚《はだ》赤らけみ
[二七]底土《しはに》は　丹黒《にぐろ》き故《ゆゑ》　[二八]三《み》つ栗《ぐり》の　その中つ土《に》を　[二九]かぶつく　[三〇]眞火《まひ》には當《あ》てず
[三一]眉《まよ》畫《が》き　濃《こ》に畫《か》き垂《た》れ　遇はしし女人《をみな》　[三二]かもがと　我《わ》が見し子ら　かくも

ユフは不明だが、動詞結フだろうか。高低があって、段になっている田が連続する意か。何にしても次のササナミヂの修飾句らしい。」と述べられている(記紀歌謡集全講)。一七 ササナミ(楽浪)は琵琶湖南岸の地名。楽浪へ行く道を。一八 滞りなく。すらすらと。一九 私が行くと。ヤは感動の助詞。↓補注一〇二。二〇 木幡村の道で逢った乙女。アハシはアフの敬語。物語歌ならば、天皇の自己に対する敬語。独立歌とすれば、蟹がおどけた調子で「お逢い遊ばした乙女」といったもの。↓補注一〇三。二一 うしろ姿は。二二 ヲは愛称、ロは確実性を表わす接尾語。楯のようにすらりとしていることだ。二三 並んでいる歯は。二四 椎の実や菱の実のように真っ白で。美人の形容。二五 櫟井は大和国添上郡(櫟本村)。ワニサは一般に丸邇坂と解せられている(しかし武田博士は、サは方向を意味する語であるから、丸邇の方向、即ち櫟井の丸邇寄りの方かとされている)。二六 初めて掘る土は土の膚色が赤いので。二七 シハニは底の土の意とされているが、根拠不明。底の土は赤黒いからして。二八 中の枕詞。二九 難解の句である。記伝には「頭衝く」で、頭を衝くようになる意とある。↓補注一〇四。三〇 記伝に真日としているが、原文ヒは乙類の肥であるから、日と解するのは誤りで、真火とすべきである。強い火に当てずに(作ったマユズミで)。尤も宣長は肥の仮名は比の誤用だとしている。三一 眉を濃く尻下りに書いて。マヨガキは眉をかくこと。三二 カモガ・カクモガのモガは願望の助詞。↓補注一〇五。ああもしたいと思って私が見た女、こうもしたいと思って私が見た女に。

賀登　阿賀美斯古邇　宇多多[1]氣陀邇　牟迦比袁流迦母　伊蘇比袁流迦母

如レ此御合、生御子、宇遲能和紀（自レ宇下五字以レ音。）郎子也。天皇聞二看日向國諸縣君之女、名髮長比賣、其顏容麗美一、將レ使而喚上之時、其太子大雀命、見二其孃子泊レ于二難波津一而、感二其姿容之端正一、卽誂二告建內宿禰大臣一、是自二日向一喚上之髮長比賣者、請二白天皇之大御所一而、令レ賜レ於レ吾。爾建內宿禰大臣、請二大命一者、天皇卽以二髮長比賣一、賜レ于二其御子一。所レ賜狀者、天皇聞二看豐明一之日、於二髮長比賣一令レ握二大御酒柏一、賜二其太子一。爾御歌曰、

伊邪古杼母　怒毘流都美邇　比流都美邇　和賀由久美知能　迦具波斯　波那多知婆那波　本都延波　登理韋賀良斯　志豆延波　比登登理賀良斯　美都具理能　那迦都延能　本都毛理　阿迦良袁登賣袁　伊邪佐佐婆　余良斯那

又御歌曰、

美豆多麻流　余佐美能伊氣能　韋具比宇知賀[2]　佐斯祁流斯良邇　奴那波久理　波閇祁久斯↓

一　難解の句である。ウタタは転で意外にものの意か。　二　むかい合っていることだ。寄り添っていることだ。さてこの歌は、元来万葉巻十六に見える乞食者詠二首（鹿―三八八五、蟹―三八八六）と同種の、宴席における祝言歌で、蟹を主体とした歌であったと思われるが、応神天皇に食膳を供したことから、その食膳に上せられたであろう蟹を予想して、物語に結びつけられたらしい。従って物語歌としては多少の矛盾が感じられる。　三　御結婚をなさって。　四　この記仁徳天皇の条には「日向之諸県君、牛諸之女、髪長比売」とあり、応神紀十一年の条には「名髪長媛。即諸県君、牛諸井之女也。」とある。　五　応神紀では伝を異にし、「十三年春三月、天皇遣二専使一以徵二髪長媛一。秋九月中、髪長媛、至レ自二日向一。便安二置於桑津邑一。爰皇子大鷦鷯尊、及レ見二髪長媛一、感二其形之美麗一、常有二恋情一。」と記している。　六　私に下さるようにしてくれよ。　七　天皇の許諾のお言葉をお願い申すと。　八　応神紀十三年の条には「於レ是天皇知二大鷦鷯尊感二髪長媛一而欲レ配。是以宴二于後宮一之日、始喚二髪長媛一。因以上二坐於宴席一。時撝二大鷦鷯尊一、以指二髪長媛一、乃歌之曰」とあって、古事記に生のままの人間が描かれているのと趣を異にしている。　九　豊明は御宴。御宴を催されて御酒を召し上られた日。　一〇　御酒を盛る柏の葉。必ずしも柏の葉とは限られてはいなかったらしく、仁徳紀三十年の条には、「葉」にカシハの訓注がある。↓補注一〇六。　一一　髪長比売を賜うたの意。この賜ひきは、上

1　多―底・延にはこの字が無い。諸本に従う。

2　賀―底にはこの上に「比斯」の二字、この下に「良能」の二字を補っているが、諸本に従って削る。

がと　我《あ》が見し子に[一]　うたたけだに　對《むか》ひ[二]居《を》るかも　い添《そ》ひ居《を》るかも

とうたひたまひき。如此《かく》[三]御合《みあひ》したまひて、生みませる御子は、宇遲能和紀（宇より下の五字は音を以ゐよ。）郎子なり。

天皇、日向國《の》の諸縣君《もろがたの》[四]の女、名は髮長《かみなが》比賣、其の顏容《かたち》麗美《うるは》しと聞し看《め》して、使ひたまはむとして喚《め》[五]上《さ》げたまひし時、其の太子大雀命《の》、其の孃子《をとめ》の難波津に泊《は》てたるを見て、其の姿容《かたち》の端正《うるは》しきに感《め》でて、卽ち建內宿禰《の》大臣に誂《あとら》へて告《の》りたまひけらく、「是の日向より喚上《めさ》げたまひし髮長比賣は、天皇の大御所《おほみもと》に請ひ白して、吾《あれ》[六]に賜はしめよ。」とのりたまひき。爾に建內宿禰《の》大臣、大命《おほみこと》[七]を請へば、天皇卽ち髮長比賣を其の御子に賜ひき。[八]賜ひし狀《さま》は、天皇豐明《とよのあかり》[九]聞し看しし日に、髮長比賣に大御酒[一〇]の柏《かしは》を握《と》らしめて、其の太子に賜[一一]ひき。爾に御歌曰《よ》みしたまひしく、

[一二]いざ子ども　野蒜《のびる》[一三]摘《つ》みに　蒜摘《ひるつ》みに　我《わ》が行く道の　香ぐはし[一四]　花橘[一五]は
上枝《ほつえ》は　鳥居《とりゐ》[一六]枯《が》らし　下枝《しづえ》は　人[一七]取り枯《が》らし　三《み》つ栗《ぐり》の　中つ枝《え》の　ほつ[一八]
もり　赤[一九]ら孃子《をとめ》を　いざささば[二〇]　良《よ》[二一]らしな

とうたひたまひき。又御歌曰《よ》みしたまひしく、

[二二]水溜《みづたま》る　依網《よさみ》の池の　堰杙《ゐぐひ》[二三]打ちが　插[二四]しける知らに　蓴繰《ぬなはく》[二五]り　延《は》[二六]へけく知

の「賜ひし状は」を承けている。御酒を賜うたのではない。　一二　さあ皆の者。　一三　野原の蒜を取りに行こう。蒜を取りに行こうと皆の者を誘って。　一四　香のよい。花橘の枕詞ではない。　一五　花の咲いている橘の意か、単に橘の意か、下の「ほつもり」の句意が未詳のため決しがたい。　一六　鳥がとまってなくしてしまい。　一七　人が取ってなくしてしまい。　一八　不明の句である。書紀の歌には府保語茂利（フホゴモリ）とある。→補注一〇七　一九　紅顔の乙女。中の枝に残っている花の中に含まれている実のような紅顔の乙女。　二〇　句意未詳。→補注一〇八。　二一　良らしは良ろしと同じ。ナは感動の助詞。たいへん良いよ。→補注一〇九。　二二　池の枕詞。　二三　堰杭を打つ人が。堰杭は水の流れを塞いで用水を溜めるイゼキに打つ杭。　二四　杭を挿したのに気がつかないで。この場合、杭を挿すのは、杖や串を挿すのと同様に、占有権を示すものと解せられる。物語歌としては、太子が姫に目をつけたのを知らずとなる。サスをこのように解すると、前の歌のイザササバのササバは、挿さば、即ち自分のものとするならばの意にとれそうである。書紀の歌には「堰杭つく、川俣江の、菱殻の、刺しけく知らに」とある。　二五　ヌナハクリで蓴菜（ジュンサイ）の意。ジュンサイは手繰り寄せて採る物であるから、繰りの語を添えたのであって、「眉引き＝眉」「簀垂れ＝簾」の類である。　二六　「延へ」は下二段活用動詞の連用形で、延ばす意。ジュンサイが水中にその茎を延ばしているのも気づかずにいた。これも物語歌としては、太子が密かに姫に心を寄せていたことの比喩となる。

4　髪長比売

一 大変に愚かであって。↓補注一一〇

二 書紀には「大鷦鷯尊、与二髪長媛一既得レ交殷勤。独対二髪長媛一歌之曰」とある。

三 道の口に対する語。道の口は京都から近いところにある国。道の後は遠いところにある国。この語はコハダの枕詞ではない。

四 コハダは地名か。イヅシ嬢子、ハツセ嬢子、カル嬢子の類であろう。

五 雷のようにとどろきわたる評判が聞えていたが。書紀の歌には「聞えしかど」とある。

六 共寝をすることだ。

七 抵抗せずにおとなしく。

八 寝たことを。シゾは強意、モは感動の助詞。

九 いとしく思う。書紀の歌には、ヲトメハのハ、シゾモのモ、オモフのオが無い。

一〇 吉野のクズについては、↓補注一一一

一一 品陀の日の御子は大雀命(後の仁徳天皇)を指す。従来、品陀天皇(応神)の御子と説かれているが、それは誤りであろう。

一二 大雀命である。 一三 難解の句。大刀のつば元の方が鋭利である意か。

一四 これも難解の句。末は本に対して大刀の切っ先。フユは記伝に「振ゆ(振る)」、武田博士はミタマノフユのフユと同じで、神霊の活動がある意とされている。思うに「氷ゆ」の意には解せられないであろうか。氷はヒであり、その動詞がヒユ(氷ゆ→冷ゆ)となり、名詞の冬もそれから来た語ではあるまいか。そうすると、ここのフユは氷のように冷たく冴えているの意と解せられそうである。

一五 以下も難解である。冬木のようにの意にとって、次のカラ(枯→幹)の枕詞としてみたが、武田博士も土橋寛氏も、フユキノで句とし、次のスを下につけてスカラとしておられる。

良邇　和賀許許呂志叙[1]　伊夜袁許邇斯弖　伊麻叙久夜斯岐

如レ此歌而賜也。故、被レ賜二其孃子一之後、太子歌曰、

美知能斯理　古波陀袁登賣袁　迦微能碁登　岐許延斯迦杼母　阿比麻久良麻久

又歌曰、

美知能斯理　古波陀袁登賣波　阿良蘇波受　泥斯久袁斯叙母　宇流波志美意母布

又吉野之國主等、瞻二大雀命之所レ佩御刀一歌曰、

本牟多能　比能美古　意富佐邪岐　意富佐邪岐　波加勢流多知　母登都流藝　須惠布由　布由紀能須　加良賀志多紀能　佐夜佐夜

又於二吉野之白檮上一、作二横臼一而、於二其横臼一釀二大御酒一、獻二其大御酒一之時、擊二口鼓一爲レ伎而歌曰、

加志能布邇　余久須袁都久理　余久須邇　迦美斯意富美岐　宇麻良爾　岐許志母知袁勢　麻呂賀知

此歌者、國主等獻二大贄一之時時、恒至レ于レ今詠之歌者也。

1 叙—底にはこの字を衍字としている。

らに　我《わ》が心しぞ　[一]いや愚《をこ》にして　今ぞ悔《くや》しき
とうたひたまひき。如此《かく》歌ひて賜ひき。故、[二]其の孃子を賜はりて後、太子歌曰《うた》
ひたまひしく、
[三]道の後《しり》　[四]古波陀孃子《こはだをとめ》を　[五]雷《かみ》の如《ごと》　聞えしかども　[六]相枕《あひまくら》枕《ま》く
とうたひたまひき。又歌曰《うた》ひたまひしく、
道の後　古波陀孃子は　[七]爭はず　寢《ね》[八]しくをしぞも　[九]愛《うるは》しみ思《おも》ふ
とうたひたまひき。

5 国主の歌・百済の朝貢

又吉野《よしの》の[一〇]國主等《くずども》、大雀命《の》の佩《は》かせる御刀《みたち》を瞻《み》て歌曰《うた》ひけらく、
[一一]品陀《ほむた》の　日の御子　[一二]大雀《おほさざき》　大雀　佩《は》かせる大刀《たち》　[一三]本《もと》つるぎ　[一四]末《すゑ》ふゆ　[一五]冬木《ふゆき》
如《の》す　[一六]からが下樹《したき》の　[一七]さやさや
とうたひき。[一八]又[一九]吉野の白檮上《かしのふ》に[二〇]横臼《よくす》を作りて、其の横臼《よくす》に大御酒を釀《か》みて、其
の大御酒を獻りし時、[二一]口鼓《くちつづみ》を撃《う》ち、[二二]伎《わざ》を爲《な》して[二三]歌曰《うた》ひけらく、
白檮《かし》の上《ふ》に　横臼《よくす》を作り　横臼《よくす》に　釀みし大御酒《おほみき》　[二四]うまらに　聞《きこ》しもち食《を》
せ　[二五]まろが父《ち》
とうたひき。此の歌は、國主等《くずども》[二六]大贄《おほにへ》を獻る時時、恒に今に至るまで詠《なが》むる歌なり。

一六　幹の下に生えている小さな灌木の意と解してみた。武田博士はスカラ（直幹＝まっすぐな幹）の下木、土橋氏はスカラ（素幹＝葉の落ちた木の幹）の下に生えている小さな灌木の意とされている。
一七　下木がサヤサヤとそよぐようにサヤサヤとしている。同音を転意させたもので、清明であるの意。
一八　又クズどもは。
一九　記伝に、神名帳に大和国吉野郡川上鹿塩神社があるが、この地であるとしている。樫の木が生えているところから地名としたのであろう。
二〇　普通の臼より低くて横に長い臼。
二一　記伝に「書紀には打㆑口とあり。今の世に、舌鼓を打と云しわざか。又上下の唇を弾て、音をなすを云か。」とあるが、口から音を出して拍子を取ることであろう。鼓というので撃つといったのである。
二二　所作を演じて。書紀に「撃㆑口仰咲」とあるのがそれであろう。
二三　応神紀十九年の条には「幸㆓吉野宮㆒。時国樔人来朝之。因以㆓醴酒㆒献㆓于天皇㆒。而歌之曰」とある。
二四　美味しく召し上れ。
二五　マロは自称。私のお父さん。ここは天皇を親しんで言ったのである。
二六　大贄は朝廷に献る土地土地の産物。クズの貢物は菌、栗、年魚の類。宮内省式に「凡諸節会、吉野国栖献㆓御贄㆒奏㆓歌笛㆒。」とあり、書紀には「歌之既訖、即打㆑口仰咲。今国樔献㆓土毛㆒之日、歌訖即撃㆑口仰咲者、蓋上古之遺則也。」とある。

此之御世、定二賜海部、山部、山守部、伊勢部一也。亦作二劒池一。亦新羅人參渡來。是以建內宿禰命引率、爲レ役二之堤池一而、作二百濟池一。亦百濟國主照古王、以二牡馬壹疋、牝馬壹疋一、付二阿知吉師一以貢上。此阿知吉師者、阿直史等之祖。亦貢二上橫刀及大鏡一。又科下賜百濟國、若有二賢人一者貢上上。故、受レ命以貢上人、名和邇吉師。卽論語十卷、千字文一卷、并十一卷、付二是人一卽貢進。此和邇吉師者文首等祖。又貢二上手[1]人韓鍛、名卓素、亦吳服西素二人一也。又秦造之祖、漢直之祖、及知レ釀レ酒人、名仁番、亦名須須許理等參渡來也。故、是須須許理、釀二大御酒一以獻。於レ是天皇、宇二羅一宜是所レ獻之大御酒一而、宇羅下三字以レ音。御歌曰、

須須許理賀　迦美斯美岐邇　和禮惠比邇祁理　許登那具志　惠具志爾　和禮惠比邇祁理

如レ此歌幸行時、以二御杖一打二大坂道中之大石一者、其石走避。故、諺曰三堅石避二醉人一也。故、天皇崩之後、大雀命者、從二天皇之命一、以二天下一讓二宇遲能和紀郎↓

一 応神紀十一年の条には「作二剣池、軽池、鹿垣池、廐坂池一。」とある。

二 以下紛らわしい記述である。記伝には堤と池とに使役しての意としている。応神紀七年の条には「高麗人、百済人、任那人、新羅人、並来朝。時命二武内宿禰一、領二諸韓人等一作レ池。因以名レ池号二韓人池一。」とある。

三 百済第六世の近肖古王のことである。↓補注一一二

四 書紀には阿直岐(アチキ)とある。アチキシはアチキシの略であろう。アチキは名、キシは新羅の官十七等の中の第十四等「吉士」によって階級を表わしたもの。

五 託して天皇に献上した。↓補注一一三

六 阿直史(アチキノフビト)は祖名による氏族名で、書紀にも「其阿直岐者、阿直岐史之始祖也。」とある。史は書人の意でカバネ(姓)である。

七 亦百済王はの意で、阿知吉師とは別の事。

八 仰せで、御命じになった。

九 応神紀十五年の条に「於レ是天皇、問二阿直岐一曰、如勝レ汝博士亦有耶。対曰、有二王仁(ワニ)者一。是秀也。時遣二上毛野君祖、荒田別、巫別、於百済一、仍徴二王仁一也。」とあり、十六年の条に「王仁来之。則太子菟道稚郎子師之、習二諸典籍於王仁一。莫レ不二通達一。」とある。↓補注一一四

一〇 記伝には「論語はさることなれども、千字文を、此時に貢りしと云ことは、心得ず。此御代のころ、未此書世間に伝はるべき由なければなり。されば、此は実には遥に後に渡参来たりけめども、其書重く用ひられて、殊に世間に普く習誦む書なりしからに、世には応神天皇の御

1 手人—諸本倒置。底・田に従った。

此の御世に、海部《あまべ》、山部、山守部、伊勢部を定め賜ひき。亦、[一]剣《つるぎの》池を作りき。亦新羅人《しらぎびと》參渡《まゐわた》り來つ。是を以ちて建内《の》宿禰《の》命引き率《ゐ》て、[二]堤池に役《え》ちて、百済池《くだらの》を作りき。亦[三]百済の國主照古王《こにきしせうこわう》、牡馬壹疋《をまひとつ》、牝馬壹疋《めまひとつ》を[四]阿知吉師《あちきし》に[五]付《つ》けて貢上《たてまつ》りき。[六]此の阿知吉師は阿直史等の祖。亦[七]横刀《たち》及《また》大鏡を貢上りき。又百済國《の》に、「若《も》し賢《さか》しき人有らば貢上れ。」と[八]科《おほ》せ賜ひき。故、命《みこと》を受けて貢上れる人、名は[九]和邇吉師《わにきし》。即ち[一〇]論語十卷《とまき》、[一一]千字文一卷《ひとまき》、幷せて十一卷《とをまりひとまき》を是の人に付けて即ち貢進《たてまつ》りき。[一一]此の和邇吉師は文首等の祖。又[一二]手人《てひと》[一三]韓鍛《からかぬち》、名は卓素《たくそ》、亦[一四]呉服《くれはとり》の西素《さいそ》二人を貢上りき。又[一五]秦造《はたのみやつこ》の祖、[一六]漢直《あやのあたへ》の祖、及《また》酒を醸《か》むことを知れる人、名は仁番《にほ》、亦の名は[一七]須須許理《すすこり》等《ども》、參渡《まゐわた》り來つ。故、是の須須許理、大御酒を醸みて獻りき。是に天皇、是の獻りし大御酒に[一八]宇羅宜《うらげ》て、宇羅下の三字は音を以ゐよ。御歌曰《よ》みしたまひしく、

須須許理《すすこり》が　醸《か》みし御酒《みき》に　我醉《われゑ》ひにけり　[一九]事無酒《ことなぐし》　[二〇]笑酒《ゑぐし》に　我醉ひにけり[二一]

とうたひたまひき。如此《かく》歌ひて幸行《い》でましし時、御杖を以ちて[二二]大坂の道中《みちなか》の大石を打ちたまへば、其の石走り避《さ》りき。故、諺《ことわざ》に「[二三]堅石《かたしは》も醉人《ゑひびと》を避《さ》く。」と曰ふなり。

故、天皇崩《かむあが》りましし後、大雀命《の》は天皇の命《みこと》に從ひて、天の下を宇遲能和紀郎《うぢのわきいらつ》

世に、和邇吉師が持参来つるよしに、語伝へたりしなるべし。」と述べている。

一一　書紀にも「故所レ謂王仁者、是書首等之始祖也。」とある。首はカバネ。

一二　いろいろの物を作る工人。技術者。

一三　朝鮮流の鍛冶屋。倭鍛に対するもの。

一四　呉の国の服織(はとり)の女工。応神紀十四年の条に「百済王、貢二縫衣二女一。曰二真毛津一。是今来目衣縫之始祖也。」とある。

一五　秦造の祖は弓月君である。応神紀十四年の条に「是歳、弓月君、自二百済一来帰。因以奏之曰、臣領二己国之人夫百二十県一而帰化。云々」とある。

一六　漢直の祖は阿知使主(オミ)である。応神紀二十年の条に「倭漢直祖、阿知使主、其子都加使主、並率二己之党類十七県一而来帰焉。」とある。

一七　姓氏録右京皇別、酒部公の条に「大鷦鷯天皇御代、従二韓国一参来人、兄曾々保利、弟曾々保利二人、天皇勅、有二何才一。白レ有二造レ酒之才一。令レ造二御酒一。云々」とある曾々保利(ホリ)と、時代はずれているが似た名である。

一八　心を浮き浮きと浮き立たせて。朗らかな気持になって。

一九　グシは酒の意のクシの連濁になったもの。この句については種々の説があるが、コトナは事無しの意で、それがクシと結合して、語尾が略かれたのである(例、若シ→若草、長シ→長雨)。無事平安な酒。

二〇　顔もにこにこと笑いを催す酒。

二一　この歌は旋頭歌である。

二二　大和から河内へ越える坂。

二三　雄略紀七年の条に、堅磐にカタシハの訓注がある。堅い岩すらも酔っ払いをばよけるという意で、酔っ払いには気をつけよの意か。

子一。於レ是大山守命者、違二天皇之命一、猶欲レ獲二天下一、有下殺二其弟皇子一之情上、竊設レ兵將レ攻。爾大雀命、聞二其兄備レ兵、卽遣二使者一、令レ告二宇遲能和紀郞子一。故、聞驚以レ兵伏二河邊一、亦其山之上、張二絁[1]垣一立二帷[2]幕一、詐以二舍人一爲レ王、露坐二吳床一、百官恭敬往來之狀、既如二王子之坐所一而、更爲二其兄王渡レ河之時一、具二餝船檝一者[3]、舂二佐那此二字以レ音。葛之根一、取二其汁滑一而、塗二其船中之簀椅一、設二蹈應レ仆而、其王子者、服二布衣褌一、既爲二賤人之形一、執レ檝立レ船。於レ是其兄王、隱三伏兵士一、衣中服レ鎧、到二於河邊一、將レ乘レ船時、望二其嚴餝之處一、以三爲弟王坐二其吳床一、都不レ知二執レ檝而立一レ船、卽問二其執檝者一曰、傳三聞茲山有二忿怒之大猪一。吾欲レ取二其猪一。若獲二其猪一乎。爾執檝者、答三曰不レ能也。亦問三曰何由一、答曰、時時也往往也、雖レ爲レ取而不レ得。是以白レ不レ能也。渡三到河中一之時、↓

1 絁—前・猪・寛は「陁」に、底・田は「絕」に誤っている。
2 帷—諸本「帷」に誤る。田によって改めた。
3 者—記傳には「亦」の誤りであろうとしている。

一 仁徳紀元年前紀には、「然後大山守皇子、每恨二先帝廢之非レ立。(中略)則謀之、曰我殺二太

6 大山守命の反逆

子《こ》に譲りたまひき。[一]是に大山守命《の》は天皇の命に違《たが》ひて、猶《なほ》天の下を獲むと欲《おも》ひて、其の弟皇子《おとみこ》を殺さむ情《こころ》有りて、竊《ひそ》かに[二]兵《つはもの》を設《ま》けて攻めむとしき。爾に大[三]雀命《の》、其の兄の兵《つはもの》を備ふることを聞かして、卽ち使者《つかひ》を遣けして、宇遲能和紀郎子に告《つ》げしめたまひき。故、聞き驚かして、兵《いくさ》びとを[四]河の邊《べ》に伏《ふ》せ、亦其の山の上に、[五]絁垣《きぬがき》を張り[六]帷幕《ひきまく》を立てて、詐《いつは》りて[七]舍人《とねり》を王《みこ》に爲《し》て、[八]露《あら》はに呉床《あぐら》に坐《ま》せ、[九]百官《もものつかさ》恭敬《ゐやま》ひ往き來する狀《さま》、既に王子《みこ》の坐す所の如くして、更に其の兄王《あにみこ》の河を渡らむ時の爲《ため》に、[一〇]船檝《ふねかぢ》を具《そな》へ餝《かざ》り、[一一]佐那《さな》此の二字は音を以ゐよ。葛《かづら》の根を舂《つ》き、其の[一二]汁の滑《なめ》を取りて、其の船の中の[一三]簀椅《すばし》に塗りて、[一四]蹈《ふ》みて仆《たふ》るべく設《ま》けて、其の王《み》子《こ》は、[一五]布《ぬの》の衣褌《きぬはかま》を服《け》して、既に賤《いや》しき人の形《すがた》に爲《な》りて、[一六]檝《かぢ》を執りて船に立ちたまひき。是に其の兄王、兵士《いくさびと》を隠《かく》し伏《ふ》せ、衣《ころも》の中に鎧《よろひ》を服《き》て、河の邊に到りて、船に乗らむとする時に、其の[一七]嚴餝《よそひかざ》りし處を望《みさ》けて、弟王《おとみこ》其の呉床《あぐら》に坐すと以爲《おも》ひ、[一八]都《かつ》て檝を執りて船に立ちませるを知らずて、卽ち其の[一九]執檝者《かぢとり》に問ひて曰ひけらく、「茲《こ》の山に忿怒《いか》れる大猪有りと傳《つて》に聞けり。吾《われ》其の猪を取らむと欲《おも》ふ。[二〇]若《も》し其の猪を獲むや。」といひき。爾に執檝者《かぢとり》、「能《あた》はじ。」と答へて曰ひき。亦「何由《なにしか》も。」と問《と》ひ曰へば、答へて曰ひしく、「[二一]時時也往往也《よりよりところどころ》に取らむと爲《す》れども得ざりき。是を以ちて能はじと白すなり。」といひき。河中に渡り到りし時、

子、遂登二帝位一」とある。
二 武器を準備して。
三 書紀の右条には「爰大鷦鷯尊、預聞二其謀一、密告二太子一、備レ兵令レ守。」とある。
四 宇治川のほとりにひそませ。
五 絹で作った幔幕を張りめぐらし。
六 四方に引き廻した幕。陣営に設けられるものである。
七 側近に奉仕している舎人を稚郎子に仕立てて。
八 人の目につくようにアグラに居らせて。アグラは足座の意で、足を組んですわる台。
九 多くの役人たちが、うやうやしくして往き来するありさまは、全くほんものの王子がいらっしゃる所のようにして。
一〇 船や櫓櫂を準備して装飾し。
一一 和名抄には五味にサネカヅラの訓があり、新撰字鏡には藷に左奈葛と注している。木蘭科の常緑蔓性灌木。
一二 その汁のつるつるしたのを。
一三 簀の子。
一四 簀の子を踏んだら、すべって倒れるように仕掛けて。
一五 布は麻又はその他の植物の繊維で織った織物。布の上下の着物をお召しになって。
一六 この檝は棹の意であろう。
一七 山の上に絁垣を張った所を遙かに見やって。
一八 全く。すこしも。
一九 檝を執っている者の意であるが、ここはいわゆる船頭と解した方がよい。
二〇 もしやその猪が取れるだろうか。
二一 折々、ときたま、折々捕えようとする者があるけれども。

令レ傾二其船一、墮二入水中一。爾[1]乃浮出、隨レ水流下。卽流歌曰、

知波夜夫流　宇遲能和多理邇　佐袁斗理邇　波夜祁牟比登斯　和賀

毛古邇許牟

於レ是伏二隱河邊一之兵、彼廂此廂、一時共興、矢刺而流。故、

到二訶和羅之前一而沈入。訶和羅三字以レ音。故、以レ鉤探二其沈處一者、繫二其

衣中甲一而、訶和羅鳴。故、號二其地一謂二訶和羅前一也。爾掛二出

其骨一之時、弟王歌曰、

知波夜比登　宇遲能和多理邇　和多理是邇　多弖流　阿豆佐由美麻

由美　伊岐良牟登　許許呂波母閇杼　伊斗良牟登　許許呂波母閇杼

母登幣波　岐美袁淤母比傳　須惠幣波　伊毛袁淤母比傳　伊良那祁

久　曾許爾淤母比傳　加那志祁久　許許爾淤母比傳　伊岐良受曾久

流　阿豆佐由美麻由美

故、其大山守命之骨者、葬二于那良山一也。是大山守命者、土形君、幣岐君、榛原君等之祖。

於レ是大雀命與二宇遲能和紀郎子一二柱、各讓二天下一之間、海人

貢二大贄一。爾兄辭令レ貢二於弟一、弟辭令レ貢二於兄一、相讓↓

1 爾—眞・前・猪・寛にはこの下に「今」の字があるが、底・延・田に従う。

一 大山守命を水の中に落し入れた。

二 仁徳紀元年前紀には「時太子設レ兵待之。大山守皇子、不レ知二其備一兵、独領二数百兵士一、夜半発而行之。会明、詣二菟道一将レ渡レ河。時太子服二布袍一、取二檝櫓一、密接二度子一、以載二大山守皇子一而済。至二于河中一、誂二度子一、踏レ船而傾。於レ是大山守皇子、墮レ河而没。更浮流之歌曰」とある。 三 勢の勇猛な意で、ウヂや神に係る枕詞。書紀の歌にはチハヤヒトとある。

四 宇治川の渡し場で。

五 棹を操ることが敏捷な人は。

六 記伝に従ってモコはモト(許)の意と解して置く。武田博士は、新撰字鏡に聟を毛古(モコ)と訓んでいるのによって、聟は夫として迎える男子で本来は仲間の義であり、ここのモコも仲間の意であるとされている。

七 弓に矢をつがえて、大山守命を追い流した。

八 山城国綴喜郡河原村の地。

九 屍の意。骨の字は屍の字に通用。

一〇 仁徳紀元年前紀には「然伏兵多起、不レ得レ著レ岸、遂沈而死焉。令レ求二其屍一、泛二於考羅(カワ)済一。時太子視二其屍一歌之曰」とある。

一一 宇治の枕詞。 一二 川渡りをする浅い瀬。この句、書紀にはワタリデニとある。

一三 梓の木で作った弓と檀の木で作った弓。物語歌としては大山守命を譬えている。マユミを檀の木として、これを弓と解しない説もあるが、それはあまりに合理的な解釈に過ぎる。次の「い伐らむ、い取らむ」の「い」、「本方、末方」の本・末をいうために弓といったのである。

一四 イは弓の縁語で、ここは接頭語。その弓の材を伐ろうと。物語歌としては、大山守命を伐り殺そうとの意を懸けている。

一五 このイも弓の縁語で接頭語。物語歌として

其の船を傾《かたぶ》けしめて、水の中に墮《おと》し入れき。爾に乃ち浮かび出でて、水の隨《まにま》に流れ下《くだ》りき。卽ち流れて歌《うた》曰ひけらく、

ちはやぶる　宇《う》治《ぢ》の渡《わたり》に　棹《さを》執《と》りに　速《はや》けむ人し　我《わ》が許《もと》に來《こ》む

とうたひき。是に河の邊に伏せ隱せし兵《いくさ》びと彼廂此廂《そなたこなた》、一時共《もろとも》に興りて、矢刺して流しき。故、訶《か》和《わ》羅《ら》の前《さき》に到りて沈み入りき。訶和羅の三字は音を以ゐよ。故、鉤《かぎ》を以ちて其《そ》の沈みし處を探れば、其の衣の中の甲《よろひ》に繫《か》かりて、訶《か》和《わ》羅《ら》と鳴りき。故、其地《こ》を號《なづ》けて訶和羅前《のさき》と謂ふ。爾に其の骨《かばね》を掛《か》き出《いだ》しし時、弟王《おとみこ》歌《うた》曰ひたまひしく、

ちはやひと　宇《う》治《ぢ》の渡《わたり》に　渡り瀨《ぜ》に　立てる　梓弓檀弓《あづさゆみまゆみ》　い伐《き》らむと　心は思《も》へど　い取らむと　心は思《も》へど　本方《もとへ》は　君を思ひ出《で》　末方《すゑへ》は　妹《いも》を思ひ出《で》　苛《いら》なけく　そこに思ひ出《で》　かなしけく　ここに思ひ出　い伐らずぞ來《く》る　梓弓檀弓

とうたひたまひき。故、其の大山守命《の》の骨《かばね》は、那《な》良《ら》山に葬《はふ》りき。是の大山守命《の》は、土形君、幣岐君、榛原君等の祖。

是に大雀命《の》と宇遲能和紀郎子と二柱、各天の下を讓りたまひし間に、海人《あま》大贄《おほにへ》を貢《たてまつ》りき。爾に兄は辭《いな》びて弟に貢らしめ、弟は辭《いな》びて兄に貢らしめて、相讓り

は、大山守命を殺そうとの意を懸けている。

一六　本は弓の縁語。へは方の意でべ(辺)ではない。次の末(弓の縁語)に対する語。「本方は、末方は」は、一方には、他方にはの意。

一七　君は男性を指しているが、物語歌としては父応神天皇と思われる。

一八　妹は女性を指しているが、物語歌としては大山守命の妃と思われる。

一九　いらいらと気をつかって。

二〇　ソコは次のココと対していて、あれにつけ思い出し、これにつけ思い出しの意。この二句、書紀にはソコニオモヒ、ココニオモヒとある。

二一　弓の木を伐らずに(物語歌としては、大山守命を殺さずに)来ることだ。

二二　仁徳紀元年前紀には「乃葬二于那羅山一」とある。

二三　土形(ヒヂカタ)君については、記伝に「和名抄に、遠江国城飼郡土形〔比知加多〕郷あり。此地に因れる姓ならむか。」とある。幣岐(ヘキ)は日置と書いて、ヘキともヒキともヒオキともいう。この地名は遠江国にもあり、丹波国多紀郡にもあるが、何れか不明。また榛原(ハリ)も、丹波国多紀郡榛原郷か、遠江国蓁原〔波伊波良〕郡蓁原郷の何れか不明と記伝に述べている。

二四　仁徳紀元年前紀には「既而興二宮室於菟道一而居之。猶由レ讓二位於大鷦鷯尊一、以久不レ即二皇位一。爰皇位空之、既経二三載一。時有二海人一。齎二鮮魚之苞苴(ごし)一献二于菟道宮一也。太子令二海人一曰、我非二天皇一。乃返之令レ進二難波一。大鷦鷯尊亦返以令レ献二菟道一。於レ是海人之苞苴、餒(アザレ)二於往還一。更返之取二他鮮魚一而献焉。讓如二前日一。鮮魚亦餒。海人苦二於屢還一、乃棄二鮮魚一而哭。故諺曰、有二海人耶、因二己物一以泣。其是之縁也。太子曰、我知レ不レ可レ奪二兄王之志一。豈久生之煩二天下一乎。乃自死焉。」とある。

之間、既經二多日一。如レ此相讓、非二一二時一。故、海人既疲二往還一而泣也。故、諺曰下海人乎、因二己物一而泣上也。然宇遲能和紀郎子者早崩。故、大雀命、治二天下一也。

又昔、有二新羅國主[1]之子一。名謂二天之日矛一。是人參渡來也。所三以參渡來一者、新羅國有二一沼一。名謂二阿具奴摩一。自レ阿下四字以レ音。此沼之邊、一賤女晝寢。於レ是日耀レ如レ虹、指二其陰上一、亦有二一賤夫一、思レ異二其狀一、恒伺二其女人之行一。故、是女人、自二其晝寢時一、妊身、生二赤玉一。爾其所レ伺賤夫、乞二取其玉一、恒裹著レ腰。此人營三田於二山谷之間一。故、耕人等之飮食、負二一牛一而、入二山谷之中一、遇三逢其國主之子、天之日矛一。爾問二其人一曰、何汝飮食負レ牛入二山谷一。汝必殺三食是牛一。卽捕二其人一、將レ入二獄囚一、其人答曰、吾非レ殺レ牛。唯送二田人之食一耳。然猶不レ赦。爾解二其腰之玉一、幣二其國主之子一。故、赦二其賤→

1 主―眞・田には「王」とある。

たまひし間に、既に多《あまた》の日を經き。如此《かく》相讓りたまふこと、一二時《ひとときふたとき》に非ざりき。故、海人既に往《ゆ》き還《き》に疲れて泣きき。故、諺に「[一]海人《あま》や、己が物に因《よ》りて泣く。」と曰ふ。然るに宇遲能和紀郎子は早く崩りましき。故、大雀命《の》、天の下治らしめしき。

7 天之日矛

又昔[二]、新羅《しらぎ》の國主《こにきし》の子有りき。名は[三]天之日矛《あめのひぼこ》と謂ひき。是の人[四]參《まゐ》渡り來つ。參渡り來つる所以《ゆゑ》は、新羅國《の》に一つの沼有り。名は[五]阿具奴摩《あぐぬま》阿より下の四字は音を以ゐよ。と謂ひき。此の沼の邊《ほとり》に、一賤《あるいや》しき女《をみな》晝寢しき。是に[六]日《ひ》虹の如く耀《かがや》きて、其の陰上《ほと》に指ししを、亦一賤《あるいや》しき夫《をとこ》、其の狀《さま》を異《あや》しと思ひて、恒に其の女人《をみな》の[七]行《わざ》を伺ひき。故、是の女人、其の晝寢せし時より妊身《はら》みて、[八]赤玉を生みき。爾に其の伺へる賤しき夫《をとこ》、其の玉を[九]乞ひ取りて、恒に裹《つつ》みて腰に著《つ》けき。此の人田を山谷《たに》の間に營《つく》りき。故、耕人等《たびとども》の飲食《をしもの》を、一つの牛に負《おふ》せて山谷《たに》の中に入るに、其の國《こに》主《きし》の子、天之日矛に遇逢《あ》ひき。爾に其の人に問ひて曰ひしく、「何《なに》しかも汝《な》は飲食《をしもの》を牛に負せて山谷《たに》に入る。汝《な》は必ず是の牛を殺して食ふならむ。」といひて、卽ち其の人を捕へて、獄囚《ひとや》に入れむとすれば、其の人答へて曰ひしく、「吾《われ》牛を殺さむとには非ず。唯田人《ただたびと》の食《をしもの》を送るにこそ。」といひき。然れども猶赦《ゆる》さざりき。爾に其の[一〇]腰の玉を解きて、其の國主の子に[一一]幣《まひ》しつ。故、其の賤

一 普通の人は無い物が欲しくても得られないので泣くのに、海人は自分の持っている物を人に貰ってもらえないので泣くという意。

二 書紀には垂仁天皇の三年のこととしている。

三 朝鮮名ではなくて日本名である。どうして日本名で呼ばれているかは明らかでない。

四 垂仁紀三年の条には「新羅王子、天日槍来帰焉。」とある。播磨風土記にはこの人に関する伝説が散見している。

五 アグ沼。アグは朝鮮語か日本語か不明。

六 太陽が虹のように七色に輝いて。

七 行動を観察していた。

八 太陽托胎卵生説話の一つである（拙著「古事記の新研究」参照）。

九 所望してそれを貰って。

一〇 腰につけていた玉を腰からほどいて。

一一 贈物とした。

夫一、將レ來其玉一、置レ於二床邊一、卽化二美麗孃子一。仍婚爲二嫡妻一。爾其孃子、常設二種種之珍味一、恒食二其夫一。故、其國主之子、心奢詈レ妻、其女人言、凡吾者、非下應レ爲二汝妻一之女上。將レ行二吾祖之國一。卽竊乘二小船一、逃遁渡來、留レ于二難波一。此者坐二難波之比賣碁曾社一、謂二阿加流比賣神一者也。於レ是天之日矛、聞二其妻遁一、乃追渡來、將レ到二難波一之間、其渡之神、塞以不レ入。故、更還泊二多遲摩國一。卽留二其國一而、娶二多遲摩之俣尾之女、名前津見一、生子、多遲摩母呂須玖。此之子、多遲摩斐泥。此之子、多遲摩比那良岐。此之子、多遲麻毛理。次多遲摩比多訶。次淸日子。三柱 此淸日子、娶二當摩之咩斐一、生子、酢鹿之諸男。次妹菅竈上由良度美。此四字以レ音。故、上云多遲摩比多訶、娶二其姪、由良度美一、生子、葛城之高額比賣命。此者息長帶比賣命之御祖。故、其天之日矛持渡來物者、玉津寶云而、珠二貫。又振レ浪比禮、比禮二字以レ音。下效レ此。切レ浪比禮、振レ風比禮、切レ風比禮。又奧津鏡、邊津鏡、幷八種也。此者伊豆志之八前大神也。

一 正妻。

二 丹後風土記逸文に、老夫婦の子となった天女が、「善為二醸酒一。飲二一坏一、吉万病悉除之。」とあるのや、瓜子姫が機織がたいへん上手であったという話と同種の思想である。

三 つけあがって妻をののしると。

四 記伝には「父の国にて、皇国を指て云ふなり。」とし、その父は天日で、天日は即ち天照大御神であるとしているが、従い難い。そのわけは、天照大神は女性神であって父とはし難く、また記中「祖」は母または祖先の意に用いられているが、ここのみ父とするのは異例であるからである。ここは祖先の国と解するのが穏やかではあるまいか。

五 比売碁曾(ヒメコソ)の社は、神名帳に摂津国東生郡比売許曾神社とある。また四時祭式に「下照比売社一座、或号二比売許曾社一」、臨時祭式に「比売許曾神社一座、亦号二下照比売一」ともある。阿加流比売(アカルヒメ)神は明る姫の神の意であるから、下照比売と通じるものがある。↓補注一一五

六 景行紀二十八年の条には難波柏済神(ナニハノカシハノワタリノカミ)とある。

七 タヂマは但馬。これによると難波から瀬戸内海を引き返して、関門海峡を経て日本海に出て但馬国に船をとどめたことになる。然るに垂仁紀三年の条の細注には「一云、初天日槍、乗レ艇泊二于播磨国一、在二於宍粟(シサハ)邑一。(中略)仍詔二天日槍一曰、播磨国出浅邑、淡路島宍粟邑、是二邑、汝任レ意居之。時天日槍啓之曰、臣将レ住処、若垂二天恩一、聴二臣情願地一者、臣親歴二視諸国一、則合二于臣心一、欲レ被レ給。乃聴之。於レ是天日槍、自二菟道河一泝、北入二近江国吾名邑一暫住。復更自二近江一経二若狭国一、西到二但馬国一、則定二

しき夫《をとこ》を赦して、其の玉を將《も》ち來て、床の邊《べ》に置けば、即ち美麗《うるは》しき孃子《をとめ》に化《な》りき。仍《よ》りて婚《まぐは》ひして嫡妻《むかひめ》[一]と爲《し》き。爾に其の孃子、常に種種《くさぐさ》[二]の珍味《ためつもの》を設《ま》けて、恒に其の夫《ひとぢ》に食はしめき。故、其の國主の子、心奢《おご》[三]りて妻《め》を詈《の》るに、其の女人の言ひけらく、「凡そ吾《あれ》は、汝《いまし》の妻《め》と爲《な》るべき女《をみな》に非ず。吾が祖《おや》[四]の國に行かむ。」といひて、即ち竊《ひそ》かに小船《をぶね》に乘りて逃遁《に》げ渡り來て、難波に留まりき。此は難[五]波の比賣碁曾の社に坐す阿加流比賣神と謂ふ。

是に天之日矛、其の妻《め》の遁《に》げしことを聞きて、乃ち追ひ渡り來て、難波に到らむとせし間、其の渡の神[六]、塞《さ》へて入れざりき。故、更に還[七]りて多遲摩國《たぢまの》に泊《は》てき。即ち其の國に留まりて、多遲摩[八]の俣尾《またを》[九]の女、名は前津見《まへつみ》[一〇]を娶して、生める子、多遲摩母呂須玖《たぢまもろすく》[一一]。此の子、多遲摩斐泥《ひね》[一二]。此の子、多遲摩比那良岐《ひならき》[一三]。此の子、多遲麻毛理《もり》[一四]。次に多遲摩比多訶《ひたか》[一五]。次に淸日子《きよひこ》[一六]。柱三 此[一七]の淸日子、當摩《たぎま》の咩斐《めひ》を娶して、生める子、酢鹿之諸男《すがのもろを》。次に妹菅竈《いもすがかま》上由良度美《ゆらどみ》。此の四字は音を以ゐよ。故、上《かみ》に云へる多遲摩比多訶、其の姪、由良度美を娶して、生める子、葛城《かづらき》の高額比賣命《たかぬかひめの》。此は息[一八]長帶比賣命の御祖なり。故、其の天之日矛の持ち渡り來《こ》し物は、玉津寶《たまつたから》[一九]と云ひて、珠二貫《たまふたつら》[二〇]。又浪振る比禮《ひれ》[二一]、比禮の二字は音を以ゐよ。下は此れに效へ。浪切る比禮[二二]、風振る比禮、風切る比禮。又奧津《おきつ》[二三]鏡、邊津《へつ》鏡、幷せて八種《やくさ》[二四]なり。此は伊豆志の八[二五]前の大神なり。

住処一也。」とあって陸路を但馬に行ったことになっており、但馬に留まったわけもはっきりしている。

八 同じ細注に「故天日槍、娶二但馬出島人、太耳女、麻多烏一(マタ)生二但馬諸助一也。諸助生二但馬日楢杵一。(ヒナキ)日楢杵生二清彦一。清彦生二田道間守一之。」とあり、垂仁紀八十八年の条には「昔有二一人一、乗レ艇而泊二于但馬国一。因問曰、汝何国人也。対曰、新羅王子、名曰二天日槍一。則留二于但馬国一、娶二其国前津耳〔一云、前津見、一云、太耳〕女、麻拕能烏一(マタ)生二但馬諸助一。是清彦之祖父也。」とある。

九 書紀の麻多烏、麻拕能烏に当るけれども、書紀とは親子が逆になっている。

一〇 記伝にはサキツミミと訓んでいる。書紀の前津耳、前津見に当る。

一一 書紀の但馬諸助(モロスク)に当る。

一二 書紀には見えない。

一三 書紀の但馬日楢杵に当る。

一四 書紀の田道間守に当る。橘を採りに常世の国へ行った人である。

一五 書紀には見えない。

一六 書紀の清彦に当る。

一七 以下の系譜は書紀には見えない。

一八 神功皇后の御母である。

一九 玉は立派なの意。貴くめでたい宝の意。

二〇 玉を緒に貫いたもの二つ。

二一 波を振り起こす呪力を持った領巾。

二二 風を切って進むことのできる呪力を持った領巾。

二三 鏡を沖と辺に分けたのは、どういう意味から明らかでない。

二四 垂仁紀三年の条の細注には「仍貢献物、葉細(ハソ)珠、足高珠、鵜鹿々赤石珠、出石刀子、故、茲神之女、名伊豆志袁登賣神坐也。故、八十神雖レ欲レ得ニ是伊豆志袁登賣一、皆不ニ得婚一。於レ是有ニ二神一。兄號ニ秋山之下氷壯夫一、弟名ニ春山之霞壯夫一。故、其兄謂ニ其弟一、吾雖レ乞ニ伊豆志袁登賣一、不ニ得婚一。汝得ニ此孃子一乎、答ニ曰易得一也。爾其兄曰、若汝有レ得ニ此孃子一者、避ニ上下衣服一、量ニ身高一而釀ニ甕酒一、亦山河之物、悉備設、爲ニ宇禮豆玖一云爾。自レ宇至レ玖以レ音。下效レ此。爾其弟、如ニ兄言一具白ニ其母一、卽其母、取ニ布遲葛一而、布遲二字以レ音。一宿之間、織ニ縫衣褌及襪沓一、亦作ニ弓矢一、令レ服ニ其衣褌等一、令レ取ニ其弓矢一、遣ニ其孃子之家一者、其衣服及弓矢、悉成ニ藤花一。於レ是其春山之霞壯夫、以ニ其弓矢一、繫ニ孃子之厠一。爾伊豆志袁登賣、思レ異ニ其花一、將來之時、立ニ其孃子之後一、入ニ其屋一卽婚。故、生ニ一子一也。爾白ニ其兄一曰、吾者得ニ伊豆志袁登賣一。於レ是其兄、慷ニ慨弟之婚一以、不レ償ニ其宇禮豆玖之物一。爾愁↓

出石槍、日鏡、熊神籬(クマノヒモロギ)、胆狭浅(イサ)太刀、并八物。」とあって、八種になっているが、同条の本文には「将来物、羽太玉一箇、足高玉一箇、鵜鹿々赤石(ウガカノアカシノ)玉一箇、出石(イヅシノ)小刀一口、出石桙一枝、日鏡一面、熊神籬一具。并七物也。則蔵ニ于但馬国一、常為ニ神物一也。」とあって、七種とされている。そうして両者とも古事記と品物を異にしている。

三五　イヅシは和名抄に但馬国出石郡出石郷がある。この地。八前の大神は神名帳に但馬国出石郡伊豆志坐神社八座とある神である。

一　伊豆志の八前の大神を指すが、前との接続が不十分である。伊豆志の神のことは細注となっていること、八座の神のうちのどの神の子かわからないことなどである。

二　出石嬢子の神。この名は泊瀬嬢子、軽嬢子などと同じく地名によったもの。

三　多くの男の神々。

四　秋の山の木の葉が色づいたさまを擬人化して男としたもの。シタビは上二段活用の動詞シタブの連用形が名詞に転成したもので、万葉巻十に「秋山の舌日(シタビ)が下に鳴く鳥の」(二二三九)、巻二に「秋山の下部留(シタブル)妹」(二一七)などの用例がある。

五　春の山に霞がたなびいているさまを擬人化して男としたもの。

六　所望するけれども。記伝に「恋れどもなり」

8 秋山之下氷壯夫と春山之霞壯夫

故、茲《こ》[一]の神の女、名は伊豆志袁登賣神《いづしをとめの》[二]坐しき。故、八十神《やそ》[三]是の伊豆志袁登賣を得むと欲《おも》へども、皆得婚《えまぐは》ひせざりき。是に二はしらの神有りき。兄は秋山之下《あきやまのした》[四]氷壯夫《びをとこ》と號《なづ》け、弟は春山之霞壯夫《かすみをとこ》[五]と名づけき。故、其の兄、其の弟に謂ひけらく、「吾《われ》伊豆志袁登賣を乞へ[六]ども、得婚《えまぐは》ひせざりき。汝《な》は此の孃子《をとめ》を得むや。」といへば、「易《やす》く得む。」と答へて曰ひき。爾に其の兄曰ひけらく、「若《も》し汝《なれ》、此の孃子を得ること有らば、上下《かみしも》[七]の衣服《きもの》を避《さ》り、身の高《たけ》[八]を量《はか》りて甕酒《はらざけ》[九]を釀《か》み、亦山河の物[一〇]を悉に備へ設けて、宇禮豆玖《うれづく》[一一]を爲《せ》む。」と云ひき。宇より玖までは音を以ゐよ。下は此れに效へ。爾に其弟、兄の言ひしが如く、具《つぶ》さに其の母に白せば、即ち其の母、布遲葛《ふぢかづら》[一二]を取りて、布遲の二字は音を以ゐよ。一宿《ひとよ》の間に、衣褌《きぬはかま》及《また》襪《した》[一三]沓《くつ》を織り縫ひ、亦弓矢を作りて、其の衣褌《きぬはかま》等《ども》を服《き》せ、其の弓矢を取らしめて[一四]、其の孃子の家に遣はせば、其の衣服《きもの》及《また》弓矢、悉に藤の花[一五]に成りき。是に其の春山之霞壯夫、其の弓矢[一六]を孃子の廁《かはや》[一七]に繫《か》けき。爾に伊豆志袁登賣、其の花を異《あや》しと思ひて、將《も》[一八]ち來る時に、其の孃子の後《しり》[一九]に立ちて、其の屋[二〇]に入る即ち、婚《まぐは》ひしつ。故、一《ひと》[二一]りの子を生みき。爾に其の兄に白して曰ひしく、「吾は伊豆志袁登賣を得つ。」といひき。是に其の兄、弟の婚ひしつることを慷慨《うれた》みて、其の宇禮豆玖《うれづく》の物を償《つぐの》はざりき。爾に愁ひて

とあるのは誤りである。

七 上の衣と下の袴(褌)を脱いで譲り。

八 自分の身長をはかって、それと同じ高さにの意。

九 甕の形が恰も腹がふくれたようになっているところから、甕のことを腹という。甕の中に造る酒の意。(臼で造る酒に対するか。)神代紀一書に「釀二八甕一酒」「八甕酒」とあって、その甕にハラの旧訓があり、山城風土記の逸文には、明らかに「八腹酒」とある。また延喜式の祝詞に「御酒は甕(ミカ)の上高知り、甕の腹滿て並べて」とあるのも参考となる。

一〇 山野河海の産物。

一一 賭(カケ)。語原は不明。

一二 藤の蔓。

一三 襪は和名抄に「説文云、襪、足衣也。」とあってシタクツの訓がある。新撰字鏡も同訓。くつ下である。沓下と沓。

一四 持たせて。

一五 藤の花に変じた。類似呪術である。

一六 藤の花に変じた弓矢。

一七 乙女の入っている厠に繫けた。厠は溝流の上に設けられていたのであるが、この話は大物主神が丹塗矢に化して、勢夜陀多良比売が大便をしている時に、溝流からその陰部を突いたという話(神武記参照)と同系の神話に基づいたものである(拙著「古典と上代精神」参照)。

一八 厠から母屋に持って来る時に。

一九 後について。

二〇 母屋に入るや否や乙女に通じた。

二一 蛇足のようであるが、確かに結婚したことの証拠となる。

白㆓其母㆒之時、御祖答曰、我御世之事、能許曾（此二字以㆑音。）神習。又宇都志岐青人草習乎、不㆑償㆓其物㆒。恨㆓其兄子㆒、乃取㆓其伊豆志河之河嶋[1]一節竹㆒而、作㆓八目之荒籠㆒、取㆓其河石㆒、合㆑鹽而裹㆓其竹葉㆒、令㆑詛言[2]、如㆓此竹葉青㆒、如㆓此竹葉萎㆒而青萎。又如㆓此鹽之盈乾㆒而盈乾。又如㆓此石之沈[3]㆒而沈臥。如㆑此令㆑詛置㆑於㆓烟上㆒。是以其兄、八年之間、干萎病枯。故、其兄患泣、請㆓其御祖㆒者、即令㆑返㆓其詛戸㆒。於㆑是其身如㆑本以安平也。（此者神字禮豆玖之言本者也。）

又此品陀天皇之御子、若野毛二俣王、娶㆓其母弟、百師木伊呂辨、亦名弟日賣眞若比賣命㆒、生子、大郎子。亦名意富富杼王。次忍坂之大中津比賣命。次田井之中比賣。次田宮之中比賣。次藤原之琴節郎女。次取㆖賣王。次沙禰王。（七王）故、意富富杼王者、（[4]三國君、波多君、息長坂君、酒人君、山道君、筑紫之末多君、布勢君等之祖也。）又根鳥王、娶㆓庶妹三腹郎女㆒、生子、中日子王。次伊和嶋王。（二柱）又堅石王之子者、久奴王也。

一　私が生きている間の事はの意であろう。
二　よく神を真似よう。
三　この「又」の使い方は少し変である。「然るに」というべきところである。
四　この世の中の人を真似てか、その賭の品物を出さないことよ。丹後風土記逸文に、羽衣を盗まれた天女が、「凡天人之志、以㆑信為㆑本。何多㆓疑心㆒、不㆑許㆓衣裳㆒。」と言うと、老夫が答えて、「多㆑疑無㆑信、率土之常。故以㆓此心㆒、為㆑不㆑許耳。」と言ったとあるのが参考となる。
五　年上の子。
六　どんな竹か不明。
七　疎《あら》い目がたくさんある竹籠。
八　塩でまぜあわせて。
九　下氷壮夫を呪わせて。
一〇　青むは青々と繁る意で、次の萎ゆの反対。このように全く反対のことを並べているが、青む、青みの方には意味がなく、ここは「萎ゆるが如く、萎えよ」というのが本意である。隆替、興廃、緩急、夷険などの漢語の場合と同じ表現である。「萎えよ」は、体の生気が衰えてしわがよれの意。
一一　塩を海水の意に利かせている。ここも盈ちと乾ると反対の語を並べているが、本意は「乾

1　一—底には「之」とあり、眞にも「之」とあって右に「一」と注す。田には「之一」の二字に作る。今、前・猪・寛・延に従う。
2　言—眞にはこの字が無い。
3　沈而—眞・前・猪・寛にはこの二字が無い。但し眞には「沈臥」の右に「沈而御本」と注し、田には「沈臥而」の三字に作る。今、底・延に従う。
4　この分注は、前・猪・寛・延に従う。底には「三國君、波多君、息長君、坂田酒人君、山道君、筑紫之米多君、布勢君等之祖也。」とあり、眞には「三國君、波多君、息道君、筑紫之米多君、長坂君、酒人君、山布勢君等之祖也。」とあり、田には「三國君、波多君、息長君、筑紫之米多君、長坂君、酒人君、山道君、布勢君等之祖也。」とある。

其の母に白しし時、御祖《みおや》答へて曰ひけらく、「[一]我が御世の事、[二]能《よ》く許曾《こそ》此の二字は音を以ゐよ。神習はめ。[三]又[四]宇《う》都《つ》志《し》岐《き》青人草《あをひとくさ》習へや、其物償はぬ。」といひて、其の兄《え》[五]の子を恨みて、乃ち其の伊《い》豆《づ》志《し》河《かは》の河島の[六]一節竹《ひとよだけ》を取りて、[七]八《や》目《め》の荒籠《あらこ》を作り、其の河の石を取り、[八]鹽に合《あ》へて其の竹の葉に裹《つつ》みて、[九]詛《とこ》はしめて言ひけらく、「此の竹の葉の[一〇]青むが如く、此の竹の葉の萎《しな》ゆるが如く、青み萎《しな》えよ。又此の鹽[一一]の盈《み》ち乾《ふ》るが如く、盈《み》ち乾《ひ》よ。又此の石の沈むが如く、[一二]沈み臥《こや》せ。」といひき。[一四]如《か》此《く》詛《とこ》はしめて、[一三]烟《かまど》の上に置きき。是を以ちて其の兄、八年《やとせ》の間、干《ひ》萎《しな》え病《や》み枯《か》れぬ。故、其の兄患《うれ》ひ泣きて、其の[一五]御祖に請《こ》へば、即ち其の[一六]詛戸《とこひど》を返さしめき。

是に[一七]其の身本《もと》の如く安らかに平《たひら》ぎき。[一八]此は神宇禮豆玖の言の本なり。

9 天皇の御子孫

又此の品陀《の》天皇の御子、[一九]若野毛二俣王《の》、其の母の弟、百師木《ももしき》伊《い》呂《ろ》辨《べ》、亦の名は弟《おと》日《ひ》賣《め》眞《ま》若《わか》比《ひ》賣《め》命《の》を娶して、生める子、大郎子《おほいらつこ》。亦の名は意富富杼王《おほほどの》。次に[二〇]忍《お》坂《さか》の大中津比賣命《の》。次に[二一]田井の中《なか》比賣。次に[二二]田宮の中比賣。次に[二三]藤原の琴節《ことふしの》郎女。次に取《とり》上賣《め》王《の》。次に沙《さ》禰《ね》王《の》。七王 故、意富富杼王《の》は、[二四]三國君、波多君、息長坂君、酒人君、山道君、筑紫の末多君、布勢君等の祖なり。又根鳥王《の》、庶妹《ままいも》三腹郎《の》女を娶して、生める子、中《なか》日子王。次に伊《い》和《わ》島《じま》王《の》。二柱 又堅石王《かたしはの》の子は、久奴王《くぬの》なり。

るが如く、乾よ」である。「乾よ」は、体が乾からびよの意。

一二　衰弱してくたばれ。

一三　呪詛の品物を竈の上に置いた。この呪術の意味は明らかでない。竈の熱気で竹の葉が萎び、塩が乾くからか。

一四　くたばったの意。記伝には枯は臥の誤りであろうとしているが、従い難い。

一五　お母さんに許しを請うと。

一六　呪詛の品物を竈の上から撤去させた。

一七　その体が以前のように回復して苦痛がなくなった。

一八　世間で「神の賭」と言いならわしていることの起原である。

一九　若野毛二俣王の「野」の字は、后妃皇子女の条には「沼」と記されている。従ってこの「野」はノではなくてヌと訓むべきで、異例の用字である。

二〇　安康紀元年前紀に「母曰二忍坂大中姫命一。稚渟毛二岐皇子之女也。」とある。忍坂は大和国磯城郡忍坂。

二一　田井は和名抄に河内国志紀郡田井郷がある。

二二　田宮は和名抄に河内国交野郡田宮郷がある。

二三　上宮記には布遲波良己等布斯郎女とある。藤原は大和国高市郡大原村とされている。

二四　三国は越前国坂井郡三国の地。波多も地名であろうが、どこの地名か不明。息長坂君は未詳。酒人は地名で摂津国東生郡酒人郷か。山道君も未詳。末多は記伝に米多の誤りとして、「和名抄に、肥前国三根郡米〔女多〕郷これなり。」とある。布勢君も未詳。この細注は乱れていて不明な点が多い。

凡此品陀天皇御年、壹佰參拾歲。[1]（甲午年九月九日崩。）御陵在ニ川内惠賀之裳伏岡一也。

1 この分注、底・延には削除している。

古事記中卷[2]

2 中卷—底には「卷之中 終」とあり、寛・延には「中卷終」とあるが、眞・前・猪に従う。

凡そ此の品陀《の》天皇の御年、一壹佰参拾歳《ももあまりみそとせ》。甲午の年の九月九日に崩りましき。二御陵は川内《かふち》の恵賀《ゑが》の裳伏《もふし》の岡に在り。

一 一百三十歳。応神紀には「四十一年春二月甲午朔戊申、天皇崩于明宮。時年一百一十歳。〔一云、崩于大隅宮。〕」とある。

二 諸陵式に「恵我裳伏山岡陵、軽島明宮御宇、応神天皇。在河内国志紀郡。」とある。

古事記中巻

一 仁徳天皇から推古天皇まで凡そ十九代の天皇の意。実際は十八天皇であるが、十九としているのは飯豊王を一代に数えたのであろうか。或いは九は算え違いか。この数字を欠いている伝本もある。記伝には、この注記について、「後人の加へたるなるべし。」と言って削除している。中巻にもかかることなしわざかも知れないが、諸本にあるので残して置くことにした。

二 仁徳紀元年の条に「都二難波一。是謂二高津宮一。」とあって、この記と一致している。

三 建内宿禰の子(孝元記参照)。

四 仁徳紀二年の条に「立二磐之媛命一為二皇后一。」とある。臣下の女として皇后に立たれた最初の人。聖武天皇の光明皇后冊立の宣命(続日本紀宣命、第七詔)に「藤原の夫人を皇后と定め賜ふ。(中略)かにかくに年の六年を試み賜ひ使ひ賜ひて、此の皇后の位を授け賜ふ。然るも朕が時のみにはあらず。難波の高津の宮に御宇(アメノシタシロ)しめしし大鷦鷯の天皇、葛城の曾豆比古の女、伊波乃比売命皇后と御相(アミ)ひ坐して、食国(ヲスクニ)天の下の政、治め賜ひ行ひ賜ひけり。今めづらかに新しき政にはあらず。本ゆり行ひ来し迹事(アトコト)ぞ。」とある。これについて記伝には「そもそも大后は、神武天皇の御代のは、大美和神の御女に坐ば、異ことなり。其後開化天皇までの御代々々、書紀には、臣の女をも立て皇后と為賜ふよし記されたれども、此記には其間には、大后と申せること見えず。崇神天皇よりこなたの御代々々には、此記にも書紀にも臣たる人の女の大后に立たまへること、此石之比売命をおき奉て外には見えず。故其例に引給へるなり。(中略)凡て古は王ならでは、大后には居賜はざ

古事記下巻

起[1]二大雀皇帝一盡二豐御食炊屋比賣命一凡十九天皇

大雀[2]命、坐二難波之高津宮一、治二天下一也。此天皇、娶二葛城之曾都毘古之女、石之日賣命一、(大后)生御子、大江之伊邪本和氣命。次墨江之中津王。次蝮之水齒別命。次男淺津間若子宿禰命。(四柱)又娶二上云日向之諸縣君牛諸之女、髮長比賣一、生御子、波多毘能大郎子、(自レ波下四字以レ音。下效レ此。)亦名大日下王。次波多毘能若郎女、亦名長日比賣命、亦名若日下部命。(二柱[3])又娶二庶妹八田若郎女一。又娶二庶妹宇遲能若郎女一。此之[4]二柱、無二御子一也。此大雀天皇之御子等、幷六王。(男王五柱、女王一柱。)故、伊邪本和氣命者、治二天下一也。次蝮之水齒別命亦、治二天下一。次男淺津間若子宿禰命亦、治二天下一也。此天皇之御世、爲二大后石之日賣命之御名代一、定二葛城部一、亦爲二太子伊邪本和氣命之御名代一、定二壬生部一、亦爲二水齒別命之御名代一、定二蝮部一、亦爲二大日下王之御名代一、定二大日下部一、爲二若日下部王之御名代一、↓

1 眞に従う。但し「帝」「盡」の二字を補った。前・猪・寛にも「帝」の字無く、「九」を缺字とし、下巻の下に二行に注している(但し寛は「雀」を「鷦鷯」と記す。)底・延・田にはこの注を削除している。

2 雀—寛には「鷦鷯」としている。

3 二柱—眞には「二王」とある。

4 此之二柱無御子也—眞は「二柱无御子也」を分注としている。

りし例なり。然るを書紀に、開化天皇までの御世々々に臣の女を皇后とし給ふよし記されたるは、実はみな妃、夫人の列にこそありけめ。大后とは申さざりけむを、皇后としも記されたるは例の潤色と見えたり。」と述べている。

五　仁徳紀二年の条に「后生二大兄去来穂別天皇、住吉仲皇子、瑞歯別天皇、雄朝津間稚子宿禰天皇一。」とある。

六　後の履中天皇。

七　墨江は摂津国住吉の地に因み、中津王は第二子の意で名づけた名。

八　後の反正天皇。→補注一一六

九　後の允恭天皇。浅津間は大和国葛上郡にある朝嬬(アサヅマ)の地に因んだもの。

一〇　仁徳紀二年の条に「又妃、髪長媛、生二大草香皇子、幡梭皇女一。」とある。

一一　仁徳紀三十年の条に「娶二八田皇女一、納二於宮中一。」とあり、三十八年の条には「立二八田皇女一為二皇后一。」とある。

一二　天皇、皇后、皇子女等の御名を後世にのこし伝えるために、それらの方々に因んだ名をつけて設置された部民。

一三　石之日売の故郷である大和の葛城に因んだ部民。仁徳紀七年の条にも「亦為二皇后一定二葛城部一。」とある。

一四　皇極紀元年の条に「悉聚二上宮乳部之民一」とある「乳部」にミブの訓注がある。ミブは御産部(ミウブ)の意で、皇子女誕生の時、産屋(うぶや)に奉仕する部民である。仁徳紀七年の条にも「為二大兄去来穂別皇子一定二壬生部一」とある。ここは壬生の名をつけた民戸を定める意。

一五　水歯別命の御名に因んだ部民。

古事記下巻

[一]大雀皇帝《おほさざきのすめらみこと》起り豊御食炊屋比賣《とよみけかしぎやひめの》命に盡《いた》るまで、凡そ十九天皇《とをまりここのすめらみこと》

仁徳天皇

1　后妃皇子女・聖帝

大雀命《おほさざきのみこと》、[二]難波の高津《たかつの》宮に坐《ま》しまして、天の下治《し》らしめしき。此の天皇、[三]葛城《かづらき》の曾都毘古《そつびこ》の女、[四]石之日賣《いはのひめの》命大后を娶して、[五]生みませる御子、[六]大江《おほえ》の伊邪本和氣《いざほわけの》命。次に[七]墨江《すみのえ》の中津王。次に[八]蝮《たぢひ》の水齒別《みづはわけの》命。次に[九]男淺津間若子宿禰《をあさづまわくごのすくねの》命。四柱 又上《かみ》に云へる日向の諸縣《もろがたの》君、牛諸《うしもろ》の女、髮長比賣を娶して、[一〇]生みませる御子、波多毘能《はたびの》大郎子《おほいらつこ》、波より下の四字は音を以ゐよ。下は此れに效へ。亦の名は大日下《おほくさかの》王。次に波多毘能若郎女《わきいらつめ》、亦の名は長日《ながひの》比賣命、亦の名は若日下部《わかくさかべの》命。二柱 又庶妹《ままいも》[一一]八田《やたの》若郎女を娶したまひき。又庶妹宇遲能《うぢの》若郎女を娶したまひき。此の二柱は、御子無《な》かりき。此の大雀天《の》皇の御子等《みこたち》、幷《あは》せて六王《むはしら》なり。男王五柱、女王一柱。 故、伊邪本和氣《の》命は、天の下治《し》らしめしき。次に蝮《たぢひ》の水齒別《の》命も亦、天の下治らしめしき。次に男淺津間若子《の》宿禰《の》命も亦、天の下治らしめしき。

此の天皇の御世に、大后石之《おほきさきいは》日賣《の》命の[一二]御名代《みなしろ》と爲《し》て、[一三]葛城部《かづらきべ》を定め、亦太子《ひつぎのみこ》伊邪本和氣《の》命の御名代と爲て、[一四]壬生部《みぶべ》を定め、亦水齒別《の》命の御名代と爲て、[一五]蝮《たぢひ》部《べ》を定め、亦大日下《の》王の御名代と爲て、大日下部《おほくさかべ》を定め、若日下部《の》王の御名代

一 秦造の祖、弓月君が連れて来た帰化人。 二 茨田は和名抄に河内国茨田郡茨田郷とある地。仁徳紀十一年の条に「将防北河之澇(ミヅ)以築茨田堤。」とある。 三 仁徳紀十三年九月の条に「始立茨田屯倉。因定舂米部。」とある。 四 同紀に「冬十月造和珥池」」とある。 五 仁徳紀十一年の条に「詔群臣曰、今朕視是国者、郊沢曠遠、而田圃少之。且河水横逝、以流末不駃。聊逢霖雨、海潮逆上、而巷里乗船、道路亦泥。故群臣共視之、決横源而通海、塞逆流以全田宅。冬十月、掘宮北之郊原、引南水以入西海。因以号其水曰掘江。」とある。 六 同紀十四年の条に「為橋於猪甘津。即号其処曰小橋也。」とあるが、江を掘ったことは見えない。 七 天皇の国見である。 八 賦役令の義解に「課者、調及副物、田租之類也。役者、庸及雑傜之類。」、また「役者、使也。歳役雑傜等為役也。」とある。調は正丁一人につき絹絁八尺五寸、美濃絁六尺五寸、糸八両、綿一斤、布二丈六尺のうちの一品を郷土の産物の中から納める。副物はその他の品物を副えて納める意で、正丁一人につき紫三両、紅三両、茜二斤、その他の品々の中から一品。田租は田一段につき稲二束二把、一町につき稲二十二束。役は正丁は歳役十日(庸を出す者は布二丈六尺)などと規定されている(詳しくは賦役令参照)。 九 全く修繕なさらずに。 一〇 器物の意(今で言えば、桶、バケツ、洗面器などの類)。記伝には「械は然ることなれども漏雨を受るには簏(ハコ)の類は少し物遠きここちするを、械は、玉篇に決塘木也と注して書紀武烈巻にも塘械(イケノヒ)とあり。其は必しも細く長き樋ならずとも、水を受る物を云べければ、械(ハコ)よりは、今少し似つかはしく聞ゆ。」と述

定若日下部。又役秦人作茨田堤及茨田三宅、又作丸邇池、依網池、又掘難波之堀江而通海、又掘小椅江、又定墨江之津。

於是天皇、登高山見四方之國詔之、於國中烟不發。國皆貧窮。故、自今至三年、悉除人民之課役。是以大殿破壞、悉雖雨漏、都勿脩理、以械[1]受其漏雨、遷避于不漏處。後見國中、於國滿烟。故、爲人民富、今[2]科課役。是以百姓之榮、不苦役使。故、稱其御世、謂聖帝世[3]也。

其大后石之日賣命、甚多嫉妬。故、天皇所使之妾者、不得臨宮中、言立者、足母阿賀迦邇嫉妬。自母下五字以音。爾天皇、聞看吉備海部直之女、名黑日賣、其容姿端正、喚上而使也。然畏其大后之嫉、逃下本國。天皇坐高臺、望瞻其黑日賣之船出浮海以歌曰、

淤岐幣邇波　袁夫泥都羅羅玖　久[4]漏邪夜能　摩佐豆古和藝毛　玖邇幣玖陀良須

1 械―底に「椷」、眞に「緘」、前・猪・寛に「械」、延・田に「緘」とある。
2 今―延・田に「令」とある。
3 世也―眞に「世上申也」、寛に「止申也」、前に「止甲」(右に「イ無両字」と注す)、猪にも「止甲」(右に「異無四字」と注す)、延に「也」、田に「之世也」とあるが、底に従う。「止申」は訓注が紛れこんだものと思われる。
4 久―諸本に「文」とあるが底及び記傳に従う。記傳に「記中に文を假字に用ひたる例なければなり。又記中、白黑の假字に、漏字を用ひたる例なれば、此は決く久字なり。」とある。

と爲て、若日下部を定めたまひき。又秦人《はたびと》を役《えだ》ちて茨田《まむだの》堤及茨田《まん》三宅《のみやけ》を作り、又丸邇《わにの》池、依網《よさみの》池を作り、又難波の堀江を掘りて海に通はし、又小椅江《をばしのえ》を掘り、又墨江《すみのえ》の津を定めたまひき。

是に天皇、高《たか》山に登りて、四方《よも》の國を見たまひて詔りたまひしく、「國の中《なか》に烟《けぶり》發《た》たず。國皆貧窮《まづ》し。故、今より三年《みとせ》に至るまで、悉に人民《たみ》の課《みつぎ》、役《えだち》を除《ゆる》せ。」とのりたまひき。是を以ちて大殿破《や》れ壞《こぼ》れて、悉に雨漏れども、都《かつ》て脩《をさ》め理《つく》ること勿《な》く、械《うつはもの》を以ちて其の漏る雨を受けて、漏らざる處に遷り避けましき。後に國の中を見たまへば、國に烟《けぶり》滿てり。故、人民《たみ》富めりと爲《おも》ほして、今は課《みつぎ》、役《えだち》を科《おほ》せたまひき。是を以ちて百姓《おほみたから》榮えて、役使《えだち》に苦しまざりき。故、其の御世を稱《たた》へて、聖帝《ひじりのみかど》の世と謂ふなり。

2 皇后の嫉妬・黒日売

其の大后石之《の》日賣命、甚多《いとまね》く嫉妬《ねた》みたまひき。故、天皇の使はせる妾《みめ》は、宮の中《なか》に得《え》臨《ゆ》かず、言立《ことだ》てば、足母阿賀迦邇《あしもあがかに》嫉妬《ねた》みたまひき。母より下の五字は音を以ゐよ。爾に天皇、吉備の海部直《あまべのあたへ》の女、名は黑日賣、其の容姿端正《かたちうるは》しと聞し看《め》して、喚上《めさ》げて使ひたまひき。然るに其の大后の嫉《ねた》みを畏《かしこ》みて、本《もと》つ國に逃げ下《くだ》りき。天皇、高臺《たかどの》に坐《ま》して、其の黑日賣の船出でて海に浮かべるを望《のぞ》み瞻《み》て歌《うた》曰ひたまひしく、

沖方《おきへ》には　小船連《をぶねつら》らく　くろざやの　まさづ子《こ》吾妹《わぎも》　國へ下《くだ》らす

べているが従い難い。

一一　後は三年の後であろう。三年後に再び国をごらんになると、国中に炊煙が満ち満ちていた。万葉巻一に「天の香具山、騰り立ち、国見をすれば、国原は、煙立ち立つ。」(二)とある。

一二　もうよかろうと。

一三　徳の高い天皇。儒教的聖天子の思想が見え、天皇観の変遷が窺われる。↓補注一一七

一四　非常に度々嫉妬をなさった。記伝には甚多の二字をハナハダと訓んでいる。

一五　天皇のいらっしゃる宮殿の中に入って行くことができず。記伝にはミヤノウチヲモ、エノゾカズと訓んでいるが従い難い。

一六　特に言い立てる意から転じて、普通と違ったことを言ったり為たりする意に用いられる。続紀宣命第三詔に「此の食国天の下を撫で賜ひ慈び賜ふ事は、辞立(コトダ)つにあらず。」、同第七詔に「又天の下の政におきて、独り知るべきものならず、必ずもしりへの政あるべし。此は事立(コトダ)つにあらず。」とある。ここは妾たちが普段と違った特別なことをする意。また転じて誓の意にも用いられる。万葉に「世の人の立つる許等太弖」(巻十八、四一〇六)、「人の祖の立つる辞立て」「顧みはせじと許等太弖」(同、四〇九四)とあるのは誓の意。

一七　足もバタバタさせて。

一八　吉備の国を指す。

一九　高殿、高楼の意。

二〇　沖の方には。へは辺ではない。

二一　小船の小は愛称。船が連なっていることよの意。

二二　黒鞘の。次のマサヅコのサに係る枕詞。サ、サヒは刀剣を意味する語。推古紀の歌に「太刀ならば呉のまさひ」とある。

二三　マサヅは未詳、真幸の意か。吾妹は自分の愛する女性。

二四　故郷へ下って行かれることよ。

故、大后聞二是之御歌一、大忿、遣二人於二大浦一、追下而、自レ歩追去。於レ是天皇、戀二其黒日賣一、欺二大后一曰、欲レ見二淡道嶋一而、幸行之時、坐二淡道嶋一、遙望歌曰、

淤志弖流夜　那爾波能佐岐用　伊傳多知弖　和賀久邇美禮婆　阿波志摩　淤能碁呂志摩　阿遲摩佐能　志麻母美由　佐氣都志摩美由

乃自二其嶋一傳而、幸二行吉備國一。爾黒日賣、令レ大二坐其國之山方地一而、獻二大御飯一。於レ是爲レ煮二大御羹一、採二其地之菘菜一時、天皇到二坐其孃子之採レ菘處一歌曰、

夜麻賀多邇　麻祁流阿袁那母　岐備比登登　等母邇斯都米婆　多怒斯久母阿流迦

天皇上幸之時、黒日賣獻二御歌一曰、

夜麻登幣邇　爾斯布岐阿宜弖　玖毛婆那禮　曾岐袁理登母　和禮和須禮米夜

又歌曰、

夜麻登幣邇　由玖波多賀都麻　許母理豆能　志多用波閇都都　由久波多賀都麻

一 難波の浦のことであろう。
二 船から追い下ろして、陸路を徒歩で追いやられた(皇后の意地の悪い仕打)。
三 応神紀二十二年の条に「春三月(中略)天皇幸二難波一居二於大隅宮一。丁酉、登二高台一而遠望。時妃兄媛侍之、望レ西以大歎。〔兄媛者、吉備臣祖、御友別之妹也。〕於レ是天皇問二兄媛一曰、何爾歎之甚也。対曰、近日妾有下恋二父母一之情上。便因二西望一而自歎矣。冀暫還之、得レ省レ親歟。爰天皇感二兄媛篤二温凊之情一、(中略)則聴之。仍喚二淡路御原之海人八十人一、為二水手一、送二于吉備一。夏四月、兄媛自二大津一発レ船而往之。天皇居二高台一、望二兄媛之船一以歌曰、『淡路島、いや二並び、小豆島、いや二並び、よろしき島々、誰かたされあらちし、吉備なる妹を、相見つるもの。』秋九月(中略)天皇狩二于淡路島一。此島者、横レ海在二難波之西一。峰巌紛錯、陵谷相続、芳草薈蔚、長瀾潺湲。亦麋鹿鳧鴈多在二其島一。故乗輿屢遊之。天皇便自二淡路一転、以幸二吉備一。」とあるが、これはこの記の黒日売の物語と類同している。恐らくは同一物語の異伝であろう。
四 押し照るやで難波の枕詞。大和から難波に出る山上から望むと、難波の海が照り輝いて見えるところから、枕詞となったのであろう。万葉巻六に「直越えのこの道にして押し照るや難波の海と名づけけらしも」(九七七)とある。
五 難波の崎から出で立って(海上から)の意。「出で立ちて難波の崎より」とする説もある。何れにしても淡道島で歌われた歌というのと矛盾する。　六 淡島やオノゴロ島や。
七 檳榔(蒲葵)の生えている島。
八 離れ島の意に解してみた。武田博士は、さ食つ島、即ち食物の島の意で、淡路島のことだろうとしておられる(記紀歌謡集全講)。この歌

とうたひたまひき。故、大后是の御歌を聞きて、大《いた》く忿《いか》りまして、人を大浦[一]に遣はして、追《お》[二]ひ下ろして、歩《かち》より追ひ去《や》りたまひき。是に天皇、其の黒日賣を戀ひたまひて、大后を欺きて曰《の》りたまひしく、「淡[三]道島を見むと欲《おも》ふ。」とのりたまひて、幸《い》行でまし時、淡道島に坐して、遥《はろばろ》に望《みさ》けて歌《う》曰《た》ひたまひしく、

[四]おしてるや　難[五]波の崎よ　出で立ちて　我《わ》が國見れば　淡[六]島《あはしま》　自[七]凝島《おのごろしま》　檳《あぢ》榔《まさ》の　島も見ゆ　放《さけ》[八]つ島見ゆ

とうたひたまひき。乃ち其の島より傳ひて、吉備《の》國に幸行《い》でましき。爾に黒日賣、其の國の山[九]方《やまがた》の地《ところ》に大[一〇]坐《おほま》しまさしめて、大御飯《おほみけ》を獻りき。是に大御[一一]羹《おほみあつもの》を煮《に》むと爲《し》て、其地《そこ》の菘[一二]菜《あをな》を採《つ》む時に、天皇其の孃子《をとめ》の菘《あをな》を採《つ》める處に到り坐して歌《う》曰《た》ひたまひしく、

山縣《やまがた》に　蒔《ま》ける菘菜《あをな》も　吉[一三]備人《きびひと》と　共にし採《つ》めば　樂[一四]《たの》しくもあるか

とうたひたまひき。天皇上《のぼ》り幸《い》でます時、黒日賣御[一五]歌を獻りて曰《い》ひしく、

[一六]倭方《やまとへ》に　西[一七]風《にし》吹き上げて　雲[一八]離《ばな》れ　退[一九]《そ》き居《を》りとも　我《われ》忘れめや

といひき。又歌《う》曰《た》ひけらく、

倭方《やまとへ》に　往[二〇]くは誰《た》が夫《つま》　隱[二一]水《こもりづ》の　下[二二]《した》よ延《は》へつつ　往[二三]くは誰が夫

とうたひき。

には黒日売を恋う趣は見えない。それはこの歌はもともと国見の歌だからである。しかし物語歌としては、離れ島も見える、しかし黒日売の姿はどこにも見えない、の意を添えて解すべきであろう。

九　記伝には地名であろうとし、武田博士は山の手の意とされているが、次の歌を参考すれば、山県、即ち山の畠と見るべきであろう。

一〇　居らせての敬語。→補注一一八

一一　熱物の意。熱い汁物である。葱のアツモノ、鯉のアツモノの類。　一二　和名抄には蕪菁(蔓菁)にアヲナの訓があり、本草和名には菘にタカナの訓がある。ここはカブラ(蕪)ではなく、関西や九州地方に多いタカナ(大芥菜)であろう。大楕円形暗紫色の葉面にシワがある。

一三　吉備の人、物語歌としては黒日売を指す。

一四　楽しいことだなあ。カは感動の助詞。この歌は本来、農村生活を歌った民謡であろう。

一五　記伝には御の字は衍かと言っている。黒日売の歌に敬語の「御」があるのはおかしい。

一六　大和の方に。へは方向を指す。

一七　西から吹く風。シは風の意で、ニシ(西風)、ヒムガシ(東風)、アラシ(荒風)などのシである。

一八　雲が離れ離れになるように。以上序。

一九　遠く離れていても、私はあなたを忘れようか、忘れはしない。→補注一一九。　二〇　行くのは誰の夫か。ここでは仁徳天皇を指す。

二一　隠れた水の意で、シタ(下)の枕詞。武田博士は、隠り津で、隠れている津の意、津は水のある処をもいうと説かれている。　二二　下から延ばしつつで、人目を忍んで先へ先へと。

二三　物語歌としては、帰って行くのは誰の夫か。それは他ならぬ私の夫であるという黒日売の自信のほどを歌ったものと見たい。→補注一二〇

一 御酒宴。
二 延喜式の造酒司に「三津野柏二十把」、皇大神宮儀式帳に「直会ノ酒ヲ采女二人侍リテ御角柏ニ盛リテ人別ニ給フ」とある。この三津野柏・御角柏と同じ。記伝に「此柏は葉三岐にてさき尖りたれば三角の意の名なるべし」と言っている。五加(ウコギ)科の常緑小喬木のカクレミノで、葉は多くは三裂または五裂する。
三 紀伊の国。仁徳紀三十年の条には「皇后遊ㇷ行紀国ニ到ニ熊野岬一。即取ニ其処之御綱葉一(カシハ)而還。於ニ是日一、天皇伺ニ皇后不レ在、而娶ニ八田皇女一、納ニ於宮中一。」とある。→補注一二一
四 職員令の主水司の条に「正一人、掌ニ樽、水、饘、粥、及氷室事一。佑一人、令史一人、水部四十人、使部十人、直丁一人、駈使丁二十人、水戸。」とある。モヒは飲料水の意。 五 「駈使はえし仕丁」は、右の駈使丁のことである。民間から徴用されて使役される人夫。賦役令に「凡仕丁者、毎ニ五十戸一二人。以ニ一人一宛ニ廝丁一(カシハデ)。三年一替。」とある。 六 三年の期間が過ぎて故郷へ還って行くところであったが。
七 難波の渡で皇后の船におくれたお伴の倉人女の船に出逢った。倉人女については記伝に「此名称此より外に古書に見あたらず。後に女蔵人と云物ならむか。但し其は後の事とおぼしければ、蔵司(クラノツカサ)の内の女なるべきか。」と言っている。後宮職員令の蔵司の条に「尚蔵一人、掌ニ神璽、関契、供御衣服、巾櫛、服翫、及珍宝、綵帛、賞賜之事一。云々」とあって、その下に女孺十人がある。この蔵司の女孺ではあるまいか。
八 詳細に告げて言ったことには。
九 もしや皇后は、この事をまだお聞きにならないからであろうか。 一〇 →補注一二二
一一 難波の高津の宮(皇居)。

自レ此後時、大后爲レ將ニ豐樂一而、於レ採ニ御綱柏一、幸三行木國二之間、天皇婚ニ八田若郎女一。於レ是大后、御綱柏積三盈御船一、還幸之時、所レ駈三使於ニ水取司一、吉備國兒嶋之[1]仕丁、是退ニ己國一、於ニ難波之大渡一、遇ニ所レ後倉人女之船一。乃語云、天皇者、比[2]日婚ニ八田若郎女一而、晝夜戲遊、若大后不レ聞三看此事一乎、靜遊幸行。爾其倉人女、聞ニ此語言一、卽追三近御船一、白三之狀具如ニ仕丁之言一。於レ是大后大恨怒、載ニ其御船一之御綱柏者、悉投三棄於レ海。故、號ニ其地一謂ニ御津前一也。卽不レ入三坐宮一而、引三避其御船一、泝[3]レ於ニ堀江一、隨レ河而上三幸山代一。此時歌曰、

都藝泥布夜　夜麻志呂賀波袁　迦波能煩理　和賀能煩禮婆　迦波能

倍邇　淤斐陀弖流　佐斯夫袁　佐斯夫能紀　斯賀斯多邇　淤斐陀弖

流　波毘呂　由都麻都婆岐　斯賀波那能　弖理伊麻斯　芝賀波能

比呂理伊麻須波　淤富岐美呂迦母

卽自ニ山代一廻、到三坐那良山口一歌曰、

1 之―眞には「郡」とある。前には「之」の右に「郡イ」と注している。
2 比日―前・猪・寛・底には「皆」の一字に誤っており、延にはこの字が無い。眞・田に從う。
3 泝―眞には「浡」、前には「溯」、猪には「衍」とあるが、寛・延・田・底に從う。

此れより後時《のち》、大后[一]豐樂《とよのあかり》したまはむと爲《し》て、[二]御綱柏《みつながしは》を採りに、[三]木國《きの》に幸行《い》でましし間に、天皇、八田若郎女《の》と婚《まぐは》ひしたまひき。是に大后、御綱柏を御船に積み盈《み》てて、還り幸《い》でます時、[四]水取司《もひとりのつかさ》に[五]駈使《つか》はえし吉備國《の》の兒島の仕丁《よぼろ》、是れ己が[六]國に退《まか》るに、[七]難波の大渡に、後《おく》れたる倉人女《くらびとめ》の船に遇ひき。乃ち[八]語りて云ひしく、「天皇は、比日《このごろ》八田若郎女《の》と婚ひしたまひて、晝夜《ひるよる》戲れ遊びますを、[九]若《も》し大后は此の事聞し看《め》さねかも、靜かに遊び幸行《い》でます。」といひき。爾に其の倉人女、此の語る言《こと》を聞きて、即ち御船に追ひ近づきて、狀《ありさま》を具《つぶ》さに、仕丁《よぼろ》の言《こと》の如く白しき。是に大后大《いた》く恨み怒りまして、其の御船に載《の》せし御綱柏は、悉に海に投げ棄《う》てたまひき。故、其地《そこ》を號《なづ》けて[一〇]御津前《みつのさき》と謂ふ。即ち[一一]宮に入り坐さずて、其の御船を[一二]引き避《よ》きて、堀江に泝《さかのぼ》り、[一三]河の隨《まにま》に山代に上《のぼ》り幸《い》でましき。[一四]此の時歌曰《うた》ひたまひしく、

[一五]つぎねふや　[一六]山代河《やましろがは》を　[一七]河上《かはのぼ》り　我《わ》が上《のぼ》れば　河の邊《べ》に　生《お》ひ立《だ》てる　[一八]烏《さ》
草樹《しぶ》を　烏《さ》草樹《しぶ》の木　[一九]其《し》が下《した》に　生ひ立《だ》てる　葉廣《はびろ》　[二〇]五百箇《ゆつ》眞椿《まつばき》　[二一]其《し》が花
の　照り坐《いま》し　[二二]其《し》が葉の　廣《ひろ》り坐《いま》すは　[二三]大君ろかも

とうたひたまひき。即ち山代より廻《めぐ》りて、[二四]那良《なら》の山口《の》に到り坐して歌曰《うた》ひたまひしく、

一二　難波の船着場を避けて。
一三　山代河(淀川)の流れに随って、上流の山城に上って行かれた。書紀には三十年の条に「時皇后、不レ泊二于大津一、更引之泝レ江、自二山背一廻而向レ倭。」とある。
一四　書紀の同じ条には「皇后不レ還猶行之。至二山背河一而歌曰」とある。
一五　山代の枕詞であるが語義未詳。ヤは感動の助詞。ツギネフについては、「次嶺経」で続いた山々を経て行く意とか、「継苗生」で植林の苗木を仕立てている地の意とか、ツギネという草の生えている地の意とかの説がある。
一六　今の淀川である。上流は木津川。
一七　河を船で泝って、私が上ると。
一八　和名抄にも新撰字鏡にも烏草樹にサシブ(ノキ)(サシブ)の訓がある。サシブはシャクナゲ科の常緑灌木シャシャンボのことであるが、その下に椿が生えていたとすると、木が小さ過ぎるようである。或いは別の樹か。
一九　シガはソノ。其の下に。
二〇　ユツは五百箇で数の多いこと(斎つで、神聖な、清浄なの意にとる説もある)。マは美称。広い葉がたくさん繁っている椿の木。
二一　その花のように、御顔も照り輝いていらっしゃり(ただし武田博士は、大君の威徳のすぐれたさまを叙しているとされている)。
二二　その葉のように、寛やかにゆったりとしていらっしゃるのは(これも大君の威勢を叙すると武田博士は言っておられる)。
二三　ロは確実性を表わす接尾語。大君でいらっしゃるよ。↓補注一二三。　二四　山城から大和へ越える奈良山の入口で。仁徳紀三十年の条には「即越二那羅山一、望二葛城一歌之曰」とある。

一 前の歌の「河上り」をこの場にふさわしく「宮上り」に替えたのである。宮をめあてに河を泝る意。
二 奈良の枕詞。語義未詳。アヲニは青い土、ヨシは助詞と解する説もあるが、万葉における訓字による表記を見ると、青丹吉が十三例、青緑吉が一例、青丹(余志、余之、与之)が各一例ある。これによると青丹吉しの義と解していたらしく思われる。
三 ヤマ(山)の枕詞である。山部の大楯の連、山部の連小楯などの人名が参考となる。
四 この倭は城下郡倭郷を指す。
五 私の見たいと思う故郷は。
六 和名抄に大和国葛上郡高宮がある。ここは皇后の生まれ故郷である。
七 書紀にも全く同じ歌が載せられている(但し初句ツギネフ)。ツギネフヤ山代河→アヲニヨシ奈良→ヲダテ倭と道行の先駆ともいうべき叙述が見られるのは注意すべきである。
八 山城に引返されて。 九 和名抄に山城国綴喜郡綴喜郷がある。 一〇 百済国からの帰化人であることが、姓氏録に見えている。ヌリの使主(オミ)の意である。書紀には「更還二山背一、興二宮室於筒城岡南一而居之。」とある。 一一 山城から(大和に)お出でになったと。 一二 鳥が使をするという信仰に基づく鳥の擬人化。多分に伝説的である。 一三 御歌を(皇后に)送っての意であるが、歌意は鳥山に対するもので、前後矛盾している。記伝に「鳥山が行を送り賜ふ御歌なり。此御歌を贈賜ふと云には非ず。」とあるのは曲解である。 一四 山城においての意。
一五 イは接頭語、シケは追いつけの意。追いつけ鳥山よ、追いつけ追いつけ。 一六 私のいとしい妻に追いついて逢ってくれよの意。→補注

都藝泥布夜　夜麻斯呂賀波袁　美夜能煩理　和賀能煩禮婆　阿袁邇

余志　那良袁須疑　袁陀弖　夜麻[1]登袁須疑　和賀美賀本斯久邇波

迦豆良紀多迦美夜　和藝幣能阿多理

如レ此歌而還、暫入二坐筒木韓人、名奴理能美之家一也。

天皇聞下看大后自二山代一上幸上而、使下舍人名謂二鳥山一人上、送二御

歌一曰、

夜麻斯呂邇　伊斯祁登理夜麻　伊斯祁伊斯祁　阿賀波斯豆摩邇　伊

斯岐阿波牟迦母

又續遣二丸邇臣口子一而歌曰、

美母呂能　曾能多迦紀那流　意[2]富韋古賀波良　意富韋古賀　波良邇

阿流　岐毛牟加布　許[3]許[4]呂袁陀邇迦　阿比淤母波受阿良牟

又歌曰、

都藝泥布　夜麻志呂賣能　許久波母知　宇知斯淤富泥　泥士漏能

斯漏多陀牟岐　麻迦受祁婆許曾　斯良受登母伊波米

故、是口子臣、白二此御歌一之時、大雨。爾不レ避二其雨一、參三伏前

殿戶二者、違出三後戶一、參三伏後殿戶一者、違出二前戶一。爾匍匐進

赴、跪レ于二庭中一↓

1 夜麻―この上に「夜麻」の二字が前・猪・寛・延・田にはある。衍字と思われるので、眞・底に従う。

2 意富韋古賀波良―前・猪・寛にはこの七字が無い。底・眞・延・田に従う。

3 許―延にはこの一字が無い。

4 呂―諸本この字が無い。底に従つて補う。

つぎねふや　山代河を　宮[一]上り　我が上れば　あ[二]をによし　奈良を過ぎ
小楯《をだて》[三]　倭《やまと》[四]を過ぎ　我《わ》[五]が見が欲《ほ》し國は　葛城高宮《かづらきたかみや》[六]　吾家《わぎへ》のあたり[七]

とうたひたまひき。如此《かく》歌ひて還[八]りたまひて、暫《しま》し筒木《つつき》[九]の韓人《からびと》、名は奴理能美《ぬりのみ》[一〇]の家に入り坐しき。

天皇、大后山[一一]代より上り幸《い》でましぬと聞し看《め》して、舍人《とねり》名は鳥山[一二]と謂ふ人を使はして、御歌[一三]を送りて曰《の》りたまひしく、

山代[一四]に　い及《し》[一五]け鳥山　い及《し》けい及《し》け　吾《あ》[一六]が愛妻《はしづま》に　い及《し》き遇《あ》はむかも

とのりたまひき。又續《つ》ぎて丸邇臣《わにの》[一七]口子《くちこ》を遣はして歌曰《うた》ひたまひしく、

御諸《みもろ》[一八]の　その高城《たかき》[一九]なる　大猪子《おほゐこ》[二〇]が原　大猪子[二一]が　腹にある　肝向《きもむか》[二二]ふ　心[二三]を
だにか　相思はずあらむ

とうたひたまひき。又歌曰《うた》ひたまひしく、

つぎねふ　山代女《やましろめ》[二四]の　木鍬《こくは》[二五]持ち　打[二六]ちし大根《おほね》　根白《ねじろ》[二七]の　白腕《しろただむき》[二八]　枕《ま》[二九]かずけ
ばこそ　知[三〇]らずとも言はめ

とうたひたまひき。故、是の口子臣《の》、此[三一]の御歌を白す時、大《いた》く雨ふりき。爾に其の雨を避《よ》けず、前[三二]つ殿戸《とのど》に參伏《まゐふ》せば、違《たが》[三三]ひて後《しり》つ戸に出でたまひ、後《しり》つ殿戸に參伏せば、違ひて前つ戸に出でたまひき。爾に匍匐《は》ひ進み赴きて、庭中《にはなか》に

一二四。　一七　書紀には「遣ニ的(ｲｸﾊ)臣祖、口持臣一、喚ニ皇后一。〔一云、和珥臣祖、口子臣〕」とある。口子と言い口持というのは、鳥山と同じような伝説的人物で、口上を述べることを擬人化したものと思われる。　一八　三輪山の。

一九　あの高いとりでの中にある。　二〇　原の名。猪子の子は愛称の接尾語。鹿子の子と同じ。

二一　上の大猪子がハラ(原)を同音異語の大猪子がハラ(腹)にあると転換して、次の肝を言い起している。　二二　心の枕詞。→補注一一五

二三　せめて心にだけなりと、お互に思い合っていないのだろうか。心を思うは心に思う意。→補注一二六。　二四　山代の女。倭女、河内女、初瀬女の類。　二五　木製の鍬。記伝に「師は、木钁と云はあるべからねば、許(こ)は小なるべし、と云れしかど、然らず。記中、小文子の仮字には、必古を用ひて、許を用ひたる例はなし。」と言っているのは流石である。　二六　耕作したダイコン。打つは田を打つの打つに同じで、耕作する意。　二七　ダイコンの根が白いように。以上序。　二八　白い腕。ここは女の白い腕。

二九　枕としなかったのなら。共寝をしなかったのなら。ケバのケは過去の助動詞キの未然形であろうと山田博士は言われている(奈良朝文法史)。記伝にはケバはケラバのラを省いたものとしている。

三〇　知らないわとも言うだろう(しかし共寝をした仲だから、知らないとは言えまい)。

三一　筒木の奴理能美の家に参って、皇后に申し上げる時。

三二　家の前の方の戸口。下の前つ戸に同じ。

三三　記伝に「違(ﾀｶﾞﾋﾃ)は、大后の、彼方此方と行違ひて口子臣に遇はじとし賜ふなり。」とある意である。

一 和名抄に「唐韻云、潦、雨水也。」とあって、ニハタヅミの訓がある。万葉には、庭多泉、庭立水、庭多豆美などと記している。庭に溜る雨水である。　二 雄略記にも「著二紅紐一之青摺衣」とある。また延喜式の践祚大嘗祭の条には「青摺袍、紅垂紐」とある。青摺の衣は山藍などで青い色に摺った衣。紅き紐は赤く染めた襟紐(胸紐)である。染料は茜か蘇芳などではなかったかと思われる。　三 これも伝説的命名である。書紀には国依媛とある。

四 筒木の宮において。物語歌としては、皇后のいらっしゃる奴理能美の家を指す。

五 物を申し上げている。連体形で次句へ続く。

六 この句、書紀には「吾が兄を見れば」とある。それならばわかるが「吾が兄の君は」では、下との続きがわるい。

七 →補注一二七。　八 幼虫である。

九 諸本に文字の異同が甚だしいが、「鼓」に従った。繭を指す。繭の形が鼓に似ているからである。幼虫が蛹となって中に籠る繭である。記伝は「殻」に従い、カヒコと訓んで卵の意としているが、幼虫→卵→蛾という順序はおかしい。幼虫→蛹(繭)→蛾の方が自然である。　一〇 蛾である。

一一 幼虫→繭→蛾と三種類に変化する不思議な虫。蚕のことであるが、蚕は最初帰化人によって飼われていたらしく、珍しいものとされていたことがわかる。　一二 それ以外の意図はない。

一三 難波の高津の宮から船で山代川を泝って行かれて。仁徳紀三十年十一月の条に「天皇浮レ江幸二山背一。」とある。　一四 三種に変化する虫の意で、蚕を指す。幼虫、繭、蛾の三種を献ったのではない。　一五 →補注一二八

一六 この句まではサワサワニというための序。

一七 ダイコンからの続きはサワサワ(爽々)ニで

時、水潦至レ腰。其臣服下著二紅紐一靑摺衣上。故、水潦拂二紅紐一、靑[1]皆變二紅色一。爾口子臣之妹、口日賣、仕二奉大后一。故、是口日賣歌曰、

夜麻志呂能　都都紀能美夜邇　母能麻袁須　阿賀勢能岐美波　那美多具麻志母

爾大后問二其所由一之時、答白、僕之兄、口子臣也。

於レ是口子臣、亦其妹口比賣、及奴理能美、三人議而令レ奏二天皇一云、大后幸‐行所‐以者、奴理能美之所レ養虫、一度爲二匐虫一、一度爲レ鼓[2]、一度爲二飛鳥[3]一、有下變二三色一之奇虫上。看二行此虫一而入坐耳。更無二異心一。如レ此奏時、天皇詔、然者吾思二奇異一。故、欲二見行一。自二大宮一上幸行、入二坐奴理能美之家一時、其奴理能美、己所レ養之三種虫、獻レ於二大后一。爾天皇、御二立其大后所レ坐殿戸一、歌曰、

都藝泥布　夜麻斯呂賣能　許久波母知　宇知斯意富泥　佐和佐和爾
那賀伊賀勢許曾　宇知和多須　夜賀波延那須　岐伊理麻韋久禮

1 靑―前・猪・寛・延にはこの字が無い。底・眞・田に従う。

2 鼓―底に「殻」、延に「穀」、前・寛・猪に「鼓」、田に「蠶」、眞に「皷」とある。何れが是か明らかでないが、姑く前・寛・猪に従う。

3 飛鳥―前・猪・寛には「非虫」、延・田には「蜚」とあるが、底・眞に従う。

跪《ひざまづ》きし時、[一]水潦《にはたづみ》腰に至りき。其の臣《おみ》、[二]紅《あか》き紐《ひも》著けし青摺《あをずり》の衣《きぬ》を服《き》たり。故、水潦紅き紐に拂《ふ》れて、青皆紅き色に變《な》りき。爾に口子臣《の》の妹《いも》、[三]口日賣《くちひめ》、大后に仕へ奉れり。故、是の口日賣歌曰《うた》ひけらく、

山代の　[四]筒木《つつき》の宮に　[五]物申《ものまを》す　[六]吾《あ》が兄《せ》の君は　涙ぐましも

とうたひき。爾に大后、其の所由《ゆゑ》を問ひたまひし時、答へて白しけらく、「僕《あ》が兄《せ》口子臣《の》なり。」とまをしき。[七]

是に口子臣《の》、亦其の妹口比賣、及《また》奴理能美三人《みたり》議《はか》りて、天皇に奏《まを》さしめて云《い》ひしく、「大后の幸行《い》でまし所以《ゆゑ》は、奴理能美が養《か》へる虫、一度《ひとたび》は匐《は》[八]ふ虫に爲《な》り、一度は[九]鼓《つづみ》に爲《な》り、一度は[一〇]飛ぶ鳥に爲《な》りて、[一一]三色《みくさ》に變《かは》る奇《あや》しき虫有り。此の虫を看行《みそな》はしに入り坐ししにこそ。更に[一二]異心《ことごころ》無し。」といひき。如此奏《かくまを》す時に、天皇詔りたまひしく、「然らば吾《あれ》も奇異《あや》しと思ふ。故、見に行かむと欲《おも》ふ。」とのりたまひて、[一三]大宮より上り幸《い》でまして、奴理能美の家に入り坐しし時、其の奴理能美、己が養《か》へる[一四]三種《みくさ》の虫を大后に獻りき。爾に天皇、其の大后の坐せる殿戸に御立《みた》ちしたまひて、[一五]歌曰《うた》ひたまひしく、

つぎねふ　山代女《やましろめ》の　木鍬《こくは》持ち　[一六]打ちし大根《おほね》　[一七]さわさわに　汝《な》が[一八]いへせこそ　[一九]打ち渡す　[二〇]やがはえなす　[二一]來《き》入《い》り參來《まゐく》れ

あるが、これを同音異義のサワサワ(騒々)ニに転換して下に続けたのである。

一八　イヘセコソに語法上の疑問がある。記伝には「汝が言(イ)せればこその意なるを、婆を省くは、古歌の常なり。〔伊波勢許曾とあるべきに、伊幣とある幣は、ただ通音のみか。されどかかる活用の処に、いと精しき物にて、みだりに通はしては云ざりしことなり。故思ふに、波勢を切むれば、幣なり。次に勢はあれどもなほ其勢に引るる音便に、幣とは詔へるなり。云々〕」と述べている。また武田博士は「イヘセは、用言の已然形と見られ、セの形によって已然形を取っているのであるから、四段活用のようである。そこでイフ(言ふ)の敬語イハスの已然形イハセの転音とされている。しかし言フの如き四段動詞が、サ行に再活用して敬語となる時に、ハがヘに転ずるのは異例で、ここに疑問が残る。著る・見るのような一段動詞が、サ行に再活用して、ケス・メスとなる類があり、この場合のケ・メは、共に甲類の音である。今この幣も、への甲類の音であるから、この例になるのかもしれない。係助詞コソを伴って、この句は、已然条件法となる。」(全講)と述べておられる。更に亀井孝氏は全く別な立場から「家背こそ」即ち夫(おっと)がの意ではあるまいかと言われたことがある。しばらく武田博士の説に従って、あなたがやかましく言うもんだからの意に取っておく。

一九　ウチは接頭語。ワタスは見渡される。

二〇　書紀の歌には、那ガハエナスとあるが、記伝に那は耶の誤写としている。↓補注一二九。記伝の説に従って、生い茂った木のように(大勢でにぎやかに)と解しておく。

二一　やって来たのである。

此天皇與二大后一所レ歌之六歌者、志都歌之歌返[1]也。

天皇戀二八田若郎女一、賜二遣御歌一。其歌曰、

夜多能　比登母登須宜波　古母多受　多知迦阿禮那牟　阿多良須賀

波良　許登袁許曾　須宜波良登伊波米　阿多良須賀志賣

爾八田若郎女、答歌曰、

夜多能　比登母登須宜波　比登理袁理登母　意富岐彌斯　與斯登岐

許佐婆　比登理袁理登母

故、爲二八田若郎女之御名代一、定二八田部一也。

天皇、以二其弟速總別王一爲レ媒而、乞二庶妹女鳥王一。爾女鳥王、語二速總別王一曰、因二大后之強一、不レ治二賜八田若郎女一。故、思レ不二仕奉一。吾爲二汝命之妻一。即相婚。是以速總別王不二復奏一。爾天皇、直二幸女鳥王之所一レ坐而、坐二其殿戸之閾上一。於レ是女鳥王、坐レ機而織レ服。爾天皇歌曰、

賣杼理能　和賀意富岐美能　淤呂須波多　他賀多泥呂迦母

一　歌曲上の名称である。志都歌については記伝に「朝倉宮段にも二処に見えたり。〔何れも、志都と作(カ)て、都字は清音なり。倭文(シツ)の、つも常には濁れども、古書には、都の仮字を書て、清音なれば、静の、つも、古は清(ミス)しなるべし。〕神楽歌古本に云々、次鷹枕静歌〔拍子十、本末各五〕尻上〔拍子十四、本末各七〕又〔裏書〕以前宮人、木綿志天、前張、此三首、各静歌二返、尋レ琴拍子打、尻上二返云々、と見え、韓神歌に、静韓神、早韓神と云ことあり。早(サ)に対へて静(シツ)と云を以て見れば、志都歌は、徐(シツカ)に歌ふ由の名なるべし。」と説いている。歌返しは、一曲を歌い了えてから、更に調子をかえて歌い返す意であろう。

二　「賜ひ」も「遣はし」も、共におやりになる意。

三　八田は地名。八田に生えているただ一本の菅は。物語歌としては、八田若郎女の孤独な有様を譬えている。

四　子どもも生まずに(表面は菅の子)。

五　「立ち荒れなむか」である。立ったままで荒れ朽ちることとであろうか。

六　惜しい菅だ。原は軽く添えた語。

七　言にこそで、言葉の上では「菅原」と言おうが、実は、の意。

八　惜しむべきあの清らかな女があのまま朽ちるのは惜しいことだ。あの清らかな女だ。スガシ女は、サカシ女、クハシ女の類である。万葉巻七に「真珠つく越智(ヲチ)の菅原われ刈らず人の刈らまく惜しき菅原」(一三四一)とあるのが参考となる。さてこの歌は、もとは民謡であろうが、短歌＋片歌から成る複合長歌で、同じ形式の歌が、下の軽太子の歌として伝えられている。

九　ひとりぼっちでいましても(構いません)の意。　一〇　天皇が。シは強意の助詞。

1　歌返—底はじめ諸本に「返歌」とあるが眞に從う。琴歌譜には「歌返」とある。

とうたひたまひき。此の天皇と大后と歌ひたまひし六《む》歌は、志《し》[一]都《つ》歌の歌返《うたひかへ》しなり。

天皇、八田《の》若郎女を戀ひたまひて、御歌を賜[二]ひ遣はしたまひき。其の歌に曰《い》ひしく、

八《や》[三]田《た》の　一本菅《ひともとすげ》は　子[四]持たず　立[五]ちか荒れなむ　あ[六]たら菅原《すがはら》　言《こと》[七]をこそ
菅原《すげはら》と言はめ　あ[八]たら清《すが》し女《め》

といひき。爾に八田《の》若郎女、答へて歌曰《うた》ひたまひしく、

八田の　一本菅は　獨居《ひとりを》[九]りとも　大[一〇]君し　よし[一一]と聞《きこ》さば　獨居りとも[一二]

とうたひたまひき。故、八田《の》若郎女の御名代《みなしろ》と爲《し》て、八田部を定めたまひき。

天皇、其の弟速總別王《おとはやぶさわけの》を媒《なかびと》[一三]と爲《し》て、庶妹《ままいも》女鳥王《めどりの》を乞[一四]ひたまひき。爾に女鳥王《の》、速總別王《の》に語[一五]りて曰《い》ひけらく、「大[一六]后の強《おず》きに因《よ》りて、八田《の》若郎女を治《をさ》[一七]め賜はず。故、仕へ奉らじと思ふ。吾《あ》は汝命《いましみこと》の妻《め》に爲《な》らむ。」といひて、卽ち相婚《あ》ひき。是を以ちて速總別王《の》、復奏《かへりごとまを》[一八]さざりき。爾に天皇、女鳥王《の》の坐《いま》す所に直《ただ》[一九]に幸《い》でまして、其の殿戸の閾《しきみ》[二〇]の上に坐《いま》しき。是に女鳥王《の》、機《はた》[二一]に坐して服織《みそお》りたまへり。爾に天皇[二二]歌曰《うた》ひたまひしく、

女鳥《めどり》[二三]の　我《わ》が王《おほきみ》の　織《お》[二四]ろす機《はた》　誰《た》[二五]が料《たね》ろかも

一一　それでよいとおっしゃるならば。

一二　この歌は旋頭歌であって、第三句と第六句が同一句から成っている。

一三　結婚の仲人。催馬楽の浅水に「ふりにし我を、誰れぞこの名加比止立てて、みもとのかたち消息(セウソコ)し、とぶらひに来るや」とある。新撰字鏡には、媒に奈加太豆(ナカダツ)の訓がある。

一四　所望された。

一五　しみじみと話して言ったことには。

一六　皇后石之日売の御気性が烈しいのが原因での意。　一七　治めは処置する意。ここではお召しになって寵愛されること。

一八　仲人としての復命をしなかった。

一九　御自身直接にお出掛けになって。坐す所は家の意ではなく、いらっしゃる場所である。だから「直に」といったのである。

二〇　和名抄に「爾雅注云、閾、門限也。兼名苑云、閾、一名閫」とあって、シキミの訓がある。今の敷居。

二一　はたおりの機械。

二二　書紀では皇女の織縑女人どもが歌ったことになっている。即ち「四十年春二月、納ニ嶋鳥皇女ニ欲レ為レ妃、以ニ隼別皇子ニ為レ媒。時隼別皇子、密親娶而久之不ニ復命一。於レ是天皇、不レ知レ有レ夫、而親ヲ臨嶋鳥皇女之殿一。時皇女織縑女人(ハタオリメ)等歌之曰」とある。

4　女鳥王と速総別王の反逆

二三　私の親愛なる女鳥王が。オホキミは天皇をはじめ皇子女にも用いられる尊称。

二四　織っていらっしゃる機。オロスはオラスと同じ。知ロス、聞コスの類である。

二五　どなたの衣服の材料ですか。ロは確実性を表わす接尾語。

女鳥王、答歌曰、

多迦由久夜　波夜夫佐和氣能　美淤須比賀泥

故、天皇知㆓其情㆒、還㆓入於㆒宮。此時、其夫速總別王、到來之時、其妻女鳥王歌曰、

比婆理波　阿米邇迦氣流　多迦由玖夜　波夜夫佐和氣　佐邪岐登良佐泥

天皇聞㆓此歌㆒、卽興㆑軍欲㆑殺。爾速總別王、女鳥王、共逃退而、騰㆑于㆓倉椅山㆒、於㆑是速總別王歌曰、

波斯多弖能　久良波斯夜麻袁　佐賀志美登　伊波迦伎加泥弖　和賀弖登良須母

又歌曰、

波斯多弖能　久良波斯夜麻波　佐賀斯祁杼　伊毛登能煩禮波　佐賀斯玖母阿良受

故、自㆓其地㆒逃亡、到㆓宇陀之蘇邇㆒時、御軍追到而殺也。

其將軍山部大楯連、取㆘其女鳥王所㆑纏㆓御手㆒之玉釧[1]㆖而與㆓己妻㆒。此時之後、將㆑爲㆓豐樂㆒之時、氏氏之女等、皆朝參。爾大楯連之妻、以㆓其王之玉釧㆒、纏㆑于㆓己手㆒而參赴。於㆑是大后石之

1 釧—眞・田に「鈎」、前・猪・寛・延に「釵」、底に「釧」とある。姑く底に従う。(以下同じ)

一 隼の枕詞。

二 御襲の材料でございます。ガネは、后ガネ、坊ガネ、博士ガネ、聟ガネのガネと同類の語。この歌、書紀には「久方の、天金機(アメノカナバタ)、鴜鳥が、織る金機、隼別の、御襲料」と伝えている。

三 女鳥王の心が速総別王に傾いていることがおわかりになって。書紀には「爰天皇、知㆓隼別皇子密婚㆒而恨之。然重㆓皇后之言㆒、亦敦㆓干支之義㆒、而忍之勿㆑罪。」とある。

四 記伝には、時の上か下に後の字が落ちたのだろうとして、コノノチと訓んでいる。

五 雲雀のような小さい鳥でも、天空を自由自在に飛び廻っている。

六 まして隼の名を持っておいでの速総別よ、天を翔って(天下を獲る意を寓している)鷦鷯(大雀命＝仁徳天皇を諷している)をお取り(お殺し)になって下さいの意であろう。然るに記伝には「雲雀は高く天に翔れば、捕るに労あるべければ、近き鷦鷯を取賜へと云なり。」と解している。この歌はワザウタ(謡歌・童謡)即ち諷刺歌の類であろう。

七 以上、書紀には「俄而隼別皇子、枕㆓皇女之膝㆒以臥。乃語之曰、孰㆓捷鷦鷯与㆑隼焉。曰、隼捷也。乃皇子曰、是我所㆑先也。天皇聞㆓是言㆒、更亦起㆑恨。時隼別皇子之舍人等歌曰、『隼は、天にのぼり、飛び翔り、斎槻(イツキ)が上の、鷦鷯取らさね』天皇聞㆓是歌㆒、勃然大怒之曰、朕以㆓私恨㆒不㆑欲㆑失㆑親、忍之也。何舋矣、私事将㆑及㆓于社稷㆒。則欲㆑殺㆓隼別皇子㆒。」と伝えている。

八 大和国十市郡にある山。書紀には「時皇子率㆓鴜鳥皇女㆒、納㆓伊勢神宮㆒而馳。於㆑是天皇聞㆓隼別皇子逃走㆒、即遣㆓吉備品遅部雄鯽、播磨佐伯直阿俄能胡㆒曰、追之所㆑逮即殺。」とある。

とうたひたまひき。女鳥王《めとりのみこ》答へて歌曰《うた》ひたまひしく、

[一]高行《たかゆ》くや　速總別《はやぶさわけ》の　[二]御襲料《みおすひがね》

とうたひたまひき。故、天皇[三]其の情《こころ》を知りたまひて、宮に還り入りましき。[四]此の時、其の夫《ひこぢ》速總別王《はやぶさわけのみこ》到來《き》ましし時、其の妻《め》女鳥王《めとりのみこ》歌曰《うた》ひたまひしく、

[五]雲雀《ひばり》は　天《あめ》に翔《かけ》る　高行くや　[六]速總別《はやぶさわけ》　鷦鷯《さざき》取らさね

とうたひたまひき。天皇此の歌を聞きたまひて、卽ち軍《いくさ》を興《おこ》して[七]殺さむとしたまひき。爾に速總別王《はやぶさわけのみこ》、女鳥王《めとりのみこ》、共に逃げ退《そ》きて、[八]倉椅山《くらはしやま》に騰《のぼ》りき。是に速總別王《はやぶさわけのみこ》歌曰ひたまひしく、

[九]梯立《はした》ての　[一〇]倉椅山《くらはしやま》を　嶮《さが》しみと　[一一]岩かきかねて　[一二]我《わ》が手取らすも

とうたひたまひき。又歌曰ひたまひしく、

梯立《はした》ての　倉椅山は　嶮《さが》しけど　妹《いも》と登れば　[一三]嶮《さが》しくもあらず

とうたひたまひき。故、其地《そと》より逃げ亡《う》せて、[一四]宇陀《うだ》の蘇邇《そに》に到りし時、御軍《みいくさ》追ひ到りて殺しき。

其の將軍《いくさのきみ》山部大楯連《やまべのおほたてのむらじ》、其の女鳥王《めとりのみこ》の御手に纏《ま》かせる[一五]玉釧《たまくしろ》を取りて、己が妻《め》に與へき。此時《こ》の後《のち》、豐樂《とよのあかり》爲《し》たまはむとする時、氏氏の女等《をみなども》、皆[一六]朝參《みかどまゐ》りしき。爾に大楯連《おほたてのむらじ》の妻、其の王《みこ》の玉釧を、己が手に纏きて參り赴きき。是に[一七]大后石之

九　倉の枕詞。梯立ては梯子を立てる意。

一〇　倉椅山がけわしさにとての意。

一一　カキは掻き。岩に取りすがることができないで。

一二　私の手をお取りになることよ。この歌は、もともと民謡であったと思われる。肥前国風土記逸文に「杵島郡。県南二里、有㆓一孤山㆒。従㆑坤指㆑艮、三峰相連。是名曰㆓杵島㆒。坤者曰㆓比古神㆒、中者曰㆓比売神㆒、艮者曰㆓御子神㆒。〔一名軍神。動則兵興矣。〕郷閭士女、提㆑酒抱㆑琴、毎歳春秋、携㆑手登望、楽飲歌舞、曲尽而帰。歌詞曰、『霰降る杵島が嶽を嶮しみと草取りかねて妹が手を取る』〔是杵島曲也〕」とある。また万葉巻三、仙柘枝(ツミノエ)歌三首の第一首に「霰零り吉志美が嶽を険しみと草取りはなち妹が手を取る。〔右一首、或云、吉野人味稲、与㆓柘枝仙媛㆒歌也。但見㆓柘枝伝㆒、無㆑有㆓此歌㆒。〕」(三八五)とも伝えている。

一三　けわしいとも感じない。

一四　大和国宇陀郡の東辺の曾爾谷。以上、書紀には「爰皇后奏言、嶋鳥皇女、寔当㆓重罪㆒。然其殺之日、不㆑欲㆑露㆓皇女身㆒。乃由勅㆓雄鯽等㆒、莫㆑取㆓皇女所㆑齎之足玉手玉㆒。雄鯽等追之至㆓菟田㆒、迫㆓於素珥(ニソ)山㆒。時隠㆓草中㆒、僅得㆑免。急走而越㆑山。於㆑是王子歌曰、『梯立のさがしき山も吾妹子と二人越ゆれば安席(ヤスムシロ)かも』。爰雄鯽等、知㆑免以急追㆓及于伊勢蔣代(コモシロ)野㆒而殺之。時雄鯽等、探㆓皇女之玉㆒、自㆓裳中㆒得之。乃以㆓二王屍㆒、埋㆓于廬杵河辺㆒、而復命。皇后令㆑問㆓雄鯽等㆒曰、見㆓皇女之玉㆒乎。対言、不㆑見也。」と伝えている。この皇后は磐之媛ではなくて八田皇女である。

一五　玉をつけた腕輪。

一六　宮中に参内した。

一七　書紀では皇后八田皇女となっている。

日賣命、自取二大御酒柏一、賜二諸氏氏之女等一。爾大后見三知其玉釧一、不レ賜二御酒柏一、乃引退、召三出其夫大楯連一以詔之、其王等、因レ无レ禮而退賜。是者無二異事一耳。夫之奴乎、所レ纒二己君之御手一玉釧、於二膚熅一剝持來、卽與二己妻一、乃給二死刑一也。

亦一時、天皇爲レ將二豐樂一而、幸三行日女嶋一之時、於二其嶋一鴈[1]生レ卵。爾召二建內宿禰命一、以レ歌問二鴈生レ卵之狀一。其歌曰、

多麻岐波流　宇知能阿曾　那許曾波　余能那賀[2]比登　蘇良美都　夜麻登能久邇爾　加理古牟登岐久夜

於レ是建內宿禰、以レ歌語白、

多迦比迦流　比能美古　宇倍志許曾　斗比多麻閇　麻許曾邇　斗比多麻閇　阿禮許曾波　余能那賀[3]比登　蘇良美都　夜麻登能久邇爾　加理古牟登　伊麻陀岐加受

如レ此白而、被レ給二御琴一歌曰、

那賀美古夜　都毘邇斯良牟登　加理波古牟良斯

1 鴈―底に「雁」とあるが、諸本に従う。

2・3 賀―前・猪・寛・延には、この下に「乃」の字があるが、底・眞・田に従う。

一 女鳥王の玉釧であることが見ておわかりになって。 二 女鳥王たちは不敬であったから(反逆されたから)遠ざけられた(お殺しになった)のである。 三 あたりまえのことである。 四 その奴は。奴は賤人で、ここは相手を卑しめて言っている。ヤは感動の助詞。 五 自分の主君の。 六 殺してまだ膚の温もりも冷めないうちに剝いで持って来て。 七 死刑に処せられた。↓補注一三〇。 八 摂津国西成郡にある。↓補注一三一。 九 仁徳紀五十年三月の条には「河内人奏言、於二茨田堤一鷹(雁の誤か)産之。即日遣レ使令レ視、曰、既実也。天皇於レ是歌以問二武内宿禰一曰」とあって、かなり事情を異にしている。 一〇 内の枕詞。万葉には命の枕詞にも使っている。語義未詳。↓補注一三二。 一一 内は地名で大和国宇智郡。建内宿禰の本居は宇智であった。それでウチノアソと言う。↓補注一三三。 一二 ヨは本来「齢」「年」の意であるが、ここは世の中の意。長人は長く生きている人。書紀の歌には「汝こそは、世の遠人、汝こそは、国の長人」とある。 一三 大和の枕詞。↓補注一三四 一四 この倭の国は広義の日本の国である。 一五 雁が卵を産むと聞いたことがあるか。書紀の歌には「雁卵産と、汝は聞かすや」とある。聞カスは聞クの敬語。この歌は、古老に物を尋ねて政の参考に資する風習のあらわれである。↓補注一三五。 一六 書紀の歌には「やすみしし、我が大君は」となっている。 一七 なるほどお尋ねになります、言い換えると、お尋ねになるのは尤もでございますの意。シは強意の助詞。ウベシコソの用例は、万葉巻十に「宇倍志社(ウベシコソ)前垣(マガキ)の下の雪は消ずけれ」(二三一六)とある。書紀の歌には「諾な諾な、われを

日賣命《の》、自《みづか》ら大御酒《き》の柏《かしは》を取りて、諸《もろもろ》の氏氏の女等《をみなども》に賜ひき。爾に大后、其の夫《を》[一]玉釧を見知りたまひて、御酒の柏を賜はずて、乃ち引き退《そ》けたまひて、其の夫大楯連《の》を召し出《いだ》して詔りたまひしく、「[二]其の王等《みこたち》、禮无《ゐやな》きに因りて退《しぞ》け賜ひき。是《こ》は[三]異《け》しき事無くこそ。[四]夫《それ》の奴《やつこ》や、[五]己が君の御手に纏かせる玉釧を、[六]膚《はだ》も熅《あたた》けきに剝《は》ぎ持ち來て、卽ち己が妻《め》に與へつる。」とのりたまひて、乃ち[七]死刑《ころすつみ》を給ひき。

5 雁の卵の祥瑞

亦一時《あるとき》、天皇豐樂《とよのあかり》したまはむと爲《し》て、[八]日女《ひめ》島に幸行《い》でまし時、其の島に鴈《かり》卵《こ》生みき。爾に[九]建內《の》宿禰《の》命を召して、歌を以ちて鴈の卵《こ》生みし狀《さま》を問ひたまひき。其の歌に曰《の》りたまひしく、

[一〇]たまきはる　[一一]內《うち》の朝臣《あそ》　汝《な》こそは　[一二]世《よ》の長人《ながひと》　[一三]そらみつ　[一四]倭《やまと》の國に　[一五]雁卵《かりこ》
生《む》と聞くや

とのりたまひき。是に建內《の》宿禰、歌を以ちて語りて白ししく、

[一六]高光る　日の御子　[一七]諾《うべ》しこそ　問ひたまへ　[一八]まこそに　問ひたまへ　吾《あれ》こ
そは　世の長人　[一九]そらみつ　倭の國に　雁卵《こ》生《む》と　[二〇]未《いま》だ聞かず

とまをしき。如此《かく》白して、御琴を給はりて歌曰《うた》ひけらく、

[二一]汝《な》が御子や　[二二]終《つひ》に知らむと　雁は卵《こ》生《む》らし

問はすな」となっている。一八 マは真で、まこと。コソは係助詞。コソの下にニがつく例は、下の軽太子の歌に「ありと言はばこそに、家にも行かめ」とある。まことにお尋ねになります。以下四句は書紀の歌には無い。一九 書紀の歌にはワレハキカズとある。二〇 書紀の歌にはアキヅシマとある。二一 記伝をはじめ多くの注釈書は、汝王でここでは天皇を指すと説いている。しかし汝が御子即ち天皇の皇子の意には解せられないであろうか。二二 原文には「都毘邇」とある。これについて記伝には、「毘字は、比なりけむを、後に写誤れるなるべし。清音の処なれに、必比字なるべきなり。凡て此記の仮字は、清濁いと正しくして、混へるはをさをさ無ければなり。万葉廿にも、須恵都比爾とあり。」と述べている。これはツヒニ(終に)と思い込んでの立言であるが、武田博士は「毘は、濁音ビを表示する字であるから、ツビニという副詞があるのかも知れない。もしそうとすれば、ツブサニなどと関係があるのだろう。」と言って「くわしく」と解されている。しかし古事記にも加・賀、波・婆などの清濁の誤りがないでもないから、ここは姑くツヒニ(終に)に従う。シラムトは、記伝には、天下をお治めになろうとして、と解されているが、武田博士は、お知りになるでしょうと、これも記伝の説に従う。ただ終には、後遂にではなくして、どこどこまでも、最後までの意と思われる。かくて私は、「あなた様の皇子が、どこどこまでも、天の下をお治めになろうとして、その祥瑞として雁は卵を生むそうな。」の意と考えたい。雁と天皇、卵と皇子を思い寄せた歌ではあるまいか。

此者本岐歌之片歌也。[1]

此之御世、兎寸河之西、有二一高樹一。其樹之影、當二旦日一者、逮二淡道嶋一、當二夕日一者、越二高安山一。故、切二是樹一以作レ船、甚捷行之船也。時號二其船一謂二枯野一。故、以二是船一旦夕酌二淡道嶋之寒泉一、獻二大御水一也。玆船破壞以燒レ鹽、取二其燒遺木一作レ琴、其音響二七里一。爾歌曰、

加良怒袁　志本爾夜岐　斯賀阿麻理　許登爾都久理　加岐比久夜　由良能斗能　斗那加能伊久理爾　布禮多都　那豆能紀能　佐夜佐夜

此者志都歌之歌返[2]也。

此天皇御年、捌拾參歲。[3]丁卯年八月十五日崩也。御陵在二毛受之耳上原一也。

此天皇、娶二葛城之曾都毘古之子[4]、伊邪本和氣命[5]、坐二伊波禮之若櫻宮一、治二天下一也。此天皇、娶二葛城之曾都毘古之子、葦田宿禰之女、名黑比賣命一、生御子、市邊之忍齒王。次御馬王。次妹青海郎[6]女、亦名飯豐郎[7]女。三柱

本坐二難波宮一之時、坐二大嘗一而爲二豐明一之時、於二大御酒一宇良宜而大御寢也。爾其弟墨江中王、欲レ取二天皇一以火↓

一　歌曲上の名称。ホキ歌のキは清音、寿歌の意である。　二　兎の訓不明。この河の所在も不明であるが、河内国の河であろうか。　三　朝日に当ると、その樹の影は淡道島に達し、夕日に当ると、その樹の影は高安山を越えたの意。大樹伝説の最も基本的、類型的な表現形式である。↓補注一三六。　河内国高安郡の東方の山。　五　応神紀五年の条に「科二伊豆国一、令レ造レ船。長十丈。船既成之、試浮二于海一。便軽泛疾行如レ馳。故名二其船一曰二枯野一。」とある。　六　是の船を以ちては、大御水献りきに係る。　七　天皇の飲料水。↓補注一三七　八　応神紀三十一年の条には「詔二群卿一曰、官船名、枯野者、伊豆国所レ貢之船也。是朽之不レ堪レ用。然久為二官用一、功不レ可レ忘。何其船名、勿レ絶而得レ伝二後葉一焉。群卿便被レ詔以令二有司一、取二其船材一、為レ薪而焼レ塩。於レ是得二五百籠塩一。云々」とある。　九　里は戸令に「凡戸、以二五十戸一為レ里。」とある里で、里程の里ではない。七つの里。　一〇　応神紀三十一年の条には「初枯野船、為二塩薪一焼之日、有二余燼一。則奇二其不一レ燼而献之。天皇異以令レ作レ琴、其音鏗鏘而遠聆。是時天皇歌之曰」とある。　一一　塩を作るために焼き。　一二　カキは接頭語、ヤは感動の助詞。　一三　由良海峡の。由良は淡路国津名郡由良の湊。　一四　海峡の中の岩礁。万葉巻六に「淡路の、野島の海人の、海の底、沖つ伊久利に、鰒珠、さはに潜き出」(九三三)、巻二に「辛の埼なる、伊久里にぞ、深海松(ミル)生ふる」(一三五)などの用例がある。　一五　波に触れて生えている。フレは下二段活用の動詞振ルの連用形かも知れない。それならば波に揺れて生えているとなる。　一六　水に浸っている海藻

1　此者(以下)―眞には分注となっている。

2　歌返―諸本に「返歌」とあるが、眞に従う。

3　この分注、底・延には無く、前・猪・寛・田には本文として記しているが、眞に従う。

4　子―底・延・田には無い。眞以下の諸本に従う。

5　命―眞には「王」とある。

6・7　郎―寛・延には「皇」とある。

とうたひき。此《こ》[一]は本岐《ほき》歌の片歌《かた》なり。

6 枯野という船

此の御世に、[二]兎《?き》寸河の西に一つの高樹有りき。[三]其の樹の影、旦日《あさひ》に當《あた》れば、淡《あは》道《ぢ》島に逮《およ》び、夕日に當れば、[四]高安《たかやす》山を越えき。故、是の樹を切りて船を作りしに、甚捷《いとはや》く行く船なりき。時に其の船を號《なづ》けて[五]枯野《からの》と謂ひき。故、[六]是の船を以ちて旦夕《あさゆふ》淡道島の寒泉《しみづ》を酌《く》みて、[七]大御水《おほみもひ》獻りき。茲《こ》の船、破《や》れ壞《こぼ》れて[八]鹽を燒き、其の燒け遺《のこ》りし木を取りて琴に作りしに、其の音[九]七里《ななさと》に響《とよ》みき。爾に[一〇]歌曰《うた》ひけらく、

枯野《からの》を　鹽[一一]に燒き　其《し》が餘り　琴に作り　[一二]かき彈《ひ》くや　[一三]由良《ゆら》の門《と》の　[一四]門中《となか》の海石《いくり》に　[一五]觸れ立つ　[一六]浸漬《なづ》の木の　[一七]さやさや

とうたひき。此《こ》は志都《しつ》歌の歌返《うたひかへ》しなり。

履中天皇

1 后妃皇子女

此の天皇の御年、[一八]捌拾參歳《やそぢまりみとせ》。丁卯の年の八月十五日に崩りましき。[一九]御陵は毛受《もず》の耳《みみ》上原《はら》に在り。

此の[二〇]子《みこ》、伊邪本和氣《いざほわけの》命、[二一]伊波禮《いはれ》の若櫻《の》宮に坐しまして、天の下治らしめしき。此の天皇、葛城の曾都毘古《そつびこ》の子、[二二]葦田《あしだの》宿禰の女、名は黑比賣《の》命を娶して、生みませる御子、市邊之忍齒《いちのべのおしはの》王。次に御馬《みまの》王。次に妹青海《あをみの》郎女、亦の名は飯豐《いひとよの》郎女。三柱

2 墨江中王の反逆

[二三]本《もと》、難波の宮に坐しまし時、[二四]大嘗《おほにへ》に坐して豐明《とよのあかり》爲《し》たまひし時、大御酒に宇《う》[二五]良宜《らげ》て大御寢《おほみね》したまひき。爾に其の弟墨江中王《すみのえのなかつ》、天皇を取[二六]らむと欲《おも》ひて、火[二七]

のように。木は草木の総称。書紀の歌にはナヅノキノキとある。[一七] 海藻がサヤサヤと揺ぐのと、琴の音のサヤサヤ(亮々)とをかけたのである。[一八] 八十三歳。書紀には享年は見えない。[一九] 仁徳紀六十七年の条に「甲申、幸㆓河内石津原㆒、以定㆓陵地㆒。丁酉、始築㆑陵。是日、有㆑鹿忽起㆓野中㆒、走之入㆓役民之中㆒而仆死。時異㆓其忽死㆒、以探㆓其痍㆒、即百舌鳥(モズ)自㆑耳出之飛去。因視㆓耳中㆒、悉咋割剝。故号㆓其処㆒曰㆓百舌鳥耳原㆒者、其是之縁也。」とあり、八十七年の条に「春正月戊子朔癸卯、天皇崩。冬十月(中略)葬㆓于百舌鳥野陵㆒。」とある。また諸陵式には「百舌鳥耳原中陵、難波高津宮御宇仁徳天皇。在㆓和泉国大鳥郡㆒。」とある。[二〇] 先帝の御子の意。先帝との続柄を指示している。[二一] イハレは大和国十市郡。若桜宮の名の由来については、履中紀三年の条に詳しい。[二二] 履中紀元年七月の条には「立㆓葦田宿禰之女、黒媛㆒、為㆓皇妃㆒。妃生㆓磐坂市辺押羽皇子、御馬皇子、青海皇女㆒。〔一曰、飯豊皇女。〕」とある。[二三] 天皇が、はじめ難波の高津宮にいらっしゃった時。[二四] 大嘗にのニは、斎(ものいみ)に坐す、諒闇(みものおもい)に坐すのニと同じく、ニテの意。ちょうど大嘗(新嘗)でいらっしゃって。[二五] よい気持におなりになって。[二六] 天皇を殺そうと思って。↓補注一三八 [二七] 書紀の同じ条には、太子が難波の宮から逃げ出された後、「仲皇子不㆑知㆓太子不㆒㆑在、而焚㆓太子宮㆒。」とある。

著二大殿一。於レ是倭漢直之祖、阿知直盗出而、乗二御馬一令レ幸レ於レ倭。故、到レ于二多遲比野一而寤、詔二此間者何處一。爾阿知直白、墨江中王、火著二大殿一。故、率逃レ於レ倭。爾天皇歌曰、

多遲比怒邇　泥牟登斯理勢婆　多都碁母母　母知弖[1]許麻志母能　泥牟登斯理勢婆

到レ於二波邇賦坂一、望二見難波宮一、其火猶炳。爾天皇亦歌曰、

波邇布邪迦　和賀多知美禮婆　迦藝漏肥能　毛由流伊幣牟良　都麻賀伊幣能阿多理

故、到二幸大坂山口一之時、遇二一女人一。其女人白之、持レ兵人等、多塞二茲山一。自二當岐麻道一、廻應二越幸一。爾天皇歌曰、

淤富佐迦邇　阿布夜袁登賣袁　美知斗閇婆　多陀邇波能良受　當藝麻知袁能流

故、上幸坐二石上神宮一也。

於レ是其伊呂弟水齒別命參赴令レ謁。爾天皇令レ詔、↓

1 弖―底・延には「氐」とある。

一 書紀の同じ条には「時平群木菟宿禰、物部大前宿禰、漢直祖阿知使主三人、啓二於太子一。太子不レ信。〔一云、太子酔以不レ起。〕故三人扶二太子一、令二乗レ馬而逃一之。〔一云、大前宿禰、抱二太子一而乗レ馬。〕」とある。 二 こっそり連れ出して。 三 河内国丹比郡の野。

四 寝るとわかっていたならば。セは過去の助動詞キの未然形(奈良朝文法史)。

五 立てる席(むしろ)の意。風を防ぐためにムシロをつぎ合せて屏風のように立てるもの。和名抄には防壁にタツコモの訓がある。また主計式には防壁一枚〔長四丈、広七尺〕、皇大神宮儀式帳に「蒲(カマ)立薦三張」などとある。

六 持って来ればよかったよ。

七 この歌は、例の第二句と第五句とが同一句からなる形式の歌であって、独立歌として見れば、若い男女のランデヴーを歌った民謡と思われる。なお万葉巻十四に「飛鳥河塞(セ)くと知りせばあまた夜もい寝て来ましを塞くと知りせば」(三五四五)の類歌がある。

八 河内国丹南郡の坂。履中紀元年前紀には、「而焚二太子宮一。通夜火不レ滅。太子到二河内国埴生坂一而醒之。顧二望難波一、見二火光一而大驚。」とあって歌は無い。

九 この句は物語歌としては、次のモユルに係る枕詞であろう。枕詞としての例は、万葉巻六に「炎乃(カギロヒノ)春にしなれば」(一〇四七)、巻九に「蜻蜓火之(カギロヒノ)心燃えつつ」(一八〇四)などとある。しかし独立歌としては、春の陽光に照らされて、野原などにチラチラと立ち上るカゲロウと解される。そのようなカギロヒの例としては、万葉巻十に「蜻火之(カギロヒノ)燃ゆる春べとなりにしものを」(一八三五)、巻二に「香切火之(カギロヒノ)燃ゆる荒野に」(二一〇)、巻一に「東の野に炎(カギロヒ)の立つ見え

を大殿に著《つ》けき。是に[一]倭《やまと》の漢直《あやのあたへ》の祖《おや》、阿知直《あちのあたへ》[二]盗み出して、御馬《みま》に乗せて倭に幸《い》でまさしめき。故、多《た》[三]遅《ぢ》比《ひ》野《の》に到りて寤《さ》めまして、「此間《ここ》は何處《いづく》ぞ。」と詔りたまひき。爾に阿知直《の》白しけらく、「墨《の》江《の》中《つ》王、火を大殿に著けましき。故、率《ゐ》て倭に逃《に》ぐるなり。」とまをしき。爾に天皇歌曰《うた》ひたまひしく、

多《た》遅《ぢ》比《ひ》野《の》に　寝[四]むと知りせば　立薦《たつごも》[五]も　持[六]ちて來《こ》ましもの　寝[七]むと知りせ
ば

とうたひたまひき。波《は》[八]邇《に》賦《ふ》坂に到りて、難波の宮を望み見たまへば、其の火猶《なほ》炳《しる》かりき。爾に天皇亦歌曰《うた》ひたまひしく、

波《は》邇《に》布坂《ふざか》　我《わ》が立ち見れば　か[九]ぎろひの　燃[一〇]ゆる家群《いへむら》　妻《つま》[一一]が家のあたり

とうたひたまひき。故、大坂の山口《の》に到り幸《い》でまし時、一《ひと》りの女人《をみな》に遇ひたまひき。其の女人の白しけらく、「兵《つはもの》を持てる人等《ひとども》、多《さは》に玆の山を塞《さ》[一二]へたり。[一三]當岐麻道《たぎまち》より廻りて越え幸《い》でますべし。」とまをしき。爾に天皇歌曰[一四]ひたまひしく、

大坂《おほさか》に　遇[一五]ふや孃子《をとめ》を　道問へば　直《ただ》[一六]には告《の》らず　當藝麻道《たぎまち》[一七]を告る

とうたひたまひき。故、上《のぼ》[一八]り幸《い》でまして、石上《いそのかみの》[一九]神《の》宮に坐しましき。

3　水歯別命と曾婆訶理

是に其の伊呂弟《いろと》水歯別命《の》、參赴《まゐおもむ》[二〇]きて謁《まを》さしめたまひき。爾に天皇詔らしめたま

て」(四八)などがある。
一〇　物語歌としては、火のために燃えている一群の家であり、独立歌としては、陽炎がチラチラ立ち上っている一群の家である。
一一　一群の家があるが、あそこは妻の家のあたりだの意。この歌は所伝としっくり合っていない。妻問いをした夫が、朝妻の許から帰る途中、坂の上から妻の家を見てよんだ歌か、もしくは、単に坂の上から、春の陽炎の燃える妻の家のあたりを見てよんだ夫の恋の歌であろう。
一二　ふさいでいる。人を通さないようにしている。　一三　タギマは大和国葛下郡当麻。当麻へ行く道を廻って越えてお行きなさい。
一四　履中紀元年前紀には「自二大坂一向レ倭、至二于飛鳥山一、遇二少女於山口一。問之曰、此山有レ人乎。対曰、執レ兵者多満二山中一。宜下廻レ自二当摩一径踰上レ之。太子於レ是以為、聆二少女言一而得レ免レ難。則歌之曰」とある。
一五　ヤは感動の助詞。ヲトメヲはヲトメニの意。孃子に道をたずねると。
一六　直接に(大坂越えの近道とは)言わずに。神秘的な女性の言だから、託宣のように告るといったのである。
一七　遠廻りの当麻への道を(お出でなさい)と言う。この歌は、独立歌としてはワザウタ(謡歌・童謡)の類であろう。
一八　大和へ上って行かれて。
一九　履中紀元年前紀には「則更還之、発二当県兵一、令レ従レ身、自二竜田山一踰之。(中略)太子便居二於石上振神宮一。」とある。
二〇　石上神宮に参上されて、天皇に面会を申し入れさせになった。

吾疑下汝命若與二墨江中王一同心乎上。故、不二相言一。答白、僕者無二穢邪[1]心一。亦不レ同二墨江中王一。亦令レ詔、然者今還下而、殺二墨江中王一而上來。彼時吾必相言。故、卽還三下難波一、欺下所レ近三習墨江中王一之隼人、名曾婆加理上云、若汝從二吾言一者、吾爲二天皇一、汝作二大臣一、治二天下一那何。曾婆訶理答三白隨レ命。爾多祿給二其隼人一曰、然者殺二汝王一也。於レ是曾婆訶理、竊伺二己王入レ廁、以レ矛刺而殺也。故、率二曾婆訶理一、上三幸於レ倭之時、到二大坂山口一以爲、曾婆訶理、爲レ吾雖レ有二大功一、既殺二己君一是不レ義。然不レ賽二其功一、可レ謂レ無レ信。既行二其信一、還惶二其情一。故、雖レ報二其功一、滅二其正身一。是以詔[2]二曾婆訶理一、今日留二此間一而、先給二大臣位一、明日上幸、留二其山口一、卽造二假宮一、忽爲二豐↓

1　邪—眞には「非」とある。

2　詔—眞には「語」とある。

一　同じ心は、心を一つにして共謀すること。同をオヤジと訓むのは、天智紀の童謡に「玉に貫く時於野児(オヤジ)緒に貫く」、万葉巻十七に「妹も我も心は於夜自(オヤジ)」(三九七八)、「本も枝も於夜自ときはに」(四〇〇六)などの例による。

二　互に物を言わない。語り合わない。

ひけらく、「吾《あ》は汝命《いましみこと》の若《も》し墨《の》江《の》中《つ》王と同《おや》[一]じ心ならむかと疑ひつ。故、相言[二]はじ。」とのらしめたまへば、答へて白しけらく、「僕《あ》は穢邪《きたな》[三]き心無し。亦墨江《の》中《つ》王と同《おや》じからず。」とまをしたまひき。亦詔らしめたまひりらく、「然らば今還り下《くだ》りて、墨《の》江《の》中《つ》王を殺して上《のぼ》り來ませ。彼《そ》の時に吾《あれ》必ず相言はむ。」とのらしめたまひき。[四]故、卽ち難波に還り下りて、墨《の》江《の》中《つ》王に近く[五]習《つか》ふる隼人《はやびと》、名は[六]曾婆加里《そばかり》を欺きて云《の》りたまひしく、「若《も》し汝《なれ》、吾《あ》が言《こと》に從はば、吾《あれ》天皇と爲《な》り、汝《な》を大臣《おほおみ》に作《な》して、天の下治らしめさむは那何《いかに》ぞ。」とのりたまひき。曾婆訶《そばか》理《り》「命《みこと》[七]の隨《まにま》に。」と答へ白しき。爾に多《さは》に祿《もの》[八]を其の隼人に給ひて曰《の》りたまひしく、「然らば汝《な》[九]が王《みこ》を殺せ。」とのりたまひき。是に曾婆訶理、竊《ひそ》かに己《おの》が王《みこ》の厠《かはや》に入るを伺ひて、矛を以ちて刺して殺しき。[一〇]故、曾婆訶理を率《ゐ》て倭に上り幸《い》でます時、大坂の山口《の》に到りて以爲《おも》ほしけらく、曾婆訶理、吾《あ》が爲《ため》には大《おほ》き功《いさを》有れども、既に[一一]己が君を殺せし、是れ義《みち》[一二]ならず。然れども其の功《いさを》に賽《むく》[一三]いぬは、信《まこと》[一四]無しと謂ひつべし。既に[一五]其の信《まこと》を行はば、還[一六]りて其の情《こころ》こそ悍《かしこ》けれ。故、其の功に報《むく》ゆれども、其の正身《ただみ》[一七]を滅してむとおもほしき。是を以ちて曾婆訶理に詔りたまひしく、「今日は此間《ここ》に留まりて、先づ大臣の位を給ひて、明日《あす》上り幸《い》でまさむ。」とのりたまひて、其の山口《の》に留まりて、卽ち假宮《かりみや》を造りて、忽《には》かに豐《とよの》

一三 朝廷に対する反逆心。

一四 履中紀元年前紀には次のように伝えている。「於レ是瑞歯別皇子、知二太子不レ在、尋之追詣。然太子疑二弟王之心一而不レ喚。時瑞歯別皇子、令レ謁曰、僕無二黒(キタナキ)心一。唯愁二太子不レ在而参赴耳。爰太子伝二告弟王一曰、我畏二仲皇子之逆一、独避至二於此一。何且非レ疑レ汝耶。其仲皇子在之、独猶為二我病一、遂欲レ除。故汝寔勿二黒心一、更返二難波一、而殺二仲皇子一。然後乃見焉。云々」

一五 側近に奉仕している隼人。

一六 履中紀には刺領巾(サシヒレ)とある。

一七 お言葉に随いましょう。

一八 賜わる品物。

一九 記伝には「この王も伎美(ミキ)と訓べし。次文に己君とあるに同じ。」とあるが、王と君とを使いわけているので、ミコと訓むことにした。次の「己が王」も、お前の仕えている王子の意。自分の仕えている王子の意にとる。

二〇 履中紀元年前紀には「則詣二于難波一、伺二仲皇子之消息一。仲皇子、思二太子已逃亡一而無レ備。時有二近習隼人一。曰二刺領巾一。瑞歯別皇子、陰喚二刺領巾一而誂之曰、為レ我殺二皇子一、吾必敦報レ汝。乃脱二錦衣褌一与之。刺領巾恃二其誂言一、独執レ矛以伺二仲皇子入レ厠而刺殺、即隷二于瑞歯別皇子一。」とある。

二一 完全に。全く。

二二 人の履み行うべき道。

二三 返報しないのは。

二四 人を欺したことになると言えるだろう。

二五 完全に、言った通りのことをほんとうに実行すると。

二六 却ってソバカリの心がこわい。教養のないソバカリの心情を恐れられるのである。

二七 当人を殺してしまおう。

樂一、乃於二其隼人一賜二大臣位一、百官令レ拜、隼人歡喜、以三爲遂レ志。爾詔二其隼人一、今日與二大臣一飮二同盞酒一、共飮之時、隱レ面大鋺、盛二其進酒一。於レ是王子先飮、隼人後飮。故、其隼人飮時、大鋺覆レ面。爾取下出置二席下一之劒上、斬二其隼人之頸一、乃明日上幸。故、號二其地一謂二近飛鳥一也。上到レ于レ倭詔之、今日留二此間一、爲二祓禊一而、明日參出、將レ拜二神宮一。故、號二其地一謂二遠飛鳥一也。故、參三出石上神宮一、令レ奏二天皇一、政既平訖參上侍之。爾召入而相語也。天皇、於レ是以二阿知直一、始任二藏官一、亦給二粮地一。

亦此御世、於二若櫻部臣等一、賜二若櫻部名一、又比賣陀君等、賜レ姓謂二比賣陀之君一也。亦定二伊波禮部一也。天皇之御年、陸拾肆歲。[1]壬申年正月三日崩。[2]御陵在二毛受一也。

[3]弟、水齒別命、坐二多治比之柴垣宮一、治二天下一也。[4]此天皇、御身之長、九尺二寸半。御齒長一寸廣二分、上下等齊、↓

一 大臣としての位置。位は官位の位ではない。

二 飮む時に顏を覆いかくすほどの大きな椀。鋺は椀と通用。新撰字鏡には鋺にカナマリの訓があり、和名抄には金鋺にカナマリの訓があって、「古語、謂レ椀為二磨利一(ﾏﾘ)」とある。

三 記伝には「クルヒと訓べし」と言っているが、アスカの地名を説明するところであるから、アスと訓む方がよい。

四 和名抄に河内国安宿郡安須加部がある。その地である。

五 隼人を斬って血の穢れに触れたので、祓禊をしたのである。

六 大和国高市郡の飛鳥。水歯別命(反正天皇)の皇居、多治比の柴垣宮からの遠近によって、遠つ飛鳥、近つ飛鳥と言ったのである。

七 仰せつかった仕事をすっかり成し了えて(墨江中王を殺して)。

八 履中紀元年前紀には、多少所伝を異にし、

1 この分注、底・延には無く、前・猪・寛・田には本文として記しているが、眞に従う。
2 「御陵」以下、眞は分注としているが、諸本に従う。
3 弟―底はじめ諸本に無いが、眞に従つて補う。
4 此―眞には無い。

楽《あかりし》為たまひて、乃ち其の隼人に[一]大臣の位を賜ひ、百官《もものつかさ》をして拝《をろが》ましめたまふに、隼人歓喜《よろこ》びて、志遂げぬと以為《おも》ひき。爾に其の隼人に詔りたまひしく、「今日大臣と同じ盞《つき》の酒を飲まむ。」とのりたまひて、共に飲みたまふ時に、[二]面《おも》を隠《かく》す大鋺《おほまり》に、其の進むる酒を盛《も》りき。是に王子《みこ》先《さき》に飲みたまひて、隼人後に飲みき。故、其の隼人飲む時に、大鋺面《おほまりおも》を覆《おほ》ひき。爾に席《むしろ》の下に置きし剣を取り出して、其の隼人の頸《くび》を斬りたまひて、乃ち[三]明日《あす》上り幸《い》でましき。故、其地《そこ》を号《なづ》けて[四]近飛鳥《ちかつあすか》と謂ふ。上りて倭に到りて詔りたまひしく、「今日は此間《こと》に留まりて[五]祓禊《はらへ》を為《し》て、明日《あす》参出《まゐで》て神《の》宮を拝《をろが》まむとす。」とのりたまひき。故、其地を号けて[六]遠飛鳥《とほつあすか》と謂ふ。故、石上《いそのかみの》神《の》宮に参出て、天皇に奏《まを》さしめたまひしく、「[七]政《まつりごと》既に平《ことむ》け訖《を》へて参上《まゐのぼ》りて侍《さもら》ふ。」とまをさしめたまひき。爾に召し入れて[八]相語らひたまひき。天皇、是に阿知《の》直を始めて[九]蔵官《くらのつかさ》に任《ま》け、亦[一〇]粮地《たどころ》を給ひき。亦此の御世に、若櫻部《の》臣等《ども》に若櫻部の名を賜ひ、又比賣陀《ひめだの》君等《ども》に姓《かばね》を賜ひて比賣陀の君と謂ひき。亦伊波禮部《いはれべ》を定めたまひき。天皇の御年、[一一]陸拾肆歳《むそぢまりよとせ》。壬申の年の正月三日に崩りましき。[一二]御陵は毛受《もず》に在り。

反正天皇

[一三]弟《いろと》、水歯別《の》命、[一四]多治比《たぢひ》の柴垣《しばかきの》宮に坐しまして、天の下治らしめしき。此の天皇、御《み》身の長《たけ》、九尺二寸半《ここのさかあまりふたきいつきだ》。御歯の長さ一寸《ひとき》、広さ二分《ふたきだ》、上下等《かみしもひと》しく斉《ととの》ひて、

且つ簡潔に次のように記している。「於レ是木菟宿禰、啓ニ於瑞歯別皇子一曰、刺領巾為レ人、殺ニ己君一、其為レ我雖レ有ニ大功一、於ニ己君一無レ慈之甚矣。豈得レ生乎。乃殺ニ刺領巾一。即日向レ倭也。夜半臻ニ於石上一而復命。於レ是喚ニ弟王一以敦寵。仍賜ニ村合屯倉一。」（はじめの「木菟宿禰啓於」の六字は衍か）。

九 履中紀六年の条には「始建ニ蔵職一。因定ニ蔵部一。」とあるのみであるが、古語拾遺には「至ニ後磐余稚桜朝一、三韓貢献、奕レ世無レ絶。斎蔵之傍、更建ニ内蔵一、分ニ収官物一。仍令下阿知使主与ニ百済博士王仁一、記中其出納上。始更定ニ蔵部一。至ニ於長谷朝倉朝一、秦氏（中略）。自レ此而後、諸国貢調、年々盈溢。更立ニ大蔵一、令ニ蘇我麻智宿禰、検ニ校三蔵一。〔斎蔵、内蔵、大蔵〕秦氏出ニ納其物一、東西文氏、勘ニ録其簿一。是以漢氏賜レ姓、為ニ内蔵、大蔵一。今秦、漢二氏、為ニ内蔵、大蔵主鑰、蔵部一之縁也。」とある。そうして職員令の内蔵寮の条には「頭一人。掌ニ金銀、珠玉、宝器、錦綾、雑綵、氈褥、諸蕃貢献奇瑋之物、年料供進御服、及別勅用物事一。云々」、大蔵省の条には「卿一人。掌ニ出納、諸国調、及銭、金銀、珠玉、銅鉄、骨角歯、羽毛、漆、帳幕、権衡、度量、売買估価、諸方貢献雑物事一。云々」と規定されている。

一〇 田地、田荘と同じ。

一一 六十四歳。書紀には「時年七十」とある。

一二 書紀には「葬ニ百舌鳥耳原陵一。」とある。諸陵式には「百舌鳥耳原南陵、磐余稚桜宮御宇履中天皇。在ニ和泉国大鳥郡一。」とある。

一三 先帝の御弟の意。

一四 反正紀元年十月の条には「都ニ於河内丹比一（タヂヒ）。是謂ニ柴籬宮一。」とある。

既如レ貫レ珠。天皇、娶二丸邇之許碁登臣之女、都怒郎女一、生御子、
甲斐郎女。次都夫良郎女。二柱 又娶二同臣之女、弟比賣一、生御子、
財王。次多訶辨郎女。幷四王也。天皇之御年、陸拾歳。[1]丁丑年七月崩。
[2]御陵在二毛受野一也。
弟、[3]男淺津間若子宿禰命、[4]坐二遠飛鳥宮一、治二天下一也。此天皇、
娶二意富本杼王之妹、忍坂之大中津比賣命一、生御子、木梨之輕
王。次長田大郎女。次境之黑[5]日子王。次穴穗命。次輕大郎女、
亦名衣通郎女。御名所三以負二衣通王一者、其身之光自レ衣通出也。 次八瓜之白日子王。次大長谷
命。次橘大郎女。次酒見郎女。九柱 凡天皇之御子等、九柱。男王五、女王四。
此九王之中、穴穗命者、治二天下一也。次大長谷命、治二天下一也。
天皇初爲レ將レ所レ知二天津日繼一之時、天皇辭而詔之、我者有二一[6]
長病一。不レ得レ所レ知二日繼一。然大后始而、諸卿等、因二堅奏一而、
乃治二天下一。此時、新良國主[7]、貢二進御調八十一艘一。爾御調之大
使、名云二金波鎭漢紀武一、此人深知二藥方一。故、治三差帝皇之御
病一。

1 この分注、底・延には無く、前・猪・寛には本文として記しているが、眞に従う。
2 「御陵」以下、眞は分注としているが、諸本に従う。
3 弟―底はじめ諸本に無いが、眞に従つて補う。
4 命―眞には「王」とある。
5 黑―眞・猪・寛には「墨」とある。
6 一―眞には無い。
7 主―眞・田には「王」とある。

一 全く。反正紀には「歯如二一骨一」とある。
二 反正紀元年の条には「立二太宅臣祖、木事(コト)之女、津野媛一、為二皇夫人一、生二香火(カヒ)姫皇女、円(ツブ)皇女一。」とある。
三 反正紀元年の条には「又納二夫人弟、弟媛一、生二財皇女与二高部皇女一。」とある。
四 六十歳。書紀には享年を記していない。
五 允恭紀五年十一月の条に「葬二瑞歯別天皇于百舌鳥耳原陵一。」とあり、諸陵式には「百舌鳥耳原北陵、丹比柴籬宮御宇反正天皇。在二和泉国大鳥郡一。」とある。
六 先帝の御弟。
七 遠飛鳥は大和国高市郡にある。
八 允恭紀二年の条には「立二忍坂大中姫一為二皇后一。(中略)皇后生二木梨軽皇子、名形大娘皇女、境黒彦皇子、穴穂天皇、軽大娘皇女、八釣白彦皇子、大泊瀬稚武天皇、但馬橘大娘皇女、酒見皇女一。」とあって、この記と一致している。
九 後の安康天皇。
一〇 允恭紀七年の条によると、皇后の妹、弟姫の別名となっている。即ち「皇后不レ獲レ已而奏言、妾弟、名弟姫焉。容姿絶妙無レ比、其艶色徹レ衣而晃之。是以時人号曰二衣通郎姫一也。」とある。
一一 後の雄略天皇。
一二 皇位を継承されようとした時。
一三 御辞退をなさって。
一四 長い間の持病。記伝には一長病をウチハヘタルヤマヒと訓んでいる。
一五 允恭紀元年前紀には次のように伝えている。

允恭天皇

1 后妃皇子女

一既に珠《たま》を貫《ぬ》けるが如くなりき。天皇、丸邇《わに》の許碁登臣《こことの》の女、都怒郎女《つののの》を娶して、生みませる御子、甲斐郎女《かひの》。次に都夫良郎女《つぶらの》。二柱 又同《おや》じ臣の女、三弟比賣を娶して、生みませる御子、財王《たからの》。次に多訶辨郎女《たかべの》。并せて四王《よはしら》なり。天皇の御年、四陸拾歳《むそとせ》。丁丑の年の七月に崩りましき。五御陵は毛受野《もずの》に在り。

六弟《いろと》、男淺津間若子宿禰命《をあさづまわくごの》、七遠飛鳥宮《とほつあすかの》に坐しまして、天の下治らしめしき。此の天皇、意富本杼王《おほほどの》の妹《いも》、八忍坂《おさか》の大中津比賣命《の》を娶して、生みませる御子、木梨《きなし》之輕王《のかるの》。次に長田大郎女《の》。次に境《さかひ》の黑日子王《の》。次に九穴穗命《あなほの》。次に輕大郎女《かるの》、亦の名は一〇衣通郎女《そとほしの》。御名を衣通王と負はせる所以は、其の身の光、衣より通り出づればなり。次に八瓜《やつり》の白日子王《の》。次に一一大長谷命《おほはつせの》。次に橘大郎女《の》。次に酒見郎女《さかみの》。九柱 凡そ天皇の御子等、九柱《ここのはしら》なり。男王五、女王四。此の九王の中《なか》に、穴穗命《の》は天の下治らしめしき。次に大長谷命《の》、天の下治らしめしき。

2 天皇の即位と氏姓の正定

天皇初め一二天津日繼《あまつひつぎ》知らしめさむと爲《せ》し時、天皇一三辭《いな》びて詔りたまひしく、「我《われ》は一つの一四長き病《やまひ》有り。一五日繼知らしめすこと得じ。」とのりたまひき。然れども大后を始めて、諸《もろもろ》の卿等《まへつぎみたち》、一六堅く奏《まを》すに因《よ》りて、乃ち天の下治らしめしき。此の時、一七新良《しらぎ》の國主《こにきし》、御調八十一艘《みつぎやそまりひとふね》を貢進《たてまつ》りき。爾に御調《みつぎ》の一八大使《おほきつかひ》、名は一九金波鎭漢紀武《こむはちむかむきむ》と云ふ、此の人深く藥方《くすりのみち》を知れり。故、帝皇《すめらみこと》の御病を二〇治め差《い》やしき。

「瑞歯別天皇崩。爰群卿議之曰、方今、大鷦鷯天皇之子、雄朝津間稚子宿禰皇子与二大草香皇子一。然雄朝津間稚子宿禰皇子、長之仁孝。即選二吉日一、跪上二天皇之璽一。雄朝津間稚子宿禰皇子謝曰、我不天久離二篤疾一、不レ能二歩行一。且我既欲レ除レ病、独非二奏言一而密破レ身治レ病、猶勿レ差。由レ是先皇責之曰、汝患レ病縦破レ身。不孝孰甚二於茲一矣。其長生之、遂不レ得レ継レ業。亦我兄二天皇、愚レ我而軽之。群卿共所レ知。(中略)更選二賢王一宜レ立矣。寡人弗二敢当一。(中略)雄朝津間稚子宿禰皇子曰、奉二宗廟社稷一重事也。寡人篤疾、不レ足二以称一。猶辞而不レ聴。」

一六 強硬に帝位にお即きになるように申し上げたので、天下をお治めになった。↓補注一三九

一七 新良は新羅。神功紀摂政元年前紀に「爰新羅王、波沙寐錦(ハサミキム)即以二微叱己知波珍干岐(ミシコチハチムカムキ)一為レ質、仍賚二金銀、彩色、及綾羅縑絹一、載二于八十艘船一、令レ従二官軍一。是以新羅王、常以二八十船之調一、貢二于日本国一、其是之縁也。」とある。ただし八十と八十一の相違がある。

一八 正使。副使に対する。

一九 金は姓。波鎮は新羅の爵位、神功紀には波珍とある。東国通鑑に「新羅設レ官有二十七等一。一曰、伊伐飡。(中略)四曰、波珍飡。五曰、大阿飡。皆授二真骨一。真骨王族也。」とある。漢紀(干岐)は王族の号である。武は名。

二〇 治癒させた。允恭紀に「三年春正月辛酉朔、遣レ使求二良医於新羅一。秋八月、医至レ自二新羅一。則令レ治二天皇病一。未レ経二幾時一、病已差也。天皇歓之、厚賞レ医以帰二于国一。」とある。

於レ是天皇、愁二天下氏氏名名人等之氏姓忤過一而、於二味白檮之言八十禍津日前一、居二玖訶瓮一而、玖訶二字以レ音。定三賜天下之八十友緒氏姓一也。又爲二木梨之輕太子御名代一、定二輕部一、爲二大后御名代一、定二刑部一、爲二大后之弟、田井中比賣御名代一、定二河部一也。天皇御年、漆拾捌歲。[1]甲午年正月十五日崩。御陵在二河内之惠賀長枝一也。

天皇崩之後、定二木梨之輕太子所レ知二日繼一、未レ卽レ位之間、姧二其伊呂妹輕大郎女一而歌曰、

阿志比紀能　夜麻陀袁豆久理　夜麻陀加美　斯多備袁和志勢　志多杼比爾　和賀登布伊毛袁　斯多那岐爾　和賀那久都麻袁　許存許曾婆　夜須久波陀布禮

此者志良宜歌也。又歌曰、

佐佐婆爾　宇都夜阿良禮能　多志陀志爾　韋泥弖牟能知波　比登波加由登母　宇流波斯登　佐泥斯佐泥弖婆　加理許母能　美陀禮婆美陀禮　佐泥斯佐泥弖婆[2]

此者夷振之上歌也。

是以百官及天下人等、背二輕太子一而、歸二穴穗御子一。爾輕太子畏而、逃三入大前小前宿禰大臣之家一而、備三作兵器一。爾時所レ作矢者、銅二其箭之内一。故號二其矢一謂二輕箭一也。穴穗御子亦作二兵器一。此王子所レ作之↓

1　この分注、底・延には無い。前・猪・寛・田には本文として記しているが、眞に從つて分注とする。

2　婆―底はじめ諸本には「波」とある。眞・田に從う。

一　名については記伝に「さて古は氏々の職業各定まりて、世々相継て仕奉りつれば、其職即其家の名なる故に、即其職業を指ても名と云り。さて其は其家に世々に伝はる故に其名即又姓の如し。されば名々と云は職々にて即此も氏々と云にひとしきなり。」と説いている。↓補注一四〇。　二　↓補注一四一

三　大和国高市郡甘樫。言八十禍津日の前は、探湯を行われるに因んでつけられた地名であろう。書紀には味橿丘之辞禍戸碑とある。

四　クカはクカタチのクカで、書紀に盟神探湯にクカタチの訓注があり、「或泥納レ釜煮沸、攘レ手探二湯泥一、或焼二斧火色一、置二手掌一。」と説明しているが、熱湯の中に手を漬けて正邪を判断する卜占の一種。瓮は湯をたぎらせる土釜の類。

五　多くの伴の長。伴は同じ職業の団体。

六　↓補注一四二

七　七十八歳。書紀には「時年若干」となっている。　八　書紀には「葬二天皇於河内長野原陵一。」とあり、諸陵式には「恵我長野北陵、遠飛鳥宮御宇允恭天皇。在二河内国志紀郡一。」とある。

九　同腹の妹の軽大郎女(衣通王)と不倫の結婚をして。異腹の兄弟姉妹間の結婚は許されていたが、同腹のは不倫とされていたことがわかる。↓補注一四三

一〇　山の枕詞。句意未詳。↓補注一四四

一一　山田を佃り。佃りは耕作する意。

一二　山が高いので。琴歌譜所載の歌には、この句、夜万多可良〔一説云、也万多可美〕となっている。ヤマタカラは山田のゆえにの意。

一三　下樋は地中に埋めた木製の水路。懸樋に対する語。ワシセは走らせの意であろうが、他に用例もなく、語法不明。↓補注一四五

一四　人目を忍んで言い寄る私の愛人に。下娉い

是に天皇、天の下の氏氏名名[一]の人等《ども》の氏姓《うぢかばね》[二]の忤《たが》ひ過《あやま》てるを愁ひたまひて、味白《あまか》[三]檮《し》の言八十禍津日《ことやそまがつひ》の前《さき》に、玖訶瓮《くかべ》[四]を居《す》ゑて、玖訶の二字は音を以ゐよ。天の下の八十友緒《やそとものを》[五]の氏姓[六]を定め賜ひき。又木梨之輕太子《かるのひつぎのみこ》の御名代と爲《し》て、輕部《かるべ》を定め、大后の御名代と爲《し》て、刑部《おさかべ》を定め、大后の弟《いろと》、田井中《のつ》比賣の御名代と爲《し》て、河部を定めたまひき。天皇の御年、漆拾捌歳《ななそぢまりやとせ》[七]。甲午の年の正月十五日に崩りましき。御陵[八]は河内の惠賀《ゑが》の長枝《ながえ》に在り。

3　軽太子と衣通王

天皇崩《かむあが》りまし後《のち》、木梨之《の》輕太子、日繼知らしめすに定まれるを、未だ位に即《つ》きたまはざりし間に、其の伊呂妹《いろも》[九]輕《の》大郎女に姧《たは》けて歌曰《うた》ひたまひしく、

[一〇]あしひきの　山田[一一]を作り　山高《だか》[一二]み　下樋《したび》[一三]を走《わし》せ　下娉《したど》[一四]ひに　我《わ》が娉《と》ふ妹《いも》を
下泣《したな》[一五]きに　我《わ》が泣く妻を　昨夜《こぞ》[一六]こそは　安《やす》[一七]く肌觸《はだふ》れ

とうたひたまひき。此《こ》は志良宜《しらげ》[一八]歌なり。又歌曰《うた》ひたまひしく、

笹葉《ささば》に　打[一九]つや霰《あられ》の　たしだしに[二〇]　率寢《ゐね》[二一]てむ後《のち》は　人は離《か》ゆとも　愛《うるは》[二二]しと
さ[二三]寢しさ寢てば　刈薦《かりこも》[二四]の　亂[二五]れば亂れ　さ寢しさ寢てば

とうたひたまひき。此は夷振《ひなぶり》[二六]の上歌《あげうた》なり。

是を以ちて百官《ももつかさ》及《また》天の下の人等《ひとども》、[二七]輕《の》太子に背きて、[二八]穴穗《の》御子に歸《よ》りき。爾に輕《の》太子畏みて、大前《おほまへ》小前《をまへの》宿禰の大臣《おほおみ》の家に逃げ入りて、兵器《つはもの》を備へ作りたまひき。爾の時に作りたまひし矢は、其の箭の内を銅にせり。故、其の矢を號けて輕箭と謂ふ。穴穗《の》御子も亦、兵器《つはもの》を作りたまひき。此の王子の作りた

に娉ぅ我が妹をの意。ヲはニの意であって、末句の肌触れに係る。

一五　人目を忍んで泣く私の妻に。↓補注一四六

一六　コゾはキゾと同じで昨夜の意。今夜の意とする説もあるが、今夜はコヨヒでコゾとは言わず、コゾは去年の意に用いられている。↓補注一四七。

一七　気安く肌を触れたことだ。

一八　歌曲上の名称。琴歌譜にも茲良宜(シラゲ)歌とある。記伝に「後挙(シリアゲ)歌を切めたる名なり。(中略)神楽歌譜に、一前張云々、各尻上(シリアゲ)、また次薦枕静歌云々、尻上、また尻挙は、三度拍子乎用留、即榊乃音振也、などあり。」と説いている。

一九　以上の二句はタシダシニの序。

二〇　霰が笹葉を打つ音のタシダシを確々に転換したのである。タシはタシカ(確)の意で、それを重ねた語である。確実に。

二一　共寝をしてしまった後は、あの人(自分の愛人)は離れさるとも(しかたがない)。離ユは離ルと同じ。ヤ行に活用する。

二二　記伝には、愛する妹との意にとっているが、これは愛しとて、即ち可愛いといって。

二三　サは接頭語、シは強意の助詞。寝ることを寝たならば、つまり寝てしまったならば。

二四　乱れの枕詞。

二五　乱れるならば乱れよ。乱るは二人の仲がうまく行かなくなる意。↓補注一四八

二六　歌曲上の名称。調子を上げて歌う歌が上歌であろう。神代紀下にも挙歌の名称が見える。

二七　軽太子が不倫の恋をしたので。

二八　安康紀元年前紀には「四十二年春正月、天皇〔允恭〕崩。冬十月、葬礼畢之。是時太子行二暴虐一、淫二于婦女一。国人謗之。群臣不レ従、悉隷二穴穂皇子一。」とある。

矢者、即今時之矢者也。是謂㆓穴穂箭㆒也。於㆑是穴穂御子、興㆑軍圍㆓大前小前宿禰之家㆒。爾到㆓其門㆒時、零㆓大氷雨㆒。故、歌曰、

意富麻幣　袁麻幣須久泥賀　加那斗加宜　加久余理許泥　阿米多知
夜米牟

爾其大前小前宿禰、擧㆑手打㆑膝、儛訶那傳、自㆑訶下三字以㆑音。歌參來。其歌曰、

美夜比登能　阿由比能古須受　淤知爾岐登　美夜比登登余牟　佐斗
毘登母由米

此歌者、宮人振也。如㆑此歌參歸白之、我天皇之御子、於㆓伊呂兄王㆒、無㆑及㆑兵。若及㆑兵者、必人咲。僕捕以貢進。爾解㆑兵退坐。故、大前小前宿禰、捕㆓其輕太子㆒、率參出以貢進。其太子被㆑捕歌曰、

阿麻陀牟　加流乃袁登賣　伊多那加婆　比登斯理奴倍志　波佐能夜
麻能　波斗能　斯多那岐爾那久

又歌曰、

阿麻陀牟　加流袁登賣　志多多爾母　余理泥弖登富禮　加流袁登賣
杼母

故、其輕太子者、流㆑於㆓伊余湯㆒也。亦將㆑流↓

一 雹や霰。

二 安康紀元年前紀には「爰太子、欲㆑襲㆓穴穂皇子㆒、而密設㆑兵。穴穂皇子、復興㆑兵将㆑戦。故穴穂括箭(ヤ)軽括箭、始起㆓于此時㆒也。時太子、知㆓群臣不㆑従百姓乖違㆒、乃出之匿㆓物部大前宿禰之家㆒。穴穂皇子、聞則囲之。大前宿禰、出㆑門而迎之。穴穂皇子歌之曰」とある。

三 金門は堅固な門の意。しっかりとした門の蔭に。 四 このように寄ってお出でなさい。

五 こうして立ちながら雨を止ませよう。止メは他動詞下二段活用。原文の米(書紀の梅)は乙類のメで、マ行下二段の未然形は乙類のメであるからである。この歌は独立歌としては、一首のワザウタ(謡歌・童謡)であろう。

六 カナデは下二段活用の連用形。記伝に「舞て手を動かしはたらかすなり。〔儛と訶那伝と二には非ず。訶那伝は、即ち舞ふ手のさまなり。〕」とある。 七 宮廷奉仕の人。里人に対する語。

八 アユヒは脚帯とも書く。記伝に「袴をかかげて其を膝のあたりなどにて結固むる帯(モヒ)と聞えたり。」と言っている。その紐に小さい鈴をつけていたのである。

九 たしかに落ちたといって。物語歌としては、軽太子が衣通王と姧けたことを指すが、独立歌としては、宮人が里人の女と通じたことを意味するものと解せられる。

一〇 宮人が騒ぎ立てている。

一一 里人は宮人に対して民間の人をいう。ユメは動詞忌ムの命令形で忌み謹しめの意。万葉には謹、勤、忌の意字を当て、仮字書きでは、由米、由眼、湯目などがある。原文は由米、書紀は由梅で、メは何れも乙類の仮字である。マ行の四段活用の命令形のメは甲類、下二段活用の

まひし矢は、即ち今時の矢なり。是を穴穗箭と謂ふ。是に穴穗《の》御子、軍《いくさ》を興して大前小前《の》宿禰の家を圍《かく》みたまひき。爾に其の門《かど》に到りましし時、大《いた》く[一]氷雨《ひさめ》零《ふ》りき。故、歌《う》[二]曰《た》ひたまひしく、

大前《おほまへ》　小前宿禰《をまへすくね》が　[三]金門蔭《かなとかげ》　[四]かく寄り來《こ》ね　[五]雨立ち止めむ

とうたひたまひき。爾に其の大前小前《の》宿禰、手を擧げ膝を打ち、儛《ま》ひ[六]訶《か》那《な》傳《で》、訶より下の三字は音を以ゐよ。歌ひ參來《まゐき》つ。其の歌に曰《い》ひしく、

[七]宮人《みやひと》の　[八]脚結《あゆひ》の子鈴《こすず》　[九]落ちにきと　[一〇]宮人《みやひと》とよむ　[一一]里人《さとびと》もゆめ

といひき。此の歌は宮人振《みやひとぶり》[一二]なり。如此《かく》歌ひ參歸《まゐき》て白しけらく、「[一三]我が天皇《おほきみ》の御子、[一四]伊呂兄《いろせ》の王《みこ》に兵《いくさ》をな及《や》りたまひそ。若《も》し兵を及《や》りたまはば、[一五]必ず人咲《わら》はむ。僕《あれ》捕へて貢進《たてまつ》らむ。」とまをしき。爾に[一六]兵《いくさ》を解《と》きて退《そ》き坐しき。故、[一七]大前小前《の》宿禰、其の輕《の》太子を捕へて、率《ゐ》て參出《まゐで》て貢進《たてまつ》りき。其の太子、捕へらえて歌《う》曰《た》ひたまひしく、

[一八]天飛《あまだ》む　[一九]輕《かる》の孃子《をとめ》　[二〇]いた泣かば　人知りぬべし　[二一]波佐《はさ》の山の　鳩の　[二二]下泣《した》きに泣く

とうたひたまひき。又歌曰ひたまひしく、

天飛《あまだ》む　輕孃子《かるをとめ》　[二三]したたにも　[二四]寄り寢てとほれ　[二五]輕孃子ども

とうたひたまひき。故、其の輕《の》太子は、[二六]伊余《いよ》の湯《ゆ》に流《なが》しき。亦流さえむとした

命令形のメは乙類であるから、忌ムは下二段活用と見なければならない。↓補注一四九

二　歌曲上の名称。歌の初句を取って名づけたもの。　三　穴穂御子を指す。御子よと呼びかけた語である。　四　同腹の兄王に兵を差向けなさるな。記伝には「無及兵はいと訓がたきを、強て勢米多麻布那と訓つ。」とある。

一五　シナ思想の影響か。詩経、小雅に「兄弟鬩レ牆、外禦二其務一。(アナドリ)」とある。

一六　囲んでいた兵士を解いて退かれた。

一七　安康紀元年前紀には「(大前宿禰)乃啓二皇子一曰、願勿レ害二太子一。臣将レ議。由レ是太子自死二于大前宿禰之家一。〔一云、流二伊予国一。〕」とあって、伝を異にしている。　一八　天飛ぶの転訛で、軽の枕詞。元来はカリ(雁)に係る枕詞であるが、同音のカル(軽)にも転用された。

一九　軽は地名。物語歌としては軽大郎女を指すが、独立歌としては軽の地の乙女である。

二〇　ひどく泣いたら、他人が知ってしまうだろう(自分たちの仲を)。

二一　波佐の山は所在不明。軽の近くの山か。波佐の山の鳩のように。鳩が低くこもったような声で鳴くので、次の「下泣き」の譬喩としている。　二二　忍び音に泣く(がよい)。記伝には「但し此結は必那気(ケナ)とあるべきことなり。」と言っている。さてこの歌は、物語歌としては、物語の筋と矛盾している。

二三　下々にもの意にとる説もあるが、シタタカニモの意であろう(タシニとタシカニの関係参照)。しっかりと、甚だしく。

二四　自分のそばに寄って寝て行け。

二五　独立歌としては、軽の乙女たちよ。物語歌としては軽大郎女。

二六　道後の温泉に配流した。↓補注一五〇

之時、歌曰、

阿麻登夫　登理母都加比曾　多豆賀泥能　岐許延牟登岐波　和賀那
斗波佐泥

此三歌者、天田振也。又歌曰、

意富岐美袁　斯麻爾波夫良婆　布那阿麻理　伊賀幣理許牟叙　和賀
多多彌由米　許登袁許曾　多多美登伊波米　和賀都麻波由米

此歌者、夷振之片下也。其衣通王獻レ歌。其歌曰、

那都久佐能　阿比泥能波麻能　加岐賀比爾　阿斯布麻須那　阿加斯
弖杼富禮

故、後亦不レ堪二戀慕一而、追往時、歌曰、

岐美賀由岐　氣那賀久那理奴　夜麻多豆能　牟加閇袁由加牟　麻都
爾波麻多士　此云二山多豆一者、是今造木者也。

故、追到之時、待懷而歌曰、

許母理久能　波都世能夜麻能　意富袁爾波　波多波理陀弖　佐袁袁
爾波　波多波理陀弖　意富袁爾斯　那加佐陀賣流　淤母比豆麻阿波
禮　都久由美能　許夜流許夜理母　阿豆佐由美　多弖理多弖理母
能知母登理美流　意母比豆麻阿波禮

又歌曰、

一 空を飛ぶ鳥は使だよ。鳥の使の思想は古くからあった。雉、八咫烏、雁などの使がそれである。この「天飛ぶ」は枕詞ではない。 二 私の名をお聞きなさい。(誰からの使かわからないので、鶴に私の名をお聞きになって、私からの使だったら、私の近況を聞いて下さいの意。) 三 歌の初句を取って名づけた歌曲名。 四 王は天皇または皇族、物語歌としては軽太子自身を指す。 五 島に追放するならば。島は物語歌としては、伊予を指す。 六 帰るの枕詞。語義未詳。船に乗る人が大勢で、乗りはぐれる意から帰るにつづくと記伝には説いている。 七 イは接頭語。帰って来よう。 八 だから留守中は、私の敷物を忌み謹しんで、穢れのないようにせよ。旅行者の平安を祈るためのタブーであったようである。 九 言葉にはタタミ(敷物)と言おうが、実はの意。 一〇 私の親しい妻は忌み謹しんで清らかにしておれ。↓補注一五一。 一一 琴歌譜に見える「片降」という歌曲名と同じ。↓補注一五二。 一二 アヒネのネに係る枕詞。万葉には「奈都久佐能野島が埼に」(巻十五、三六〇六)、「夏草の思ひ萎(ナシ)えて」(巻二、一三八)などの用例がある。ナ、ノ、ネに係るもののようである。 一三 所在不明。 一四 牡蠣の貝。その貝殻は鋭利で、手足を深く切ることが多い。 一五 足をお踏みつけになりますな。牡蠣を足でふみつけるなの意。蠣貝で足をザクリと切られた時の体験がにじんでいる。 一六 原文「杼富礼」とあるからドホレと訓むのかも知れないが、姑くトホレと訓む。アカシテについて記伝には「蠣殻どもをよく掃ひ却て、道を明けて行去給へと云なり。」と言っている

まひし時、歌曰ひたまひしく、

[一]天飛《あまと》ぶ　鳥も使ぞ　鶴《たづ》が音《ね》の　聞えむ時は　[二]我《わ》が名問はさね

とうたひたまひき。此の三《み》歌は[三]天田振《あまだぶり》なり。又歌曰ひたまひしく、

[四]王《おほきみ》を　[五]島に放《はぶ》らば　[六]船餘《ふなあま》り　[七]い歸《がへ》り來《と》むぞ　[八]我《わ》が疊《たたみ》ゆめ　[九]言《こと》をこそ　疊と言はめ　[一〇]我《わ》が妻はゆめ

とうたひたまひき。此の歌は夷振《ひなぶり》の[一一]片下《かたお》ろしなり。其の衣通王、歌を獻りき。其の歌に曰《い》ひしく、

[一二]夏草《なつくさ》の　[一三]あひねの濱の　[一四]蠣貝《かきがひ》に　[一五]足蹈《あしふ》ますな　[一六]あかしてとほれ

といひき。故、後《のち》亦戀ひ慕《しの》ひ堪《あ》へずて、追ひ往きし時、歌曰《うた》ひたまひしく、

[一七]君が往《ゆ》き　[一八]け長くなりぬ　[一九]山たづの　[二〇]迎へを行かむ　[二一]待つには待たじ　此に山多豆と云ふは、是れ今の造木なり。

とうたひたまひき。故、追ひ到りましし時、[二二]待ち懷《おも》ひて歌曰《うた》ひたまひしく、

[二三]隠《こも》り國《く》の　[二四]泊瀬《はつせ》の山の　[二五]大峡《おほを》には　幡張《はたは》り立《だ》て　さ小峡《をを》には　幡張り立《た》て　大峡《おほを》にし　[二六]なかさだめる　[二七]思ひ妻《づま》あはれ　[二八]槻《つく》弓の　臥《こ》やる臥《こ》やりも　[二九]梓《あづさ》弓　起《た》てり起《た》てりも　[三〇]後《のち》も取り見る　思ひ妻あはれ

とうたひたまひき。又歌曰ひたまひしく、

が、夜を明かして通れで、夜の暗い時は危険だから夜の明けるのを待って行きなさいの意であろう。↓補注一五三

一七　往キは行くこと(体言)。万葉にはワガユキの語もある。

一八　け長くのケは、元来月日や時間の意である。万葉に「一日こそ人も待ちよき長き気(ケ)をかくし待たえばありがつましじ」(巻四、四八四)、「草枕この旅の気(ケ)に妻放(サカ)り」(巻十三、三三四七)、「長き気(ケ)を待ちかも恋ひむ愛しき妻らは」(巻二十、四三三一)などの例がある。しかしケナガシのケはその意を含む接頭語である。

一九　迎えの枕詞。↓補注一五四

二〇　迎えに行こうの意。ヲはニの意。

二一　待つには待つまい、即ち待つことはすまいの意。↓補注一五五

二二　軽太子が衣通王の来られるのを待ってなつかしがって。

二三　ハツセの枕詞。山の間に籠った土地の意で、泊瀬の地形から枕詞とされた。

二四　泊瀬の渓谷を囲む山々。

二五　ヲ(峡)は水を挟んだ山の意であるが、丘、峰をも意味する。大ヲは次のサ小峡に対する。サは接頭語。

二六　難解の句である。↓補注一五六

二七　自分がいとしく思っている妻よ、ああ。アハレは感動をあらわす。ここで一旦きれる。

二八　臥やるの枕詞で、次の梓弓と共に「取り」の縁語。臥ヤルは臥ユがラ行に再活用した語である。次の「起てり起てりも」と合せて、臥しては起き、起きては臥し、何度も何度も臥し起きしての意。モは感動の助詞。

二九　起(タ)ての枕詞。

三〇　後には相見る。取りは接頭語。

許母理久能　波都勢能賀波能　加美[1]都勢爾　伊久比袁宇知　斯毛都勢爾　麻久比袁宇知　伊久比爾波　加賀美袁加氣　麻久比爾波　麻多麻袁加氣　麻多麻那須　阿賀母布伊毛　加賀美那須　阿賀母布都麻　阿理登伊波婆許曾爾　伊幣爾母由加米　久爾袁母斯怒波米

如レ此歌、卽共自死。故、此二歌者、讀歌也。

[2]御子、穴穗御子、坐二石上之穴穗宮一、治二天下一也。天皇爲二伊呂弟大長谷王子一而、坂本臣等之祖、根臣、遣二大日下王之許一、令レ詔者、汝命之妹、若日下王、欲レ婚二大長谷王子一。故、可レ貢。爾大日下王、四拜白之、若疑レ有二如レ此大命一。故、不レ出レ外以置也。是恐、隨二大命一奉進。然言以白事、其思レ无レ禮、卽爲二其妹之禮物一、令レ持二押木之玉縵一而貢獻。根臣、卽盜二取其禮物之玉縵一、讒二大日下王一曰、大日下王者、不レ受二勅命一曰、己妹乎、爲二等族之下席一而、取二横刀之手上一而怒歟。故、天皇大怒、殺二大日下王一而、取二持-來其王之嫡妻、長田大郞女一、爲二皇后一。

1 加—底はじめ諸本には「賀」とある。眞に従う。

2 御子—底はじめ諸本に無いが、眞に従つて補う。

一 原文には賀波とあり、これによるとガハとなるが、姑くカハと訓む。

二 神事を行うために打つ斎み清めた杭。

三 マは接頭語。

四 以上、序。

五 玉のように大切に思う私の愛人。

六 居ると言うならば。ニはつけたことば。

七 故郷をもなつかしもう。この歌は万葉巻十三にも取られているが、初めの十一句は同じで、次が「我が思ふ妹も、鏡なす、我が思ふ妹も、ありと言はばこそ、国にも、家にも行かめ、誰が故か行かむ」(三二六三)となっていて、反歌が伴っている。

八 記伝に「読歌は、楽府にて他の歌曲の如く、声を詠(ナガ)めあやなしては歌はずして、直誦(タダヨミ)に読挙る如唱へたる故の名なるべし。凡て余牟(ヨム)と云は、物を数ふる如くにつぶつぶと唱ふることとなり。」と説いている。琴歌譜には正月元日余美(ヨミ)歌というのがあって、「そらみつ倭の国は」の歌を載せている。

九 先帝の御子。

一〇 安康紀元年前紀に「遷二都于石上一。是謂二穴

隠り國《く》の　泊瀬の河[一]の　上《かみ》つ瀬に　齋杙《いくひ》[二]を打ち　下《しも》つ瀬に　眞杙《まくひ》[三]を打ち
齋杙には　鏡を懸《か》け　眞杙には　眞玉《またま》[四]を懸け　眞玉如《な》[五]す　吾《あ》が思《も》ふ妹《いも》　鏡
如《な》す　吾《あ》が思《も》ふ妻　ありと[六]言はばこそに　家にも行かめ　國[七]をも偲《しの》はめ

とうたひたまひき。如此《かく》歌ひて、卽ち共に自《みづか》ら死にたまひき。故、此の二歌《ふたうた》は讀歌《よみ》[八]なり。

安康天皇

1 押木の玉縵

御子《みこ》[九]、穴穂の御子、石上《いそのかみ》[一〇]の穴穂宮に坐しまして、天の下治らしめしき。天皇、伊《い》呂弟《ろと》大長谷王子《おほはつせのみこ》[一一]の爲《ため》に、坂本臣《の》等の祖、根臣《ねのおみ》を、大日下王《おほくさかの》[一二]の許《もと》に遣はして、詔らしめたまひしく、「汝命《いましみこと》の妹《いろも》、若日下王《わかくさかの》[一三]を、大長谷王子《の》に婚《あ》はせむと欲《おも》ふ。故、貢るべし。」とのらしめたまひき。爾に大日下王《の》、四《よ》[一四]たび拜《をろが》みて白しけらく、「若《も》[一五]し如此《かく》の大命《おほみこと》も有らむと疑ひつ。故[一六]、外《と》に出さずて置きつ。是《こ》[一七]れ恐《かしこ》し、大命の隨《まにま》に奉進《たてまつ》らむ。」とまをしき。然れども言《こと》[一八]以ちて白す事、其れ禮无《ゐやな》しと思ひて、卽ち其の妹の禮物《ゐやじろ》[一九]と爲《し》て、押木《おしき》[二〇]の玉縵《たまかづら》[二一]を持たしめて貢獻《たてまつ》りき。根臣《の》、卽ち其の禮物《ゐやじろ》の玉縵を盜み取りて、大日下王《の》を讒《よこ》[二二]して曰ひしく、「大日下王《の》は、勅《おほ》命《みこと》を受けずて曰《の》りたまひつらく、『己[二三]が妹や、等《ひと》し族《うがら》の下席《したむしろ》に爲《な》らむ。』とのりたまひて、橫刀《たち》の手上《たがみ》[二四]を取りて、怒りましつ。』といひき。故、天皇大《いた》く怒りまして、大日下王《の》を殺して、其の王《みこ》の嫡妻《むかひめ》、長田[二五]の大郎女を取り持ち來[二六]て、皇后《おほきさき》と

穗宮。」とある。
一一　後の雄略天皇。天皇の同母弟。
一二　仁徳天皇の御子。安康天皇の叔父。
一三　波多毘能若郎女の別名。
一四　四拝の外に再拝、八拝などがある。敬意の度合によって再拝→四拝→八拝となる。
一五　或いはこのような(有難い)お言葉もありはしないかと思っていました。
一六　それで妹をば外にも出さずに大事にしていました。
一七　これは、ほんとに恐れ多いことです。お言葉に随って差し上げましょう。
一八　ただ口頭だけでお受け申すことは失礼だと思って。
一九　敬意を表わすしるしの品物。
二〇　書紀には押木珠縵〔一云、立縵。又云、磐木縵。〕とある。未詳。
二一　根臣に持たせて献上した。
二二　根もないことを言って、他人を悪しざまに言うこと。
二三　自分の妹は、同族の下敷きになろうか。なりはしない。ヤは反語の助詞。また神代紀上には、族にウガラの訓注がある。
二四　柄(つか)。
二五　古事記では允恭天皇の御子に長田大郎女があるが、この人ではない。雄略紀元年前紀の細注に、「去来穂別天皇女、曰二中蒂(ナカシ)姫皇女一。更名、長田大娘皇女也。大鷦鷯天皇子、大草香皇子、娶二長田皇女一、生二眉輪王一也。」とある長田大娘(中蒂姫)である。
二六　自分のものとして連れて来て、皇后になさった。↓補注一五七

自レ此以後、天皇坐二神牀一而晝寢。爾語二其后一曰、汝有レ所レ思乎。答曰、被二天皇之敦澤一、何有レ所レ思。於レ是其大后之先子、目弱王、是年七歳。是王當レ于二其時一而、遊二其殿下一。爾天皇、不レ知三其少王遊二殿下一以詔、吾恒有レ所レ思。何者、汝之子目弱王、成レ人之時、知三吾殺二其父王一者、還爲レ有二邪心一乎。於レ是所レ遊二其殿下一目弱王、聞二取此言一、便竊伺二天皇之御寢一、取二其傍大刀一、乃打二斬其天皇之頸一、逃二入都夫良意富美之家一也。

天皇御年、伍拾陸歳。御陵在二菅原之伏見岡一也。

爾大長谷王子、當時童男。即聞二此事一以慷愾忿怒、乃到二其兄黑日子王之許一曰、人取二天皇一。爲二那何一。然其黑日子王、不レ驚而有二怠緩之心一。於レ是大長谷王詈二其兄一言、一爲二天皇一、一↓

為《し》たまひき。

2　目弱王の乱

此れより以後《のち》、天皇神牀《かむどこ》[一]に坐して晝寝したまひき。爾に其の后《きさき》に語りて曰《の》りたまひけらく、「汝《いまし》[二]思ほす所有りや。」とのりたまへば、答へて曰《まを》したまひけらく、「天皇の敦《あつ》き澤《めぐみ》を被《かがふ》りて、何か思ふ所有らむ。」とまをしたまひき。是に其の大后の先《さき》[三]の子、目弱《まよわ》王、是れ年七歳《ななとせ》なりき。是の王《みこ》、其の時に當りて、其の殿《との》の下に遊べり。爾に天皇、其の少《わか》き王の殿の下に遊べるを知らしめさずて、詔りたまひしく、「吾《あ》は恒に思ふ所有り。何ぞといへば、汝《いまし》の子目弱王《の》、人と成りし時、吾が其の父王《ちちみこ》を殺せしを知りなば、還りて[四]邪《きたな》き心有らむと為《す》るか。」とのりたまひき。是に其の殿の下に遊べる目弱王《の》、此の言《こと》を聞き取りて、便《すなは》ち竊《ひそ》かに天皇の御寝《みね》しませるを伺ひて、其の傍《かたへ》の大刀《たち》を取りて、乃ち其の天皇の頸を打ち斬りて、都夫良意富美《つぶらおほみ》の家に逃げ入りき。[五]

天皇の御年、伍拾陸歳《いそぢまりむとせ》[六]。御陵は[七]菅原《すがはら》の伏見《ふしみ》の岡に在り。

爾に大長谷王子《の》、當時《そのかみ》[八]童男《をぐな》なりき。即ち此の事を聞きたまひて、慷愾《うれた》[九]み忿《いか》怒りて、乃ち其の兄《いろせ》黒日子王《の》の許《もと》に到りて曰《まを》したまひけらく、「人[一〇]天皇を取りつ。那何《いかに》か為《せ》まし。」とまをしたまひき。然るに其の黒日子王《の》、驚かずて怠緩《おほろか》[一一]の心有りき。是に大長谷王《の》、其の兄《の》を詈りて言ひけらく、「[一二]一つには天皇に為《ま》し、一つ

一　御床の意であろう。記伝には神の字は誤字ではあるまいかとしている。

二　あなたは心配なことがありますか。

三　前に大日下王との間にお生みになった子。

四　却って反逆心を持つのではなかろうか。言い換えると、却って復讐心を抱くのではあるまいか。

五　以上、雄略紀元年前紀には「三年八月、穴穂天皇、意レ将二沐浴一、幸二于山宮一。遂登レ楼兮遊目。因命レ酒兮肆宴。爾乃情盤楽極間、以言談一顧謂二皇后一曰、吾妹、汝雖二親昵一、朕畏二眉輪王一。眉輪王、幼年遊二戯楼下一、悉聞レ所レ談。既而穴穂天皇、枕二皇后膝一、昼酔眠臥。於レ是眉輪王、伺二其熟睡一而刺殺之。（中略）逃二入円（ツブ）大臣宅一。」とある。

六　五十六歳。書紀には享年が見えない。

七　安康紀三年の条には「天皇為二眉輪王一見レ弑。三年後、葬二菅原伏見陵一。」とある。諸陵式には「菅原伏見西陵、石上穴穂宮御宇安康天皇。在二大和国添下郡一。」とある。

八　その当時少年であった。前後の話と矛盾しているが、倭建命の場合と同様に、少年英雄として理想化しようとしたもので、一種の虚構である。

九　憤り歎き激怒して。

一〇　誰かが天皇を殺しました。どうしましょうか。

一一　好い加減に思っていた。大して気にもかけていなかった。

一二　一方には天皇でいらっしゃり、他方には兄弟でいらっしゃるのに。安康天皇は、大長谷王や黒日子王・白日子王と同腹の兄弟。

爲二兄弟一、何無二恃心一、聞レ殺二其兄一、不レ驚而怠乎、卽握二其衿一控出、拔レ刀打殺。亦到二其兄白日子王一而、告レ狀如レ前、緩亦如二黑日子王一。卽握二其衿一以引率來、到二小治田一、掘レ穴而隨レ立埋者、至二埋レ腰時一、兩目走拔而死。

亦興レ軍圍二都夫良[1]意美之家一。爾興レ軍待戰、射出之矢、如レ葦來散。於レ是大長谷王、以レ矛爲レ杖、臨二其內一詔、我所二相言一之孃子者、若有二此家一乎。爾都夫良意美、聞二此詔命一、自參出、解二所レ佩兵一而、八度拜白者、先日所二問賜一之女子、訶良比賣者侍。亦副二五處之屯宅一以獻。所レ謂五村屯宅者、今葛城之五村苑人也。然其正身、所三以不二參向一者、自二往古一至二今時一、聞二臣連隱レ於二王宮一、未レ聞二王子隱レ於二臣之家一。是以思、賤奴意富美者、雖二竭レ力戰一、更無レ可レ勝。然恃レ己入三坐于二[2]隨家一之王子者、死而不レ棄。如レ此白而、亦取二其兵一、↓

一 どうして頼りになるような心もなくて。

二 大和国高市郡。

三 両眼が飛び出して。以上、雄略紀元年前紀には次のように伝えている。「是日、大舎人驟言二於天皇一曰、穴穂天皇、為二眉輪王一見レ弑。天皇大驚、即猜二(ウタガヒ)兄等一、被レ甲帯レ刀、率レ兵自将、逼二問八釣白彦皇子一。皇子見二其欲一レ害、嘿坐不レ語。天皇乃抜レ刀而斬。更逼二問坂合黒彦皇子一。皇子亦知レ将レ害、嘿坐不レ語。天皇忿怒弥盛。乃復幷為レ欲レ殺二眉輪王一、案二劾所由一。眉輪王曰、臣元不レ求二天位一。唯報二父仇一而已。坂合黒彦皇子、深恐レ所レ疑、竊語二眉輪王一、遂共得レ間而出、逃二入円大臣宅一。」

四 オミはオホミと同じ、オホ(大)はオともいう。

五 そこで意美の方も軍を起して防戦して、射放つ矢は、葦の花が飛び散るようであった。記伝には「古は海辺など葦の殊に多かりしかば、其穂の盛に散さまはおびただしかりし故に、かく射る矢の甚稠(シゲ)き譬にも云るなり。」とあり、

1 意美―寛・延・田には「意富美」とある(下も同じ)。

2 隨―延・に田は「隱」とある。

には兄弟《はらから》に爲《ま》すを、一何《なに》か恃《たの》む心も無くて、其の兄《いろせ》を殺せしことを聞きて、驚かずて怠《おほろか》なる。」といひて、卽ち其の衿《ころものくび》を握《と》りて控《ひ》き出して、刀《たち》を抜きて打ち殺したまひき。亦其の兄白日子王《の》に到りて、狀《ありさま》を告ぐること前《さき》の如くなりしに、緩《おほろか》なることも亦、黑日子王《の》の如くなりき。卽ち其の衿を握《と》りて引き率《ゐ》て來て、二小治田《をはりだ》に到りて、穴を掘りて立てる隨《まにま》に埋みしかば、腰を埋む時に至りて、三兩《ふた》つ目走り抜けて死にき。

亦軍《いくさ》を興して都夫良意美《つぶらおみ》四の家を圍《かく》みたまひき。五爾に軍を興して待ち戰ひて、射《い》出づる矢、葦《あし》の如く來《きた》り散りき。是に大長谷王《の》、矛を杖に爲《し》て、其の六內を臨みて詔りたまひしく、「七我《わ》が相言へる孃子《をとめ》は、若《も》し此の家に有りや。」とのりたまひき。爾に都夫良意美、此の詔命《おほみこと》を聞きて、自《みづか》ら參出《まゐで》て、佩《は》ける兵《つはもの》を解きて、八八度拜《やたびをろが》みて白ししく、「九先《さき》の日問ひ賜ひし女子《むすめ》、訶良比賣《からひめ》は侍《さもら》はむ。亦五《い》つ處の一〇屯宅《みやけ》を副へて獻らむ。一一謂はゆる五村の屯宅は、今の葛城の五村の苑人なり。然るに一二其の正身《ただみ》、參向《まゐむか》はざる所以《ゆゑ》は、往古《いにしへ》より今時《いま》に至るまで、一三臣連《おみむらじ》の王《みこ》の宮に隱《かく》ることは聞けど、未だ一四王子《みこ》の臣《やつこ》の家に隱《かく》りましを聞かず。是を以ちて思ふに、賤《いや》しき奴《やつこ》意富美《おほみ》は、力を竭《つく》して戰ふとも、更に一五勝つべきこと無けむ。然れども己れを恃《たの》みて、一六隨《やつこ》の家に入り坐しし王子《みこ》は、死にても棄《う》てじ。」とまをしき。如此《かく》白して、亦其の兵《つはもの》を取りて、

万葉には「葦が散る」を難波の枕詞に用いている（巻二十、四三三一、四三六二、四三九八）。これは葦の花が散る意である。しかし矢が乱れ飛ぶありさまは、雪に譬えられていて、巻二に「引き放つ、箭の繁けく、大雪の乱れて来れ」（一九九）とある。また欽明紀十五年の条には「発レ箭如レ雨」とある。なおここの「来り」という語は穏やかではないようであるが、これは行き散るの意に解するか、或いは受ける方の立場から「来る」といったとするかの、何れかに従ったらよかろう。

六 都夫良意富美の家の内。

七 私が言い交した乙女（意美の女、訶良比売）は、もしやこの家におりはしないか。

八 鄭重に敬礼して。

九 先日妻問いされた私の女の訶良比売は、お側にお仕えするでありましょう。即ち差し上げましょうの意。

一〇 屯宅（屯倉）は、本来朝廷の御料田についた役所や倉であるが、臣下私有のものも例外としてあったようである。その屯家を訶良比売に副えて献ろうというのである。

一一 苑人（ソノヒト）は、職員令にいう園戸のことである。園池司の条に「正一人、掌下諸苑池種二殖蔬菜樹菓一等事上。（中略）直丁一人、園戸。」とある。

一二 女自身がここにやって来てお仕えいたしませんわけは。

一三 臣連は朝廷に仕える臣下を指し、王は皇族の意。臣下が皇族の家に隠れること。

一四 前に軽太子が大前小前宿禰の家に逃げ込まれたことがあり、これと矛盾している。

一五 皇族と臣下ではその勢力が段違いであるからである。

一六 隨の用法は穏やかではないが、姑く意を汲んでヤツコ（臣）と訓むことにする。

還入以戰。爾力窮矢盡、白二其王子一、僕者手悉傷。矢亦盡。今不レ得レ戰。如何。其王子答詔、然者更無レ可レ爲。今殺レ吾。故、以レ刀刺三殺其王子一、乃切二己頸一以死也。

自レ茲以後、淡海之佐佐紀山君之祖、名韓俗白、淡海之久多此二字以レ音。綿之蚊屋野、多在二猪鹿一。其立足者、如二荻[1]原一、指擧角者、如二枯樹[2]一。此時相三率市邊之忍齒王一、幸三行淡海一、到二其野一者、各異作二假宮一而宿。爾明旦、未二日出一之時、忍齒王、以二平心一隨レ乘二御馬一、到三立[3]大長谷王假宮之傍一而、詔二其大長谷王子之御伴人一、未二寤坐一。早可レ白也。夜既曙訖。可レ幸二獦[4]庭一。乃進レ馬出行。爾侍二其大長谷王之御所一人等白、宇多弖物云王子。宇多弖三字以レ音。故、應レ愼。亦宜レ堅二御身一。卽衣中服レ甲、取三佩弓矢一、乘レ馬出行、倏忽之間、自レ馬往雙、拔レ矢↓

1 荻—眞には「萩」とある。
2 樹—眞には「松」とあり、前にも「松」とあって右に「樹」と注している。
3 立—眞には無い。
4 獦—底・寛・延・田には「獵」とある。

一 どうしましょうか。
二 もはや致し方がない。
三 以上、雄略紀元年前紀にはやや伝を異にし、還り入りて戰ひき。爾に力窮《きは》まり矢盡きぬれば、其の王子に白しけらく、「僕《あ》は手悉に傷《お》ひぬ。矢も亦盡きぬ。今は得《え》戰はじ。[一]如何《いかに》か。」とまをしき。其の王子答へて詔りたまひしく、「然らば更[二]に爲むすべ無し。今は吾を殺《し》せよ。」とのりたまひき。故、刀《たち》を以ちて其の王子を刺し殺して、乃ち己が頸を切りて死にき。[三]

3 市辺之忍歯王の難

茲《こ》れより以後《のち》、淡海《あふみ》の佐佐紀《ささき》の山《の》君の祖、名は韓帒《からぶくろ》[四]白ししく、「淡海の久多《くた》[五]此の二字は音を以ゐよ。綿《わた》の蚊屋野《かやの》は、多《さは》に猪鹿《しし》[六]在り。其の立てる足は菆原《すすきはら》[七]の如く、指擧《ささ》げたる角《つの》は枯樹《かれき》[八]の如し。」とまをしき。此の時[九]市邊《いちのべ》之《の》忍《おし》齒《はの》王を相率《あひゐ》て、淡海に幸《い》行でまして、其の野に到りませば、各異《こと》に假宮《かりみや》を作りて宿りましき。爾に明くる旦《あした》、未だ日出でざりし時、忍齒《の》王、平《なぐ》[一〇]しき心以ちて、御馬に乗りし隨《まにま》に、大長谷《の》王の假宮の傍《かたへ》に到り立たして、其の大長谷《の》王子の御伴人《みともびと》に詔りたまひしく、「未[一一]だ寤め坐さざるか。早く白すべし。夜は既に曙《あ》けぬ。獦庭《かりには》に幸《い》でますべし。」とのりたまひて、乃ち馬を進めて出で行きたまひき。爾に其の大長谷《の》王の御所《みもと》に侍《さもら》ふ人等《ひとども》白ししく、「宇多弖《うたて》[一二]物云ふ王子《みこ》ぞ。宇多弖の三字は音を以ゐよ。故、愼[一三]しみたまふべし。[一四]亦御身を堅めたまふべし。」とまをしき。卽ち衣《みそ》の中に甲《よろひ》を服《り》し、弓矢を取り佩《は》かして、馬に乘りて出で行きたまひて、倏忽《たちまち》の間に、[一五]馬より往き雙《なら》びて、矢

次のように記している。「天皇使使㆑乞之。大臣以㆑使報曰、蓋聞㆓人臣有㆑事、逃入㆓王室㆒。未㆑見㆓君王隱㆓匿臣舍㆒。方今、坂合黒彦皇子与㆓眉輪王㆒、深恃㆓臣心㆒、來㆓臣之舍㆒。詎忍送歟。由㆑是天皇復益興㆑兵、圍㆓大臣宅㆒。大臣出㆓立於庭㆒、索㆓脚帯㆒(アユヒ)。(中略)大臣裝束已畢、進㆓軍門㆒跪拜曰、臣雖㆑被㆑戮、莫㆓敢聽㆒㆑命。古人有㆑云。匹夫之志、難㆑可㆑奪。方屬㆓乎臣㆒。伏願、大王奉㆓獻臣女韓媛与㆓葛城宅七区㆒、請㆓以贖㆒㆑罪。天皇不㆑許。縱㆑火燔㆑宅。於㆑是大臣与㆓黒彦皇子、眉輪王㆒、倶被㆓燔死㆒。」

四 大長谷王に申したことには。

五 所在不明。

六 猪も鹿もシシである。

七 スキが一面に生えているようで。書紀には「其聚脚、如㆓弱木林㆒(シモトハラ)」とあり、また景行紀四十年の条にも「是野也、麋鹿甚多。気如㆓朝霧㆒、足如㆓茂林㆒(シモトハラ)」とある。

八 書紀には「其戴角類㆓枯樹末㆒(エダ)」とある。

九 履中天皇の御子で、大長谷王の従兄弟。

一〇 別段どうという心もなく気軽にの意で、下の「詔りたまひしく」に係る。記伝には原文「以平心」を「何心なく」の意でナニノミココロモナクと訓んでいる。

一一 王子はまだお目覚めではないか。夜はすっかり明けてしまっている。狩場にお出掛けなさいと早く申し上げよ。

一二 大変厭なことをおっしゃる王子ですぞ。

一三 用心なさい。

一四 武装して身をお堅めなさい。

一五 馬をやって忍歯王と並んで。両方の馬を並ばせたのである。

射ニ落其忍齒王一、乃亦切ニ其身一、入レ於ニ馬槽一、與レ土等埋。於レ是市邊王之王子等、意祁[1]王、袁祁王二柱聞ニ此亂一而逃去。故、到ニ山代苅羽井一、食ニ御粮一之時、面黥老人來、奪ニ其粮一。爾其二王言、不レ惜レ粮。然汝者誰人、答曰、我者山代之猪甘也。故、逃ニ渡玖須婆之河一、至ニ針間國一、入ニ其國人、名志自牟之家一、隱レ身、役レ於ニ馬甘牛甘一也。

大長谷若建命、坐ニ長谷朝倉宮一、治ニ天下一也。天皇、娶ニ大日下王之妹、若日下部王一。无レ子。又娶ニ都夫良意富美之女、韓比賣一、生ニ御子、白髮命。次妹若帶比賣命。二柱 故、爲ニ白髮太子之御名代一、定ニ白髮部一、又定ニ長谷部舍人一、又定ニ河瀨舍人一也。此時吳人參渡來。其吳人安ニ置於ニ吳原一。故、號ニ其地一謂ニ吳原一也。初大后坐ニ日下一之時、自ニ日下之直越道一、幸ニ行河內一。爾登ニ山上一望ニ國內一者、有下上ニ堅魚一作ニ舍屋一之家上。↓

1 意祁―延・田・底には「意富祁」とある。

一 馬槽で、馬のかいば桶。

二 高く築かないで、平地と同じく平らにして埋めた。（どこに埋めたかわからないようにするためである。）以上、雄略紀元年前紀には次のように伝えている。「天皇恨ニ穴穂天皇、曾欲下以ニ市辺押磐皇子上伝レ国而遥付ニ嘱後事一、乃使ニ人於市辺押磐皇子一、陽期ニ狡猟一、勧レ遊ニ郊野一曰、近江狭々城山君、韓帒言、今於ニ近江来田綿蚊屋野一、猪鹿多有。其戴角類ニ枯樹末一、其聚脚如ニ弱木林一、呼吸気息、似ニ於朝霧一。願与ニ皇子一、孟冬作陰之月、寒風粛然之晨、将下逍ニ遥於郊野一、聊娯レ情以騁射上。市辺押磐皇子、乃随馳猟。於レ是大泊瀬天皇、彎レ弓驟レ馬、而陽呼曰ニ猪有一、即射ニ殺市辺押磐皇子一。」

三 顕宗紀の初めに、「弘計（ヲケ）天皇〔更名、来目稚子〕大兄去来穂別天皇（履中）孫也。市辺押磐皇子子也。母曰ニ荑媛一。〔荑、此云ニ波曳一。譜第曰、市辺押磐皇子、娶ニ蟻臣女、荑媛一、遂生ニ三男二女一。第一曰ニ居夏姫一。第二曰ニ億計（オケ）王一。更名、島稚子。更名、大石尊。其三曰ニ弘計（ヲケ）王一。更名、来目稚子。云々」とある。

四 近江での騒動（父王が殺された事）。

五 山城国綴喜郡樺井（カニハキ）の地。

六 ここは刑罰として目の縁に入墨を施されたもの。

七 猪飼部。飼部は目の縁に入墨をするのが習わしであった。

八 河内国交野郡葛葉の渡場から淀川を渡って。

九 シジムは播磨の地名シジミ（縮見、志深）を人名に誤ったものであろう。顕宗紀の細注には縮見の屯倉の首（オビト）で名は細目とあり、播磨風土記美嚢郡の条には、志深村の首の伊等尾（イトミ）とある。

一〇 馬飼、牛飼として使役された。↓補注一五を抜きて其の忍齒王《の》を射落して、乃ち亦其の身を切りて、[一]馬樎《うまぶね》に入れて土《つち》[二]と等しく埋みたまひき。

是に市邊王《のの》の王子《みこたち》等、[三]意祁王《おけの》、袁祁王《をけの》、二柱 此の[四]亂れを聞きて逃げ去りたまひき。故、山代の[五]苅羽井《かりばゐ》に到りて、御粮《みかれひを》食す時、面[六]黥《まさ》ける老人《おきな》來て、其の粮を奪ひき。爾に其の二《ふた》はしらの王《みこの》言りたまひしく、「粮は惜《を》しまず。然れども汝《な》は誰人《たれ》ぞ。」とのりたまへば、答へて曰ひしく、「我《わ》は山代の[七]猪甘《ゐかひ》ぞ。」といひき。故、[八]玖須《くす》婆《ば》の河を逃げ渡りて、針間《はりまの》國に至り、其の國人《くにびと》、名は[九]志自牟《しじむ》の家に入りて、身を隠したまひて、[一〇]馬甘牛甘《うまかひうしかひ》に役《つか》はえたまひき。

雄略天皇

1 后妃皇子女

大長谷若建命《おほはつせわかたけの》、[一一]長谷《はつせ》の朝倉宮《の》に坐しまして、天の下治らしめしき。天皇、大日下王《の》の妹《いろも》、[一二]若日下部王《の》を娶したまひき。子无かりき。又都夫良意富美の女、[一三]韓《から》比賣を娶して、生みませる御子、[一四]白髪命《しらがの》。次に妹若帯比賣命《いもわかたらしの》。二柱 故、[一五]白髪太子《のひつぎのみこ》の御名《みな》代《しろ》と爲《し》て、白髪部《しらがべ》を定め、又長谷部《はつせべ》の舍人《とねり》を定め、又[一六]河瀬の舍人を定めたまひき。此の時呉人《くれびと》参渡《まゐわた》り來つ。其の呉人を[一七]呉原《くれはら》に安置《お》きたまひき。故、其地を號けて呉原と謂ふ。

2 皇后求婚

初め[一八]大后、[一九]日下《くさか》に坐しし時、[二〇]日下の直越《ただごえ》の道より、河内《かふち》に幸行《いで》でましき。爾に[二一]山の上に登りて國の内を望《みさ》けたまへば、[二二]堅魚《かつを》を上げて舍屋《や》を作れる家有りき。

八

二 長谷は和名抄に大和国城上郡長谷郷がある。雄略紀元年前紀に「天皇命ニ有司一、設ニ壇於泊瀬朝倉一、即ニ天皇位一、遂定レ宮焉。」とある。また姓氏録、山城国諸蕃、秦忌寸の条には「大泊瀬稚武天皇御世(中略)役ニ諸秦氏一、構ニ八丈大蔵於宮側一、納ニ其貢物一。故名ニ其地一曰ニ長谷朝倉宮一。」と伝えている。

三 波多毘能若郎女の別名。雄略紀元年の条には「立ニ草香幡梭(クサカノハタヒ)皇女一、為ニ皇后一。〔更名、橘姫〕」とある。

三 同条に「是月立ニ三妃一。元妃、葛城円大臣女、曰ニ韓媛一。生ニ白髪武広国押稚日本根子天皇与ニ稚足姫皇女一。〔更名、栲幡娘姫皇女〕是皇女侍ニ伊勢大神祠一。云々」とある。

一四 後の清寧天皇。清寧紀に「天皇生而白髪」とある。

一五 雄略紀二十二年の条に「以ニ白髪皇子一為ニ皇太子一。」とある。

一六 雄略紀十一年の条に「近江国栗太郡言、白鸕鷀(ウ)居ニ于谷上浜一。因詔置ニ川瀬舍人一。」とある。

一七 雄略紀十四年の条に、「三月、命ニ臣連一迎ニ呉使一、即安ニ置呉人於檜隈野一。因名ニ呉原一。」とある。呉原は即ち檜隈野で、大和国高市郡である。

一八 若日下部王。

一九 河内国河内郡日下(クサカ)。

二〇 大和の平群郡から生駒山の南方を越えて河内国に至り、難波に下る道で、これが一番近道であるから直越と言ったのである。

二一 例の国見である。

二二 神社などの屋上にある堅魚木のことである。

天皇令レ問ニ其家一云、其上ニ堅魚一作レ舎者誰家。答白、志幾之大縣主家。爾天皇詔者、奴乎、己家似ニ天皇之御舎一而造、卽遣レ人令レ燒ニ其家一之時、其大縣主懼畏、稽首白、奴有者、隨レ奴不レ覺而過作甚畏。故、獻ニ能美之御幣物一。能美二字以レ音。布繫ニ白犬一、著レ鈴而、己族名謂ニ腰佩一人、令レ取ニ犬繩一以獻上。故、令レ止ニ其著一レ火。卽幸ニ行其若日下部王之許一、賜ニ入其犬一、令レ詔、是物者、今日得レ道之奇物。故、都摩杼比此四字以レ音。之物云而賜入也。於レ是若日下部王、令レ奏ニ天皇一、背レ日幸行之事、甚恐。故、己直參上而仕奉。是以還ニ上一坐於レ宮之時、行ニ立其山之坂上一歌曰、

久佐加辨能　許知能夜麻登　多多美許母　幣具理能夜麻能　許知碁知能　夜麻能賀比爾　多知邪加由流　波毘呂久麻加斯　母登爾波　伊久美陀氣淤斐　須惠幣爾波　多斯美陀氣淤斐　伊久美陀氣　伊久美波泥受　多斯美陀氣　多斯爾波韋泥受　能知母久美泥牟　曾↓

一　河内国志紀郡。大県主はカバネ(姓)。
二　記伝には「奴とは王に対へて臣下を云。次なるも同じ。」と説いているが、ここは奴婢の意で、相手を卑しめていう語。あの奴めが。
三　これによると、堅魚木を上げて家を造るのは、天皇の宮殿に限られていたようである。即ち堅魚木は天皇の権威の象徴であった。
四　額を地につけて。ひれふして。
五　賤しい奴(やつ)でございますので、賤しい奴相応に気がつきませんで、過って作りました。
六　ひれふして罪を謝するための贈物。
七　犬に布を着せかけたのである。
八　自分の一族。
九　おやりになって。家に入れるから、賜い入れと入れの語がついている。
一〇　珍しい物。アヤシキモノと訓んでもよい。
一一　妻問い(娉)のための贈物。
一二　太陽に背中を向けてお出掛けになりましたことは、まことに恐れ多いことです。求婚に際してそういう信仰があったのだろう。
一三　私の方から直接宮中に参ってお仕えしましょう(河内まで妻問いをされずに、宮中でお婚(め)しになるために)。
一四　本来は部民の名であるが、ここはその住んでいる地名で、日下と同じ。
一五　平群のへに係る枕詞。
一六　大和国平群郡の山。
一七　アチコチというに同じ。あちらとこちらの。

万葉巻三に、「なまよみの、甲斐の国と、打ちよする、駿河の国と、己知其智(コチ ゴチ)の、山のみ中ゆ」(三一九)、巻二に「槻の木の、己知碁智の枝の」(三二〇)、巻九に「許智期智(コチ ゴチ)の、花の盛りに」(一七四八)などの用例がある。
一八　山と山との間に。
一九　葉の広い大きな橿の木。
二〇　記伝には「此本末は、山之峡の下方上方を云なり。」とあって、一往尤もなように思われるが、本は橿の木の根もと。末方は橿の木の梢の方と解するのが自然であろう。
二一　イは接頭語。クミはクミド(隠処)のクミと同じく、コモル意。従ってコンモリと茂った竹の意である。
二二　スヱへのへは清音で方向の意。橿の木の梢の方に竹が生えているというのは、ちょっと考えると変であるが、遠くから見ると、竹を背景にして立っている橿は、上方にも下方にも(左右にも)竹が生えているように見える。
二三　タは接頭語。シミは茂みで、繁っている意。万葉巻一に「春山と、之美(シ ミ)さび立てり」(五二)とある。この句までは、次のイクミ竹、タシミ竹を言い起すための序。
二四　い隠(ミク)竹のように、隠っては寝ず。二人で部屋に籠っては寝ずの意。イクミ竹→イクミと同音を繰り返したのである。
二五　タシミ竹のように、タシにはと、これも同音の繰り返しであるが、下のタシはタシカ(確か)の意に転じている。出雲国造神賀詞に「倭文の大御心も多親(シタ)に」とある。確実に共寝をせず。
二六　後には二人でこもり寝よう。モは感動の助詞。
二七　私のあのいとしい妻よ、ああ。

天皇其の家を問はしめて云《の》りたまひしく、「其の堅魚を上げて舎《や》を作れるは誰《た》が家ぞ。」とのりたまへば、答へて白ししく、「一志幾《しき》の大縣主《おほあがたぬし》の家ぞ。」とまをしき。爾に天皇詔りたまひしく、「二奴《やつこ》や、己が家を天皇の三御舎《みあらか》に似せて造れり。」とのりたまひて、卽ち人を遣はして其の家を燒かしめたまふ時に、其の大縣主懼《お》ぢ畏みて、四稽首《のみ》白ししく、「五奴《やつこ》に有れば、奴隨《やつこなが》らに覺《さと》らずて、過《あやま》ち作りしは甚《いと》畏し。故、六能美《のみ》の御幣《みまひ》の物を獻らむ。能美の二字は音を以ゐよ。」とまをして、七布《ぬの》を白き犬に繫《か》け、鈴を著けて、己が八族名《うがら》は腰佩《こしはき》と謂ふ人に、犬の繩《なは》を取らしめて獻上《たてまつ》りき。故、其の火を著くることを止《や》めしめたまひき。卽ち其の若日下部王《の》の許《もと》に幸行《い》でまして、其の犬を九賜ひ入れて詔らしめたまひしく、「是の物は、今日道に得つる一〇奇《めづら》しき物ぞ。故、一一都摩杼比《つまどひ》此の四字は音を以ゐよ。の物。」と云ひて賜ひ入れたまひき。是に若日下部王《の》、天皇に奏《まを》さしめたまひしく、「一二日に背《そむ》きて幸行《い》でまし事、甚恐《いとかしこ》し。故、一三己れ直《ただ》に參上《まゐのぼ》りて仕へ奉らむ。」とまをさしめたまひき。是を以ちて宮に還り上り坐す時に、其の山の坂の上に行き立たして歌曰《うた》ひたまひしく、

一四日下部《くさかべ》の　此方《こち》の山と　一五疊薦《たたみこも》　一六平群《へぐり》の山の　一七此方此方《こちごち》の　一八山の峽《かひ》に　立ち榮《ざか》ゆる　一九葉廣熊白檮《はびろくまかし》　二〇本《もと》には　二一いくみ竹生《だけお》ひ　二二末方《すゑへ》には　二三たしみ竹生《だけお》ひ　二四いくみ竹　いくみは寢ず　二五たしみ竹　たしには率寢《ゐね》ず　二六後もくみ寢む　そ二七

能淤母比豆麻　阿波禮

卽令レ持二此歌一而返レ使也。

亦一時、天皇遊行到レ於二美和河一之時、河邊有二洗レ衣童女一。其容姿甚麗。天皇問二其童女一、汝者誰子、答白、己名謂二引田部赤猪子一。爾令レ詔者、汝不レ嫁レ夫。今將レ喚而、還二坐於レ宮。故、其赤猪子、仰二待天皇之命一、既經二八十歲一。於レ是赤猪子以一爲、望レ命之間、已經二多年一、姿體痩萎、更無レ所レ恃。然非レ顯二待情一、不レ忍レ於レ悒而、令レ持二百取之机代物一、參出貢獻。然天皇、既忘二先所レ命之事一、問二其赤猪子一曰、汝者誰老女。何由以參來。爾赤猪子答白、其年其月、被二天皇之命一、仰二待大命一、至レ于二今日一經二八十歲一。今容姿既耆、更無レ所レ恃。然顯二白己志一以參出耳。於レ是天皇、大驚[1]、吾既忘二先事一。然汝守レ志待レ命、徒過二盛

1 驚―田にはこの下に「曰」の字を補っている。

の思ひ妻《づま》　あはれ

とうたひたまひき。即ち此の歌を持たしめて、使[一]を返したまひき。

3　引田部の赤猪子

亦一時《あるとき》、天皇遊び行《い》でまして、美和《みわ》[二]河に到りましし時、河の邊《べ》に衣《きぬ》洗へる童女《をとめ》有りき。其の容姿《かたち》甚麗《いとうるは》しかりき。天皇其の童女に問[三]ひたまひしく、「汝《な》は誰が子ぞ。」ととひたまへば、答へて白ししく、「己が名は引田部《ひけたべ》[四]の赤猪子《あかゐこ》と謂ふぞ。」とまをしき。爾に詔らしめたまひしく、「汝《な》は夫《を》[五]に嫁《あ》はざれ。今喚《め》[六]してむ。」とのらしめたまひて、宮に還り坐しき。故、其の赤猪子、天皇[七]の命《みこと》を仰ぎ待ちて、既に八十歳《やそとせ》を經《へ》き。是に赤猪子以爲《おも》ひけらく、命《みこと》を望《おふ》ぎし間に、已《すで》に多《まね》き年を經《へ》て、姿體《すがた》瘦《や》せ萎《しぼ》みて、更に恃《たの》[八]む所無し。然れども待ちし情《こころ》を顯《あらは》さずては、悒《いぶせ》[九]きに忍《しの》びず、とおもひて、百取《ももとり》[一〇]の机代《つくゑしろ》の物を持たしめて、參出《まゐで》[一一]て貢獻《たてまつ》りき。然るに天皇、既[一二]に先に命《の》りたまひし事を忘らして、其の赤猪子に問ひて曰《の》りたまひしく、「汝《な》は誰《たれ》[一三]しの老女《おみな》ぞ。何由以《なにしかも》參來《まゐき》つる。」とのりたまひき。爾に赤猪子、答へて白ししく、「其[一四]の年の其の月、天皇の命を被《かがふ》りて、大命《おほみこと》を仰ぎ待ちて、今日に至るまで八十歳を經《へ》き。今は容姿《かたち》既に耆《お》いて、更に恃む所無し。然れども己が志《こころざし》を顯し白さむとして參出《まゐで》しにこそ。」とまをしき。是に天皇、大《いた》く驚きて、「吾《あ》は既に先《さき》の事を忘れつ。然るに汝《な》は志を守り命《みこと》を待ちて、徒《ただ》[一五]に盛

一　使者を若日下部王の許に引き返えさせられた。
二　初瀬川の下流で三輪山のあたりを三輪川という。
三　下に「詔らしめ」とあるのによると、ここも、人をして尋ねさせになった意であろう。
四　記伝に「神名帳大和国城上郡に曳田(タヒケ)神社あり。此地に因れる姓なるべし。」とある。大神(オホミワ)朝臣の別れである。
五　夫(おっと)を持つな。
六　この今は、そのうち、早晩の意。
七　天皇のお召しのお言葉。
八　少しもお召しに預る希望が持てない。
九　鬱々とした気持に堪えられない。気がふさいで仕方がない。
一〇　おびただしい聟引出物。
一一　宮中に参上して、天皇に奉った。(結婚する気で参上したのである。)
一二　全く以前におっしゃったことをお忘れになって。「既に」は「忘らして」に係る。
一三　何というお婆さんだ。シは強意の助詞。
一四　某年某月。これこれの年のこれこれの月に。
一五　空しく青春の年を過ごしたのは、まことにかわいそうだ。不憫である。

年一、是甚愛悲。心裏欲レ婚、憚[1]二其極老一、不レ得三成婚二而、賜二御歌一。其歌曰、

美母呂能　伊都加斯賀母登　加斯賀母登　由由斯伎加母　加志波良
袁登賣

又歌曰、

比氣多能　和加久流須婆良　和加久閇爾　韋泥弖麻斯母能　淤伊爾
祁流加母

爾赤猪子之泣淚、悉濕二其所レ服之丹揩[2]袖一。答二其大御歌一而歌曰、

美母呂爾　都久夜多麻加岐　都岐阿麻斯　多爾加母余良牟　加微能
美夜比登

又歌曰、

久佐迦延能　伊理延能波知須　波那婆知須　微能佐加理毘登　登母
志岐呂加母

爾多祿給二其老女一以返遣也。故、此四歌、志都歌也。

天皇幸二行吉野宮一之時、吉野川之濱、有二童女一。其形姿美麗。故、婚二是童女一而、還二坐於一レ宮。後更亦幸二行吉野一之時、留二其童女之所一レ遇[3]、於二其處[4]一立二大御呉床一而、坐二其↓

1 憚―眞には「悼」とある。

2 揩―延・田には「搢」とある。

3 遇―前・猪・寛・延には「過」に誤る。底・眞・田に従う。

4 處―前・猪・寛・延には「家」に誤る。底・眞・田に従う。

一 三輪山。記伝には「御室之なり。凡て神社を云。又三輪山を云るも常なれば、然にてもあるべし。」と言っているが、ここに一つの疑問がある。ミモロのロは古事記は呂、書紀は慮で何れも乙類であるが、ムロ(室)のロは、古事記は廬で乙類、書紀は露で甲類となっていることである。　二 イツ(厳)は稜威で、ここは神威のある意。モトは下で、神威のある樫の木の下。
↓補注一五九

三 その樫の木の下のように。以上三句は、ユユシを言い起すための序。

四 忌々しきかもで、忌み憚られることよの意。物語歌としては、赤猪子が余りに年老いているので、婚すことが遠慮される意となるが、独立歌としては、童女にうっかり手が出せないの意となるであろう。

五 櫟原(地名)の乙女は。伊勢乙女、泊瀬乙女の類。ここにヲトメとあるのは、物語の筋と矛盾している。

六 引田は地名。

七 若い栗林のように。以上二句は、若クを言い起すための序。

八 若い時にの意と思われるが、明らかでない。思うにこの「へ」は、経過する意の経(こ)の連用形が名詞に転成したものではあるまいか。即ち若く経で、若い時分の意となる。そうして経(こ)の連用形へは乙類(月は岐閇行く)であり、原文の閇と一致する。

九 物語歌としては、共寝をしたらよかったのに、女は年をとってしまったことだとなるが、独立歌としては、同様に解せられると共に、自分がもっと若い時分に共寝をしたらよかったのに、もう年をとってしまったことだの意とも解せられる。つまり老いを歎く歌となる。

りの年を過《す》ぐしし、是れ甚愛悲《いとかな》し。」とのりたまひて、心の裏《うち》に婚《まぐは》ひせむと欲《おも》ほししに、其の極めて老いしを憚《はばか》りて、婚《まぐは》ひを得成《えな》したまはずて、御歌を賜ひき。其の歌に曰《い》ひしく、

御諸《みもろ》[一]の　厳白檮《いつかし》[二]がもと　白檮《かし》[三]がもと　ゆゆしきかも[四]　白檮原童女《かしはらをとめ》[五]

といひき。又歌曰《うた》ひたまひしく、

引田《ひけた》[六]の　若栗栖原《わかくるすばら》[七]　若くへに[八]　率寝《ゐね》[九]てましもの　老いにけるかも

とうたひたまひき。爾に赤猪子の泣く涙、悉に其の服《け》せる丹摺《にずり》[一〇]の袖を濕《ぬ》らしつ。其の大御歌に答へて歌曰《うた》ひけらく、

御諸《みもろ》に　つくや[一一]玉垣《たまかき》　つき餘《あま》し[一二]　誰《た》[一三]にかも依《よ》らむ　神[一四]の宮人《みやひと》

とうたひき。又歌曰ひけらく、

日下江《くさかえ》[一五]の　入江の蓮《はちす》　花蓮《はなばちす》[一六]　身[一七]の盛《さか》り人《びと》　羨《とも》[一八]しきろかも

とうたひき。爾に多《あまた》の祿《もの》を其の老女《おみな》に給ひて、返し遣はしたまひき。故、此の四歌は志都《しつ》歌なり。

4　吉　野

天皇、吉野[一九]の宮に幸行《い》でまししし時、吉野川の濱《ほとり》に童女《をとめ》有りき。其の形姿《すがた》美麗《うるは》しかりき。故、是の童女と婚《まぐは》ひして、宮[二〇]に還り坐しき。後更に亦吉野に幸行《い》でまししし時、其の童女の遇ひし所に留まりまして、其處《そこ》に大御呉床《おほみあぐら》[二一]を立てて、其の

一〇　赤土の染料又は赤い色の花で摺って色をつけた衣の袖。

一一　稜威言別には「斎（ツイ）くや霊籬（タマガキ）」とし、記伝には「築（ツク）や玉垣」としている。ここは築く玉垣で、玉は美称。多分石で築いたのであろう。

一二　琴歌譜の歌にはツキアマスとなっている。稜威言別には「斎き余しにて、余すとは、年来思ひたゆまず、斎きかしづき来し、其の思ひの残りをいふ。俗に、半途に信じさして、今更といはんが如し。」と言い、吉永登氏も「斎き余し」と解して、余りにも永く神に奉仕しすごしての意としている（同氏著「万葉」所収「巫女の嘆き」参照。因みに氏は、上二句をツキアマシのツキを導き出す序詞と見ている）。しかし余しは残しの意であるから、ここはやはり記伝のように築き余しと解すべきであろう。即ち築き残しである。以上三句は、三輪山に築く玉垣、その玉垣の築き残しのようにの意で、取り残されたことの譬喩である。　一三　誰に頼ろうか。

一四　神の宮にお仕えしている人は意。物語歌としては、赤猪子を指すが、独立歌としては、神社奉仕の処女である。↓補注一六〇

一五　河内国の日下の入江。

一六　花の咲いた蓮のように。次の句のサカリを言い起している。　一七　身体の潑剌とした壮年の人。　一八　羨しいことだなあ。ロは確実性を表わす接尾語。この歌も老いを歎く歌。

一九　応神紀十九年十月の条に「幸二吉野宮一」とあるのが初見である。

二〇　大和の長谷朝倉宮。

二一　足を組んで坐る台。床几のようなもの。胡床とも書く。

御呉床一、彈二御琴一、令レ爲レ儛二其孃子一。爾因二其孃子之好儛一、作二御歌一。其歌曰、

阿具良韋能　加微能美弖母知　比久許登爾　麻比須流袁美那　登許余爾母加母

卽幸二阿岐豆野一而、御獦[1]之時、天皇坐二御呉床一。爾蝈咋二御腕一、卽蜻蛉來、咋二其蝈一而飛。訓二蜻蛉一云二阿岐豆一。於レ是作二御歌一。其歌曰、

美延斯怒能　袁牟漏賀多氣爾　志斯布須登　多禮曾　意富麻幣爾麻袁須　夜須美斯志　和賀淤富岐美能　斯志麻都登　阿具良爾伊麻志　斯漏多閇能　蘇弖岐蘇那布　多古牟良爾　阿牟加岐都岐　曾能阿牟袁　阿岐豆波夜具比　加久能碁登　那爾淤波牟登　蘇良美都　夜麻登能久爾袁　阿岐豆志麻登布

故、自二其時一、號二其野一謂二阿岐豆野一也。

又一時、天皇登二幸葛城之山上一。爾大猪出。卽天皇以二鳴鏑一射二其猪一之時、其猪怒而、宇多岐依來。宇多岐三字以レ音。故、天皇畏二其宇多岐一、登二坐榛上一。爾歌曰、

夜須美斯志　和賀意富岐美能　阿蘇婆志斯　志斯能夜美斯志能　宇多岐加斯古美　和賀爾宜能煩理斯　阿理袁能　波理能紀能延陀

1 猲—底・寛・延・田には「獵」とある。眞・前・猪に従う。

一 呉床に坐っていらっしゃる。

二 物語歌としては、神は天皇を指すが、独立歌としては、琴を弾く人に神霊が宿るという信仰から、琴をひく人を指すものと思われる。

三 弾く琴の音にあわせて。

四 永久に(このままで)あって欲しいものだ。ガモはもとは清音のカモであったようである。願望の助詞。↓補注一六一

五 吉野の宮付近の野か。大和志には「在二川上荘西河村一」とある。万葉巻一には「御心を、吉野の国の、花散らふ、秋津(アキツ)の野辺に、宮柱、太敷きませば」(三六)と見えている。

六 虻(あむ)が天皇の御腕に咋いつくや否や、トンボが来てその虻を咋って飛んで行った。

七 雄略紀四年八月の条には、「戊申、行二幸吉野宮一。庚戌、幸二于河上小野一、命二虞人一(カリヒト)駈レ獣、欲二躬射一而待。虻疾飛来、嗜二天皇臂一。於レ是蜻蛉忽然飛来、齧レ虻将去。天皇嘉二厥有一レ心、詔二群臣一曰、為レ朕讃二蜻蛉一歌賦之。群臣莫二能敢賦者一。天皇乃口号曰」と伝えている。

八 ミは美称の接頭語。書紀の歌には「倭の」とある。

九 大和志には「小牟漏岳在二国栖荘小村上方一」とある。書紀の歌にはヲムラノタケニとなっている。

一〇 猪や鹿が隠れていると。

一一 誰が天皇の大前に申し上げるのか。

一二 我が大君の枕詞。

一三 猪や鹿が出て来るのをお待ちになると言って。トはトテの意。天皇自身の歌とは思われない。

一四 タへは楮などの繊維で織った布。白布のの意である。ただし次の衣手の枕詞と見てもよい。

一五 袖をきちんと著ていらっしゃる。

一六 手のふくらんだ部分。和名抄に腓は脚腓なりとあってコムラの訓がある。ここは手腓の意。

御呉床に坐して、御琴を彈《ひ》きて、其の孃子に儛爲《まひせ》しめたまひき。爾に其の孃子の好く儛へるに因りて、御歌を作《よ》みたまひき。其の歌に曰ひしく、

[一]呉床座《あぐらゐ》の　[二]神の御手もち　[三]彈《ひ》く琴に　舞する女《をみな》　[四]常世《とこよ》にもがも

といひき。卽ち[五]阿岐豆野《あきづの》に幸《い》でまして、御獦《みかり》したまひし時、天皇御呉床《みあぐら》に坐しましき。爾に[六]蜹御腕《あむみただむき》を咋《く》ふ卽ち、蜻蛉《あきづ》來て其の蜹《あむ》を咋ひて飛びき。蜻蛉を訓みてアキヅと云ふ。是に[七]御歌を作《よ》みたまひき。其の歌に曰ひしく、

[八]み吉野《えしの》の　[九]袁牟漏《をむろ》が嶽《たけ》に　[一〇]猪鹿《しし》伏《ふ》すと　[一一]誰《たれ》ぞ　大前《おほまへ》に奏《まを》す　[一二]やすみしし
我《わ》が大君の　[一三]猪鹿《しし》待つと　呉床《あぐら》に坐《いま》し　[一四]白栲《しろたへ》の　[一五]衣手《そて》著《き》具《そな》ふ　[一六]手腓《たこむら》に　蜹《あむ》
[一七]かきつき　その蜹《あむ》を　蜻蛉《あきづ》早《はや》咋《ぐ》ひ　[一八]かくの如《ごと》　名に負はむと　そらみつ
倭《やまと》の國を　蜻蛉島《あきづしま》とふ

といひき。故、[一九]其の時より其の野を號けて阿岐豆野《あきづの》と謂ふ。

又一時《あるとき》、天皇[二〇]葛城《かづらき》の山の上に登り幸《い》でましき。爾に大猪《おほゐ》出でき。卽ち天皇[二一]鳴鏑《なりかぶら》を以ちて其の猪を射たまひし時、其の猪怒りて、[二二]宇多岐《うたき》依《よ》り來つ。宇多岐の三字は音を以ゐよ。故、天皇其の宇多岐《うたき》を畏みて、[二三]榛《はりのき》の上に登り坐《ま》しき。爾に[二四]歌曰《うた》ひたまひしく、

やすみしし　我《わ》が大君の　[二五]遊ばしし　[二六]猪《しし》の　病猪《やみしし》の　[二七]唸《うた》き畏《かしこ》み　我が逃げ登
りし　[二八]在丘《ありを》の　榛《はり》の木の枝《えだ》[二九]

一七 とりつき、くっつき。
一八 以下の五句は難解である。記伝には「さてこの五句の総ての意は、今蜻蛉が云々して、此倭国の名を己が名に負持てかくの如く朕に仕奉て功を立むとて、其為に予て古より倭国を蜻蛉島とは云なりけりと詔ふなり。」と説いている。今この解に従って、「このように、蜻蛉(アキヅ)がその名として負い持とうとして、昔から倭の国をアキヅ島というのだ」の意とする。↓補注一六二。
一九 歌の意と合わない。独立歌を強いて天皇の物語に結びつけたためである。書紀には「因讃二蜻蛉一、名二此地一為二蜻蛉野一。」とある。
二〇 大和と河内の国境にある山。 二一 矢じりに蕪の形のようなものがついていて、多くの穴があけてあり、射ると音を発する矢。 二二 未詳の語。記伝には「怒れる声なるべし。」とある。
二三 ハンノ木。赤楊。樺科の落葉喬木。
二四 雄略紀五年二月の条には、「天皇狡二猟于葛城山一。霊鳥忽来。其大如レ雀。尾長曳レ地。而且鳴曰、努力努力。俄而見レ逐嗔猪、従二草中一暴出逐レ人。獦徒縁レ樹大懼。天皇詔二舎人一曰、猛獣逢レ人則止。宜逆射且刺。舎人性懦弱、縁レ樹失レ色、五情無レ主。嗔猪直来、欲レ噬二天皇一。天皇用レ弓刺止、挙レ脚踏殺。於レ是田(カリ)罷、欲レ斬二舎人一。舎人臨レ刑而作レ歌曰」とあって、舎人がよんだことになっている。

5 葛城山

二五 このアソブは遊猟の意である。狩をして射給うたの意。 二六 猪で、しかも手負いの猪の意。 二七 怒って唸るのが恐ろしさに。
二八 荒丘とする説もあるが、在丘即ちそこにある丘の意とする。
二九 この歌は、書紀のように舎人の歌とする方が、筋は自然である。↓補注一六三

又一時、天皇登二幸葛城山一之時、百官人等、悉給下著二紅紐一之青摺衣服上。彼時有下其自二所レ向之山尾一、登二山上一人上。既等二天皇之鹵簿一、亦其裝束之狀、及人衆、相似不レ傾。爾天皇望、令レ問曰、於二茲倭國一、除レ吾亦無レ王、今誰人如レ此而行。卽答曰之狀、亦如二天皇之命一。於レ是天皇大忿而矢刺、百官人等悉矢刺。爾其人等亦皆矢刺。故、天皇亦問曰、然[1]告二其名一。爾各[2]告レ名而彈レ矢。於レ是答曰、吾先見レ問。故、吾先爲二名告一。吾者雖二惡事一而一言、雖二善事一而一言、言離之神、葛城之一言主大神者也。天皇於レ是惶畏而白、恐我大神、有二宇都志意美一者、(自レ宇下五字以レ音。)不レ覺白而、大御刀及弓矢始而、脫二百官人等所レ服衣服一以拜獻。爾其一言主大神、手打受二其捧[3]物一。故、天皇之還幸時、其大神滿[4]山末、於二長谷山口一送奉。故、是一言主之大神者、彼時所レ顯也。

1 然―眞には無い。
2 各―眞には無い。
3 捧―眞・前には「奉」とある。
4 滿―延・田には「深」とある。

一 向いの山の尾根。
二 全く天皇の行列と同じで。
三 記伝には、傾は誤字であろうとしているが、今カタヨルと訓んで、公平にどちらも同じの意とうたひたまひき。

又一時、天皇葛城山に登り幸でましし時、百官《もものつかさ》の人等《ひとたち》、悉に紅《あか》き紐著けし青《あを》摺《ずり》の衣服《きもの》を給はりき。彼《そ》の時其の向へる山の尾より、[一]山の上に登る人有りき。既[二]に天皇の鹵簿《みゆきのつら》に等しく、亦其の裝束《よそひ》の狀《さま》、及人衆《またひとかず》、相似て傾《かたよ》[三]らざりき。爾に天皇望《みさ》けまして、問はしめて曰《の》りたまひしく、「玆[四]の倭國《の》に、吾《あれ》を除《お》きて亦王《きみ》は無きを、今誰《たれ》しの人ぞ如此《かく》て行く。」とのりたまへば、卽ち答[五]へて曰《まを》す狀《さま》も亦天皇の命《みこと》の如くなりき。是に天皇大《いた》く忿《いか》りて矢刺《やざ》[六]したまひ、百官《の》の人等《たち》悉に矢刺しき。爾に其[七]の人等《ども》も亦皆矢刺しき。故、天皇亦問ひて曰《の》りたまひしく、「然らば其の名を告《の》れ。爾に各名を告りて矢彈《はな》たむ。」とのりたまひき。是に答へて曰《まを》しけらく、「吾先《あれさき》に問はえき。故、吾先に名告りを爲《せ》む。吾《あ》は惡事《まがこと》[八]も一言《ひとこと》、善事《よごと》も一言、言ひ離つ神、葛城の[九]一言主大神《ひとことぬしの》ぞ。」とまをしき。天皇是に惶畏《かしこ》みて白したまひしく、「恐《かしこ》[一〇]し、我が大神、宇都志意美《うつしおみ》有らむとは、(宇より下の五字は音を以ゐよ。)覺《さと》らざりき。」と白して、大御刀《たちまた》及弓矢を始めて、百官《の》の人等の服《け》せる衣服《きもの》を脫がしめて、拜《をろが》みて獻りたまひき。爾に其の一言主大神《の》、手[一一]打ちて其の捧げ物を受けたまひき。故、天皇の還り幸《い》でます時、其の大神、滿[一二]山《み》の末より長谷《はつせ》[一三]の山口《の》に送り奉りき。故、是の一言主《の》大神は、彼《そ》の時に顯《あらは》れたまひしなり。[一四]

とする。

四 万葉巻一巻頭の雄略天皇の御製に、「そらみつ、倭の国は、押しなべて、吾こそ居れ、しきなべて、吾こそませ」(一)とある。

五 山彦(木霊)の現象に基づく伝説か。

六 弓に矢をつがえられ。

七 蜃気楼の現象に基づく伝説か。

八 記伝には「凶事にても吉事にても、此神の一言にて解放離(トケサカ)る意なるべし。然れば言は借字にて事離なり。」とあるが、凶事でも吉事でも一言で言い放つ神の意であろう。この神の一言で、凶事も吉事も決まる意。

九 神名帳に大和国葛上郡葛木坐一言主神社とある。

一〇 記伝には、恐れ多いことでございます。わが大神様、現し身をお持ちになっているとは、存じませんでしたの意に解しているが、ミには甲類の仮名が用いられているから、身の意には解し難い。オミは未詳。

一一 手を打つのは、よろこび祝福する意をあらわす所作(逆手を打つのは呪詛の意をあらわす所作)。

一二 記伝に、満は誤字だとしている。今姑くみ山の意とする。ミは接頭語。山の峰から。

一三 長谷の山の入口。

一四 以上、雄略紀四年二月の条には、「天皇射㆓猟於葛城山㆒。忽見㆓長人㆒。来望㆓丹谷㆒。面貌容儀、相㆓似天皇㆒。天皇知㆓是神㆒。猶故問曰、何処公也。長人対曰、現人神。先称㆓王諱㆒。然後応㆑道。天皇答曰、朕是幼武尊也。長人次称曰、僕是一事主神也。遂与盤㆓于遊田㆒(カリワタノシミ)駈㆓逐一鹿㆒、相㆓辞発㆑箭、並㆑轡馳騁。言詞恭恪、有㆑若㆓逢仙㆒。於㆑是日晩田罷。神侍㆓送天皇㆒、至㆓来目水㆒。(メクガ)」と伝えている。

又天皇、婚㆓丸邇之佐都紀臣之女、袁杼比賣㆒、幸㆔行于㆓春日㆒之時、媛女逢㆑道。卽見㆓幸行㆒而、逃㆓隱岡邊㆒。故、作㆓御歌㆒。其御歌曰、

袁登賣能　伊加久流袁加袁　加那須岐母　伊本知母賀母　須岐婆[1]奴流母能

故、號㆓其岡㆒謂㆓金鉏岡㆒也。

又天皇、坐㆓長谷之百枝槻下㆒、爲㆓豐樂㆒之時、伊勢國之三重婇、指㆓擧大御盞㆒以獻。爾其百枝槻葉、落浮㆑於㆓大御盞㆒。其婇不㆑知㆓落葉浮㆒㆑於㆑盞、猶獻㆓大御酒㆒。天皇看㆔行其浮㆑盞之葉㆒、打㆓伏其婇㆒、以㆑刀刺㆓充其頸㆒、將㆑斬之時、其婇白㆓天皇㆒曰、莫㆑殺吾身㆒。有㆓應㆑白事㆒、卽歌曰、

麻岐牟久能　比志呂乃美夜波　阿佐比能　比傳流美夜　由布比能
比賀氣流美夜　多氣能泥能　泥陀流美夜　許能泥能　泥婆布美夜
夜本爾余志　伊岐豆岐能美夜　麻紀佐久　比能美加度　爾比那閇夜
爾　淤斐陀弖流　毛毛陀流　都紀賀延波　本都延波　阿米袁淤幣理
那加都延波　阿豆麻袁淤幣理　志豆延波　比那袁淤幣理　本都延能
延能宇良婆波　那加都延爾　淤知布良婆閇　那加都延能　延能宇良
婆波　斯毛都延爾　淤知布良婆閇↓

1 婆―眞には「波」とある。

一 記伝には「此媛女は誰ともなし。〔袁杼比売を云には非ず。〕」とある。それでよさそうであるが、この種求婚譚には、求婚された当人が逃げ隠れるのが例であるから、この媛女も、袁杼比売と見るのがよかろう。↓補注一六四
二 物語歌としては袁杼比売を指す。
三 イは接頭語、カクルは四段活用の連体形。ヲは格助詞で、鉏き撥ぬるにつづく。
四 金属製の鉏。モは感動の助詞。
五 たくさんあればよいがなあ。
六 鉏いて土を取りのけて、乙女を探そうの意。岡の土を取りのけようものを。岡の土を取りのけて、乙女を探そうの意。
七 枝がたくさんに繁っている槻の大木。槻はケヤキのこと。
八 三重は伊勢国の三重郡(この郡に采女郷というのもある)。婇(采女とも書く)は、その出身の国郡の名を冠して、どこそこの婇と呼ぶ慣わしで、主として御饌の事に奉仕した。孝徳紀大化二年の条に「凡采女者、貢㆓郡少領以上姉妹及子女、形容端正者㆒。〔従丁一人。従女二人〕以㆓一百戸㆒充㆓采女一人粮㆒。庸布、庸米、皆准㆓仕丁㆒。」とあり、後宮職員令には「凡諸氏、氏別貢㆑女。(中略)其貢㆓采女㆒者、郡少領以上姉妹及女、形容端正者。皆申㆓中務省㆒奏聞。」と規定されている。
九 景行天皇の宮殿の名である。景行天皇讃美の寿歌がここにとられたために、物語と歌との間に矛盾を生じたのである。
一〇 朝日夕日の照り輝く宮。ガケルは輝いている意。この四句は、宮殿がよい位置にあることの称詞。上巻に「朝日の直刺す国、夕日の日照

る国なり。故、此地ぞ甚吉き地」、播磨風土記賀毛郡玉野村の条に「朝夕に日の隠ろはぬ地に墓を造りて」などとある。

一一 竹の根や木の根が地下に垂れ延びはびこる宮。ダルは記伝に足ルの意としているが、ハフに対する語であるから垂ルの方がよかろう。根蔓フの例としては、万葉巻三に「礒の上に根蔓ふ室の木」(四四八)、巻十に「紫の根延ふ横野」(一八二五)などがある。この四句は、宮殿の基礎が堅固であることの称詞。

一二 八百土はたくさんの土、ヨシは接尾語。次のキヅキの枕詞。出雲国造神賀詞に「八百丹(ニホ)杵築の宮」、出雲風土記意宇郡の条に「八穂米(ヤホ)杵築の御埼」とある。これは多くの稲穂を杵で搗く意で枕詞としたものであろう。

一三 イは接頭語。土台をしっかり築き堅めた宮。キヅクの本来の意は、杵で搗く意であろう。

一四 檜(ヒ)の枕詞。真木割くと真木栄くの二説があるが、木が栄える意の方がよかろう。

一五 檜造りの宮殿。ミカドは御門から転じて宮殿の意となる。その宮殿である新嘗屋。

一六 新嘗を聞し召す殿舎。その殿舎のそばに。

一七 枝葉が十分に繁っている。

一八 オヘリはオホヘリの約言。覆っている。「負へり」の意とするのはよくない。

一九 東国。東の諸国。

二〇 鄙は都から遠く離れた地方の意であるが、ここは東国に対して西国を指す。万葉巻四に「天ざかる、夷(ヒナ)の国辺に、直向ふ、淡路を過ぎ」(五〇九)とある夷の国は西国(筑紫)を指している。

二一 触ラバフは触ルと同じ。

6 金鉏岡・長谷の百枝槻

又天皇、丸邇《わに》の佐都紀臣《さつきのおみ》の女、袁杼比賣《をどひめ》を婚《よば》ひに、春日《かすが》に幸行《い》でまし時、嬢女《をとめ》道に逢ひき。卽ち幸行《いでまし》を見て、岡の邊《べ》に逃げ隠《かく》りき。故、御歌を作《よ》みたまひき。其の御歌に曰《の》りたまひしく、

二嬢女《をとめ》の　三い隠《かく》る岡を　四金鉏《かなすき》も　五五百箇《いほち》もがも　六鉏《す》き撥《ば》ぬるもの

とのりたまひき。故、其の岡を號《なづ》けて金鉏岡《かなすきの》と謂ふ。

又天皇、長谷《はつせ》の七百枝槻《ももえつき》の下に坐しまして、豊樂《とよのあかり》爲たまひし時、伊勢國《の》の八三重《みへの》婇《うねべ》、大御盞《おほみうき》を指擧《ささ》げて獻りき。爾に其の百枝槻の葉、落ちて大御盞《うき》に浮かびき。其の婇《うねべ》、落葉の盞《うき》に浮かべるを知らずて、猶《なほ》大御酒《き》を獻りき。天皇其の盞に浮かべる葉を看行《みそな》はして、其の婇を打ち伏せ、刀《たち》を其の頸に刺し充《あ》てて、斬らむとしたまひし時、其の婇、天皇に白して曰ひけらく、「吾《あ》が身を莫殺《な》したまひそ。白すべき事有り。」といひて、卽ち歌曰《うた》ひけらく、

九纒向《まきむく》の　日代《ひしろ》の宮は　一〇朝日の　日照《ひで》る宮　夕日《ゆふひ》の　日がける宮　一一竹の根の
根垂《ねだ》る宮　木《こ》の根の　根蔓《ねば》ふ宮　一二八百土《やほに》よし　一三い築《きづ》きの宮　一四眞木《まき》さく　一五檜《ひ》
の御門《みかど》　一六新嘗屋《にひなへや》に　生《お》ひ立《だ》てる　一七百足《ももだ》る　槻《つき》が枝《え》は　上枝《ほつえ》は　一八天《あめ》を覆《お》へり
中つ枝《え》は　一九東《あづま》を覆《お》へり　下枝《しづえ》は　二〇鄙《ひな》を覆《お》へり　上枝《ほつえ》の　枝《え》の末葉《うらば》は　中つ
枝に　落ち二一觸《ふ》らばへ　中つ枝の　枝《え》の末葉《うらば》は　下《しも》つ枝《え》に　落ち觸《ふ》らばへ

斯豆延能　延能宇良婆波　阿理岐奴能　美幣能古賀　佐佐賀世流
美豆多麻宇岐爾　宇岐志阿夫良　淤知那豆佐比　美那許袁呂許袁呂
爾　許斯母　阿夜爾加志古志　多加比加流　比能美古　許登能　加
多理碁登母　許袁婆

故、獻㆓此歌㆒者、赦㆓其罪㆒也。爾大后歌。其歌曰、

夜麻登能　許能多氣知爾　古陀加流　伊知能都加佐　爾比那閇夜爾
淤斐陀弖流　波毘呂　由都麻都婆岐　曾賀波能　比呂理伊麻志　曾
能波那能　弖理伊麻須　多加比加流　比能美古爾　登余美岐　多弖
麻都良勢　許登能　加多理碁登母　許袁婆

卽天皇歌曰、

毛毛志紀能　淤富美夜比登波　宇豆良登理　比禮登理加氣弖　麻那
婆志良　袁由岐阿閇　爾波須受米　宇受須麻理韋弖　祁布母加母
佐加美豆久良斯　多加比加流　比能美夜比登　許登能　加多理碁登
母　許袁婆

此三歌者、天語歌也。故、於㆓此豐樂㆒、譽㆓其三重婇㆒而、給㆓多祿㆒也。是豐樂之日、亦春日之袁杼比賣、獻㆓大御酒㆒之時、天皇歌曰、

美那曾曾久　淤美能袁登賣　本陀理登良須母　本陀理斗理　加多久
斗良勢　斯多賀多久　夜賀多↓

一 三重の枕詞。アリキヌは、記伝に鮮やかな衣、武田博士は在衣、即ちありあわせの衣、土橋寛氏は蟻衣で蚕衣即ち絹布の意としているが明らかでない。万葉には蟻衣（巻十六、三七九一）の字が当てられている。

二 三重の女。物語歌としては三重の婇。

三 捧げておいでになる。

四 瑞も玉も美称。りっぱな酒杯に。

五 浮いた脂のように。

六 落ちつかり。

七 水がコオロコオロと鳴って固まるように（落葉が酒杯の中に浮かんでいる）。これは天地初発の時に、国土が浮いた脂のように海上に漂っているのを、イザナキ・イザナミの命が、矛を以って海水をコオロコオロと攪き鳴らして引き上げると、その滴りが積ってオノゴロ島となったという神代の故事に基づく寿詞。

八 これがまあ。是（コ）は、「水こをろ こをろに」までを承ける代名詞。

九 非常に恐れ多いことでございます。

一〇 囃詞（上巻「神語」参照）。

一一 高い所にある市。市は人の集まる場所。

一二 小高くなっている市の高処。その高い所にある意。ツカサは高処、丘である。

一三 差し上げなさい。

一四 大宮の枕詞。百磯城又は百石城の意で、たくさんの岩石で築いたとりでの意であろう。

一五 鶉の鳥のように。枕詞ではない。鶉は首から胸にかけて白い斑があって、それが領巾をかけたさまに似ているから譬喩としたのである。

一六 領巾は婦人が肩にかける白い布で、ここは御饌に奉仕する釆女がかけたのである。従って上の大宮人は、宮廷奉仕の女官（ここでは釆女）と解すべきである。大祓詞や大殿祭祝詞に「比

下枝《しづえ》の 枝の末葉は [一]あり衣《きぬ》の [二]三重《みへ》の子《こ》が [三]指擧《ささが》せる [四]瑞玉盞《みづたまうき》に [五]浮き
し 脂《あぶら》[六]落ちなづさひ [七]水《みな》こをろこをろに [八]是《こ》しも [九]あやに恐《かしこ》し 高光る
日の御子 [一〇]事の 語言《かたりごと》も 是《こ》をば
とうたひき。故、此の歌を獻りつれば、其の罪を赦《ゆる》したまひき。爾に大后歌ひ
たまひき。其の歌に曰《の》りたまひしく、
倭《やまと》の [一一]この高市《たけち》に [一二]小高《こだか》る 市《いち》の高處《つかさ》 新嘗屋《にひなへや》に 生《お》ひ立《だ》てる 葉廣《はびろ》 五《ゆ》
百箇眞椿《つまつばき》 其《そ》が葉の 廣《ひろ》り坐《いま》し その花の 照り坐《いま》す 高光る 日の御子
に 豐御酒《とよみき》 [一三]獻らせ 事の 語言《かたりごと》も 是《こ》をば
とのりたまひき。即ち天皇歌《うた》曰ひたまひしく、
[一四]ももしきの 大宮人《おほみやひと》は [一五]鶉鳥《うづらとり》 [一六]領巾《ひれ》取り懸《か》けて [一七]鶺鴒《まなばしら》 [一八]尾《を》行《ゆ》き合《あ》へ [一九]庭雀《にはすずめ》
[二〇]うずすまり居《ゐ》て [二一]今日もかも [二二]酒《さか》みづくらし 高光る [二三]日の宮人《みやひと》 事の
語言も 是《こ》をば
とうたひたまひき。此の三歌は[二四]天語歌《あまがたりうた》なり。故、此の豐樂《の》に其の三重婇《の》を譽《ほ》め
て、多《あまた》の祿《もの》を給ひき。是の豐樂《の》の日、亦春日の袁杼《をど》比賣、大御酒を獻りし時、
天皇歌《うた》曰ひたまひしく、
[二五]水灌《みなそそ》く [二六]臣《おみ》の孃子《をとめ》 [二七]秀罇《ほだり》取らすも 秀罇《ほだり》取り [二八]堅く取らせ [二九]下堅《したがた》く 彌堅《やがた》

礼かくる伴の緒」とあるのは采女の長である。取りは接頭語。
一七 セキレイのように。セキレイが交尾する時に、尾を動かし交えるので譬喩としたものと思われる。神代紀上の一書に、「時有二鶺鴒一。飛来揺二其首尾一。二神見而学レ之、即得二交道一。」とあるのが参考となる。
一八 尾は女官の裳裾であろう。行ったり来たりして裳裾を交錯させ。
一九 庭の雀のように。枕詞ではない。
二〇 難解の句である。蹲って居て、群がり集まって居てなどと解かれているが明らかでない。今姑く雀が群がるように大勢群がって居ての意とする。
二一 モは感動の助詞。カモは疑問の助詞。
二二 酒水漬くらしで、酒にひたっているらしい。酒宴を催しているらしい。
二三 かがやく宮仕えの人たちよ。
二四 歌曲上の名称。天語連などが語り伝えた物語風の歌謡の意(上巻、八千矛神の歌の条の神語参照)。
二五 臣の枕詞。水が流れこむ意であろうが、なぜオミに係るか明らかでない。書紀の歌では「鮪」の枕詞となっており、また同じ臣に係る枕詞としてミナソコフがある。
二六 オミは臣下の敬称で、臣又は使主の字が当てられている。
二七 りっぱな酒瓶。ホはすぐれたものの意。タリは酒を入れて注ぐ土器で、徳利のようなもの。タル(樽)はその転化である。りっぱな酒瓶を手に持っていらっしゃるよ。
二八 しっかりと手にお持ちなさい。
二九 しんからしっかり、いよいよしっかりお持ちなさい。

久斗良勢　本陀理斗良須古

此者宇岐歌也。爾袁杼比賣獻レ歌。其歌曰、

夜須美斯志　和賀淤富岐美能　阿佐斗[1]爾波　伊余理陀多志　由布斗[2]爾波　伊余理陀多須　和岐豆紀賀斯多能　伊多爾母賀　阿世袁

此者志都歌也。

天皇御年、壹佰貳拾肆歲。[3]己巳年八月九日崩也。御陵在二河内之多治比高鸇一也。

[4]御子、白髮大倭根子命、坐二伊波禮之甕栗宮一、治二天下一也。此天皇、無二皇后一、亦無二御子一。故、御名代定二白髮部一。故、天皇崩後、無下可レ治二天下一之王上也。於レ是問二日繼所レ知之王[5]一、市邊忍齒別王之妹、忍海郎女、亦名飯豐王、坐二葛城忍海之高木角刺宮一也。

爾山部連小楯、任二針間國之宰一時、到二其國之人民、名志自牟之新室一樂。於レ是盛樂、酒酣以次第皆儛。故、燒レ火少子二口、居二竈傍一、令レ儛二其少子等一。爾其一少子曰、汝兄先儛、其兄亦曰、汝弟先↓

一　歌曲上の名称。盞歌の意。酒杯を挙げる時の歌。琴歌譜にも宇吉歌（ウキウタ）とし、その縁記として古事記のこの条を抄録すると共に、「一云、大長谷天皇、未レ即レ位間、初欲レ殺二兄坂合部黒日子皇子与一甥目弱王一。此時二王子遁行、到二於葛木津守村大臣家一匿。天皇遣レ使乞、臣固争不レ出。二王子与二大臣一並可レ殺。此時大臣女子、韓日女娘、注云、即天皇妃也。見二其父被一レ殺而、即哀傷作歌者。」という別伝を掲げており、歌にも小異がある。「みなそそく、臣の嬢子、秀罇取り、堅く取れ。一説云、取らさね。下堅く、弥堅く取れ。秀罇取らす子。」

二　アサト、ユフトのトは、記伝をはじめ多くは「戸」と解しているが、それでは意味をなさない。土橋寛氏が「間」の意のトと解されたのがすぐれている（本大系3）。書紀の歌に「熟睡（イゥご）寝しトに」（一八三）、万葉巻十に「夜のふけぬトに」（三七七）、巻十五に「恋ひ死なぬトに」（三七四七）などとあるトである。朝のうち（ほど）には、つまり朝にはの意である。

三　イは接頭語。倚りかかってお坐りになり。立ツは坐る意にも用いられている。呉床（あぐら）に坐ることを、呉床に立たしとあるのがその例である。

四　以上六句と類似のものが、万葉巻一に見える。即ち「八隅知し、我が大君の、朝には、取り撫でたまひ、夕べには、い倚り立たしし」（三）とあるのがそれである。

五　肱をもたせる脇息の下の板になりたい。

六　囃詞。「吾兄を」の意。

七　一百二十四歳。書紀には享年は見えない。

八　清寧紀元年の条に「葬二大泊瀬天皇于丹比高鷲原陵一。」とあり、諸陵式には「丹比高鷲原陵、泊瀬朝倉宮御宇、雄略天皇。在二河内国丹比郡一。」

1　斗―諸本に「計」、眞に「許」とあるが、底に従つて「斗」の誤りとする。

2　斗―眞・延・田には「計」、前・猪・寛・底には「斗」とある。

3　この分注、底・延には無い。諸本に従つて補う。

4　御子―諸本に無い。眞に従つて補う。

5　王―この下に諸本には「也」の字がある。眞に従つて削る。

く取らせ　秀罇取らす子

とうたひたまひき。此《こ》は[一]宇《う》岐《き》歌なり。爾に袁杼比賣、歌を獻りき。其の歌に曰ひしく、

やすみしし　我《わ》が大君の　[二]朝とには　[三]い倚《よ》り立《だ》たし　夕《ゆふ》とには　い倚《よ》り立《だ》たす[四]　[五]脇机《わきづき》が下《した》の　板にもが　[六]あせを

といひき。此は志《し》都《つ》歌なり。

天皇の御年、[七]壹佰貳拾肆歲《ももあまりはたちまりよとせ》。己巳の年の八月九日に崩りましき。[八]御陵は河内の多《た》治《ぢ》比《ひ》の高鸇《たかわし》に在り。

清寧天皇

1　二王子発見

[九]御《み》子《こ》、白髪大倭根子命《しらがのおほやまとねこの》、[一〇]伊《い》波《は》禮《れ》の甕栗宮《みかくりの》に坐しまして、天の下治らしめしき。此の天皇、皇后無く、亦[一一]御子も無かりき。故、御名代として白髪部を定めたまひき。故、天皇崩りましし後、天の下治らしめすべき王《みこ》無かりき。是に日《ひ》繼《つぎ》知らす王《みこ》を[一二]問ふに、市邊忍齒別王《いちのべのおしはわけの》の妹《いろも》、[一三]忍海郎女《おしぬみの》、亦の名は飯豐王《いひとよの》、葛城の忍海《おしぬみ》の[一四]高木の角刺宮《つのさしの》に坐しましき。

爾に山部連《やまべの》小楯《をたて》を針間國《はりまの》の[一五]宰《みこともち》に任《ま》けし時、其の國の人民《たみ》、名は志《し》自《じ》牟《む》の[一六]新室《にひむろ》に到りて樂《うたげ》しき。是に盛りに樂《うた》げて、酒酣《さけたけなは》にして[一七]次第《つぎてつぎて》に皆儛ひき。故、[一八]火焼《た》きの少子二口《わらはふたり》、竈《かま》の傍《かたへ》に居《ゐ》たる、其の少子等《わらはども》に儛はしめき。爾に其の一《ひと》りの少《わら》子《は》の曰ひけらく、「汝《な》兄《せ》先《さき》に儛へ。」といへば、其の兄も亦曰ひけらく、「汝《な》弟《おと》先

とある。

九　先帝の御子。

一〇　清寧紀元年の条に「命ニ有司一設ニ壇於磐余甕栗一、陟ニ天皇位一、遂定レ宮焉。」とある。

一一　清寧紀二年二月の条に「天皇恨レ無レ子、乃遣ニ大伴室屋大連於諸国一、置ニ白髪部舎人、白髪部膳夫、白髪部靫負一、冀垂ニ遺跡一令レ観ニ於後。」とある。

一二　尋ね求める意。

一三　上の履中天皇の条には青海郎女、亦の名は飯豊郎女とある。

一四　記伝には「さて如此此皇女の、此宮に坐しことを云るは、此時天津日嗣所知看べき王を尋求むるに、すべて男王は存坐ずて、唯此女王一柱のみ世に存坐るよしにて、又殊に其宮をしも挙云ることは、此宮に坐々て、暫く天下所知看つる意を含めたる文なり。抑此時、此姫尊を除奉ては、王坐ざれば、天下の臣連、八十伴緒、おのづから君と戴き仰ぎ奉りけむ。」と述べている。また顕宗紀元年前期には、「天皇姉、飯豊青皇女、於ニ忍海角刺宮一、臨レ朝秉レ政、自称ニ忍海飯豊青尊一。当世詞人、歌曰、倭へに見がほしものは忍海のこの高木なる角刺の宮。」と伝えている。なおこの飯豊皇女については、清寧紀三年七月の条に「飯豊皇女、於ニ角刺宮一、与レ夫初交。謂レ人曰、一知ニ女道一。又安可レ異。終不レ願レ交ニ於男一。〔此曰レ有レ夫、未レ詳也。〕」とある。

一五　後の国司に当る。

一六　新築の室(家)に行って酒盛りをした。

一七　貴賤老若の順序。

一八　火を焼く少年二人。斎宮式、主殿式に火炬小子、大炊式に御火炬童などと見えている。

儛。如レ此相讓之時、其會人等、咲ニ其相讓之狀一。爾遂兄儛訖、次弟將レ儛時、爲レ詠曰、

物部之、我夫子之、取佩、於ニ大刀之手上一、丹畫[1]著、其緒者、載[2]ニ赤幡一、立赤幡、見者五十隱、山三尾之、竹矣[3]訶岐此二字以レ音。苅、末押縻[4]魚簀、如レ調ニ八絃琴一、所レ治ニ賜天下一、伊邪本和氣、天皇之御子、市邊之、押齒王之、奴末[5]。

爾卽小楯連聞驚而、自レ床墮轉而、追ニ出其室人等一、其二柱王子、坐ニ左右膝上一、泣悲而、集ニ人民一作ニ假宮一、坐ニ置其假宮一而、貢ニ上驛使一。於レ是其姨飯豐王、聞歡而、令レ上レ於レ宮。

故、將レ治ニ天下一之間、平群臣之祖、名志毘臣、立レ于ニ歌垣一、取ニ其袁祁命將レ婚之美人手一。其孃子者、菟田首等之女、名大魚也。爾袁祁命亦立ニ歌垣一。於レ是志毘臣歌曰、

意富美夜能　袁登都波多傳　須美加多夫祁理

如レ此歌而、乞ニ其歌末一之時、袁祁命歌曰、

1　畫—諸本「盡」とあるが、底に従う。
2　載—諸本同じ。「裁」の誤りかとされている。
3　矣—底にはこの下に「本」の字を補っている。
4　縻—前・猪には「縻」、寬・延には「磨」とあるが、底・眞・田に従う。
5　奴末—延・田には倒置。

一　声を長く引いて歌うこと。
二　勇武な人。武人。
三　私の良人が。
四　腰に帯びている。取りは接頭語。
五　太刀の柄に。
六　赤い色を塗りつけ。もし「尽」に従うならば、「丹コトゴトニ著け」となる。
七　赤いしるしの布ぎれで飾り。記伝には載は裁の誤りとして、タチと訓んでいるが、字典に載は飾也(淮南子、兵略訓に「載以ニ銀錫一」とある注に「箭以ニ銀錫一飾之也」とあるのを参照)とあるのによって、カザル意にとってみた。幡は大きな幡もあり、極めて小さい幡もあり、ここはその小さい方の意で、標識である。
八　立てた赤幡。これはもちろん大きい旗である。ここまでは「見ればい隠る」の序。即ち、太刀の柄を赤く塗り、その下げ緒には赤い布の標識を飾りつけ、赤旗を立てたありさまを、敵が見ると恐れをなして隠れるという意味で、「見ればい隠る」につづけたものと思われる。さて

に儛へ。」といひき。如此《かく》相譲りし時、其の會《つど》へる人等《ども》、其の相譲る狀《さま》を咲《わら》ひき。爾に遂に兄儛ひ訖《を》へて、次に弟儛はむとする時に、[一]詠《ながめごと》爲《し》て曰ひしく、

[二]物部《もののふ》の、[三]我《わ》が夫子《せこ》の、[四]取り佩《は》ける、[五]大刀《たち》の手上《たがみ》に、[六]丹《に》畫《か》き著《つ》け、其の緒《を》は、[七]赤幡《あかはた》を載《かざ》り、[八]立てし赤幡、[九]見れば五十《い》隱《かく》る、[一〇]山の三尾《みを》の、[一一]竹を訶岐《かき》此の二字は音を以ゐよ。苅《か》り、[一二]末《すゑお》押し縻《なび》かす魚簀《なす》、[一三]八絃《やつを》の琴を調《ととの》ふる如《ごと》、天《あめ》の下治《をさ》め賜ひし、伊《い》[一四]邪本和氣《ざほわけ》の、天皇《すめらみこと》の御子《みこ》、市邊《いちのべ》の、押齒王《おしはのみこ》の、[一五]奴末《やつこすゑ》。

といひき。爾に卽ち小楯《の》連聞き驚きて、床《とこ》より墮《お》ち轉《まろ》びて、其の室《むろ》の人等《ども》を追ひ出《いだ》して、其の二柱の王子《みこ》を、[一六]左右《ひだりみぎ》の膝の上に坐《ま》せて、泣き悲しみて、人民《たみ》を集《つど》へて假宮を作り、其の假宮に坐せまつり置きて、驛使《はゆまづかひ》を貢上《たてまつ》りき。是に其の姨《をば》飯豐王《の》、聞き歡《よろこ》ばして、宮に[一七]上《のぼ》らしめたまひき。

2 袁祁命と志毘臣

故、[一八]天の下治らしめさむとせし間に、平群《へぐりの》臣の祖、名は[一九]志毘臣《しびのおみ》、[二〇]歌垣《うたがき》に立ちて、其の袁祁命《をけの》の婚《よば》はむとしたまふ美人《をとめ》の手を取りき。其の孃子《をとめ》は、菟田首《うだのおびと》等《ども》の女、名は[二一]大魚《おほうを》なり。爾に袁祁命《の》も亦歌垣に立ちたまひき。是に志毘臣《の》歌曰《うた》ひけらく、

[二二]大宮《おほみや》の　[二三]彼《をと》つ端手《はたで》　隅傾《すみかたぶ》けり

とうたひき。如此《かく》歌ひて、其の歌の[二四]末《すゑ》を乞ひし時、袁祁命《の》歌曰《うた》ひたまひしく、

赤色が雷神と密接な関係にあることは、「丹塗矢」の条で述べたが、ここの赤ずくめも、雷神との関係からであろうか。それとも赤旗(朱旗)は天子の旗である(序の注参照)から、ここも天子の出陣と見るべきか。

九　イは接頭語。この句も次の「山のみ尾」を言い起すための序。つまりここまでが序である。

一〇　山の尾根の。ミは接頭語。

一一　竹を刈り取って。カキは接頭語。

一二　その竹の先の方を押し靡かすようにの意で、下の「天の下治め賜ひし」に係る。ナスは如くにの意。

一三　また八絃の琴の調子をととのえるように、天下をととのえ治める意。

一四　履中天皇の御子の。

一五　子孫である、このいやしい奴の自分は。末奴を倒置したのである。

一六　幼児でもないのに二人を膝の上に乗せるというのは、例の物語的誇張である。

一七　角刺宮に二王子を播磨から上らせられた。↓補注一六五

一八　記伝に「此言は、二柱王に係れり。故御名を挙ざるなり。」とある。

一九　武烈紀には、平群の真鳥の大臣の男、鮪(シビ)とある。

二〇　武烈紀には歌場(ウタガキ)とある。↓補注一六六

二一　武烈紀には物部麁鹿火大連の女の影媛とある。

二二　皇居を指すが、ここは袁祁命の宮殿。

二三　ヲトツはヲチツ(彼つ、遠つ)の転であろう。あちらの方の。端手は脇で、手は接尾語。

二四　末の句、下の句。本の句と一つになって完全な歌となる。

一　タクミは工人。ここは大工。
二　下手だから。大工の腕がまずいので。
三　皇子(袁祁命を指す)の心がのんびりしているので。ユラミは緩み、寛みの意。
四　臣下の者(志毘臣を指す)の。
五　幾重にも厳重にした私の家の柴の垣の中に、入りたたずにいる。いいざまだ。
六　潮の流れる浅瀬の波が折れ崩れるあたりを見ると。
七　泳いで来る鮪(志毘臣)の脇に、自分の妻が立っているのが見える。ハタに鰭と脇の両意をかけている。
八　節(よ)は結び目で、垣や筵などはその結び目が一列に並んでいるが、その列がたくさん結び締めてあるのが八節結りである。
九　八節結りに結い廻らしていても。垣を厳重に結い廻らしていてもの意。
一〇　鮪の枕詞。ヨシは接尾語。
一一　鮪を銛でついて獲ろうとしている海人よ。この鮪は「大魚」(女)で海人は志毘臣を指す。
一二　その大魚の鮪が離れて行ったら。アルは離れ去る意。
一三　心に恋しく思うことだろう。
一四　鮪(大魚)をついて獲ろうとする鮪(志毘臣)。
一五　歌を戦わせて夜を明して。
一六　志毘臣の家。志毘の権勢に恐れ、またへつ

　意富多久美　袁遲那美許曾　須美加多夫祁禮

爾志毘臣、亦歌曰、

　意富岐美能　許許呂袁由良美　淤美能古能　夜幣能斯婆加岐　伊理多多受阿理

於レ是王子、亦歌曰、

　斯本勢能　那袁理袁美禮婆　阿蘇毘久流　志毘賀波多傳爾　都麻多弖理美由

爾志毘臣愈忿、歌曰、

　意富岐美能　美古能志婆加岐　夜布士麻理　斯麻理母登本斯　岐禮牟志婆加岐　夜氣牟志婆加岐

爾王子、亦歌曰、

　意布袁余志　斯毘都久阿麻余　斯賀阿禮婆　宇良胡本斯祁牟　志毘都久志毘

如レ此歌而、闘[1]明各退。明旦之時、意[2]祁命、袁祁命二柱議云、凡朝廷人等者、旦參二赴於朝廷一、晝[3]集レ於二志毘門一。亦今者、志毘必[4]寢。亦其門無レ人。故、非レ今者難レ可レ謀。卽興レ軍圍二志毘臣之家一、乃殺也。

於レ是二柱王子等、各相二讓天下一。意[5]祁命讓二其弟袁祁命一曰、住レ於二針間志自牟家一時、汝命不レ顯レ名者、↓

1　闘―眞に「鬪」、前に「鬪」(右に「閇」と注す)、猪に「閇」(右に「闘イ」と注す)、延に「開」、底に「鬪」とある。鬪に従う。
2　意―底・延にはこの下に「富」の字がある。
3　晝―眞・前・猪・寛には「盡」とあるが、底・延に従う。
4　必―前・猪・寛・底には「亦」とあるが、眞・延に従う。
5　意―底・延にはこの下に「富」の字がある。

一大匠《おほたくみ》　二拙劣《をぢな》みこそ　隅傾けれ
とうたひたまひき。爾に志毘臣《の》、亦歌曰ひけらく、
三王《おほきみ》の　心を緩《ゆら》み　四臣《おみ》の子の　五八重《やへ》の柴垣《しばかき》　入り立たずあり
とうたひき。是に王子《みこ》、亦歌曰ひたまひしく、
六潮瀬《しほせ》の　波折《なを》りを見れば　七遊び來《く》る　鮪《しび》が端手《はたで》に　妻立てり見ゆ
とうたひたまひき。爾に志毘臣《の》愈忿《いよよいか》りて歌曰ひけらく、
大君の　王子《みこ》の柴垣《しばかき》　八八節結《やふじま》り　九結《しま》り廻《もとほ》し　切れむ柴垣　燒けむ柴垣
とうたひき。爾に王子《みこ》、亦歌曰ひたまひしく、
一〇大魚《おふを》よし　一一鮪《しび》突《つ》く海人《あま》よ　一二其《し》があれば　一三心戀《うらこほ》しけむ　一四鮪突く鮪
とうたひたまひき。如此《かく》歌ひて、一五鬪《かが》ひ明《あか》して、各退《まか》りき。明くる旦之時《あした》、意祁《おけの》命、袁祁《をけの》命二柱議《はか》りて云《の》りたまひしく、「凡《おほよ》そ朝廷《みかど》の人等《ども》は、旦《あした》は朝廷《みかど》に參赴《まゐおもむ》き、晝は一六志毘の門《かど》に集《つど》へり。亦今は志毘一七必ず寢《いね》つらむ。亦一八其の門《かど》に人無けむ。故、今に非ざれば謀《はか》るべきこと難《かた》けむ。」とのりたまひて、卽ち軍《いくさ》を興して志毘臣《の》の家を圍《かく》みて、乃ち一九殺したまひき。
二〇是に二柱の王子等《みこたち》、各天の下を相讓りたまひき。意祁命《の》、其の弟《いろと》袁祁命《の》に讓りて曰《の》りたまひしく、「針間《はりま》の志自牟《しじむ》の家に住みし時、汝命《いましみこと》名を顯《あらは》したまはざ

らって、志毘の家に集まるのである。
一七 昨夜、志毘は夜明しをしたので、きっと寝ているだろう。
一八 今は朝だから、志毘の家には誰もいないだろう。
一九 以上、武烈紀元年前紀には、次のような別伝を載せている。「十一年八月、億計天皇崩。大臣平群真鳥臣、専二擅国政一、欲レ王二日本一、陽為二太子一営レ宮了、即居。触レ事驕慢、都無二臣節一。於レ是太子、思三欲聘二物部麁鹿火大連女、影媛一、遣二媒人一向二影媛宅一期レ会。影媛曾姧二真鳥大臣男、鮪一。恐レ違二太子所レ期、報曰、妾望奉レ待二海柘榴市巷一。(中略)果二之所レ期、立二歌場衆一、執二影媛袖一、躑躅従容。俄而鮪臣来、排下太子与二影媛一間上立。由レ是太子、放二影媛袖一、移廻向、前立直当レ鮪歌曰、潮瀬の、波折りを見れば、遊び来る、鮪が端手に、妻立てり見ゆ。〔一本、以二しほせ一易二みなと一。〕鮪答歌曰、臣の子の、八重や唐垣、許せとや王子。太子歌曰、大太刀を、垂れ佩き立ちて、抜かずとも、末果たしても、あはむとぞ思ふ。鮪臣答曰、大君の、八重の組垣、懸かめども、汝をあましじみ、懸かぬ組垣。太子歌曰、臣の子の、八節の柴垣、下動み、地震(ナヰ)が揺(ヨ)り来ば、破(ヤ)れむ柴垣。〔一本、以二やふのしばかき一、易二やへからかき一。〕太子贈二影媛一曰、琴頭(コトガミ)に、来居る影媛、玉ならば、わが欲る玉の、鰒白珠。鮪臣為二影媛一答歌曰、大君の、御帯の倭文繒(シツハタ)、結び垂れ、誰れやし人も、相思はなくに。太子甫知三鮪曾得二影媛一、悉覚二父子無レ敬之状一、赫然大怒、此夜速向二大伴金村連宅一、会レ兵計レ策。大伴連将二数千兵一、儌二之於路一、戮二鮪臣於乃楽(ナラ)山一。〔一本云、鮪宿二影媛舎一。即夜被レ戮。〕」
二〇 →補注一六七

更非下臨二天下一之君上。是既汝命之功。故、吾雖レ兄猶汝命先治二
天下一而、堅讓。故、不二得辭一而、袁祁命先治二天下一也。
[1]伊弉本別王御子、市邊忍齒王御子、袁祁之石巣別命、坐二近飛鳥
宮一、治二天下一捌歲也。天皇、娶二石木王之女、難波王一、无レ子也。
此天皇、求二其父王市邊王之御骨一時、在二淡海國一賤老媼、參出
白、王子御骨所レ埋者、專吾能知。亦以二其御齒一可レ知。御齒者、如二三枝一
押齒坐也。爾起レ民掘レ土、求二其御骨一。卽獲二其御骨一而、於二其蚊屋野
之東山一、作二御陵一葬、以二韓帒之子等一、令レ守二其陵一。然後持二上
其御骨一也。故、還上坐而、召二其老媼一、譽三其不レ失見置[2]、知二其
地一以賜レ名號二置目老媼一。仍召二入宮內一、敦廣慈賜。故、其老媼
所レ住屋者、近作二宮邊一、每レ日必召。故、鐸懸二大殿戶一、欲レ召二
其老媼一之時、必引二鳴其鐸一。爾作二御歌一。↓

1　伊弉本別王御子市邊忍齒王御子—諸本に無いが、眞に従つて補う。但し眞には「伊弉本」を「装束」に誤つている。

2　置—眞・前・猪に「貞」、寛・田に「眞」、底・延に「置」とあるが、底・延に従う。

一　履中天皇。

二　石巣別の御名はここに見えるだけで、他はすべて単に袁祁命となっている。

三　顕宗紀元年の条には「近飛鳥八釣宮」とあり、細注に「或本云、弘計天皇之宮、有二二所一焉。一宮於二少郊一、二宮於二池野一。又或本云、宮二於甕栗一。」とある。

四　顕宗紀には三年の条に天皇の崩御を記している。

五　顕宗紀元年の条には「立二皇后難波小野王一。」とある。なお仁賢紀二年の条には「難波小野皇后、恐二宿(トモ)不敬一自死。」と伝えている。

六　御屍の意。顕宗紀元年二月の条には「詔曰、先王遭二離多難一、殞二命荒郊一。朕在二幼年一、亡逃自匿。猥遇二求迎一、升纂二大業一。広求二御骨一、莫二能知者一。」とある。

七　同じ条に「是月、召二聚耆宿一、天皇歷問。有二一老嫗一進曰、置目知二御骨埋処一。請以奉レ示。

〔置目、老媼名也。近江国狭狭城山君祖、倭帒宿禰妹、名曰二置目一。見二下文一。〕」とある。

八 その御歯の特徴で、王の屍かどうかがわかります。

九 三枝(サキクサ)は瑞香科の落葉灌木で枝は皆三叉。三椏、結香などとも書く。冠辞考には「さゆり花なるべし」と言っている。押歯(オシハ)は、和名抄に「蒼頡篇云、齵、歯重生也。」とあって、齵歯にオソハの和訓がある。このオソハと同じであろう。

一〇 人民どもを徴発して。顕宗紀元年の条には「於レ是天皇与二皇太子億計一、将二老嫗婦一、幸二于近江国来田綿蚊屋野中一、掘出而見、果如二婦語一。（中略）仍於二蚊屋野中一、造二起双陵一。」とある。双陵というのは、押歯王の陵と、押歯王と同時に殺された帳内の佐伯部仲子の陵との二つ。

一一 顕宗紀元年五月の条に「狭狭城山君、韓帒宿禰、事連レ謀二殺皇子押磐一、臨レ誅叩頭、言詞極レ哀。天皇不レ忍レ加レ戮、充二陵戸一兼守レ山。」とある。

一二 記伝に「いとも心得がたきことなり」と言っているように、不審である。

一三 そのお婆さんが、見失わないように目をつけて置いて、王の屍を埋めた場所を知っていたのをおほめになって。

一四 目をつけて置いたお婆さんの意。

一五 顕宗紀元年二月の条には「詔二老嫗置目一、居二于宮傍近処一、優崇賜邮、使レ無二乏少一。」とある。

一六 政事要略に「鐸、倭訓塗手」とあり、新撰字鏡には、鋇にヌリテの訓がある。説文に大鈴也と注している。

一七 天皇の宮殿の戸。

顕宗天皇

1 置目老媼

らましかば、更に天の下臨《し》らす君に非《あら》ざらまし。是れ既に汝命の功《いさを》なり。故、吾《あ》は兄《いろせ》にはあれども、猶《なほ》汝命先《さき》に天の下治らしめせ。」とのりたまひて、堅く譲りたまひき。故、得《え》辭《いな》びたまはずて、袁祁《の》命先に天の下治らしめしき。

伊《い》弉《ざ》本《は》別王《わけの》[一]の御子、市邊忍齒王《いちのべのおしはの》の御子、袁《を》祁《け》之《の》石巣《いはす》別命《わけの》[二]、近飛鳥宮《ちかつあすかの》[三]に坐しまして、天の下治らしめすこと捌歳《やとせ》[四]なりき。天皇、石木王《いはきの》の女、難波王《の》[五]を娶したまひて、子无《こな》かりき。

此の天皇、其の父王《ちちみこ》市邊《の》王《の》の御骨《みかばね》[六]を求めたまふ時、淡海國《あふみの》[七]に在る賤《いや》しき老媼《おみな》、參出《まゐで》て白しけらく、「王子《みこ》の御骨《みかばね》を埋《うづ》みしは、専《もは》ら吾《あれ》能《よ》く知れり。亦其の[八]御歯を以ちて知るべし。御歯は三枝の如き押歯に坐しき。[九]」とまをしき。爾に民《たみ》[一〇]を起《おこ》して土を掘りて、其の御骨を求めき。卽ち其の御骨を獲《え》て、其の蚊屋野《かやの》の東の山に、御陵を作りて葬《はふ》りたまひて、韓帒《からふくろ》[一一]の子等《こども》を以ちて其の陵を守らしめたまひき。然《さ》[一二]て後に其の御骨を持ち上《のぼ》りたまひき。故、還り上り坐して、其の老媼《おみな》を召して、其の失[一三]は ず見置きて、其の地《ところ》を知りしを譽《ほ》めて、名を賜ひて置目老媼《おきめのおみな》[一四]と號《なづ》けたまひき。仍《よ》りて宮[一五]の内に召し入れて、敦《あつ》く廣く慈《めぐ》びたまひき。故、其の老媼の住める屋は、近く宮の邊に作りて、日毎に必ず召しき。故、鐸《ぬりて》[一六]を大殿[一七]の戸に懸けて、其の老媼を召さむと欲《おも》ほす時は、必ず其の鐸《ぬりて》を引き鳴らしたまひき。爾に御歌を

其歌曰、

阿佐遲波良　袁陀爾袁須疑弖　毛毛豆多布　奴弖由良久母　淤岐米久良斯母

於レ是置目老媼白、僕甚耆老。欲レ退二本國一。故、隨レ白退時、天皇見送、歌曰、

意岐米母夜　阿布美能淤岐米　阿須用理波　美夜麻賀久理弖　美延受加母阿良牟

初天皇、逢レ難逃時、求下奪二其御粮一猪甘老人上。是得レ求、喚上而、斬レ於二飛鳥河之河原一、皆斷二其族之膝筋一。[1]是以至レ今其子孫、上レ於レ倭之日、必自跛也。故、能見三志-米-岐其老所二在。志米岐三字以レ音。

故、其地謂二志米須一也。

天皇、深怨下殺二其父王一之大長谷天皇上、欲レ報二其靈一。故、欲レ毀二其大長谷天皇之御陵一而、遣レ人之時、其伊呂兄意[2]祁命奏言、破二壞是御陵一、不レ可レ遣二他人一。專僕自行、如二天皇之御心一、破壞以參出。↓

1 是以—底はじめ諸本倒置。眞・田に從う。

2 意—底・延にはこの下に「富」の字がある(下も同じ)。

作《よ》みたまひき。[一]其の歌に曰《の》りたまひしく、

[二]浅茅原《あさぢはら》　[三]小谷《をだに》を過ぎて　[四]百傳《ももづた》ふ　[五]鐸響《ぬてゆら》くも　置目來《おきめく》らしも

とのりたまひき。是に置目[六]老媼《の》白しけらく、「僕《あ》は甚耆老《いとおい》にき。本《もと》つ國に退《まか》らむと欲《おも》ふ。」とまをしき。故、白しし随《まにま》に退《まか》る時、天皇見送りて歌曰《うた》ひたまひしく、

置目も[七]や　淡海《あふみ》の置目　明日《あす》よりは　[八]み山隠《がく》りて　見えずかもあらむ

とうたひたまひき。

2　御陵の土

初め天皇、難《わざはひ》に逢ひて逃げたまひし時、其の御粮《みかれひ》を奪ひし猪甘《ゐかひ》の老人《おきな》を求めたまひき。是《と》を求め得《え》て、喚上《めさ》げて、飛鳥河の河原に斬りて、皆其の族《うがら》の膝の筋《すぢ》を斷《た》ちたまひき。是を以ちて今に至るまで、其の子孫《うみのこ》、[九]倭に上《のぼ》る日は、必ず自《おのづか》ら[一〇]跛《あしなへ》くなり。故、能《よ》く其の老《おきな》の在る所を見[一一]志米岐《みしめき》。志米岐の三字は音を以ゐよ。故、其地《そこ》を志米須《しめす》と謂ふ。

天皇、深く其の父王《ちちみこ》を殺したまひし[一二]大長谷《の》天皇を怨みたまひて、[一三]其の靈《みたま》に報《むく》いむと欲《おも》ほしき。故、其の大長谷《の》天皇の御陵を毀《こぼ》たむと欲《おも》ほして、人を遣はしたまふ時、其の[一四]伊呂兄意祁《いろせおけの》命、奏言《まを》したまひしく、「是の御陵を破《や》り壞《こぼ》つは、他人《あだしびと》を遣はすべからず。專《もは》ら僕自《あれみづか》ら行きて、天皇の御心の如く、破《や》り壞《こぼ》ちて參出《まゐで》む。」

一　顕宗紀元年二月の条には「是月、詔曰、老嫗伶傳羸弱、不レ便二行歩一。宜下張レ縄引レ絙、扶而出入上。絙端懸レ鐸、無レ労二謁者一、入則鳴之。朕知二汝到一。於レ是老嫗奉レ詔、鳴レ鐸而進。天皇遥聞二鐸声一、歌曰」と伝えている。

二　地名であろう。

三　これも地名であろう。書紀の歌にはヲソネヲスギとある。以上二句は「百伝ふ」を言い出すための序。

四　枕詞。ここは多くの地を過ぎて行く駅馬には鈴がつけてあるところから、鐸の枕詞に用いたのであろう。

五　大鈴が鳴るよ。ヌテはヌリテの約言。書紀の歌には、ヌテユラクモヨとある。ユラクは音を発する意。

六　顕宗紀二年九月の条には「置目老困、乞レ還曰、気力衰邁、老耄虚羸、要仮(タト)ヒ扶レ縄、不レ能二進歩一。願帰二桑梓一、以送二厥終一。天皇聞、惋痛賜二物千段一。逆傷レ岐レ路、重感レ難レ期、乃賜レ歌曰」とある。

七　モヤは感動の助詞。書紀の歌にはモヨとある。

八　ミは接頭語。山に隠れて見えないことだろうか。カモは疑問の助詞。

九　倭に上って行く時はの意であろう。

一〇　びっこをひく。いざる。

一一　見占めた。見定めたの意であろう。誰が見定めたか不明。

一二　雄略天皇。

一三　崩御されているので、その霊魂に仕返しをしようと思われた。

一四　同腹の兄意祁命。後の仁賢天皇。

爾天皇詔、然隨レ命宜二幸行一。是以意祁命、自下幸而、少掘二其御陵之傍一、還上復奏言、既掘壞也。爾天皇、異二其早還上一而詔、如何破壞、答白、少掘二其陵之傍土一。天皇詔之、欲レ報二父王之仇一、必悉破二壞其陵一、何少掘乎、答曰、所二以爲レ然者、父王之怨、欲レ報二其靈一、是誠理也。然其大長谷天皇者、雖レ爲二父之怨一、還爲二我之從父一、亦治二天下一之天皇。是今單取二父仇之志一、悉破下治二天下一之天皇陵上者、後人必誹謗。唯父王之仇、不レ可レ非レ報、故、少掘二其陵邊一。既以是恥、足レ示二後世一。如レ此奏者、天皇答詔之、是亦大理。如レ命可也。故、天皇崩、卽意祁命、知二天津日繼一。

とまをしたまひき。爾に天皇詔りたまひしく、「然らば[一]命《みこと》の隨《まにま》に幸行《い》でますべし。」とのりたまひき。是を以ちて意祁《の》命、[二]自ら下《くだ》り幸《い》でまして、少《すこ》し其の御陵の傍《かたへ》を掘りて、還り上りて復奏言《かへりごとまを》したまひしく、「既に掘り壞《こぼ》ちぬ。」とまをしたまひき。爾に天皇、其の早く還り上らししことを異《あや》しみて詔りたまひしく、「如何《いかに》か破《や》り壞《こぼ》ちたまひぬる。」とのりたまへば、答へて白したまひしく、「少し其の陵の傍《かたへ》の土を掘りつ。」とまをしたまひき。天皇詔りたまひしく、「父王の仇《あた》を報いむと欲《おも》へば、必ず悉に其の陵を破り壞たむに、何《なに》しかも少し掘りたまひつる。」とのりたまへば、答へて曰《まを》したまひしく、「然《し》か爲《せ》し所以《ゆゑ》は、父王の怨みを其の靈に報いむと欲《おも》ほすは、是れ誠に理《ことわり》なり。然れども其の大長谷《の》天皇は、父の怨みにはあれども、[三]還りては我《わ》が從父《をぢ》[四]にまし、亦天の下治らしめしし天皇なり。是《ここ》に今單《ひとへ》[五]に父の仇といふ志を取りて、悉に天の下治らしめしし天皇の陵を破りなば、後の人必ず誹謗《そし》らむ。唯《ただ》父王の仇は報いざるべからず。故、少し其の陵の邊《べ》を掘りつ。既に是《か》く恥《はぢ》みせつれば、後の世に示すに足らむ。」とまをしたまひき。如此奏《かくまを》したまへば、天皇答へて詔りたまひしく、「是《こ》[六]も亦大《いた》く理《ことわり》なり。命《みこと》の如くにて可《よ》し。」とのりたまひき。[七]故、天皇崩りまして、即ち意祁《の》命、天津日繼知らしめしき。

一 あなたのお言葉の通りにお行きなさい。後に帝位に即かれたお方であるから、天皇と同じ「命」や「幸行」の文字を用いている。

二 河内国丹比郡の雄略天皇陵に下って行かれて。

三 ひるがえって考えますと。

四 市辺忍歯王と雄略天皇とは従兄弟である。

仁徳天皇
- 履中天皇―忍歯王
  - 意祁王(仁賢天皇)
  - 袁祁王(顕宗天皇)
- 反正天皇
- 允恭天皇―大長谷命(雄略天皇)

五 父のかたきだという気持にのみとらわれて。

六 あなたの言われることもまた、もっとも千万です。

七 お言葉の通りで結構です。顕宗紀二年八月の条には、次のように伝えている。「天皇謂二皇太子億計一曰、吾父先王、無レ罪而大泊瀬天皇射殺、棄二骨郊野一、至レ今未レ獲。憤歎盈レ懐、臥泣行号、志レ雪二讎恥一。吾聞、父之讎、不下与共戴上レ天。兄弟之讎、不レ反レ兵。交遊之讎、不レ同レ国。(中略)願壊二其陵一、摧レ骨投散。今以レ此報、不二亦孝一乎。皇太子億計、歔欷不レ能レ答。乃諌曰、不レ可。大泊瀬天皇、正二統万機一、臨二照天下一。華夷欣仰天皇之身也。吾父先王、雖二是天皇之子一、遭二遇迍邅一、不レ登二天位一。以レ此観之、尊卑惟別。而忍壊二陵墓一、誰人主以奉二天之霊一。其不レ可レ毀一也。又天皇与二億計一、曾不レ蒙二遇白髪天皇厚寵殊恩一、豈臨二宝位一。大泊瀬天皇、白髪天皇之父也。(中略)陛下饗レ国、徳行広聞二於天下一。而毀レ陵、翻見二於華裔一、億計恐二其不レ可三以莅レ国子二レ民也。其不レ可レ毀二也。天皇曰、善哉。令レ罷レ役。」

一 三十四歳。書紀には享年を記していない。
二 仁賢紀元年の条に「葬弘計天皇于傍岳磐杯丘陵。」とあり、諸陵式には「傍丘磐杯丘南陵、近飛鳥八釣宮御宇、顕宗天皇。在大和国葛下郡。」とある。
三 仁賢紀元年の条に「皇太子於石上広高宮即天皇位。〔或本云、億計天皇之宮、有二所焉。一宮於川村、一宮於縮見高宮。其殿柱至今未朽。〕」とある。
四 同じ条に「立前妃、春日大娘皇女為皇后。〔春日大娘皇女、大泊瀬天皇娶和珥臣深目之女、童女君所生也。〕遂生一男六女。」とある。
五 同じ条に「高橋大娘皇女」とある。
六 同じく「朝嬬(アサツマ)皇女」とある方であろう。
七 同じく「樟氷皇女」とある。
八 同じく「手白香皇女」とある。
九 同じく「小泊瀬稚鷦鷯天皇」とある。後の武烈天皇。
一〇 同じく「眞稚皇女」とある。
一一 同じく「次和珥臣日爪女、糠君娘、生一女。是為春日山田皇女。」とある。
一二 この天皇の御年は、この記にも書紀にも記さず、御陵は仁賢紀十一年の条に「葬埴生坂本陵。」とあり、諸陵式には「埴生坂本陵、石上広高宮御宇、仁賢天皇。在河内国丹比郡。」とある。
一三 武烈紀元年前紀に「太子命有司、設壇場於泊瀬列城、陟天皇位、遂定都焉。」とある。
一四 武烈紀にも八年十二月の条に「天皇崩于列城宮。」とあるから、八年間天下を治められたことになっている。
一五 記伝に「御子とあるべきを、太子としも云

天皇御年、參拾捌歲。治天下八歲。御陵在片岡之石坏岡上也。

[1]袁祁王兄、意祁命[2]、坐石上廣高宮、治天下也。天皇、娶大長谷若建天皇之御子、春日大郎女、生御子、高木郎女。次財郎女。次久須毘郎女。次手白髮郎女。次小長谷若雀命。次眞若王。又娶丸邇日爪臣之女、糠若子郎女、生御子、春日[3]山田郎女。此天皇之御子、幷七柱。此之中、小長谷若雀命者、治天下也。

小長谷若雀命、坐長谷之列木宮、治天下捌歲也。此天皇、无太子。故、爲御子代、定小長谷部也。御陵在片岡之石坏岡也。

天皇既崩、無可知日續之王。故、品太天皇五世之孫、袁本杼命、自近淡海國、令上坐而、合於手白髮命、授奉天下也。

[4]品太王五世孫、袁本杼命、坐伊波禮之玉穗宮、治天下也。天皇、娶三尾君等祖、名若比賣、生御子、大郎子。↓

1 袁祁王兄―諸本に無いが、眞に従つて補う。
2 命―眞には「王」とある。
3 山―底・延・田には「山」、前・猪・寛には「少」、眞には「小」とある。
4 品太王五世孫―諸本に無いが、眞に従つて補う。

天皇の御年、[一]参拾捌歳《みそぢまりやとせ》。天の下治らしめすこと八歳《やとせ》なりき。[二]御陵は片岡の石坏《いはつき》の岡の上に在り。

袁祁《の》王の兄《いろせ》、意祁《の》命、[三]石上《いそのかみ》の廣高宮《ひろたかの》に坐しまして、天の下治らしめしき。天皇、大長谷若建《の》天皇の御子、[四]春日《の》大郎女を娶して、生みませる御子、[五]高木《の》郎女。次に[六]財《たからの》郎女。次に[七]久須毘《くすびの》郎女。次に[八]手白髮《たしらがの》郎女。次に[九]小長谷若雀《をはつせのわかさざきの》命。次に[一〇]眞《ま》若《わかの》王。又[一一]丸邇《わに》の日爪臣《ひつまの》の女、糠若子《ぬかのわくごの》郎女を娶して、生みませる御子、春日の山田《の》郎女。[一二]此の天皇の御子、幷《あは》せて七柱なり。此の中に、小長谷《の》若雀《の》命は天の下治らしめしき。

小長谷《の》若雀《の》命、[一三]長谷《はつせ》の列木宮《なみきの》に坐しまして、天の下治らしめすこと[一四]捌歳《やとせ》なりき。此の天皇、[一五]太子《ひつぎのみこ》无かりき。故、御子代《みこしろ》と爲《し》て、小長谷部《をはつせべ》を定めたまひき。[一六]御陵は片岡の石坏《いはつき》の岡に在り。

[一七]天皇既に崩りまして、日續《ひつぎ》知らすべき王《みこ》無かりき。故、品太《ほむだの》天皇の五世《いつつぎ》の孫《ひと》、袁本杼《をほどの》命を近《つ》淡海《の》國より上り坐さしめて、手《た》白髮《の》命に[一八]合《あは》せて、[一九]天の下を授け奉りき。

品太《ほむだの》王の五世《いつつぎ》の孫《ひと》、袁本杼《をほどの》命、[二〇]伊波禮《いはれ》の玉穂宮《たまほの》に坐しまして、天の下治らしめしき。[二一]天皇、[二二]三尾《みをの》君等の祖、名は若比賣を娶して、生みませる御子、大郎子《おほいらつこ》。

るは意あるか。此天皇にして、遠く仁徳天皇より以来の皇統は絶坐ることを思ひて、日継御子坐まさずとは云るにや。」と述べている。

一六 継体紀二年十月の条に、「葬二小泊瀬稚鷦鷯天皇于傍丘磐杯丘陵。一」とあり、諸陵式には「傍丘磐杯丘北陵、泊瀬列城宮御宇、武烈天皇。在二大和国葛下郡。一」とある。

仁賢天皇

一七 継体紀元年前紀に「男大迹(ヲホド)天皇〔更名、彦太尊〕誉田天皇五世孫、彦主人王子也。母曰二振媛一。振媛、活目天皇七世孫也。（中略）天皇幼年、父王薨。振媛迺歎曰、妾今遠離二桑梓一。(モトツクニ)安能得二膝養一。余帰二寧高向一、〔高向者、越前国邑名〕奉レ養二天皇一。（中略）天皇年五十七歳、八年冬十二月己亥、小泊瀬天皇崩。元無二男女一、可レ絶二継嗣一。」とあり、同元年の条に「大伴金村大連、更籌議曰、男大迹王、性慈仁孝順、可レ承二天緒一。冀慇懃勧進、紹二隆帝業一。物部麁鹿火大連、許勢男人大臣等僉曰、妙二簡枝孫一、賢者唯男大迹王也。丙寅、遣二臣連等一、持レ節以備二法駕一、奉レ迎二三国一。」とある。↓補注一六八。品太天皇は応神天皇。

武烈天皇

一八 結婚させて。

一九 記伝に「授奉とは、是は前天皇の譲賜ふには非で、臣連たちの、相議て為奉れる事なる故に云り。」と述べている。

二〇 継体紀には、五年の条に「遷二都山背筒城一」、十二年の条に「遷二都弟国一」、二十年の条に「遷二都磐余玉穂宮一」とある。

二一 継体紀元年の条に「納二八妃一」とある。

二二 同条に「次妃、三尾角折君妹曰二稚子媛一。生三大郎皇子与二出雲皇女一。」とある。

継体天皇

次出雲郎女。二柱 又娶二尾張連等之祖、凡連之妹、目子郎女一、生御子、廣國押建金日命。次建小廣國押楯命。二柱 又娶二意[1]祁天皇之御子、手白髪命一、是大后也。生御子、天國押波流岐廣庭命。波流岐三字以レ音。一柱。又娶二息長眞手王之女、麻組郎女一、生御子、佐佐宜郎女。一柱 又娶二坂田大俣王之女、黑比賣一、生御子、神前郎女。次田[2]郎女。次白坂活日[3]子[4]郎女。次野[5]郎女、亦名長目比賣。四柱[6] 又娶二三尾君加多夫之妹、倭比賣一、生御子、大郎女。次丸高王。次耳上王。次赤比賣郎女。四柱 又娶二阿倍之波延比賣一、生御子、若屋郎女。次都夫良郎女。次阿豆王。三柱 此天皇之御子等、并十九王。男七、女十二。 此之中、天國押波流岐廣庭命者、治二天下一。次廣國押建金日命、治二天下一。次建小廣國押楯命、治二天下一。次佐佐宜王者、拜二伊勢神宮一也。此御世、竺紫君石井、不レ從二天皇之命一而、多无レ禮。故、遣二物部荒甲之大連、大伴之金村連二人一而、殺二石井一也。

天皇御年、肆拾參歲。丁[7]未年四月九日崩也。 御陵者、三嶋之藍[8][9]御陵也。

御[10]子、廣國押建金日命[11]、坐二勾之金箸宮一、治二天下一也。此↓

1 意ーこの下に眞・延・底には「富」の字があるが、前・猪・寛・田に従う。
2 田郎女ー眞に重複、延・田に「茨田郎女」、底にはこの上に「馬來」の二字を補い、別に「茨田郎女」を立て、「田郎女」の下に「三柱 又娶茨田連小望之女關比賣生御子茨田大郎女」の二十二字を補っている。
3 日ー田は「目」に改めている。
4 子ー底は衍字としている。
5 野ー底・延・田にはこの上に「小」の字がある。
6 四柱ー眞・前・猪に「二柱」、底に「三柱」とあるが、寛・延・田に従って「四柱」とする。このあたり誤脱があるらしい。
7 この分注、底・延には無い。前・猪・寛は本文として記す。眞に従って分注とする。
8 藍ー延にはこの下に「野」の字を補っている。
9 御陵ー眞には「御」の字が無い。又底はこの二＊字を衍字としている。
10 御子ー諸本に無いが、眞に従って補う。
11 命ー眞には「王」とある。

一 継体紀元年の条に「元妃、尾張連草香女曰二目子媛一。生二二子一。皆有二天下一。其一曰二勾大兄皇子一。是為二広国排武金日尊一。其二曰二檜隈高田皇子一。是為二武小広国排盾尊一。」とある。
二 後の安閑天皇。
三 後の宣化天皇。
四 継体紀元年の条に「立二皇后手白香皇女一、(中略)遂生二一男一。是為二天国排開広庭尊一。」とある。
五 後の欽明天皇。
六 継体紀元年の条に「次息長真手王女曰二麻績娘子一。生二荳角(ササゲ)皇女一。是侍二伊勢大神祠一。」とある。

次に出雲郎女《の》。柱二 又尾張連《の》[一]等の祖、凡連《おほしのむらじ》の妹、目子郎女《の》を娶して、生みませる御子、廣國押建金日命《ひろくにおしたけかなひの》[二]。次に建小廣國押楯命《たけをひろくにおしたての》[三]。柱二 又意祁天皇《の》[四]の御子、手《た》白髮《の》命是は大后なり。を娶して、生みませる御子、天國押波流岐廣庭命《あめくにおしはるきひろにはの》[五]。波流岐の三字は音を以ゐよ。一柱。又息《おき》[六]長眞手王《ながまての》の女、麻組郎女《をくみの》を娶して、生みませる御子、佐佐宜郎女《ささげの》。柱一 又坂田大《おほ》[七]俣王《またの》の女、黒比賣を娶して、生みませる御子、神前郎女《かむざきの》。次に田郎女《の》。次に白《しら》[八]坂活日子郎女《さかのいくひこの》。次に野郎女《の》[九]、亦の名は長目比賣。柱四 又三尾君加多夫《かたぶ》[一〇]の妹、倭比賣を娶して、生みませる御子、大郎女。次に丸高王《まろこの》。次に耳《みみ》上王《の》。次に赤比賣《の》。柱四 又阿倍《あべ》[一一]の波延比賣《はえ》を娶して、生みませる御子、若屋郎女《の》。次に都夫良郎女《つぶらの》。次に阿豆王《あづの》。柱三 此の天皇の御子等《みこたち》、并《あは》せて十九王《とをまりここのはしら》なり。男七、女十二。此の中に、天國押波流岐廣庭命《の》は、天の下治らしめしき。次に廣國押建金日命《の》、天の下治らしめしき。次に建小廣國押楯命《の》、天の下治らしめしき。次に佐佐宜王《ささげの》は、伊勢神宮《のの》を拜《いつ》きたまひき。此の御世に、竺紫君石井《つくしのいはゐ》[一二]、天皇の命《みこと》に從はずして、多《まね》く禮无《ゐやな》かりき。故、物部荒甲《もののべのあらかひ》の大連《おほむらじ》、大伴の金村《かなむら》の連二人を遣はして、石井《いはゐ》を殺したまひき。

天皇の御年、肆拾參歳《よそぢまりみとせ》[一三]。丁未の年の四月九日に崩りましき。御陵《みはか》[一四]は三島の藍《あゐ》の御陵なり。

[一五]御子、廣國押建金日命《ひろくにおしたけかなひの》、勾《まがり》[一六]の金箸宮《かなはしの》に坐しまして、天の下治らしめしき。此の

七 同条に「次坂田大跨王女曰二広媛一。生二三女一。長曰二神前皇女一、仲曰二茨田皇女一、少曰二馬来田皇女一。」とあってこの記と異なる。

八・九 同条に「次茨田連小望女曰二関媛一。生二三女一。長曰二茨田大郎皇女一、仲曰二白坂活日姫皇女一、少曰二北野稚郎皇女一。〔更名、長石姫〕」とある。

一〇 同条に「次三尾君堅楲女曰二倭媛一。生二二男二女一。其一曰二大娘子皇女一、其二曰二椀子皇子一、其三曰二耳皇子一、其四曰二赤姫皇女一。」とある。

一一 同条に「次和珥臣河内女曰二荑（ハエ）媛一。生二一男二女一。其一曰二稚綾姫皇女一、其二曰二円（ツブラ）娘皇女一、其三曰二厚（アツ）皇子一。」とある。

一二 継体紀二十一年六月の条に「近江毛野臣、率二衆六万一、欲レ往二任那一、為復興二建新羅所レ破南加羅喙己呑一、合中任那上。於レ是筑紫国造磐井、陰謨二叛逆一、猶予経レ年。（中略）天皇詔二大伴大連金村、物部大連麁鹿火、許勢大臣男人等一曰、筑紫磐井反、掩二有西戎之地一。今誰可レ将者。大伴大連等僉曰、正直仁勇、通二於兵事一、今無レ出二於麁鹿火右一。天皇曰、可。秋八月辛卯朔、詔曰、咨大連、惟茲磐井弗レ率。汝徂征。云々」、二十二年十一月の条に「大将軍物部大連麁鹿火、親与二賊帥磐井一、交二戦於筑紫御井郡一。（中略）遂斬二磐井一。」とある。

一三 四十三歳。継体紀二十五年の条には「天皇崩二于磐余玉穂宮一。時年八十二。」とある。

一四 同じ条に「葬二于藍野陵一。」とあり、諸陵式には「三島藍野陵、磐余玉穂宮御宇、継体天皇。在二摂津国島上郡一。」とある。

一五 先帝の御子。

一六 安閑紀元年正月の条に「遷二都于大倭国勾金橋一。因為二宮号一。」とある。

安閑天皇

天皇、無㆓御子㆒也。乙卯年三月十三日崩。[1] 御陵在㆓河内之古市高屋村㆒也。

弟、[2] 建小廣國押楯命、坐㆓檜坰之廬入野宮㆒、治㆓天下㆒也。天皇、娶㆓意[3]祁天皇之御子、橘之中比賣命㆒、生御子、石比賣命。訓㆑石如㆑石。下效㆑此。次小石比賣命。次倉之若江王。又娶㆓川内之若子比賣㆒、生御子、火穗王。次惠波王。此天皇之御子等、幷五王。男三、女二。故、火穗王者、志比陀君之祖。惠波王者、韋那君、多治比君之祖也。

弟、[4] 天國押波流岐廣庭天皇、坐㆓師木嶋大宮㆒、治㆓天下㆒也。天皇、娶㆓檜坰天皇之御子、石比賣命㆒、生御子、八田王。次沼名倉太玉敷命。次笠縫王。柱三 又娶㆓其弟小石比賣命㆒、生御子、上王。柱一 又娶㆓春日之日爪臣之女、糠子郎女㆒、生御子、春日山田郎女。次麻呂古王。次宗賀之倉王。柱三 又娶㆓宗賀之稻目宿禰大臣之女、岐多斯比賣㆒、生御子、橘之豐日命。次妹石坰王。次足取王。次豐御氣炊屋比賣命。次亦麻呂古王。次大宅王。次伊美賀古王。次山代王。次妹大伴王。次櫻井之玄王。次麻奴王。次橘本之若子王。次泥杼王。十三柱。 又娶㆓岐多志比賣命之姨、小兄比賣㆒、生御子、馬木王。次葛城王。次間人穴太部王。次三枝部穴太部王、亦名須賣伊呂

一 安閑紀元年十月の条に「天皇勅㆓大伴大連金村㆒曰、朕納㆓四妻㆒、至㆑今無㆑嗣。万歳之後、朕名絶矣。」とある。
二 安閑紀二年十月の条に、「天皇崩㆓于勾金橋宮㆒。時年七十。」とある。
三 同じ条に「葬㆓天皇于河内旧市高屋丘陵㆒。」とあり、諸陵式には「古市高屋丘陵、勾金橋宮御宇、安閑天皇。在㆓河内国古市郡㆒。」とある。
四 先帝の御弟。
五 宣化紀元年正月の条に、「遷㆓都于檜隈廬入野㆒。因為㆓宮号㆒也。」とある。ヒノクマは大和国高市郡檜前(ヒノクマ)郷がある。
六 この記の意祁天皇(仁賢天皇)の御子の中には見えないが、書紀には橘皇女としてその名が見えている。宣化紀元年三月の条には「立㆓前正妃、億計天皇女、橘仲皇女㆒為㆓皇后㆒。是生㆓一男三女㆒。長曰㆓石姫皇女㆒、次曰㆓小石姫皇女㆒、次曰㆓倉稚綾姫皇女㆒、次曰㆓上殖葉皇子㆒。亦名椀子。」とあって、次に見える恵波王が上殖葉(カムエハ)皇子として、ここに入っている。
七 石の字は普通によむようにイシとよめという注である。記中、石の字はイハと訓む場合が多いので、特に注したのである。
八 宣化紀元年三月の条に「前庶妃、大河内稚子媛、生㆓一男㆒。是曰㆓火焰(ホノ)皇子㆒。」とある。
九 宣化紀にも火焰皇子は「是椎田君之先也」とある。志比陀(シヒダ)は記伝に「摂津国河辺郡に在べし」といっている。
一〇 宣化紀にも上殖葉皇子は「是丹比公、偉那公、凡二姓之先也。」とある。韋那(ヰナ)は和名抄に摂津国河辺郡為奈郷がある。多治比(タヂヒ)は河内国丹比郡。↓補注一六九
一一 先帝の御弟。異腹だからオトと訓んだ。
一二 欽明紀元年七月の条に「遷㆓都倭国磯城郡

1 この分注、延・底には無い。前・猪・寛には本文として記す。眞に従つて分注とする。
2 弟―諸本に無いが、眞に従つて補う。
3 意―底・延にはこの下に「富」の字がある。
4 弟―諸本に無いが、眞に従つて補う。

天皇、[一]御子無かりき。[二]乙卯の年の三月十三日に崩りましき。[三]御陵は河内の古市《ふるち》の高屋村《の》に在り。

宣化天皇

[四]弟《いろと》、建《たけ》小《を》廣國《ひろくに》押楯《おしたての》命、[五]檜坰《ひのくま》の廬入野《いほりのの》宮に坐しまして、天の下治らしめしき。天皇、意祁《の》天皇の御子、[六]橘の中《つ》比賣命《の》を娶して、生みませる御子、石《いし》比賣命《の》。[七]石を訓むこと石の如くせよ。下は此れに效へ。次に小《を》石《いし》比賣命《の》。次に倉《くら》の若江王《の》。又[八]川内《かふち》の若子《わくど》比賣を娶して、生みませる御子、火穂王《ほのほの》。次に恵《ゑ》波王《はの》。此の天皇の御子等、并せて五王《いつはしら》なり。男三、女二。故、火穂《の》王《の》は、[九]志比陀君の祖。恵波王《の》は、[一〇]韋那君、多治比君の祖なり。

欽明天皇

[一一]弟《おと》、天國押波流岐廣庭《あめくにおしはるきひろにはの》天皇、[一二]師木島《しきしま》の大宮に坐しまして、天の下治らしめしき。天皇、[一三]檜坰《ひのくまの》天皇の御子、石《いし》比賣命《の》を娶して、生みませる御子、八《や》田王《たの》。次に[一四]沼《ぬ》名倉太玉敷《なくらふとたましきの》命。次に笠縫王《かさぬひの》。三柱。又其の[一五]弟《いろと》小石比賣命《の》を娶して、生みませる御子、上王《かみの》。一柱。又[一六]春日の日《ひ》爪臣《つまの》の女、糠子郎女《ぬかごの》を娶して、生みませる御子、春日山田《の》郎女《の》。次に麻《ま》呂《ろ》古王《この》。次に宗《そ》賀《が》の倉王《くらの》。三柱。又[一七]宗《そ》賀《が》の稲目宿禰大臣《いなめのすくねのおほおみ》の女、岐《き》多《た》斯《し》比賣を娶して、生みませる御子、[一八]橘之豐日《たちばなのとよひの》命。次妹石坰王《いはくまの》。次に足取王《あとりの》。次に[一九]豐御氣炊屋《とよみけかしぎや》比賣命《の》。次に亦麻呂古王《またまろこの》。次に大宅王《おほやけの》。次に伊美賀古王《いみがこの》。次に山代王《やましろの》。次に妹大伴王《おほともの》。次に櫻井の玄王《ゆみはりの》。次に麻《ま》奴王《ぬの》。次に橘本《のもと》之《の》若子《わくど》王《の》。次に[二〇]泥杼王《ねどの》。十三柱。又[二一]岐《き》多《た》志《し》比賣命《の》の姨《をば》、小兄《をえ》比賣を娶して、生みませる御子、馬木王《うまきの》。次に葛城王《の》。次に間人穴太部王《はしひとのあなほべの》。次に三枝部穴太部王《さきくさべのあなほべの》、亦の名は須賣伊呂《すめいろ》

磯城島一。仍号為二磯城島金刺宮一。」とある。

一三　欽明紀元年正月の条に「立二正妃、武小広国押盾天皇女、石姫一為二皇后一。是生二二男一女一。長曰二箭田(ヤタ)珠勝大兄皇子一、仲曰二訳語(ヲサ)田渟中(ヌナ)倉太珠敷尊一、少曰二笠縫皇女一。〔更名、狭田毛皇女〕」とある。

一四　後の敏達天皇。

一五　欽明紀二年三月の条には「元妃、皇后弟曰二稚綾姫皇女一。是生二石上皇子一。」とあって伝を異にしている。

一六　同じ条に「次春日日抓臣女曰二糠子一。生二春日山田皇女与二橘麻呂皇子一。」とあり、倉王については、「次有二皇后弟一。曰二日影皇女一。是生二倉皇子一。」とある。

一七　同じ条に「次蘇我大臣稲目宿禰女曰二堅塩(キタシ)媛一。生二七男六女一。其一曰二大兄皇子一。是為二橘豊日尊一。其二曰二磐隈皇女一。〔更名、夢皇女〕(中略)其三曰二臘鳥(アトリ)皇子一。其四曰二豊御食炊屋姫尊一。其五曰二椀子(マリコ)皇子一。其六曰二大宅皇女一。其七曰二石上部皇子一。其八曰二山背皇子一。其九曰二大伴皇女一。其十曰二桜井皇子一。其十一曰二肩野皇女一。其十二曰二橘本稚皇子一。其十三曰二舎人皇女一。」とある。

一八　後の用明天皇。　一九　後の推古天皇。

二〇　書紀には舎人皇子とあるから、杼泥王の誤写かとも思われるが、杼は濁音の仮名で、ドネノ王となるので、もとのままにした。

二一　欽明紀二年三月の条には「次堅塩媛同母弟、曰二小姉君一。生二四男一女一。其一曰二茨城皇子一。其二曰二葛城皇子一。其三曰二埿部穴穂部皇女一。其四曰二埿部穴穂部皇子一。其五曰二泊瀬部皇子一。」とある。↓補注一七〇

杼。次長谷部若雀命。柱五 凡此天皇之御子等、幷廿五王。此之中、沼名倉太玉敷命者、治二天下一。次橘之豐日命、治二天下一。次豐御氣炊屋比賣命、治二天下一。次長谷部之若雀命、治二天下一也。幷四王治二天下一也。

御子[1]、沼名倉太玉敷命、坐二他田宮一、治二天下一壹拾肆歲也。此天皇、娶二庶妹豐御食炊屋比賣命一、生御子、靜貝王、亦名貝鮹王。次竹田王、亦名小貝王。次小治田王。次葛城王。次宇毛理王。次小張王。次多米王。次櫻井玄王。柱八 又娶二伊勢大鹿首之女、小熊子郎女一、生御子、布斗比賣命。次寶王、亦名糠代比賣王。柱二 又娶二息長眞手王之女、比呂比賣命一、生御子、忍坂日子人太子、亦名麻呂古王。次坂騰王。次宇遲王。柱三 又娶二春日中若子之女、老女子郎女一、生御子、難波王。次桑田王。次春日王。次大俣[2]王。柱四 此天皇之御子等、幷十七王之中、日子人太子、娶二庶妹田村王、亦名糠代比賣命一、生御子、坐二岡本宮一治二天下一之天皇。次中津王。次多良王。柱三 又娶二漢王之妹、大俣王一、生御子、智奴王。次妹桑田王。柱二 又娶二庶↓

1 御子—諸本に無いが、眞に從つて補う。

2 俣—底に「股」とあるが、眞その他によつて改めた。

一 後の崇峻天皇。

二 この天皇については、享年も御陵も記されていないが、欽明紀には、三十二年四月の条に「天皇遂崩二于内寢一。時年若干。」とあり、同年五月に「殯二于河内古市一」、九月に「葬二于檜隈坂合陵一」とある。諸陵式には「檜隈坂合陵、磯城島金刺宮御宇、欽明天皇。在二大和国高市郡一。」

とある。
三 敏達紀元年四月の条に「宮㆓于百済大井㆒」とあり、同四年の条に「遂営㆓宮於訳語田㆒(ヲサダ)是謂㆓幸玉(サキタマ)宮㆒。」とある。ヲサダは大和国城上郡の地。
四 十四年。敏達紀にも十四年八月の条に「崩㆓于大殿㆒」とあるから、年数は一致している。
五 敏達紀五年三月の条に「有司請㆑立㆓皇后㆒。詔立㆓豊御食炊屋姫尊㆒為㆓皇后㆒。是生㆓二男五女㆒。其一曰㆓菟道貝鮹皇女㆒。〔更名、菟道磯津貝皇女也。〕是嫁㆓於東宮聖徳㆒。其二曰㆓竹田皇子㆒。其三曰㆓小墾田皇女㆒。是嫁㆓於彦人大兄皇子㆒。其四曰㆓鸕鷀(ウ)守皇女㆒。〔更名、軽守皇女〕其五曰㆓尾張皇子㆒。其六曰㆓田眼皇女㆒。是嫁㆓於息長足日広額天皇㆒。其七曰㆓桜井弓張皇女㆒。」とある。

敏達天皇

六 敏達紀四年正月の条に「次采女、伊勢大鹿首小熊女、曰㆓菟名子夫人㆒。生㆔太姫皇女、〔更名、桜井皇女〕与㆓糠手姫皇女㆒。〔更名、田村皇女〕㆒」とある。
七 同条に「立㆓息長真手王女、広姫㆒為㆓皇后㆒。是生㆓一男二女㆒。其一曰㆓押坂彦人大兄皇子㆒。〔更名、麻呂古皇子〕其二曰㆓逆登皇女㆒。其三曰㆓菟道磯津貝皇女㆒。」とある。
八 同条に「是月、立㆓一夫人㆒。春日臣仲君女。曰㆓老女君夫人㆒。〔更名、薬君娘也。〕生㆔三男一女㆒。其一曰㆓難波皇子㆒。其二曰㆓春日皇子㆒。其三曰㆓桑田皇女㆒。其四曰㆓大派(タマ)皇子㆒。」とある。
九 舒明天皇。舒明紀元年前紀に「息長足日広額天皇(舒明)、渟中倉太珠敷天皇孫、彦人大兄皇子之子也。母曰㆓糠手姫皇女㆒。」とあり、同二年十月の条に「天皇遷㆓於飛鳥岡傍㆒。是謂㆓岡本宮㆒。」とある。

杼《ど》。次に[一]長谷部若雀《はつせべのわかさざきの》命。五柱 凡そ此の天皇の御子等、并せて廿五王《はたちまりいつはしら》なり。此の中に、沼名倉太玉敷《の》命は、天の下治らしめしき。次に橘之豐日《の》命、天の下治らしめしき。次に長谷部之若雀《の》命、天の下治らしめしき。次に豐御氣炊屋比賣《の》命、天の下治らしめしき。并せて四王《よはしら》、天の下治らしめしき。[二]

御子、沼名倉太玉敷《ぬなくらふとたましきの》命、[三]他田《をさだの》宮に坐しまして、天の下治らしめすこと、[四]壹拾肆《とをまりよ》歳《とせ》なりき。此の天皇、[五]庶妹《ままいも》豐御食炊屋比賣《の》命を娶して、生みませる御子、靜貝《しづかひの》王、亦の名は貝鮹《かひたこの》王。次に竹田《の》王、亦の名は小貝《をかひの》王。次に小治田《をはりだの》王。次に葛城《の》王。次に宇毛理《うもりの》王。次に小張《をはりの》王。次に多米《ための》王。次に櫻井玄《さくらゐのゆみはりの》王。八柱 又[六]伊勢の大《おほ》鹿首《かのおびと》の女、小熊子《をくまこの》郎女を娶して、生みませる御子、布斗《ふと》比賣《の》命。次に寶《の》王、亦の名は糠代《ぬかで》比賣《の》王。二柱 又[七]息長眞手《おきながまての》王の女、比呂《ひろ》比賣《の》命を娶して、生みませる御子、忍坂《おさか》の日子人《ひこひとの》太子《ひつぎのみこ》、亦の名は麻呂古《まろこの》王。次に坂騰《さかのぼりの》王。次に宇遲《うちの》王。三柱 又[八]春日の中《つ》若子の女、老女子《おみなこの》郎女を娶して、生みませる御子、難波《の》王。次に桑田《の》王。次に春日《の》王。次に大俣《の》王。四柱 此の天皇の御子等、并せて十七王《とをまりななはしら》の中に、日子人《の》太子、庶妹田村《の》王、亦の名は糠代《ぬかで》比賣《の》命を娶して、生みませる御子、岡[九]本《の》宮に坐しまして、天の下治らしめしし天皇。次に中津王。次に多良《たらの》王。三柱 又漢《あやの》王の妹、大俣《の》王を娶して、生みませる御子、智奴《ちぬの》王。次に妹桑田《の》王。二柱 又庶

妹玄王、生御子、山代王。次笠縫王。注二 并七王。[1]（甲辰年四月六日崩。）御陵在川内科長也。

弟、[2]橘豐日命、[3]坐池邊宮、治天下參歲。此天皇、娶稻目宿禰大臣之女、意富藝多志比賣、生御子、多米王。注一 又娶庶妹間人穴太部王、生御子、上宮之厩戸豐聰耳命。次久米王。次植栗王。次茨田王。注四 又娶當麻之倉首比呂之女、飯女之子、生御子、當麻王。次妹須賀志呂古郎女。此天皇、[4]（丁未年四月十五日崩。）御陵在石寸掖上、後遷科長中陵也。

弟、[5]長谷部若雀天皇、坐倉椅柴垣宮、治天下肆歲。[6]（壬子年十一月十三日崩也。）

御陵在倉椅岡上也。

妹、[7]豐御食炊屋比賣命、坐小治田宮、治天下參拾漆歲。[8]（戊子年三月十五日癸丑日崩。）御陵在大野岡上、後遷科長大陵也。

古事記下卷

1　この分注、底・延には無い。前・猪・寛には本文として記しているが、眞に從って分注とする。

2　弟―諸本に無いが、眞に從って補う。

3　命―眞には「王」とある。

4　この分注、底・延には無い。前・猪・寛には本文として記しているが、眞に從って分注とする。

5　弟―諸本に無いが、眞に從って補う。

6　この分注、底・延には無い。前・猪・寛には本文として記しているが、眞に從って分注とする。

7　妹―諸本に無いが、眞に從って補う。

8　この分注、底・延には無い。前・猪・寛には本文として記しているが、眞に從って分注とする。

一　崇峻紀四年四月の条に「葬訳語田天皇於磯長陵。是其妣皇后所葬之陵也。」とあり、諸陵式には「河内磯長中尾陵、訳語田宮御宇、敏達天皇。在河内国石川郡。」とある。

二　用明紀元年前紀に「天皇即天皇位、館於磐余。名曰池辺双槻宮。」とある。和名抄に大和国十市郡池上(イケ)郷がある。

三　三年。用明紀には二年夏四月に「天皇崩于大殿。」とあるから、一年の差がある。

四　用明紀元年正月の条に「立蘇我大臣稲目宿禰女、石寸名(イシキナ)為嬪。是生田目皇子。〔更名、豊浦皇子。〕」とある。

五　同条に「立穴穂部間人皇女為皇后。是生四男。其一曰厩戸皇子。(中略)其二曰来目皇子。其三曰殖栗皇子。其四曰茨田皇子。」とある。

六　同条に「厩戸皇子〔更名、耳聡、聖徳。或名豊聡耳法大王。或云法主王。〕此之皇子、初居上宮。後移斑鳩。於豊御食炊屋姫天皇世、位居東宮、総摂万機、行天皇事。語見豊御食炊屋姫天皇紀。」とある。聖徳太子のこと。上宮は宮殿の南に特に建てられた上宮という宮妹玄王《の》を娶して、生みませる御子、山代王《の》。次に笠縫王《の》。二柱 并せて七王《なゝはしら》なり。

甲辰の年の四月六日に崩りましき。[一]御陵は川内の科長《しなが》に在り。

弟《おと》、橘《の》豐日《の》命、[二]池邊《の》宮に坐しまして、天の下治らしめすこと、[三]參歳《みとせ》なりき。此の天皇、[四]稲目《いなめの》宿禰《の》大臣の女、意富藝多志《おほぎたし》比賣を娶して、生みませる御子、多米《ための》王。一柱 又[五]庶妹《ままいも》間人《はしひとの》穴太部《あなほべの》王を娶して、生みませる御子、[六]上宮《うへつみや》の厩戸豐聰耳《うまやどのとよとみみの》命。次に久米王《の》。次に植栗《ゑくりの》王。次に茨田《まむだの》王。四柱 又[七]當麻《たぎま》の倉首比呂《くらのおびとひろ》の女、飯女之子《いひめのこ》を娶して、生みませる御子、當麻《たぎまの》王。次に妹須賀志呂古《すがしろこの》郎女。此の天皇、丁未の年の四月十五日に崩りましき。[八]御陵は石寸《いはれ》の掖上《いけのうへ》に在りしを、後に科長《しなが》の中の陵に遷《うつ》しき。

弟《おと》、長谷部若雀《はつせべのわかさざきの》天皇、[九]倉椅《くらはし》の柴垣《しばかきの》宮に坐しまして、天の下治らしめすこと、[一〇]肆歳《よとせ》なりき。[一一]壬子の年の十一月十三日に崩りましき。[一二]御陵は倉椅の岡の上に在り。

妹《いも》、豐御食炊屋比賣《とよみけかしぎやひめの》命、[一三]小治田《をはりだの》宮に坐しまして、天の下治らしめすこと、[一四]參拾《みそぢまり》漆歳《ななとせ》なりき。[一五]戊子の年の三月十五日癸丑の日に崩りましき。[一六]御陵は大野の岡の上に在りしを、後に科長《しなが》の大き陵に遷しき。

古事記下巻

であったが、後には地名となった。

七 同条に「葛城直、磐村女、広子生㆓一男一女㆒。男曰㆓麻呂子皇子㆒。此当麻公之先也。女曰㆓酢香手姫皇女㆒。」とある。

用明天皇

八 用明紀二年七月の条に「葬㆓于磐余池上陵㆒」、推古紀元年九月の条に「改㆓葬橘豊日天皇於河内磯長陵㆒。」とある。諸陵式には「河内磯長原陵、磐余池辺列槻宮御宇、用明天皇。在㆓河内国石川郡㆒。」とある。

崇峻天皇

九 崇峻紀元年前紀に「宮㆓於倉梯㆒。」とある。

一〇 四年。書紀は治世五年で一年の差がある。

一一 崇峻紀五年の条に「十一月癸卯朔乙巳、馬子宿禰、詐㆓於群臣㆒曰、今日進㆓東国之調㆒。乃使㆓東漢直駒、殺㆓于天皇㆒。」とある。

一二 同条に「是日、葬㆓天皇于倉梯岡陵㆒。」とある。諸陵式には「倉梯岡陵、倉梯宮御宇、崇峻天皇。在㆓大和国十市郡㆒。」とある。

推古天皇

一三 推古紀元年前紀に「皇后即㆓天皇位於豊浦宮㆒。」とあって、同十一年十月の条に「遷㆓于小墾田宮㆒。」とある。

一四 三十七年。書紀は治世三十六年で一年の差がある。

一五 推古紀三十六年三月の条に「癸丑、天皇崩之。〔時年七十五〕」とある。

一六 同年九月の条に「先㆑是天皇遺㆓詔於群臣㆒曰、此年五穀不㆑登、百姓大飢。其為㆑朕興㆑陵以勿㆓厚葬㆒。便宜㆑葬㆓于竹田皇子之陵㆒。壬辰、葬二竹田皇子之陵一」とあるが、この陵は所在不明。諸陵式には「磯長山田陵、小治田宮御宇、推古天皇。在㆓河内国石川郡㆒。」とある。

補注

上巻

一 神語として伝えられている歌謡に関係があると思われる歌を挙げて置く。書紀の継体紀七年に「八島国、妻枕きかねて、春日の、春日の国に、麗し女を、ありと聞きて、宜し女を、ありと聞きて…庭つ鳥、鶏は鳴くなり。野つ鳥、雉はとよむ…」、万葉巻十三に「隠口の、泊瀬の国に、さ婚ひに、わが来れば…野つ鳥、雉とよみ、家つ鳥、鶏も鳴く、さ夜は明け、この夜は明けぬ。入りて且眠む。この戸開かせ。」(三三一〇)、同巻十二に「他国に婚ひに行きて大刀が緒も未だ解かねばさ夜ぞ明けにける」(二九〇六)、同巻十に「八千戈の神の御世より乏し妻人知りにけりつぎてし思へば」(二〇〇二)、「遠妻と手枕交へて寝たる夜は鶏が音なとよみ明けは明くとも」(二〇二一)、同巻四に「蒸衾なごやが下に臥せれども妹とし寝ねば肌し寒しも」(五二四)などがある。

中巻

二 書紀には「已而弟猾、大設二牛酒一、以労饗二皇師一焉。天皇以二其酒宍一、班賜二軍卒一。乃為二御謡一之曰」とある。

三 イスクハシは勇細(イサクハシ)で、鯨の枕詞であると記伝は説き、武田博士はイススキ(身ぶるいすること)のイスに花グハシ、名グハシなどのクハシが接続して、身ぶるいの精妙なるの意をなして、次のクヂラ(鷹ら)の枕詞としたのであろうとされている。

四 コキシヒヱネはコキシ・ヒヱネと切るのであろう。ヒヱについては記伝に礼記の「捭レ豚」、「牛与二羊魚一之腥、聶而切レ之、為レ膾。」の捭(擘二析豚肉一也)及び聶(薄切肉也)にヒヱの古訓があるから、ヒヱは肉を薄く小さく切る意としている。ネは願望の助詞。

五 ツチグモについては、神武紀に「又高尾張邑、有二土蜘蛛一。其為レ人也、身短而手足長、与二侏儒一相類。皇軍結二葛綱一而掩襲殺之。」とあり、常陸風土記茨城郡の条には「昔在二国巣一。〔俗語曰、都知久母。又曰、夜都賀波岐。〕山之佐伯、野之佐伯。普置二掘土窟一、常居レ穴。有レ人来、則入レ窟而竄之。其人去、更出レ郊以遊之。狼性梟情、鼠窺掠盗、無レ被二招慰一、弥阻二風俗一也。」とある。文化の低い地方の土着民で、その風俗習性を動物的に表象したものである。異民族ではない。

六 イナルについて、記伝には「此言いといと意得難し」とし、或いは獣が怒ってほえるのをウナルというのに通じるようだから「忿り詰びて待居るを云にもやあらむ。猶考べし。」とある。

七 ソネガモトについて、記伝には「此句を、書紀に就て、釈にも契沖も其之本(ソノガモト)と心得たるは誤なり。其之(ソノガ)と云ことは有べくもあらず。能と賀とは同く之の意なれば、能賀と重ね云る例なし。万葉三に、しひるしひのが云々、又十四に、せなのがそでも云々。これらは別なる例なるをや。且次句に曾爾とあれば、此も必曾爾とあらでは宜しからず。さて書紀に曾廼とあるに依て、此記の曾泥をも其(ソノ)の意とせるは、いよよ誤れり。能を通はして那とは云れども、泥といへる例なし。」と述べている。何れが正しいかは明らかでないが、ネをノの転と見て、其のが茎、即ちその根もとにと解する方がよくはあるまいか。

八 饒速日命の出自は記紀共に不明であるが、先代旧事本紀巻三の天神本紀には、天押穂耳尊の子とし、その名を天照国照彦天火明櫛玉饒速日尊としている。

九 饒速日命の天降について、神武紀には天皇の日向での言葉として、「抑又聞二於塩土老翁一曰、東有二美地一。青山四周。其中亦有下乗二天磐船一飛降者上。(中略)厥飛降者、謂二是饒速日一歟。」とある。

一〇　天津麛は、古事記ではどんな品物であったか不明であるが、書紀では天羽羽矢一隻と歩靫としている。即ち「天皇曰、天神子亦多耳。汝所レ為レ君、是実天神之子者、必有二表物一。可二相示一之。長髄彦即取二饒速日命之天羽羽矢一隻及歩靫一、以奉二示天皇一。天皇覧之曰、事不レ虚也。還以二所レ御天羽羽矢一隻及歩靫一、賜二示於長髄彦一。長髄彦見二其天表一、益懐二踧踖一。」とある。然るに旧事本紀には天神御祖が饒速日尊に授けられた天麛瑞宝は十種(羸都鏡一、辺都鏡一、八握剣一、生玉一、死反玉一、足玉一、道反玉一、蛇比礼一、蜂比礼一、品物比礼一)となっている。

一一　神武天皇の即位について、書紀には「三月辛酉朔丁卯、下レ令曰、自二我東征一於レ茲六年矣。(中略)観二夫畝傍山(畝傍山、此云二宇禰縻夜摩一。)東南橿原地一者、蓋国之墺区乎。可レ治之。是月即命二有司一、経二始帝宅一。(中略)辛酉年春正月庚辰朔、天皇即二帝位於橿原宮一。」とある。

一二　皇族の御名について、記伝には「是より次々、凡て古の御代々々の王等の御名に種々の色あり。今茲に其大概をいはば三種なり。一には由縁に就て、諸物名など以つけられたる、二には居地名を以申せる、三には美称て付奉れるなり。王等のみならず、凡人の名どもも、大方此三種なり。」と述べている。

一三　セヤダタラヒメは、書紀では玉櫛媛となっており、また神代上の一書には「事代主神、化二為八尋熊鰐一、通二三島溝橛姫一、或云二玉櫛姫一。而生二児姫踏鞴五十鈴姫命一。是為二神日本磐余彦火火出見天皇之后一也。」と伝えている。

一四　釈日本紀巻九所引の山城国風土記逸文の賀茂の社に関する神話の如きは、その著しいものである。即ち「玉依日売、於二石川瀬見小川一、川遊為時、丹塗矢自二川上一流下。乃取挿二置床辺一、遂孕生二男子一。至二成レ人時一、外祖父建角身命、造二八尋屋一、堅二八戸扉一、醸二八腹酒一而、神集々而、七日七夜楽遊。然与レ子語言、汝父将レ思人、令レ飲二此酒一。即挙二酒杯一、向レ天為レ祭、分二穿屋甍一而昇二於天一。乃因二外祖父之名一、号二可茂別雷命一。所レ謂丹塗矢者、乙訓郡社坐火雷命在。」と伝えている。これについて柳田国男氏は「本来鍛冶は火の効用を人類の間に顕はすべき最貴重の工芸であつた。同時に又水の徳を仰ぐべき職業でもあつた。日本では火の根源を天つ日と想像し、雷を其運搬者と見たが故に、乃ち別雷系の神話は存するのである。」(一目小僧その他)と説かれている。鍛冶は水を掌る蛇神、別しては火の運搬者としての雷神と関係の深いものであった。「丹塗矢は火雷命なり。」とある所よりすれば、丹塗矢は雷神の表徴であり、それが赤色に塗ってあったのは、火の色を表わしたものに他ならない。古事記の神話に見える三輪の大物主神は蛇神で、これは水と関係があり、その婚した美人にも、その子にもタタラ(踏鞴)の語が名の一部に見えることは注意すべきである。ただ蛇神が丹塗矢に化したことは不自然のように思われるが、上代においては雷神と蛇神とは同一視されていたのである(詳細は拙著「古典と上代精神」所収の「賀茂系神話と三輪系神話との関聯」参照)。

一五　大久米命が天皇に申した歌として「誰を抱いて寝よう」では筋が通らない。そこで「どの人を妻にしましょう」とか、「誰をお后にしましょうか」とかの解釈が行われているが、それらは物語の筋に合せようとしたための歪曲である。思うにこの歌と次の歌とは、本来一首の複合長歌—倭の、高佐士野を、七行く、媛女ども、誰をし枕かむ、かつがつも、いや先立てる、兄をし枕かむ—であったが、それを大久米命と天皇の問答として二つに分けたために、このような矛盾が生じたものではあるまいか。

一六　ヤ行のエは「吉」の意にも「兄」の意にも解せられ、従ってここも「よい乙女」とも「兄」即ち年上の乙女とも解せられるが、今は後者の解を取る。この歌は所謂片歌形式(五、七、七)であるが、この形式の歌は、決して独立していず、必ず問答か唱和か、又は連作の一部としてしか表われて来ない。そこに所謂片歌の歌謡的性格を見るべきであろう。

一七　黥目については、履中紀元年四月の条に、「召二阿曇連浜子一詔之曰、汝与二仲皇子一共謀レ逆、将レ傾二国家一。罪当二于死一。然垂二大恩一而免レ死科レ墨。即日黥之。因レ此時人曰二阿曇目一。(アヅミメ)」とある。また雄略紀十一年十月の条には「鳥官之禽、為二菟田人狗一所レ噛死。天皇瞋、黥レ面而為二鳥養部一。」とある。これも刑罰のようであるが、実は飼部(養部)即ち御料の鳥獣を飼う賤民を、良民と区別する為に黥を施していたのである。履中紀五年九月の条に、「天皇狩二于淡路島一。是日、河内飼部等従レ駕執レ轡。先レ是飼部之黥皆未レ差。時居レ島伊弉諾神、託レ祝曰、不レ堪二血臭一矣。

因以卜之。兆云、悪二飼部等黥気一。故自レ是後、頓絶以不レ黥二飼部一而止之。」と伝えている（シナにおける黥は、罪人の額に傷をつけて、これに墨を入れた）。

一八　綏靖紀には「神日本磐余彦天皇崩。（中略）庶兄手研耳命（中略）遂以二諒闇之際一、威福自由、苞二蔵禍心一、図レ害二二弟一。」とある。

一九　クモトヰについて、記伝には「雲と居」で、「昼のほどは、未雲にて居るを云。居とは、起騒ぎなどはせずて、山際などに懸りて、駐り集るを云なり。」と説いている。然るに武田祐吉博士は、万葉巻二の「沖見れば、跡位(トヰ)浪立ち」（二二〇）、巻十三の「跡座(トヰ)浪の、立ち塞ふる道を」（三三三五）などに見えるトヰを例証として、トヰは動揺する意の動詞とされた（記紀歌謡集全講）。原文「登韋」の登も、万葉の跡も共に乙類の仮名である。

二〇　綏靖紀には「会下有二手研耳命於片丘大窖(ムロ)中一、独臥中于大牀上。時渟名川耳尊、謂二神八井耳命一曰、今適二其時一也。夫言貴レ密、事宜レ慎。故我之陰謀、本無二預者一。今日之事、唯吾与レ爾、自行之耳。吾当三先開二窖戸一。爾其射之。因相随進入。神渟名川耳尊、突二開其戸一。神八井耳命、則手脚戦慄、不レ能レ放レ矢。時神渟名川耳尊、掣二取其兄所レ持弓矢一、而射二手研耳命一。一発中レ胸、再発中レ背、遂殺之。」と伝えている。

二一　書紀には「立二五十鈴依媛一為二皇后一。〔一書云、磯城県主女、川派(カハマタ)媛。一書云、春日県主大日諸女、糸織媛也。〕即天皇之姨也。」とある。祖は祖先の姉妹をも広く指したものか。書紀には女となっている。

二二　書紀には「立二渟名底仲媛命一〔亦曰、渟名襲媛〕為二皇后一。〔一書云、磯城県主葉江女、川津媛。一書云、大間宿禰女、糸井媛。〕」とある。

二三　書紀には「后生二二皇子一。第一曰二息石耳命一。第二曰二大日本彦耜友天皇一。〔一云、生二三皇子一。第一曰二常津彦某兄一。第二曰二大日本彦耜友天皇一。第三曰二磯城津彦命一。〕」とあって伝を異にしている。

二四　書紀には「立二天豊津媛命一為二皇后一。〔一云、磯城県主葉江男弟、猪手女、泉媛。一云、磯城県主太真稚彦(フトマワカヒコ)女、飯日媛也。〕」とある。

二五　タギシヒコノ命は、書紀に「后生二観松彦香殖稲天皇一。〔一云、天皇母弟、武石彦奇友背命。〕」とあるタケシヒコクシトモセノ命と同人か。

二六　書紀には「立二世襲足(ヨソタラシ)媛一為二皇后一。〔一云、磯城県主葉江女、渟名城津媛。一云、倭国豊秋狭太媛女、大井媛也。〕」とある。また孝安紀には「母曰二世襲足媛一。尾張連遠祖、瀛津世襲(オキツヨソ)之妹也。」とある。

二七　春日臣については、姓氏録左京皇別に「大春日臣。出レ自二孝昭天皇皇子、天帯彦国押人命一也。仲臣令下家重二千金一委レ糟為上レ堵。于レ時大鷦鷯天皇〔諡仁徳〕臨二幸其家一、詔号二糟垣臣一。後改為二春日臣一。」と伝えている。

二八　小野臣については、姓氏録左京皇別に「小野朝臣。大春日朝臣同祖。（中略）大徳小野臣妹子、家二于近江国滋賀郡小野村一。因以為レ氏。」と伝えている。

二九　柿本臣については、姓氏録大和国皇別に「柿本朝臣。大春日朝臣同祖。天足彦国押人命之後也。敏達天皇御代、依三家門有二柿樹一、為二柿本臣氏一。」とある。

三〇　書紀に「立二細(クハシ)媛命一為二皇后一。〔一云、春日千乳早山香媛(カスガノチチハヤヤマカヒメ)。一云、十市県主等祖女、真舌媛也。〕」とある。また孝元紀には「母曰二細媛命一。磯城県主大目之女也。」とあって、十市県主を磯城県主としている。

三一　書紀には「大彦命、是阿倍臣、膳臣、阿閉臣、狭狭城山君、筑紫国造、越国造、伊賀臣、凡七族之始祖也。」とある。ただし垂仁紀二十五年二月の条には「阿倍臣遠祖、武渟川別」とある。

三二　膳臣については、姓氏録左京皇別に「高橋朝臣。阿倍朝臣同祖。大稲興命之後也。景行天皇巡二狩東国一、供二献大蛤一。于レ時天皇嘉二其奇美一、賜二姓膳臣一。天渟中原瀛真人〔諡天武〕十二年、改二膳臣一、賜二高橋朝臣一。」とある。

三三　建内宿禰については、景行紀三年二月の条には「屋主忍雄武雄心命〔一云、武猪心〕…則娶二紀直遠祖、菟道彦(ウヂヒコ)之女、影媛一、生二武内宿禰一。」とある。また成務紀三年正月の条には「以二武内宿禰一為二大臣一也。初天皇与二武内宿禰一同日生之。故有二異寵一焉。」ともある。

三四　続日本紀、孝謙天皇三年二月己卯の条に「典膳正六位下雀部朝臣真人等言、磐余玉穂宮〔継体〕勾金椅宮御宇天皇〔安閑〕御世、雀部朝臣男人為二大臣一供奉。而誤紀二巨勢男人大臣一。真人等先祖、巨勢男柄宿禰之男、有二三人一。星川建日子者、雀部朝臣等祖也。伊刀宿禰者、軽部朝臣等祖也。乎利宿禰者、巨勢朝臣等祖也。浄御原朝廷〔天武〕定二八姓一之時。被レ賜二雀部朝臣姓一。然則巨勢、雀部、雖二元同祖一、而別レ姓之後、被レ任二大臣一。

（中略）大納言従二位巨勢朝臣奈氐麻呂、亦証二明其事一。」とある。

三五　蘇我石河宿禰については、三代実録巻三十二、元慶元年十二月廿七日の条に「（石川朝臣）木村言、始祖大臣武内宿禰男、宗我石川、生二於河内国石川別業一。故以二石川一為レ名、賜二宗我大家一為レ居。因賜二姓宗我宿禰一。云々。」とある。

三六　平群都久宿禰については、仁徳紀元年の条に「初天皇生日、木菟（ツク）入二于産殿一。明旦誉田天皇〔応神〕喚二大臣武内宿禰一語之曰、是何瑞也。大臣対言、吉祥也。復当二昨日臣妻産時一、鷦鷯入二于産屋一。是亦異焉。爰天皇曰、今朕之子与二大臣之子一同日共産。兼有レ瑞。是天之表焉。以下為取二其鳥名一、各相易名レ子、為中後葉之契上也。則取二鷦鷯名一、以名二太子一、曰二大鷦鷯皇子一、取二木菟名一、号二大臣之子一、曰二木菟宿禰一。是平群臣之始祖也。」とある。

三七　的臣については、仁徳紀十二年八月の条に「饗二高麗客於朝一。是日集二群臣及百寮一、令レ射二高麗所レ献之鉄盾的一。諸人不レ得レ通レ的。唯的臣祖、盾人宿禰、射二鉄的一通焉。時高麗客等見之、畏二其射之勝巧一、共起以拝朝。明日、美二盾人宿禰一、而賜レ名曰二的戸田宿禰一。」とある。

三八　崇神紀四十八年正月の条に「天皇勅二豊城命、活目尊一曰、汝等二人、慈愛共斉。不レ知二曷為レ嗣。各宜レ夢。朕以レ夢占之。二皇子於レ是被レ命、浄沐而祈寐、各得レ夢也。会明、兄豊城命、以二夢辞一奏二于天皇一曰、自登二御諸山一向レ東、而八廻弄レ槍、八廻撃レ刀。弟活目尊、以二夢辞一奏言、自登二御諸山之嶺一、縄絙二四方一、逐二食レ粟雀一。則天皇相レ夢、謂二二子一曰、兄則一片向レ東。当レ治二東国一。弟是悉臨二四方一。宜レ継二朕位一。」とある。

三九　崇神紀六年の条に「先レ是、天照大神、倭大国魂二神、並祭二於天皇大殿之内一。然畏二其神勢一、共住不レ安。故以二天照大神一、託二豊鍬入姫命一、祭二於倭笠縫邑一。」とあり、垂仁紀二十五年三月の条には「離二天照大神於豊耜姫命一、託二于倭姫命一。爰倭姫命、求下鎮二坐大神一之処上、而詣二菟田筱（ササ）幡一、更還之入二近江国一、東廻二美濃一到二伊勢国一。時天照大神、誨二倭姫命一曰、是神風、伊勢国、則常世之浪、重浪帰国也。傍国、可怜国也。欲レ居二是国一。故随二大神教一、其祠立二於伊勢国一。因興二斎宮于五十鈴川上一。是謂二磯宮一。」とある。これらによると、豊鉏比売は伊勢大神宮を祭られたわけではないが、天照大神を後に伊勢大神と申すのによって、それを前にも及ぼしての注記である。因みに垂仁記には「倭比売命者〔拝二祭伊勢大神宮一也〕」とあるが、これは正しく垂仁紀二十五年の記事と一致している。

四〇　人垣については、皇太神宮儀式帳に「立レ先禰宜、次宇治内人、次大物忌父、次諸内人物忌等、及妻子等、人垣立弖」とあり、止由気宮儀式帳にも「人垣仕奉内人等、幷妻子等、惣六十人。」とある。ただし倭日子命の場合の人垣は、御陵の周囲に多くの人を立て並べて埋めたのである。垂仁紀二十八年十月の条を見ると、「天皇母弟、倭彦命薨。十一月丙申朔丁酉、葬二倭彦命于身狭桃花鳥坂一。（ムサノツキサカ）於レ是集二近習者一、悉生而埋二立於陵域一。数日不レ死、昼夜泣吟。遂死而爛臰之、犬烏聚噉焉。天皇聞二此泣吟之声一、心有二悲傷一。詔二群卿一曰、夫以二生所レ愛、令二殉亡一者、是甚傷矣。其雖二古風一之、非レ良何従。自レ今以後、議之止レ殉。」とある。ところで延佳本には、この書紀の記事に基づいて、原文「於陵立人垣」の上に「止」の字を補っているが、これはさかしらである。これについて記伝には「或人問、書紀に、殉は古風とあると、此記に、此王之時、始立二人垣一とあるとは、其説表裏なり。然れば延佳本の、止字あるぞ宜しかるべき。此事いかが。答、延佳書紀を悪く見誤れるものなり。熟見れば、書紀の趣も、此記と異なること無し。其故は、生人を殉埋むるは、いと古よりの風なりしかども、人垣を立ばかりの甚しき事は、いまだ例なかりしに、此王の時、殉をこよなく多くして、始めて人垣を立るに至りしなり。（中略）書紀の趣も、前々の例には異にして、甚しかりしさまに聞ゆるをや。然るに若止字ありては、返て書紀の趣にも違へり。如何と云に、自レ今以後止レ殉とあるは、此王時、あまり殉の甚しかりしに因て、後来止むと命へるにこそあれ。此王を葬る時に、如此命ひて、此事止たるには非ず。然るに此王之時止とはいかでか云む。」と述べている。

四一　駅使については、万葉巻四に「以前天平二年庚午夏六月、帥大伴卿、忽生二瘡脚一、疾二苦枕席一。因此馳レ駅上奏、云々、勅二右兵庫助大伴宿禰稲公、治部少丞大伴宿禰胡麻呂両人一、給レ駅発遣、令レ省二卿病一。而逕二数旬一、幸得二平復一。于レ時稲公等、以二病既療一、発レ府上レ京。於レ是大監大伴宿禰百代、少典山口忌寸若麻呂、及卿男家持等、相二送駅使一、共到二夷守駅家一、云々。」（五六七の左注）とあり、巻六に「此日会集衆諸、相二誘駅使葛井連広

成㆒、云々。」(九六三の左注)とある中の「駅」及び「駅使」が参考となる。

四二　大毘古命父子の会合については、記伝に「さてかかる遙の国にて、行遇たらむは、他人の相識れるどちにてあらむだに、あはれは深かるべきに、況て父子の行遇給へらむ、互の情は、又いとこよなかるべし。故其深き情を顕さむがために、上に言更に父としも云るなるべし。」と述べている。

四三　ハツクニシラシシスメラミコトについては、神武紀に、古語に天皇をほめたたえて、「於㆓畝傍之橿原㆒也、太㆕立宮㆔柱於㆓底磐之根㆒、峻㆕峙搏㆔風於㆓高天原㆒而、始馭㆓天下㆒之天皇㆒」(ウネビノカシハラニ、ソコツイハネニ、ミヤバシラフトシキタテ、タカマノハラニ、ヒギタカシリテ、ハツクニシラシシスメラミコト)と曰うとあるが、これは第一代の天皇としての意である。

四四　崩御の干支年月の分注について記伝には「抑如此くなる細注、此より次々の御世の段にも、往々あり。下巻なる御世々々には、無きは少し。さて此はみな後に書加へたる物ぞとは、一わたり誰も思ふことなれども、猶熟思ふに、是も甚古き事とぞ思はるる。其故は、何れも其干支年月、皆書紀に記せると異なり。ただ下巻の最末に至りてのは、書紀と合へり。若いたく後世の人の所為ならむには、必書紀の年紀に依てこそ記すべきに、彼紀と同じからざるは、必他古書に拠ありてのことと見えたればなり。(中略)故思ふに、若くは安麻呂朝臣の、一書に拠て、自書加へられたる物にもあらむか。たとひ彼朝臣には非ずとも、必古き世の人のしわざにてはあるべし。然れども今これを取ざる故は、稗田老翁が誦伝へたる、勅語の旧辞には非じと見ゆればなり。」と述べている。

四五　小佩がもし下紐であるならば、万葉に用例が多い。即ち巻十二に「吾妹子し吾を偲ふらし草枕旅の丸寝に下紐解けぬ」(三一四五)、「草枕旅の衣の紐解けて念ほゆるかもこの年頃は」(三一四六)、「白栲の君が下紐吾さへに今日結びてな逢はむ日のため」(三一八一)などがあり、なお「二人して結びし紐を一人してわれは解き見じ直に逢ふまでは」(二九一九)や巻十五の「独のみきぬる衣の紐解かば誰かも結はむ家遠くして」(三七一五)なども参考となる。下紐はいわゆるフンドシの紐ではない。衣の下紐である(右の万葉歌に「衣の紐」とあるのを参照)。上代には夫婦互に衣の下紐を結び交して、また逢う日までは、他の人には解かせない風習があったようである。ここもそうした意味の帯か紐の意である。

四六　出雲風土記の原文は訓みにくいので便宜仮名交り文に改めて引用する。「大神大穴持命の御子、阿遅須伎高日子命、御須髪(ミヒゲ)八握(ヤツカ)生ふるまで、昼夜哭き坐して、辞通(コト)はざりき。爾の時、御祖の命、御子を船に乗せて、八十島を率巡りて、うらかし給へども、猶哭き止みたまはざりき。大神、夢に願ぎ給ひしく、『御子の哭く由を告げたまへ』と夢に願ぎ坐せば、則ち夜の夢に、御子辞通ふと見坐ししかば、則ち寤めて問ひたまひき。爾の時、『御津』と申しき。爾の時、『何処を然か云ふ』と問ひ給へば、即ち御祖の前を立ち去り出で坐して、石川度り、坂上に至り留まりて、『是処ぞ』と申しき。爾の時、其の津の水を汲み出でて、御身を沐浴(スス)ぎ坐しき。故、国造、神吉事(カムヨゴト)奏しに朝廷(ミカド)に参向ふ時、其の水を汲み出でて用ゐ初むるなり。」とある。前半は本牟智和気王の話と非常に類同しているが、本牟智和気王の話は要するに雷神に関する話を素材として、これを伝説化したものに他ならない(火中に生まれた事、八握鬚が生えたこと、船に乗せられた事などはその証である。上巻、須佐之男命の涕泣の条参照)。次に鵠を見てアギトヒをし、出雲の大神を拝んで物が言えるようになったというのは、書紀に出雲で鵠を捕え、献った鵠を皇子が弄んで物が言えるようになったというのが本来の姿と思われる。出雲風土記には鵠のことは見えないが、御子の口が利けた時に、御子はその津の水で沐浴され、それ以来出雲国造が神賀詞を奏上しに朝廷に参向する時には、必ずその水で潔斎をするとあることが注目に値する。というのは出雲国造神賀詞の中に、白鵠を生御調(イキミツギ)の玩物(モテアソビモノ)として献ることが見えているが、これは朝廷に啞がないようにする呪術からであって、これらを考え合せると、本牟智和気王の伝説の意味、殊に鵠が点出されている意味が、ほぼ察知されるであろう。

四七　トキジクの語については、万葉を見ると、「いつもいつも、来ませ我が背子、時自異(トキジケ)めやも」(巻四、四九一)、「時自久(トキジク)ぞ、雪は降ると」(巻一、二六)、「山越しの、風を時自見(トキジミ)」(巻一、六)、「冬ごもり、時敷(トキジキ)時と」(巻三、三八二)などとあり、トキジケ、トキジク、トキジミ、トキジキの語形を有していることが知られる。その時ならざるの意。カクノコノミは書紀に香菓とある意で、その訓注にカクノミとある。香りのよい菓物の意で、橘をトキジクノカクノコノミと言ったのは、それが時ならぬころにもいつもある香りの高い菓物であるからである。万葉巻十八、大伴家持の「橘歌一首」には、次のように歌っている。「かけまくも、あやに畏し、皇神祖(スメロギ)の、神の大御世に、田道間守、常世に渡り、八矛持ち、参出来し、時じきの、かくの木の実を、かしこくも、遺したまへれ、(中略)あゆる実は、玉に貫きつつ、手にまきて、見れども飽かず。(中略)み雪降る、冬に到れば、霜置けども、その葉も枯れず、常磐なす、いや栄はえに、然れこそ、神の御代より、よろしなへ、この橘を、時じくの、かくの木の実と、名づけけらしも。」(四一一一)。

四八　書紀には田道間守の言葉として、「受二命天朝一、遠往二絶域一、万里踏レ浪、遥度二弱水一。是常世国、則神仙秘区、俗非レ所レ臻。」とある。

四九　延喜式巻三十九、内膳司の新嘗祭供御料の中に「橘子廿四蔭。桙橘子十枝。」とあり、諸節供御料の中に「橘子卅六蔭。桙橘子十五枝。掇(ヒロ)橘子一斗。」とある。これによると掇橘子はバラバラになった実であるが、蔭、桙は共に何かの形にまとめられた実であることが知られる。ところで矛橘子は十枝又は十五枝とあるので、枝に実をつけたままのものと思われるが、蔭橘子は縵の字が示す通りに、橘の実を緒でつないで縵のようにしたものではあるまいか。

五〇　姓氏録左京神別に「石作連。火明命六世孫、建真利根命之後也。垂仁天皇御世、奉二為皇后日葉酢媛命一、作二石棺一献之。仍賜二姓石作連公一也。」とある。石棺作りの部民を定められたのである。

五一　垂仁紀三十二年の条に「皇后日葉酢媛命薨。臨レ葬有レ日焉。天皇詔二群卿一曰、従レ死之道、前知二不可一。今此行之葬、奈之為何。於レ是野見宿禰進曰、夫君王陵墓、埋二立生人一、是不レ良也。豈得レ伝二後葉一乎。願今将下議二便事一而奏之上。則使者、喚二上出雲国土部壱佰人一、自領二土部等一、取レ埴以造二作人馬及種々物形一、献二于天皇一曰、自レ今以後、以二是土物一、更二易生人一、樹二於陵墓一、為二後葉之法則一。天皇於レ是大喜之、詔二野見宿禰一曰、汝之便議、寔洽二朕心一。則其土物、始立二于日葉酢媛命之墓一。仍号二是土物一、謂二埴輪一。亦名二立物一也。仍下レ令曰、自レ今以後、陵墓必樹二是土物一、無レ傷レ人焉。天皇厚賞二野見宿禰之功一、亦賜二鍛地一。即任二土部職一。因改二本姓一謂二土部臣一。是土部連等、主二天皇喪葬一之縁也。所レ謂野見宿禰、是土部連等之始祖也。」と伝えている。

五二　書紀には「立二播磨稲日大郎姫一〔一云、稲日稚郎姫。郎姫、此云二異羅菟咩一。〕為二皇后一。后生二二男一。第一曰二大碓皇子一、第二曰二小碓尊一。一書云、皇后生二三男一。其弟三曰二稚倭根子皇子一。〕」とある。

五三　沼代郎女以下の七柱は、書紀に「第六曰二渟熨斗(ヌノシ)皇女一、第七曰二渟名城(ヌナキ)皇女一、…第九曰二麛依(カゴヨリ)姫皇女一、第十曰二五十狭城(イサキ)入彦皇子一、第十一曰二吉備兄(キビノエ)彦皇子一、第十二曰二高城入姫皇女一、第十三曰二弟姫皇女一。」とある。

五四　膳の大伴部については、景行紀五十三年十月の条に「至二上総国一、従二海路一渡二淡水門一。是時聞二覚賀鳥之声一。欲レ見二其鳥形一、尋而出二海中一。仍得二白蛤一。於レ是膳臣遠祖、名磐鹿六鴈、以レ蒲為二手繦一、白蛤為レ膾而進之。故美二六鴈臣之功一、而賜二膳夫大伴部一。」とある。

五五　倭の屯家については、仁徳紀元年前紀に「伝聞之、於二纏向玉城宮一御宇天皇之世、科二太子大足彦尊一、定二倭屯田一也。是時勅旨、凡倭屯田者、毎御宇帝皇之屯田也。其雖二帝皇之子一、非二御宇一者、不レ得レ掌矣。」とある。これによると、倭の屯田屯倉は、景行天皇が皇太子の時に、勅命によって定められたことになっている。

五六　ネギの語は、万葉巻六に「天皇朕(スメラワ)が、うづの御手もち、かき撫でぞ、禰宜(ネギ)たまふ、うち撫でぞ、禰宜(ネギ)たまふ。」(九七三)とあり、豊後国風土記直入郡の条に「禰疑(ネギ)野。昔者、纏向日代宮御宇天皇、行幸之時、此野有二土蜘蛛一。(中略)天皇親欲レ伐二此賊一、在二茲野一。勅歴労二兵衆一。因謂二禰疑野一是也。」とある。これらのネギと同じで、労らう、慰労する、慰撫する意である。

五七　少年の髪形については、崇峻紀元年前紀に、「是時、厩戸皇子、束二髪於額一(ヒサゴハナニシテ)」とあって、その下に「古俗、年少児年十五六間、束二髪於額一。十七八間、分為二角子一。(アゲマキ)今亦然之。」の細注がある。記伝に「ひさごばなと云は、其束額(ユ)る形の、瓠の花にぞ似たりけむ。」とある。

五八　倭建の名の由来については、書紀に次のように伝えている。「於レ是日本武尊、抽二裀中之剣一、刺二川上梟帥之胸一。未レ及二之死一、川上梟帥叩頭曰、且待之。吾有レ所レ言。時日本武尊、留レ剣待之。川上梟帥啓之曰、汝尊

誰人也。対曰、吾是大足彦天皇之子也。名日本童男也。川上梟帥、亦啓之曰、吾是国中之強力者也。是以当時諸人、不レ勝二我之威力一、而無二不レ従者一。吾多遇二武力一矣、未レ有下若二皇子一者上。是以賤々陋口以奉二尊号一。若聴乎。曰、聴之。即啓曰、自レ今以後、号二皇子一、応レ称二日本武皇子一。」

五九 「さ身無しにあはれ」について、守部の稜威言別には「無レ鏽可怜なり。鉄精は、今は銹鏽(サビ)といへど、味(ミ)と備(ビ)と親しく通へば、古くは佐味と云しなるべし。…阿波礼は、…建が真刀の、鉄精(サビ)なくして、いと截味の宜りしを美賞給ふなり。」と説いている。そうして一首の意を、「さすがに出雲建と呼ばるる者の、佩たる大刀ほどありて、葛蔓多纒、堅固製れるのみならず、身に鏽ひと処居ずして、可怜鋭利刀なるかもとなり。」と解している。しかしここは記伝の説の方がよい。サミのミは乙類の味であり、書紀も乙類の微であるから、これを身と解することは妥当である。サは接頭語とも解せられるが、刀剣を意味するサであるかも知れない。そうすると刀身(サミ)と解せられる(鞘は刀屋か)。

六〇 書紀には崇神天皇の六十年秋七月に、天皇は出雲大神宮にある神宝を見たいと言って、使者を出雲に遣わされた。当時その神宝は出雲振根というものが保管していたが、あいにく筑紫へ出掛けていて留守であったので、その弟と子に言いつけて神宝を貢らしめた。振根は帰って来て、弟たちが神宝を手離したことを知って、弟を恨み、これを殺そうと企んで、「欺レ弟曰、頃者於二止屋淵一、多生レ蔞。願共行欲レ見。則随レ兄而往之。先レ是兄竊作二木刀一。形似二真刀一。当時自佩之。弟佩二真刀一。共到二淵頭一。兄謂レ弟曰、淵水清冷。願欲二共游沐一。弟従二兄言一。各解二佩刀一、置二淵辺一、沐二於水中一。乃兄先上レ陸、取二弟真刀一自佩。後弟驚而取二兄木刀一、共相撃矣。弟不レ得レ抜二木刀一。兄撃二弟飯入根一而殺之。故時人歌之曰、」と伝えている。

六一 景行紀四十年七月の条に「天皇詔二群卿一曰、今東国不レ安。暴神多起。亦蝦夷悉叛、屢略二人民一。遣二誰人一以平二其乱一。群臣皆不レ知二誰遣一也。日本武尊奏言、臣則先労二西征一。是役必大碓皇子之事矣。時大碓皇子愕然之、逃二隠草中一。(中略)於レ是日本武尊、雄誥之曰、熊襲既平、未レ経二幾年一、今更東夷叛之、何日逮二于大平一矣。臣雖レ労之、頓平二其乱一。則天皇持二斧鉞一、以授二日本武尊一曰、(中略)今朕察二汝為レ人也、身体長大、容姿端正、力能扛レ鼎。猛如二雷電一、所レ向無レ前、所レ攻必勝。即知之。形則我子、実則神人。是寔天愍二朕不叡且国不一レ平、令下経二綸天業一、不上レ絶二宗廟一乎。亦是天下、則汝天下也。是位則汝位也。願深謀遠慮、探レ姦伺レ変、示之以レ威、懐之以レ徳、不レ煩二兵甲一、自令二臣隷一。即巧レ言調二暴神一、振レ武以攘二姦鬼一。於レ是日本武尊、乃受二斧鉞一、以再拝奏之曰、嘗西征之年、頼二皇霊之威一、提二三尺剣一、撃二熊襲国一、未レ経二浹辰一、賊首伏レ罪。今亦頼二神祇之霊一、借二天皇之威一、往臨二其境一、示以二徳教一、猶有レ不レ服之挙レ兵撃。仍重再拝之。」と記されている。これについて記伝には「凡て書紀の此段、殊に漢めきたり。上代の意言に非ず。其は古伝説の中に、漢めかぬことをば省き捨て、漢ざまの文を多く潤色り添て書れたりと見えたり。」とある。まさにその通りで、古事記の人間性豊かな記述とは著しい逕庭がある。ただし中には注目すべき語句もあって、「形則我子、実則神人」、「是天下、則汝天下也」、「巧レ言調二暴神一」、「頼二皇霊之威一」、「頼二神祇之霊一」などがそれである。

六二 向火については、源氏物語、真木柱に「この御気色も、憎げにふすべ恨みなどし給はば、なかなかことつけて、我もむかひ火つくりてあるべきを」、竹河に「いとうしろめたき御心なりけりと、むかひ火つくれば」とあって、「むかひ火つくる」を、対抗する、逆襲する意に使っている。書紀には「王知レ被レ欺、則以レ燧出レ火之、向焼而得レ免。〔一云、王所レ佩剣、自抽之、薙二攘王之傍草一。因レ是得レ免。故号二其剣一、曰二草薙一也。〕」とある。

六三 書紀には「亦進二相模一、欲レ往二上総一。望レ海高言曰、是小海耳。可二立跳渡一。乃至二于海中一、暴風忽起、王船漂蕩、而不レ可レ渡。時有二従レ王之妾一。曰二弟橘媛一。穂積氏忍山宿禰之女也。啓レ王曰、今風起浪泌、王船欲レ没。是必海神心也。願以二妾之身一、贖二王之命一而入レ海。言訖、乃披レ瀾入之。暴風即止、船得レ著レ岸。故時人号二其海一曰二馳水一(ハシリミヅ)也。」とある。

六四 播磨風土記の話は、印南別嬢が薨じた時、その屍を賀古郡の日岡に運ぼうとして印南川を渡っていると、大飄が起って屍を川の中に巻き入れて、探しても見つからず、ただ匣(クシゲ)と褶(ヒレ)とを得た。そこでこの二品をその墓に葬った。だから褶墓という話である。

六五 景行紀四十年の条に「朕聞、其東夷也、識性暴強、凌犯為レ宗、村之無レ長、邑之勿レ首。各貪二封堺一、並相盗略。(中略)其東夷之中、蝦夷是尤強焉。男女交居、父子無レ別。冬則宿レ穴、夏則住レ樔。衣レ毛飲レ血、昆弟相疑、登レ山如二飛禽一、行レ草如二走獣一。(中略)撃則隠レ草、追則入レ山。故往古以来、未レ染二王化一。」とある。

六六　書紀にも「続二王歌之末一」とある。これは王の歌が本で、秉燭者の歌が末で、本末を合せて完全な一首の歌となるわけである。万葉巻八に、「尼作二頭句一、幷大伴宿禰家持、所レ誂レ尼、続二末句等一和歌一首」と題して、「佐保河の水を塞き上げて植ゑし田を〔尼作〕、刈れる早飯は独なるべし〔家持続〕」(一六三五)とあるのが参考となる。

六七　命と老人の問答歌について記伝には「さて此邇比婆理都久波の御問答の御歌を以て、連歌の初として、後世に、其道を筑波の道としも云り。抑三句の歌を以て問答へたる例は、既に神武御段にもあるを、彼を取らずして、此を取るは、書紀のみを知て、此記の歌をば知らざるにや。但し末を続とある語に依て、此を初とせむもさることとなるべし。」と述べている。

六八　熱田大神宮縁起には「促レ駕還二著於宮酢媛之宅一。于レ時献二大饌一。宮酢媛、手捧二玉盞一以献。彼媛所レ著衣裙、染二於月水一。日本武尊覧之、即歌曰」とある。

六九　熱田大神宮縁起の歌には「真菅、尾張の山と、こちごちの、山の峡(カヒ)ゆ、飛み渡る、鵠が羽の、羽細、手弱腕を、枕き寝むと、われは思(モ)へるを、寄り寝むと、われは思へるを、吾妹子、汝が著せる、襲の上に、朝月の如く、月立ちにけり。」とある。

七〇　書紀には「至二胆吹山一、山神化二大蛇一当レ道。爰日本武尊、不レ知二主神化レ蛇之謂、是大蛇、必荒神之使也。既得レ殺二主神一、其使者、豈足レ求乎。因跨レ蛇猶行。時山神之興レ雲零レ氷。峰霧谷曀、無二復可レ行之路一。乃捷遑不レ知三其所二跋渉一。然凌レ霧強行、方僅得レ出、失レ意如レ酔。因居二山下之泉側一、乃飲二其水一而醒之。故号二其泉一曰二居醒泉一也。」とある。

七一　古今集巻二十に「をぐろ埼みつのこ島の人ならば都の苞にいざと言はましを」、伊勢物語に「栗原のあねはの松の人ならば都の苞にいざと言はましを」などとあるのが参考となる。

七二　一つ松の歌は、記紀共に伝説に即すると、忘れた大刀をなくならないように守ってくれた一つ松に対する感謝の情を表現したものと見なければならないが、伝説から切り離して見ると、海辺の一本松に対するその土地の人々の素朴な愛着の心を歌った民謡と思われる。「関の五本松、一本伐りや四本、あとは伐られぬ、夫婦松」の民謡を想起されたい。

七三　マガリについて、記伝には「勾は、和名抄飯餅類に、楊氏漢語抄云、糫餅、形如二藤葛一者也。和名万加利。字鏡に、餌、万我利餅、飴同、万加利と見え、大嘗祭式、供神雑物中にも、勾餅筥五合」などとある物で、「三重とは、其形の三重に旋れるを云。抑此物、大嘗祭供神物の中にあるを以て、上代より有し物なることを知べし。さて御足の此物の如くになれるとは、(中略)益々いみじく腫まさりて、今は其状、緒を以て物を幾重にも緊く絞隔たらむ如く、俗言にしぎりの入たると云状にて、長き物の蟠旋(メグ)り重なれる如くなる形なるを、詔へるなるべし。すべての形の曲れるよしの譬には非ず。」と説いている。一般にこの説が用いられているが疑問である。むしろ素直に「道の曲り」とは解せられないであろうか。播磨風土記賀古郡望理里の条に「大帯日子天皇、巡行之時、見二此村川曲一勅云、此川之曲、甚美哉。故曰二望理一。(マガリ)」とあるが、今日でも道の屈曲しているところを、七曲りという地方が多い。従ってこは、道が幾曲りもしているように、足がヘナヘナになっての意ではあるまいか。

七四　一首の意は、伝説に即すれば、「大和はすぐれた国だ。重畳している青い垣のような山の内に隠っている大和はなつかしい」となり、伝説から離れると、大和の国を讃美した国ほめの歌で、この場合、ウルハシは美しいという意に解すべきであろう(万葉巻一、(二)参照)。

七五　景行紀十七年三月の条には「幸二子湯県一、遊二于丹裳小野一。時東望之、云々、是日陟二野中大石一、憶二京都一而歌之曰、『はしきよし、吾家の方ゆ、雲居起ち来も』『倭は、国のまほらま、たたなづく、青垣、山隠れる、倭しうるはし』『命の、まそけむ人は、畳薦、平群の山の、白樫が枝を、髻華に挿せ、この子』。是謂二思邦歌一也。」とあって、所伝も異なり、歌の順序も違っている。

七六　記伝にはナヅキは靡附(ナミツキ)で、「御陵に靡附たる田を云なり。」と解している。万葉巻六に「名付(ナツキ)にし奈良の都の荒れ行けば」(一〇四九)とあるナヅキは、四段活用の動詞で、新撰字鏡に「馴〔従也。奈豆久也。〕」とあるのと同じく、馴れ従う、なじむの意である。因みに字鏡には「狎」にも奈豆久の訓がある。

七七 万葉巻七に「冬薯蕷葛(トコロヅラ)いやとこしくに」(一一三三)、巻九に「冬〻蕷都良(トコロヅラ)尋め行きければ」(一八〇九)とある。さてこの歌について記伝には「如此よみ賜へる意、契沖も云る如く、悲哀に堪ずて匍匐廻賜ふことを、其地なる田の稲茎に、薢の葛の蔓繞(ハヒマトヒ)へるに譬へ賜へりとは聞えたれども、然るにては、末に言足らず。末の句を伝へ脱せるにやあらむ。」とあるが、このままで完結した歌である。そうして独立した歌として見れば、「咲いて絡まる藤の花」、「離しやせぬぞと絡みつく、色はもみぢの蔦蔓」などの俗謡と同様な発想の恋の民謡であろう(高木市之助博士「吉野の鮎」参照)。

七八 書紀には「既而崩㆓于能褒野㆒。時年三十。(中略)即詔㆓群卿㆒命㆓百寮㆒、仍葬㆓於伊勢国能褒野陵㆒。時日本武尊、化㆓白鳥㆒、従㆑陵出之、指㆓倭国㆒而飛之。群臣等、因以開㆓其棺櫬㆒而視之、明衣空留、而屍骨無之。」とある。

七九 一首の意は、伝説に即すれば、白鳥のあとを追って、丈の低い小竹が一面に生えているところを行くと、小竹が腰にまつわりついて難渋する。さりとて鳥のように空は飛んでは行かず、徒歩でトボトボと歩いて行くことよとなるが、独立した歌として見れば、愛人の許に通う男の恋の苦労を歌った民謡とも受け取れる。

八〇 仲哀紀二年の条に「是時熊襲叛之、不㆓朝貢㆒。天皇於㆑是将㆑討㆓熊襲国㆒。則自㆓徳勒津㆒発之、浮㆑海而幸㆓穴門㆒。即日使遣㆓角鹿㆒、勅㆓皇后㆒曰、便従㆓其津㆒発之、逢㆓於穴門㆒。夏六月(中略)天皇泊㆓于豊浦津㆒。且皇后従㆓角鹿㆒発而行之。秋七月(中略)皇后泊㆓豊浦津㆒。(中略)九月、興㆓宮室于穴門㆒而居之。是謂㆓穴門豊浦宮㆒。」とある。

八一 応神紀の初めには、「初天皇、在㆑孕而、天神地祇授㆓三韓㆒。既産之、宍生㆓腕上㆒。其形如㆑鞆。是肖㆘皇太后為㆓雄装㆒之負㆖鞆。〔肖、此云㆓阿叡㆒(アエ)〕故称㆓其名㆒、謂㆓誉田天皇㆒。〔上古時俗、号㆑鞆謂㆓褒武多㆒(ホムタ)焉。云々〕」とあるが、「謂㆓誉田天皇㆒」は「謂㆓大鞆別尊㆒」とあるべきであり、鞆をホムタというとある注も、恐らく後の附会であろう。

八二 記伝には原文の国の字の上に定の字を補って、ミハラヌチニマシマシテ、クニサダメタマヘリシコトシラエタリと訓み、「然る故は、まづ此に字の脱たることは決(ナッツ)し。かくて其は何の字とも今知がたけれど、旧印本にミクニサダメ玉ハムコトと訓るを思ふに、若定字無からむにはサダメ玉ハムとは思ひ寄て訓べくもあらざれば、古本に此字ありて然訓りしが、其字は脱て、訓の残れりしなるべし。さて定とありて、義理もよく当れり。故此に依て補へつるなり。」と述べている。前に引いたように「初天皇、在㆑孕而、天神地祇授㆓三韓㆒。」とあり、継体紀六年の条に「夫住吉神、初以㆓海表金銀之国、高麗、百済、新羅、任那等㆒、授㆓記胎中誉田天皇㆒。」、「自㆓胎中之帝㆒、置㆓官家之国㆒。」、同二十三年の条に「夫海表諸蕃、自㆓胎中天皇置㆓内官家㆒、不㆑棄㆓本土㆒。」とあり、宣化紀元年の条には「是以海表之国、候㆓海水㆒以来賓、望㆓天雲㆒而奉貢、自㆓胎中之帝㆒、洎㆓于朕身㆒。」とある。これらを考え合すべきである。

八三 皇大神宮儀式帳、九月神嘗祭の条に、「御巫、内人乎第二御門爾令㆑侍弖、御琴給弖、請㆓天照坐大神乃神教㆒弖」とある。

八四 神功紀には「皇后選㆓吉日㆒入㆓斎宮㆒、親為㆓神主㆒。則命㆓武内宿禰㆒令㆑撫㆑琴、喚㆓中臣烏賊津使主㆒為㆓審神者㆒。因以㆓千繒高繒㆒、置㆓琴頭琴尾㆒而請曰」とある。

八五 継体紀には「海表金銀国、高麗、百済、新羅、任那等」とあり、神代紀上の一書には「素戔嗚尊曰、韓郷之島、是有㆓金銀㆒。」とあり、顕宗紀元年の条には「金銀蕃国」とあり、三韓は金銀の豊富な国と信ぜられていたし、事実その後三韓から貢る貢物には、必ず金銀が含まれていた。

八六 この託宣の詞は、仲哀紀八年の条には「天皇何憂㆓熊襲之不㆑服。是膂之空国也。豈足㆓挙㆑兵伐㆒乎。愈㆓茲国㆒而有㆓宝国㆒。譬如㆓美女之睩㆒(マヨビキ)有㆓向津国㆒。眼炎之金銀彩色、多在㆓其国㆒。是謂㆓栲衾新羅国㆒焉。若能祭㆑吾者、則曾不㆑血㆑刃、其国必自服矣。復熊襲為㆑服。云々」とある。また播磨風土記の逸文に「息長帯日女命、新羅の国を平けむと欲ほして下りましし時、衆神に禱ぎたまひき。爾の時、国堅めましし大神の子、爾保都比売命、国造石坂比売命に著(カ)りて、教へたまひしく、『好く我が前を治め奉らば、我爾に善き験を出して、ひひら木の八尋桙根、底附かぬ国、をとめの眉引きの国、玉匣(タマクシゲ)かがやく国、こも枕、宝有る、白衾(タクブスマ)新羅の国を、丹浪(ニナミ)以ちて、平伏(コトムケ)賜はむ。』とのりたまひき。」とあるのも参考となる。

八七 仲哀紀には、「時神亦託二皇后一曰、如二天津水影一押伏而我所レ見国、何謂レ無レ国以誹二謗我言一。其汝王之如レ此言而遂不レ信者、汝不レ得二其国一。唯今皇后始之有レ胎。其子有レ獲焉。」とある。

八八 仲哀紀九年の条には「天皇忽有二痛身一、而明日崩。〔時年五十二。〕即知、不レ用二神言一而早崩。一云、天皇親伐二熊襲一、中二賊矢一而崩也。」とある。

八九 仲哀紀九年の条に「竊収二天皇之屍一、付二武内宿禰一、以従二海路一遷二穴門一、而殯二于豊浦宮一、為二无火殯斂一。(中略)是年由二新羅役一、以不レ得レ葬二天皇一也。」とあり、无火殯斂にホナシアガリの訓注がある。

九〇 神祇令に「凡諸国須二大祓一者、毎レ郡出二刀一口、皮一張、鍬一口、及雑物等、戸別麻一条一。其国造出二馬一疋一。」の規定がある。

九一 神功紀には「皇后(中略)親為二神主一、(中略)而請曰、先日教二天皇一者、誰神也。願欲レ知二其名一。逮二于七日七夜一、乃答曰、神風伊勢国之、百伝度逢県之(モモツタフワタラヒガタノ)、拆鈴五十鈴宮(サクスズイスズノミヤニ)所レ居神、名撞賢木厳之御魂(ツキサカキイツノミタマ)天疎向津媛(アマザカルムカツヒメノ)命焉。亦問之、除二是神一有レ神乎。答曰、幡荻穂出吾也(ハタススキホニデシアレヤ)、於二尾田吾田節之淡郡一所レ居之有也。問、亦有耶。答曰、於レ天事代於レ虚事代(アメニコトシロソラニコトシロ)玉籤入彦(タマクシイリビコ)厳之事代(イツノコトシロノ)神有之也。問、亦有耶。答曰、有無之不レ知焉。於レ是審神者曰、今不レ答而更後有レ言乎。則対曰、於二日向国橘小門之水底一所レ居而、水葉稚之出居(ミヅハノワカニイデヰル)神、名表筒男、中筒男、底筒男神之有也。問、亦有耶。答曰、有無之不レ知焉。遂不レ言二且有レ神矣。時得二神語一、随レ教而祭。」とある。古伝承を記したものと思われる。

九二 神功紀には「因以叩頭之曰、従レ今以後、長与二乾坤一、伏為二飼部一、其不レ乾二船柁一、而春秋献二馬梳及馬鞭一。復不レ煩二海遠一、以毎レ年貢二男女之調一。則重誓之曰、非三東日更出レ西、且阿利那礼河、返以之逆流、及河石昇為二星辰一、而殊闕二春秋之朝一、忿廃二梳鞭之貢一、天神地祇共討焉。」とある。

九三 神功紀にも「于レ時也、適当二皇后之開胎一。皇后則取レ石挿レ腰、而祈之曰、事竟還日、産二於茲土一。其石今在二于伊都県道辺一。」とある。また筑紫風土記逸文には「逸都県、子饗(コフ)原、有二石両顆一。一者片長一尺二寸、周一尺八寸。一者長一尺一寸、周一尺八寸。色白而、便円如二磨成一。俗伝云、息長足比売命、欲レ伐二新羅一、閲レ軍之際、懐娠漸動。時取二両石一、挿二著裙腰一、遂襲二新羅一。凱旋之日、至二芋湄野一(ウミ)太子誕生。有二此因縁一、曰二芋湄野一。云々」とあり、筑前国風土記逸文には「怡土郡、児饗野〔在二郡西一〕此野之西、有二白石二顆一。〔一顆、長一尺二寸、大一尺、重卌一斤。一顆、長一尺一寸、大一尺、重卌九斤。〕曩者、気長足姫尊、欲レ征二伐新羅一、到二於此村一、御身有レ妊、忽当二誕生一。登時取二此二顆石一、挿二於御腰一、祈曰、朕欲レ定二西堺一、来二著此野一。所レ妊皇子、若此神者、凱旋之後、誕生其可。遂定二西堺一、還来即産也。所レ謂誉田天皇是也。時人号二其石一、曰二皇子産石一。今訛謂二児饗石一。(コフノイシ)」とある。更にまた万葉巻五には「筑前国怡土郡深江村子負原。臨レ海丘上有二二石一。大者長一尺二寸六分、囲一尺八寸六分、重十八斤五両。小者長一尺一寸、囲一尺八寸、重十六斤十両。並皆楕円、状如二鶏子一。其美好者、不レ可二勝論一。(中略)去二深江駅家一、二十許里。近在二路頭一。公私往来、莫レ不二下レ馬跪拝一。古老相伝曰、往者、息長足日女命、征二討新羅国一之時用二茲両石一、挿二著御袖之中一、以為二鎮懐一。〔実是御裳中矣〕所以、行人敬二拝此石一。乃作レ歌曰、」(八一三の題詞)とある。

九四 神功紀には「北到二火前国松浦県一、而進二食於玉島里小河之側一。於レ是皇后、勾レ針為レ鉤、取レ粒為レ餌、抽二取裳糸一為レ緡、登二河中石上一、而投レ鉤祈之曰、朕西欲レ求二財国一。若有レ成レ事者、河魚飲レ鉤。因以挙レ竿、乃獲二細鱗魚一(アユ)。時皇后曰、希見(メヅラシキ)物也。故時人号二其処一曰二梅豆羅(メツラ)国一。今謂二松浦一訛焉。是以其国女人、毎レ当二四月上旬一、以レ鉤投二河中一、捕二年魚一於レ今不レ絶。唯男夫雖レ釣以不レ能レ獲レ魚。」とある。また万葉巻五には「帯比売(タラシヒメ)神の命の魚(ナ)釣らすと御立たしせりし石を誰見き〔一云、年魚釣ると〕」(八六九、憶良)、「松浦河河の瀬光り年魚釣ると立たせる妹が裳の裾濡れぬ」(八五五、松浦川は今の玉島川)と歌われている。

九五 神功紀には「時麛坂王、忍熊王、聞二天皇崩、亦皇后西征、并皇子新生一、而密謀之曰、亦皇后有レ子。群臣皆従焉。必共議之立二幼主一。吾等何以レ兄従レ弟。(中略)則毎レ人令レ取レ兵而待二皇后一。(中略)時麛坂王、忍熊王、共出二菟餓野一、而祈狩之曰、若有レ成レ事、必獲二良獣一也。」とある

九六 書紀では伝を異にし、「時武内宿禰、令二三軍一悉令レ推結一。(カミアゲ)因以号令曰、各儲弦(ウサユヅル)蔵二于髪中一、且佩二木刀一。既而挙二皇后之命一、誘二(アザムキテ)忍熊王一曰、吾勿レ貪二天下一。唯懐二幼王一従二君王一者也。豈有二距戦一耶。願

共絶レ弦、捨レ兵与連レ和焉。然則君王登二天業一、以安レ席高レ枕、専制二万機一。則顕令二軍中一、悉断レ弦解レ刀、投二於河中一。」と記されている。

九七 播磨風土記賀古郡褶墓の条に、景行天皇が渡守に「朕公(アギ)雖然猶度(ワタセ)」とおっしゃったので、そこを吾君済(アギノワタリ)というとあるのが参考となる。

九八 一首の意は記伝に「とてもかくても遁れがたきに、建振熊になほ迫られて、其が痛手を負て苦目見むよりは吾はひたふるに、此海に落入て早く死む。いざいざ吾君も諸共に然為よ。」とあるが、それは物語歌としての解釈であって、独立した歌としては、古態の恐怖をうたった民謡ではあるまいか。書紀の歌は、既に物語歌になり切っているようである。「いざ吾君、五十狭茅宿禰、たまきはる、内の朝臣が、頭椎(カブツチ)の、痛手負はずは、鳰鳥の、潜きせな。」

九九 応神紀元年前紀の細注に、「一云、初天皇、為二太子一行二于越国一、拝二祭角鹿笥飯大神一。時大神、与二太子一名相易。故号二大神一曰二去来紗(イザサ)別神一、太子名二誉田別尊一。然則可レ謂二大神本名、誉田別神、太子元名、去来紗別尊一。然無二所見一也。未レ詳。」とあるが、これは誤解であろう。太子が大神の名を貰われただけであって、太子をイザサワケの命と言ったのであろう。

一〇〇 万葉巻五に「稚ければ道行き知らじ末比(マヒ)はせむ黄泉(シタヘ)の使負ひてとほらせ」(九〇五)、巻六に「天に坐す月読壮子(ツクヨミヲトコ)幣(マヒ)はせむ」(九八五)、巻十七に「玉桙の道の神たち麻比(マヒ)はせむ」(四〇〇九)などの用例がある。

一〇一 崇神紀八年の条には「以二高橋邑人、活日一、為二大神之掌酒一(サカヒト)。(中略)天皇以二大田田根子一、令レ祭二大神一。是日、活日自挙二神酒一献二天皇一。仍歌之曰」とあって、「この御酒は我が御酒ならず。倭成す、大物主の、醸みし御酒。幾久、幾久。」の歌を載せている。

一〇二 「我が行ませばや」の句は物語歌としては、天皇が「私が行くと」とおっしゃる意になるが、独立した歌として見ると、蟹が「俺様がお出で遊ばすと」とおどけて言った意と解すべきである。土橋寛氏が「蟹が苦しみつつ行く難儀な坂道の楽浪道を、私(天皇)はずんずん歩いてゆくと、の意。初めは序詞で蟹のことを述べ、この句から本旨になって天皇自身のことに転ずる。」(本大系3)と解せられたのは、物語に即した解釈で、物語に即すると、このように多少無理な解釈をせざるを得ない。しかし物語を離れると、蟹を主体としてスッキリと筋は通る。

一〇三 武田博士が「ここでは北方からのはずだが、次に、わが行けば木幡の道にとあって、続きぐあいがおかしい。蟹のことは、上のかずき息づきまでで、そのあとは、大和から楽浪へ行く途中、木幡の道で嬢子に出あったという別の歌があって、それに蟹の歌の一部が結びついて歌われて来たのだろう。」と言われているのも、あくまで物語に即して見られるからで、物語から離すと、続きぐあいは極めて自然である。即ち「この蟹はどこの蟹だ。遠い遠い敦賀の蟹なんだ。横に歩いて行くのは、いったいどこが目あてか。イチジ島やミ島に辿り着き、カイツブリのように息をつきつき、坂路の凸凹とした楽浪への道を、滞りなくこのおれ様がお出で遊ばすと、木幡の道でお逢い遊ばしたお嬢さん。」となって、蟹は敦賀から近江を経て大和の方へ行っていることになる。宴席における祝言の歌が物語に結びつけられたために、多少の矛盾が生じたのである。

一〇四 武田博士は「カブは頸、ツクは著く。カブツクで、かぶらせる、上から覆う意になるらしい。カブは、動詞として、頸(なう)かぶすのように、後のカブス・カブラセルの如き意のものがある。次のマヒの修飾句として、火力の強いことを示す。」と説かれているが、共にしっくりしない。火力の強いことを示す句のようであるがよくわからない。

一〇五 万葉巻五に「千尋に母何(カモ)とねがひ暮しつ」(九〇二)、「千年に母何と思ほゆるかも」(九〇三)とある。カ・カクは指示の代名詞。万葉巻四に「鹿煮藻闕二毛(カニモカクニモ)求めて行かむ」(六二八)、巻五に「可爾迦久爾(カニカクニ)欲しきまにまに然かにはあらじか」(八〇〇)とあるカとカクに同じ。

一〇六 万葉巻十九に「皇祖神(スメロギ)の遠御代々々はいしき折り酒飲むといふぞこのほほがしは」(四二〇五)とあり、貞観儀式の大嘗会儀の中には「所レ謂酒柏者、以二弓弦葉一挾二白木一、四重。別四枚在二左右一。」「造酒司、人別賜レ柏。即受レ酒而飲訖。」とある。

一〇七 記伝には、書紀の歌の句、及び万葉に「桜花未だ敷布売(フフメ)り」(巻十八、四〇七七)、「このて柏の保々麻(ホホマ)れど」(巻二十、四三八七)とあるのと、ツボムと言う語とを考え合せて、フホミツボマリの意だとし、それを約めてホツモリと言ったのであって、僅かに生り初めた橘の実のありさまを歌ったものだとしている。然るに稜威言別には、フホゴモリは、「含隠にて、花中に、含み隠る実を云。(中略)枕冊子に、橘の事を、花の中より、実のこがねの玉かと見えて、いみじくきはやかに見えたる云云といへる、(中略)されば今此句は、其花蘂の内に、隠れる実を、まだ世ごもれる嬢女に比喩へ」たものだと説いている。もしホツモリとフホゴモリとが同言であるとすれば、フホはフフまたはホホと通じて含む意、ゴモリは籠りの意と解せられる(語は乙類の仮名で差支えなく、モは書紀では甲乙の区別が無い)。従って守部の説に蓋然性が認められる。以上は次句の序。

一〇八　記伝には、人を誘い立つるをイザサスというので、ここは誘わばの意とし、武田博士は、サスは刺すか、指すかであろうとされている。書紀にはイザサカバとなっている。この句意も不明。

一〇九　書紀には「いざ吾君(アギ)、野に蒜摘みに、蒜摘みに、我が行く道に、香ぐはし、花橘、下枝(シヅエ)らは、人皆取り、上枝(ホツエ)は、鳥居枯らし、三つ栗の、中つ枝の、ふほごもり、赤れる嬢子、いざさかば良(エ)な」とある。

一一〇　書紀には「水溜る、依網の池に、蓴繰り、延へけく知らに、堰杙つく、川俣江の、菱殻の、刺しけく知らに、吾(ア)が心し、いや愚(ヲコ)にして」とある。

一一一　応神紀十九年の条に「夫国樔者、其為レ人甚淳朴也。毎取二山菓一食、亦煮二蝦蟆一為二上味一。名曰二毛瀰一(モミ)。其土、自レ京東南之、隔レ山而居二于吉野河上一。峰嶮谷深、道路狭巘。故雖レ不レ遠二於京一、本希二朝来一。然自レ此之後、屢参赴以献二土毛一。其土毛者、栗、菌及年魚之類焉。」とある。

一一二　神功紀四十六年の条に百済背(肖)古王、四十九年の条に其王肖古、五十五年の条に百済背(肖)古王薨とある王である。また続紀桓武天皇延暦九年七月の条に見える津守連真道等の上表には「真道等本系出レ自二百済国貴須王一。(中略)降及二近背(肖)古一、遙慕二聖化一、始聘二貴国一。是則神功皇后摂政之年也。其後軽島豊明朝御宇応神天皇、命二上毛野氏遠祖、荒田別一、使二於百済一、捜二聘有識者一。」とある(少し年代がずれている)。

一一三　応神紀十五年の条には「百済王、遣二阿直岐一、貢二良馬二匹一。即養二於軽坂上廐一。因以二阿直岐一令レ掌レ飼。故号二其養レ馬之処一曰二廐坂一也。阿直岐亦能読二経典一。即太子菟道稚郎子師焉。」とある。

一一四　続紀桓武天皇延暦十年四月の条に見える文忌寸最弟、武生連真象等の奏言の中に、「文忌寸等、元有二二家一。東文称レ直(アタヘ)西文号レ首(オビト)相比行レ事、其来遠焉。(中略)最弟等言、漢高帝之後曰レ鸞。鸞之後王狗、転至二百済一。久素王時、聖朝遣レ使徴二召文人一。久素王即以二狗孫王仁一貢焉。是文、武生等之祖也。」とある。

一一五　天之日矛の渡来譚と類似の話が、都怒我阿羅斯等(ツヌガアラシト)という者を主体として、垂仁紀二年の条に載せられている。「一云、御間城(ミマキ)天皇之世、額有レ角人、乗二一船一泊二于越国笥飯浦一。(中略)問之曰、何国人也。対曰、意富加羅国王之子、名都怒我阿羅斯等。(中略)一云、初都怒我阿羅斯等、有レ国之時、黄牛負二田器一、将レ往二田舎一、黄牛忽失。則尋レ迹覓之、跡留二一郡家中一。時有二一老夫一曰、汝所レ求牛者、入二此郡家中一。然県公等曰、由二牛所レ負物一而推之、必設二殺食一。若其主覓至、則以レ物償耳。即殺食也。若問二牛直欲レ得二何物一、莫レ望二財物一。便欲レ得二郡内祭神一、云レ爾。俄而郡公等到之曰、牛直欲レ得二何物一。対如二老父之教一。其所レ祭神、是白石也。以二白石一授二牛主一。因以将来、置二于寝中一。其神石化二美麗童女一。於レ是阿羅斯等、大歓之欲レ合。然阿羅斯等、去二他処一之間、童女忽失也。阿羅斯等、大驚之、問二己婦一曰、童女何処去矣。対曰、向二東方一。則尋追求。遂遠浮レ海、以入二日本国一。所レ求童女者、詣二于難波一、為二比売語曾社神一、且至二豊国国前郡一、復為二比売語曾社神一、並二処見レ祭焉。」

下巻

一一六　反正天皇の御名の由来については、反正紀に「天皇初生二于淡路宮一。生而歯如二一骨一。容姿美麗。於レ是有レ井。曰二瑞井一。則汲而洗二太子一。時多遅(タヂ)花落在二于井中一。因為二太子名一也。多遅花者、今虎杖(イタトリノ)花也。故称謂二多遅比瑞歯別天皇一。」とある。

一一七　仁徳天皇については、書紀は古事記より儒教の影響が著しく、次のように記している。「四年春二月(中略)詔二群臣一曰、朕登二高台一以遠望之、烟気不レ起二於域中一。以為百姓既貧、而家無二炊者一。朕聞、古聖王之世、人々誦二詠徳之音一、家々有二康哉歌一。今朕臨二億兆一、於レ茲三年。頌音不

レ聆、炊烟転疎。即知二五穀不レ登、百姓窮乏一也。封畿之内、尚有二不レ給者一。況乎畿外諸国耶。三月(中略)詔曰、自レ今之後、至二于三載一、悉除二課役一、息二百姓之苦一。是日始之、黼衣絓履、不二弊尽一不二更為一也。温飯煖羹、不二酸餧一不レ易也。削レ心約レ志、以従レ事乎無レ為。是以宮垣崩而不レ造。茅茨壊以不レ葺。風雨入レ隙而沾二衣衣被一、星辰漏レ壊而露二牀蓐一。是後風雨順レ時、五穀豊穣。三稔之間、百姓富寛、頌徳既満、炊烟亦繁。七年夏四月(中略)天皇居二台上一而遠望之、烟気多起。是日語二皇后一曰、朕既富矣。豈有レ愁乎。皇后対諮、何謂レ富焉。天皇曰、烟気満レ国。百姓自富歟。皇后且言、宮垣壊而不レ得レ修、殿屋破之衣被露、何謂レ富乎。天皇曰、其天之立レ君、是為二百姓一。然則君以二百姓一為レ本。是以古聖王者、一人飢寒、顧之責レ身。今百姓貧之、則朕貧也。百姓富之、則朕富也。未三之有二百姓富之君貧一矣。(中略)九月、諸国悉請之曰、課役並免、既経二三年一。因レ此以宮殿朽壊、府庫已空。今黔首(オホミタカラ)富饒、而不レ拾レ遺。是以里無二鰥寡一、家有二余儲一。若当二此時一、非下貢二税調一以修中理宮室上者、懼之其獲二罪于天一乎。然猶忍之、不レ聴矣。十年冬十月、甫科二課役一、以構二造宮室一。於レ是百姓之不レ領而扶レ老携レ幼、運レ材負レ簣、不レ問二日夜一、竭レ力争作。是以未レ経二幾時一、而宮室悉成。故於レ今称二聖帝一也。」

一二八　続紀宣命第四十一詔に「別(ト)に好く大末之末世ば」、同第四十五詔に「朕は御身疲らしく於保麻之麻須に依りて」、同第五十一詔に「歎き賜ひ憂ひ賜ひ大坐々」などとある。

一二九　丹後風土記逸文には、水の江の浦の嶼子と別れた神女が、嶼子に「倭へに風吹き上げて雲離れ退き居りともよ吾を忘らすな」と歌ったと伝えている。

一三〇　この歌は独立歌としても、暁に大和の方へ帰って行く夫を見送っての妻の自信と愛情を歌ったものと解せられる。この歌は第二句と第五句とが同一の句から成っている注意すべき歌謡である。これは謡い物から来た一つの特色である。

一三一　書紀によるとこれより前の二十二年春正月に、天皇は八田皇女を納れて妃にしたいということを皇后に相談されたが、皇后は許されなかった。そこで天皇と皇后との間に歌のやりとりがあったが、「皇后遂謂レ不レ聴。故黙之亦不二答言一。」といういきさつがあった。

一三二　書紀には三十年の条に「時皇后、到二難波済一(ワタ)聞三天皇合二八田皇女一而大恨之、則其所レ採御綱葉、投二於海一而不レ著レ岸。故時人号二散レ葉(カシハ)之海一曰二葉済一(カシハノワタリ)也。」とある。

一三三　この歌はもともと天皇讃美の歌であって、雄略記には皇后の歌と伝える「倭の、この高市に、小高る、市のつかさ、新嘗屋に、生ひ立てる、葉広、ゆつま椿、其が葉の、広り坐し、其の花の、照り坐す、高光る、日の御子に、豊御酒、献らせ、事の、語言も、是をば」の類歌を載せている。さて書紀の歌は、「つぎねふ、山背河を、河上り、我が上れば、河隈に、立ち栄ゆる、百足らず、八十葉の樹は、大君ろかも。」となっている。

一三四　書紀ではこの歌は「つぎねふ、山背河を、河上り」の歌の前にある。即ち「時皇后、不レ泊二于大津一、更引之泝レ江、自二山背一廻而向レ倭。明日、天皇遣二舎人鳥山一、令レ還二皇后一、乃歌之曰、『山背に、い及け鳥山、い及け及け、吾が思(モ)ふ妻に、い及き逢はむかも。』」とある。

一三五　記伝には「いはゆる五臓六腑の類を、上代には凡て皆伎毛と云しなり。さて腹の中に多くの伎毛の相対ひて集り在て凝々(ココリ)しと云意に、許々呂とは連くなり。」と述べている。

一三六　記伝に「大后御身は、還坐ずともせめて、御心ばかりだに、相思ひ賜ふべきことなるに、御心だに、朕を相思ひ賜はぬにや」とあるのは正解に近い。

一三七　仁徳紀三十年十月の条には、「爰口持臣、至二筒城宮一、雖レ謁二皇后一而黙之不レ答。時口持臣、沾二雪雨一、以経二日夜一、伏二于皇后殿前一而不レ避。於レ是口持臣妹、国依媛、仕二于皇后一。適二是時一、侍二皇后之側一。見二其兄沾一レ雨流涕之歌曰、『山背の筒城の宮に物申す我が兄を見れば涙ぐましも』。時皇后、謂二国依媛一曰、何爾泣之。対言、今伏レ庭請レ謁者、妾兄也。沾レ雨不レ避、猶伏将レ謁。是以泣悲耳。時皇后謂之曰、告二汝兄一令二速還一。吾遂不レ返焉。口持、則返之復二奏于天皇一。」とある。

一三八　書紀には「明日、乗輿詣二于筒城宮一、喚二皇后一。皇后不二参見一。時天皇歌曰」とあって、次の歌を載せ、「亦歌曰」として、前出の「つぎねふ、山代女の、木鍬持ち、打ちし大根、根白の、…」の歌を載せている。

一三九　ヤガハエナスは、春日祭祝詞に「天皇が朝廷に、いかし夜久波叡能如く仕へ奉り栄えしめ賜へと」、平野祭祝詞に「天皇が朝廷に、いや高にいや広に、いかし夜具波江の如く、立ち栄えしめ仕へ奉らしめ給へと」などあるヤグハエの如くと同じ意とされている。そのヤグハエは、記伝には弥木栄で樹が弥が上にも生い茂り栄えるのをいうとする真淵の説を採り、鈴木重胤は弥桑枝の意と解している(祝詞講義)。

一三〇　書紀には「是歳、当三新嘗之月一。以二宴会日一、賜二酒於内外命婦等一。於レ是近江君稚守山妻与二釆女磐坂媛一、二女之平、有レ纓二良珠一。皇后見二其珠一、既似二嶋鳥皇女之珠一。則疑之命二有司一、問二其玉所レ得之由一。対言、佐伯直阿俄能胡之妻玉也。仍推二鞫阿俄能胡一、対言、誅二皇女一之日、探而取之。即将レ殺二阿俄能胡一。於レ是阿俄能胡、乃献二己之私地一請レ免レ死。故納二其地一、赦二死罪一。是以号二其地一曰二玉代一。(タマデ)」とある。

一三一　安閑紀二年九月の条に「別勅二大連一云、宜レ放三牛於難波大隅島与二媛島松原二。」とあり、続紀元正天皇の霊亀二年二月の条に「令三摂津国罷二大隅、媛島二牧一、聴二百姓佃食一之。」とあるから、古くは放牧地であったようである。

一三二　記伝には「アラタマノ」と同じ意で顕見(ウツ)につづくとしている。また万葉を見ると、玉切、玉剋、玉刻春、霊寸春、霊剋、霊刻などの文字を宛てているが、切、剋、刻は切り刻む意であるから、玉を切り刻む意か、霊魂を切り刻む意で用いたもののようである。

一三三　アソは記伝に、「阿曾美の省。阿曾美は、吾兄臣(アセオミ)の切まりたるにて、親み崇めて云称なり。天武天皇の御代より、朝臣と書て、姓(ウヂ)の尸(カバネ)と定め賜へり。〔朝臣の字を当られたるは、阿佐淤美と云訓を借れるのみにて、本より此字の意の称には非れども、此字を用ひられたるには、朝廷の臣と云意をも取られたるなるべし。」と述べている。

一三四　神武紀三十一年の条に、「至二饒速日命一、乗二天磐船一而翔二行太虚一(オホソラ)也、睨二是郷一而降之。故因目(ナヅケテ)之曰二虚空見(ソラミツ)日本国一矣。」とあるが、これは当時の一つの解釈に過ぎない。しかし夙くからこうした解釈が行われ、後までそれが通用していたことは、万葉に、空見津、虚見津、虚見都、虚見通、虚見などの文字が用いられていることによって知られる。書紀の歌にはアキヅシマとある。

一三五　和銅六年五月の風土記撰進の詔命(続日本紀)に、「又古老相伝旧聞異事、載二于史籍一言上」とあり、延長三年十二月十四日の風土記勘進の太政官符に「若無二国底一、探二求部内一、尋二問古老一、早速言上者」とあり、また大鏡の序に「昔さかしき帝の御政の折は、国の中に年老いたる翁媼やあると、召し尋ねて、古のおきての有様を問はせ給ひてこそ、奏することと聞し召し合せて、世の政は行はしめ給ひけれ。」とあるのなどが参考となる。

一三六　景行紀十八年七月の条に「到二筑紫後国御木一、居二於高田行宮一。時有二僵(タフレタレ)樹一。(中略)有二一老夫一曰、是樹者歴木也。嘗未レ僵之先、当二朝日暉一、隠二杵島山一、当二夕日暉一、覆二阿蘇山一也。」、筑後国風土記逸文に「三毛郡、云々。昔者、楝木一株、生二於郡家南一。(中略)朝日之影、蔽二肥前国藤津郡多良之峰一、暮日之影、蔽二肥後国山鹿郡荒爪山一。」、肥前風土記佐嘉郡の条に「昔者、樟樹一株、生二於此村一。幹枝秀高、茎繁茂。朝日之影、蔽二杵島郡蒲川山一、暮日之影、蔽二養父郡草横山一也。」、今昔物語集巻三十一、第三十七話には「今昔、近江ノ国栗太ノ郡ニ大キナル柞ノ樹生タリケリ。(中略)其ノ影、朝ニハ丹波ノ国ニ差シ、夕ニハ伊勢ノ国ニ差ス。」などとある(拙著「古事記の新研究」参照)。

一三七　播磨国風土記逸文には、「明石駅家、駒手御井者、難波高津宮天皇之御世、楠生二於井口一。朝日蔭二淡路島一、夕日蔭二大倭島根一。仍伐二其楠一造レ舟、其迅如レ飛、一檝去二越七浪一。仍号二速鳥一。於レ是朝夕乗二此舟一、為レ供二御食一、汲二此井水一。一旦、不レ堪二御食之時一。故作レ歌而止。唱曰、『住吉の大倉向きて飛ばばこそ速鳥と言はめ何か速鳥』」とある。

一三八　履中紀元年前紀には次のようないきさつを伝えている。「大鷦鷯天皇崩。皇太子自二諒闇一出之、未レ即二尊位一之間、以三羽田矢代宿禰之女、黒媛二欲レ為レ妃。納采既訖、遣二住吉仲皇子一、而告二吉日一。時仲皇子、冒二太子名一以姧二黒媛一。是夜仲皇子、忘二手鈴於黒媛之家一而帰焉。明日之夜、太子不レ知二仲皇子自姧一而到之。乃入レ室開レ帳、居二於玉牀一。時牀頭有二鈴音一。太子異之、問二黒媛一曰、何鈴也。対曰、昨夜之非二太子所レ賚鈴一乎。太子自知三仲皇子冒レ名以姧二黒媛一、則黙之避也。爰仲皇子、畏レ有レ事、将レ殺二太子一、密興レ兵囲二太子宮一。」

一三九　皇后の進言については、允恭紀元年の条に、「妃忍坂大中姫命、苦二群臣之憂吟一、而親執二洗レ手水一、進二于皇子前一、仍啓之曰、大王辞而不レ即レ位。

位空之既経二年月一。群臣百寮、愁之不レ知レ所レ為。願大王従二群望一、強即二帝位一。然皇子不レ欲レ聴、而背居不レ言。於レ是大中姫命惶之、不レ知レ退而侍之。経二四五剋一。当二于此時一、季冬之節、風亦烈寒。大中姫所レ捧鋺水溢、而腕凝不レ堪レ寒、以将レ死。皇子顧之驚、則扶起謂之曰、嗣レ位重事。不レ得二輙就一。是以於レ今不レ従。然今群臣之請、事理灼然。何遂謝耶。爰大中姫命仰歓、則謂二群卿一曰、皇子将レ聴二群臣之請一。今当レ上二天皇璽符一。於レ是群臣大喜、即日捧二天皇之璽符一、再拝上焉。皇子曰、群卿共為二天下一請二寡人一。寡人何敢遂辞。乃即二帝位一。」とあり、諸卿の進言については、元年前紀に「群臣再拝言、夫帝位、不レ可二以久曠一。天命不レ可二以謙距一。今大王留レ時逆レ衆、不レ正二号位一、臣等恐二百姓望絶一也。願大王雖レ労、猶即二天皇位一。（中略）於レ是群臣、皆固請曰、臣伏計之、大王奉二皇祖宗廟一最宜レ称。雖二天下万民一、皆以為レ宜。願大王聴之。」とある。

一四〇　続紀宣命第十三詔に「進みては、掛けまくも畏き天皇が大御名を受け賜はり、退きては、母大御祖の御名を蒙りてし、食国天の下をば撫で賜ひ恵び賜ふ」、「男のみ父の名負ひて、女はいはれぬものにあれや」とあるのが参考となる。

一四一　記伝に「宇遅(ウヂ)と云物は常に人の心得たるが如し。〔源平藤原などの類是なり。〕加婆爾(カバネ)と云は、宇遅を尊みたる号にして即宇遅をも云り。〔源平藤原の類は氏なるを、其をも加婆爾とも云なり。〕(中略)又朝臣、宿禰など、宇遅の下に著て呼ぶ物をも云り。(中略)又宿禰の類とを連ねても加婆爾と云り。〔藤原朝臣、大伴宿禰などの如し。〕されば宇遅と云は、源平藤原の類に局(カギ)り、〔朝臣、宿禰の類を宇遅と云ることは無し。〕加婆爾と云は、宇遅にも朝臣、宿禰の類にも、連て呼ふにも互る号なり。」と説いている。

一四二　允恭紀四年の条には「己丑、詔曰、上古之治、人民得レ所、姓名勿レ錯。今朕践祚於レ茲四年矣。上下相争、百姓不レ安。或誤失二己姓一、或故認二高氏一。其不レ至二於治一者、蓋由レ是也。朕雖二不賢一、豈非レ正二其錯一乎。群臣議定奏之。群臣皆言、陛下挙レ失正レ枉、而定二氏姓一者、臣等冒レ死。奏可。戊申、群卿百寮及諸国造等、皆各言、或帝皇之裔、或異之天降。(中略)故諸氏姓人等、沐浴斎戒、各為二盟神探湯一。即於二味橿丘之辞禍戸碑一、坐二探湯瓮一、而引二諸人一令レ赴曰、得レ実則全、偽者必害。於レ是、諸人各著二木綿手繦一、而赴レ釜探湯。則得レ実者自全、不レ得レ実者皆傷。是以故詐者愕然之、予退無レ進。自レ是之後、氏姓自定、更無二詐人一。」と詳説している。

一四三　允恭紀二十三年の条には「立二木梨軽皇子一為二皇太子一。容姿佳麗、見者自感。同母妹軽大娘皇女、亦艶妙也。太子恒念レ合二大娘皇女一、畏レ有レ罪而黙之。然感情既盛、殆将レ至レ死。爰以為、徒非レ死者、雖レ有レ罪、何得レ忍乎。遂竊通。乃悒懐少息。因以歌之曰、」とある。伊勢物語第四十九段に「昔、男、妹のいとをかしげなりけるを見居りて、『うら若み寝好げに見ゆる若草を人の結ばむことをしぞ思ふ』」とあるのや、源氏物語総角の巻の、匂宮が妹の女一宮に恋情を告げる条などが参考となる。

一四四　万葉にはアシヒキに、足日木、足比奇、足桧木、足曳、足引などの文字が当てられているが、アシには足の字が最も多く用いられている。また木、奇などは乙類のキであるが、引、曳などのキは甲類であるから、甲乙両類が用いられていることになっている。

一四五　琴歌譜の歌には、志多比平和之西〔一説云、布須世〕とある。フスセは伏すせであろうが、これも語法不明。以上、山田を耕作し、山が高いので、水を引くために地下樋を走らせるようにで、次の句の序。

一四六　以上の四句、書紀の歌には「下泣きに、我が泣く妻、片泣きに、我が泣く妻」、琴歌譜の歌には「下とひに、我がとふ妻、下泣きに、我が泣く妻〔一説云、片泣きに、我が泣く妻〕」とある。

一四七　万葉巻二一「去年(コゾ)見てし秋の月夜」(二一一)、巻十八「許序(コゾ)の秋相見しままに」(四一一七)などを参照。キゾの用例は、万葉巻十四に「恋ひてか寝らむ伎曾母許余比毛(キゾモコヨヒモ)」(三五〇五)、巻二に「伎賊(キソ)の夜の夢に見えつる」(一五〇)などがある。このキゾと同じと見るべきであろう。書紀の歌はコゾコソ、琴歌譜の歌はコゾコソイモニとなっている。

一四八　この歌は短歌+短歌の複合長歌と一応考えて置く。何故ならば中間に「又歌曰」と言っていないからである。しかし見方によっては二首の独立した短歌とすることも可能である。その場合第二首は、例の第二句と第五句が同一句からなる形式の歌である。

一四九　ユメは万葉には副詞としての用例が多いが、中には「恐こき道ぞ恋ふらくは由眼」(巻十一、二五一一)、「荒山も、人し依すれば、よそるとぞ云ふ、汝が心勤(ユメ)」(巻七、一三五六)などがある。さてこの歌も独立歌としては、ワザウタ(諷刺歌)と見られる。「人ぞささめきし、汝が心勤(ユメ)」(巻十三、三三〇五)、

一五〇　允恭紀二十四年夏六月の条には「御膳羹汁、凝以作レ氷。天皇異之、卜二其所由一。卜者曰、有二内乱一。蓋親々相奸乎。時有レ人曰、木梨軽太子、奸二同母妹軽大娘皇女一。因以推問焉。辞既実也。太子是為二儲君一。不レ得レ罪。則流二軽大娘皇女於伊予一。」とあって、軽大娘を流罪にしたことになっている。

一五一　この歌は短歌＋片歌の複合長歌。書紀では、軽大娘を伊予に流す時に太子が歌った歌とし、第二句をシマニハブリ、結句をワガツマヲユメとしている。

一五二　記伝に「上(アゲ)も下(オロシ)も歌ふ音振を以て云なり。片とは三句の歌を片歌と云如く、本にまれ末にまれ片(カタ)を下(オロ)してうたふなるべし。諸挙(アゲ)と云と相対へて心得べし。古き東遊譜に、先一二歌、次駿河舞、次求子、次加太於呂之とあり。」と述べている。

一五三　万葉巻十一に「桜麻の苧原(アフ)の下草露しあれば明かしてい行け母は知るとも」(二六八七)、巻六に「ひさかたの雨は降りしく思ふ子が宿に今夜は明かして行かむ」(一〇四〇)などあるのが参考となる。さてこの歌は、万葉巻十四に「信濃路は今の墾道かりばねに足踏ましむな沓はけ我が夫」(三三九九)とある歌と心の通うものがある。

一五四　山タヅは細注に造木(ミヤツコ木)とある。和名抄には接骨木にミヤツコ木の訓がある。これはニワトコで忍冬科の落葉灌木で、葉が対生するのでムカへの枕詞としたのであろう(因みに新撰字鏡には造木に女貞と注している。女貞はモクセイ科の常緑灌木のネズミモチ(タマツバキ)である)。

一五五　この歌は万葉巻二に、磐姫皇后が天皇を思う歌として載せられており、歌詞は「君が行きけ長くなりぬ山たづね迎へか行かむ待ちにか待たむ」(八五)となっている。

一五六　ナカは中・仲の意か。サダメルは定めるか。もし定めるであるならば、サダメ・ルであるから、サダメは下二段活用とは認め難く、四段活用と見なければなるまい。しかも原文「佐陀売流」の売は甲類であるから、サダメはマ行四段の命令形と見做される(下二段活用のメはすべて乙類、四段已然形のメも乙類)。同様な例は万葉巻五の「はろばろに思ほゆるかも白雲の千重に辺多天留筑紫の国は」(八六六)の辺多天留に見られる。これは隔テ・ルであるが、隔テはタ行四段の命令形で、上代の語法では、助動詞「リ」は四段活用の命令形につづくのである。そこでこの句は「中(仲)定める」ということになるが、句意は明らかでない。

一五七　安康紀元年の条には次のように伝えている。「天皇為二大泊瀬皇子一、欲レ聘二大草香皇子妹、幡梭皇女一。則遣二坂本臣祖、根使主一、請二於大草香皇子一曰、願得二幡梭皇女一、以欲レ配二大泊瀬皇子一。爰大草香皇子対言、僕、頃患二重病一不レ得レ愈。譬如二物積レ船以待レ潮者一。然死之命也。何足レ惜乎。但以二妹幡梭皇女之孤一而不レ能二易死一耳。今陛下、不レ嫌二其醜一、将レ満二荇菜之数一。是甚之大恩也。何辞二命辱一。故欲レ呈二丹心一、捧二私宝、名押木珠縵一、〔一云、立縵。又云、磐木縵。〕付二所レ使臣、根使主一而敢奉献。願物雖二軽賤一、納為二信契一。於レ是根使主、見二押木玉縵一、感二其麗美一、以三為盗為二己宝一、則詐之奏二天皇一曰、大草香皇子者、不レ奉レ命。乃謂レ臣曰、其雖二同族一、豈以二吾妹一得レ為レ妻耶。既而留レ縵入レ己而不レ献。於レ是天皇、信二根使主之譏言一、則大怒之起レ兵、囲二大草香皇子之家一而殺之。(中略)爰取二大草香皇子之妻、中蒂姫一、納二于宮中一。因為レ妃。復遂喚二幡梭皇女一、配二大泊瀬皇子一。」そうしてその後日譚が雄略紀十四年四月の条に次のように載せられている。「天皇即命二根使主一、為二共食者一、遂於二石上高抜原一饗二呉人一。時密遣二舎人一、視二察装餝一。舎人復命曰、根使主所レ著玉縵、大貴最好。又衆人云、前迎レ使時、又亦著之。於レ是天皇、欲二自見一、命二臣連一装如二饗之時一、引三見殿前一。皇后仰レ天歔欷啼泣傷哀。天皇問曰、泣耶。皇后避レ床而対曰、此玉縵者、昔妾兄、大草香皇子、奉二穴穂天皇勅一、進二妾於陛下一時、為レ妾所レ献之物也。故致二疑於根使主一、不レ覚涕垂哀泣矣。天皇聞驚大怒、深責二根使主一。根使主対言、死罪死罪。実臣之愆。詔、根使主自レ今以後、子々孫々八十聯綿、莫レ預二群臣之例一。乃将レ斬之。根使主逃匿、至二於日根一、造二稲城一而待戦。遂為二官軍一見レ殺。」

一五八　顕宗紀元年前紀には「穴穂天皇三年十月、天皇父、市辺押磐皇子、及帳内(トネリ)佐伯部仲子、於二蚊屋野一、為二大泊瀬天皇一見レ殺。因埋二同穴一。於レ是天皇与二億計王一、聞二父見一レ射、恐懼皆逃亡、自匿。帳内日下部連使

主、与二其子吾田彦一、竊奉二天皇与二億計王一、避二難丹波国余社郡一、使主遂改二名字一、曰二田疾来一。(タクト)尚恐レ見レ誅、従レ玆遁二入播磨国縮見山石室一、而自経死。天皇尚不レ識二使主所一レ之、勧二兄億計王一、向二播磨国赤石郡一、倶改レ字曰二丹波小子一、就二仕於縮見屯倉首一。〔縮見屯倉首、忍海部造細目也。〕吾田彦至レ此不レ離、固執二臣礼一。」と伝えており、播磨風土記美嚢郡志深里の条には「於奚(オケ)袁奚(ヲケ)天皇等、所三以坐二於此土一者、汝父市辺天皇命、所レ殺二於近江国摧綿(クタワタ)野一之時、率二日下部連意美一而、逃来隠二於惟村石室一。然後意美、自知二重罪一、(中略)即経死之。爾二人子等、隠二於彼此一、迷二於東西一。仍志深村首、伊等尾之家所レ役也。」と伝えている。

一五九　垂仁紀二十五年の条の細注に「一云、(中略)是以倭姫命、以二天照大神一、鎮二坐於磯城厳橿(イツカシ)之本一而祠之。」とあり、万葉巻一に「わが夫子(セコ)がいたたせりけむ五可新何本(イツカシガモト)」(九)とあるのが参考となる。

一六〇　この歌は琴歌譜にも見え、その縁起として、古事記のこの条を抄録すると共に、「一説云、弥麻貴入日子天皇々皇、巻向玉城宮御宇伊久米入日子伊佐知天皇、与二妹豊次入日女命一、登二於大神美望呂山一、拝二祭神前一、作歌者。此縁記似二正説一。」と記している。

一六一　この物語と関係があるものに、五節の舞の起原を語る伝説がある。即ち年中行事秘抄の十一月、五節舞姫参上並帳台試の事の条に「本朝月令云、五節舞姫者、浄御原天皇之所レ製也。相伝云、天皇御二吉野宮一、日暮弾レ琴有レ興。試楽之間、前岫之下、雲気忽起、疑如二高唐神女一、髣髴応レ曲而舞。独入二天瞻一、他人無レ見。挙レ袖五変。故謂二之五節一。云々。其歌曰、をとめども、をとめさびすも、唐玉を、たもとに纏きて、をとめさびすも。」と伝えている。

一六二　この歌は書紀には次のように伝えられている。「倭の、をむらの嶽に、猪鹿伏すと、誰かこの事、大前に奏す。〔一本、以二大前に奏す一、易二大君に奏す一。〕大君は、そこを聞かして、玉纏きの、胡床(アコ)に立たし。〔一本、以二立たし一易二いまし一。〕倭文纏きの、胡床に立たし、猪鹿待つと、我がいませば、さ猪待つと、我が立たせば、手腓(タクフラ)に、虻かきつき、その虻を、蜻蛉早咋ひ、這ふ虫も、大君にまつらふ。汝がかたは置かむ、蜻蛉島倭。〔一本、以二這ふ虫も以下一、易二かくのごと、名に負はむと、そらみつ、倭の国を、蜻蛉島と言ふ一。〕」

一六三　書紀には「やすみしし、我が大君の、遊ばしし、猪の、うたき畏み、我が逃げ登りし、在丘の上の、榛が枝、あせを。」とある。

一六四　播磨風土記賀古郡の条には、景行天皇が印南別嬢を求婚された時、別嬢は天皇の行幸と聞いて、驚き恐れてナビツマ島に遁げ渡ったとあり、景行紀四年二月の条には「天皇欲二得為一レ妃、幸二弟媛之家一。弟媛聞二乗輿車駕一、則隠二竹林一。」とあるのが参考となるであろう。

一六五　顕宗紀元年前紀には次のように伝えている。「白髪天皇二年冬十一月、播磨国司、山部連先祖、伊与来目部小楯、於二赤石郡一、親弁二新嘗供物一。〔一云、巡二行郡県一、収二斂田租一也。〕適会二縮見屯倉首一。縦賞二新室一、以レ夜継レ昼。爾乃天皇謂二兄億計王一曰、避二乱於斯一、年踰二数紀一。顕レ名著レ貴、方属二今宵一。億計王、惻然歎曰、其自導揚見レ害、孰二与全レ身免一レ厄也歟。天皇曰、吾是去来穂別天皇之孫。而困二事於人一、飼二牧牛馬一。豈若二顕レ名被一レ害也歟。(中略)倶就二室外一、居二乎下風一。屯倉首、命居二竈傍左右一、秉レ燭。夜深酒酣、次第儛訖。屯倉首謂二小楯一曰、僕見二此秉レ燭者一、貴レ人而賤レ己、先レ人而後レ己。恭敬撙レ節、退譲以明レ礼。可レ謂二君子一。於レ是小楯撫レ絃、命二秉レ燭者一曰、起儛。於レ是兄弟相譲、久而不レ起。小楯嘖之曰、何為太遅。速起儛之。億計王、起儛既了、天皇次起、自整二衣帯一、為二室寿一曰、(中略)寿畢、乃起レ節歌曰、稲莚川沿ひ柳水行けば靡き起き立ちその根は失せず。小楯謂之曰、可怜、願復聞之。天皇遂作二殊儛一(タツツマヒ)誥之曰、倭はそその茅原浅茅原、弟日僕(ヤツコ)らま。小楯由レ是深奇異焉。更使レ唱之。天皇誥之曰、石の上、振の神椙、本伐り、末截(オシハラヒ)、市の辺の宮に、天の下治らしし、天万国万、押磐の尊の御裔(ミスエ)僕らま。小楯大驚離レ席、悵然再拝、承レ事供給、率レ属欽伏。於レ是悉発二郡民一造レ宮。不レ日権奉二安置一。乃詣二京都一、求レ迎二二王一。白髪天皇、聞喜咨歎曰、朕無レ子也。可二以為一レ嗣、与二大臣大連一定二策禁中一。仍使二播磨国司、来目部小楯一、持レ節将二左右舎人一、至二赤石一奉レ迎。白髪天皇三年春正月、天皇随二億計王一、到二摂津国一。使二臣連持一レ節、以二王青蓋車一迎二宮中一。」また播磨風土記美嚢郡志深里の条には次のように伝えている。「因二伊等尾新室之楽一而、二子等令レ燭、仍令レ挙二詠辞一。爾兄弟各相譲。乃弟立詠。其辞曰、たらちし、吉備の鉄(マガネ)の、さ鍬持ち、田打つ如、手拍て子等。吾儛ひせむとす。又詠。其辞曰、淡海は、水渟る国、倭は青垣、青垣の、山投(トヤ)に坐しし、市の辺の天皇の、御足末、奴津(ツヤ)らま。即諸人等、皆畏走出。爾針間之山門領所レ遣、山部連少楯、相聞相見語云、為ニ此子一、汝母手白髪命、昼者不レ食、夜者不レ寝、有レ生有レ死、泣恋子等。仍参上啓レ如ニ右件一、即歓哀泣、還ニ遣少楯ニ召上、仍相見相語恋。自レ此以後、更還下、造ニ宮於此土ニ而坐之。」記、紀、風土記の三者各所伝を異にしている。

一六六　ウタガキについては、摂津風土記逸文に「此岡西、有ニ歌垣山一。昔者男女集ニ登此山一、常為ニ歌垣一。因以為レ名。」、常陸風土記香島郡童女松原の条に「古有ニ年少僮子一。(中略)嬥歌之会〔俗云、太宇我岐。又云ニ加我毘一也。〕邂逅相遇。于レ時郎子歌曰、(中略)嬢子報歌曰(下略)」とある。歌垣はカガヒとも言われ、春又は秋の候に、未婚の青年男女が山に登り、歌舞(但し歌は男女のかけあい)酒盛りをして、婚約をするというのが、その本来のすがたである(拙著「古典と上代精神」所収「歌垣の再検討」参照)。また万葉巻九「登ニ筑波嶺一為ニ嬥歌会一日作歌一首」には「鷲の住む、筑波の山の、もはきづの、その津の上に、率ひて、未通女壮士(ヲトメヲトコ)の、往き集ひ、嬥歌(カガ)ふ嬥歌に、他妻に、吾も交らむ、吾が妻に、他(ヒト)も言問へ。この山を、うしはく神の、昔より、禁(サイ)めぬ行事(ワザ)ぞ。今日のみは、めぐしもな見そ。言も咎むな。〔嬥歌者、東俗語、曰ニ賀我比一。〕」(一七五九)と歌われている。

一六七　顕宗紀元年前紀には次のように伝えている。「百官大会。皇太子億計、取ニ天皇之璽一、置ニ之天皇之坐一、再拝従ニ諸臣之位一曰、此天皇之位、有レ功者可ニ以処レ之。著レ貴蒙レ迎、皆弟之謀也。以ニ天下一譲ニ天皇一。天皇顧譲、以レ弟莫ニ敢即レ位。又奉ニ白髪天皇先欲レ伝レ兄立ニ皇太子一、前後固辞曰、(中略)皇太子億計曰、(中略)天皇於レ是知ニ終不レ処、不レ逆ニ兄意一、乃聴而不レ即ニ御坐一。」とあり、元年の条に「大臣大連等奏言、(中略)宜レ奉ニ兄命一、承ニ統大業一。制曰、可。乃召ニ公卿百寮於近飛鳥八釣宮一、即ニ天皇位一。」と記している。ところで古事記には、清寧天皇の享年及び御陵を記していないが、清寧紀五年春正月には「天皇崩ニ于宮一。時年若干。」、同冬十一月には「葬ニ于河内坂門原陵一。」とある。なお諸陵式には「河内坂門原陵、磐余甕栗宮御宇、清寧天皇。在ニ河内国古市郡一。」とある。

一六八　継体紀の記事について記伝には「奉レ迎ニ三国一とは、此記と異なり。抑此天皇は、御曾祖父意富々杼王よりして、淡海国に坐々けむこと、其由縁多ければ、此天皇も御本居は淡海国にぞありけむ。」と述べている。

一六九　宣化天皇については、享年も御陵も記していないが、書紀には、四年二月の条に「天皇崩ニ于檜隈廬入野宮一。時年七十三。」とあり、同年十一月の条に「葬ニ天皇于大倭国身狭桃花鳥(ムサノツキ)坂上陵一。」と見えている。諸陵式には「身狭桃花鳥坂上陵、檜隈廬入野宮御宇、宣化天皇。在ニ大和国高市郡一。」とある。

一七〇　小姉君所生の皇子女につづいて「一書」による異伝二つを細注し、それに続いて、「帝王本紀、多有ニ古字一。撰集之人、屢経ニ遷易一、後人習読、以レ意刊改、伝写既多、遂致ニ舛雑一、前後失レ次、兄弟参差。今則考ニ覈古今一、帰ニ其真正一、一往難レ識者、且依レ一撰、而注ニ詳其異一。他皆効レ此。」と注している。

祝詞

武田祐吉校注

目次

解説

一　祝詞・寿詞ということ

祝詞《のりと》というのは、祭の儀式のときにとなえられることばのことであるが、そのうち、祝賀の意味の多いものを、区別して寿詞《よごと》ということもある。

祝という字は、神に申して人を祝福することを意味し、またそれをする人をいう。祝詞は、神に申して人生を祝福することばの意であって、これをノリトと読む。古典では、古事記上巻に「布刀詔戸《ふとのりと》」、延喜式《えんぎしき》の祝詞の文に「天津祝詞《あまつのりと》乃太祝詞事《のふとのりとごと》」（大祓の詞・鎮火祭・道饗祭）、「天都詞太詞事《あまつのりとのふとのりとごと》」（鎮火祭）、「天津祝詞乃太祝詞《あまつのりとのふとのりと》」（豊受の宮の神嘗祭）、台記《たいき》の別記の中臣《なかとみ》の寿詞《よごと》に「天都詔刀乃太詔刀言《あまつのりとのふとのりとごと》」、万葉集の巻の十七に「敷刀能里等其等《ふとのりとごと》」とある。これらはいずれも、祝詞の美称であって、アマツは、「天つ神の」の意から出て、「神聖な」もしくは「古来の」の意味をあらわし、フトは、「壮大である」の意味をあらわすためにつけられ、それぞれ祝詞の性質を説明するものである。またアマツノリトノフトノリトゴトというのは、かさね言葉であって、アマツとフトの両方面から祝詞をたたえる語法である。

ノリトは、ノリと、トとの複合語であると考えられる。漢字には、ノリと読まれるものが多いのであるが、その普通に使われる字だけを整理してあげれば、次のとおりである。

（詔勅命令方面）詔 勅 宣 令 告
（儀 式 方 面）儀 式 礼 典
（教育道徳方面）教 範 師 訓 徳
（法 制 方 面）法 律 制 憲
（度 量 方 面）度 程 規 矩

このような漢字のもっている意味を総合して考えると、ノリは正しい生き方をきめる意味の語であることが知られる。トについては、諸説があって明解を得ていないが、古事記に詔戸言と、戸の字をあてていることは注意すべきことである。古典の文には、事戸《ことど》、置戸《おきど》、詛戸《とこいど》、延喜式には、気吹戸《いぶきど》、斎戸《いわいど》がある。これらの戸は、いずれもトと読まれ、そのトは、古代の音韻では、甲類に属するものとされる。戸は、扉《とびら》の意味の字であるが、国語トは、出入口の意をあらわし、また人の発声機関をあらわしているようである。ノリトのばあいだけに、とくにノリトゴトというのは、ノリトである言事の意をあらわすのであろう。そうして、ノリトをもって、ノリゴトであることばの意味に使うようになったものと考えられる。

祭は、古人の信仰生活のあらわれとして、重要な意義をもつ。それは神を相手としてなされ、これに奉仕することによって人生をよいものとしようとする思想をもっている。その方法としては、物を作り飾り、または供《そな》えること、および身体のはたらきによることの二方面がある。言葉を使うのは、身体のはたらきによるものの一種であって、これによって神と交通し得るものと信じている。言葉によるものは、その性質上、他の方法によるものよりも、複雑な内容を盛ることができるので、自然、祭の行為のおもな部分となるようになった。その言葉は、神に向かって発せられるだけでなく、もとは神から発せられると考えられた。それはもとより神が直接に言葉を発するわけではなく、神を祭る人が、神の心を得て、神に代って発すると考えられるものであった。祝詞は、この両方の言葉を含むものである。

古人は、言葉について信仰的な考えをもっていた。よいことを言えば、よいことがあらわれるとする。そこで、事物をほめたたえてさかんなよい言葉を使い、つつしんで悪い言葉を使わないようにする。そこで祝詞は、神をたたえ、ささげ物をたたえる形をとる。またそのとなえる言葉そのものをも、あがめたたえる。祝詞の文の中に、しばしば出てくる「称辞竟《たたへごとを》へまつる」または「辞竟《ことを》へまつる」というのは、神や供え物をたたえる意味で、祝詞をとなえることをいい、これによって祭を行うことを言いあらわすのである。

祝詞は、普通には神に申すことばであるけれども、前記のように神から人を通じてことばを下されることもある。これを神語というのだが、それが祝詞の形で伝わっているものもある。出雲《いずも》の国の造《みやつこ》の神賀詞《かんよごと》は、その代表的なもので、出雲の国のあずかりである造が、出雲の神々を祭って、その神々からの祝福のことばを受けて、朝廷に出てきて、天皇に申すことになっている。またこの神賀詞は、祝福の意が強くあらわれているので、この種のものを普通の祝詞と区別して、寿詞《よごと》ということもある。中臣の寿詞も、一名を、天つ神の寿詞と言って、寿詞の一つとされている。

祝詞は、神と人とのあいだにおけることばであるが、これをとなえることによって、集まっている人々に聞かせ、これによって、ことばの効果があらわれるとされている。そうして一層よい人生がいとなまれるとするのである。

二　伝　来

祝詞は、古い時代にはじまったようであって、現代でも行われているが、古いものとしては、延喜式《えんぎしき》の巻の八にあるものが、おもな伝来であって、そのほかには二、三の書物に少数のものがある程度である。

延喜式というのは、延喜五年（九〇五）八月に命令が下って編集された式という意味の書で、できたのは延長五年（九二七）十二月二十六日である。古代の法制は、律《りつ》・令《りょう》・格《きゃく》・式《しき》の四部から成っていた。悪事を禁じ、犯した者に刑罰を行う法律が律、官職や位の制度、役所の組織など政治を行う根本をきめるのが令、律令にもれたことをきめたり、律令を改正したりする臨時の命令が格、政務執行のこまかい規定が式である。そのうち律令は、近江《おうみ》時代から始まって、編集、および改正が行われてきたが、式はおくれて、平安時代にはいってから、弘仁《こうにん》十一年（八二〇）四月に、弘仁式四十巻ができ、また貞観《じょうがん》十三年（八七一）八月に貞観式二十巻ができた。しかしその後実務に当っては、この二つの式を、合わせて見なければならないし、また改修増補の必要も生じたので、この両式を合わせ、改訂増補を加えて、延喜式ができたのである。

延喜式は、五十巻あって、巻の一から十までが神に関する規定であって、その巻の八が祝詞になっている。この祝詞の巻は、弘仁式にも既にあって、本朝月令《ほんちょうげつれい》に引用してあるのは、弘仁式によったもののようであって、それと同文で延喜式に出ているものは、改訂したあとがうかがわれるが、そのほかのものは、どのように改訂増補がなされたか、あきらかにされない。

延喜式の巻の八は、はじめに祝詞と題し、式文二条があって、その次に二十八篇の祝詞の文が収められている。はじめにのせた式文二条は、次のとおりである。

　およそ、祭祀の祝詞は、御殿《おほとの》・御門《みかど》等の祭には、斎部《いみべ》氏、祝詞申せ。以外の諸《もろもろ》の祭には、中臣《なかとみ》氏、祝詞申せ。

　およそ、四時の諸の祭に、祝詞を云はざるは、神部《かむとも》みな常の例に依りて宣《の》れ。その臨時の祭の祝詞は、所司《つかさびと》事のまにまに、祭より前に脩撰《えら》びて、官に進《たてまつ》りて、処分《そぶん》を経て、然る後に行へ。

この式文にあるように、御殿(大殿祭)、および御門の祭には、斎部氏が祝詞をとなえ、その他の諸祭には中臣氏が祝詞をとなえよとあるが、実際には、巻中の文のうちに、両氏以外、東《やまと》の文《ふみ》の忌寸《いみき》のとなえる呪文《じゅもん》や、出雲の国の造のとなえる神賀詞の如きをも含んでいる。この東の文の忌寸のとなえる呪文は、ほかの祝詞の文と変わっていて、漢文で書かれてあり、実は祝詞の文とはいえないけれども、延喜式が祝詞の巻の中に収めているので、本書でも参考のためにこれを除かないこととした。

延喜式の祝詞は、神に関することをつかさどる、神祇官《しんぎかん》という役所で、祭を取り行い、または神宮や神社で祭を取り行う時にとなえられる祝詞の類を集めたものである。配列の順序は、はじめの祈年祭の祝詞から十五篇は、一年間、定期に行われる祭の祝詞で、その時期の順序どおりに配列する。但し二回行われるものは、そのはじめの時の順序に入れ、臨時にも行われるものは、定期の方の時期によっている。次に伊勢大神宮と題して、神宮に関する祝詞九篇を、また定期に行われるものを時期どおりに先にし、臨時のものをその後に続けて配列する。そうして最後に、臨時に行われる祭および行事の祝詞三篇を配列して終っている。

延喜式の祝詞の文体は、漢文体の呪文一篇をのぞいて、他はすべて国文体であるが、それらは、神祇官に集まった人人、または部下の神職などに対してとなえるところの、文末を「宣《の》る」の語で終るものと、祭または行事《ぎょうじ》においてとなえる形のままの、文末を「申《まを》す」の語で終るものとの二種がある。すなわち次のとおりである。

「宣る」型のもの…祈年の祭、広瀬の大忌の祭、竜田の風の神の祭、六月の月次、六月の晦の大祓、大嘗の祭、神宮四月の神衣の祭、同六月の月次の祭、豊受の宮の神嘗の祭(宮司のとなえるもの)。

「申す」型のもの…春日の祭、平野の祭、久度・古関、大殿祭、御門祭、鎮火の祭、道の饗の祭、御魂を斎戸に鎮むる祭、神宮二月の祈年・六月十二月の月次の祭、豊受の宮の同じ祭、神宮九月の神嘗の祭、豊受の宮の同じ祭(勅使をつかわす時のもの)、斎の内親王を奉り入るる時、大神の宮を遷しまつる祝詞、祟神を遷し却《や》る、唐に使を遣はす時の奉幣、出雲の国の造の神賀詞。

この二種の相違は、その資料としたものの相違から来たようであって、同種の祭に関するものでも二種に分けられているものがある。本朝月令に引くところにも、既に同種の祭の祝詞に、宣る型のものと申す型のものとがある。二十八篇のうち、春日《かすが》の祭の祝詞は、栗田寛の古謡集《こようしゅう》に、神祇官勘文所載《かんもんしょさい》として、神護景雲《しんごけいうん》二年(七六八)十一月九日の春日の御社の祭文としてほぼ同文のものをのせている。また六月の晦《つごもり》の大祓《おおばらえ》の詞は、三善《みよし》の為康《ためやす》が永久四年(一一一六)に編したという朝野群載《ちょうやぐんさい》の巻の六に、中臣《なかとみ》の祭文としてのせているが、これは申す型の文であって、終りの方にも、すこし相違がある。

延喜式には、巻の八の祝詞のほかに、巻の十六にも、陰陽寮《おんようりょう》に関する規定の中に、儺《な》の祭の詞をのせている。陰陽寮というのは、中国から渡ってきた、すべての物には、陰と陽との気があるとする思想にもとづき、これをしらべて、うらないやまじないをすることをつかさどる役所であって、そこで十二月の終りに、魔ものを払う祭をする。その祭の詞であるが、神に申す形を取っているので、本書ではこれを取り入れた。前半は漢文体、後半は国文体で書かれている。

また藤原の頼長《よりなが》の日記である台記の別記にのせてある中臣の寿詞は、康治《こうじ》元年(一一四二)の大嘗祭《だいじょうさい》にとなえられたものであるが、本居宣長《もとおりのりなが》の「玉かつま」という随筆に、古い時代からの伝来であろうとしてのせているので、本書にもこれを取り入れることとした。

以上のほかにも、平安時代以後、いくつかの伝来があるが、時代も新しくなるから、すべて省略することとする。

三 時代・作者

延喜式の祝詞の製作時代や作者については、何も伝えるところが無い。祝詞の文そのものについて、考えるほかはないのであるが、全部が一度に書きなされたものではなく、新古さまざまのものがまじっているだろうということは、思想・記事・用語・文体・体裁などによって推測されるところである。

まず祈年の祭の祝詞について見る。その中に、御県《みあがた》にます皇神《すめがみ》たちとしてあげられているのは、高市《たけち》・葛木《かずらき》・十市《とおち》・志貴《しき》・山辺《やまのべ》・曾布《そふ》の六つであり、山の口にます皇神たちとしては、飛鳥《あすか》・石村《いわれ》・忍坂《おさか》・長谷《はつせ》・畝火《うねび》・耳梨《みみなし》の六つであり、水分《みくまり》にます皇神たちとしては、吉野・宇陀《うだ》・都祁《つげ》・葛木の四つである。これらはいずれも大和《やまと》の国の地名であって、しかも飛鳥または藤原の京を中心としてその四方の地名のあげられていることが知られる。これによってこの祝詞が、飛鳥の京の時代（六七二―六九四）、または藤原の京の時代（六九四―七一〇）に制定されたのであろうという推測がなされる。また出雲の国の造の神賀詞においては、大穴持《おおなもち》の命《みこと》が、みずから大御和《おおみわ》の神奈備《かんなび》におり、その子たちを、それぞれ葛木《かずらき》の鴨、宇奈提《うなで》、飛鳥の神奈備にいさせて、皇孫《すめみま》の命(天皇)の近き守り神としたと伝えているが、これも大和の国にあって藤原の京を中心とした配置と考えられ、同じく飛鳥の京または藤原の京の時代に制定されたものと推測される。

これに対して、春日《かすが》の祭の祝詞には、春日神社の起りが述べられてあるが、これは奈良時代（七一〇―七八四）にはいってからの事であり、神護景雲《しんごけいうん》二年（七六八）の記録もあることだから、その年以前に制定されたのであろうとされる。また平野の祭、久度《くど》・古関《ふるせき》の祭の祝詞は、その神社のはじめが、平安時代にはいってからのこととされるので、自然その祝詞も、平安時代にはいってから制定されたのであろうということになる。

右の以外の祝詞については、年代を考うべき材料が、あっても薄弱であるが、大祓の詞、大殿祭の祝詞などは、古いのだろうとされている。しかし製作時代が古くても、伝来のあいだに変化の起ることもあり得べきであるから、もとのままで残っているともきまらない。中臣の寿詞も、成立は古いのであろうが、延喜式の祝詞とくらべて見ても、更に後世の変化が加えられているように考えられる。

祝詞の作者については、延喜式祝詞の巻のはじめの式の文に、臨時の祭の祝詞は、その関係の役人が、祭の前に文案を作るように規定されているから、定期の祭のものでも、新しいものは、神祇官の役人の筆になるものがあるのだろう。これをとなえる氏族のきまっているものは、その氏族のうちで作って伝えたものと考えられる。大殿祭・御門祭の祝詞は斎部氏、出雲の国の造の神賀詞は出雲氏において作りかつ伝えたものなるべく、然らば大祓の詞・中臣の寿詞の如きは、中臣氏の製作および伝来であり、その他の祝詞も、多く中臣氏が関係しているのであろう。大殿祭・御門祭の祝詞は、文中に、特殊の語について、古語では何々というとの注釈がついているが、この形は、大同二年（八〇七）に斎部《いみべ》の広成のあらわした古語拾遺《しゅうい》と共通するものであるので、斎部氏によって伝えられたものであろうとする推測が確められるが、古語拾遺と同時に、斎部の広成によって記録されたものであるかどうかは、不明である。

四　構　成

祝詞の文は、その備わった形のものにあっては、祭の由来を述べる部分と、祭を行うことを述べる部分とから成っている。元来、祝詞は、祭の儀式の中で述べられる言葉であって、それぞれの祭の性質は、この言葉において表現されるのが常である。それゆえに、祭の由来を述べる部分は、それぞれの祭ごとに相違するのであって、ここにその祭の祝詞の特色が見られる。これに反して祭を行う部分は、どの祭にもだいたい同じ事が行われるので、祝詞の文も、自然同じような表現のなされることが多い。

祝詞の文の中には、祈年《としごい》の祭、六月の月次《つきなみ》の祭、大祓、大嘗の祭の祝詞のように、はじめに、集まっている人々に対して、謹聴をうながす意味の文のあるものがある。これはまた最後に、これを受けて「と宣る」と結ぶ形になっており、天皇の命令を宣するところの宣命《せんみよう》の形になっている。これらは、その集まっている人たちに対して述べる部分を除いた中間の部分が、祝詞の正味になるものである。このような前置文のあることは、延喜式の祝詞の構成として重要なことであるが、これらから前置文を取り去った形のものが、形の上では前置文のない祝詞と、構成上同等の位置に立つものである。

祝詞の本文は、神または天皇の命令であるよしの句ではじまるものが多い。神の命令による意味のものは、「高天の原に神づまります皇睦《すめむつ》神ろき・神ろみの命もちて」のような句であるのが、普通の型であり、天皇の命による意味のものは、「天皇《すめら》が大命《おほみこと》にませ」、もしくは「天皇が大命もちて」のような形をとる。これは今行われる祭の由来が、尊厳なものであることをあらわし、その行事の権威あるものであることをあらわそうとする。

そうして祝詞は、その祭の目標である神の名をたたえるのであるが、またその神の事蹟について述べることもある。鎮火祭の祝詞、出雲の国の造の神賀詞、中臣の寿詞においては、これが神話として述べられ、その方面における貴重な資料となっている。

祝詞は、後半にはいって、祭の行事の部分になる。この部分におけるおもな記述は、神前に供える物を列挙して、これをたたえるにあるが、その品目は、だいたい一定していて変化にともしい。わずかに祈年の祭の祝詞に、白い動物をそなえ、竜田の風の神の祭に、糸つむぎの道具をそなえるのが、目につく程度である。そうして最後に、祭を行うことによって、天皇の御代が栄え、一般の人々に至るまでも栄えるようにと、祈願の意を述べて終るのが通例である。

以上は、一般的な形式について述べたのであるが、これについて多少変わった形のものもある。祈年の祭、六月の月次の祭の祝詞は、短いものが集合した形になっている。これはもと一つ一つの祭に、もっとくわしい祝詞があったものを、一つの祭に集約したために、祝詞の文も要点を取って短くなったものが連続するに至ったと考えられている。また大祓の詞は、神をたたえることによって、この世界から罪けがれの去ることを、人々に対して述べる形を取り、出雲の国の造の神賀詞は、宝物によせて神からの祝いのことばを天皇に申しあげ、中臣の寿詞もまた天皇に申しあげる形をとっていて、いずれも普通の祝詞とは変わった構成をもっている。

五　文学史上の意義

祝詞の類の現在残っているものは、奈良時代末以後に記録されたものばかりであるが、前代から、祭その他の儀式のおりに、となえられて来たものを含んでいるので、そのような古いものを伝えているという点で、尊重されている。文学のはじまりが、宗教的行事の場にあったろうということは、一般に信じられているが、その原始的なものは伝わらないにしても、残っているものによって、その一端をうかがおうとする時に、祝詞の類は、重要な資料とされるのである。神の名を呼んで、たたえ言を申し、よいことばをつらねて、悪をはらい、善を栄えさせようとする思想は、ことばの力をたのむところに、根本がある。よいことばを使ってたたえ言をしようとするところに、文学の心が成立し、これをことばに言いあらわすことによって文学作品が成立した。

大祓の詞は、水の流れ、海水のうずまき、風のちからのような大きな自然力をあげて、これによって人の世の罪けがれを、払い去ろうとする。出雲の国の造の神賀詞は、玉・剣のような宝物、鳥・馬のような動物などに寄せて、天皇の御世をことほぎ、また川の水が古い川岸を破って新しい水路を作ることや、逆流する水の勢いなどに寄せて、いよいよ若きに返る祝いを述べた。この二つの詞における思想と表現は、雄大であり、活力があって、人生に対して善意をもつ古代文学の代表的なものといえよう。

祭の由来について述べる部分にあっては、神々の事蹟を語って、神話の形をとるものがある。またそれほどにまとまった物語になっていないでも、神名や、神の出現などについて、重要な意義を有するものがある。これらは古事記・日本書紀等の伝来を補うものであって、それ自身にも大きな存在であるが、同時に古事記・日本書紀の研究には、欠くことのできない資料となっている。祝詞と古事記・日本書紀との比較研究によって、歴史的体系をとる日本神話が、前代の祝詞をその故郷とすることが見出だされる。そのような前代の祝詞の面目は、完全ではないが、現存する祝詞の中に残っていると考えられる。

現存している古い祝詞は、何分にも宮廷・官庁で使用されるものに限られているので、形式は整備され、自由な民間信仰について多くを語らないが、それでも大殿祭のような類は、民間にも行われていたであろうし、祈年の祭の祝詞にも、民間信仰の片影を伝えているものがあるだろう。しかし祝詞の類が、古いものにおいて力をもちながら、それより後に新作されるものが、型を追うに急であって、力のぬけたものになってしまったのは残念である。

六 国語資料として

祝詞の文体は、国文体である。その文字表記は、すべて漢字ばかりであるが、その原文を表示するために、種々の用意がなされている。

漢字の用法は、表意文字としての用法と、表音文字としての用法とを併用している。自立語の類は、だいたい表意文字で書いているが、特殊の語で、表意文字で書くに適しないものは、表音文字で書いている。表意文字で書いてある部分は、国語の語序によって文字を配列しているが、若干は、漢文ふうに、上に返って読むように書いている。用言の活用語尾、助動詞のあるもの、および助詞の類は、おもに表音文字で書き、特にそれらは小文字で書いて、いわゆる宣命《せんみょう》書《が》きの体を取っている。

このような表記法をしたことは、原文の正しい読み方を伝えるための用意であって、それは原文そのものの伝来が重視されたからによるものと考えられる。これによって当時の国語を伝えるもので、資料としての価値が認められるのである。そうしてそれはとくに表音文字による表記の方に、大きな価値が存在する。

まず語彙《どい》の方面では、いくつかの古語の存在が知られる。殊に大殿祭・御門祭の祝詞では、表意文字による表記に対して、その読み方や解釈が、注としてつけられているので、ある語について意味と音韻との両方面の知識が得られる。

語法については、表音文字で小字で書いている部分に、貴重な資料が見出だされる。たとえば「宣志久」(大殿祭)とあるものは、ノリタマヒシクと読まれ、引用文の前におかれる語法の一種が示され、また「山神爾祭豆」(同)とあるものは、動詞マツル(祭)が、助詞ニを受ける文献として注目される。

音韻については、古代の音韻の二種の区別が、だいたいくずれた後の表記であるので、その表記を証とすることはできない。ただ古い音韻を伝えるものがあるとされる程度である。

表現の方面では、とくに対語を使用して、二個、またはその倍数で事物をいうものの多いのが目立つ。その中にも、祝詞の特色とも見られるのは、重ねことばによる表現である。たとえば、「長御食《み け》の遠御食」、「生く日の足る日」のような云い方であって、これは語調を荘重ならしめるのに役立っている。「荒塩の塩の八百道《やほち》の、八塩道《やしほち》の塩の八百会《やほあひ》」(大祓の詞)のように同語を重ねて使うことも、この類であって、これによって海水の寄り合うところを説明するに成功している。祝詞は、口誦されることばであるので、このような同語や、同形の句を重ねることが、大きく響くのである。

古代の修辞の特色として知られている譬喩も、しばしば使われて、その任務をはたしている。それは類型的なものが多いのであるが、これによって文意をよく通ずるには適当である。その進んだものは、枕詞・序詞のような形を取って、文の調子をなめらかにすることを助けている。出雲の国の造の神賀詞の、宝物などに寄せて祝いのことばを述べる部分の如きは、とくにこれが発達して、韻文の堺に接近している。古代歌謡におけるこの方面の修辞は、これらの祝詞の修辞を受けているものがあるのだろう。

七　伝　本

祝詞の集録を有する書として知られている延喜式の諸伝本のうち、古写本としては、九条家本、三条家本、一条家本、三条西家本、金剛寺本《こんごうじ》、中院本《なかのいん》、卜部《うらべ》の兼永《かねなが》自筆本、卜部の兼右自筆本などがあるが、祝詞の巻を存しているのは、九条家本、卜部の兼永自筆本、および卜部の兼右自筆本であり、儺の祭の詞をのせている巻の十六を存しているのは、九条家本と金剛寺本とである。

九条家本は、二十八巻を存し、巻子本で鎌倉時代初期の写本である。祝詞の巻の伝本としては最古であって、極めて貴重な資料であるが、巻首をはじめ腐って欠けているところがかなりあり、書体は行書体であって、正式の伝本にはあるはずである巻末の成立の年月日、編者たちの署名も欠いている。

金剛寺本は、巻の九・十二・十四・十六の四巻を存し、巻子本で鎌倉時代の書写本である。この本は、巻の九の神名の巻に、編集の過程をうかがうべき記事のあることによって知られている。

卜部の兼永自筆本は、巻の八・九・十の三巻を存しているが、巻の八の奥には「大永三年四月三日書写訖　正三位卜部朝臣兼永」の奥書があり、巻の九には天文元年、十には同二年の奥書があって、別々の書写であると考えられる。巻の八は、美濃紙形の袋綴冊子本で楷書で書写してある。卜部氏は神道の家であって、兼永は、神道研究家で、諸書の書写校合に尽力した人であるから、今、本書はこの本を底本として使用することとした。

卜部の兼右自筆本は、巻の八、祝詞の一冊だけが国学院大学に蔵せられている。美濃紙形袋綴紙表紙で、「延喜式祝詞」と表題がある。楷書で書写してある。「天文十一年二月廿日、以両本見令之書写了（花押）」の奥書があり、更に「此一冊、唯神院兼右御真筆也。殊被レ加ニ家点一者也。輙不レ許ニ他見一。敢莫レ出ニ間外一矣。元文二年丁巳仲夏日曜、従三位侍従卜部兼雄」の添書がある。この本の筆者兼右は、前掲の兼永の四代の祖にも同字の人があるが、それとは別系の人で、吉田家の人である。本書は、この本を校本として使用した。

近世以降の写本は数種あるが、本書が校本として使用した本は、美濃紙形袋綴冊子本、五十冊の全本である。書写に関する記事は無いが、紙質書風等から、近世初期の写本と認められる本である。

版本としては、慶安元年（一六四八）本、明暦三年（一六五七）本、享保《きようほ》八年（一七二三）本、文政十一年（一八二八）本等があり、そのうち文政十一年本は、出雲の松江の藩主松平斉貴《なりたけ》が校訂刊行した本で、雲州版と称せられている。

八　研究史・研究書

延喜式は、延長三年に成立して後、四十年を経て、康保四年（九六七）に至ってこれを施行せしめた。延喜式の研究は、それから後に起ったわけであるが、祝詞の中の大祓の詞は、別に中臣祓として行われていたものによって、鎌倉時代から、神道家のあいだに研究が進められた。しかし祝詞の全般にわたって見るべき研究をしたのは、賀茂《かも》の真淵《まぶち》であって、はじめ「延喜式祝詞解」をあらわし、後これを改訂して「祝詞考」をあらわした。真淵は、古代を知ろうとして、まず祝詞の注釈に従事したのである。本居宣長は、これを受けて、「大祓後釈」「出雲国造神寿後釈」をあらわした。宣長はまた随筆「玉かつま」において、中臣の寿詞を紹介したことで知られている。その後、各種の研究もあらわれたが、注釈の方面では、鈴木重胤《しげたね》の「祝詞講義」が詳細を極めている。

明治以後にあらわれた研究書としては、

神と神を祭る者との文学　武田　祐吉

祝詞の研究　白石　光邦

があり、注釈書として、おもなものに、

祝詞新講　次田　潤《じゅん》

祝詞宣命新釈　御巫《みかなぎ》　清勇《きよたけ》

延喜式祝詞講　金子　武雄

などがある。また延喜式の本文を校訂出版したものには、

校訂 延喜式　　皇典講究所

新訂増補 国史大系 第二十六巻　黒板 勝美《かつよし》

などがあり、前者には索引がついている。

凡例

一、ここには、延喜式巻の八にある祈年祭の祝詞以下の二十八篇、同書巻の十六にある儺の祭の詞、および台記の別記にある中臣の寿詞の、合わせて三十篇を収めた。各篇のはじめにかかげた題名は、それぞれ原文の題名によることとしたが、儺の祭の詞だけは、内容によって新たに題名をつけた。

一、見開きの、右頁に原文および校異を、左頁に書き下し文を掲げた。

一、原文について

延喜式巻の八は、卜部の兼永自筆本を底本とし、九条家本、卜部の兼右自筆本、近世初期写本、新訂増補国史大系、校訂延喜式をもって校合を加えた。同じく巻の十六は、近世初期写本を底本とし、九条家本、新訂増補国史大系、校訂延喜式をもって校合を加えた。中臣の寿詞は、史料大観を底本とし、西田長男博士所蔵の大中臣家伝本および「玉かつま」の引用をもって校合を加えた。西田博士所蔵本は、台記の別記とは別の伝来であって、天仁元年(一一〇八)にとなえられたものを伝え、貴重な資料であるが、形のくずれたものがあるので底本とはしなかった。底本の文字を訂正したものは、校異に、底本の文字を出しておいた。底本にも、句読点・返り点等のあるものもあるが、それにはよらないで、新たに句読点・返り点をつけた。底本のふりがなは省略した。

一、校異について

原文底本の文字を訂正したもの、および他本の相違について記した。但し他本の相違は、重要なものに留めた。たとえば小字に書いてある表音文字と見られるものも、同音を表示すると考えられるものは、他本の相違する文字を出さなかった。台記の別記の部分において、底本に関する記事中、一本、松本とあるのは、底本が使った校本の名である。また西とあるのは、西田博士所蔵本、玉とあるのは、「玉かつま」の略称である。

一、書き下し文について

原文は、漢字ばかりで書いてあって、通読に不便なので、今漢字かなまじりに書き下し文を作った。その読み方は、従来の学説により、数説あるものは、穏当と思われるものによったが、私見によったものもある。底本、その他諸本のふりがなの類は、参考とするに止めたが、その読みかたを使用したものもある。

一、頭注について

頭注は、書き下し文にもとづいて記した。注解する詞句は、番号によって書き下し文と連絡することとした。とくに詞句をあげて注解する場合には、片かなでその詞句をあげることとした。

祝詞

祈年祭

集侍神主・祝部等、諸聞食登宣。神主・祝部等、共称レ唯。餘[1]宣准レ此。

高天原爾[2]神留坐、皇睦神漏伎命・神漏彌命以、天社・國社登称辭竟奉、皇神等能前爾白久、今年二月爾、御年初[3]將レ賜登爲而、皇御孫命宇豆能幣帛乎、朝日能豐逆登爾称辭竟奉久登宣。

御年皇神等能前爾白久、皇神等能依左志奉牟奥津御年乎[4]、[5]手肱爾水沫[6]畫垂、向股爾泥[7]畫寄弖、取作牟奥津御年乎、八束穗能伊加志穗爾、皇神等能依左志奉者、初穗乎波、千穎八百穎爾奉置弖、𤭖閉高知、𤭖腹滿雙弖、汁爾母穎爾母称辭竟奉牟。大野原爾生物者、甘菜・辛菜、青海原住物者、鰭能廣物・鰭能狹物、奥津藻葉・邊津藻葉爾至弖爾、御服者、明妙・照妙・和妙・荒妙爾、称辭竟奉牟。御年皇神能前爾、白馬・白猪・白鷄、種々色物乎備奉弖、皇御孫命能宇豆乃[8]幣帛乎、称辭竟奉久登宣。

一　農作物の豊作を願う祭。音読してキネンサイともいう。もと二月四日に行い、今では二月十七日に行う。民間、一般に行われる祭であるが、ここには、中央政府の神事関係の事をつかさどる神祇官という役所、および国内の諸国の役所で行われる祭の祝詞をのせている。この祭は農事関係を始め、各種の祭の総合の祭であって、祝詞も各種の祭の祝詞を集めたようになっている。
二　集まってうごめいている。
三　集まっている神職たち。祝部は、下級の神職。
四　承知のよしをいう。このほかの「宣る」というところもこれに従え。
五　天の美称。神の常在の世界。
六　神として留まっておいでになる。
七　天皇の親しみむつびたまうところの。
八　天皇の祖先の神で、とくに尊いとする男性女性の両神の命令で。
九　天つ神を祭った神社と国つ神を祭った神社。
一〇　たたえ言を申しあげる。祝詞をもって、事や物をほめたたえるのをいうので、祭を行う意になる。単にコトヲヘマツルともいう。
一一　申すことは。クは、用言(動詞・形容詞・助動詞)について準体言を作る助詞。
一二　穀物のみのりの意で、耕作のこと。
一三　カムロキ・カムロミの子孫で、天皇のこと。
一四　貴いたてまつりもの。ミテグラは、神にさしあげる物。
一五　見事であるさまをいう譬喩の副詞句。
一六　たたえ言を行い申すことと申し渡す。集まっている神職たちに言い聞かせる文意である。
一七　穀物のみのりをつかさどる神。特定の神で

1　九條本、この字が無い。今、底本のままとする。すべての宣の字のあるところにかけていうのだから、あるのがよいのだろう。
2　底本「仁」。兼右本による。九條本朽損。
3　貞享本に「祈」とする。御年をもって一年の耕作の義とするので、今、底本等のままとする。
4　底本に無い。
5　底本「午」。
6　底本「盡」。今、九條本等による。
7　底本「盡」。
8　底本大字に書く。文字の大小については、同一の語句であっても、必ずしも統一していないが、本書ではなるべく統一することとする。

はなく、祈年祭に祭られる神の総称ともいうが、ミトシの語によってあるまとまった神を考えているようである。

一八　お寄せ申しあげるであろう稲を。神が天皇に対して穀物を寄せる意にいう。オキツミトシは、おそくみのる穀物で、イネのこと。

一九　手のひじに水のあわがついてさがって。以下二句は、水田耕作の労苦を叙する。

二〇　前に向いている股に、泥が寄りついて。水田の泥をいう。

二一　長い穂のりっぱな穂に。イカシは、さかんにあるさまの形容詞。シの形で連体形となる。かさねことばで、長くまたりっぱである穂をいう。

二二　最初の収穫。

二三　たくさんのイネの穂。カヒは、イネの実。かさねことばで、多量の穂をあらわす。

二四　瓶の上に高くもりあげ、瓶の中にいっぱいにしてその瓶をならべて。瓶に満たすさま。

二五　酒にも飯にも。シルは、液体。カヒは、イネの実の形のままのもの。それらを瓶に満たせる。

二六　神前にさしあげてたたえごとを申そう。お祭をしよう。

二七　あまい菜とからい菜。さまざまの味の野菜。

二八　はばの広い魚とはばの狭い魚。大小さまざまの魚。

二九　沖の方の海藻と海岸の海藻。

三〇　光沢のある織物。テルタへも同じ。タへは、植物質の織物。ここは絹織物とする説がある。以下さまざまのタへの意に列挙する。

三一　やわらかい織物、あらい織物。

三二　白い動物を奉ることは、インドや中国の風習の影響であるという。

三三　白いブタ。

[一]祈年《としごひ》の祭

「[二]集侍《うごな》はれる[三]神主《かむぬし》・祝部等《はふりら》、諸《もろもろ》聞《きこ》しめせ」と宣《の》る。神主・祝部等、共に[四]唯《を》と稱《ま》す。餘《ほか》の宣るといふもこれに准《なら》へ。

「[五]高天《たかま》の原に[六]神留《かむづま》ります、[七]皇睦《すめむつ》[八]神《かむ》ろきの命《みこと》・神ろみの命もちて、[九]天《あま》つ社・國つ社と[一〇]稱辭竟《たたへごとを》へまつる皇神等《すめがみたち》の前に[一一]白《まを》さく、今年二月《きさらぎ》に[一二]御年《みとし》初めたまはむとして、[一三]皇御孫《すめみま》の命の[一四]うづの幣帛《みてぐら》を、[一五]朝日の豐逆《とよさか》登りに、[一六]稱辭竟へまつらく」と宣る。

「[一七]御年《みとし》の皇神等《すめがみたち》の前に白《まを》さく、皇神等《すめがみたち》の[一八]依《よ》さしまつらむ奧《おき》つ御年を、[一九]手肱《たなひぢ》に水沫《みなわ》畫《か》き垂り、[二〇]向股《むかもも》に泥《ひぢ》畫《か》き寄せて、取り作らむ奧つ御年を、[二一]八束穂《やつかほ》の茂《いか》し穂に、皇神等の依さしまつらば、[二二]初穂をば、[二三]千穎《ちかひ》八百穎《やほかひ》に奉《たてまつ》り置きて、[二四]𤭖《みか》の上高知《へたかし》り、𤭖の腹滿《みな》て雙《なら》べて、[二五]汁にも穎《かひ》にも[二六]稱辭竟《たたへごとを》へまつらむ。大野の原に生《お》ふる物は、[二七]甘菜《あまな》・辛菜《からな》、青海《あをみ》の原に住む物は、[二八]鰭《はた》の廣物《ひろもの》・鰭の狹物《さもの》、[二九]奧《おき》つ藻菜《もは》・邊《へ》つ藻菜《もは》に至るまでに、御服《みそ》は[三〇]明《あか》るたへ・照《て》るたへ・[三一]和《にぎ》たへ・荒《あら》たへに稱辭竟へまつらむ。御年の皇神の前に[三二]白き馬《うま》・[三三]白き猪《ゐ》・白き鷄《とり》、種種《くさぐさ》の色物《いろもの》を備へまつりて、皇御孫の命のうづの幣帛を稱辭竟へまつらく」と宣る。

大御巫能辭竟奉、皇神等能前爾白久、神魂・高御魂・生魂・足魂・玉留魂・大宮乃賣・大御膳都神・辭代主登、御名者白而、辭竟奉者、皇御孫命御世乎、手[1]長御世登、堅磐爾常磐爾齋比奉、茂御世爾幸閉奉故、皇吾睦神漏伎命・神漏彌命登、皇御孫命能宇豆乃[2]幣帛乎、稱辭竟奉久登宣。

座摩乃御巫乃辭竟奉、皇神等能前爾白久、生井・榮井・津長井・阿須波・婆比支登、御名者白弖、辭竟奉者、皇神能敷坐、下都磐根爾宮柱太知立、高天原爾千木高知弖、皇御孫命乃瑞能御舍乎仕奉弖、天御蔭・日御蔭登隱坐弖、四方國乎安國登平久知食故、皇御孫命能宇豆乃[3]幣帛乎、稱辭竟奉久登宣。

御門能御巫能辭竟奉、皇神等能前爾白久、櫛[4]磐間門命・豐磐間門命登、御名者白弖、辭竟奉者、四方能御門爾、湯都磐村能如塞坐弖、朝者御門開奉、夕者御門閉奉弖、疎夫留物能自レ下往者下乎守、自レ上往者上乎守、夜能守日能守爾守奉故、皇御孫命能宇豆乃[5]幣帛乎、稱辭竟奉久登宣。

生嶋能御巫能辭竟奉、皇神等能前爾白久、生國・足國登、御名者

1 底本「午」
2 底本大字に書く。
3 同前。
4 底本「皇」
5 底本大字に書く。

一 皇居内の神殿に仕える女子の神職。「説文云、巫。音無。和名加无奈岐。祝女也」(倭名類聚鈔)。
二 タタヘゴトヲヘマツルに同じ。お祭り申しあげる。
三 ムスビは、うみ出す力の神霊。万物の出現する原動力の神。カム・タカミ等は、そのさまざまの性質を表現する。カムムスビは、神秘な生産の力。タカミムスビは、高大な生産の力。この二神は、古事記に、天地のはじめに出現したと伝える。以下八神は、皇居内の神殿に祭られる。
四 生気のあるムスビ。
五 充実したムスビ。
六 人の霊魂を留めしずめるムスビ。
七 皇居の平安を守る女神。大殿祭の祝詞にも見える。
八 天皇の食事をつかさどる神。ケが食物。
九 神のお告げをつかさどる神。大国主の神の子と伝える。
一〇 神々の御名を申して祭ったならば。
一一 天皇の御代を。
一二 長い御代として。タは接頭語。
一三 岩石のように堅く永久に。
一四 災難を払ってお守り申し。
一五 栄えさせる意の他動詞。下二段活。
一六 天皇なる我が親しい神々と。
一七 邸宅の敷地を支配する神を祭る巫女。ここは皇居の敷地の神を祭る者。ヰカスリは、ヰカシリの転で、居処を領有する義という。
一八 以下三神は、井の神。それぞれ生気ある井、栄える井、ツルベの綱の長い井の意。井は、清

一「大御巫《おほみかむなぎ》の二辭竟《ことを》へまつる、皇神等《すめがみたち》の前に白《まを》さく、三神魂《かむむすび》・高御魂《たかみむすび》・四生《い》く魂《むすび》・五足《た》る魂《むすび》・六玉留魂《たまつめむすび》・七大宮《おほみや》のめ・八大御膳《おほみけ》つ神《かみ》・九辭代主《ことしろぬし》と、一〇御名《みな》は白して、辭竟《ことを》へまつらば、一一皇御孫《すめみま》の命の御世《みよ》を一二手長《たなが》の御世と、一三堅磐《かきは》に常磐《ときは》に一四齋《いは》ひまつり、茂《いか》し御世に一五幸《さき》はへまつるが故《ゆゑ》に、一六皇吾《すめらわ》が睦《むつかむ》神ろきの命・神ろみの命と、皇御孫の命のうづの幣《みて》帛《ぐら》を稱辭竟《たたへごとを》へまつらく」と宣《の》る。

一七「座摩《ゐかすり》の御巫《みかむなぎ》の辭竟《ことを》へまつる、皇神等《すめがみたち》の前に白さく、一八生《い》く井《ゐ》・柴《さ》く井《ゐ》・つ長井《ながゐ》・一九あすは・二〇はひきと御名は白して、辭竟へまつらば、皇神の二一敷《し》きます、二二下つ磐《いは》ねに宮柱太知り立て、二三高天の原に千木《ちぎ》高知りて、皇御孫の命の二四瑞《みづ》の御舎《みあらか》を仕へまつりて、二五天《あめ》の御蔭《みかげ》・日《ひ》の御蔭《みかげ》と隱りまして、四方《よも》の國を安國と平らけく知ろしめすが故に、皇御孫の命のうづの幣帛を稱辭竟へまつらく」と宣る。

二六「御門《みかど》の御巫《みかむなぎ》の辭竟へまつる、皇神等の前に白さく、二七くし磐《いは》間《ま》門《と》の命《みこと》・豐磐間門《とよいはまと》の命《みこと》と御名は白して、辭竟へまつらば、四方《よも》の御門に、二八ゆつ磐《いは》むらの如く二九塞《さや》りまして、朝《あした》には御門を開きまつり、夕《ゆふ》べには御門を閉《た》てまつりて、三〇疎《うと》ぶる物の下より往かば下を守り、上より往かば上を守り、夜《よ》の守《まも》り日の守りに守りまつるが故に、皇御孫の命のうづの幣帛を稱辭竟へまつらく」と宣る。

「三一生《い》く島《しま》の御巫の辭竟へまつる、皇神等の前に白さく、三二生《い》く國・足《た》る國と御名は

らかな水をたたえる所として、その神霊を祭る。
一九　敷地の神。足岩の義で、家屋の基礎となる地中の岩石。古事記に、以下二神を大年の神の子とする。「庭中の阿須波の神に木柴(コシバ)さしわれはいははむ帰り来までに」(万葉集巻二十、防人の歌)。
二〇　同じく敷地の神であろう。語義不明。ハヒキ君で、出入口の君の義という(宣長)が不明。
二一　領有したまう。
二二　地下の岩石に宮殿の柱をしかと立て。
二三　天上にチギを高くあげて。チギは、屋根の端の材の屋上に高くつき出した部分。今、神社建築などに残っている。ヒギともいう。
二四　生気のある宮殿。
二五　天や太陽から隠れる所とお隠れになって。宮殿内に住むことをいう。
二六　皇居の御門の神を祭る巫女。
二七　以下二神は、皇居の門の神。クシは、神秘にあるさま。イハは、堅固のさま。マトは、家屋の出入り口。トヨは、ゆたかにあるさま。御門祭の祝詞に見える。
二八　神聖な岩石の群。ユツは、神聖であるさまの意に、爪櫛、植物の名などの他の語に冠して使う。「由都麻都婆岐」(ゆつ真椿、古事記下巻)。
二九　立ちふさいでおいでになって。
三〇　うとましいもの。悪魔など。ウトブルは、疎いさまをする意の動詞で、上二段活。御門祭の祝詞に「疎備荒備来武」とある。魔物が、御門の上や下から侵入しようとするのを、御門の神が防ぎ守るとする思想による。
三一　国土の神を祭る巫女。イクシマは、生気のある島。生きている島。
三二　生気のある国土と充実せる国土。国土を両面からたたえた名。生島足島(イクシマタルシマ)ともいう。

白弖、辭竟奉者、皇神能敷坐嶋能八十嶋者、谷蟆能狹度極、鹽沫能留限、狹國者廣久、峻國者平久、嶋能八十嶋墮事无、皇神等能依[1]志奉故、皇御孫命能宇豆乃幣帛乎、稱辭竟奉久登宣。

辭別、伊勢爾坐天照[2]大御神能[3]大前爾白久、皇神能見霽志坐四方國者、天能壁立極、國能退立限、青雲能靄極、白雲能墮坐向伏限、青海原者、棹[4]柁不レ干、舟艫能至留極、大海爾舟滿都都氣弖、自レ陸往道[5]者、荷緒縛堅弖、磐根木根履佐久彌弖、馬爪至留限、長道无レ間久立都都氣弖、狹國者廣久、峻國者平久、遠國者八十綱打挂弖引寄如レ事、皇大御神能寄奉波、荷前者、皇大御神能大前爾、如二横山一打積置弖、殘乎波平聞看。又皇御孫命御世乎、手長御世登、堅磐爾常磐爾齋比奉、茂御世爾幸閉奉故、皇吾睦神漏伎・神漏彌命登、宇事物頸根衝拔弖、皇御孫命能宇豆乃幣帛乎、稱辭竟奉久登宣。

御縣爾坐皇神等乃[6]前爾白久、高市・葛木・十市・志貴・山邊・曾布登、御名者白弖、此六御縣爾生出、甘菜・辛菜乎持[7]參來弖、皇御↓

一 多数の島々。
二 ヒキガエルの渡って行くはて。沼沢のようなところのはてまでもで、陸地のはてをいう。タニグクは、谷くぐりの義で、ヒキガエル。古事記上巻、スクナビコナの神の神話に出ている。
三 海水のあわのとどまるはて。海上の極限まで。
四 サキは、せまい意の形容詞。
五 けわしい国は、たいらかに。サガシキは、けわしい意の形容詞。
六 残るところなく。のこらず。
七 お寄せ申しあげるから。国土の神霊が、天皇に狭い国土を広くし、けわしい国土をたいらかにしてさしあげるとする思想による。ヨサシは、寄すの敬語。
八 とくべつに言う場合のことば。
九 伊勢の国の皇大神宮においでになる。
一〇 天皇および神の前の美称。
一一 ながめやりたまう。ミハルカスは、見晴らすの意の敬語。
一二 天の壁の立っているはて。地平線のはてまでもの意。
一三 国土が退き去っているはて。地上のはて。
一四 青い雲の横たわっているはて。地上のはて。アヲグモは、青みをおびている灰色の雲。
一五 白い雲がおりて、こちらに向いて伏しているはて。地上のはて。
一六 舟こぐ道具をかわかさないで。サヲは、さして舟を進める具。カヂは、こいで舟を進める具。
一七 舟のへさきの留まるはて。水上のはて。艫

1 底本大字に書く。九條本も同じ。
2 底本「太」
3 底本「太」
4 底本「杖」
5 底本に無い。
6 底本に無い。
7 底本本文に無い。左に書いている。

は、舟のともの意の字であるが、舳の意に使っている。
一八　荷物の緒を結びかためて。馬につけた荷物をいう。
一九　岩や木を踏みやぶって。
二〇　馬蹄の行って留まるはて。
二一　遠い国は、たくさんの綱をかけて引き寄せることのように。出雲国風土記に、オミツノの命が、遠方の土地に綱をかけて引き寄せる国引きの神話が伝えられている。
二二　天皇に国土をお寄せ申しあげたならば。
二三　諸国から来る貢物の荷物のはじめのもの。最初の荷物。荷前は、皇大神宮をはじめ諸山陵に奉る風習で、その使を荷前の使という。
二四　残りの貢物を、天皇は無事にめしあがるであろう。
二五　鵜のようにあるものとして。枕詞。
二六　首を前につき出して。つつしみ敬うさま。
二七　天皇の御料の地においでになる神。
二八　以下の六つは、みな大和の国の地名で、古代の郡名になっている。飛鳥藤原地方を中心としている。タケチは、今の高市郡に当る。ここは高市の御県の神社。
二九　今の南北の葛城郡に当る。今は葛城と書き、カツラギというが、古くはカヅラキである。葛木の御県の神社は北葛城郡にある。
三〇　後の十市郡に当り、今は磯城郡の一部になっている。十市の御県に坐す神社がある。
三一　今の磯城郡に当る。志貴の御県に坐す神社は、初瀬川の上流地方にある。
三二　今の山辺郡に当る。山辺に坐す御県の神社がある。
三三　今の添上郡・添下郡に当る。添下郡に曾布の御県に坐す神社がある。

白して、辭竟へまつらば、皇神の敷きます島の[一]八十島《やそしま》は、[二]谷蟆《たにぐく》のさ度《わた》る極み、[三]鹽沫《しほなわ》の留まる限り、狹《さ》[四]き國は廣く、峻《さが》[五]しき國は平らけく、島の八十島墮《お》[六]つる事なく、皇神等の依[七]さしまつるが故に、皇御孫の命のうづの幣帛を稱辭竟へまつらく」と宣る。

「[八]辭別《ことわ》きて、[九]伊勢《いせ》に坐《ま》す天照《あまて》らす大御神《おほみかみ》の大[一〇]前に白さく、皇神の見霽《みはる》[一一]かします四方《よも》の國は、天《あめ》[一二]の壁《かき》立つ極み、國[一三]の退《そ》き立つ限り、青[一四]雲の靄《たなび》く極み、白[一五]雲の墮《お》り坐向伏《ゐむかぶ》す限り、青海《あをみ》の原は棹柁《さをかぢ》[一六]干《ほ》さず、舟《ふな》[一七]の艫《へ》の至り留まる極み、大海《おほみのはら》に舟滿ち續けて、陸《くが》より往く道は、荷《に》[一八]の緒《を》縛《ゆ》ひ堅めて、磐《いは》[一九]ね木《き》履《ふ》みさくみて、[二〇]馬の爪の至り留まる限り、長道《ながち》間《ひま》なく立ち續けて、狹《さ》き國は廣く、峻《さが》しき國は平らけく、遠[二一]き國は八十綱《やそつな》うち挂《か》けて引き寄する事の如く、皇大御神《すめおほみかみ》の寄[二二]さしまつらば、荷前《のざき》[二三]は皇大御神の大前に、横山の如くうち積み置きて、殘[二四]りをば平らけく聞《きこ》しめさむ。また皇御孫の命の御世を、手長《たなが》の御世と、堅磐《かきは》に常磐《ときは》に齋《いは》ひまつり、茂《いか》し御世に幸《さき》はへまつるが故に、皇吾《すめらわ》が睦神《むつかむ》ろき・神《かむ》ろみの命と、[二五]鵜《う》じ物頸根《うなね》[二六]衝《つ》き拔《ぬ》きて、皇御孫の命のうづの幣帛を稱辭竟へまつらく」と宣る。

「[二七]御縣《みあがた》に坐《ま》す皇神等の前に白さく、高市《たけち》[二八]・葛木《かづらき》[二九]・十市《とをち》[三〇]・志貴《しき》[三一]・山邊《やまのべ》[三二]・曾布《そふ》[三三]と御名は白して、この六つの御縣に生《な》り出づる、甘菜・辛菜を持ち參《ま》ゐ來《き》て、皇御

孫命能長御膳能遠御膳登[1]聞食故、皇御孫命能宇豆乃[2]幣帛乎、稱辭竟奉久登宣。

山口坐皇神等能前爾白久、飛鳥・石寸・忍坂・長谷・畝火・耳无登、御名者白弖、遠山・近山爾生立留大木・小木乎、本末打切弖、持參來弖、皇御孫命能瑞能御舍仕奉弖、天御蔭・日御陰登隱坐弖、四方國乎、安國登平久知食須我故、皇御孫命能宇豆乃[3]幣帛乎、稱辭竟奉久登宣。

水分坐皇神等能前爾白久、吉野・宇陀・都祁・葛木登、御名者白弖、辭竟奉者、皇神等能寄志奉牟奧都御年乎、八束穗能伊加志穗爾寄志奉者、皇神等爾、初穗波、穎爾毛[4]汁爾母甂閉高知、甂腹滿雙弖、稱辭竟奉弖、遺乎波皇御孫命能朝御食・夕御食能加牟加比爾、長御食能遠御食登、赤丹穗爾聞食故、皇御孫命能宇豆乃[5]幣帛乎[6]、稱辭竟奉久登、諸聞食登[7]宣。

辭別、忌部能弱肩爾太多須支取挂弖、持由麻波利仕奉禮留幣帛乎、神主・祝部等受賜弖、事不レ過捧持奉登宣。

1 底本「能」。九條本・兼右本「乃」。
2 底本大字に書く。
3 同前。
4 三字、底本本文に無い。右に書く。
5 底本大字に書く。
6 底本に無い。九條本・兼右本も同じ。
7 底本に無い。九條本・兼右本も同じ。

一 長久の御食事であり、遠い将来かけての御食事であること。
二 めしあがるがゆえに。
三 山の入口においでになる神。山の神である。ここは木材を切り出す山の神を祭る。
四 以下六つは、飛鳥藤原地方を中心とした諸方の山の名。アスカは、飛鳥川の水源の山。
五 磯城郡にあり、香具山の東方の山。原文に石寸とあるのは、石村の略字という。もとの十市郡に石村の山口に坐す神社がある。
六 磯城郡にあり、初瀬川の左岸にある。忍坂の山口の神社がある。
七 磯城郡にあり、初瀬川に臨んでいる山。長谷の山口の神社がある。
八 高市郡にあり、今、畝傍と書く。畝火の山口に坐す神社がある。
九 磯城郡に属し、藤原の京の北方にある。今は天神山という。耳成の山口の神社があって、孫の命の長御膳《ながみけ》[一]の遠御膳《とほみけ》と聞《きこ》[二]しめすが故に、皇御孫の命のうづの幣帛《みてぐら》を稱辭竟へまつらく」と宣る。

[三]『山の口《くち》に坐《ま》す皇神等の前に白《まを》さく、飛鳥《あすか》[四]・石村《いはれ》[五]・忍坂《おさか》[六]・長谷《はつせ》[七]・畝火《うねび》[八]・耳無《みみなし》[九]と御名は白して、遠山・近山に生《お》ひ立てる大木《おほき》[一〇]・小木《をぎ》を、本末《もとすゑ》うち切りて持ち參《ま》ゐ來《き》て、皇御孫《すめみま》の命の瑞《みづ》の御舍《みあらか》仕へまつりて、天《あめ》の御蔭《みかげ》・日《ひ》の御蔭《みかげ》と隱《かく》りまして、四方の國を安國と平らけく知ろしめすが故に、皇御孫の命のうづの幣帛を稱辭竟《たたへごとを》へまつらく」と宣る。

「水分《みくまり》[一一]に坐《ま》す皇神等の前に白さく、吉野《よしの》[一二]・宇陀《うだ》[一三]・都祁《つげ》[一四]・葛木《かづらき》[一五]と御名は白して、辭竟へまつらば、皇神等の寄さしまつらむ奧《おき》つ御年《みとし》を、八束穗《やつかほ》の茂《いか》し穗《ほ》に寄さしまつらば、皇神等に、初穗《はつほ》は穎《かひ》にも汁《しる》にも𤭖《みか》の上《へ》高知り、𤭖の腹滿て雙べて稱辭竟へまつりて、遺《のこ》りをば皇御孫の命の朝御食《あさみけ》[一六]・夕御食《ゆふみけ》のかむかひに、長御食《ながみけ》の遠御食《とほみけ》と、赤丹《あかに》[一七]のほに聞《きこ》しめすが故に、皇御孫の命のうづの幣帛を稱辭竟へまつらく」と、諸《もろもろ》聞しめせと宣る。

「辭別《ことわ》[一八]きて、忌部《いみべ》[一九]の弱肩《よわかた》[二〇]に太手繦《ふとだすき》[二一]取《と》り挂《か》けて、持ち[二二]齋《ゆま》はり仕へまつれる幣帛を、神主《かむぬし》・祝部《はふりら》等受け賜はりて、事過《ことあやま》[二三]たず捧《ささ》げ持ちて奉れ[二四]」と宣る。

今、山頂にある。
一〇 大きい木や小さい木を、上下をうち切って。大殿祭の祝詞に「本末をば山の神に祭りて中らをもちいで来て」。
一一 水を配分する所においでになる神。水源の神を祭る。
一二 以下四つは、飛鳥藤原地方を中心とした諸方の山。山の口に坐す神を祭る祝詞の山に比して、だいたい高山深山である。ヨシノは、吉野郡の山。吉野の水分の神社がある。
一三 宇陀郡の山。宇太の水分の神社がある。
一四 山辺郡の山。都祁の水分の神社があるが、所在不明。
一五 葛城山。南葛城郡に、葛木の水分神社がある。
一六 朝夕の御食事の養分として。カムカヒは、不明の語。(イ)神穎で、神に奉ったイネを天皇が食せられるとする説(真淵)、(ロ)食向で、食事に向かわれることとする説(宣長)などある。
一七 赤く色に出るさま。ニは、赤い色。ホは、色にあらわれること。食事、ことに酒をあがって赤くなることをいう。
一八 とくに神主・祝部たちに聞かせることばなのでいう。
一九 けがれを払い清める職の人。その長を忌部氏という。ここは神事に使う器具を作る人。
二〇 肩の謙称。弱々しい肩。
二一 たすきをかけて。フトダスキは、たすきの美称。
二二 清めて作ってさしあげた。モチは接頭語。ユマハリは、忌み清める意の動詞。
二三 まちがいなく。
二四 官から分たれる奉りものを神職たちがそれぞれ仕えている神社に奉れ。

春日祭

天皇我大命爾坐世、恐伎鹿嶋坐健御賀豆智命、香取坐伊波比主命、枚岡坐天之子八根命、比賣神、四柱能皇神等能廣前仁白久、大神等能乞賜比能任爾、春日能三笠山能下津石根爾、宮柱廣知立、高天原爾千木高知弖、天乃御蔭・日乃御蔭止定奉弖、貢流神寶者、御鏡・御横刀・御弓・御桙・御馬爾備奉理、御服波、明多閇・照多閇・和[1]多閇・荒多閇爾仕奉弖、四方國能獻禮留御調能荷前取竝弖、青海原乃物者、波多能[2]廣物・波多能[3]狹物、奧藻菜・邊藻菜、山野物者、甘菜・辛菜爾至麻弖、御酒者、甕上高知、甕腹滿竝弖、雜物乎、如二横山一積置弖、神主爾、某[4]官位姓名乎定弖、獻流宇豆乃大幣帛乎、安[5]幣帛乃足幣帛登、平久安久聞看[6]登、皇大御神等乎、稱辭竟奉久登白。

如レ此仕奉爾依弖、今母去前母、天皇我朝庭乎、平久安久、足御世乃茂御世爾齋奉利、常石爾堅石爾福閇[7]奉利、預而仕奉↓

一　奈良市に鎮坐する春日神社の祭にとなえられる祝詞である。春日神社は、藤原氏の氏神を祭り、奈良時代に始められたが、その年代はあきらかでない。二月・十一月のはじめのサルの日に祭が行われる。

二　御命令でありますから。マセは、在るの意の敬語マスの已然形で、マセバの意の条件法になる。下の「白さく」がこれを受ける。

三　茨城県鹿島郡の鹿島神宮。鹿島・香取・枚岡の神を春日に移して祭るのである。藤原氏の祖先の出た所とする伝えがある。

四　天孫降臨に際して、まず降って大国主の神に国を譲らしめたと伝える神。

五　千葉県香取町の香取神宮。

六　フツヌシの命ともいう。神名は、災禍を払って清め守る神の意。日本書紀に、天孫降臨に際して、まず降って大国主の神に国を譲らしめたと伝える。

七　大阪府北河内郡の枚岡神社。

八　藤原氏の祖先と伝える神。古事記・日本書紀等に神話がある。天の岩戸の神話では、サカキを立ててそのもとで祝詞を申して天照らす大神の出現を乞い、天孫降臨の神話では、天孫に従って降ったとする。

1　底本「知」

2　底本大字に書く。

3　同前。

4　底本「其」

5　底本本文にない。右に書く。

6　底本「者」

7　底本大字に書く。九條本も同じ。福閇、幸閇の閇を大字に書くものが多く、九條本も同様であるのは、原形であるかもしれない。

春日《かすが》[一]の祭

天皇《すめら》が大命《おほみこと》[二]に坐《ま》せ、恐《かしこ》き鹿島《かしま》[三]に坐《ま》す建《たけ》[四]みかづちの命、香取《かとり》[五]に坐すいはひ[六]主《ぬし》の命、枚岡《ひらをか》[七]に坐す天《あめ》[八]のこやねの命、ひめ[九]神《がみ》、四[一〇]柱の皇神等《すめがみたち》の廣前[一一]に白《まを》さく、「大神等の乞[一二]はしたまひのまにまに、春日《かすが》の三笠の山の下[一三]つ石《いは》ねに宮柱《みやばしら》廣知《ひろし》り立て、高天《たかま》の原に千木《ちぎ》高知りて、天《あめ》[一四]の御蔭《みかげ》・日の御蔭と定めまつりて、貢《たてまつ》る神寶《かむだから》は、御鏡《みかがみ》・御横刀《みはかし》・御弓《みとらし》[一五]・御桙《みほこ》・御馬《みま》に備へまつり、御服《みそ》は、明《あか》るたへ・照《て》るたへ・和《にぎ》たへ・荒《あら》たへに仕へまつりて、四方《よも》の國の獻《たてまつ》れる御調《みつき》[一六]の荷前《のざき》取り並べて、青海《あをみ》の原の物は、鰭《はた》の廣物・鰭の狹物《さもの》、奥《おき》つ藻菜《もは》・邊《へ》つ藻菜、山野の物は、甘菜《あまな》・辛菜《からな》に至るまで、御酒《みき》は、甕《みか》の上《へ》高知り、甕の腹滿て並べて、雜《くさぐさ》の物を横山の如く積み置きて、神主《かむぬし》に、某《それ》[一七]の官《つかさ》位《くらゐ》姓《かばね》名《な》を定めて、獻るうづの大幣帛《おほみてぐら》[一八]を、安幣帛[一九]の足《たり》幣帛と、平らけく安らけく聞《きこ》[二〇]しめせと、皇大御神等《すめおほみかみたち》を稱辭竟《たたへごとを》へまつらく」

と白《まを》す。

「かく仕へまつるによりて、今も去《ゆ》[二一]く前《さき》も、天皇《すめら》が朝廷《みかど》を平らけく安らけく、足《たら》[二二]し御世の茂《いか》し御世に齋《いけ》ひまつり、常磐《ときは》に堅磐《かきは》に福《さき》[二三]はへまつり、預《あづか》[二四]りて仕へまつ

九 姫神の義。藤原氏の祖先の女神。
一〇 神や貴人などを数えるのに幾ハシラという。柱に神霊が宿るとする信仰にもとづくという。ここはタケミカヅチの命以下の四神。
一一 神の前の美称。大前に比してその次位の意に使う。
一二 お求めになったままに。コハシは、乞フの敬語コハスの連用形で準体言。請求なされること。神たちが奈良に移ることを求めたので。奈良の都の時代になって、鹿島・香取等が遠いので、春日に神社を始めたのであるが、これには神の求めがあったとするのである。
一三 地下の岩石に宮殿の柱をしかと立てて。以下二句、宮殿を壮大に建造する意の慣用句。
一四 宮殿の美称。前出「天の御蔭・日の御蔭と隠りまして」(祈年祭の祝詞)のような表現から転じて宮殿の意に使う。
一五 手にお取りになるものの意に、弓をいう。
一六 種々の物のたてまつりもの。
一七 神社において実際にとなえる場合は、その神主の官位姓名をここに入れるのだが、この文は、ひな形であるから、某と書いてある。
一八 ミテグラの美称。
一九 安らかで充実したミテグラ。幣帛をほめたたえていう。
二〇 受け入れたまえ。神が、幣帛を納受せよの意。
二一 行く先。将来。
二二 充実した御代で、さかんな御代。タラシは、足ルの敬語の準体言。タラシ姫などと使う。かさねことばで、天皇の御代のさかんであることをいう。
二三 栄えさせる意の他動詞。
二四 天皇の朝廷に関係してお仕ぇ申しあげる。

一 王である人たち、三位以上参議以上の人たち。
二 いよいよしげる枝。また弥木栄で、木の茂っている上に、いよいよ茂り栄えたのをいうとする説（真淵）もある。
三 京都市右京区にある大原野神社。この神社は、都が京都に移されてから、春日神社が遠くなったので、ここに祭ったという。
四 奈良県北葛城郡にある広瀬神社の祭の祝詞。その祭神を大忌の神というので、大忌の祭という。オホイミは、大いに潔斎する意。祭は、四月と七月の四日に行う。穀物の成熟を願う祭。
五 初瀬川と葛城川の合流点にある。飛鳥川も

流處處家家王等[1]・卿等乎母、平久、天皇我朝庭爾伊加志夜久波叡能如久仕奉利、佐加叡志米賜登、稱辭竟奉良久登白。大原野・枚岡[2]等[3]祝詞准レ此。

廣瀬大忌祭

廣瀬能川合爾稱辭竟奉流、皇神能御名乎白久、御膳持須留若宇加能賣能命登、御名者白弖、此皇神前爾辭竟奉久、皇御孫命能宇豆能幣帛乎令ニ捧持一弖、王・臣等乎[4]為レ使弖、稱辭竟奉久乎、神主・祝部等、諸聞食登宣。

奉流宇豆能幣帛者、御服、明妙・照妙・和妙・荒妙、五色物、楯・戈・御馬、御酒者、瓱能閉高知、瓱能腹滿雙弖、和稻・荒稻爾、山爾住物者、毛能和支物・毛能荒支物、大野能原爾生物者、甘菜・辛菜、靑海原爾住物者、鰭能廣支物・鰭能狹支物、奥津藻葉[5]・邊津藻葉爾至萬弖、置足弖奉久登、皇神前爾白賜部止宣。如レ此奉宇豆乃幣帛乎、安幣帛能足幣帛止、皇神御心平久安久聞食弖、

1 底本に無い。
2 底本「平」
3 底本「登」
4 三字、底本本文に無い。右に書く。
5 底本「菜」

る處處家家《ところどころいへいへ》の[一]王《おほきみたち》等・卿《まへつぎみたち》等をも、平らけく、天皇《すめら》が朝廷《みかど》に茂《いか》しやく[二]はえの如く仕へまつり、榮えしめたまへと、稱辭竟へまつらく」と白す。[三]大原野・枚岡等の祝詞もこれに准《なら》へ。

[四]廣瀬の大忌《おほいみ》の祭

「[五]廣瀬《ひろせ》の川合《かはひ》に稱辭竟《たたへごとを》へまつる、皇神《すめがみ》の御名《みな》を白《まを》さく、[六]御膳《みけ》持たする[七]若《わか》うかのめの命と御名は白して、この皇神の前に[八]辭竟《ことを》へまつらく、皇御孫《すめみま》の命《みこと》のうづの幣帛《みてぐら》を[九]捧げ持たしめて、王・臣《おほきみたちまへつぎみたち》等を使として稱辭竟へまつらくを、[一〇]神主《かむぬし》・祝部等《はふりら》、諸《もろもろ》聞《きこ》しめせ」と宣《の》る。

「[一一]奉《たてまつ》るうづの幣帛《みてぐら》は、御服《みそ》は、明《あか》るたへ・照《て》るたへ・和《にぎ》たへ・荒《あら》たへ、[一二]五色《いついろ》の物、楯《たて》・戈《ほこ》・御馬《みま》に、御酒《みき》は、瓺《みか》の上高知《へたかし》り、瓺の腹滿《み》て雙《なら》べて、[一三]和稻《にぎしね》・荒稻《あらしね》に、山に住む物は、[一四]毛の和《にこ》き物・毛の荒き物、大野の原に生《お》ふる物は、甘菜《あまな》・辛《から》菜《な》、青海《あをみ》の原に住む物は、[一五]鰭《はた》の廣き物・鰭の狹《さ》き物、奥《おき》つ藻《も》菜《は》・邊《へ》つ藻《も》菜《は》に至るまで、[一六]置き足《たら》はして奉《たてまつ》らくと、皇神の前に[一七]白したまへ」と宣る。「かく奉るうづの幣帛を、安幣帛の足《たり》幣帛と、皇神の御心に平らけく安らけく聞しめして、

すこし上流で合流する。
六 天皇の御食事をつかさどる。ミケは、食事の敬称。モタスルは、持ツの敬語モタスがラ行に再活用して下二段に活用したものと見られる。たぶん持タシアルの意から独立語になったものだろう。
七 食物の神。ウカは、食物、ミケのケに同じ。とくに穀物の意。その生命力をたたえてワカ(若)を冠する。ノは助詞。メは、女性をあらわす。この神名は、トヨウカノメの命の別名とされている。
八 祝詞を申してお祭りすることは。クは、用言を体言とするための助詞。
九 王たち臣たちに捧げもたせて。
一〇 この祝詞は、神事をつかさどる中央の役所に出て来た神職に申しわたすことばなので、それらに呼びかけている。
一一 前文のウヅノミテグラを受けていう。
一二 五種の色に染めた荒い絹のこと。五色は、赤・青・黄・白・黒。
一三 モミを取り去ったイネと、モミのままのイネ。シネは、イネに同じ。上に修飾語のつく場合にいう。下文にも、チシネ・ヤチシネとある。
一四 毛のやわらかいものと毛の荒いもの。真淵は、鳥と獣とであるといい、宣長は、大小の獣類をいうとする。古事記上巻に「毛の和物・毛の荒物」がある。
一五 他の文に「鰭の広物・鰭の狭物」というに同じ。
一六 それらの物を置きみたしめて。タラハシは、充実させる意の動詞。台などの上にいっぱいに置いて。
一七 神主・祝部たちに、申したまえというのである。

皇御孫命能、長御膳能遠御膳止[1]、赤丹能穗爾聞食、皇神能御刀代乎始弖、親王等・王等・臣等・天下公民能取作奧都御歲者、手肱爾水沫畫垂、向股爾泥畫[2]寄弖、取將レ作奧都御歲乎、八束穗爾皇神能成幸賜者、初穗者、汁爾母穎爾母、千稻・八千[3]稻爾引居弖、如二横山一打積置弖、秋祭爾奉牟登、皇神前爾白賜登宣。

倭國能六御縣乃山口爾坐皇神等前爾母、皇御孫命能宇豆能幣帛乎、明妙・照妙・和妙・荒妙、五色物、楯・戈爾[4]至萬弖奉。如レ此奉者、皇神等乃敷坐須[5]山々乃自レ口、狹久那多利爾下賜水乎、甘水登受而、天下乃[6]公民乃取作禮留奧都御歲乎、惡風荒水爾不二相賜一、汝命乃成幸波閉賜者、初穗者、汁爾母穎爾母、磃乃閉高知、磃腹滿雙弖、如二横山一打積[7]置弖奉牟登、王等・臣等・百官人等、倭國乃六御縣能刀禰、男女爾至萬弖、今年某月某日、諸參[8]出來弖、皇神前爾、宇事物頸根築拔弖、朝日乃豐逆登爾、稱辭竟奉久乎、神主・祝部等諸聞食止宣。

1 底本「能」
2 底本「盡」
3 底本「十」
4 底本に無い。兼右本による。
5 底本に無い。
6 底本「尒」
7 底本「滿」
8 九條本に無い。

一 下文の「聞しめさむ」に対する主語。
二 トは、田に同じ。シロは、その場所。御田のところ。
三 天皇の近親である皇子・皇女たち。
四 イネ。以下の文は祈年祭の祝詞参照。

[一]皇御孫の命の、長御膳《ながみけ》の遠御膳《とほみけ》と、赤丹《あかに》のほに聞しめさむ、皇神の[二]御《み》と代《しろ》を始めて、[三]親王等《みこたち》・王　等《おほきみたち》・臣　等《まへつぎみたち》・天《あめ》の下の公民《おほみたから》の取り作る[四]奥《おき》つ御歳《みとし》は、手肱《たなひち》に水沫《みなわ》畫《か》き垂《た》り、向股《むかもも》に泥《ひぢ》畫き寄せて取り作らむ奥つ御歳を、[五]八束穂《やつかほ》に皇神の成《な》し幸《さき》はへたまはば、初穂は汁《しる》にも頴《かひ》にも、[六]千稲《ちしね》・八千稲《やちしね》に引き居《す》ゑて、横山の如くうち積み置きて[七]秋の祭に奉《たてまつ》らむと、皇神の前に白したまへ」と宣る。

[八]「倭《やまと》の國の六つの御縣《みあがた》の、[九]山の口《くち》に坐《ま》す皇神等の前にも、皇御孫の命のうづの幣帛を、明るたへ・照るたへ・和たへ・荒たへ、五色の物、楯・戈《ほこ》に至るまで奉《たてまつ》る。かく奉らば、皇神等の[一〇]敷き坐す山山の口より、[一一]さくなだりに[一二]下《くだ》したまふ水を、[一三]甘《あま》き水と受けて、天の下の公民《おほみたから》の取り作れる奥つ御歳を、[一四]惡しき風荒き水に[一五]相《あ》はせたまはず、[一六]汝《な》が命の成し幸《さき》はへたまはば、初穂は汁《しる》にも頴《かひ》にも、瓱《みか》の上《へ》高知り、瓱の腹滿て雙べて、横山の如くうち積み置きて奉らむと、王等《おほきみたち》・臣　等《まへつぎみたち》・[一七]百《もも》の官人等《つかさびとたち》、倭の國の六つの御縣《みあがた》の[一八]とね、男女《をとこをみな》に至るまで、今年某《ことしそれ》[一九]の月の某《それ》の日、諸《もろもろ》　參《ま》ゐ出《い》で來《き》て、皇神の前に鵜《う》じ物頸根《ものうなね》つき拔《ぬ》きて、朝日の豐《とよ》逆登《さかのぼ》りに稱辭《たたへごと》竟《を》へまつらくを、神主《かむぬし》・祝部等《はふりら》、諸《もろもろ》　聞《きこ》しめせ」と宣る。

五　長い穂に、神がなして栄えしめたならば。

六　たくさんのイネとしておいて。ヒキは接頭語。スヱテは、下において。

七　この神社の秋の祭は、七月四日であるが、ここは十一月の新嘗祭をいう。収穫の祭である。

八　祈年祭の祝詞に、御県に坐す皇神たちの名としてあげた、高市・葛木・十市・志貴・山辺・曾布の六つの御県をいう。倭は大和に同じ。古くは多くこの字を使った。

九　上記六つの御県にある山の入口にいる神。これを誤字とする説があるが、下文に「山山の口より」とあるので、山口に坐す皇神であることが知られる。

一〇　領有しておいでになる。

一一　はげしく落下するさまの副詞。サクは、栄える。ナダリは、ナダレに同じ。落下すること。ニは助詞。六月の晦の大祓の詞にも見える。

一二　お下したまわる水を。山口に坐す神が、下したまう意。タマフは、上位の者から与えられる意の動詞。

一三　よい水と受けて。

一四　わるい風や荒い水。暴風と洪水。

一五　あわせなさらないで。タマハは、敬語の助動詞。

一六　この祝詞の受手であるワカウカノメの命。ミコトは敬称。

一七　多くの役人。はじめに王たち臣たちを使としてつかわすことを述べているのを受ける。

一八　トネは、殿寝の義で、宮廷や役所に宿泊して奉仕する者をいう。ここは、村人のおもだったもので、トネに出るほどの身分の者。その男女。

一九　実際の使用には、四月四日、または七月四日と記すのを、某月某日であらわしている。

一　奈良県生駒郡立野にある竜田神社の祭の祝詞。この神社の祭神は風の神であるから風の神の祭という。祭は、四月と七月の四日に行う。
二　崇神天皇。志貴島の地において日本の国を領有された天皇の意。磯城（シキ）の瑞籬（ミツガキ）の宮を皇居とされたので、志貴島ニ云々という。志貴は磯城に同じ。シマは、水に面している美地。その宮のあとは、三輪町から初瀬におもむく途中であるという。
三　五種の穀物。タナツモノは、種つ物の義で、種子をまいて耕作する物をいうとされる。その五種の数え方は、地方によって違う。中国でも古く、a イネ・モチキビ・ウルチキビ・ムギ・マメ、b モチキビ・ウルチキビ・アサ・ムギ・マメ、c イネ・ウルチキビ・ムギ・マメ・アサの諸伝があり、日本では、古事記の神話に、イネ・アワ・アズキ・ムギ・マメとし、日本書紀の神話に、アワ・ヒエ・ムギ・マメ・アズキとする。
四　一片の草まで。大殿祭の祝詞に「草の可岐葉をも言やめて」とある。
五　多年にわたって、みのらなかったので。マネクは、度数多く。
六　たくさんの知識人たち。
七　うらない事にあらわれる神の御心は。うらないは、主として亀の甲を焼いてその焼けたさまによってうらなう。それによってたたりをする神を知ろうとする。
八　たたるのはこの神であると申せと仰せられた。天皇が命ぜられたのである。オホスは、仰すに同じ。
九　うらならけれども。ウラヘは、うらないをする意の動詞ウラフの已然形。
一〇　天の神の神社、国土の神の神社として、ど

龍田風神祭

龍田爾稱辭竟奉、皇神乃前爾白久、志貴嶋爾大八嶋國知志[1]皇御
孫命乃、遠御膳乃長御膳止、赤丹乃穗爾聞食須五穀物乎始弖、天
下乃公民[2]乃作物乎、草乃片葉爾至萬弖不レ成、一年二年爾不レ在、歲
眞尼久傷故爾、百能物知人等乃、卜事爾出牟神乃御心者、此神止
白止負賜支。此乎物知人等乃、卜事乎以弖卜止母、出留神乃御心母
无止白止聞看弖、皇御孫命詔久、神等乎波、天社・國社止、忘事無久、
遺事無久、稱辭竟奉止思志行波須乎、誰神曾、天下乃公民[3]乃作作物乎、
不レ成傷神等波、我御心曾止悟奉禮止、宇氣比賜支。
是以、皇御孫命大御夢爾悟奉久、天下乃公民[5]乃作作物乎、惡風荒
水爾相都都、不レ成傷波、我御名者、天乃御柱乃命・國乃御柱能命止、
御名者悟奉弖、吾前爾奉牟幣帛者、御服者、明妙・照妙・和妙・
荒妙、五色乃物、楯・戈・御馬爾御鞍↓

1　底本大字に書く。
2　底本「尓」
3　同前。
4　四字、底本本文に無い。右に書く。
5　底本「尓」

の神をも忘れることなく、残ることなく、お祭りするとお思いになるのを。
一一　農作物のすべて。
一二　みのらせないで害を与えるのは、わたしの心によるのだとお知らせ申しあげよ。ミココロは、神が自分の心であるのに敬語を使っている。神の心なので、とくにミをつけたのである。
一三　かならず神の指示を受けようと心に誓った。ウケヒは、古事記に「うけふ時に」の形があって、四段活用の動詞であることが知られる。身心を清らかにして神の指示を得ようと誓う。ウケヒは、相手なしにも行い、また両者が相対しても行う。天照らす大神とスサノヲの命とが相対してウケヒを行ったという神話は、古事記・日本書紀にある。「かれここにおのもおのも天の安の河を中に置きて、うけふ時に、天照らす大神、まづタケハヤスサノヲの命の佩(ハ)かせる十拳(トツカ)の剣を乞ひわたして、三段(ミキダ)に打ち折りて、ぬなとももゆらに天の真名井に振りそそぎて、吹き棄つるいぶきのさ霧に成りませる神の御名は、タギリビメの命」(下略、古事記上巻)。
一四　天皇の御夢にお知らせ申しあげたことは。神が天皇の夢にあらわれて教えたとする。
一五　柱は、神霊の宿るところとする信仰があって、それを中心として、アメ(天上)とクニ(地上)とに分けて神名とした。「竜田に坐す天の御柱・国の御柱の神社二座」(延喜式神名)とあるは、この神社である。下文には比古神・比売神とあって男女の両神とするが、この御柱の命の一方を男神とし他を女神とするわけではない。「その島に天降(アモ)りまして天の御柱を見立て、八尋殿を見立てたまひき」(古事記上巻)の天の御柱は、神霊を祭る柱である。

龍田の風の神の祭[一]

「龍田《たつた》に稱辭竟《たたへごとを》へまつる、皇神《すめがみ》の前《まへ》に白《まを》さく、志貴島《しきしま》[二]に大八島國《おほやしまぐに》知《し》らし皇御《すめみ》孫《ま》の命の、遠御膳《とほみけ》の長御膳《ながみけ》と、赤丹《あかに》のほに聞《きこ》しめす五《いつくさ》[三]の穀物《たなつもの》を始めて、天《あめ》の下の公民《おほみたから》の作る物を、草[四]の片葉《かきは》に至るまで成したまはぬこと、一年《ひととせ》二年《ふたとせ》にあらず、歳《とし》[五]數多《まね》く傷《そこな》へるが故《ゆゑ》に、百《もも》[六]の物知人等《ものしりびとども》の卜事《うらごと》[七]に出《い》でむ神の御心は、この[八]神と白せと負《おほ》せたまひき。ここを物知人等の卜事をもちて卜《うら》[九]へども、出づる神の御心もなしと白すと聞しめして、皇御孫の命の詔《の》りたまはく、『神等《かみたち》をば天《あま》[一〇]つ社《やしろ》・國つ社と忘るる事なく、遺《お》つる事なく、稱辭竟《たたへごとを》へまつると思ほし行はすを、誰《いづれ》の神ぞ、天の下の公民の作り[一一]作る物を、成[一二]したまはず傷《そこな》へる神等は、わが御心ぞと悟《さと》しまつれ』と誓《うけ》[一三]ひたまひき。

ここをもちて、皇[一四]御孫の命の大御夢《おほみいめ》に悟《さと》しまつらく、『天《あめ》の下の公民《おほみたから》の作り作る物を、惡《あ》しき風荒き水に相《あ》はせつつ、成したまはず傷《そこな》へるは、我が御名《みな》は天[一五]の御柱《みはしら》の命・國の御柱の命』と、御名は悟しまつりて、『吾《わ》が前に奉《たてまつ》らむ幣帛《みてぐら》は、御服《みそ》は、明《あか》るたへ・照《て》るたへ・和《にぎ》たへ・荒《あら》たへ、五色《いついろ》の物《もの》、楯《たし》・戈《ほこ》・御馬《みま》に御鞍《みくら》

具弖、品品乃幣帛備弖、吾宮者、朝日乃日向處、夕日乃日隱處乃、龍田能立野乃[1]小野爾、吾宮波定奉弖、吾前乎稱辭竟奉者、天下乃[2]公民乃作作物者、五穀乎始弖、草能片葉爾至萬弖、成幸閉[3]奉止牟悟奉支。是以、皇神乃辭教悟奉處爾[4]、宮柱定奉弖、此能皇神能前乎稱辭竟奉爾、皇御孫命乃宇豆乃幣帛乎[5]令二捧持一弖、王・臣等乎爲レ使弖、稱辭竟奉止久、皇神乃前爾白賜事乎、神主・祝部等諸聞食止[6]宣。

奉宇豆乃幣帛者、比古神爾、御服、明妙・照妙・和妙・荒妙、五色物、楯・戈・御馬爾御鞍具弖、品品能幣帛獻、比賣神爾御服備、金能麻笥・金能椯・金能桛、明妙・照妙・和妙・荒妙、五色能物、御馬爾御鞍具弖、雜幣帛奉弖、御酒者、甁能閉高知、甁腹滿雙弖、和稻・荒稻爾、山爾住物者、毛能和物・毛乃荒物[7]、大野原生物者、甘菜・辛菜、靑海原爾[8]住物者、鰭能廣物・鰭能狹物、奥都藻菜・邊都藻菜爾至萬弖、如二横山一打積置弖、奉此宇豆乃幣帛乎、安幣帛能足幣帛止、皇神能御心爾、平久聞食弖、天下能[9]公民能作作物乎、惡風荒水[10]爾不二相賜一、皇神乃成幸閉[11]賜者、初穗者、甁能閉↓

1 底本「尓」

2 同前。

3 底本大字に書く。

4 底本「仁」。九條本による。

5 底本に無い。

6 同前。

7 「物大」二字、底本に無い。

8 底本「仁」。九條本による。

9 底本「尓」

10 底本「芒」

11 底本大字に書く。

具《そな》へて、品品《くさぐさ》の幣帛備へて、吾が宮は[一]朝日の日向かふ處、夕日の日隱《ひかげ》る處の、[二]龍田の立野《たちの》の小野に、吾が宮は定めまつりて、吾が前を稱辭竟へまつらば、天の下の公民の作り作る物は、五《いつくさ》の　穀《たなつもの》を始めて、草の片葉《かきは》に至るまで、成し幸《さき》はへまつらむ』と悟しまつりき。ここをもちて皇神《すめがみ》の辭教《ことをし》へ悟しまつりし處に、宮柱定めまつりて、この皇神《すめがみ》の前を[三]稱辭竟へまつるに、皇御孫の命のうづの幣帛を捧げ持たしめて、王《おほきみたち》・臣《まへつぎみたち》　等を使として、稱辭竟へまつらくと、皇神の前に白したまふ事を、神主《かむぬし》・祝部《はふりら》等、諸《もろもろ》　聞しめせ」と宣《の》る。

「奉るうづの幣帛《みてぐら》は、[四]ひこ神《がみ》に、御服《みそ》は、明るたへ・照るたへ・和《にぎ》たへ・荒たへ、五色の物、楯・戈・御馬に御鞍具へて、品品《くさぐさ》の幣帛　獻《たてまつ》り、[五]ひめ神《がみ》に御服備へ、[六]金《くがね》の麻笥《をけ》・[七]金《くがね》の椯《たたり》・[八]金《くがね》の桛《かせひ》、明るたへ・照るたへ・和たへ・荒たへ、五色の物、御馬に御鞍具へて、雜《くさぐさ》の幣帛奉りて、御酒《みき》は、𤭖《みか》の上高知《へたかし》り、𤭖《みか》の腹滿《はらみ》て雙《なら》べて、和稻《にぎしね》・荒稻《あらしね》に、山に住む物は、毛《け》の和物《にこもの》・毛《け》の荒物《あらもの》、大野の原に生《お》ふる物は、甘菜・辛菜、青海《あをみ》の原に住む物は、鰭《はた》の廣物・鰭の狹物《さもの》、奧《おき》つ藻菜《もは》・邊《へ》つ藻菜《もは》に至るまでに、横山の如くうち積み置きて、奉るこのうづの幣帛を、安幣帛の足《たり》幣帛と、皇神の御心に平らけく聞しめして、天の下の公民の作り作る物を、惡しき風荒き水に相《あ》はせたまはず、皇神の成し幸《さき》はへたまはば、初穗は、𤭖の上

一　朝日の向かうところで、夕日の光のあたるところ。ヒカゲルは、日の光のさす意。「朝日の日照る宮、夕日の日がける宮」（古事記下巻）。

二　奈良県生駒郡三郷村立野。大和川の本流に近く、大和・河内の通路に当る。

三　祝詞を申してお祭り申しあげるために。

四　男神。ヒコは、男子の美称。

五　女神。ヒメは、女子の美称。

六　アサを糸にする時に使う金製のおけ。

七　アサを糸による時に使う金製のタタリ。台の上に棒を立てたもの。その棒にアサをかけてよる。棒の高さ一尺二寸ぐらい。（「金銅多多利二基高各一尺一寸六分。土居径三寸六分」（延喜式大神宮）。

八　アサの糸をかけて巻く金製の道具。棒に二本の横木をつけ、その横木に糸をかけて巻く。棒の長さ一尺ぐらい。横木の長さ五、六寸。「金銅賀世比二枚長各九寸六分。手長五寸八分」（延喜式大神宮）。以上の三種は、アサを糸にする道具を奉るのであるが、普通は木製であるのを、とくに金とするので、実際は金属をつけたものであろう。

高知、瑞腹滿雙弖、汁爾母頴爾母、八百稲・千稲爾[1]引居置弖、秋祭爾奉牟止、王・卿等、百官能人等、倭國六縣能刀禰、男女爾至萬弖爾、今年四月、七月者云二今年七月一。諸參集弖、皇神能前爾、宇事物頸根築拔弖、今日能朝日能豐逆登爾、稱辭竟奉流、皇御孫命乃宇豆能幣帛乎、神主・祝部等、被レ賜弖、惰事無奉禮登宣命乎、諸聞食止宣。

平野祭

天皇我御命爾坐世、今木與利仕奉來流、皇大[2]御神能廣前爾白給久、皇大[3]御神乃乞志給能麻爾麻爾、此所能底津石根爾宮柱廣敷立、高天乃原爾[4]千木高知弖、天能御蔭・日能御蔭登定奉弖、神主爾、神祇某官位姓名定弖、進流神財波、御弓・御大[5]刀・御鏡・鈴・衣笠・御馬乎引竝弖、御衣波、明多閉・照多閉・和多閉・荒多閉爾備奉利弖、四方國能進禮流御調能荷前乎取竝弖、御酒波、瓱戸高知、瓱腹滿↓

1　底本本文に無い。右に書く。

2　底本「太」

3　同前。

4　底本「乃」

5　底本「太」

高知り、𤭖の腹満て雙べて、汁にも穎《かひ》にも、八百稲《やほしね》・千稲《ちしね》に引き居ゑ《す》置きて、秋の祭に奉らむと、王《おほきみたち》・卿《まへつぎみたち》等、百《もも》の官《つかさ》の人等《ひとたち》、倭《やまと》の國の六つの縣《あがた》のとね、男《をとこ》女《をみな》に至るまでに、今年四月《うづき》、[一]七月《ふみづき》には今年七月といふ。諸《もろもろ》参《ま》ゐ集《うどな》はりて、皇神の前に鵜《う》じ物頸根《うなね》つき抜きて、今日の朝日の豐逆登《とよさかのぼ》りに、稱辭竟へまつる皇御孫の命のうづの幣帛を、神主《かむぬし》・祝部《はふりら》等賜はりて、[二]惰《おこた》る[三]事なく奉れと宣りたまふ命《おほみこと》[四]を、諸《もろもろ》聞しめせ」と宣る。

平野の祭[五]

天皇《すめら》が御命《おほみこと》に坐《ま》せ、今木《いまき》[六]より仕《つか》へまつり來《きた》れる、皇大御神《すめおほみかみ》の廣前に白《まを》したまはく、「皇大御神の乞[七]はしたまひのまにまに、この所の底《そこ》つ石《いは》ねに宮柱廣敷き立て[八]、高天《たかま》の原に千木《ちぎ》高知りて、天《あめ》の御蔭《みかげ》・日の御蔭と定めまつりて、神主《かむぬし》に神祇《かむつかさ》[九]某《それ》の官位《つかさくらゐ》姓名《かばねな》を定めて、進《たてまつ》る神財《かむだから》は、御弓《みとらし》・御大刀《みはかし》・御鏡《みかがみ》・鈴《すず》・衣笠《きぬがさ》[一〇]・御馬《みま》を引《ひ》き並《なら》べて、御服《みそ》は、明《あか》るたへ・照るたへ・和《にぎ》たへ・荒たへに備へまつりて、四《よ》方《も》の國の進《たてまつ》れる御調《みつき》の荷前《のざき》を取り並べて、御酒《みき》は、𤭖《みか》の上《へ》高知り、𤭖の腹満て

一 四月四日の祭の時の文で、七月の祭の時は、七月という。
二 うずの幣帛をいただいて。賜うのを受けるから被賜と書き、タマハルと読む。
三 心をおろそかにすることなく。気をつけて。
四 天皇の命令。

五 京都市右京区衣笠にある平野神社の祭の祝詞。桓武天皇の時に大和の国から移した神社で、皇居の鎮護の神である。祭は、四月と七月のはじめのサルの日に行う。
六 平野神社がもとあった大和の国の地名。奈良県南葛城郡の葛村、同高市郡の越智村付近をもと今木と言った。新しい城の義である。新宮鎮護の神である。今木を今来に同じとし、外国から新来の人たちのいた地とし、ひいて平野神社の祭神を外来の神とする説(伴信友)があるが、この両者のキの音は別であるから、同一とするわけにゆかない。
七 京都に移したのは、神の乞によるとする。春日祭の祝詞と同様の趣旨である。
八 普通、「太敷き立て」という。広を使ったのは、神殿を広く作る意であろう。
九 神祇官の役人。神事をつかさどる役所の役人。
一〇 織物製のさしかけ傘。

竝弖、山野能物波、甘菜・辛菜、青海原能物波、波多能廣物・波多能狹物、奧津[1]毛波・邊津毛波至麻弖[2]、雜物乎、如二横山一置高成弖、獻流宇豆能大幣帛乎、平久所レ聞弖、天皇我御世乎、堅石爾常石爾齋奉利、伊賀志御世爾幸閉奉弖、萬世爾御坐令レ在米給[3]登、稱辭竟奉久登申。

又申久、參集弖[4]仕奉流、親王等・王等・臣等・百官人等乎母、夜守日守爾守給弖、天皇我朝庭爾、伊夜高爾伊夜廣爾、伊賀志夜具波江乃[5]如久、立榮之米令二仕奉一給登、稱辭竟奉久止申。

久度・古關[6]

天皇我御命爾坐世、久度・古關[7]二所能宮爾之弖、供奉來流、皇御神能廣前爾白給久、皇御神能乞比給萬比之任爾、此所能底津石根爾宮柱廣敷立、高天能原仁千木高知弖、天能御蔭・日能御蔭止定奉弖、神主爾[8]、某[9]官位姓名定弖、進流神財波、御弓・御大[10]刀・御鏡・鈴・衣笠・

1　底本本文に無い。右に書く。
2　底本大字に書く。
3　二字、底本本文に無い。左に書く。
4　底本に無い。九條本による。
5　底本に無い。
6　底本「開」。九條本・兼右本による。
7　同前。
8　底本に無い。
9　底本「其」
10　底本「太」

並べて、山野の物は、甘菜・辛菜、青海《あをみ》の原の物は、鰭《はた》の廣物・鰭の狹物《さもの》、奥《おき》つ藻菜《もは》・邊《へ》つ藻菜に至るまで、雜《くさぐさ》の物を横山の如く置き高成《たかな》して、獻《たてまつ》るうづの大《おほ》幣帛《みてぐら》を平[一]らけく聞《きこ》しめして、天皇《すめら》が御世を堅磐《かきは》に常磐《ときは》に齋《いは》ひまつり、茂《いか》し御世に幸《さき》はへまつりて、萬世《よろづよ》に御坐《おほま》[二]しまさしめたまへと稱辭竟《たたへごとを》へまつらく」と申す。

また申さく、「參《ま》ゐ集《うごな》はりて仕《つか》へまつる、親王等《みこたち》・王 等《おほきみたち》・臣 等《まへつぎみたち》・百《もも》の官人等《つかさびとたち》をも、夜《よ》[三]の守《まも》り日の守りに守りたまひて、天皇《すめら》が朝廷《みかど》に、[四]いや高にいや廣に、茂《いか》しやくはえの如く、立ち榮えしめ仕へまつらしめたまへと、稱辭竟へまつらく」と申す。

久度《くど》[五]・古關《ふるせき》

天皇《すめら》が御命《おほみこと》に坐《ま》せ、久度《くど》・古關《ふるせき》二所《ふたところ》[六]の宮にして、供《つか》へまつり來《きた》れる、皇御神《すめみかみ》[七]の廣前に白《まを》したまはく、「皇御神の乞ひたまひしまにまに、[八]この所の底つ石《いは》ねに宮柱廣敷き立て、高天《たかま》の原に千木《ちぎ》高知りて、天《あめ》の御蔭《みかげ》・日の御蔭と定めまつりて、神主に某《それ》の官位姓名《つかさくらゐかばねな》を定めて、進《たてまつ》る神財《かむだから》は、御弓《みとらし》・御大刀《みはかし》・御鏡《みかがみ》・鈴《すず》・衣笠《きぬがさ》・

一 主格「神は」を補って解すべきである。
二 おいでになるの意のマシマスに、敬語の接頭語オホをつけ、また使役の助動詞シム、敬語の助動詞タマフをつけて、命令形としたもの。おいでさせ申しあげなさい。天皇を永久にいたまうようにせよ。「わが御身疲らしく於保麻之麻須によりて」(続日本紀宣命)。
三 昼夜をとおしてお守りくだすって。
四 いよいよ高く、いよいよ広く。一層壮大にある意の副詞句で、立ち栄えしめを修飾する。
五 久度は、奈良県北葛城郡王子に、その神社があり、また平野神社の祭神の一ともなっている。祭神は不明で、倭名類聚鈔に竈(カマド)の烟抜きの穴をクドといい、今、方言にカマドのことをクドというところがあるので、カマドの神だろうともいう。古関は、所在不明。祭神も不明。これも平野神社の祭神の一となっている。その祭は、平野祭の日に同じ。なおこの祝詞は、平野祭の祝詞と大同小異である。
六 大和の国にあった久度・古関の二つの神社。
七 貴い御神。平野祭の祝詞に皇大御神とあるのに対して簡略にいう。
八 平野神社のこと。

御馬乎引竝弖、御衣波、明多閇・照多閇・和多閇・荒多閇爾備奉弖、四方國能進禮留御調能荷前乎取竝弖、御酒波、瓱乃閇高知、瓱能腹滿竝弖、山野物波、甘菜・辛菜、靑海原乃物波、鰭乃廣物・鰭乃狹物、奧都[1]毛波・邊都[2]毛波[3]爾至末天、雜物乎、如ニ横山一置高成弖、獻流宇豆能大幣帛乎、平久所レ聞弖、天皇我御世乎、堅石爾常石爾齋奉利、伊賀志御世爾幸閇奉弖、萬世爾御令レ坐米給登、稱辭竟奉久登申。

又申久、參集弖仕奉、親王等・王等[4]・臣等・百官人等乎毛、夜守日守爾守給弖、天皇我朝庭爾、彌高爾彌廣仁、伊賀志夜具波江能如久、立榮之米令ニ仕奉一給登、稱辭竟奉良久登申。

六月月次 十二月准レ此。

集侍神主・祝部等、諸聞食登宣。

1 底本「息」
2 底本に無い。
3 同前。
4 二字、底本に無い。九條本による。

御馬《みま》を引き並《なら》べて、御服《みそ》は、明るたへ・照るたへ・和《にぎ》たへ・荒《あら》たへに備へまつりて、四方《よも》の國の進《たてまつ》れる御調《みつき》の荷前《のざき》を取り並べて、御酒《みき》は、甍《みか》の上《へ》高知り、甍の腹滿て並べて、山野の物は、甘菜・辛菜、青海《あをみ》の原の物は、鰭《はた》の廣物・鰭の狹《さ》物《もの》、奥《おき》つ藻菜《もは》・邊《へ》つ藻菜に至るまで、雜《くさぐさ》の物を横山の如く置き高成して、獻《たてまつ》るうづの大幣帛《おほみてぐら》を平らけく聞《きこ》しめして、天皇《すめら》が御世《みよ》を堅磐《かきは》に常磐《ときは》に齋《いは》ひまつり、茂《いか》し御世に幸《さき》はへまつりて、萬世《よろづよ》に御坐《おほま》さしめたまへと、稱辭竟《たたへごとを》へまつらく」

と申す。

また申さく、「參《ま》ゐ集《うごな》はりて仕へまつる、親王等《みこたち》・王 等《おほきみたち》・臣 等《まへつきみたち》・百《もも》の官人等《つかさびとたち》をも、夜《よ》の守り日の守りに守りたまひて、天皇《すめら》が朝廷《みかど》に、いや高にいや廣に、茂しやくはえの如く、立ち榮えしめ仕へまつらしめたまへと、稱辭竟へまつらく」と申す。

一 六月《みなづき》の月次《つきなみ》 十二月《しはす》はこれに准《なら》へ。

「集侍《うごな》はれる神主《かむぬし》・祝部等《はふりら》、諸《もろもろ》 聞《きこ》しめせ」と宣《の》る。

一 毎月きまって行う祭を、月次（ツキナミ）の祭というが、それを六月と十二月の十一日に、取りまとめて行うので、六月の月次の祭という。その祭神は、祈年祭の祝詞にあげられた神々のうち、御年の神を除いたほかの全部であって、祝詞の文も御年の神に申す詞がないだけで、だいたい同一である。これも神事をつかさどる役所、および諸国の役所で、神職たちを集めて述べる形の文である。

高天原仁神留坐、皇睦神漏伎命・神漏彌命以、天社・國社登稱辭竟奉、皇神等前爾白久、今年能六月月次幣帛、十二月者、云二今年十二月月次幣帛一。明妙・照妙・和妙・荒妙備奉弖、朝日能豐榮登爾、皇御孫命能宇豆乃幣帛乎、稱辭竟奉登久宣。

大御巫能辭竟奉、皇神等能前爾白久、神魂・高御魂・生魂・足魂・玉留魂・大宮賣・御膳都神・辭代主登、御名者白弖、辭竟奉者、皇御孫命能御世乎、手長御世登、堅磐爾常磐爾齋比奉、茂御世爾幸閉[1]奉故、皇吾睦神漏伎命・神漏彌命登、皇御孫命能宇豆乃幣帛乎、稱辭竟奉登久宣。

座摩能御巫辭竟奉、皇神等能前爾白久、生井・榮井・津長井・阿須波・婆比伎登、御名者白弖、辭竟奉者、皇神能敷坐、下都磐根爾宮柱太知立、高天原仁千木高知弖、皇御孫命瑞乃御舍仕奉弖、天御蔭・日御蔭登隱坐弖、四方國乎、安國登平久知食須故、皇御孫命能宇豆乃幣帛乎、稱辭竟奉登久宣。

御門能御巫能辭竟奉、皇神等能前爾白久、櫛磐間門命・豐磐間門命登、御名者白弖、辭竟奉者、四方能御門爾、湯都磐村能如久塞

1　底本大字に書く。

[一]「高天《たかま》の原に神留《かむづま》ります、皇睦神《すめむつかむ》ろきの命・神《かむ》ろみの命もちて、天《あま》つ社《やしろ》・國つ社と稱辭竟《たたへごとを》へまつる、皇神等《すめがみたち》の前に白《まを》さく、今年《ことし》[二]の六月《みなづき》の月次《つきなみ》の幣帛《みてぐら》を、十二[三]月は、今年十二月の月次の幣帛といふ。明るたへ・照るたへ・和《にぎ》たへ・荒たへに備へまつりて、朝日の豐榮登《とよさかのぼ》りに、皇御孫《すめみま》の命《みこと》のうづの幣帛を稱辭竟へまつらく」と宣る。

「大御巫《おほみかむなぎ》の辭竟《ことを》へまつる、皇神等の前に白さく、神魂《かむむすび》・高御魂《たかみむすび》・生《い》く魂《むすび》・足《た》る魂《むすび》・玉留魂《たまつめむすび》・大宮《おほみや》のめ・御膳《みけ》つ神・辭代主《ことしろぬし》と御名《みな》は白して、辭竟へまつらば、皇御孫の命の御世を、手長《たなが》の御世と、堅磐《かきは》に常磐《ときは》に齋《いは》ひまつり、茂《いか》し御世に幸《さき》はへまつるが故に、皇吾《すめらわ》が睦神《むつかむ》ろきの命・神ろみの命と、皇御孫の命のうづの幣帛を稱辭竟へまつらく」と宣る。

「座摩《ゐかすり》の御巫《みかむなぎ》の辭竟へまつる、皇神等の前に白さく、生《い》く井《ゐ》・榮《さ》く井《ゐ》・つ長井《ながゐ》・あすは・はひきと御名は白して、辭竟へまつらば、皇神の敷《し》きます、下つ磐《いは》ねに宮柱太知り立て、高天の原に千木《ちぎ》高知りて、皇御孫の命の瑞《みづ》の御舎《みあらか》仕へまつりて、天《あめ》の御蔭《みかげ》・日の御蔭と隠《かく》りまして、四方《よも》の國を安國と平らけく知ろしめすが故に、皇御孫の命のうづの幣帛を稱辭竟へまつらく」と宣る。

「御門《みかど》の御巫《みかむなぎ》の辭竟へまつる、皇神等の前に白さく、くし磐《いは》間《ま》門《と》の命・豐磐間《とよいはま》門《と》の命と御名は白して、辭竟へまつらば、四方の御門にゆつ磐《いは》むらの如く塞《さや》り

一　この祝詞は、祈年祭の祝詞とほぼ同文なので、注解は祈年祭の祝詞の条(本書四二四ページ以下)を参照されたい。

二　この部分は、祈年祭の祝詞では「今年の二月」云々となっており、また「明るたへ」以下の列挙もなく、相違している。

三　十二月に行われる月次の祭にとなえる時は、六月の月次の祭といわないで、十二月の月次の祭という。

坐弖、朝者御門開奉、夕者御門閉奉弖、疎布留物能自レ下往者下乎守、自レ上往者上乎守、夜乃守日能守爾守奉故、皇御孫命能宇豆乃幣帛乎、稱辭竟奉久登宣。

生嶋能御巫能辭竟奉、皇神等能前爾白久、生國・足國登御名者白弖、辭竟奉者、皇神能敷坐嶋能八十嶋者、谷蟆乃[1]狹度極、鹽沫乃留限、狹國者廣久、嶮國者平久、嶋能八十嶋墮事无久、皇神等寄志[2]奉故、皇御孫命乃宇豆乃幣帛乎、稱辭竟奉久登宣。

辭別、伊勢爾坐天照大[3]御神能大[4]前爾白久、皇神能見霽志坐四方國者、天能壁立極、國能退立限、靑雲能靄極、白雲能向伏限、靑海原者棹柁[5]不レ干、舟艫能至留極[6]、大海原爾舟滿都都氣弖、自レ陸往道者、荷緒結堅弖、磐根木根履佐久彌弖、馬爪至留限、長道无レ間久立都都氣弖、狹國者廣久、峻國者平久、遠國者八十綱打挂弖引寄如レ事、皇大御神寄志[7]奉良波、荷前者、皇大御神能前爾、如二横山一打積置弖、殘乎波平聞看。又皇御孫命御世乎、[8]手長御世登、堅磐爾常磐爾齋比奉、↓

1 底本「仁」。九條本による。兼右本「能」

2 底本大字に書く。

3 底本「太」

4 同前。

5 底本「枚」

6 底本小字に書く。

7 底本大字に書く。

8 底本に無い。

まして、朝《あした》には御門を開きまつり、夕べには御門を閉《た》てまつりて、疎《うと》ぶる物の下より往かば下を守り、上より往かば上を守り、夜《よ》の守り日の守りに守りまつるが故に、皇御孫の命のうづの幣帛を稱辭竟へまつらく」と宣る。

「生《い》く島《しま》の御巫《みかむなぎ》の辭竟へまつる、皇神等の前に白さく、生《い》く國《くに》・足《た》る國《くに》と御名は白して辭竟へまつらば、皇神の敷きます島の八十島《やそしま》は、谷蟆《たにぐく》のさ度《わた》る極み、鹽沫《しほなわ》の留《とど》まる限り、狹《さ》き國は廣く、嶮《さが》しき國は平らけく、島の八十島墮《お》つる事なく、皇神等の寄さしまつるが故に、皇御孫の命のうづの幣帛を稱辭竟へまつらく」と宣る。

「辭別《ことわ》きて、伊勢に坐《ま》す天照らす大御神の大前《おほまへ》に白さく、皇神の見霽《みはる》かします四方の國は、天《あめ》の壁《かき》立つ極み、國の退《そ》き立つ限り、青雲の靄《たなび》く極み、白雲の向《むか》伏《ぶ》す限り、一 青海《あをみ》の原は棹柁《さをかぢ》干《ほ》さず、舟《ふな》の艫《へ》の至り留まる極み、大海《おほみ》の原に舟滿ち續けて、陸《くが》より往く道は荷の緒《を》結《ゆ》ひ堅めて、磐《いは》ね木《き》ね履《ふ》みさくみて、馬の爪の至り留まる限り、長道《ながぢ》間《ひま》なく立ち續けて、狹《さ》き國は廣く、峻《さが》しき國は平らけく、遠き國は八十《やそ》綱《つな》うち挂《か》けて引き寄する事の如く、皇大御神《すめおほみかみ》の寄さしまつらば、荷前《のざき》は皇大御神の前《おほまへ》に、横山の如くうち積み置きて、殘りをば平らけく聞《きこ》しめさむ。また皇御孫の命の御世を、手長《たなが》の御世と、堅磐《かきは》に常磐《ときは》に齋《いは》ひまつり、

一 祈年祭の祝詞には「白雲の墮り坐向伏す限り」とある。

茂御世爾幸閉[1]奉故、皇吾睦神漏伎命・神漏彌命登、鵜自物頸根衝拔弖、皇御孫命能宇豆乃幣帛乎、稱辭竟奉久登宣。

御縣爾坐皇神等能前爾白久、高市・葛木・十市・志貴・山邊・曾布登、御名者白弖、此六御縣爾生出甘菜・辛菜乎持參來弖、皇御孫命能長御膳能遠御膳登聞食故、皇御孫命能宇豆乃幣帛乎、稱辭竟奉久登宣。

山能口坐皇神等能前爾白久、飛鳥・石寸・忍坂・長谷・畝火・耳无登、御名者白弖、遠山・近山爾生立流大木・小木乎、本末打切弖、持參來弖、皇御孫命能瑞能御舍仕奉弖、天御蔭・日御蔭登隱坐弖、四方國乎、安國登平久知食須我故、皇御孫命乃宇豆乃幣帛乎、稱辭竟奉久登宣。

水分坐皇神等能前爾白久、吉野・宇陀・都祁・葛木登、御名者白弖、辭竟奉者、皇神等依志奉牟奥都御年乎、八束穗能伊加志穗爾依志奉者、皇神等爾、初穗者、頴爾母汁爾母、𤭖閉高知、𤭖腹滿雙弖、稱辭竟奉弖、遺乎波、皇御孫命能朝御食・夕御食能加牟加比爾、長御食能遠御食登、赤丹穗爾聞食故、皇御孫命能宇豆乃幣帛乎、

1　底本大字に書く。

茂《いか》し御世に幸《さき》はへまつるが故に、皇吾《すめらわ》が睦《むつ》神ろきの命・神ろみの命と、鵜《う》じ物頸根《うなね》衝《つ》き抜きて、皇御孫の命のうづの幣帛を稱辭竟へまつらく」と宣る。

「御縣《みあがた》に坐《ま》す皇神等の前に白さく、高市《たけち》・葛木《かづらき》・十市《とをち》・志貴《しき》・山邊《やまのべ》・曾布《そふ》と御名は白して、この六つの御縣に生《お》ひ出づる甘菜《あまな》・辛菜《からな》を持ち參《ま》ゐ來て、皇御孫の命の長御膳《ながみけ》の遠御膳《とほみけ》と聞しめすが故に、皇御孫の命のうづの幣帛を稱辭竟へまつらく」と宣る。

「山の口に坐《ま》す皇神等の前に白さく、飛鳥《あすか》・石村《いはれ》・忍坂《おさか》・長谷《はつせ》・畝火《うねび》・耳無《みみなし》と御名は白して、遠山・近山に生ひ立てる大木・小木を、本末《もとすゑ》うち切りて持ち參ゐ來て、皇御孫の命の瑞《みづ》の御舍《みあらか》仕へまつりて、天の御蔭・日の御蔭と隱《かく》りまして、四方の國を安國と平らけく知ろしめすが故に、皇御孫の命のうづの幣帛を、稱辭竟へまつらく」と宣る。

「水分《みくまり》に坐す皇神等の前に白さく、吉野・宇陀《うだ》・都祁《つげ》・葛木と御名は白して辭竟へまつらば、皇神等の依さしまつらむ、奧《おき》つ御年《みとし》を、八束穗《やつかほ》の茂《いか》し穗に依《よ》さしまつらば、皇神等に、初穗は穎《かひ》にも汁《しる》にも、瓺《みか》の上《へ》高知り、瓺の腹滿て雙べて稱辭竟へまつりて、遺《のこ》りをば、皇御孫の命の朝御食《あさみけ》・夕御食《ゆふみけ》のかむかひに、長御食《ながみけ》の遠御食《とほみけ》と、赤丹《あかに》の穗に聞しめすが故に、皇御孫の命のうづの幣帛を、

一　宮殿の平安を願うことば。「大殿祭、此云二於保登能保加比一」(延喜式宮内省)とあって、オホトノホカヒと読む。ホカヒは、祝うことの意。宮殿関係の神を祭り、神今食(ジンコジャ)・新嘗祭・大嘗祭の前後にきまって行われ、また臨時に宮殿の新築・移居などに行う。御門祭の祝詞と共に斎部氏のとなえる詞で、その家に伝わったものと推考される。

二　高い御座。座席の美称。帝位のこと。

三　いさせて。マセは、ヰル(居)の敬語マスの下二段活で、使役の意になる。

四　証拠の品の美称。帝位のしるし。璽は印章のことで、漢文に使う字を使ったまで。天皇の位のしるしは、鏡・玉・剣であるが、ここは玉を略してある。

五　草なぎの剣と八咫(ヤタ)の鏡。

六　上の言寿きのもとの読みかたを記す。この祝詞には、以下にもこのような注があるが、斎部氏に伝来したままに取り入れたものとされる。

七　祝いのことば。

八　酒杯をあげて祝うことば。

稱辭竟奉久登、諸聞食止宣。

辭別、忌部能弱肩爾[1]太襁取挂弖、持由麻波利仕奉禮留幣帛乎、神主・祝部等受賜弖、事不レ過捧持奉登宣。

大殿祭

高天原爾神留坐須、皇親神魯企・神魯美之命以弖、皇御孫之命乎天津高御座爾坐弖、天津璽乃劒・鏡乎捧持賜天、言壽〔古語云二許止保企一。言二壽詞一、如二今壽[2]觴之詞一。〕宣志久、皇我宇都御子皇御孫之命、此能天津高御座爾坐弖、天津日嗣乎、萬千秋能長秋爾、大八洲豐葦原瑞穗之國乎、安國止平氣久所レ知食止、〔古語云二志呂志女須一。〕言寄奉賜比弖、以二天津御量一弖、事問之磐根木能立知、草能[3]可岐葉乎毛言止弖、天降利賜比志食國天下登、天津日嗣所レ知食須、皇御孫之命能御殿乎、今奥山能大峽・小峽爾立留木乎、齋部能齋斧乎以弖伐採弖、本末乎波山神爾祭弖、中間乎持出來弖、齋鉏乎以弖、齋柱立弖、皇御孫之命乃、天之御翳・日之御翳止造

1　底本「大」

2　底本「[illegible]」

3　二字、底本小字に書く。

稱辭竟へまつらくと、諸《もろもろ》聞しめせ」と宣る。

「辭別《ことわ》きて、忌部《いみべ》の弱肩《よわかた》に太襁《ふとだすき》取り挂《か》けて、持ち齋《ゆま》はり仕へまつれる幣帛を、神主・祝部《はふり》等受け賜はりて、事過《あやま》たず捧げ持ちて奉《たてまつ》れ」と宣る。

大殿祭《おほとのほかひ》〔一〕

「高天《たかま》の原に神留《かむづま》ります、皇親《すめむつかむ》神ろき・神ろみの命もちて、皇御孫《すめみま》の命を天《あま》つ〔二〕高御座《たかみくら》に坐《ま》〔三〕せて、天つ〔四〕璽《しるし》の劍《つるぎ》〔五〕・鏡《かがみ》を捧《ささ》げ持ちたまひて、言壽《ことほ》き〔六〕古語にことほきといへり。壽詞〔七〕といへるは今の〔八〕壽觴《さかほかひ》の詞の如し。宣りたまひしく〔九〕、『皇《すめら》我《わ》がうづ〔一〇〕の御子《みこ》皇御孫の命《みこと》、この天つ高御座に坐して、〔一一〕天つ日嗣《ひつぎ》を〔一二〕萬千秋《よろづちあき》の長秋に、〔一三〕大八洲豐葦原《おほやしまとよあしはら》の瑞穗《みづほ》の國を安國と〔一四〕平らけく〔一五〕知ろしめせ』と、古語にしろしめすといふ。〔一六〕言寄《ことよ》さしまつりたまひて、〔一七〕天つ御量《みはかり》もちて、〔一八〕事問ひし磐《いは》ね木《こ》の立ち、草の片葉《かきは》をも〔一九〕言止《ことや》めて、〔二〇〕天降《あまくだ》りたまひし食國《をすくに》天の下と、天つ日嗣知ろしめす皇御孫の命の御殿《みあらか》を、今奥山の〔二一〕大峽《おほかひ》・小峽《をかひ》に立てる木を、〔二二〕齋部《いみべ》の齋斧《いみをの》をもちて伐《き》り採《と》りて、〔二三〕本末《もとすゑ》をば山の神に祭りて、中間《なから》を持ち出で來て、〔二四〕齋鉏《いみすき》をもちて〔二五〕齋柱《いみばしら》立てて、皇御孫の命の天の御翳《みかげ》・日の御翳と、造り仕へ

九　仰せたまうことは。神ろき・神ろみのおことばであるから敬語にいう。シは、時の助動詞キの連体形。クは、用言を受けて体言とする、コトの意の助詞。過去のことであるからシクという。
一〇　貴い御子。
一一　天皇の位。継嗣の美称。
一二　千年万年も。永久に。たくさんの秋である長い秋とかさねことばにいう。アキは、穀物のみのりで、年というに同じ。
一三　日本国の美称。大きい多くの島で、アシのゆたかにしげっている原の国。
一四　安らかな国として。
一五　領有したまえ。シロシは、知ルの敬語で、領有する意。メセは、敬語の助動詞メスの命令形。下に注してシロシメスというとあるが、古い形はシラシメスである。
一六　ことばでお寄せ申しあげて。
一七　はかりごと。智謀の美称。
一八　ものを言った岩や木。太古には岩や木ももものを言ったとする。乱れていたさま。コノタチは、木の立っていること。木立。
一九　ことばをやめさせて。
二〇　皇御孫の命が天からお降りになったこの下の世界と。ヲスクニは、領有する国。ヲスは、食するの敬語。
二一　山のあいだの大きいのとちいさいのと。
二二　斎部の清めた斧で。イミベは、けがれを払い清める職の人。祈年祭の祝詞の末尾の文にある。
二三　切った木の上下を山の神にそなえて。「神に祭る」の形は古い語形。
二四　清めたスキ。清浄な農具。
二五　清めた柱を立てて。

奉レ仕流禮、瑞之御殿、古語云二阿良可一。汝屋船命爾、天津奇護言乎古語云二久須志伊波比許登一。以弖、言壽鎮白久、此能敷坐大宮地底津磐根能極美、下津綱根、古語番繩之類謂二之綱根一。[1]波府虫能禍无久、高天原波青雲能靄久極美、天能血垂飛鳥能禍无久、掘堅[2]留多柱・桁・梁・戸・牖能錯比古語云二伎加比一。動鳴事无久、引結[3]留幣葛目能緩比、取葺[4]留計草乃噪岐古語云二蘇蘇岐一。无久、御床都比[5]能佐夜伎、夜女能伊須須伎[6]、伊豆都志伎事無久、平久氣安久奉レ護留神御名乎白久、屋船久久遲命、是木靈也。屋船豐宇氣姫命登、是稻靈也。俗詞宇賀能美多麻。今世産屋以二辟木・束稻一、置二於戸邊一、乃以レ米散二屋中一之類也。御名乎波奉レ稱利弖、皇御孫命能御世乎、堅磐常磐爾奉レ護利、五十橿御世能足良志御世爾、田永能御世止奉レ福爾依弖、齋玉作等我、持齋波利持淨麻波利造仕禮留、瑞八尺瓊能御吹支乃五百都御統能玉[7]爾、明和幣・古語云二爾伎弖一。曜和幣乎附氣弖、齋部宿禰某我弱肩爾、太襁取懸弖、言壽伎鎮奉事能漏落武事乎波、神直日命・大直日命、聞直志見直志弖、平久良氣安久良氣所レ知食登白。

詞別白[8]久、大宮賣命登御名乎申事波、皇御孫命乃同殿能裏爾塞坐弖、參入罷出人能選比所レ知志、神等能伊須呂許比阿禮比坐乎、

1 底本「見」
2 底本「竪」
3 底本「魯」。九條本・兼右本同じ。
4 同前。九條本による。
5 三字、底本小字に書く。
6 四字、底本「伊須須支」。小字に書く。
7 底本「王」
8 底本「曰」

一 生気のある宮殿。
二 家屋の主体の神。
三 神聖な祝い守ることば。
四 柱の下方の横木を結ぶ綱。
五 次々に横木を結ぶ繩。
六 ヘビ・ムカデのような這う虫の災難がなく。
七 血を垂れて飛ぶ鳥の災難がなく。鳥が空から餌にするものの血などを落すのを、けがれとして嫌った。
八 柱の上部に横たえて添える材。
九 柱と柱との上に横たえて屋根をささえる材。
一〇 材と材との接着するところ。それが動き鳴ることなく、と続く。
一一 綱根に同じ。つな。葛の字を使ったのは、古く植物のつるを使ったのによる。
一二 屋根にした草が乱れること。
一三 御床の神霊の騒ぐこと。ミユカは、宮殿の床の敬称。ツは助詞。ヒは神霊。サヤキは、音を立てること。
一四 夜間の目があちこちを見ること。イススキは、はげしく動く意の動詞の準体言の形。「立ち走り伊須須岐伎」(古事記中巻)。
一五 おそろしいことなく。イヅツシは、イツイツシで、威力のあるさま。ヅは清音であるかもしれない。
一六 家屋の木材の神。ククチは、古事記にククノチといい、木の神。ククは、潜る。ノは助詞。チは、男性の尊称。
一七 家屋を葺くイネワラの神。トヨウケの命は

まつれる瑞《みづ》[一]の御殿《みあらか》、古語にあらかといふ。汝《いまし》[二]屋船《やふね》の命に天[三]つ奇《くす》し護言《いはひごと》を古語にくすしいはひごとといふ。もちて言壽《ことほ》き鎭《しづ》め白《まを》さく、これの敷《し》きます大宮地《おほみやどころ》の底つ磐《いは》ねの極み、下[四]つ綱《つな》ね、古語に番《つがひ》[五]縄《なは》の類《たぐひ》、これを綱ねといふ。這[六]ふ虫の禍《わざはひ》なく、高天の原は、青雲の靄《たなび》く極《きは》み、天の血垂《ちだ》[七]り飛ぶ鳥の禍《わざはひ》なく、掘り堅めたる柱・桁《けた》[八]・梁《うつばり》[九]・戸・牖《まど》の錯《きか》[一〇]ひ古語にきかひといふ。動き鳴る事なく、引き結《ゆ》へる葛目《つなめ》[一一]の緩《ゆる》び、取り葺《ふ》ける草《かや》[一二]の噪《そそ》き古語にそそきといふ。なく、御床《みゆか》[一三]つひのさやき、夜目《よめ》[一四]のいすすき、いづつしき[一五]事なく、平らけく安らけく護《まも》りまつる神の御名を白さく、屋船《やふね》[一六]くくちの命、こは木の靈なり。屋船豊《やふねとよ》[一七]うけ姫の命と、こは稲の靈《みたま》なり。俗の詞にうかのみ[一八]たまといふ。今の世産屋《うぶや》に辟木《さきき》[一九]・束稲《つかしね》を戸の邊に置き、また米を屋中に散らすの類なり。御名をば稱《たた》へまつりて、皇御孫《すめみま》の命の御世を堅磐《かきは》に常磐《ときは》に護《まも》りまつり、茂《いか》し御世の足《た》らし御世に、手永《たなが》の御世と福《さき》はへまつるによりて、齋玉作《いみたまつくりら》[二〇]等が持ち齋《ゆま》[二一]はり、持ち淨《きよま》はり造り仕へまつれる、瑞《みづ》[二二]の八《や》尺瓊《さかに》の御吹《みふき》の五百《いほ》つ御統《みすまる》の玉に、明《あか》[二三]る和幣《にぎて》・古語ににきてといふ。曜《て》る和幣《にぎて》を附けて、齋部《いみべ》[二四]の宿禰《すくね》某《なにがし》が弱肩《よわかた》に、太襁《ふとだすき》取り懸けて、言壽《ことほ》き鎭めまつる事の漏れ落ちむ事をば、神直日《かむなほび》[二五]の命・大直日《おほなほび》の命、聞[二六]き直《なほ》し見直して、平らけく安らけく知《し》ろしめせ」と白《まを》す。

詞別《ことわ》きて白《まを》さく、「大宮《おほみや》[二七]のめの命《みこと》と御名《みな》を申す事は、皇御孫の命の同《おな》じ殿《おほとの》のうちに塞《さや》[二八]りまして、參入《まゐ》り罷出《まかづ》る人の選《えら》[二九]び知らし、神等《かみたち》のいすろとひ[三〇]荒《あれ》[三一]びますを、

イネの神。ウケは、食物、穀物。
一八　日本書紀に倉稲魂と書いてウカノミタマと読ませている。イネの神霊。
一九　裂いた木とたばねたイネ。これを戸の辺におき、また米を屋内に散らすのは、邪気をはらうまじない。
二〇　潔斎して玉を作る人。
二一　身心を清めつつしんで。モチは接頭語。
二二　生気ある大きな玉のたくさんを緒につらぬいたお祝いの玉。ミフキは、ミホキに同じで、寿命を祝うことの意。また火力で吹いて作ったガラス製の玉ともいう。ミスマルは、統制。大きなよい玉のたくさんつらぬいてある玉の緒。
二三　光沢のあるやわらかいタヘ。ニギテは、ニギタへの約言。テルニギテも同じ。
二四　この祝詞をとなえるのは、斎部氏なので、いう。斎部氏は、太玉(フトダマ)の命の子孫と伝え、もと忌部と書いた。スクネは、その姓(カバネ)で、家の階級。
二五　以下二神、わるい事を正す力の神。カムは、その神秘なことをあらわし、オホは、その力の大きいことをあらわす。イザナキの命のみそぎの時に出現したと伝える。
二六　わるいことがもしあったら、神がこれを見聞きしてよくして、平安にしてください。シロシメセは、神が支配したまえ。
二七　宮殿の内をつかさどる女神。祈年祭の祝詞に見える。
二八　ふさがっておいでになって。
二九　えらぶことをつかさどって。エラビは、準体言として使われている。
三〇　不明の語。動詞で、わるいことをいう意か。
三一　乱暴をされるのを、ことばで直してやわらげて。

一　ひれをかける人々。ヒレは、肩にかける白い布。もと魔よけのためにかけ、これを振ることによって効果があらわれるとした。古くは男女共にかけた。
二　たすきをかける人々。仕えるためにたすきをかける。

言直志和志夜波志〈古語云二〉坐弖、皇御孫命、朝乃御膳・夕能御膳供奉流、比禮懸伴緒、襁懸伴緒乎、手躓[1]・足躓〈古語云二麻我比一〉。不レ令レ爲弖、親王・諸王・諸臣・百官人等乎、己乖々不レ令レ在、邪[2]意・穢心无久、宮進進米[3]、宮勤勤弖之米、咎過在乎波、見直志聞直坐弖、平久良氣安久良氣令二仕奉一坐爾依弖、大宮賣命止、御名乎稱辭竟奉登久白。

御門祭

櫛磐牖・豐磐牖命登、御名乎申事波、四方内外御門爾、如二湯津磐村一久塞坐弖、四方四角與利疎備荒備來武、天能麻我都比登云神能言武惡事爾〈古語云二麻我許登一〉。相麻[4]自許利、相口會賜事无久、自レ上往波上護利、自レ下往波下護利、待防掃却[5]、言排坐弖、朝波開レ門、夕波閉レ門弖、參入罷出人名乎問[6]所レ知志、咎過在乎波、神直備・大直備[7]爾、見直聞直坐弖、平久良氣安久良氣令レ奉レ仕↓

1　底本「躓」
2　底本「耶」
3　二字、底本「米進」
4　四字、底本小字に書く。
5　底本「劫」
6　底本「門」
7　底本小字に書く。

言直《ことなほ》し和《やは》し古語にやはしといふ。まして、皇御孫の命の朝《あした》の御膳《みけ》・夕べの御膳《みけ》に供《つか》へまつる[一]領《ひ》巾《れ》懸《か》くる件《とも》の緒《を》、[二]襁《たすき》懸くる件の緒を、[三]手の蹎《まが》ひ・足の蹎ひ古語にまがひといふ。なさしめずして、親王《みこたち》・諸《おほきみたち》王・諸《まへつぎみたち》臣・百《もも》の官人等《つかさびとたち》を、[四]おのがむきむきあらしめず、邪《あ》しき意《こころ》・穢《きたな》き心なく、[五]宮進め進め、[六]宮勤め勤めしめて、[七]咎過《とがあやまち》あらむをば、[八]見直し聞直しまして、平らけく安らけく[九]仕へまつらしめますによりて、大宮のめの命と、御名を稱辭竟《たたへごとを》へまつらく」と白す。

[一〇]御門祭《みかどほかひ》

「[一一]くし磐牖《いはまと》・豐磐牖《とよいはまと》の命《みこと》と御名《みな》を申す事は、四方内外《よもうちと》の御門《みかど》に、ゆつ磐《いは》むらの如《こと》く塞《きや》りまして、[一二]四方四角《よもよすみ》より疎《うと》び荒《あら》び來《こ》む、[一三]天《あめ》のまがつひといふ神の言《い》はむ[一四]惡事《まがこと》に古語にまがことといふ。[一五]あひまじこり、[一六]あひ口會《くちあ》へたまふ事なく、上《うへ》より往《ゆ》かば上を護り、下《した》より往かば下を護り、待ち防ぎ掃《はら》ひ却《や》り、[一七]言ひ排《そ》けまして、朝《あした》は門《みかど》を開き、夕《ゆふ》べは門を閉《た》てて、參入《まゐ》り罷出《まかづ》る人の名を問ひ知らし、咎過《とがあやまち》あらむをば、[一八]神直《かむなほ》び・大直《おほなほ》びに見直し聞き直しまして、平らけく安らけく仕へまつらしめた

三　手足のまちがい。
四　自分自分の勝手な方に向くことあらしめないで。
五　朝廷に進み出ることをはげみ。ミヤススメは、朝廷に出ること。下のススメは、それをする意の動詞。
六　朝廷に勤めることに勤めさせて。前の句と同様の語法。
七　わるいことや、過失などのもしあるのをば。
八　大宮のめの命が、よい方に見直し、よい方に聞き直しなすって。
九　親王以下の人々を仕え申さしめなさるによって。
一〇　大殿祭につけて行われる宮殿の御門の神を祭る祭の祝詞であって、これを斎部氏がとなえる。
一一　祈年祭の祝詞に、御門の巫のまつる神として出ているものに同じ。牖は、壁上に作る窓の意の字であるが、古語のマドは、今日のマドとは違って、出入口の意に使う。
一二　東西南北の四方と、その四つの中間。八方。
一三　災禍の神。災禍は、その神霊が荒れるので起るとする思想による。この神は、イザナギの命のみそぎの時に、まず黄泉（ヨミ）の国のけがれによって出現したと伝える。
一四　わるいことば。
一五　共鳴する。いっしょになる。
一六　共に口をあわせることとなく。ことばあいになることとなく。
一七　言い退けなすって。
一八　神秘であり、また大きい、事を正す力のはたらきによって。カムナホビ・オホナホビは、ここは神名ではないが、そのふしぎな大きな力による意に、これを副詞句として使っている。

賜故爾、豐磐牖命・櫛磐牖命登、御名乎稱辭竟奉登久白。

六月晦大祓 十二月准レ此。

集侍親王・諸王・諸臣・百官人等、諸聞食止宣。

天皇朝庭爾仕奉留、比禮挂伴男・手襁挂伴男・靫負伴男・劒佩伴男、伴男能八十伴男乎始弖、官官爾仕奉留人等能、過犯家牟雜々罪乎、今年六月晦之大祓爾、祓給比淸給事乎、諸聞食止宣。

高天原爾神留坐、皇親神漏岐・神漏美乃命以弖、八百萬神等乎、[1]神集集賜比、神議議賜弖、我皇御孫之命波、豐葦原乃水穗之國乎、安國止平久[2]所レ知食止、事依奉岐。如レ此依志奉志國中爾、荒振神等乎波、神問志問志[3]賜、神掃掃賜比弖、語問志磐根樹立、草之垣葉乎毛語止弖、天之磐座放、天之八重雲乎、伊頭乃千別爾[4]千別弖、天降依左志奉支。如レ此久依左志奉志四方之國中[5]爾、大倭日高↓

一　六月と十二月の終りの日に、すべてのけがれを払う行事にとなえることば。ツゴモリは、

1　底本に無い。
2　二字、底本「知所」。九條本による。
3　底本本文に無い。右に書く。
4　三字、底本に無い。
5　底本「登」。九條本による。

まふが故に、豊磐牖の命・くし磐牖の命と、御名を稱辭竟《たたへごとを》へまつらく」と白《まを》す。

[一]六月《みなづき》の晦《つごもり》の大祓《おほはらへ》 十二月《しはす》はこれに准《なら》へ。

「集侍《うごな》はれる親王《みこたち》・諸 王《おほきみたち》・諸 臣《まへつぎみたち》・百《もも》の官人等《つかさびとたち》、諸《もろもろ》 聞《きこ》しめせ」と宣《の》る。

「天皇《すめら》が朝廷《みかど》に仕《つか》へまつる、[二]領巾《ひれ》挂《か》くる伴《とも》の男《を》・手繦《たすき》挂《か》くる伴《とも》の男《を》・[三]靫《ゆき》負《お》ふ伴《とも》の男《を》・劍《たち》佩《は》く伴《とも》の男《を》、[四]伴《とも》の男《を》の八十《やそ》伴《とも》の男《を》を始《はじ》めて、官官《つかさづかさ》に仕へまつる人等《ひとども》の過《あやま》ち犯しけむ雜雜《くさぐさ》の罪を、今年の六月《みなづき》の晦《つごもり》の大祓《おほはらへ》に、[五]祓《はら》へたまひ清めたまふ事を、諸聞しめせ」と宣《の》る。

「高天《たかま》の原に神留《かむづま》ります、皇親神《すめむつかむ》ろき・神ろみの命もちて、[六]八百萬《やほよろづ》の神等《かみたち》を[七]神集《かむつど》へ集へたまひ、[八]神議《かむはか》り議りたまひて、『[九]我が皇御孫《すめみま》の命は、豐葦原の水穗の國を、安國と平らけく知ろしめせ』と[一〇]事依さしまつりき。かく依さしまつりし[一一]國中《くぬち》に、[一二]荒ぶる神等をば[一三]神問《かむと》はしに問はしたまひ、[一四]神掃《かむはら》ひに掃ひたまひて、[一五]語問《こととと》ひし磐《いは》ね樹立《こだち》、草の片葉《かきは》をも語止《ことや》めて、[一六]天《あめ》の磐座《いはくら》放れ、[一七]天の八重雲をいつの千別《ちわ》きに千別きて、[一八]天降《あまくだ》し依さしまつりき。かく依さしまつりし四方《よも》の國中に、[一九]大倭日高《おほやまとひたか》

月の終り。大祓はもと日を定めないで行い、後に日を定めるようになった。災禍を払いすてる宗教的行事である。ハラヘは、動詞ハラフの準体言。

二 大殿祭の祝詞に出た。ここに伴の男と書いたのは、男子の人々をいうようになってからの文字づかいで、正しくは伴の緒で、人々が緒のように続いている意である。以下の伴の男は、天皇に奉仕し、また護衛する人々をいう。

三 ユキは、矢を入れて背おう皮製の具。

四 多数の伴の男。

五 動詞ハラフは、下二段活であるから、ハラヘタマヒという。

六 たいへんにたくさんの神たち。

七 神の集めることとしてお集めになり。

八 神の相談することとして御相談なすって。

九 神ろき・神ろみの命から、ワガという。

一〇 御寄託になった。

一一 国内。クニウチの約言。

一二 乱暴する神たち。

一三 神のお尋ねとしてお尋ねになり。なぜ荒ぶるのかと問いたまう意。

一四 神の追い払うこととしてお払いになり。

一五 ものを言った岩や木。

一六 天の御座を離れて。

一七 天のかさなる雲を、勢いよくおわけになって。イツは、勢威。チワキは、威勢よくおしわけること。千は、あて字。道の字をあてることがあるがそれも同じ。

一八 皇御孫の命を天から降してお寄せ申しあげた。

一九 大和の国の美称。日高見の国は、太陽の高くかがやく国の義。常陸国風土記にも見えている。

見之國乎、安國止定奉弖、下津磐根爾宮柱太[1]敷立、高天原爾千木高知弖、皇御孫之命乃美頭乃御舍仕奉弖、天之御蔭・日之御蔭止隱坐弖、安國止平氣久所レ知食武國中爾、成出武天之益人等我、過犯家牟雜々罪事波、天津罪止、畔放・溝埋・樋放・頻蒔・串刺・生剝・逆剝・屎戸、許許[2]太久乃罪乎、天津罪止法別氣弖、國津罪止、生膚斷・死膚斷・白人・胡久美・己母犯罪・己子犯罪・母與レ子犯罪・子與レ母犯罪・畜犯罪・昆虫乃災・高津神乃災・高津鳥災・畜仆志、蠱物爲罪、許々太久乃罪出武。如レ此出波、天津宮事以弖、大中臣、天津金木乎、本打切末打斷弖、千座置座爾置足波志弖、天津菅曾[3]乎、本苅斷末苅切弖、八針爾取辟弖、天津祝詞乃太祝詞事乎宣禮。如レ此久[4]乃良波、天津神波、天磐門乎押披弖、天之八重雲乎、伊頭乃千別爾千別弖所レ聞食武。國津神波、高山之末・短山之末[5]爾上坐弖、高山之伊惠[6]理・短山之伊惠理乎撥別弖所レ聞食武。如レ此所レ聞食弖波、皇御孫之命乃朝庭乎始弖、天下四方國爾波、罪止云布罪波不レ在止、科戸之風乃、天之八重雲乎吹放事之如久、朝之御霧・夕之御霧乎、朝風・夕風乃吹掃事之如久[7]、大津邊爾居大船乎、舳解放・艫解放弖、大海原爾押放事之如久、彼方↓

一　人間の美称。増加する人の義。
二　古代から言い伝える罪。高天の原の物語以来の罪。その八種の罪は、天の岩戸の神話に見えるもの。暴風の災害、農耕に関する罪など。但し神話では天つ罪とはいわない、また国つ罪もない。この二種をわけるのは大祓の詞の特色。
三　田のあぜを破壊すること。田がこわされる。暴風の災害。「毀畔、古語阿波那知」(古語拾遺)。
四　溝を埋めること。水が通わなくなる。暴風の災害。「埋溝、古語美曾宇美」(古語拾遺)。
五　木で作った水の通路を破壊すること。暴風の災害。「放樋、古語斐波那知」(古語拾遺)。
六　かさねて種子をまくこと。人の犯す罪。「重播、古語志伎麻伎」(古語拾遺)。「重播種子、此云二璽枳麻枳一」(日本書紀巻一)。
七　他の田に棒をさし立てて横領すること。人の犯す罪。「刺串、古語久志佐志」(古語拾遺)。
八　生きたままの馬をはぐこと。暴風の災害。
九　馬の皮を逆にはぐこと。暴風の災害。
一〇　きたないものをまき散らすこと。暴風の災害。「その大嘗(オホニヘ)きこしめす殿に屎まり散らしき」(古事記上巻)。
一一　たくさんの罪を天つ罪と定めわけて。
一二　地上の世界で起った罪。人間世界で始まった罪。
一三　生きた人のはだを切ること。
一四　死んだ人のはだを切る罪。
一五　はだの色の白くなった人。白はたけ。
一六　こぶのできること。「説文云、瘜、阿末之之、又古久美、寄肉也」(倭名類聚鈔)。
一七　まずある女と通じ、後にその女の子と通ずる罪。次のは逆に、まずある女と通じ、後にその女の母と通ずる罪。

1　底本「大」
2　底本に無い。
3　底本小字に書く。
4　二字、底本小字に書く。
5　底本に無い。
6　底本・九條本共に「惠」であるが、貞享本等に「穗」に作り、諸説「伊穗理」の三字をイホリと讀んでいる。しかし、伊・理はともに字音で讀み、穗だけを訓で讀むことは疑問である。今、「惠」に作るままにする。下も同じ。
7　底本に無い。

見《み》の國を安國と定めまつりて、下《した》つ磐《いは》ねに宮柱太敷き立て、高天の原に千木《ちぎ》高知りて、皇御孫の命の瑞《みづ》の御舎《みあらか》仕へまつりて、天の御蔭・日の御蔭と隠《かく》りまして、安國と平らけく知《し》ろしめさむ國中に、成り出でむ天[一]の益人等《ますひとら》が過《あやま》ち犯しけむ雑《くさ》雑《くさ》の罪事は、天[二]つ罪と、畔《あ》[三]放《はな》ち・溝《みぞ》[四]埋《う》み・樋《ひ》[五]放《はな》ち・頻《しき》[六]蒔《ま》き・串《くし》[七]刺《さ》し・生《い》[八]け剝《は》ぎ・逆《さか》[九]剝《は》ぎ・屎戸《くそへ》[一〇]、許多《ここだく》[一一]の罪を天つ罪と法《の》り別《わ》けて、國[一二]つ罪と、生膚斷《いきはだた》[一三]ち・死膚斷《しにはだた》[一四]ち・白人《しろびと》[一五]・こくみ[一六]・おのが母犯せる罪・おのが子犯せる罪・母[一七]と子と犯せる罪・子と母と犯せる罪・畜《けもの》[一八]犯せる罪・昆《は》[一九]ふ虫《むし》の災《わざはひ》・高[二〇]つ神の災・高[二一]つ鳥の災・畜仆《けものたふ》[二二]し、蠱物《まじもの》[二三]する罪、許多《ここだく》の罪出でむ。かく出でば、天[二四]つ宮事もちて、大中臣《おほなかとみ》[二五]、天[二六]つ金木《かなぎ》を本《もと》うち切り末うち斷《た》ちて、千座《ちくら》[二七]の置座《おきくら》に置き足《たら》はして、天[二八]つ菅麻《すがそ》を本《もと》苅《か》り斷《た》ち末苅り切りて、八針《やはり》に取り辟《さ》きて、天[二九]つ祝詞《のりと》の太祝詞事《ふとのりとこと》を宣れ。かく宣らば、天つ神は天《あめ》[三〇]の磐門《いはと》を押し披《ひら》きて天の八重雲をいつの千別《ちわ》きに千別きて聞しめさむ　國つ神は高山[三一]の末《すゑ》・短山《ひきやま》の末に上《のぼ》りまして、高山のいゑり[三二]・短山のいゑりを撥《か》き別けて聞しめさむ。かく聞しめしては皇御孫の命の朝廷《みかど》を始めて、天の下四方《よも》の國には、罪といふ罪はあらじと、科戸《しなど》[三三]の風の天の八重雲を吹き放つ事の如く、朝《あした》の御霧《みきり》・夕べの御霧を朝風・夕風の吹き掃《はら》ふ事の如く、大津邊《おほつべ》に居《ゐ》る大船を、舳《へ》[三四]解き放ち・艫《とも》解き放ちて、大海《おほみ》の原に押し放つ事の如く、彼方《をちかた》[三五]

一八　家畜を犯す罪。

一九　這う虫の災難。例えば、ヘビ・ムカデなどの被害。「はふ虫の災無く」(大殿祭の祝詞)。

二〇　雷の災難。

二一　空飛ぶ鳥による災難。「天の血垂り飛ぶ鳥の災無く」(大殿祭の詞)、「また遣はしし天若彦も返り言申さずて高つ鳥の災によりてたちどころに身亡せにき」(祟神を遷しやる祭の詞)。

二二　相手の家畜を、のろって死なせること。

二三　まじないをして相手をのろうこと。マジモノは、まじないをした物。

二四　朝廷の行事。高天の原で行われたことを行う意にアマツを冠する。

二五　中臣の美称。この詞は、中臣氏のとなえる詞であるから、その名をあげる。

二六　清らかな堅い木。カナは、かたい意につける。木の上下を切り去って、中間をちいさく切って、たくさんの台にのせる。

二七　多数の物を置く台に十分に置いて。

二八　清らかなスゲのほそく裂いたもの。スゲの上下を切り去って、中間を多くの針で裂いて。木片やさいたスゲは、けがれを払うためにまき散らす材料。

二九　祝詞の美称。神聖でかつりっぱである祝詞。この祝詞は別にあるとする説もあるが、この大祓の詞そのものをさすのだろう。

三〇　天の入口にあるとする堅固な門。

三一　高い山のはし、低い山のはし。

三二　不明の語。諸説は、伊穂理とあるによってイホリと読み、雲霧の義であるという。

三三　風の起るところから吹く風が。シナドは、息長処の義で、風の吹き起るところ。

三四　舟の先やうしろの綱を解いて放して。

三五　川向うのしげった木のもと。

之繁木本乎、燒鎌乃敏鎌以弖、打掃事之如久、遺罪波不レ在止、祓給比清給事乎、高山・短山之末里與、佐久那太理爾落[1]多支川、速川能瀬坐[2]須、瀬織津比咩止云神、大海原爾持出奈武。如レ此持出往波、荒鹽之鹽乃八百道乃、八鹽道之鹽乃八百會爾[3]坐須、速[4]開都[5]比咩止云神、持可可呑弖牟。如レ此久可可呑弖波、氣吹戸坐須、氣吹戸主止云神、根國・底之國爾氣吹放弖牟。如レ此久氣吹放弖波、根國・底之國爾坐、速佐須良比咩登云神、持佐須良比失弖牟。如レ此久失弖波、天皇我朝庭爾仕奉留、官官人等乎始弖、天下四方波爾、自二今日一始弖、罪止云布罪波不レ在止、高天原爾耳振立聞物止、馬牽立弖、今年六月晦日、夕日之降乃大祓爾、祓給比清給事乎、諸聞食止宣。

四國卜部等、大川道爾持退出弖、祓却止宣。

東文忌寸部獻二横刀一時咒 西文部准レ此。

謹請、皇天上帝、三極大君、日月星辰、八方諸神、[6]司命司籍、左東王

一 火力できたえて作ったするどい鎌。

二 勢いよく降下するさまの副詞。広瀬の大忌の祭の祝詞に見える。

三 落ち激する。タギツは、激流する意の動詞の連体形。

四 川瀬の女神。瀬を織りなす神の義だろう。宣長は、瀬下りつ姫の義という。マガツヒの神の別名と伝える。

五 海の潮流のもみあうところの意。シホは、海水、また潮。ヤホヂは、たくさんの道。ヤシホヂは、多くの海水の通路。ヤホアヒは、たくさんに集まり合うところ。かさねことばを使って、巧みにそのところを表現している

六 海水の流れこむところの女神。つよい口をあけている神。古事記に水戸(ミナ)の神とする。

七 海に流れ出た罪をがぶと呑むだろう。カカ

1 三字、底本小字に書く。

2 底本に無い。

3 底本「座」。九條本による。

4 底本「閇」。

5 底本に無い。九條本も同じ。

6 二字、底本本文に無い。左に書く。

の繁木《しげき》がもとを、[一]焼鎌《やきがま》の敏鎌《とがま》もちて、うち掃《はら》ふ事の如く、遺《のこ》る罪はあらじと祓《はら》へたまひ清めたまふ事を、高山《たかやま》・短山《ひきやま》の末《すゑ》より、[二]さくなだりに[三]落ちたぎつ速川《はやかは》の瀬《せ》に坐《ま》す[四]瀬織《せおり》つひめといふ神、大海の原に持ち出でなむ。かく持ち出で往《い》なば、[五]荒鹽《あらしほ》の鹽の八百道《やほぢ》の、八鹽道《やしほぢ》の鹽の八百會《やほあひ》に坐《ま》す[六]速開《はやあき》つひめといふ神、[七]持ちかか呑《の》みてむ。かくかか呑みては、[八]氣吹戸《いぶきど》に坐《ま》す[九]氣吹戸主《いぶきどぬし》といふ神、[一〇]根の國・底の國に氣吹《いぶ》き放ちてむ。かく氣吹《いぶ》き放ちては、根の國・底の國に坐す[一一]速《はや》さすらひめといふ神、持ちさすらひ失ひてむ。かく失ひては、天皇《すめら》が朝廷《みかど》に仕へまつる官官《つかさづかさ》の人等《ひとども》を始めて、天の下四方《よも》には、今日より始めて罪といふ罪はあらじと、[一二]高天の原に耳振り立てて聞く物と馬牽《ひ》き立てて、今年の六月《みなづき》の晦《つごもり》の日の、[一三]夕日の降《くだ》ちの大祓《おほはらへ》に、祓へたまひ清めたまふ事を、諸《もろもろ》聞しめせ」と宣《の》る。

[一四]「四國《よくに》の[一五]卜部《うらべ》等《ども》、大川道《ち》に持ち退《まか》り出でて、[一六]祓《はら》へ却《や》れ」と宣る。

[一七]東《やまと》の文《ふみ》の忌寸部《いみきべ》の横刀《たち》を獻《たてまつ》る時の呪《ず》 西《かふち》の文部《ふみべ》これに准へ。

[一八]謹請《きんじやう》、[一九]皇天上帝《くわうてんじやうてい》、[二〇]三極大君《さんごく》、[二一]日月星辰、八方諸神、[二二]司命司籍《しきく》、左は[二三]東王父、

は、勢いよく呑むさま。
八 息を吹くところ。
九 息を吹くところの神。
一〇 地下にあるとする思想上の世界。根の国も底の国も同じ。かさねことば。
一一 流浪の女神。サスラヒヒメのヒの一つを約していう。ハヤは、勇猛の義。
一二 天上でも耳をふり立てて聞くものとして、その縁で馬を引き立てて。大祓の行事には、実際に馬を引き出す。
一三 夕日のくだること。
一四 伊豆・壱岐・対馬の三国のほかの一国は不明。対馬を上県(カミツアガタ)・下県(シモツアガタ)に分け二国としたのだともいう。いずれも卜部の出る国。
一五 うらないを行う人たち。大祓の行事には、卜部が、祓のものを持って川に流しすてる。
一六 払って去ってしまえ。川に流してしまえ。
一七 大和の国に住む文の忌寸部が横刀をたてまつる時のとなえごと。応神天皇の御代に帰化した阿知(チ)の使主(オミ)の子孫が大和の国に居住して東の文の忌寸部となり、同じ時代の百済の博士王仁の子孫が河内の国に居住して西(カフチ)の文の忌寸部となった。大祓の日に共に横刀と禄人とを捧げて呪文をとなえる。祝詞ではないが、ここに付記してあるので載せておく。
一八 謹んで願います。皇天上帝等に願うのである。
一九 天上を支配する神。
二〇 皇帝にかたどる紫微星のまわりにあって補佐する三つの星の神。三公にかたどる。
二一 日と月と星。辰は星座。
二二 人間の寿命をつかさどる星の神と、その帳簿をつかさどる星の神。
二三 陽の気の精である男の仙人。

父、右西王母、五方五帝、四時四氣、捧以二祿[1]人一、請レ除二禍災一。捧以二金刀一、請レ延二帝祚一。呪曰、東至二扶[2]桑一、西至二虞淵一、南至二炎光一、北至二[3]弱水一、千城百國、精治萬歲、萬歲萬歲。

鎭火祭

高天原爾神留坐、皇親神漏義・神漏美能命持弖、皇御孫命波、豐葦原乃水穗國乎、安國止平久所レ知食止、天下所レ寄奉志時爾、事寄奉志天都詞太詞事乎以弖申久、神伊佐奈伎・伊佐奈美能命、妹妹二柱嫁繼給弖、國能八十國・嶋能八十嶋乎生給比、八百萬神等乎生給比弖、麻奈弟子爾、火結神生給弖、美保止被レ燒弖、石隱坐弖、夜七日・晝七日、吾乎[4]奈見給比曾[5]、吾奈妹乃命止申給比支[6]。此七日爾波不レ足弖、隱坐事奇止弖、見所レ行須時、火乎生給弖、御保止乎所レ燒坐支。如レ是時爾、吾名妹能命能、吾乎見給布[7]↓

1　諸寫本同じ。出雲本・祝詞考には「銀」
2　底本「乘」
3　底本「溺」
4　底本小字に書く。
5　底本大字に書く。
6　同前。
7　底本大字に書く。

一　陰の気の精である仙女。
二　東西南北および中央にいる五人の神。
三　春夏秋冬の四時と、暖暑冷寒の四気をつかさどる神。

右は西王母《さいわうも》[一]、五方の五帝[二]、四時の四氣[三]、捧ぐるに祿人[四]をもちてし、禍災を除かむことを請ふ。捧ぐるに金刀[五]をもちてし、帝祚《ていそ》[六]を延べむことを請ふ。呪《ず》に曰はく、東は扶桑《ふさう》[七]に至り、西は虞淵《ぐえん》[八]に至り、南は炎光[九]に至り、北は弱水[一〇]に至る、千[一一]の城百の闕《みや》、精治[一二]萬歳、萬歳萬歳。

鎭火《ほしづめ》[一三]の祭

高天の原に神留《かむづま》ります、皇親神《すめむつかむ》[一四]ろぎ・神ろみの命《みこと》もちて、皇御孫《すめみま》の命は、豐葦原の水穗の國を安國と平らけく知ろしめせと、天の下寄さしまつりし時に、事寄[一五]さしまつりし天つ詞《のりと》の太詞事《ふとのりとごと》をもちて申さく、「神《かむ》[一六]いざなき・いざなみの命、妹《いも》[一七]妹《せ》二柱《ふたはしら》嫁繼《とつ》ぎたまひて、國の八十國《やそくに》[一八]・島の八十島《やそしま》を生《う》みたまひ、八百萬《やほよろづ》の神《かみ》等《たち》を生みたまひて、まな弟子《おとご》[一九]に火結《ほむすび》[二〇]の神を生みたまひて、みほと[二一]燒[二二]かえて石隱《いはがく》[二三]りまして、『夜七夜《よななよ》・晝七日《ひなぬか》、吾《わ》[二四]をな見たまひそ、吾《わ》が奈妹《なせ》[二五]の命』と申したまひき。この七日には足らずて、隱《かく》ります事奇《あや》[二六]しとて見そなはす時に、火を生みたまひて、みほとを燒かえましき。かかる時に、『吾《わ》が名妹《なせ》の命の、吾《わ》を見たまふ

四　福善をあらわす人形。金銀を塗って作る。
五　金で作った刀。
六　天皇の位をのばすことを願う。
七　東海にあるという仙郷。
八　日の没するところにある世界。
九　南のはて。炎熱の国。
一〇　北にあるという伝説上の川。
一一　多くの都邑、また多くの宮殿。
一二　永久によく治まるように。
一三　火をしずめる祭の祝詞。防火の祭で、六月と十二月に、吉日をえらんで行う。
一四　神ロキのキは、他はすべて清音の字を使ってあるのに、ここに義の字を使ったのは、濁音にも発声したのだろう。
一五　おさずけになったりっぱな祝詞のことばで申すことは。この祝詞の文のようなものが、アマツノリトノフトノリトで、祝詞は、天つ神が授けたものとする。
一六　神であるイザナキの命とイザナミの命。島島をはじめ万物を生みなしたと伝える神。
一七　夫婦。妹は男の配偶者。夫。
一八　たくさんの国々島々。
一九　最後の子。マナは、最愛の義という。
二〇　火の神。ムスビは、生産の力の神霊。火の活力をあらわす。日本書紀に火産霊と書く。またカグツチの神という。
二一　女の陰部。
二二　焼かれて。
二三　岩にかくれて。おかくれになったことをいう。
二四　わたしを御覧なさいますな。ナは、禁止の意をあらわす助詞。
二五　男子を尊んでよぶことば。
二六　へんであるとして。

一 不明の語。はずかしめなされたの意であろう。
二 上の方の国。人間の世界。

奈止申乎、吾乎見阿波多志給比津止[1]申給弖、吾名妹能命波、上津國乎所レ知食倍志、吾波下津國乎所レ知牟止申弖、石隱給弖、與美津枚坂爾至坐弖所レ思食久、吾名妹[2]命能所レ知食上津國爾、心惡子乎生置弖來奴止宣弖、返坐弖、更生子、水神・匏・川菜・埴山姬、四種物乎生給弖、此能心惡子能心荒比留波[3]、水・匏・埴山姬・川菜乎持弖、鎭奉禮止事教悟給支。

依レ此弖稱辭竟奉者、皇御孫能朝庭爾、御心一速比給波志止爲弖、進物波、明妙・照妙・和妙・荒妙、五色物乎備奉弖、靑海原爾住物者、鰭廣物・鰭狹物、奧津海菜・邊津海菜爾至萬弖爾、御酒者、瓱邊高知、瓱腹滿雙弖、和稻・荒稻[4]爾至萬弖爾、如二横山一置高成弖、天津祝詞能太[5]祝詞事以弖、稱[6]辭竟奉久止申。

道饗祭

高天之原爾事始弖、皇御孫之命止稱辭竟奉、大八衢爾湯津磐村之

1 二字、底本大字に書く。
2 底本「狭」
3 底本・九條本等「留」である。眞淵の說に「奈」とするが、「奈」ならばよくわかる。アラブは、本來上二段活であろうからアラビルという活用形はないが、祝詞にはルによって存在を表示する語形があるので、今、底本のままとしておく。
4 底本「和」。消して右に「稻」
5 底本「大」
6 底本に無い。

なと申ししを、吾を[一]見あはたしたまひつ』と申したまひて、『吾が名妹の命は、[二]上《うは》つ國を知ろしめすべし、吾は[三]下つ國を知らさむ』と申して、石隠《いはがく》りたまひて、[四]よみつ枚坂《ひらさか》に至りまして[五]思ほしめさく、『吾が名妹の命の知ろしめす上つ國に、[六]心惡しき子を生み置きて來ぬ』と宣《の》りたまひて、返りまして更に生みたまふ子、[七]水の神・[八]匏《ひさご》・[九]川菜《かはな》・[一〇]埴山姫《はにやまひめ》、四種《よくさ》の物を生みたまひて、『この心惡しき子の心荒びるは、[一一]水・匏・埴山姫・川菜をもちて鎭めまつれ』と[一二]事教《ことをし》へ悟《さと》したまひき。

これによりて稱辭竟《たたへごとを》へまつらば、皇御孫《すめみま》の朝廷《みかど》に御心[一三]いちはやびたまはじとして、進《たてまつ》る物は、明《あか》るたへ・照るたへ・和《にぎ》たへ・荒たへ、五色《いついろ》の物を備へまつりて、青海《あをみ》の原に住む物は、鰭《はた》の廣物・鰭の狹物《さもの》、奧《おき》つ海菜《もは》・邊《へ》つ海菜《もは》に至るまでに、御酒《みき》は、瓱《みか》の上《へ》高知り、瓱の腹滿て雙べて、和稻《にぎしね》・荒稻《あらしね》に至るまでに、横山の如く置き高成して、[一四]天つ祝詞《のりと》の太祝詞事《ふとのりとごと》もちて稱辭竟へまつらく」と申す。

[一五]道の饗《あへ》の祭

高天《たかま》の原に事始めて、[一六]皇御孫《すめみま》の命と、稱辭竟《たたへごとを》へまつる、[一七]大八衢《おほやちまた》にゆつ磐《いは》むらの

三 地下の方の国。根の国。死者の世界。

四 地下の国にあるという坂。墳墓の入口から中心部に向かってゆるい坂になっているのを意味するという。

五 お思いになることは。

六 火の神のこと。祭の主神である火の神をわるくいい、火を消す力のある水の神などの出現をいうのは、もと火をしずめる神を祭る主旨であったからである。

七 水の精霊。古事記にミヅハノメといい、女神である。

八 つる草の実で、水をくむ道具。ふくべ。

九 水藻。水をふくんでおり、火をしずめる力がある。

一〇 土山の女神。火をしずめる力がある。

一一 水の神に同じ。水の神がひさごをもち、埴山姫が川菜をもってと解する説があるが、よくない。

一二 ことばで教え知らせられた。

一三 猛威をお振いにならないようにとて。イチは、霊威。ハヤビは、勇猛ぶる、勇猛にする。火の神に活動しないようにと、物を奉って祭をする。

一四 はじめの「天の祝詞の太祝詞ごとをもちて申さく」の句を受けている。

一五 京の四隅の道上において、はいって来ようとする魔ものに物を捧げてはいらないようにと願う祭。それで道で饗応する祭というのだが、祝詞の文意は、その魔ものを防ぐ神を祭ることになっている。六月と十二月に日を選んで行う。

一六 皇御孫の命の御命令として。「皇御孫の命の命と」というべきを、命を一つ略してある。

一七 八衢の美称。方々に通ずる道のわかれるところ。

如久塞坐、皇神等之前爾申久、八衢比古・八衢比賣・久那斗止、御名者申弖、辭竟奉久波、根國・底國與里、麁備[1]疎備[2]來物爾、相率相口會事無弖、下行者下乎守理、上往者上乎守理、夜之守日之守爾、守奉齋奉禮止、進幣帛者、明妙・照妙・和妙・荒妙備奉、御酒者、㼮邊高知、㼮腹滿雙弖、汁爾母穎爾母、山野爾住物者、毛能和物・毛能荒物、青海原爾住物者、鰭乃廣物・鰭乃[3]狹物、奧津海菜・邊津海菜爾至萬弖爾、横山之如久置所レ足弖、進宇豆乃[4]幣帛乎、平久氣聞食弖、八衢爾[5]湯津磐村之如久塞坐弖、皇御孫命乎、堅磐爾常磐爾齋奉、茂御世爾幸閉奉給止申。

又親王等・[6]王等・臣等・百官人等、天下公民爾至萬弖爾、平久齋給部止、神官、天津祝詞乃[7]太祝詞事乎以弖、稱辭竟奉止申。

1　底本大字に書く。
2　同前。
3　底本に無い。
4　底本「之」
5　底本に無い。
6　二字、底本に無い。
7　底本「大」

如く塞《さや》ります、皇神等《すめがみたち》の前に申さく、「[一]八衢《やちまた》ひこ・八衢《やちまた》ひめ・[二]くなどと御名《みな》は申して、辭竟《ことを》へまつらくは、根の國・底の國より麁《あら》び疎《うと》び來《こ》む物に、[三]相率《あひまじこ》り相口會《あひくちあ》ふ事なくして、下より行かば下を守り、上より往かば上を守り、夜《よ》の守り日の守りに守りまつり、齋《いは》ひまつれと、進《たてまつ》る幣帛《みてぐら》は、明るたへ・照るたへ・和《にぎ》たへ・荒たへに備へまつり、御酒《みき》は、𤭖《みか》の上《へ》高知り、𤭖の腹滿《み》て雙べて、汁《しる》にも穎《かひ》にも、山野に住む物は、毛の和物《にこもの》・毛の荒物、青海《あをみ》の原に住む物は、鰭《はた》の廣物・鰭《はた》の狹物《さもの》、奥《おき》つ海菜《もは》・邊《へ》つ海菜に至るまでに、横山の如く置き足《たら》はして進《たてまつ》るうづの幣帛を、平らけく聞《きこ》しめして、八衢《やちまた》にゆつ磐《いは》むらの如く塞《さや》りまして、皇御孫の命を堅磐《かきは》に常磐《ときは》に齋《いは》ひまつり、茂《いか》し御世《みよ》に幸《さき》はへまつりたまへ」と申す。

「また親王等《みこたち》・王　等《おほきみたち》・臣　等《まへつぎみたち》・百《もも》の官人等《つかさびとたち》、天《あめ》の下《した》の公　民《おほみたから》に至るまでに、平らけく齋《いは》ひたまへと、神官《かむづかさ》、天《あま》つ祝詞《のりと》の太祝詞事《ふとのりとごと》をもちて稱辭竟《たたへごとを》へまつらく」

と申す。

一　道路にいて魔ものを防ぐ神。チマタの神霊。その男神と女神。

二　来るなのところの義という。古事記イザナキの命の神話に「衝き立つ船戸の神」というに当る。

三　なかまになり、口を合わせることなく。大殿祭の祝詞に見える。

大嘗祭

集侍神主・祝部等、諸聞食登宣。

高天原爾神留坐、皇睦神漏伎・神漏彌命以、天社・國社登敷坐留、皇神等前爾白久、今年十一月中卯日爾、天都御食能長御食能遠御食登、皇御孫命能大嘗聞食牟爲故爾、皇神等相宇豆乃比奉弖、堅磐爾常磐爾齋比奉利、茂御世爾幸閉奉牟爾依弖志、千秋五百[1]秋爾、平久安久聞食弖、豐明爾明坐牟、皇御孫命能宇豆能幣帛乎、明妙・照妙・和妙・荒妙爾備奉弖、朝日豐榮登爾、稱辭竟奉久乎、諸聞食登宣。

事別、忌部能弱肩爾太襁取挂弖、持由麻波利仕奉禮留幣帛乎、神主・祝部等請弖、事不レ落捧持弖奉登宣。

1　底本本文に無い。右に書く。

大嘗《おほにへ》の祭[一]

「集侍《うごな》はれる神主《かむぬし》・祝部《はふりら》等、諸《もろもろ》聞《きこ》しめせ」と宣《の》る。

「高天《たかま》の原に神留《かむづま》ります、皇睦《すめむつ》神ろき・神ろみの命もちて、天《あま》つ社《やしろ》・國つ社と敷《し》きませる、皇神等《すめがみたち》の前に白さく、今年十一月《しもつき》の中の卯《う》の日に、天《あま》[二]つ御食《みけ》の長《なが》御食《みけ》の遠御食《とほみけ》と、皇御孫《すめみま》の命の大嘗《おほにへ》聞しめさむための故に、皇神等あひうづ[三]のひまつりて、堅磐《かきは》に常磐《ときは》に齋《いは》ひまつり、茂《いか》[四]し御世に幸《さき》はへまつらむによりてし、千《ち》[五]秋《あき》の五百秋《いほあき》に平らけく安らけく聞しめして、豐[六]の明《あか》りに明[七]りまさむ皇御孫の命のうづの幣帛《みてぐら》を、明るたへ・照るたへ・和《にぎ》たへ・荒たへに備へまつりて、朝日の豐榮登《とよさかのぼ》りに稱辭竟《たたへごとを》へまつらくを、諸聞しめせ」と宣《の》る。

「事別《ことわ》[八]きて、忌部《いみべ》の弱肩《よわかた》に太繦《ふとだすき》取り挂《か》けて、持ち齋《ゆま》はり仕へまつれる幣帛を、神主・祝部等請けたまはりて、事落ちず捧げ持ちて奉《たてまつ》れ」と宣《の》る。

一 その年の新穀をもって神を祭る祭。後には毎年行われるのを新嘗祭とし、天皇一代に一度行われるのを大嘗祭として区別するが、ここは毎年に行われるものをいう。十一月の中のウの日に行う。嘗は、新穀をもって祭る祭。

二 尊くして長久である御食事の意を、かさねことばで表現する。

三 共に賞美し申しあげて。

四 さかんな御世に栄えさせ申しあげるだろうによって。ヨリテシの下のシは、強意の助詞。

五 永久にたいらかにめしあがって。

六 酒宴。酒などをめして赤らむこと。

七 赤くなっておいでなさるであろう。皇御孫の命の修飾句。

八 辞別きて、詞別きてとあるものに同じ。とくに言うことは。

鎭ニ御魂齋戸一祭 中宮・春宮齋戸祭亦同。

高天之原爾神留坐須、皇親神漏岐・神漏美能命乎以弖、皇孫之命波、豐葦原能水穗國乎、安國止定奉弖、下津磐根爾宮柱太敷立、高天之原爾千木高知弖、天之御蔭・日之御蔭止稱辭竟奉弖[1]、奉御衣波、上下[2]備奉弖、宇豆乃[3]幣帛波、明妙・照妙・和妙・荒妙、五色物、御酒波、𤭖邊高知、𤭖腹滿雙弖、山野物波、甘菜・辛菜、青海原物波、鰭廣物・鰭狹物、奧津海菜・邊津海菜爾至萬弖爾、雜物乎、如ニ横山一置高成弖、獻留宇豆乃[4]幣帛乎、安幣帛能足幣帛止、平久聞食弖、皇良我朝庭乎、常磐爾堅磐爾齋奉、茂御世爾幸閉奉給弖、自ニ此十二月一始、來十二月爾至萬弖爾、平久御坐所令ニ御坐一給止、今年十二月某日[5]、齋比鎭奉止申。

1 底本に無い。
2 底本本文に無い。右に書く。
3 底本に無い。
4 同前。
5 底本「其」

御《み》[一]魂《たま》を齋戸《いはひど》に鎭《しづ》むる祭　中[二]宮・春[三]宮の齋戸の祭も同じ。

「高天《たかま》の原に神留《かむづま》ります、皇親神《すめむつかむ》ろき・神《かむ》ろみの命をもちて、皇孫《すめみま》の命は、豐葦原の水穗の國を安國と定めまつりて、下つ磐《いは》ねに宮柱太敷き立て、高天の原に千木《ちぎ》高知りて、天《あめ》の御蔭《みかげ》・日の御蔭と稱辭竟《[四]たたへごとを》へまつりて、奉《たてまつ》る御衣《みそ》は、上下《かみしも》備へまつりて、うづの幣帛《みてぐら》は、明るたへ・照るたへ・和《にぎ》たへ・荒たへ、五色《いついろ》の物、御酒《みき》は、𤭖《みか》の上《へ》高知り、𤭖の腹滿て雙べて、山野の物は、甘菜・辛菜、靑海《あをみ》の原の物は、鰭《はた》の廣物・鰭の狹物《さもの》、奧《おき》つ海菜《もは》・邊《へ》つ海菜に至るまでに、雜《くさぐさ》の物を橫山の如く置き高成して獻《たてまつ》るうづの幣帛を、安幣帛の足《たり》幣帛と平らけく聞しめして、皇《すめら》が朝廷《みかど》を常磐《ときは》に堅磐《かきは》に齋《いは》ひまつり、茂《いか》し御世に幸《さき》はへまつりたまひて、この十二月《しはす》より始めて、來《[五]きた》らむ十二月に至るまでに、平らけく御坐所《[六]おほましどころ》に御《[七]おほ》坐《ま》さしめたまへと、今年十二月の某《[八]それ》の日、齋[九]ひ鎭めまつらく」と申す。

一　天皇の魂を斎戸にしずめる祭。イハヒドは、守りしずめるところの義で、神祇官の神殿をいう。毎年十二月に行う。神ろき・神ろみの命のおことばをもって、天皇の魂に申すことば。
二　古くは皇后・皇太后・皇太皇后の称。後に皇后の称。ここは古い方。
三　皇太子。
四　皇居を祝いたてまつって。
五　来年の十二月まで。
六　天皇のおいでになるところ。
七　天皇を御座させたまえと。
八　実際に使う時は、その日付を入れる。
九　天皇の魂を、あやまちのないように守りしずめ申しあげると申す。魂をしずめ祭って、その本身にあやまちがないようにとする。

伊勢大神宮

二月祈年、六月・十二月月次祭

天皇我御命以弖、度會乃宇治乃五十鈴川上乃、下津石根尓、稱辭竟奉流、皇大神能大前尓申久、常毛進流二月祈年月次祭唯以二六月月次之辭一相換。大幣帛乎、某官位姓名乎爲レ使天、令二捧持一弖進給布御命乎、申給久止申。

豐受宮

天皇我御命以弖、度會乃山田原乃、下津石根尓稱辭竟奉流、豐受皇神[1]前尓申久、常毛進流二月祈年月次祭唯以二六月月次之辭一相換。大幣帛乎、某官位姓名乎爲レ使天、令二捧持一弖進給布御命乎、申給久止申。

1 底本に無い。

伊勢《いせ》の大神の宮[一]

[二]二月《きさらぎ》の祈年《としごひ》、六月《みなづき》・十二月《しはす》の月次《つきなみ》の祭

[三]天皇《すめら》が御命《おほみこと》もちて、[四]度會《わたらひ》の宇治《うぢ》の五十鈴《いすず》の川上《かはかみ》の、下つ石《いは》ねに稱辭竟《たたへごとを》へまつる、皇大神《すめおほみかみ》の大前に申さく、「常も進《たてまつ》る二月《きさらぎ》の祈年《としごひ》の月次の祭にはただ六月の月次の辭をもちて相換へよ。大幣帛《おほみてぐら》を、某《それ》の官位姓名《つかさくらゐなにがし》を使として、捧げ持たしめて進《たてまつ》りたまふ御命を、[五]申したまはく」と申す。

[六]豐受《とようけ》の宮

天皇《すめら》が御命《おほみこと》もちて、度會《わたらひ》の山田の原の下つ石《いは》ねに稱辭竟《たたへごとを》へまつる、豐受の皇神《すめがみ》の前に申さく、「常も進《たてまつ》る二月《きさらぎ》の祈年《としごひ》の月次の祭にはただ六月の月次の辭をもちて相換へよ。大幣帛《おほみてぐら》を、某《それ》の官位姓名《つかさくらゐなにがし》を使として、捧げ持たしめて進《たてまつ》りたまふ御命を、申したまはく」と申す。

一 以下九篇の総題で、それらが伊勢の皇大神宮に関する祝詞であることを示す。
二 祈年の祭と月次の祭との祝詞で、同文である。これは勅使を遣わす時の祝詞。
三 天皇の御命令をもって。
四 今は伊勢市というが、もと度会郡の宇治であった。
五 申しあげますと申す。タマハクは、たまうことの意であって、自分のことにいうのはおかしいが、タマフを謙譲語として、申すのをゆるしていただくの意に使っている。この場合のタマフは、下二段活用になり、タマハの形はないのだが、四段活に准じてタマハクというと見える。
六 伊勢の神宮の外宮。豐受の大神をまつるのでいう。その宮での祈年および月次の祭の祝詞。勅使を遣わす時の祝詞。

四月神衣祭（九月准レ此。）

度會乃宇治五十鈴川上爾、大宮柱太敷立天、高天原爾千木高知天、稱辭竟奉留、天照坐皇大[1]神乃大前爾申久、服織・麻績[2]乃人等乃、常毛[3]奉仕留、和妙・荒妙乃織乃御衣乎進事乎、申給止申。荒祭宮毛爾如レ是申天進止宣。（禰宜・內人、稱レ唯。[4]）

[5]六月月次祭[6]（十二月准レ此。）

度會乃宇治五十鈴乃川上爾、大宮柱太敷立天、高天原爾比木高知天、稱辭竟奉留、天照坐皇大[7]神乃大前爾申進留、天津祝詞乃太祝詞乎、神主部・物忌等、諸聞食止宣。（禰宜・內人等、共稱レ唯。）天皇我御命爾坐、[8]御壽乎手長乃御壽止、湯津如二磐村一、常磐堅磐爾、伊賀志御世爾幸倍[9]給比、阿禮坐皇子等乎毛惠給比、百官人等、天下四方國乃百姓爾至萬天、長平久作食留五穀乎毛、豐爾令レ榮給比、護惠比幸給止、三郡・國々處々爾[10]寄奉禮留神戸人等能、常毛進留御調絲、由貴乃御酒・御贄乎、如二[11]海山一置足↓

1 底本「太」
2 底本「續」
3 底本「无」
4 底本、この下に大字で「祭六」があり、朱で消してある。
5 底本本文に無い。右に書く。
6 同前。
7 底本「太」
8 底本本文に無い。右に書く。
9 底本「位」
10 以下十三字、底本に無い。
11 諸寫本同じ。

四月《うづき》[一]の神衣《みそ》の祭 九月《ながつき》はこれに准《なら》へ。

度會《わたらひ》の宇治の五十鈴《いすず》の川上に大宮柱太敷き立て、高天の原に千木《ちぎ》高知りて稱辭《たたへごと》竟《を》へまつる、天照らします[二]皇大神《すめおほみかみ》の大前に申さく、「服織《はとり》[三]・麻績《をみ》[四]の人等《ひとども》の常も仕へまつる和《にぎ》たへ・荒たへの織《はた》の御衣《みそ》を進《たてまつ》る事を、申したまはく」と申す。

「荒祭《あらまつり》[五]の宮にもかく申して、進れ」と宣《の》る。禰宜《ねぎ》[六]・内人《うちびと》[七]、唯《をを》と稱す。

六月《みなづき》[八]の月次《つきなみ》の祭 十二月《しはす》はこれに准へ。

「度會の宇治の五十鈴の川上に大宮柱太敷き立て、高天の原にひ[九]木《ぎ》高知りて稱辭竟へまつる、天照らします皇大神《すめおほみかみ》の大前に申し進《たてまつ》る、天《あま》つ祝詞《のりと》の太祝詞《ふとのりと》を、神主部《かむぬしべ》[一〇]・物忌《ものいみ》[一一]等《ども》、諸《もろもろ》聞《きこ》しめせ」と宣《の》る。禰宜・内人等、共に唯と稱す。

「天皇《すめら》が御命《おほみこと》に坐《ま》せ、御壽《おほみいのち》[一二]を手長《たなが》の御壽と、ゆつ磐《いは》むらの如く常磐《ときは》に堅磐《かきは》に、茂《いか》し御世に幸《さき》はへたまひ、生《あ》[一三]れます皇子等《みこたち》をも惠《めぐ》みたまひ、百《もも》の官人等《つかさびとたち》、天《あめ》の下四方《よも》の國の百姓《おほみたから》[一四]に至るまで、長く平らけく作り食《た》[一五]ぶる五の穀《いつくさのたなつもの》をも、ゆたかに榮えしめたまひ、護《まも》り惠《めぐ》[一六]まひ幸《さき》はへたまへと、三[一七]つの郡《こほり》・國國處處に寄せまつれる神戸《かむべ》[一八]の人等《ひとども》の、常も進《たてまつ》る御調《みつき》の絲、ゆきの[一九]御酒《おほみき》・御贄《おほにへ》[二〇]を、海山の如く置き足《たら》

一 神宮に御衣を奉る祭。四月と九月に行う。
二 天照らす大神に同じ。
三 織物を織る職の者。
四 アサを糸に作る職の者。
五 伊勢の神宮の付属の社で、天照らす大神の荒魂（アラミタマ）をまつる。アラミタマは、霊魂の活動的の方面をあらわすことば。ここから以下は、宮司が、下の役の者に対していうので、宣るという。
六 宮司の下の神職。
七 神宮に親しく仕えまつる人。
八 前にも同じ祭の祝詞があったが、これは宮司のとなえる祝詞で、別である。
九 千木に同じ。古事記上巻に氷木と書く。
一〇 神職の人々。
一一 潔斎して神前に仕える人。神宮の神職の子女の未婚の者を使う。内人に当る。
一二 命の敬称。天皇の御命。
一三 生まれたまう。
一四 人民。
一五 耕作して食する穀物。
一六 メグムの連続をあらわす語。
一七 渡会・多気（タケ）・飯野の三郡。飯野郡は、今飯南郡の一部となる。
一八 出すところの田租を、神宮・神社の用にあてる民家。
一九 潔斎して作ったもの。
二〇 食料の魚鳥。

成天、大中臣、太玉串爾隱侍天、今年六月十七日乃朝日乃豐榮登爾、稱申事乎、神主部・物忌等、諸聞食止宣。神主部、共稱レ唯。

荒祭宮・月讀宮爾毛、如レ是久申進止宣。神主部、亦稱レ唯。

九月神嘗祭

皇御孫命[1]御命以、伊勢能度會五十鈴河上爾、稱辭竟奉流、天照坐皇大神能大[2]前爾申給久、常毛進流九月之神嘗能大幣帛乎、某官某位某王、中臣某官某[3]位某[4]姓名乎爲レ使弖、忌部弱肩爾太襁取懸、持齋波理令二捧持一弖、進給布御命乎、申給久止申。

豐受宮同祭

天皇我御命以弖、度會能山田原爾稱辭竟[5]奉流、皇神前爾申給久、常毛進留九月之神嘗能大[6]幣帛乎、某官某位某[7]王、中臣某官某[8]位[9]某姓名乎爲レ使弖、忌部弱肩爾太襁取懸、持齋波理令二捧持一弖、進給布御命乎、申給久止申。

1 底本に無い。
2 底本「太」
3 底本「其」
4 同前。
5 底本、この下に小字「流」がある。
6 底本「太」
7 底本「其」
8 同前。
9 同前。

はして、大中臣《おほなかとみ》、一太玉串《ふとたまぐし》に隱《かく》り侍《はべ》りて、今年《ことし》六月《みなづき》の十七日《とをかまりなぬか》の朝日の豐榮登《とよさかのぼ》りに、稱《たた》へ申す事を、神主部《かむぬしべ》・物忌等《ものいみども》、諸聞しめせ」と宣《の》る。神主部、共に唯と稱す。「荒祭《あらまつり》の宮・二月讀《つくよみ》の宮にもかく申して、進《たてまつ》れ」と宣る。神主部、また唯と稱す。

三九月《ながつき》の神嘗《かむにへ》の祭

皇御孫《すめみま》の命の御命《おほみこと》もちて、伊勢の度會《わたらひ》の五十鈴《いすず》の河上に稱辭竟へまつる、天照らします皇大神《すめおほみかみ》の大前に申したまはく、「常も進《たてまつ》る九月《ながつき》の神嘗《かむにへ》の大幣帛《おほみてぐら》を、某《それ》の官《つかさ》某の位《くらゐ》某の王《おほきみ》、中臣《なかとみ》の某の官某の位某姓名《なにがし》を使として、忌部《いみべ》の弱肩《よわかた》に太襁《ふとだすき》取り懸《か》けて、持ち齋《ゆま》はり捧げ持たしめて、進《たてまつ》りたまふ御命を申したまはく」と申す。

豐受の宮の同じ祭

天皇《すめら》が御命もちて、度會の山田の原に稱辭竟へまつる、皇神《すめがみ》の前に申したまはく、「常も進《たてまつ》る九月の神嘗《かむにへ》の大幣帛を、某の官某の位某の王、中臣の某の官某の位某姓名《なにがし》を使として、忌部の弱肩に太襁取り懸けて、持ち齋はり捧げ持たしめて、進りたまふ御命を申したまはく」と申す。

一 サカキにアサなどを垂れたもの。その枝を捧げもって祝詞をとなえる。

二 伊勢の神宮の付属の社。月の神を祭る。月の神を、月読の命という。ツクヨミは、月は月齢を数え、また幾月と数えるものであるから、月を数えることの意にいう。

三 穀物のみのりを神に告げるために、初穂をたてまつる祭。以下二篇は、勅使を遣わす時の祝詞である。

同神嘗祭

度會乃宇治乃五十鈴乃川上爾、大宮柱太敷立天、高天原爾比木高知天、稱辭竟奉留、天照坐皇大神[1]乃大前爾申進留、天津祝詞乃太祝詞乎、神主部・物忌等、諸聞食止宣。禰宜・內人等、[2]共稱レ唯。天皇我御命爾坐、御壽乎手長乃御壽止、湯津如二磐村一、常磐堅磐爾、伊賀志御世爾幸倍給比、阿禮坐皇子等乎毛惠給比、百官人等・天下四方國乃百姓爾至萬天、長平久護惠比幸給止、三郡・國國處處寄奉禮留神戸人等乃、常毛進留由紀能御酒・御贄、懸稅千稅餘[3]五百稅乎、如二横山一久置足成天、大中臣、太玉串[4]爾隱侍天、今年九月十七日朝日豐榮登爾、天津祝詞乃太[5]祝詞辭乎稱申事乎、神主部・物忌等、諸聞食止宣。禰宜・內人等、稱レ唯。

荒祭宮・月讀宮爾毛、如レ此久申進止宣。神主部、共稱レ唯。

齋內親王奉入時

進二神嘗幣一詞申畢、次卽申云、辭別弖申↓

1　底本「太」
2　底本「尔」
3　底本「余」
4　二字、底本「大王」
5　底本「大」

同じ神嘗の祭[一]

「度會《わたらひ》の宇治の五十《い》鈴《すず》の川上に大宮柱太敷き立て、高天の原にひ木《ぎ》高知りて稱辭竟へまつる、天照らします皇大神《すめおほみかみ》の大前に申し進《たてまつ》る、天つ祝詞の太祝詞を、神主部《かむぬしべ》・物忌等《ものいみども》、諸聞しめせ」と宣る。禰宜・内人等、共に唯と稱す。

「天皇《すめら》が御命《おほみこと》に坐《ま》せ、御壽《おほみいのち》を手長の御壽と、ゆつ磐《いは》むらの如く常磐《ときは》に堅磐《かきは》に、茂《いか》し御世に幸《さき》はへたまひ、生《あ》れます皇子等《みこたち》をも惠みたまひ、百《もも》の官人等《つかさびとたち》・天の下四方《よも》の國の百姓《おほみたから》に至るまで、長く平らけく護《まも》り惠《めぐ》まひ幸《さき》はへたまへと、三つの郡・國國處處に寄せまつれる神戸《かむべ》の人等の、常も進るゆきの御酒《おほみき》・御贄《おほにへ》、懸税《かけちから》[二]千税《ちぢから》餘《あま》り五百税《いほちから》を、横山の如く置き足《たら》はして、大中臣《おほなかとみ》、太玉串《ふとたまぐし》に隱り侍りて、今年九月《ながつき》の十七《とをかまりなぬか》日の朝日の豐榮登《とよさかのぼ》りに、天つ祝詞の太祝詞辭《ふとのりとごと》を稱《たた》へ申す事を、神主部・物忌等、諸聞しめせ」と宣る。禰宜・内人等、唯と稱す。

「荒祭の宮・月讀《つくよみ》の宮にも、かく申して進れ」と宣る。神主部、共に唯と稱す。

齋《いつき》[三]の內親王《ひめみこ》を奉り入るる時

神嘗《かむにへ》[四]の幣《みてぐら》を進《たてまつ》る詞《ことば》を申し竟《を》へて、次《つぎ》にすなはち申して云《い》はく、「辭別《ことわ》きて申し

一　前の二篇と同じ神嘗の祭の祝詞であるが、これは宮司がとなえる祝詞である。下の神職たちに申し聞かせる。

二　神宮の玉垣にかけて奉るイネの束。その多くあるもの。

三　神宮に奉仕のために未婚の皇女をたてまつる時の祝詞。斎の内親王は、斎宮ともいう。天皇一代ごとに改めて奉る例である。たいせつに仕える皇女の義。辞別きて以下が、祝詞の文。

四　神嘗の祭の祝詞を申した次に、斎の内親王を奉る場合は、以下のことばを述べる。これは勅使の中臣氏の申すことばである。

給久、今進流齋内親王波、依二恒例一弖、三年齋比清麻[1]波理弖、御杖代止定弖、進給事波、皇御孫之尊乎、天地日月止共爾、常[2]磐爾堅磐爾、平氣久安久御座坐[3]志米武止、御杖代止進給布御命乎、大中臣、茂桙中取持弖、恐美恐美毛申給久止申。

遷二奉大神宮一祝詞　豐受宮准レ此。

皇御孫能命[4]能御命乎以弖[5]、皇大御神能大前[6]爾申給久、常乃[7]例爾依弖、廿年爾一遍比、大宮新仕奉弖、雜御裝束物五十四種、神寶廿一種乎儲備天、祓淸賣持忌波理弖、預供奉、辨官某位某[8]姓名乎差使弖、進給狀乎、申給久止申。

遷二却崇[9]神一

高天之原爾神留坐弖、事始給志、神漏岐・神漏美能命以弖、天之高市爾、八百萬神等乎神集集給比、神議議給弖、我皇御孫之↓

1　三字、底本小字に書く。
2　三字、底本に無い。
3　底本本文に無い。右に書く。
4　二字、底本に無い。
5　底本に無い。
6　底本「太」
7　底本「川」
8　底本「其」
9　底本「祟」

たまはく、今進《たてまつ》る齋《いつき》の内親王《ひめみこ》は、恆《つね》[一]の例《ためし》によりて、三年齋ひ淸はりて《みとせいはきよま》[二]、御杖《みつゑ》[三]代《しろ》と定めて進りたまふ事は、皇御孫《すめみま》の尊を、天地《あめつち》月日と共に常磐《ときは》に堅磐《かきは》に、平らけく安らけく御座《おほま》坐さしめむと、御杖代と進りたまふ御命《おほみこと》を、大中臣、茂し《いか》[四]桙《ほこ》の中《なか》[五]取り持ちて、恐み《かしこ》[六]恐みも申したまはく」と申す。

大神の宮を遷しまつる祝詞[七] 豐受の宮はこれに准へ。

皇御孫《すめみま》の命の御命《おほみこと》をもちて、皇大御神《すめおほみかみ》の大前に申したまはく、「常の例《ためし》により て、廿年《はたとせ》に一遍《ひとたび》、大宮新に仕へまつりて、雜《くさぐさ》[八]の御裝束《みよそひ》の物五十四種《いつくさあまりよくさ》、神寶《かむだから》廿一種《はたくさあまりひとくさ》を儲《ま》け備へて、祓《はら》へ淸め持ち忌《ゆま》はりて預《あづか》り供《つか》へまつる、辨官《おほともひ》[九]某《それ》の位某姓名《なにがし》をさし使《つか》はして、進《たてまつ》りたまふ狀《さま》を申したまはく」と申す。

崇神《たたりがみ》[一〇]を遷《うつ》し却《や》る

「高天《たかま》の原に神留《かむづま》りまして、事始めたまひし神《かむ》ろき・神ろみの命《みこと》もちて、天《あめ》[一一]の高市《たけち》に八百萬《やほよろづ》の神等《かみたち》を神集《かむつど》へ集へたまひ、神議《かむはか》り議りたまひて、我が皇御孫《すめみま》の

一　きまった例によって。
二　三年間潔斎して。
三　大神の御杖になるもの。
四　譬喩による枕詞。りっぱな桙の中をもつようにの意に中につづく。「厳矛、此云二伊箇之保虚一」(日本書紀舒明天皇紀)。
五　天皇と神との中を仲介して。
六　おそれつつしんでの意の副詞句。
七　伊勢の神宮は二十年ごとに新に造営する定めであり、その新造の宮におうつしする時の祝詞。
八　新宮造営と共に、種々の御装束および神宝をも新に造営する。それらの目録は、延喜式の大神宮の巻、皇大神宮儀式帳に載っている。
九　太政官(中央政府の総理府)の事務官。左右に分かれ、それぞれ大中少があって、例えば、左大弁・右少弁などという。
一〇　わるい神を追放する祭で、必要のある時に臨時に行う。
一一　高天の原にあって、高いところで人の集まるところ。「八十万(ヤソヨロヅ)の神を天の高市につどへて問はしたまひき」(日本書紀巻一)。

尊波、豊葦原能水穂之國乎、安國止平氣久所レ知食止、天之磐座放弖、天之八重雲乎、伊頭之千別支爾千別弖、天降所レ寄奉志時爾、誰神乎先遣波、水穂國能荒振神等乎、神攘々平氣武止、神議議給時爾、諸神等、皆量申久、天穂日之命乎遣而平氣武止申支。是以天降遣時爾、此神波、返言不レ申支。次遣志健三熊之命毛、随二父事一弖、返言不レ申。又遣志天若彦毛、返言不レ申弖、高津鳥殃爾依弖、立處爾[1]身亡支。是以、天津神能御言以弖、更量給弖、經津主命・健雷命二柱神等乎、天降給比弖、荒振神等乎、神攘々給比、神和和給弖、語問志磐根樹立・草之片葉毛語止弖、皇御孫之尊乎、天降所レ寄奉支。如レ此久天降所レ寄奉志四方之國中止、大倭日高見之國乎、安國止定奉弖、下津磐根爾宮柱太敷立、高天之原爾千木高知弖、天之御蔭・日之御蔭止仕奉弖、安國止平氣久所レ知食武、皇御孫之尊能、天御舎之内爾[2]坐須皇神等波、荒備[3]給比健備[4]給[5]事无志弖、高天之原爾始志事乎、神[6]奈我良毛所レ知食弖、神直日・大直日爾直志給比弖、自二此地一波、四方乎見霽山川能清地爾遷出坐弖、吾地止宇[7]須波伎坐世止、進幣帛者、明妙・照妙・和↓

1　底本「弖」
2　底本「矢」
3　底本大字に書く。
4　同前。
5　底本、この下に「比健給」の三字がある。
6　三字、底本小字に書く。
7　同前。

尊は、豊葦原の水穂の國を、安國と平らけく知《し》ろしめせと、天《あめ》の磐座《いはくら》放れて、天の八重雲《やへぐも》をいつの千別《ちわ》きに千別きて、天降《あまくだ》し寄さしまつりし時に、誰《いづれ》の神をまづ遣はさば、水穂の國の荒ぶる神等《かみども》を[一]神攘《かむはら》ひ攘ひ平《む》けむと、神議り議りたまふ時に、諸《もろもろ》の神等《かみたち》皆量《はか》り申さく、[二]天《あめ》の穂日《ほひ》の命を遣はして平けむと申しき。こをもちて天降し遣はす時に、この神は[三]返言《かへりごと》申さざりき。次に遣はしし[四]健三熊《たけみくま》の命も、父の事に随ひて返言申さず。また遣はしし[五]天若彦《あめわかひこ》も返言申さずて、[六]高つ鳥の殃《わざはひ》によりて、立處《たちどころ》に身亡《みう》せにき。ここをもちて天つ神の御言《みこと》もちて、また量《はか》りたまひて、[七]ふつ主《ぬし》の命・健雷《たけみかづち》の命二柱の神等を天降したまひて、荒ぶる神等を神攘《かむはら》ひ攘ひたまひ、[八]神和《かむやは》し和したまひて、語問《ことと》ひし磐《いは》ね樹《こ》の立《たち》・草の片葉《かきは》も語止《ことや》めて、皇御孫の尊を天降し寄さしまつりき。かく天降し寄さしまつりし四方《よも》の國中《くぬち》と、大倭日高見《おほやまとひたかみ》の國を安國と定めまつりて、下つ磐ねに宮柱太敷き立て、高天の原に千木高知りて、天の御蔭・日の御蔭と仕へまつりて、安國と平らけく知ろしめさむ皇御孫の尊の、[九]天の御舎《みあらか》の内に坐《ま》す皇神等《すめがみたち》は、荒びたまひ健《たけ》びたまふ事なくして、高天の原に始めし事を[一〇]神《かむ》ながらも知ろしめして、[一一]神直《かむなほ》び・大直《おほなほ》びに直《なほ》したまひて、この地《ところ》よりは、四方《よも》を見霽《みはる》かす山川の清き地《ところ》に遷《うつ》り出でまして、吾《わ》が地《ところ》と[一二]領《うすは》きませと、進《たてまつ》る幣帛《みてぐら》は明るたへ・照るたへ・和《にぎ》

一 神の払うこととして払って平安にしようと。
二 天照らす大神とスサノヲの命とのウケヒによって出現した神で、出雲氏の祖先と伝える。出雲の国の造の神賀詞参照。
三 古事記・日本書紀に、この国を得ようと思って御返事をしなかったと伝える。
四 日本書紀に、天のホヒの命の子の大背飯の三熊の大人(ウシ)を下したとある、その人。
五 伝説上の人物。天から降ったが、大国主の神の女と婚姻して返事をしなかったので殺された。
六 古事記の伝えに、天つ神の使のキジを射たために、天つ神がその矢を射返したので殺されたという。ここは空飛ぶ鳥のためにわざわいを受けたとするらしい。
七 春日祭の祝詞にイハヒヌシの命とある神。
八 神のやわらげることとしてやわらげて。
九 皇居の内におられる神たちで、ここはたたりをする神をいう。
一〇 神であるから御承知になって。
一一 直すちからによって、たたることをやめて。
一二 領有したまえ。ウスハキは、ウシハキに同じ。領する意の動詞。

妙・荒妙爾備奉弖、見明物止鏡、翫物止玉、射放物止弓矢、打斷物止太刀、馳出物止御馬、御酒者、瓱戸高知、瓱腹滿雙弖、米爾毛穎爾毛、山爾[1]住物者、毛能和物・毛能荒物、大野原爾生物者、甘菜・辛菜、青海原爾住物者、鰭廣物・鰭狹物、奥津海菜・邊津海菜爾至[2]萬弖爾、横山之如久、几[3]物爾置所レ足弖、奉留宇豆之幣帛乎、皇神等乃御心毛明爾、安幣帛能足幣帛止、平久聞食弖、祟給比健備[4]給事无之弖、山川乃廣久清地爾遷出坐弖、神奈我良[5]鎭坐世止、稱辭竟奉止申。

1　底本に無い。
2　四字、底本に無い。
3　底本「八」
4　底本大字に書く。
5　三字、底本小字に書く。

遣二唐使一時奉幣

皇御孫尊能御命以弖、住吉爾辭竟奉留、皇神等前爾申賜久、大唐爾使遣佐牟止爲爾、依二船居无一弖、播磨國與理船乘止爲弖、使者遣佐牟止所レ念行間爾、皇神命以弖、船居波吾作牟止教悟給比支。教悟給比那我良、船居作給部禮波、悅己備嘉志美、禮代乃↓

たへ・荒たへに備へまつりて、見明らむる物と鏡、翫《もてあそ》ぶ物と玉、射放《いはな》つ物と弓矢、うち斷《た》つ物と太刀、馳《は》せ出づる物と御馬《みま》、御酒《みき》は、𤭖《みか》の上《へ》高知り、𤭖の腹滿て雙べて、米《よね》にも穎《かひ》にも、山に住む物は、毛《け》の和物《にこもの》・毛の荒物、大野の原に生《お》ふる物は、甘菜・辛菜、青海《あをみ》の原に住む物は、鰭《はた》の廣物・鰭の狹物《さもの》、奧《おき》つ海《も》菜《は》・邊《へ》つ海菜に至るまでに、横山の如く几《つくゑ》つ物に置き足《たら》はして、奉るうづの幣帛を、皇神等《すめがみたち》の御心もあきらかに、安幣帛の足《たり》幣帛と平らけく聞しめして、祟《たた》りたまひ健《たけ》びたまふ事なくして、山川の廣く淸き地《ところ》に遷り出でまして、神《かむ》ながら鎭《しづ》まりませと稱辭竟《たたへごとを》へまつらく』と申す。

二 唐《もろこし》に使を遣はす時の奉幣

皇御孫《すめみま》の尊の御命《おほみこと》もちて、住吉《すみのえ》に辭竟《ことを》へまつる皇神等《すめがみたち》の前に申したまはく、「大《もろ》唐《こし》に使遣はさむとするに、三船居《ふなすゑ》無きによりて、播磨《はりま》の國より船《ふな》乘《の》るとして、使は遣はさむと念《おも》ほしめす間に、皇神の命もちて、船居は吾作らむと教《をし》へ悟《さと》したまひき。四教へ悟したまひながら、船居作りたまへれば、悦《よろこ》び嘉《よろこ》しみ、五禮代《あやじろ》の

一 足がついて台になっているもの。

二 唐国に使を遣わす時に、大阪市住吉区にある住吉大社に申す祝詞。この神社は、海神、底筒の男の命・中筒の男の命・上筒の男の命および姫神をまつる。

三 舟をおくところ。舟つき。

四 教え知らしめたままに、住吉の津に舟居を作った。

五 敬意をあらわす品物。

幣帛乎、官位姓名爾令ニ捧賚[1]一弖、進奉止久申。

出雲國造神賀詞

八十日日波在止毛、今日能生日能足日爾、出雲國々造姓名、恐美恐美毛申賜久、挂麻久毛恐支明御神止、大八嶋國所レ知食須、天皇命乃大[2]御世乎、手長能大御世止齋止[3]（若後齋時者加ニ後字一。）爲弖、出雲國乃青垣山内爾、下津石根爾宮柱太知立、高天原爾千木高知坐須、伊射那伎能日眞名子、加夫呂伎熊野大神、櫛御氣野命、國作坐志大穴持命、二柱神乎始天、百八十六社坐皇神等乎、某甲我弱肩爾太[4]襷取挂天[5]、伊都幣能緒結、天乃美賀祕冠利天、伊豆能眞屋爾、麁草乎伊豆能席登苅敷支天、伊都閉黑益之、天能𤭖和爾齋[6]許[7]母利弖、志都宮爾忌靜米仕奉弖、朝日能豐榮登[8]爾、伊波比乃返事能、神賀吉詞、奏賜波久登奏。高天能神王、高御魂命[9]能、皇御孫命爾、天下大八嶋國乎事避奉之時、出雲臣等我遠神[10]、天穗比命乎、國體見爾遣時爾、天能八重

一　出雲の国の造が新任した時に、一年の潔斎を経て後、朝廷に出て出雲の神からの祝いのことばを述べる、そのことば。その後また一年潔斎して、また出て来て述べる。国の造は、その国を管理する職。世襲であり、出雲の国の造は、出雲氏が任ぜられた。

二　たくさんの日はあるけれども。

三　今日の生気あり充実した日に。今日をたたえる。

四　申すもおそれ多い。

五　現実の神として。

六　二度目に賀詞をのべる時は。

七　青い壁をなしている山の内に。「たたなはる青垣、山ごもれる大和しうるはし」（古事記中巻）。

八　イザナキの命の尊い最愛の子。日は美称の接頭語。クシミケノの命のこと。

九　カムロキに同じ。尊い神。

一〇　島根県の熊野神社の大神。スサノヲの命の別名という。クシは、神奇の意の形容詞。ミは接頭語。ケは、食物。ノは接尾語。食物の神。

1　底本「奉」。左に「捧」を書く。

2　四字、底本に無い。

3　底本「上」

4　底本「大」

5　底本に無い。

6　三字、底本小字に書く。

7　底本「女」

8　底本「祭」。右に「登」を書く。

9　底本、この下に「神魂」の二字がある。今、九條本によって削る。

10　諸寫本同じ。

幣帛を、官位姓名《つかさくらゐなにがし》に捧げ賫《も》たしめて、進奉《たてまつ》らく」と申す。

[一]出雲《いづも》の國の造《みやつこ》の神賀詞《かむよごと》

[二]八十日日《やそかび》はあれども、[三]今日の生日《いくひ》の足日《たるひ》に、出雲《いづも》の國の國の造《みやつこ》姓名《なにがし》、恐《かしこ》み恐みも申したまはく、「[四]挂《か》けまくも恐《かしこ》き[五]明《あき》つ御神《みかみ》と、大八島國《おほやしまぐに》知ろしめす天皇命《すめらみこと》の大御世を、手長《たなが》の大御世と齋《いは》ふと[六]もし後の齋ひの時には、後の字を加へよ。して、出雲の國の[七]青垣山《あをがきやま》の內に、下つ石《いは》ねに宮柱太知り立て、高天《たかま》の原に千木《ちぎ》高知ります、[八]いざなきの日《ひ》まな子、[九]かぶろき[一〇]熊野の大神、くしみけのの命、[一一]國作りましし大《おほ》なもちの命二柱の神を始めて、[一二]百八十六社《ももやそまりむやしろ》に坐《ま》す皇神等《すめがみたち》を、[一三]某甲《それがし》が弱肩に太襷《ふとだすき》取り挂《か》けて、[一四]いつ幣《ぬさ》の緒《を》結び、[一五]天《あめ》のみかび冠《かがふ》りて、[一六]いづの眞屋《まや》に[一七]麁草《あらくさ》をいづの席《むしろ》と苅り敷きて、[一八]いつへ黑益《くろま》し、[一九]天《あめ》の瓺《みか》わに[二〇]齋《い》み籠《こも》りて、[二一]しづ宮に忌《いは》ひ靜め仕へまつりて、朝日の豐榮登《とよさかのぼ》りに、[二二]齋《いは》ひの返事《かへりごと》の神賀《かむほき》の吉詞《よごと》、奏《まを》したまはく」と奏《まを》す。

[二三]「高天《たかま》の神王高御魂《かむみおやたかみむすび》の命の、皇御孫《すめみま》の命に天の下大八島國を[二四]事避《ことよ》さしまつりし時に、出雲《いづも》の臣等《おみら》が遠《とほ》つ神天《あめ》のほひの命を、[二五]國體《くにがたみ》見に遣はしし時に、天の八重

一一　国土をお作りになった。国土を作り堅めたと伝える。大国主の神の別名。スサノヲの命の子孫。
一二　出雲の国にあって、朝廷からの幣帛にあずかる社の数。出雲国風土記には百八十五社とし、延喜式の神名の巻には百八十七社とする。漸次増加したのである。
一三　上記の出雲の国の造の名。
一四　アサ・ユフの緒を結んで。イツは、厳粛である意に冠する。以下同じ。ヌサ・アサ・ユフなど、神事に使うもの。これを結んで次の句の美賀秘とする。
一五　不明の語。真淵は、ミカビは、御冠の義とし、宣長は、ミカゲの誤りとし、ミカゲと冠りてとして、ユフを冠につけることだとする。
一六　神聖な家屋に。マは、美称の接頭語。イヅノは、イツノに同じく、厳粛である意をあらわす。
一七　荒い草を敷物として刈って敷いて。
一八　神聖な瓶に黒々ともりあがって。飯などを盛るをいう。
一九　瓶の美称。ワは接尾語。
二〇　潔斎してとじこもって。
二一　神をしずめまつる宮として。
二二　出雲の国の造がとじこもって、その国の神を祭ると、その神々から天皇を災禍の無いように守るむねの御返事のいわいのことばが下るとする。その神々のいわいのことばをここに述べるという。返事は、神々からの返事。神賀の吉詞は、神のいわいのよいことば。この神賀詞の主文(白玉の大御白髪まし以下)をいう。
二三　高天の原を主宰する神。
二四　お寄せ申しあげた時に。
二五　国状を見につかわした時に。

雲乎押別弖、天翔國翔弖、天下乎見廻弖、返事申給久、豐葦原能水穗國波、晝波如二五月蠅一水沸支、夜波如二火瓮一光神在利、石根・木立・青水沫毛事問天、荒國在[1]利。然毛[2]鎮平天、皇御孫命爾、安國止平久所レ知坐之米牟止申弖、己命兒天夷鳥命爾、布都怒志命乎副天、天降遣天、荒布留神等乎撥平氣、國作之大神乎毛媚鎮天、大八嶋國現事・顯事令二事避一支。乃大穴持命乃申給久、皇御孫命乃靜坐牟大倭國申天、己命和魂乎、八咫鏡爾取託天、倭大物主櫛𤭖[3]玉命登名乎稱天、大御和乃神奈備爾坐、己命乃御子阿遲須伎高孫根乃命乃御魂乎、葛木乃鴨能神奈備爾坐、事代主命能御魂乎、宇奈提爾坐、賀夜奈流美命能御魂乎、飛鳥乃神奈備爾坐天、皇孫命能近守神登貢置天、八百丹杵築宮爾靜坐支。是爾親神魯伎・神魯[4]美乃命宣久、汝天穗比命波、[5]天皇命能手長大御世乎、堅石爾常石爾伊波比奉、伊賀志乃御世爾佐伎波閉奉登仰賜志次乃隨爾、供齋若後齋時者加二後字一。仕奉弖、朝日能豐榮登爾、神乃[6]禮白・臣能[7]禮白登、御禱乃神寶獻良久登奏。

白玉能大御白髮坐、赤玉能御阿加良毗坐、青玉能水江玉能行相爾、

1 底本「祁利」
2 底本「鎮鎮」
3 底本「王」
4 底本に無い。
5 四字、底本に無い。左に書く。
6 底本「自」、小字に書く。九條本による。
7 同前。九條本も「自」

一 天を飛びまわり、地上を飛びまわって。
二 御返事を申されたことは。古事記・日本書紀には返事をしなかったと伝える。伝来者の相違による説話の相違である。
三 夏のハへのように水がわきかえり。水はあて字で、皆の意であるが、水の意に解していたのだろう。「さ蠅なす皆みち」(古事記上巻)。
四 火の瓶のようにかがやく神がいる。
五 青い水のあわまでも物を言って乱れている国である。
六 古事記にタケヒナドリの命とある。出雲氏の祖先。
七 表面にあらわれる事、現実の事。ウツシは、現実にある意の形容詞。
八 やわらぎ静まる方面の魂。アラミタマに対して、おだやかな面をあらわす。
九 三輪山の神としての称。オホモノヌシは、おそろしいものの意。クシミカタマは、霊妙な大きな神霊の義。
一〇 奈良県磯城郡の三輪山の大神(オホミワ)神社。カムナビは、森林である神座。
一一 いさせて。ヰルの敬語マスの下二段活の連

雲をおし別けて、[一]天翔《あまがけ》り國翔《くにがけ》りて、天の下を見廻《みめぐ》りて[二]返事《かへりごと》申したまはく、『豐葦原の水穗の國は、晝《ひる》は[三]五月蠅《さばへ》なす水沸《みなわ》き、夜《よる》は[四]火瓮《ほべ》なす光《かがや》く神あり、石《いは》ね・木《こ》立《だち》・[五]青水沫《あをみなわ》も事問《ことと》ひて荒《あら》ぶる國なり。しかれども鎭《しづ》め平《む》けて、皇御孫の命に安國と平らけく知《し》ろしまさしめむ』と申して、己命《おのれみこと》の兒《みこ》[六]天《あめ》の夷鳥《ひなとり》の命にふつぬしの命を副《そ》へて、天降《あまくだ》し遣はして、荒ぶる神等《かみども》を撥《はら》ひ平《む》け、國作らしし大神をも媚《こ》び鎭《しづ》めて、大八島國の[七]現《あき》つ事・顯《うつ》し事事避《ことよ》さしめき。すなはち大なもちの命の申したまはく、『皇御孫の命の靜まりまさむ大倭《おほやまと》の國』と申して、己命《おのれみこと》の[八]和魂《にぎみたま》を八咫《やた》の鏡に取り託《つ》けて、[九]倭《やまと》の大物主《おほものぬし》くしみかたまの命と名《みな》を稱《たた》へて、[一〇]大御和《おほみわ》の神《かむ》なびに坐《ま》せ、[一一]己命の御子[一二]あぢすき高ひこねの命の御魂《みたま》を、[一三]葛木《かづらき》の鴨の神なびに坐《ま》せ、[一四]事代主《ことしろぬし》の命の御魂を[一五]うなてに坐せ、[一六]かやなるみの命の御魂を飛鳥《あすか》の神なびに坐せて、皇孫《すめみま》の命の近き守神と貢《たてまつ》り置きて、[一七]八百丹《やほに》[一八]杵築《きづき》の宮に靜まりましき。ここに親神《むつかむ》ろき・神《かむ》ろみの命の宣りたまはく、『汝《いまし》天のほひの命は、天皇命《すめらみこと》の手長《たなが》の大御世を、堅磐《かきは》に常磐《ときは》に齋《いは》ひまつり、茂《いか》しの御世に幸《さき》はへまつれ』と仰せたまひし[一九]次《つぎて》のままに、供齋《いはひごと》もし後の齋ひの時には、後の字を加へよ。仕へまつりて、朝日の豐榮登《とよさかのぼ》りに、[二〇]神の禮《ゐや》じろ・[二一]臣《おみ》の禮じろと、[二二]御禱《みほき》の神寶獻《かむだからたてまつ》らく」と奏《まを》す。

「[二三]白玉の[二四]大御白髮《おほみしらが》まし、[二五]赤玉の[二六]御赤《みあか》らびまし、[二七]青玉の水《みづ》の江《え》の玉の行相《ゆきあひ》に、明《あき》

用形。
三 天若彦の喪儀に喪屋を斬り伏せた神話を伝える。雷神であるという。
一三 奈良県南葛城郡の葛城山にある高鴨の神社。
一四 大国主の神に進言して国を譲らしめたという。祈年祭の祝詞に見える辞代主に同じ。
一五 奈良県高市郡の雲梯(ウナテ)神社。ここだけカムナビの語が無いのは、落ちたのだろうという。
一六 古事記・日本書紀に伝えない。飛鳥神社の祭神。
一七 たくさんの赤土の義で、土を杵でつくので、枕詞とする。「八百丹よしい杵築の宮」(古事記下巻)。
一八 島根県大社市にある出雲大社。キヅキは、もとの地名。
一九 次第のままに。
二〇 神からの敬意を表するささげ物。
二一 出雲の臣からの敬意を表するささげ物。
二二 お祝の神様の宝物を献上することと申しあげます。次の祝のことばは、この宝物の名によせて述べてある。その献上する宝物の目録は、延喜式の臨時祭の条に次のように記している。「玉六十八枚(赤水精八枚、白水精十六枚、青石玉四十四枚)、金銀装横刀一口、鏡一面、倭文(シツ)二端、白眼鴾毛(ツキゲ)馬一疋、白鵠(シロミドリ)二翼、御贄五十舁。」
二三 白玉のように。譬喩による枕詞。以下、献上する神宝によせて祝のことばを述べる。
二四 天皇は、御白髪にましまし。長寿をいわう。
二五 赤玉のように。譬喩による枕詞。
二六 健康にましまし。
二七 青い玉の、川水の江のような色の玉が、玉の緒を行きあうように。整っているさまの譬喩の副詞句で、大八島国知ろしめすを修飾する。

一　御刀の広いように、広々とうち堅めて。
二　上方の岩に踏み堅め、下方の岩に踏み堅めて。
三　馬が耳をふり立てるように、いよいよ高大に。
四　あらわれのためと。諸説があるが、もとの

明御神登大八嶋國所レ知食、天皇命能手長大御世乎、御横刀廣爾誅堅米、白御馬能前足爪・後足爪踏立事波、大宮能内外御門柱乎、上津石根爾踏堅米、下津石根爾踏凝之[1]、振立流耳能彌高爾、天下乎所レ知食牟左事志太[2]米、白鵠能生御調能玩物登、倭文能大御心毛多親爾、彼方能[3]古川岸[4]、此方能古川岸[5]爾、生立若水沼間能、彌若叡爾御若叡坐、須須[6]伎振遠止[7]美乃水乃、彌[8]乎知爾御袁[9]知坐、麻蘇比能大御鏡乃面乎、意志波留[10]加志天見行事能[11]己登久、明御神能、大八嶋國乎、天地日月等[12]共爾、安久平久知行牟事能志[13]太米止、御禱神寶乎擎持弖、神禮白[14]・臣禮[15]白登、恐彌恐彌毛、天津[16]次能神賀吉詞、白賜登久奏。

儺祭詞

今[17]年今月、今日今時、時上直府[18]、時上直事、時下直府[19]、時下直事、及山川禁氣、江河谿壑、二十四君、千二百官、兵馬九千[20]萬人已上音讀。位二置衆諸前後左右一、↓

1　底本「立」
2　底本「大」
3　底本に無い。
4　底本「席」
5　同前。
6　底本本文に無い。右に書く。
7　底本小字に書く。
8　同前。
9　底本「表」
10　底本に無い。
11　三字、底本小字に書く。
12　底本大字に書く。
13　底本「大」
14　底本「自」。小字に書く。
15　二字、底本「自」。小字に書く。
16　底本小字に書く。
17　底本「令」。下同じ。
18　底本「符」
19　同前。
20　九條本に無い。この句まで漢文の音讀の部分は、各句四字でできているのであるから、事によると、下の「人」も誤りで、もと「兵馬九萬」とあったものかもしれない。今、底本のままとする。

つ御神《みかみ》と大八島國知ろしめす、天皇命《すめらみこと》の手長の大御世を、[一]御横刀《みはかし》廣らにうち堅《かた》め、白御馬《しろみま》の前足の爪・後足《しりへあし》の爪、踏み立つる事は、大宮の内外《うちと》の御門《みかど》の柱を、[二]上《うは》つ石《いは》ねに踏み堅め、下つ石ねに踏み凝らし、[三]振り立つる耳のいや高に、天の下を知ろしめさむ事の[四]志《しるし》のため、[五]白鵠《しらみどり》の生御調《いきみつき》の玩物《もてあそびもの》と、[六]倭文《しづ》の大御心もたしに、[七]彼方《をち》の古川岸《ふるかはぎし》、此方《こち》の古川岸に生《お》ひ立つ[八]若水沼間《わかみぬま》の、[九]いや若《わか》えに御《み》若《わか》えまし、[一〇]すすぎ振るをどみの水の、[一一]いやをちに御《み》をちまし、[一二]まそひの大御鏡《おほみかがみ》の面《おも》をおしはるかして見そなはす事の如く、明《あき》つ御神の大八島國を、天地《あめつち》月日と共に、安らけく平らけく知ろしめさむ事の志《しるし》のためと、御禱《みほき》の神寶《かむだから》を擎《ささ》げ持ちて、神の禮《ゐや》じろ・臣《おみ》の禮じろと、恐《かしこ》み恐みも、[一三]天《あま》つ次《つぎて》の神賀《かむほき》の吉詞《よごと》白《まを》したまはく」と奏《まを》す。

儺《な》[一四]の祭の詞

「今年今月《こんねんこんげつ》、今日今時《こんにちこんじ》、[一五]時上直府《じじやうちきふ》、事上直事《じじやうちきじ》、時下直府《じげちきふ》、時下直事《じげちきし》、[一六]及山川禁《きふさんせんきん》氣《き》、江河《かうが》[一七]谿壑《けいがく》、[一八]二十四君、千二百官、[一九]兵馬《ひやうめ》九千萬人、衆諸《もろもろ》の前後《まへしりへ》左右に位置《はべ》り

ままでよい。
五 白い鳥の生きたてまつり物の、愛玩物として。鵠は、コウノトリ。
六 日本固有の織物のように、天皇の御心もしっかりと。タシニは、たしかにの意の副詞。
七 川のあちらの古い川岸。
八 新しい水たまりのように。
九 いよいよ若くなることに、お若くなりたまい。ワカエは、動詞ワカユの連用形。若くなる。
一〇 走りさわぐらずまく水のように。
一一 いよいよ若返ることに、お若くなりたまい。ヲチは、もとに返る意の動詞ヲツの連用形。ミヲチは、それに接頭語ミが接続する。
一二 よく澄んだ鏡の面をあかるくして御覧になるように。マソヒは、マスミに同じ。マは接頭語。
一三 天上からの定めごと。高天の原以来のさだめ。
一四 この一篇は、延喜式の巻の十六、陰陽寮のことを規定した部分にある。ナは、疫病のもとである鬼。それを追い払う祭にとなえる詞。十二月の末日に行い、陰陽師がとなえる。陰陽師は、陰と陽の気をもととして、うらない・まじないなどをする人。
一五 時上・時下は、ともに、ただ今。直府は、事をつかさどる役所。直事は、事務をとる当番。但し人間ではなく、陰陽道の護神。
一六 山川の、事を禁制する厳粛な性質。
一七 谷。渓谷。
一八 自然界のそれぞれの二十四の主宰者。山川の神霊。
一九 軍兵九千万人。以上すべて陰陽道の護神をよびあげて、次の「候ふべし」までの主格とする。

各隨二其方一、諦定レ位可レ候。大宮内爾神祇官宮主能、伊波比奉里敬奉留、天地能諸御神等波、平久於太比爾伊麻佐布倍志登申。事別氏詔久、穢惡伎疫鬼能所所村村爾藏里隱布留乎波、千里之外、四方之堺、東方陸奧、西方遠値嘉、南方土佐、北方佐渡里與乎知能所乎、奈牟多知疫鬼之住加登定賜比行賜氏、五色寶物、海山能種種味物乎給氏、罷賜移賜布所所方方爾、急爾罷往登追給登詔爾、挾二奸心一氏留里加久良波、大儺公・小儺公、持二五兵一氏、追走刑殺物曾登聞食登詔。

中臣壽詞

現御神止大八嶋國所レ知食須大倭根子天皇我御前仁、天神乃壽詞遠稱辭定奉止良久申須。

高天原仁神留坐須皇親神漏岐・神漏美乃命遠持天、八百萬乃神等

て、各《おのもおのも》[一]その方《みち》のままに、あきらかに位を定めて候《さもら》ふべし。大宮の内に、[二]神祇官《かむづかさ》の宮主《みやじ》の、いはひまつり敬《ゐやま》ひまつる、天地《あめつち》の諸の御神たちは、平らけく[三]おだひにいまさふべし」と申す。事別《ことわ》きて詔《の》りたまはく、「穢惡《けがら》はしき疫《えやみ》の鬼《おに》の、處處村村に藏《こも》り隱《かく》[四]らふるをば、千里のほか、四方《よも》の堺《ほとり》、東の方は陸奥《みちのく》、西の方は[五]遠つ値嘉《ちか》、南の方は土佐、北の方は佐渡より彼方《をち》の處を、汝等《なむたち》疫の鬼の住處《すみか》と定めたまひ行《おもむ》けたまひて、[六]五色《いついろ》の寶物、海山の種種《くさぐさ》の[七]味物《ためつもの》を給ひて、[八]罷《ま》けたまひ移したまふ處處方方に、急《すみやか》に罷《しりぞ》き往《い》ねと追ひたまふと詔るに、[九]奸《かだ》ましき心を挾《わきばさ》みて、留まり隱[一〇]らば、[一一]大儺《たいな》の公《きみ》・小儺の公、[一二]五《いつくさ》の兵《つはもの》を持ちて、追ひ走り刑殺《ところ》さむものぞと聞しめせ」と詔る。

中臣の壽詞《よごと》[一三]

「現《あき》つ御神《みかみ》と大八島國《おほやしまぐに》知《し》ろしめす[一四]大倭根子天皇《おほやまとねこすめらみこと》が御前《みまへ》に、[一五]天《あま》つ神《かみ》の壽詞《よごと》を[一六]稱辭《たたへごと》定《さだ》めまつらく」と申す。

「高天《たかま》の原に神留《かむづま》ります、皇親神《すめむつかむ》ろき・神ろみの命をもちて、八百萬《やほよろづ》の神等《かみたち》を

一 その性質のままに、はっきりと位置をきめて番をせよ。
二 神事をつかさどる役所の役人。
三 おだやかにおいでなさい。イマサフは、イマスの継続を示す語。
四 隠れている。普通に四段活用であるが、ここにカクラフルとあるのは、めずらしい。
五 長崎県五島。
六 五色の絹を奉るのをいう。
七 うまい物。
八 行かせなされ。
九 わるい心をもって。
一〇 カクルが四段活用に使われていると見られる。「青山に日がかくらば」(古事記上巻)。
一一 鬼はらいをする役。
一二 刀・剣・戈・戟・矢の五種の武器。
一三 天つ神の寿詞ともいう。この一篇は、台記の別記に載せるところで、近衛天皇の大嘗祭に大中臣の清親のとなえた詞である。天皇の一代に一度大きく行われる新穀の祭を大嘗祭という。
一四 天皇の美称。オホヤマトは、日本。ネは助詞。コは愛称。
一五 天上の神から祝のことばを寄せられるのを、中臣が代わって申すとする。
一六 たたえごとを定め申すこと。ここは祭る意でなく、祝いごとをいう意。

遠神集[1]倍賜天、皇孫尊波、高天原仁事始天、豐葦原乃瑞穗乃國遠、安國止平介久所レ知食天、天都日嗣乃天都高御座仁御坐天、天都御膳乃[2]長御膳乃遠御膳止[3]、千秋乃五百秋仁、瑞穗遠平介久安介久由庭仁所レ知食止事依志奉氏、天降坐之後仁、中臣乃遠都[4]祖天兒屋根命[5]、皇御孫尊乃御前仁奉レ仕氏、天忍雲根神遠、天乃二上仁奉レ上氏、神漏岐・神漏美命乃前仁受給波里申仁、皇御孫尊乃御膳都水波、宇都志國乃水爾[6]天都水遠加[7]氏奉牟止申世止[8]事教給志仁依氏、天忍雲根神天乃浮雲仁乘氏、天乃二上仁上坐氏、神漏岐・神漏美命乃前仁申世波、天乃玉櫛遠事依奉氏、此[9]玉櫛遠刺立氏、自二夕日一至二朝日照一萬氏、天都詔刀[10]乃太詔刀言遠以氏告禮。如レ此告波、麻知波弱韮仁由都五百篁生出牟。自二其下一天乃八井出牟。此遠持天、天都水止所レ聞食止事依奉支。

如レ此依奉志任任仁、所レ聞食須由庭乃瑞穗遠、四國卜部等、太兆乃[11]卜事遠持氏奉レ仕[12]氏、悠紀仁近江國野洲[13]主基仁丹波國氷上[14]遠齋定氏、物部乃人等・酒造兒・酒波・粉走・灰燒・薪採・相作[15]・稻實公等、大嘗會乃齋場仁持齋波利參來氏、今年十一月中都卯日仁、

一 清らかなところでめしあがれ。ユニハは、神聖な場所。祭の場。
二 コヤネの命の子。
三 二峰並立の山で、高天の原にあって、神ろき・神ろみの命の御座所とする。
四 命令をうけたまわり申したところ。
五 御食事の水。飲料水。
六 現実の国の水に天の水を加えてさしあげようと申せ。
七 神ろき・神ろみの命が教えたもうたのである。但し、申シシニを申シニと読んで、コヤネ

1 底本に無い。西による。
2 底本「遠」。玉同じ。底本に「一本作乃」とある。玉に「乃」であろうとする。
3 底本「遠」。西および玉による。
4 西「神」
5 底本「尊」。西および玉による。
6 底本「申」。「松本並一本作戸、一本作爾」とある。玉「了」。「仁」であろうとする。西「於」
7 二字、底本に無い。玉「加立」。「立」を「弖」の誤りとする。西「立」大字。
8 二字、底本「遠里」。玉も同じ。玉に「世止」の誤りとする。西「せ利」
9 底本に無い。西・玉による。
10 玉「戸」
11 底本・玉「仁」。底本「一本作乃」。玉「乃」の誤りだろうとする。
12 二字、底本「留」。玉「仕留」。玉に「仕弖」の誤りとする。
13 二字、西「甲賀」
14 西「後」
15 底本・玉「候」。底本「一本作作」。西による。

神集《かむつど》へたまひて、『皇孫《すめみま》の尊は、高天の原に事始めて、豐葦原の瑞穂《みづほ》の國を安國と平らけく知ろしめして、天つ日嗣《ひつぎ》の天つ高御座《たかみくら》に御坐《おほま》しまして、天つ御膳《みけ》の長御膳の遠御膳と、千秋《ちあき》の五百秋《いほあき》に、瑞穂を平らけく安らけく、[一]斎庭《ゆには》に知ろしめせ』と事依《ことよ》さしまつりて、天降《あまくだ》しまし後《のち》に、中臣《なかとみ》の遠《とほ》つ祖《おや》天のこやねの命、皇御孫《すめみま》の尊の御前《みまへ》に仕へまつりて、[二]天のおし雲《くも》ねの命を天の[三]二上《ふたかみ》に上《のぼ》せまつりて、神ろき・神ろみの命の前《みまへ》に[四]受けたまはり申ししに、『皇御孫の尊の[五]御膳《みけ》つ水は、[六]顯《うつ》し國の水に天つ水を加へて奉《たてまつ》らむと申せ』と[七]事教《ことの》りたまひしによりて、天のおし雲ねの神、天の浮雲に乘りて、天の二上に上《のぼ》りまして、神ろき・神ろみの命の前《みまへ》に申せば、[八]天の玉櫛《たまぐし》を事依《ことよ》さしまつりて、『この玉櫛を刺し立てて、夕日より朝日の照るに至るまで、[九]天つ詔《のり》との太詔《ふとのり》と言《ごと》をもちて告《の》れ。かく告らば、[一〇]まちは[一一]弱韮《わかひる》にゆつ五百《いほ》[一二]篁《たかむら》生《お》ひ出でむ。その下《しも》より[一三]天の八井《やゐ》出でむ。こを持ちて[一四]天つ水と聞しめせ』と事依さしまつりき。

[一五]かく依さしまつりしまにまに聞《きこ》しめす斎庭《ゆには》の瑞穂《みづほ》を、[一六]四國《よくに》の卜部《うらべ》等《ども》、[一七]太兆《ふとまに》の卜《うら》事《ごと》をもちて仕へまつりて、[一八]悠紀《ゆき》に近江《あふみ》の國《くに》の[一九]野洲《やす》、主基《すき》に丹波《たには》の國《くに》の[二〇]氷上《ひがみ》を斎《いは》ひ定《さだ》めて、[二一]物部《もののべ》の人等《ひとども》・[二二]酒造兒《さかつこ》・[二三]酒波《さかなみ》・[二四]粉走《こばしり》・[二五]灰燒《はひやき》・[二六]薪採《かまぎこ》り・[二七]相作《あひづく》り・[二八]稻《いな》の實《み》の公等《きみら》、[二九]大嘗會《おほにへ》の斎場《ゆには》に[三〇]持《も》ち齋《ゆま》はり參《ま》ゐ來《き》て、今年《ことし》の十一月《しもつき》の中《なか》つ卯《う》の日《ひ》に、

の命が天ノオシクモネの命に教えたとする解がある。

八　神ろき・神ろみの命は、神聖な玉串をお授けになって。アメノタマグシは、タマグシの美称。サカキの枝にアサなどをつけたもの。

九　天つ祝詞の太祝詞事に同じ。祝詞の美称。

一〇　いわい・うらないなどのあらわれる場所。神聖なところ。

一一　若いノビル。ユリ科の多年生草本。食料。

一二　神聖なたくさんの竹のやぶ。

一三　神聖な多くの井。

一四　天からの水とお思いなさい。

一五　このように神ろき・神ろみの命のお授けになったままにおあがりになる祭の場のよいイネの穂を。

一六　伊豆、壱岐、対馬の上県・下県のうらないをする人たち。

一七　うらない事。四二七ページ頭注一四参照。はじめ鹿の肩骨をやく方法であったが、後、亀の甲をやく法に変わった。

一八　大嘗祭に新穀を出す国郡としてうらない定めた国。主基も同じ。

一九　滋賀県野洲郡。

二〇　兵庫県氷上郡。

二一　新穀を出す田の耕作に従事する人々。

二二　酒を造る女子。その郡長の女の未婚のものをあてる。

二三　酒を造る手つだいの女。

二四　粉をふるう役の女。

二五　酒にまぜるための灰を作る役の男。

二六　たき木を取る役の男。

二七　酒を造る下ばたらきの女。

二八　飯のためのイネの穂をぬく役の男。

二九　新穀をもって祭を行う式場。

三〇　潔斎して出て来て。

由志理・伊都志理持、恐美恐美毛清麻波利仁奉レ仕利、月内仁日時遠撰定氏、獻留悠紀・主基乃黑木・白木乃大御酒遠、大倭根子天皇我[1]天都御膳乃長御膳乃[2]遠御膳止、汁仁毛實仁毛、赤丹乃穗仁毛所レ聞食氏、豐明仁明御坐氏、天都神乃壽詞遠、[3]天津社・國津社稱辭定奉留皇神等母、千秋五百秋乃相嘗仁相宇豆乃比奉利[4]、堅磐常磐仁齋奉利氏、伊賀志御世仁榮志女奉利[5]、自二[6]康治元年一始氏、與二天地月日一共、照志明良志御坐事仁、本末不レ傾、茂槍乃中執持氏、奉レ仕留中臣祭主正四位上行二神祇大副一大中臣朝臣清親[7]、壽詞遠稱辭定奉久止申。

又申久、天皇朝廷仁奉レ仕留親王・[8]諸王・諸臣・百官人等、天下四方國乃百姓諸々集侍氏、見食倍、尊食倍、歡食倍、聞食倍、天皇朝庭仁、茂世仁八桑枝乃[9]如久立榮奉レ仕留倍支禱乎[10][11]所レ聞食止、恐美恐美毛申給波久止申。

1 底本「乃」。玉および西による。
2 底本「遠」。玉および一本による。
3 六字、底本に無い。西に「□□社國津社」とあるによる。
4 底本に無い。西・玉による。
5 底本大字に書く。西・玉による。
6 二字、西「天仁」
7 二字、西「親定」
8 二字、玉「等王等」
9 二字、底本に無い。西による。
10 底本に無い。玉による。
11 六字、底本「竟奉良久登」。玉による。西、三字無い。

一ゆしり・いつしりもち、恐《かしこ》み恐みも清《きよ》まはりに仕《つか》へまつり、月《つき》の内《うち》に日時《ひとき》を撰《えら》び定めて、献《たてまつ》る悠紀《ゆき》[二]・主基《すき》の黒酒《くろき》・白酒《しろき》の大御酒《おほみき》を、大倭根子天皇《おほやまとねこすめらみこと》が天つ御膳《みけ》の長御膳《ながみけ》の遠御膳《とほみけ》と、汁《しる》にも實《み》にも、赤丹《あかに》のほにも聞《きこ》しめして、豊の明《あか》りに明り御坐《おほま》しまして、天つ神の壽詞《よごと》を、天つ社・國つ社と稱辭定《たたへごとさだ》めまつる皇神等《すめがみたち》も、千秋《ちあき》の五百秋《いほあき》の相嘗《あひにへ》[三]に[四]あひうづのひまつり、堅磐《かきは》に常磐《ときは》に齋《いは》ひまつりて、茂《いか》し御世に榮えしめまつり、[五]康治《かうぢ》の元《はじめ》の年より始めて、天地《あめつち》月日と共に照らし明《あか》らし御坐《おほま》しまさむ事に、[六]本末傾《もとすゑかたぶ》かず[七]茂《いか》し槍《ほこ》の中執《なかと》り持ちて仕へまつる、[八]中臣《なかとみ》の祭主《ぬし》[九]正四《おほきよ》つの位《くらゐ》の上《かみ》にして[一〇]神祇《かむづかさ》の大副《おほきすけ》を行ふ[一一]大中臣《おほなかとみ》の朝臣清親《あそみきよちか》、壽詞《よごと》を稱辭定《たたへごとさだ》めまつらく」と申す。

また申さく、「[一二]天皇《すめら》が朝廷《みかど》に仕へまつれる、親王等《みこたち》・諸王《おほきみたち》・諸臣《まへつぎみたち》・百《もも》の官《つかさ》人等《ひとたち》、天《あめ》の下四方《よも》の國の百姓《おほみたから》、諸諸集《もろもろうごな》侍はりて、[一三]見《み》たべ、尊《たふと》みたべ、歡《よろこ》びたべ、聞きたべ、天皇《すめら》が朝廷《みかど》に、茂《いか》し世《みよ》に、[一四]やくはえの如く立ち榮え仕へまつるべき禱《よごと》を聞《きこ》しめせと、恐《かしこ》み恐みも申したまはく」と申す。

一　ユは、潔斎。イツは、厳粛。シリは、不明。ユマハリのマハリのようなものとする解(宣長)がある。二語にモチを添えて、潔斎し厳粛になっての意か。
二　悠紀・主基の二国から出した新穀で造った酒で、シロキは、普通の酒、クロキは、クサギの灰をまぜて作った酒。クサギは、クマツヅラ科の落葉灌木。
三　飲食を共にすること。ここは神が天皇と共に酒食するをいう。
四　賞美し申しあげて。
五　近衛天皇の大嘗祭の行われた年。一一四二年。
六　上下を傾けないで。まっすぐに。
七　枕詞。斎の内親王を奉り入るる時の祝詞参照。
八　中臣氏である祭をする主。
九　位の名称。八位まであり、その第四位の上階。正従があって、正をオホキ、従をヒロキと読む。
一〇　神事をつかさどる役所である神祇官の第二番目の役。
一一　中臣氏のうち、神事に奉仕する氏の名を大中臣という。清親は、輔清の子。
一二　天皇の朝廷にお仕え申しあげる。百の官人たちまでを修飾する。
一三　タベは、動詞タブから出た敬語の助動詞タブの命令形。
一四　さかんなさまの形容。

日本古典文学大系 1
古事記 祝詞

1958年 6月5日 第1刷発行
1993年 4月6日 第39刷発行
1993年11月8日 新装版第1刷発行
1994年 7月20日 新装版第2刷発行
2017年10月11日 オンデマンド版発行

校注者 倉野憲司《くらのけんじ》 武田祐吉《たけだゆうきち》

発行者 岡本 厚

発行所 株式会社 岩波書店
〒101-8002 東京都千代田区一ツ橋 2-5-5
電話案内 03-5210-4000
http://www.iwanami.co.jp/

印刷／製本・法令印刷

ISBN 978-4-00-730673-0 Printed in Japan